全本全注全译丛书

中华经典名著

余兴安等◎译注

经史百家杂钞 二

词赋

中华书局

目录

第二册

卷四·词赋之属上编二

扬雄

扬雄(前53—18),字子云,西汉蜀郡成都人。据《汉书·扬雄传》载,他少而好学,博览群书,为人简易佚荡,口吃,不能剧谈,默而好深沉之思。汉成帝时,扬雄至长安,献《甘泉赋》《羽猎赋》等,被召为郎官,给事黄门。王莽篡权后,以"耆老久沉"而被转为大夫。

扬雄是西汉末著名的思想家和辞赋作家,著述颇多,有仿《周易》而作的《太玄》,仿《论语》而作的《法言》,有语言文字方面的专著《训纂》和《方言》。赋多为早年所作,晚年的扬雄认为赋是"童子雕虫篆刻","壮夫不为"。后人对扬雄的评价多有相悖,但他的清静大度、不慕富贵,他在赋作中的某些创新,他的某些文学观点,都是值得称道的。

羽猎赋 并序

【题解】

此赋是扬雄的四大献赋(《羽猎赋》《长杨赋》《甘泉赋》《河东赋》)之一。文章主旨是认为汉代帝王的田猎活动"非尧、舜、成汤、文王三驱之意","又恐后世复修前好",所以作赋以讽。赋文借古立言,先是颂扬帝业,然后依次描述猎场的广阔、仪卫的隆盛、田猎的壮观、水戏的精彩等,最后才反归道德加以讽谏。

《羽猎赋》虽也有模仿司马相如《子虚赋》《上林赋》的痕迹,但还是有所创新,其中的讽谕之意,也比《子虚赋》《上林赋》隐藏得更深,更体现了赋的特点。

　　孝成帝时羽猎①,雄从。以为昔在二帝、三王②,宫馆台榭、沼池苑囿、林麓薮泽③,财足以奉郊庙、御宾客、充庖厨而已④。不夺百姓膏腴谷土桑柘之地,女有余布,男有余粟,国家殷富,上下交足。故甘露零其庭⑤,醴泉流其唐⑥,凤皇巢其树,黄龙游其沼,麒麟臻其囿,神爵栖其林⑦。昔者禹任益虞而上下和⑧,草木茂;成汤好田⑨,而天下用足。文王囿百里⑩,民以为尚小;齐宣王囿四十里⑪,民以为大。裕民之与夺民也。武帝广开上林⑫,东南至宜春、鼎湖、御宿、昆吾⑬,旁南山⑭;西至长杨、五柞⑮;北绕黄山⑯,滨渭而东⑰,周袤数百里⑱。穿昆明池⑲,象滇河⑳。营建章、凤阙、神明、驭娑、渐台、泰液㉑,象海水周流方丈、瀛洲、蓬莱㉒,游观侈靡,穷妙极丽。虽颇割其三垂,以赡齐民㉓。然至羽猎,甲车戎马、器械储偫、禁御所营㉔,尚泰奢丽夸诩㉕,非尧、舜、成汤、文王三驱之意也㉖。又恐后世复修前好,不折中以泉台㉗,故聊因校猎㉘,赋以风之。其辞曰:

【注释】

①羽猎:有背上带着弓箭的士卒随行的帝王狩猎活动。羽指箭,一说羽即鸟羽,羽猎是士卒背上系鸟羽而猎。

②二帝:指唐尧、虞舜。三王:指夏禹、商汤和周文王。

③苑囿:畜养禽兽的园林。林麓:即山林。薮(sǒu)泽:即水泽。

④郊庙：祭祀天地祖先。御：侍奉。

⑤零：落。

⑥唐：通"塘"。

⑦神爵：和凤凰、黄龙、麒麟一样，是传说中的奇异禽兽，被认为是祥瑞的象征。

⑧禹：指夏禹。益：伯益，也作"翳"，相传是舜时东夷部落的领袖。虞：掌管山泽的官。上下和：山林水泽草木茂盛。上下，这里指山林平原，上指山，下指平地。

⑨成汤：即商汤。田：狩猎。

⑩文王：即周文王。

⑪齐宣王：战国时齐国国君。

⑫武帝：指汉武帝刘彻。上林：苑名，在今陕西西安长安区西。

⑬宜春、鼎湖、御宿、昆吾：皆在今陕西省。宜春、鼎湖是宫名；御宿，水名，即樊川；昆吾是地名。

⑭旁（bàng）：依靠。南山：即终南山。

⑮长杨、五柞：皆宫名。

⑯黄山：又叫黄麓山，在陕西兴平。

⑰滨：边，这里指临近或沿着。渭：渭水。

⑱周衺（mào）：周围。衺指长度，即南北之距离。

⑲穿：开凿。昆明池：在今陕西西安西南。

⑳象：形貌上相类似。滇河：指古滇国的河池。

㉑营：建造。建章、凤阙、神明、驳娑（sà suǒ）、渐台：皆宫殿台阙名。泰液：池名，池中有渐台。

㉒方丈、瀛州、蓬莱：皆海中仙山名。

㉓齐民：平民百姓。

㉔储偫（zhì）：储备。偫即待，具备之意。禁御：即禁苑，帝王的苑囿。

㉕尚:犹,还。泰:过分。诩(xǔ):大。

㉖三驱:古之狩猎之法,三面围驱射猎,留一面使禽兽有可去之地,一说三驱指狩猎的三个目的。

㉗泉台:台名,春秋时鲁庄公下令修建,后来,鲁文公认为非礼,令捣毁,《公羊传》中曾讥讽此事:"先祖为之而毁之,勿居而已。"因此典故,扬雄便有文中"不折中以泉台"的说法。

㉘校猎:设置栅栏围猎禽兽。

【译文】

孝成帝时候,曾进行羽猎活动,扬雄跟从。认为过去的唐尧、虞舜和夏禹、商汤、周文王时代,宫馆台榭、沼池苑囿、林麓薮泽中的财物只是够用来郊庙祭祀、招待宾客、充实宫廷的三餐而已,不侵占老百姓用于耕种的肥沃土地,因此女子能织有余布,男子能种有余粟,国家也殷实富足,上上下下,一片丰足的景象。甜美的甘露洒落庭院,淳醴甘泉流入池塘,美丽的凤凰在树上筑巢,福瑞的黄龙在水沼游玩,吉祥的麒麟来到苑囿,喜兴的神爵栖落园林。过去夏禹任用伯益掌管山林水泽,无论是山地还是平原都草木茂盛;商汤爱好田猎,但天下富足。周文王圈地方圆百里作为皇家苑囿,老百姓还认为小了;而齐宣王只圈了方圆四十里的地作苑囿,老百姓都认为大。关键在于帝王的田猎是使民富足还是使民被侵夺。汉武帝扩大拓宽上林苑,东南到了宜春宫、鼎湖宫、樊川和昆吾,依傍终南山;西到长杨宫和五柞宫;北边环绕黄麓山,东边到渭水之滨,方圆几百里。在苑中仿照滇国的滇池开凿昆明池,模仿海水环绕方丈、瀛州、蓬莱三仙岛的样子又营造建章、凤阙、神明、驳娑、渐台等宫阙台观和泰液池。景观壮丽,巧夺天工,无与伦比。虽然也在东、南、西三面划了一些边角,赐给他的老百姓,但到围猎之时,披戎戴甲的车马骑乘,储备已久的枪支器械,帝王苑囿的大经大营,还是太过奢华夸耀了,而这并不是唐尧虞舜、商汤文王围猎的本意。加上又怕后世之君再继承发展这样的古老爱好,像鲁文公对待泉台那样不采

取折中的办法,所以趁着围猎的事作赋加以讽谏。赋辞说:

或称羲、农①,岂或帝王之弥文哉②?论者云否,各以并时而得宜③,奚必同条而共贯④?则泰山之封⑤,焉得七十而有二仪⑥?是以创业垂统者,俱不见其爽⑦,遐迩五、三⑧,孰知其是非?遂作颂曰:丽哉神圣⑨,处于玄宫⑩。富既与地乎侔訾⑪,贵正与天乎比崇⑫。齐桓曾不足使扶毂⑬,楚庄未足以为骖乘⑭。狭三王之陋僻⑮,峤高举而大兴⑯。历五帝之寥廓⑰,涉三皇之登闳⑱。建道德以为师,友仁义与为朋。以上浑颂帝业。

【注释】

①羲、农:传说中的古代帝王伏羲氏和神农氏。

②或:通"惑"。疑惑。弥:满,越加。文:文饰,奢华。

③并:合,相从。

④条:条理,脉络。贯:连续,连贯。

⑤泰山之封:即封禅,帝王在泰山筑坛祭天叫封,在泰山下的梁父山上祭地叫禅。

⑥七十而有二仪:七十二种法度,相传历代封泰山、禅梁父总共因法度的不同形成七十二家。有,同"又"。仪,即法度、标准。

⑦爽:差误。

⑧五、三:指五帝、三王。

⑨丽:壮丽。神圣:代指汉成帝。

⑩玄宫:天子位于北面的官殿。

⑪侔訾(móu zī):财富相等。訾,通"赀"。

⑫比:同,相同。

⑬齐桓：齐桓公，春秋时齐国国君。曾：竟然。不足：不够，不能。扶毂(gǔ)：扶轮捧毂，即辅佐之意。毂，指安装在车轴两端使车轮不至倾斜的圆木。

⑭楚庄：楚庄王，春秋时楚国国君。骖乘(cān shèng)：陪乘，乘车时居于车右。

⑮狭：小，窄。阨(ài)僻：窄狭。

⑯峤(jiào)：高举。兴：作。

⑰寥廓：高远。

⑱登闳(hóng)：高大。

【译文】

有人说起伏羲、神农(他们向以崇尚节俭和朴素著称)，难道是因为后世帝王惑于文饰奢华吗？我以为不是这样。各自只要能够与时宜相合就行了，何必一定要讲究体制相同、脉络连贯呢？否则，在泰山祭祀天地，哪能出来七十二家？创立基业传给后世的人，都各不见差，远则五帝，近则三王，谁能说其是非？于是作颂如下：壮丽啊圣皇，您住在雄伟的北宫，您的财富与大地的蕴藏相当，您的高贵恰和上天一样。齐桓公竟不配给您扶轮，楚庄王也不能陪您乘车。与您的宏基大业、辽阔幅员相比，三王之辖何其阨狭。您具有五帝三皇一样的高大邃深，把道德树起作为老师，将仁义弘扬作为友朋。以上大颂帝王之业。

于是玄冬季月①，天地隆烈，万物权舆于内②，徂落于外③。帝将惟田于灵之囿④，开北垠，受不周之制⑤，以奉终始颛顼、玄冥之统⑥。乃诏虞人典泽，东延昆邻⑦，西驰阊阖⑧，储积共俟，戍卒夹道。斩丛棘，夷野草。御自汧、渭⑨，经营酆、镐⑩。章皇周流⑪，出入日月，天与地沓⑫。尔乃虎路三峻⑬，以为司马⑭；围经百里⑮，而为殿门⑯。外则正南极海,邪界虞渊⑰,鸿濛沆茫⑱,揭以崇山⑲。营合围会,然后先置乎白杨之南⑳,昆明灵沼之东㉑。贲、育之伦㉒,蒙盾负羽,杖镆邪而罗者以万计㉓。其余荷垂天之罦㉔,张竟野之罘㉕,靡日月之朱竿㉖,曳彗星之飞旗㉗。青云为纷,虹霓为缳㉘,属之乎昆仑之虚㉙。涣若天星之罗㉚,浩如涛水之波,淫淫与与㉛,前后要遮㉜。欃枪为闉㉝,明月为候㉞,荧惑司命㉟,天弧发射㊱。鲜扁陆离㊲,骈衍佖路㊳,徽车轻武㊴,鸿絧緁猎㊵。殷殷轸轸㊶,被陵缘坂㊷,穷夐极远者㊸,相与列乎高原之上;羽骑营营㊹,昈分殊事㊺,缤纷往来,辎軯不绝㊻,若光若灭者㊼,布乎青林之下。以上猎场之广,仪卫之盛。

【注释】

①玄冬:冬季。季月:一季的末月。

②权舆:起始。

③徂(cú)落:同"殂落"。死亡,枯萎。

④惟:思。灵之囿:帝王的苑囿。

⑤不周之制:杀生之法。不周,即西北风,《史记·律书》云:"不周风居西北,主杀生。"

⑥终始:有始有终,即完成之意。颛顼(zhuān xū):远古帝王名。玄冥:水神。统:理。

⑦昆邻:昆明池畔。

⑧阊阖(chāng hé):位于西方的天门。

⑨御:禁止。汧(qiān):汧水,渭水支流。

⑩酆(fēng):河名,即"沣水"。镐(hào):古池名。

⑪章皇:彷徨,徘徊。

⑫沓(tà):会合。

⑬尔乃：于是。虎路（luò）：同"虎落"。遮护营寨的篱笆。三嵏（zōng）：三重，一说指峰峦相连之山。

⑭司马：官垣的外门叫司马门。

⑮围：猎场。

⑯殿门：官垣的内门。

⑰邪：通"斜"。虞渊：传说中的月落之处。

⑱鸿濛沆（hàng）茫：广大貌。

⑲揭：楬（jié）的假借字，表，标志。

⑳白杨：观阙名。

㉑灵沼：池名。

㉒贲（bēn）：孟贲，古代勇士。育：夏育，亦古代勇士。

㉓杖：拿着，手执。镆邪（mò yé）：古代宝剑，又作"莫耶"，这里用作剑戟的通称。罗：列。

㉔罼（bì）：捕鸟、兔等的网。

㉕竟：满。罘（fú）：捕兽的网。

㉖靡：通"摩"。持。日月：指绘有日月的旗，为天子所用。朱竿：旗竿。

㉗彗星之飞旗：指绘有彗星的旗。

㉘青云为纷，虹霓为缳（xuàn）：纷、缳，皆网络绳索之类的东西，一说皆为旗上的飘带。

㉙属（zhǔ）：连接。虚：即"墟"。

㉚涣：分散，布列。

㉛淫淫、与与：皆行进貌。

㉜要遮：阻挡，拦截。

㉝欃枪：天欃星和天枪（chēng）星的合称。闉（yīn）：城门之外的女垣，这里指用来遮拦禽兽的障蔽物。

㉞候：瞭望，这里指瞭望之所。

㉟荧惑：星名。司命：掌管生杀。

㊱天弧：星名。发射：指掌管弓矢发射。

㊲鲜扁（piān）：迅疾貌。

㊳骈衍：相连不绝貌。似（bì）：依次排列。

㊴徽车：有标志的车。轻武：轻快迅疾。

㊵鸿絧（dòng）：连接貌。逮（qī）猎：前后相续。

㊶殷殷、轸轸（zhěn）：皆盛大貌。

㊷缘：围绕。坂（bǎn）：山坡。

㊸夐（xiòng）：远。

㊹羽骑：羽林骑，皇帝的护卫军。营营：周旋往来貌。

㊺旿（hù）分殊事：前后布列，各司其职，一说其服饰各异，区别分
　明。旿，分明，清楚。

㊻轠轳（léi lú）：连续不断貌。

㊼若光若灭：即若明若暗，乍明乍暗，忽明忽暗。

【译文】

　　寒冷的隆冬季节，天地一片寒意，万物萌生于体内，而凋萎于形外。皇上此时便思考秉承天之旨意，田猎于灵圃，开通其北侧，接受杀生之法，以完成神灵所主宰的杀戮之事。于是下诏令掌管山林水泽的官员准备，东及昆明池畔，西到阊阖之门，田猎所需之物和士卒，陈于道路两旁。斩除丛生的荆棘，铲掉蔓生的野草。自沔水、渭水起禁封，鄠水镐池也划作围场。辟出一块广大的猎场，众水周流，群山环绕，水天接地，日月如出其中。筑起三重篱笆，围住百里猎场；外有司马门，内设殿门。正南方逼近海域，斜着过去到达日落之处的虞渊，广大无边，以崇山峻岭作为标识。围场既成，田猎的物品便先放置于白杨观的南面，昆明池中的灵沼池东。孟贲和夏育一样的勇士们，携带着盾牌弓箭，手拿着利剑，列队而立，数以万计。剩下的勇士，有的背负着垂天大网，撒开满野的巨罘；有的举着日月之旗，拖着画有彗星的旗帜。像青云、虹霓一样

的罗网,一直连接到了昆仑山上。田猎队伍散布开来如天上之星罗列,浩浩荡荡若涛涛水波,前追后堵,争相奔驰。以天欃和天枪两星座作围营的曲城,用明月作为围营中的瞭望所,用荧惑星来发令,用天弧星来主射。士卒如云,行动迅疾如风,军垒相连,不绝于路。车行迅疾,前后相继。满山遍野,一望无涯,整个高原都是田猎的队伍。但见五彩缤纷的羽骑来往奔突于青林野草之间,接连不断,忽隐忽现。以上讲猎场的广阔,仪仗与卫士的盛大。

　　于是天子乃以阳晁①,始出乎玄宫。撞鸿钟②,建九旒③,六白虎④,载灵舆⑤,蚩尤并毂,蒙公先驱⑥。立历天之旂⑦,曳捎星之旃⑧,霹雳烈缺⑨,吐火施鞭。萃似沉溶⑩,淋离廓落⑪,戏八镇而开关⑫。飞廉、云师⑬,吸嚊潚率⑭,鳞罗布列,攒以龙翰⑮。啾啾跄跄⑯,入西园,切神光⑰,望平乐⑱,径竹林⑲,蹂蕙圃,践兰唐⑳。以上天子亲至猎所。

【注释】

①阳晁(cháo):太阳初升之时,即早晨。晁,通"朝"。

②鸿钟:指大黄钟,黄钟为编钟中最大的。

③九旒(liú):天子所用的旗。

④六白虎:用六匹马驾车,这是古代帝王车驾的一个规矩,白虎为马名。

⑤灵舆:天子之车。

⑥蚩尤并毂,蒙公先驱:蚩尤、蒙公,皆星名,分别指彗星和昴星,一说蚩尤指传说中东方九黎族首领、与黄帝曾战于涿鹿的蚩尤,蒙公指秦始皇时的将领蒙恬。并毂,车并行。

⑦旂(qí):绘有龙形、竿头系铃的旗。

⑧捎：拂。旃（zhān）：柄弯曲的红旗。

⑨烈缺：又作"列缺"，指闪电。

⑩萃似（cuì zǒng）：聚集。沈（yǎn）溶：盛多貌。

⑪廓落：广大。

⑫戏：通"麾"（huī），指挥。八镇：八方。开关：开门。关，指门闩。

⑬飞廉：风神风伯。云师：即云神，一说指雷神。

⑭吸嚊（pì）：散开，张开。潚（sù）率：聚敛。

⑮攒：聚集。翰：长毛。

⑯啾啾（jiū）：众声。跄跄（qiāng）：飞跃奔腾貌。

⑰切：近。神光：宫名。

⑱平乐：馆名。

⑲径：经过。竹林：宫观名。

⑳唐：通"塘"。

【译文】

这时，皇上才在朝阳初升之时，从玄宫出发了。撞击大黄钟，树起九旒旗，驾上六马车，备好天子舆，蚩尤来同行，蒙公作前导。插上高入云天的旐旗，摇动拂着星辰的旐旗，如雷鸣电闪，吐火挥鞭。盛大的狩猎队伍会集起来了，气势雄伟，场面壮观。于是指挥四面八方的城门全都打开，让队伍出发。风云之神，时聚时散。行猎队伍似鱼鳞之罗列，似龙须之汇聚。人声鼎沸，飞跃奔腾，进入西园，近神光宫，望平乐馆而去；经过竹林观，踏过香草圃，再跨过兰草塘。以上讲天子亲自到狩猎之处。

举烽烈火①，辔者施技，方驰千驷②，狡骑万帅③。虓虎之陈④，从横胶辀⑤，猋拉雷厉⑥。骙驿骉磕⑦，泂泂旭旭⑧，天动地岋⑨。羡漫半散⑩，萧条数千里外⑪。若夫壮士忼慨⑫，殊乡别趣⑬，东西南北，骋耆奔欲⑭。拖苍豨⑮，跋犀牦⑯，蹶浮麋⑰,斫巨狿⑱,搏玄猿,腾空虚,距连卷⑲,踔夭蟜⑳,娭涧间㉑。莫莫纷纷㉒,山谷为之风猋,林丛为之生尘。以上正赋田猎。

【注释】

①烈:"列"的借字。

②方:并。驷:四匹马拉的车。

③狡骑:车骑相互交错。

④虓(xiāo)虎:咆哮怒吼的老虎。

⑤从横:即纵横。胶轕(gé):错杂貌。

⑥猋拉(biāo liè):迅疾。

⑦骙驳驙碣(pīn pēng líng kē):车骑众多而发出的宏大声响。

⑧汹汹旭旭:形容声音大而猛烈。

⑨岋:摇动貌。

⑩羡漫:分散,蔓延。

⑪萧条:疏散。

⑫忼慨:同"慷慨"。

⑬乡:通"向"。趣:趋向。

⑭耆(shì):通"嗜"。嗜好,欲望。

⑮扡(tuō):同"拖"。苍豨(xī):黑色的猪。

⑯跋:践踏。犛(máo):野牦牛。

⑰蹶(jué):用脚踢。浮麋(mí):游动的麋鹿。

⑱斫(zhuó):斩。巨狿(yán):野兽名。

⑲距:跃过,跳越。连卷:修长弯曲的树木。

⑳踔(chuō):腾跃。夭蟜(jiǎo):这里指像龙一样盘曲的树木。

㉑娭(xī):嬉戏。

㉒莫莫纷纷:形容风尘纷扬的样子。

【译文】

　　燃起烽燧,火光熊熊。驾车者施展自己的技巧,千车并驱,万骑交驰。如同猛虎下山,纵横奔突,又似厉雷狂风交错往来。隆隆之声,滚滚而来,地动天摇,绵延开去,响及千里之外。豪壮勇猛的壮士们,带着猎获的欲望出击东西,驰骋南北。一会儿,有的拖了野猪,有的正踢打着犀牛、牦牛和麋鹿;有的在斩杀巨猳,有的和黑猿搏击,腾越跳跃,穿密林,过山涧。山谷卷起狂飙,丛林尘土飞扬,直到天昏地暗。以上正式描述狩猎的场面。

　　及至获夷之徒①,躏松柏,掌蒺藜②,猎蒙茏③,辚轻飞④,屦般首⑤,带修蛇,钩赤豹,挃象犀,跇峦阬⑥,超唐陂⑦。车骑云会,登降暗蔼⑧,泰华为旒⑨,熊耳为缀⑩。木仆山还⑪,漫若天外;储与乎大浦⑫,聊浪乎宇内⑬。

【注释】

①夷:杀戮。

②蒺藜(jí lí):草名。

③蒙茏:草木茂盛貌。

④辚(lín):用车轮碾压。轻飞:指善飞翔的禽鸟。

⑤般首:虎之类的猛兽。

⑥跇(yì):跨越。峦阬(gāng):山冈。

⑦唐陂:池塘。唐,通“塘”。

⑧暗蔼:众多盛大貌。

⑨泰、华:泰山、华山。旒:旌旗上下垂的饰物。

⑩熊耳:山名。

⑪仆:倒。还:回旋,旋转。

⑫储与：游荡不定貌。浦：水边。

⑬聊浪：游荡。

【译文】

　　捕猎杀戮者们脚踢松柏，手击蒺藜，在深山密林中追猎，用车轮碾压飞禽猛兽，用绳索捆住长蛇，拿钩子挂住赤豹，牵住大象和犀牛，跨过山岗，飞过池塘。之后车骑又像云一样汇集在一起，气势之大，人马之众，动起来就像泰山、华山也只能作为这支队伍的旗饰，熊耳山也仅能作这支队伍的车缀。树木仆倒了，高山在旋转，蔓延无际直至天外，就像在大海边徜徉，在宇宙之中遨游。

　　于是天清日晏①，逢蒙列眦②，羿氏控弦③。皇车幽辀④，光纯天地⑤，望舒弥辔⑥，翼乎徐至于上兰⑦。移围徙阵，浸淫蹢部⑧，曲队坚重⑨，各按行伍⑩。壁垒天旋，神挟电击⑪，逢之则碎，近之则破。鸟不及飞，兽不得过，军惊师骇，刮野扫地。及至罕车飞扬⑫，武骑聿皇⑬，蹈飞豹，绢噪阳⑭。追天宝⑮，出一方，应骅声，击流光。野尽山穷，囊括其雌雄，沇沇溶溶，遥噱乎纮中⑯。三军芒然⑰，穷尢阂与⑱，亶观乎剽禽之绁逾⑲，犀兕之抵触⑳，熊黑之挐玃㉑，虎豹之凌遽㉒。徒角抢题注㉓，蠡竦詟怖㉔，魂亡魄失，触辐关脰㉕。妄发期中㉖，进退履获，创淫轮夷㉗，丘累陵聚。以上获禽之多。

【注释】

①晏（yàn）：晴朗无云。

②逢蒙：古代善射的人。列眦（zì）：目眦欲裂，形容射猎时精神高度集中。列，通"裂"。眦，眼眶。

③羿（yì）氏：即羿，古代善射者，《孟子·离娄下》载逢蒙曾学射于

羿,并杀羿。控弦:拉弓。

④皇:通"煌"。一说皇车即君车,皇即皇帝。幽辐(gé):盛多广大貌。

⑤纯:通"焞(tūn)"。明。

⑥望舒:传说中为月亮驾车者。弥:与"弭"通,止。

⑦翼乎:悠闲自得貌。上兰:上兰观,在上林苑中。

⑧蹴(cù)部:军队,这里指围猎的队伍。

⑨曲队:军队。曲、队皆古代军队的编制单位。坚重:坚强威严。

⑩行(háng)伍:古代军队编制,五人为一伍,二十五人为一行,这里泛指队列。

⑪扰(chì):鞭打。

⑫罕车:即猎车。罕是一种捕鸟的网。

⑬聿(yù)皇:迅疾貌。

⑭羂(juàn):用绳索捆缚。噪(jiāo)阳:兽名,即猣猣。

⑮天宝:陈宝,传说中的神名。

⑯噱(jué):指禽兽因疲倦而张口喘息的样子。纮(hóng):网。

⑰芒然:即"茫然",盛大貌。

⑱穷尤(yōu)罔(è)与:指穷追猛打。尤,即行;罔,即止。

⑲亶:通"但"。剽(piào):轻飘,轻疾。绁(yì):超越。

⑳兕(sì):兽名,似牛。

㉑罴(pí):猛兽名。拏玃(ná jué):搏击貌。

㉒凌遽(jù):窘迫。

㉓题注:用额头击地。题即额,注即击(地)。

㉔麇(cù):急迫。竦:恐慌。詟(zhé):惊恐。

㉕脰(dòu):颈。

㉖期中:必中。期有必之意。

㉗淫:过。轮夷:与车轮相平。

【译文】

这时天空一片晴朗，万里无云，逢蒙一类的善射者张大眼睛，聚精会神，后羿一类的善射者拉开弓箭，准备发击。壮丽辉煌的车队来了，曾经为月神驾车的望舒拉着辔头，悠闲自得地慢慢到了上兰观。于是围猎的阵地开始转移，壮观威严的田猎队伍依次出发。天星旋转，神鞭电击，碰上的粉碎，接近的破损。鸟儿来不及飞走，野兽无法通过，惊心动魄，似要刮遍原野清扫大地。等到猎车奔驰、猎骑闪过，飞跑的豹子也被践踏，狒狒也被捆绑。其速度可以追上天宝神，出击一方，电闪雷鸣，势不可挡。山野所藏，搜刮殆尽，雌雄野兽，囊括无遗。它们被迫集中到一起，拥挤不堪；在网中喘着粗气。狩猎三军气势盛大，再将飞禽走兽穷追猛打，但见轻禽跳跃，犀兕相撞，熊罴相搏，虎豹窘迫。只能以头角抢地，露出恐怖至极的神色，最后丧魂失魄，撞击车辐，以致脖子被卡住。这个时候，胡乱射箭也肯定射中，无论是进还是退，都必定能获取猎物，死伤的野兽没过了车轮，整个土丘山陵，全都堆满。以上描述所获禽兽之多。

　　于是禽殚中衰①，相与集于靖冥之馆②，以临珍池。灌以岐、梁③，溢以江、河，东瞰目尽，西畅无崖。隋珠和氏④，焯烁其陂⑤，玉石嶜崟⑥，眩耀青荧⑦。汉女水潜⑧，怪物暗冥，不可殚形，玄鸾孔雀，翡翠垂荣⑨，王雎关关⑩，鸿雁嘤嘤⑪，群娱乎其中，嚛嚛昆鸣⑫。凫鹥振鹭⑬，上下砰磕，声若雷霆。乃使文身之技⑭，水格鳞虫⑮，凌坚冰，犯严渊⑯，探岩排碕⑰，薄索蛟螭⑱。蹈猓獭⑲，据鼋鼍⑳，拔灵蠵㉑，入洞穴㉒，出苍梧㉓。乘巨鳞，骑京鱼㉔，浮彭蠡㉕，目有虞㉖。方椎夜光之流离㉗，剖明月之珠胎㉘，鞭洛水之宓妃㉙，饷屈原与彭胥㉚。以上水嬉。

【注释】

①殚(dān)：尽。中衰：指射杀渐渐停止。

②靖冥：幽深闲静。

③岐、梁：岐山和梁山，这里指岐山和梁山的水。

④隋珠：即随侯珠，传说中的宝珠。和氏：即和氏璧，一种宝玉。

⑤焯烁(zhuō shuò)：光彩照耀。陂：指珍池之畔。

⑥嶜岑(qín yín)：高大尖锐貌。

⑦青荧：色青而有光泽。

⑧汉女：传说中的汉水女神。

⑨翡翠：鸟名。垂荣：散发光彩。

⑩王雎(jū)：即雎鸠，一种水鸟。关关：众鸟和鸣。

⑪嘤嘤：鸟鸣声。

⑫噍噍(jiào)：鸟鸣声。昆：同。

⑬凫、鹥：皆水鸟，即野鸭和鸥鸟。鹭：即白鹭、白鸟。

⑭文身：指越人，据说有水中取物之能。

⑮格：格斗，击杀。鳞虫：指生活在水中的动物。

⑯严渊：寒渊。

⑰岩：水岸险峻之处。碕(qí)：曲岸。

⑱薄索：即索取。蛟螭(chī)：蛟和龙。

⑲猵(bìn)、獭(tǎ)：皆水兽名。

⑳据：执，拿。鼋(yuán)、鼍(tuó)：皆水中动物名。

㉑拑(qiè)：拿，取。灵蠵(sì)：大龟。

㉒洞穴：指太湖中的洞庭穴。

㉓苍梧：即九嶷山。

㉔京：大。

㉕彭蠡(lǐ)：湖泽名。

㉖有虞：即舜，舜死后葬九嶷山，与彭蠡近。

㉗方：且。椎：敲击。夜光、流离：皆指宝玉。

㉘明月之珠胎：明月指一种宝珠。因人们认为珠出于蚌壳之内，蚌孕珠如人怀胎，所以称"珠胎"。

㉙宓妃：传说中的洛水女神。

㉚彭：指彭咸，相传为殷大夫。胥：指伍子胥，春秋时楚人。

【译文】

　　飞禽走兽已被猎尽，射杀便渐渐停止。这时，君臣一起到临近珍池的幽深闲静的宫馆玩赏。灌岐山和梁山之水入珍池，再输入长江黄河的水使之满溢，向东望去，没有边际，向西看去，也不见崖岸。随侯珠、和氏璧的光辉在池畔闪烁，美玉宝石硕大尖高，青荧的光芒在岸边照耀。汉水的女神在水中潜游，神怪之物在水中猫藏；时隐时现，很难见到全形，鸢鸟、孔雀、翡翠等鸟，尽展姿采，王雎、鸿鹄、大雁等水鸟一齐欢鸣，野鸭、白鹭和鸥鸟展翅飞翔，翅膀振动之声响若雷霆。于是让具有越人潜水取物之技的士卒到水中和动物们格斗，立于坚冰之上，进到寒渊之中，搜索险岸，清查曲崖，捉取蛟龙。踢打猕獭，缉拿鼋鼍，捉获大龟。深入太湖洞庭穴，从九嶷山底钻出。乘坐在巨鳞之中，骑跨于大鱼之上，漂游于彭蠡湖，看看虞舜长眠之地。并且敲击出夜光、流离般的宝玉，破出明月一样的宝珠，鞭打洛水女神宓妃，以祀祭屈原、彭咸和伍子胥。以上描述的是在水中的嬉戏。

　　于兹乎鸿生巨儒，俄轩冕①，杂衣裳，修唐典②，匡《雅》《颂》③，揖让于前。昭光震耀，奓芔如神④。仁声惠于北狄⑤，武谊动于南邻⑥。是以旃裘之王⑦，胡貉之长⑧，移珍来享⑨，抗手称臣⑩。前入围口，后陈卢山⑪。群公常伯⑫，杨朱、墨翟之徒⑬，喟然并称曰："崇哉乎德！虽有唐、虞、大夏、成周之隆⑭，何以侈兹⑮！夫古之觌东岳、禅梁基⑯，舍此世也，其谁与哉？"

【注释】

①俄：高貌。轩：有幡的车。

②唐典：尧典，记载尧舜政绩、禅让的事迹，为《尚书》的首篇。

③《雅》《颂》：指《诗经》中的两部分。

④夐智（xiǎng hū）：急速。

⑤北狄：居于北方边地的少数民族。

⑥南邻：指南方极远之国。

⑦斿（zhān）裘：指北方民族。

⑧胡貉（mò）：泛指居于北方的民族。

⑨享：供献。

⑩抗：合掌而举。

⑪卢山：山名，汉时匈奴之地的庭南山。

⑫常伯：官名，即侍中，汉代指皇帝的侍从官。

⑬杨朱：又作"阳朱"，战国时魏人。墨翟：战国初期的思想家，墨家
学派的创始人。

⑭成周：指周王朝，成王年幼，周公摄政，为周朝的兴盛立下了丰功
伟业，故有此说。

⑮侈：超过。

⑯觐（jìn）东岳、禅梁基：指在泰山筑台祭天和在梁父山上辟基祭
地。觐，朝见，参拜。

【译文】

　　在这时，鸿生巨儒们都戴着高高的帽子，穿着五彩的衣裳，坐着轩
车而来，遵循尧典，匡正《雅》《颂》，建文德礼让于当前，并让它昭明华采
于后世，如声之回响，迅随似神。仁爱之声其芳蕙及于北部边陲的狄
人，武仪之功其威势足以慑服南部的边地。所以斿裘的大王、胡貉的酋

长,都把他们那里的珍宝拿来敬献,并举手称臣。他们络绎不绝,前面的已经进了围猎之场的门,而后面的还在匈奴国的卢山。文武百官、近臣侍中及像杨朱、墨子那样的贤德之士无不感动,称赞道:"仁德高盛啊! 即便有唐尧、虞舜、大夏、成周的隆盛,怎么能超过此呢! 过去在泰山、梁父山祭祀天地的圣王明主,如果舍弃当今世代,还有谁能和他们为伍呢?"

上犹谦让而未俞也①,方将上猎三灵之流②,下决醴泉之滋③,发黄龙之穴,窥凤皇之巢,临麒麟之囿,幸神雀之林。奢云梦④,侈孟诸⑤,非章华⑥,是灵台⑦。罕徂离宫⑧,而辍观游,土事不饰,木功不雕⑨。丞民乎农桑⑩,劝之以弗怠,侪男女使莫违⑪。恐贫穷者不遍被洋溢之饶⑫,开禁苑,散公储,创道德之囿,弘仁惠之虞⑬。驰弋乎神明之囿⑭,览观乎群臣之有亡。放雉兔⑮,收罝罘,麋鹿刍荛⑯,与百姓共之。盖所以臻兹也。于是醇洪鬯之德⑰,丰茂世之规,加劳三皇,勖勤五帝⑱,不亦至乎! 乃祗庄雍穆之徒⑲,立君臣之节,崇贤圣之业,未遑苑囿之丽⑳,游猎之靡也! 因回轸还衡㉑,背阿房,反未央㉒。以上讽谏反之于道德。

【注释】

①上:指天子。俞:然,以为然。
②方将:指行为正在进行。三灵:日、月、星。流:指天降福祥。
③滋:涌。
④云梦:薮泽名。
⑤孟诸:古田猎之泽。
⑥章华:台名,春秋楚国所建。

⑦灵台:台名,西周时建。

⑧徂(cú):往,到。离宫:古代帝王在正式宫殿之外修建的供游玩时用的宫室。

⑨功:同"工"。

⑩丞(zhěng):通"拯"。救。

⑪侪(chái):相互结为配偶。

⑫饶:恩惠。

⑬虞:围猎之地。

⑭驰弋(yì):巡行,流连。

⑮雉:鸟名。

⑯刍荛(chú ráo):草,柴草。

⑰醇(chún):淳朴,厚重。畅:同"畅"。达。

⑱勖(xù):勉励。

⑲祗庄:庄严尊敬。雍穆:和美。徒:事。

⑳未遑(huáng):无暇,来不及,顾不上。

㉑轸(zhěn)、衡:皆代指车。轸为车后横木,衡是辕前端的横木。

㉒背阿房,反未央:阿房、未央,皆宫殿名。反,同"返"。

【译文】

皇上还是谦虚让功认为并非如此,并正要向上天祈求日、月、星三灵降福赐祥,向地神祈求挖开醴泉,让其涌流,掘开黄龙居住的洞穴,窥探凤凰筑住的窝巢,进入麒麟生活的围地,去到神雀逍遥的园林。然后认为云梦泽奢华,孟诸泽侈丽;认为章华台不好,灵台才符合规范。驾车到离宫而不游玩,不再大兴土木做浮梁雕栋,修宫筑台。劝老百姓致力于农桑,以救其灾乏,叫他们不要怠惰,让男女依时婚配。又怕贫苦穷困者不能遍受皇上的鸿恩浩泽,命令开放皇家苑囿,打开公家储仓。而修建起以道德为实的苑囿,设置以弘扬施布仁惠为职的官员。流连于神明聚集的苑囿,依次察看君臣中事功的有无。把雉鸟野兔释放,把罝罘罗网收起，麋鹿柴草，都与百姓共享。这些都是达到仁政的举措。再使盛畅之德更加厚重，使强国之规更加完备，比三皇更辛劳，比五帝更勤勉，不就达到极致了吗！然后做庄严恭敬肃穆和美之事，制定君臣之礼节，推崇阐发圣贤伟业，再也顾不上苑囿的壮丽，游猎的壮美了。于是掉转车头，离开奢丽的阿房宫，返回未央宫！以上从治国理政的角度表述讽谏之意。

长杨赋 并序

【题解】

此赋是扬雄四大献赋之一。它通过假设的子墨客卿和翰林主人对成帝猎长杨、亲临射熊馆观看胡人手搏禽兽自取其获一事的讨论，来讽谕成帝荒淫恣肆、无视社会危机。表面看去是翰林主人把子墨客卿说得哑口无言，实际上，后者的寥寥数语正是作者的本意所在，这便是清人何焯评此赋时所说的"似颂实规"，是一种正意反说。讨论中，子墨客卿和翰林主人都用了古今对比法，这实际上是为让成帝从中看到差距，从而及早醒悟。这便是何焯所评的"大寓微词"，是借古讽今。

明年①，上将大夸胡人以多禽兽②。秋，命右扶风发民入南山③，西自褒斜④，东至弘农⑤，南驱汉中⑥，张罗网罝罘⑦，捕熊罴豪猪、虎豹狖玃、狐兔麋鹿⑧。载以槛车⑨，输长杨射熊馆⑩。以网为周阹⑪，纵禽兽其中，令胡人手搏之，自取其获，上亲临观焉。是时农民不得收敛。雄从至射熊馆，还，上《长杨赋》。聊因笔墨之成文章，故借翰林以为主人，子墨为客卿以讽。其辞曰：

【注释】

①明年：即扬雄写作《羽猎赋》的后一年。

②胡人：过去汉族人对我国西北少数民族的一种称呼。

③右扶风：今陕西长安县西部一带。南山：即终南山。

④褒斜：褒斜道，指沿褒水和斜水形成的山谷通道，在今陕西西南部。

⑤弘农：汉代郡名，在今黄河、华山以南的河南、陕西交界一带。

⑥汉中：汉代郡名，所辖在今陕西秦岭以南，湖北粉青河、珍珠岭以北地区。

⑦罗、网、罝（jū）、罦（fú）：皆指捕猎禽兽的网。

⑧羆（pí）：俗称人熊的一种熊。狖（yòu）：长尾猿。玃（jué）：大猴子。

⑨槛（jiàn）车：用来装载猛兽和罪犯的车子。

⑩射熊馆：属长杨宫，在今陕西周至东南。

⑪阹（qū）：围猎之阵。

【译文】

扬雄作《羽猎赋》的后一年，皇上要向胡人大大地夸耀一番我中原大地的禽兽众多。这年秋天，命令右扶风发动老百姓进入终南山，西边沿着褒斜道，东边伸到弘农郡，南边直达汉中郡，都张铺开罗网罝罦，捕猎熊羆豪猪、虎豹猿猴、狐兔麋鹿。然后用专门的网车运到长杨宫的射熊馆，用罗网组成围猎之阵，将飞禽走兽纵放其中，让胡人进去赤手空拳与之相搏击，谁猎取就成为谁的战利品，皇上则亲临现场观看。那个时候，农民们无法进行秋收。扬雄作为皇上的侍从，也到了射熊馆，返回后，呈奏《长杨赋》。文章是用笔墨写成，姑且假借翰林为主人、子墨为客卿相互问答以示讽谕。赋辞说：

子墨客卿问于翰林主人曰："盖闻圣主之养民也，仁沾而恩洽①，动不为身②。今年猎长杨，先命右扶风，左太华而右褒斜③,椓巀嶭而为弋④,纤南山以为罝⑤,罗千乘于林莽,列万骑于山隅。帅军踤阹⑥,锡戎获胡⑦,搤熊罴⑧,拖豪猪,木拥枪累⑨,以为储胥⑩。此天下之穷览极观也。虽然,亦颇扰于农人,三旬有余,其堇至矣⑪,而功不图⑫。恐不识者,外之则以为娱乐之游,内之则不以为干豆之事⑬,岂为民乎哉?且人君以玄默为神,澹泊为德。今乐远出以露威灵,数摇动以罢车甲⑭,本非人主之急务也。蒙窃惑焉⑮。"翰林主人曰:"吁⑯! 客何谓兹耶? 若客所谓,知其一,未睹其二;见其外,不识其内也。仆尝倦谈,不能一二其详,请略举其凡⑰,而客自览其切焉⑱。"客曰:"唯唯。"

【注释】

①沾:滋润。洽:沾润。

②身:这里指自身,自己。

③太华:即华山。

④椓(zhuó):敲击。巀嶭(jié niè):山名,在今陕西三原、泾阳、淳化三县交界处。弋(yì):小木桩。

⑤纤:曲。

⑥踤(zú):聚集。

⑦锡:通"赐"。戎:北方少数民族。获胡:使胡人获得。

⑧搤(è):通"扼"。

⑨木:指木栅栏。枪:指竹枪尖朝天做成的栅栏。

⑩储胥:即储蓄。

⑪堇:同"勤"。

⑫功不图:是说人们花力气做事而无所图,这里指花力气做了而得不到什么。

⑬干豆:指祭祀。《周礼·王制》载:"天子诸侯,无事则岁三田,一为干豆,二为宾客,三为充君之庖。"

⑭罢:通"疲"。

⑮蒙:蒙昧,用以表示自谦敬人。

⑯吁(xū):表惊疑的叹词。

⑰凡:大概。

⑱切:切实具体细微之处。

【译文】

　　子墨客卿问翰林主人道:"听说圣明之主普养万民,是以仁爱恩泽来滋润的,一切行为都不是为了自己。今年皇上为了观猎于长杨宫,先让右扶风发民入山,左边至华山,右边到褒斜,敲击嶷薜山作木桩,将终南山弯曲作网,布列千乘车驾于深林厚薮,调遣万名骑兵于山角水涯。统帅军旅,集中围猎,赐给戎人,胡人获取。扼住熊罴,拖起豪猪,竹林绳索组成围栏,关住猎来的禽兽。虽是天下的穷览极观,却也对农民颇多骚扰达一月有余。这件事,费力极大,但实际上得不到什么。恐怕不知道内情的人,如果从表面看会认为是皇上的一次娱乐游玩,如果了解宫内规矩,会认为此次田猎不是为了祭祀之事,难道能说得上是为了百姓吗?况且作为人君应以静守玄默为宗旨,以澹泊明志为品德。现在却喜欢远道出游以展露其威灵,数次动用车甲士卒使之疲乏,这本来不是人主当务之急,因此我这心智蒙昧之人实感困惑。"翰林主人回答说,"嗯,客人您为什么这样说呢?如您所说,是知其一而不知其二,见事之外表而不识其内蕴。我不善言谈,不能一一详说,请允许我略微说个大概,而让客人您自己去捉摸其中的精微之处吧。"客人说,"行!行!"

　　主人曰:"昔有强秦,封豕其土①,窦窳其民②。凿齿之徒③,相与磨牙而争之。豪俊糜沸云扰④,群黎为之不康⑤。于是上帝眷顾高祖,高祖奉命,顺斗极⑥,运天关⑦,横巨海,漂昆仑⑧,提剑而叱之。所过麾城掫邑⑨,下将降旗,一日之战不可殚记。当此之勤,头蓬不暇梳,饥不及餐,鞮鍪生虮虱⑩,介胄被沾汗⑪,以为万姓请命乎皇天。乃展人之所诎⑫,振人之所乏⑬,规亿载⑭,恢帝业⑮,七年之间而天下密如也⑯。以上高祖武功。

【注释】

①封豕:大野猪。

②窫窳(yā yǔ):传说中的怪兽,形体可怕,声如婴啼,行动快捷,喜欢吃人。

③凿齿:怪兽名,传说其牙齿极长,好吃人。这里用来指战国时期的秦以外的六国统治者,一说指强秦的君臣。

④糜沸云扰:像煮开的粥一样沸腾,像飞云一样疾来速往。糜,指粥。

⑤群黎:老百姓。不康:不得安宁。

⑥斗极:北斗星和北极星,代指上天之命。

⑦天关:北极星,一说指牵牛神。

⑧漂:摇荡。

⑨麾(huī):使归于麾下,这里指招降。掫(chàn):取,攻取。

⑩鞮鍪(dī móu):头盔。虮虱(jī shī):虱子和虱子卵。

⑪介胄:即盔甲。

⑫展:伸,申诉。诎:同"屈"。冤屈。

⑬振:救济。

⑭规:规划,规范。

⑮恢:发扬光大。

⑯密:静,平安。如:词尾,无义。

【译文】

翰林主人说:"过去强盛霸道的秦国,像野猪一样糟蹋其土地,像怪兽窦窳一样踩躏其人民,像怪兽凿齿以长牙互击一样,群雄争斗,闹得天下像煮开的稠粥一样沸沸扬扬,像乱云一样速聚速散,老百姓因此不得安宁。这时,上天之帝,看中了我汉高祖,给他以特别的恩泽,降大任于他。高祖秉承天命,顺应天灵,代行天意,横渡巨海,漂越昆仑,提剑叱乱。所过之处,无不城归邑降,将服兵从。一日所战,不可尽记。在这勤于戡乱之际,头发蓬乱而无暇梳理,饥肠辘辘也顾上不吃饭,头盔长了虮虱,甲胄浸透了汗水。认为自己是为普天下百姓向皇天请命,于是申诉百姓的冤屈,拯救百姓于困乏。规范大统,恢宏帝业,七年的时间,使得天下太平无事。以上说的是汉高祖的武功。

"逮至圣文①,随风乘流②,方垂意于至宁③。躬服节俭④,绨衣不弊⑤,革鞜不穿⑥,大厦不居,木器无文⑦。于是后宫贱玳瑁而疏珠玑⑧,却翡翠之饰,除雕琢之巧,恶丽靡而不近,斥芬芳而不御,抑止丝竹宴衍之乐⑨,憎闻郑、卫幼眇之声⑩。是以玉衡正而太阶平也⑪。以上孝文俭约。

【注释】

①逮:到、及。圣文:指汉文帝刘恒,汉高祖的儿子。
②风、流:指高祖的遗风流泽,即高祖为汉奠定的优秀传统。
③方:正在。至宁:长治久安。
④躬服:亲自实行,以身作则。
⑤绨(tì)衣:粗糙厚实的袍子。不弊:不破就不另做。
⑥革鞜(tà):皮鞋。不穿:指不坏就不另制。
⑦文:指彩绘雕镂。

⑧玳瑁（dài mào）、珠玑（jī）：皆指珠宝。

⑨宴衍：指不好的音乐。

⑩郑、卫：《诗经》中有郑风、卫风多篇，都是男女相悦之词，被认为
　是乱国之音，艳词淫曲，这里便用来代指靡靡之音。幼眇：微妙
　曲折。

⑪玉衡：即北斗星。太阶：即三台星，又作"泰阶"。

【译文】

　　"到了圣明文帝，继承高祖的遗风，乘着高祖的流泽，正在致力于长
治久安。提倡节俭，并以身作则，粗袍皮鞋，不破损决不换新，深宫大厦
不居住，器物不加雕饰。这个时候，后宫都不以玳瑁为重，不以珠玑为
贵，抛弃翡翠之类的饰物，弃除雕琢的巧妙，厌恶艳丽奢靡而不靠近，排
斥芬芳香味而不预备，停止丝竹之类不好的音乐，痛恨听到像郑声、卫
乐这样的靡靡之音。因此，北斗星端正了，泰阶星平稳了，政治清明，天
下安定。以上说的是汉文帝的俭约。

　　"其后熏鬻作虐①，东夷横畔②，羌、戎睚眦③，闽、越相
乱④，遐氓为之不安⑤，中国蒙被其难⑥。于是圣武勃怒⑦，爰
整其旅⑧。乃命骠卫⑨，汾沄沸渭⑩，云合雷发，焱腾波流，机
骇蜂轶⑪，疾如奔星，击如震霆。碎辒辌⑫，破穹庐⑬，脑沙
幕⑭，髓余吾⑮，遂蹍乎王庭⑯。驱橐驼⑰，烧熐蠡⑱，分剹单
于⑲，磔裂属国⑳。夷阬谷㉑，拔卤莽㉒，刊山石㉓。蹂尸舆
厮㉔，系累老弱。吮铤瘢耆、金镞淫夷者数十万人㉕，皆稽颡
树颔㉖，扶服蛾伏㉗，二十余年矣，尚不敢惕息㉘。夫天兵四
临，幽都先加㉙；回戈邪指㉚，南越相夷；靡节西征㉛，羌、僰东
驰㉜。是以遐方疏俗、殊邻绝党之域㉝，自上仁所不化㉞，茂
德所不绥㉟，莫不跂足抗首㊱，请献厥珍㊲。使海内澹然㊳，永

亡边城之灾、金革之患。以上武帝兵事。

【注释】

①熏鬻(yù)：即匈奴。

②东夷：东越。

③羌：西部少数民族。睚眦(yá zì)：怒目而视。

④闽、越：指东南沿海少数民族。

⑤遐氓(méng)：边远地区的人民。

⑥中国：指相对于边远地区的中原。

⑦圣武：指汉武帝。

⑧爰：句首发语词。

⑨骠：指骠骑将军霍去病。卫：即大将军卫青。

⑩汾沄(yún)：众多貌。沸渭：昂奋貌。

⑪机骇蜂轶(fēng yì)：弓弦如受惊一般纷纷发出羽箭，形容军队进攻的迅疾。机，指弓弩的机关。蜂，同"锋"。轶，指逾越。

⑫辒辒(fēn wēn)：古代的一种大兵车，用来攻城。

⑬穹庐：游牧的人所住的帐篷。

⑭脑沙幕：使脑浆涂于沙漠。沙幕，即"沙漠"。

⑮髓余吾：骨髓掉进余吾河中。余吾河在今宁夏北部。

⑯躐(liè)：践踏。王庭：单于所居之处。

⑰橐(tuó)驼：骆驼。

⑱爁蠡(mì luó)：匈奴集居的部落，一说是干酪。

⑲分刿(lí)：分割，分化。

⑳磔(zhé)裂：分裂。属国：归附匈奴的各个小国。

㉑阬(gāng)谷：大山谷。

㉒卤莽：荒地野草。

㉓刊：削除。

㉔踩:践踏。舆厮:指用车去碾敌军的士卒。

㉕唲(shǔn):箭尾,代指箭。铤(yán):装有铁柄的短矛。瘢(bān):伤疤。耆(qí):通"鬐",马鬃。镞(zú):箭。淫:过分。夷:伤。

㉖稽颡(qǐ sāng):叩头。

㉗扶服:通"匍匐"。蛾(yǐ):通"蚁"。

㉘惕:快。息:呼吸。

㉙幽都:北方极远的地方,这里指匈奴所居之地。

㉚邪指:侧转方向,斜向东南。

㉛靡节:旗帜和符节,代指指挥军队。靡,同"麾"。

㉜僰(bó):西部少数民族。东驰:指向汉朝进贡称臣。

㉝疏俗:风俗不同。殊邻绝党:人烟稀少的极远边地。

㉞自:从来,一向。上仁:至仁。

㉟绥:安抚。

㊱跷(qiāo):抬起。抗:举。

㊲厥:句中助词。

㊳澹然:安宁貌。

【译文】

"这之后,匈奴作乱,东越挑衅,羌戎不服,闽越相争。边远之地的百姓不得安宁,中原之地也蒙受其害。这时我汉圣武皇帝勃发威怒,调遣军队,派骠骑大将军霍去病和大将军卫青统帅,浩浩荡荡,威武雄壮,如云雾聚合,如闪电迅发,如狂飙席卷,如波涛涌流,如力弓疾箭,如流星奔月,如雷霆震击。粉碎作乱攻城的大车,击破乱军所住的帐篷,让乱军士卒的脑浆洒在沙漠中,让他们的骨髓流入余吾河内,接着便踩平他们的王庭。驱赶他们的骆驼,烧毁他们的部落村寨。分化单于之国,使其属国分裂不和而归属大汉。夷平大山谷,铲平荒原野草,削掉巨石悬崖,开辟道路,驱车碾踏他们的士卒,用绳索捆住老弱伤残。被箭所射伤且伤势很重者达数十万人,这样一来他们都叩头伏首,匍匐而行,

就像蚂蚁一样,二十多年过去了,还不敢畅快地呼吸。我汉天兵,四面
降临,匈奴所居之幽都,是首选的目标,然后回戈侧转,斜向东南,夷平
南越,再指挥军队西征羌、僰,让他们臣服进贡。风俗不同的远地边陲,
人烟稀少的极远异域,历来都是至仁难化、极德难抚,而现在没有不抬
足举手、以示景仰、请示进贡珍宝的。从而使四海之内安宁无患,边城
之地永无金革祸端。以上说的是汉武帝的军事行动。

"今朝廷纯仁,遵道显义,并包书林,圣风云靡,英华沉
浮,洋溢八区。普天所覆,莫不沾濡。士有不谈王道者,则
樵夫笑之。意者以为事罔隆而不杀,物靡盛而不亏①,故平
不肆险②,安不忘危。乃时以有年出兵③,整舆竦戎④,振师
五柞⑤,习马长杨,简力狡兽⑥,校武票禽⑦。乃萃然登南
山⑧,瞰乌弋⑨,西厌月䰟⑩,东震日域⑪。以上元、成太平宴安,
故讲武以安不忘危。

【注释】

①靡:表示否定。

②肆险:放心于危险,即不把危险放在心上。

③有年:丰收之年。

④竦戎:动员士兵。竦,通"怂"。

⑤五柞:宫殿名,在今陕西周至。

⑥简:练习。

⑦校:考察。票禽:身轻快速的飞禽。

⑧萃然:集聚貌。

⑨乌弋:西域国名。

⑩厌(yà):通"压"。倾覆,此指以威压服。月䰟(kū):传说中的月

出之地，在极西边。

⑪日域：即日出之所，在极东边。

【译文】

"当今朝廷厚仁大德，遵循圣道，扬显明义，兼容并包，广纳人才，圣法之风，如云绵延，美善之行，随处可见。皇恩浩荡，普天之下，莫不受润。士林之中谁不谈论王道，则连樵夫也要耻笑。猜想是认为事物不隆盛至极就不会导致杀身之祸，物体不鼎盛就不会亏损，所以处于平静、安定之时不忘记危险灾祸。于是时常在丰收之年调兵遣将，整顿车甲，动员士卒，在五柞宫振我军威，在长杨宫演习兵马，用和狡兽搏击来练习力量，用射猎飞禽来考察武功。于是兵卒聚集而登上终南山，俯瞰西域的乌弋国，再向西以威压服月嵲，向东再威震日域。以上说的是汉元帝、成帝时天下太平，通过军事演练以表明安不忘危。

"又恐后代迷于一时之事，常以此为国家之大务，淫荒田猎，陵夷而不御也①。是以车不安轫②，日未靡旗③，从者彷彿④，骪属而还⑤。亦所以奉太尊之烈⑥，遵文、武之度⑦，复三王之田，反五帝之虞⑧。使农不辍耰⑨，工不下机，婚姻以时，男女莫违。出恺弟⑩，行简易，矜劬劳⑪，休力役，见百年⑫，存孤弱⑬，帅与之同苦乐⑭。然后陈钟鼓之乐，鸣鼗磬之和⑮，建碣磆之虞⑯，拮隔鸣球⑰，掉八列之舞⑱。酌允铄⑲，肴乐胥⑳，听庙中之雍雍㉑，受神人之福祜㉒。歌投《颂》，吹合《雅》。其勤若此，故真神之所劳也。以上讽谏。

【注释】

①陵夷：衰败，式微。御：止。

②轫（rèn）：安装在车轮上使车停住的木质零件。

③靡旃(zhān)：旗影倒地，即太阳偏西。

④彷佛：隐隐约约，不甚分明。

⑤佹(wěi)属：委婉地解释，一说佹是委弃、放弃，属是连续不断。

⑥太尊：指汉高祖。烈：通"业"。

⑦文、武：指文帝和武帝。

⑧虞：掌管山泽的官员。

⑨耰(yōu)：农具名。

⑩出：表现。恺弟：和乐善良貌。

⑪矜：同情。劬(qú)劳：辛劳。

⑫百年：指高寿之人。

⑬存：安抚慰问。

⑭帅：同"率"，率先。

⑮鼗(táo)、磬(qìng)：皆古代乐器。

⑯碣磝(jié jiá)：猛兽威壮貌。虡(jù)：钟架。

⑰拮(jiá)隔：敲击。鸣球：玉磬，一种乐器。

⑱掉：摇晃。八列：即八佾，古代天子专享的舞乐。

⑲允铄(shuò)：信美。允，诚信，铄，美好。

⑳乐：礼乐。胥：句末助词。

㉑雍雍：和谐之声。

㉒福祜(hù)：福祥，幸福。

【译文】

"又怕后代迷惑，沉醉于一时的举措，误把它当做国家的重大事务，精力过度集中在围猎上，而荒废了其他大事，使国运衰退而不能阻止。所以车驾不安装久停的设备，日未偏西，旗影尚未倒地，隐隐约约的随从大军还没完全安顿下来，便又开始连续不断地返回了。这才是遵奉高祖之遗烈，沿循文帝、武帝之法度，恢复三王之田猎规矩，还原五帝的虞官的设置，使农人不中断其耕种，工人不下其机床，青年男女，按时婚配,不违天意。颜容和乐美善,政策简明易行,同情辛劳的人,让劳力服役者休息,使高寿之人安度晚年,安抚慰问孤弱之人。率先与民同苦乐,然后再布陈钟鼓之鸿乐,鸣响鼗磬之和声,立起雄伟猛壮的编钟之架,敲击玉磬,排练八佾之舞蹈。以诚信为斟饮的酒浆,以礼乐为佳肴,听清庙中的和谐之声,领受神明所赐的福祥。使歌曲与《颂》相投,让吹打与《雅》相合。其勤勉如此,才称得上是真正的劳心极虑,该得到神的福佑。以上表述讽谏之意。

　　"方将俟元符①,以禅梁甫之基,增泰山之高②。延光于将来③,比荣乎往号④。岂徒欲淫览浮观,驰骋粳稻之地,周流梨栗之林,蹂践刍荛⑤,夸诩众庶,盛狄玃之收,多麋鹿之获哉?且盲者不见咫尺,而离娄烛千里之隅⑥。客徒爱胡人之获我禽兽,曾不知我亦已获其王侯!"

【注释】

①元符:重大的符应,符应即天子受命于天时所出现的祥瑞。

②禅梁甫之基,增泰山之高:指帝王祭祀天地的典礼。

③延光:继承发扬光辉业绩。

④往号:过去的年号,指过去的盛明朝代。

⑤刍荛(ráo):草,柴草。刍,指用来喂牲口的草;荛,指柴草。

⑥离娄:古代眼亮之人,又作"离朱"。

【译文】

　　"这时才将去等待上天的符应,听命于上苍,通过到泰山梁父祭祀天地,来使帝业发扬光大,与过去的圣明盛世比较荣光。难道这是只想穷览极观,在粳稻之田中驰骋,在梨栗之林中流连,去践踏草木,并向公民夸耀猿猴麋鹿所获之多吗?况且盲人物近咫尺不能看见,而像离娄这样的明眼人则对千里之外的角落也洞察无遗。客人您只可惜胡人获取了我们的禽兽,却不知道我们已得到了他们的王侯。"

　　言未卒,墨客降席,再拜稽首,曰:"大哉,体乎^①! 允非小人之所能及也^②。乃今日发蒙,廓然已昭矣^③!"

【注释】

①体:心胸,气度。

②允:信,确实。

③廓:消除迷惑。

【译文】

　　话还没说完,子墨客卿已从席上走下,再拜叩头道:"博大精深,实非像我这样的小人物所能企及啊。今天蒙昧受到启发,迷惑被廓清,我终于明白了。"

甘泉赋 并序

【题解】

　　此赋是扬雄四大献赋之一。文章通过对汉成帝甘泉郊祀盛况的记叙,特别是对甘泉宫游观宫阙的屈奇瑰伟的描写,极其曲折地对皇上进行了讽谕。扬雄极尽铺陈之能事,把甘泉宫写得如同仙境一般,这既体现了他"诗人之赋丽以则"的文学观点,同时也是他一贯主张明哲保身的行为反映。《甘泉赋》在用意婉曲、词多蕴藉方面,是四大献赋中最突出的。

　　孝成帝时^①,客有荐雄文似相如者^②。上方郊祀甘泉泰時、汾阴后土③，以求继嗣，召雄待诏承明之庭④。正月，从上甘泉还，奏《甘泉赋》以讽。其辞曰：

【注释】

①孝成帝：汉成帝刘骜，汉元帝之子。

②客：向成帝推荐扬雄的《绵竹颂》的杨庄，一说是当时的大司马车骑将军王商，由于他的推荐，扬雄做了待诏。

③上：指孝成帝。甘泉：甘泉宫，又称云阳宫，位于陕西淳化西北的甘泉山上，始建于秦始皇时代，汉武帝时加以扩建。泰時（zhì）：坛名，汉武帝时建，在甘泉宫南。汾阴：汾水的南岸。后土：指后土祠，汉代天子祭地神的地方。

④承明：宫殿名，在未央宫中。

【译文】

孝成帝时，扬雄的一个客人认为他的文章与司马相如的文章相似，向皇上推荐。当时，皇上正准备进行郊祀活动，地点在甘泉宫南面的泰時坛和汾水南岸的后土祠，目的是为了求得继承汉室大统的子嗣。听了推荐，便召扬雄在未央宫的承明殿待诏。正月，扬雄跟随皇上去了甘泉宫，回来后向皇上呈奏《甘泉赋》，以示讽谕。赋辞说：

　　惟汉十世①，将郊上玄②，定泰時，雍神休③，尊明号④。同符三皇⑤，录功五帝⑥，恤胤锡羡⑦，拓迹开统⑧。于是乃命群僚，历吉日⑨，协灵辰⑩，星陈而天行⑪。诏招摇与太阴兮，伏钩陈使当兵⑫。属堪舆以壁垒兮，捎夔魖而抶獝狂⑭。八神奔而警跸兮⑮，振殷辚而军装⑯。蚩尤之伦⑰，带干将而秉玉戚兮⑱，飞蒙茸而走陆梁⑲。齐总总以撙撙⑳，其相胶辖兮㉑，猋骏云迅㉒，奋以方攘㉓。骈罗列布，鳞以杂沓兮，柴虒参差㉔，鱼颉而鸟䀜㉕。翕赫炎霍㉖，雾集而蒙合兮㉗，半散昭烂㉘，粲以成章。于是乘舆，乃登夫凤皇兮而翳华芝㉙。驷苍螭兮六素虬㉚，蠖略蕤绥㉛，漓虖襂纚㉜。帅尔阴闭㉝，霅然阳开㉞，腾清霄而轶浮景兮㉟，夫何旍旐郅偈之旖旎也㊱！流星旄以电烛兮㊲，咸翠盖而鸾旗。敦万骑于中营兮㊳，方玉车之千乘。声骈隐以陆离兮㊴，轻先疾雷而驱遗风㊵。凌高衍之嵱嵷兮㊶，超纡谲之清澄㊷。登椽栾而羾天门兮㊸，驰闾阖而入凌兢㊹。

【注释】

①惟：句首语气词。汉十世：即汉成帝，从汉高祖起，到汉成帝，共十世。

②郊：即郊祀。上玄：上天，古有"天玄地黄"之说。

③雍神：请求神灵保佑。休：美好，这里指祥瑞。

④尊明号：虔诚地祭祀神明。

⑤符：符契，即君王受命于天的凭证。三皇：一般指伏羲、神农、黄帝这三位传说中的远古帝王。

⑥五帝：一般指颛顼、帝喾、唐尧、虞舜、夏禹。

⑦恤胤（xù yìn）：为无子而忧心。锡：同"赐"，赐与。羡：丰饶。

⑧拓迹：拓展业迹、基业。开统：发展统绪、传统。

⑨历：选。

⑩协：合，和。灵辰：即良辰。

⑪星陈而天行：星辰罗列，天体运行，用以状天子出行群臣相随之态。

⑫诏招摇与太阴兮，伏钩陈使当兵：招摇、太阴、钩陈，都是星名。当，主持，统领。

⑬属(zhǔ)：托。

⑭捎：击，杀。夔：精怪。魖(xū)：一种使人耗财的鬼。抶(chì)：击，打。獝(xù)狂：恶鬼。

⑮八神：八方之神。警跸(bì)：警戒，清道。

⑯殷辚：繁盛状。

⑰蚩(chī)尤：上古部落首领，善用兵，所以这里用"蚩尤之伦"代指武士们。

⑱干将：古代的名剑。玉戚：用玉装饰的战斧。

⑲蒙茸、陆梁：都是奔跑的样子。

⑳总总、撙撙(zūn)：都是用来形容众多聚集。

㉑胶辂(gé)：纷乱杂错状。

㉒骇：惊起。

㉓方攘：分散奔离。

㉔柴虒(cī zhǐ)：不齐的样子。

㉕颉(xié)：上下不定。頏(héng)：同"翃"。鸟从高处往下飞。

㉖翕(xī)赫：隆盛状。霅(hū)霍：迅疾状。

㉗蒙：云气。

㉘半散：分散。半，同"泮"。昭烂：光明。

㉙凤皇：指以凤凰做装饰的车子。华芝：车盖。

㉚苍螭(chī)：青龙。螭指传说中无角的龙。素虬：白龙。这里的"苍螭""素虬"都是对马的美称。

㉛蠖(huò)略蕤绥：行走进退从容有度。

㉜漓虖糁缅(lí hū shēn lí)：下垂的样子。

㉝帅：聚集。

㉞霅(sà)：散开。

㉟轶(yì)：越过。浮景：流动的云彩。

㊱旟(yú)、旐(zhào)：都指绘有图像的旗子。郅偈(zhì jié)：矗立的

　　样子。之：而。旖旎：旗帜随风飘飞的样子。

㊲流：形容旗帜飘动的样子。星旄(máo)：饰有星文的旗子。电烛：电光照耀。

㊳敦：通"屯"，屯积。方：并。

㊴驿(pēng)隐：形容声音大。陆离：不齐的样子。

㊵趿(sà)：迅疾。遗风：疾风。

㊶高衍：高远无边。嵱嵷(yǒng sǒng)：山峰众多。

㊷纤谲(jué)：曲折。

㊸㮹栾：山名，指甘泉南山。玜(gōng)：至。

㊹阊阖：神话中的天门。凌兢：寒凉的高处。

【译文】

　　啊，我们的大汉王朝，从伟大的高祖起，到现在已经十代了。今天，圣明的皇上，将在郊外的泰畤坛，祭祀上苍，虔诚地祈求所有至高无上的神灵保佑。至上的神明，请赐给我们皇上以祥瑞吧！我们的皇上同三皇一样受命于天，我们皇上的功业与五帝一样辉煌；但是，他现在正为没有子嗣而忧虑！上天啊，请赐给他众多的儿子，请让大汉的统绪得以继承，汉室的宏业得以光大流长。此时，我们的君王已命令群臣挑选了吉日、算合了良辰，在星辰般众多的臣僚的拥戴下出发了。让招摇星和太阴星听令，使钩陈星伏命统领士兵，拜托天地之神和壁垒星座，击杀一切精怪鬼魅。八方的神灵戎装前来警戒开道，威风凛凛，气势盛大。英勇善战的武士们，佩带着干将之剑，手执缀有玉饰的战斧，呼啸而过，驰骋于天子左右。他们时而聚集在一起形成巨大的方阵，就像突然汇聚的云雾一样繁盛和齐整，时而又分散奔离开去，就像被狂飙惊破的云气一样迅疾和纷杂。他们来回奔走，就像鱼儿在水中往来穿梭、鸟儿在空中上下飞翔，只见鳞光闪闪、羽翼翩翩，就像流霞奔逸，明丽灿烂。这时，我们的君王才登上了他的宝车。绘有凤凰的车厢遮掩在华丽的车盖下，被多匹犹如青龙、白龙的好马拉着，从容不迫、进退有节地前行着。队伍拢合之时如阴云聚集，散开之时似阳光穿雾；旌旗高举，耸入青天，随风飘飞，犹如闪电。在皇上所居的中营，积聚了数万骑兵和上千乘的好车。车骑奔突，嘈杂的声音先如雷声低鸣，接着就像迅疾的狂风暴啸。凌越高远无边的崇山峻岭、曲折幽深的青云，车马登上了高高的椽栾山，犹如到了天门，驶过天门阊阖，进入了更高更寒凉的地方。

　　是时未臻夫甘泉也①，乃望通天之绎绎②。下阴潜以惨廪兮③，上洪纷而相错④。直嶤嶤以造天兮⑤，厥高庆而不可乎弥度⑥。平原唐其坛曼兮⑦，列新雉于林薄⑧。攒并闾与茇葀兮⑨，纷被丽其亡鄂⑩。崇丘陵之驳骓兮⑪，深沟嶻岩而为谷⑫。崛崛离宫般以相烛兮⑬，封峦、石关施靡乎延属⑭。

【注释】

①臻(zhēn)：通"臻"。至。

②通天：指汉武帝时建的通天台。绎绎(yì)：高大的样子。

③阴潜：阴暗。惨廪(lǐn)：阴晦不明。

④洪纷：广大的样子。

⑤嶤嶤(yáo)：高的样子。

⑥厥：其。庆(qiāng)：句中语助词。弥：终。度：测量。

⑦唐：广远。坛曼：广大平坦。

⑧新雉(zhì)：香草名。林薄：草木交错而生的丛林。

⑨并闾：木名。茇葀(bó kuò)：草名。

⑩被丽：披离，分散，四处分布的样子。亡鄂：无边无际。亡，通"无"。

⑪丘陵：山岭。驳骓(pǒ ě)：高大的样子。

⑫嵚（qīn）岩：深险的样子。

⑬莲莲：处处。莲，即古"往"字。离宫：非正式的宫殿，供游玩时使用。般：通"班"。布。

⑭封峦、石关：都是宫观名。施（yì）靡：连绵不断。

【译文】

此时还没有到甘泉宫，却已望见了通天台的高大。高耸的通天台，下面阴暗幽寒，其上光彩恢宏。耸入云端似已顶天，高度难以计量。台上平坦而广大，无边无际的丛林中到处长满了香草。高山峻岭之间，布满深险的山谷。离宫别馆遍布群山相互映照，封峦、石关等台观也连绵相接。

于是大厦云谲波诡，摧嶉而成观①。仰挢首以高视兮②，目冥眴而亡见③。正浏滥以宏惝兮④，指东西之漫漫。徒徊徊以徨徨兮，魂眇眇而昏乱。据轮轩而周流兮⑤，忽坱圠而亡垠⑥。翠玉树之青葱兮，璧马犀之瞵㻜⑦。金人仡仡其承钟虡兮⑧，嵌岩岩其龙鳞⑨。扬光曜之燎烛兮⑩，垂景炎之炘炘⑪。配帝居之县圃兮⑫，象泰壹之威神⑬。洪台崛其独出兮⑭，扨北极之嶵嵬⑮。列宿乃施于上荣兮⑯，日月才经于柍桭⑰。雷郁律于岩窔兮⑱，电儵忽于墙藩⑲。鬼魅不能自逮兮，半长途而下颠。历倒景而绝飞梁兮⑳，浮蠛蠓而撇天㉑。左欃枪而右玄冥兮㉒，前熛阙而后应门。荫西海与幽都兮，涌醴汩以生川。蛟龙连蜷于东崖兮㉔，白虎敦圉乎昆仑㉕。览樛流于高光兮㉖，溶方皇于西清㉗。前殿崔巍兮㉘，和氏玲珑㉙。炕浮柱之飞榱兮㉚，神莫莫而扶倾㉛。闶阆阆其寥廓兮㉜，似紫宫之峥嵘㉝。骈交错而曼衍兮㉞，崚嶒魁乎其相

婴㉟。乘云阁而上下兮,纷蒙笼以棍成㊱。曳红采之流离兮,
飏翠气之宛延。袭琁室与倾宫兮㊲,若登高眇远肃乎临渊㊳。
回焱肆其砀骇兮㊴,掝桂椒而郁杨㊵。香芬茀以穷隆兮㊶,
击樽栌而将荣㊷。芗呋胖以棍批兮㊸,声驿隐而历钟。排玉
户而飏金铺兮㊹,发兰蕙与芎䓶㊺。帷弸彋其拂汨兮㊻,稍暗
暗而靓深㊼。阴阳清浊穆羽相和兮㊽,若夔、牙之调琴㊾。
般、倕弃其剞劂兮㊿,王尔投其钩绳[51]。虽方征侨与偓佺
兮[52],犹彷彿其若梦。

【注释】

①摧嵬(wēi):即崔巍,高大雄伟状。观(guàn):观阙,宫阙。

②挢(jiǎo):举起。

③冥眴(xuàn):目光昏花。

④浏滥:浏览。宏惝(chǎng):广大宽阔。惝,通"敞"。

⑤轹(líng)轩:栏杆。周流:四顾。

⑥块圠(yǎng yà):广大的样子。

⑦瞵瑸(lín bīn):文彩缤纷。

⑧仡仡(yì):健壮勇武。钟虡(jù):悬挂编钟的木架。

⑨岩岩:张开的样子。

⑩光曜(yào):光亮。燎:火炬,火焰。

⑪景炎:太阳的光焰。炘炘(xīn):光焰炽盛的样子。

⑫昆圃:传说中的神山。

⑬泰壹:又作太一,天帝之别名。

⑭洪台:高大的台筑。

⑮掇(zhì):到。嶟嶟(zūn):高耸险峻。

⑯荣:屋檐。

⑰杗桭（yāng zhēn）：指屋檐。

⑱郁律：雷声。岩窔（yào）：山谷，山底，这里指宫阙幽深处。

⑲藩：篱笆，围墙。

⑳倒景：因楼台至高，在日月之上，故有"倒景"一说。

㉑蔑蠓（miè měng）：浮尘。撇：拂。

㉒欃枪（chán chēng）：天欃和天枪两星的合称。玄冥：水神。

㉓熛（biāo）阙：赤色的宫阙。应门：王宫正门。

㉔连蜷（quán）：屈曲状。

㉕敦圉（yǔ）：威严盛怒的样子。

㉖樛（jiū）流：缭绕，曲折。高光：宫阙名。

㉗溶：安闲。方皇：同"旁皇"，即傍徨，徘徊。西清：西厢清静处。

㉘前殿：正殿。

㉙和氏：和氏璧，古代有名的璧玉，这里用来泛指装饰殿堂的璧玉。

㉚炕：同"抗"，举。浮柱：梁上短柱。飞榱（cuī）：屋椽凌空。

㉛莫莫：隐藏，暗中。

㉜闶（kàng）：门高的样子。阆阆（láng）：空旷，空阔。

㉝紫宫：天帝的居室。崝嵘：深邃。

㉞曼衍：分布。

㉟崿（tuǒ）：山体绵长的样子。嶵隗（zuì wěi）：高峻的样子。婴：
　　环绕。

㊱蒙笼：相互纠缠错杂在一起。棍（hùn）成：浑然一体，有似天成。
　　棍，同"混"。

㊲琁（xuán）室：用美玉装饰的屋子。倾宫：高大巍峨的宫殿。

㊳眇：视，望。

㊴回猋：旋风。砀（dàng）：通"荡"。

㊵被：通"披"。桂、椒、柂（yí）、杨：皆木名。

㊶芬茀（fú）：香气很浓。穹隆：高，大。

㊷欂栌(lú)：即薄栌,柱头上承托栋梁的方形短木,又叫斗拱。

㊸芗(xiǎng)：通"响"。声响。呹肸(yì xī)：迅速弥漫的样子。棍：
　　通"混"。批：击。

㊹排：开。飐：摇曳。金铺：金属制作的门环。

㊺兰、蕙、芎藭(xiōng qióng)：皆香草名。

㊻帷：帷帐。弸彋(péng hóng)：风吹帷帐的声音。拂泪(yù)：风吹
　　动帷帐的样子。

㊼靓：通"静"。

㊽穆：变音。羽：正音。

㊾夔：人名,精通音乐。牙：即伯牙,春秋时人,善鼓琴。

㊿般：即公输般,又叫鲁班,春秋时期鲁国人,古代著名的木匠。
　　倕(chuí)：我国古代能工巧匠的通称。剞劂(jī jué)：工匠所用的
　　刀凿。

51王尔：我国古代巧匠。钩绳：工匠用来正曲直的工具。

52征侨、偓佺(wò quán)：皆仙人名。

【译文】

在这里,高大的房屋,以云波一样奇诡的巧构、崔巍壮观的气势,组
成宫阙。举头仰望,头晕目眩就像什么也看不见。正面看去还能见其
高大宽敞,向两边望去则渺无边际。只令人心神迷惑、魂惊魄骇。凭栏
四眺,广袤无垠。玉做之树青翠欲滴,树上马犀色彩缤纷。饰以龙鳞的
铜铸之人巍然屹立,勇武雄壮,支撑着悬挂编钟的木架。宫阙中的华饰
光彩四溢,与太阳的光芒交相辉映,灿烂夺目,足以与天神所居媲美,和
尊神泰一所处同威。高台特出独立,险峭峻秀,直达北极星座。日月和
其他诸星仿佛都是在它的屋檐下经过。雷声也似从楼观的幽深之处响
起,闪电也只是在它的藩篱之上。鬼魅们不能爬上其顶端,纷纷在半途
跌坠下颠,只有蟻蟓这种虫子,经过从下向上照的日月,超越凌空的阁
道,才上拂于天。左边是天樾和天枪两星,右边是水神玄冥,前边是赤

色的宫阙,后边是王宫正门。其高足可以遮盖到西海和北边的幽都,其地醴泉涌出便疾流成川。东边卧有蛟龙,白虎威严地立于西边的昆仑。环顾盘桓于高光宫中,接着闲适自得地徘徊到西厢。正殿巍峨壮观,梁壁上的玉饰玲珑剔透;梁上短柱,其形危竦,屋椽凌空,像暗中有神在扶持着一样;殿宇高大深邃,有如泰一的紫宫,与甘泉山相上下的凌云高阁,檐栋陈布接连不断,交相萦绕;云雾和楼阁融为一体,浑然天成。缤纷的云气灿若彩虹在楼阁的周围蜿蜒流动,和宫观相互辉映。沿着宫殿行走,就像登高远望一样,有身临深渊之肃然。旋转的风来回吹拂,摇荡着椒桂和茂密的棠棣蒲柳。浓郁的香气,直冲梁柱,缭绕屋檐。香风继而进入宫室,吹得编钟发出隐隐之声。摇动门环,推开门户,散发出兰蕙和芎䓖的芬芳。屋内先有吹动帷帐的声音,待风过去,便归于沉寂。轻重高低缓急相济,犹若夔和伯牙在鼓琴。鲁班、倕和王尔这类的能工巧匠,看到宫殿的奇丽巧绝,也会扔掉手中的工具。征侨和偓佺这样的仙人,见了宫殿的金碧辉煌,也会感到他是在梦乡。

　　于是事变物化,目骇耳回。盖天子穆然珍台闲馆、琁题玉英、蜲蜿蠼濩之中①,惟夫所以澄心清魂、储精垂恩、感动天地、逆釐三神者②。乃搜逑索偶皋、伊之徒③,冠伦魁能④,函甘棠之惠⑤,挟东征之意⑥,相与齐乎阳灵之宫⑦。麻薜荔而为席兮⑧,折琼枝以为芳⑨。吸清云之流瑕兮⑩,饮若木之露英⑪。集乎礼神之囿⑫,登乎颂祇之堂⑬。建光耀之长旒兮⑭,昭华覆之威威⑮。攀琁玑而下视兮⑯,行游目乎三危⑰。陈众车于东阬兮⑱,肆玉轪而下驰⑲。漂龙渊而还九垠兮⑳,窥地底而上回。风泱泱而扶辖兮㉑,鸾凤纷其衔蕤㉒。梁弱水之濎溁兮㉓,蹑不周之逶蛇㉔。想西王母欣然而上寿兮㉕,屏玉女而却宓妃㉖。玉女亡所眺其清卢兮㉗,宓妃曾不得施其蛾眉。方揽道德之精刚兮㉘，侔神明与之为资㉙。

【注释】

①琁题：以玉修饰过的椽头。玉英：璧玉的光华。蜵蜎（yuān yuān）、蠖濩（huò）：皆指回环屈曲之类的奇巧状。

②逆：迎。釐（xī）：通"禧"。福。三神：天神、地祇、人鬼。

③皋（gāo）：皋陶（yáo），相传为舜的良臣。伊：伊尹，商汤的贤臣。

④伦：同类，同辈。

⑤甘棠：《诗经》召南中的一篇用来赞美召公德政的诗，借以代指召公。

⑥东征：代指周公。

⑦齐（zhāi）：通"斋"。斋戒。阳灵之宫：祭天之所。

⑧薜荔：香草名。

⑨琼枝：玉树的枝条。

⑩瑕：通"霞"。

⑪若木：传说中的一种树，太阳落于此。露英：含露的花叶。

⑫礼神：祭祀天神。

⑬颂祇（qí）：祭祀地神。

⑭旓（shāo）：旌旗上的飘带。

⑮华覆：华盖，指车。威威：华丽鲜艳的样子。

⑯琁玑：北斗星。

⑰游目：浏览环顾。三危：山名。

⑱东阬（gāng）：东冈。阬，通"冈"。

⑲玉轪（dài）：饰有玉的车毂，这里代指车。

⑳龙渊：水池名。还（xuán）：环绕，旋转。九垠：九重。

㉑汎汎（sǒng）：迅疾。辖：用来固定车轮的零件，这里作动词用，有"助"之意。

㉒鸾：传说中凤凰一类的鸟。蕤：这里指车子上下垂的装饰物。

㉓梁：桥，这里引申为渡过。弱水：水名，传说是西域极远之水。瀿溁（dǐng yíng）：细水流动的样子。

㉔蹑：登。不周：传说中的山名，即不周山。逶蛇（yí）：从容婉转的样子。

㉕西王母：传说中的女神。上寿：长寿，高龄。

㉖屏（bǐng）：排除。玉女：神女，仙女。宓妃：传说中的洛水女神。

㉗清眸（lú）：明亮的眼睛。眸，眼珠。

㉘方：宜。精刚：精微刚毅之义理。

㉙侔：法，求得。资：通"咨"。询问。

【译文】

在这里，虽然宫观建筑千变万化，珍台闲馆、金镂玉刻、奇曲怪折足以使人眼花缭乱，神不守舍，但我们的君王能够穆然其中，静思祭祀之事，想着如何养精蓄锐，使心神清静，虔诚地祈求神灵降福，以感动天地，禧迎三神。于是选择贤臣——像皋陶、伊尹那样在同类中才智超群，有召公的贤惠，有周公的美德，然后一起到阳灵之宫斋戒。铺上香草薜荔作为座席，折下琼枝让席间充满芳香。呼吸天空中流动的云霞的清气，食饮若木神树上的露珠。之后集中于祭神之地，立起飘扬的旌旗，让光华随飘带闪烁，让车盖更加明丽鲜艳。攀上北斗星，向下环顾三危山，让所有的车乘从东冈急驰而下。时而浮游龙渊，时而旋转于九重之高；时而窥看地底，时而又登上天庭。疾风劲吹，推着车子前行，鸾凤绕车，纷纷戏衔车缀。渡过流水瀿瀿的弱水，登上蜿蜒不断的不周山。想到西王母高寿而喜悦的样子，似悟到了好色为败德，于是摒弃玉女与宓妃，使玉女的美目无所视，宓妃的蛾眉无所施。这样才宜于酌取道德中蕴含的精微刚毅的义理，以求得向神明咨问。

于是钦柴宗祈①，燎薰皇天，皋摇泰一②。举洪颐③，树灵旗，樵蒸昆上④，配藜四施⑤。东烛沧海⑥，西耀流沙，北熿幽都⑦，南炀丹崖⑧。玄瓒觓觫⑨，秬鬯淦淡⑩，肸蚃丰融⑪，懿懿芬芬⑫。炎感黄龙兮⑬，燎讹硕麟⑭。选巫咸兮叫帝阍⑮，开天庭兮延群神⑯。傧暗蔼兮降清坛⑰，瑞禳禳兮委如山⑱。

【注释】

①钦：恭敬。柴：烧柴祭天。宗：尊崇。

②皋摇：一种祭天仪式，把柴堆在悬空的架子上，再在柴中放置璧玉和牲畜，一起燃烧。

③洪颐：旗子名。

④樵蒸：柴木。昆：同"焜"。火光明亮的样子。

⑤配藜：火光照耀四方。

⑥沧海：东海，即今天的黄海。

⑦熿（huǎng）：明，亮。

⑧炀（yàng）：烘烤。丹崖：丹水之畔。

⑨玄瓒（zàn）：用黑色璧玉装饰的礼器，盛酒用。觓觫（qiú liú）：如兽角弯曲的样子。

⑩秬鬯（jù chàng）：酒名。淦（hàn）淡：美味。

⑪肸蚃（xī xiǎng）：弥漫，散发。

⑫懿（yì）：美。

⑬炎：火光，火焰。

⑭燎（biāo）：火焰。讹：动。

⑮巫咸：古代神巫的通称。帝阍（hūn）：天门。

⑯延：引导。

⑰傧（bìn）：接引宾客。暗蔼：众多的样子。

⑱禳禳：丰盛，众多。委：积。

【译文】

在这个时候,才恭敬地燃起放有五牲的篝火,祭祀皇天泰一,并怀着崇敬的心情祈求上天赐给福祥。周围旗帜飘扬,柴草熊熊燃烧,光焰照亮四方:东照到东海之滨,西耀及流沙之域,北亮到幽都之地,南烤临丹水之畔。黑色的玉制盛酒礼器如兽角弯曲,盛满了醇美的秬鬯酒,浓浓的芳香弥漫着整个祭场。火焰感动了黄龙,也感动了硕大的麒麟。选择神巫去叫开天门,打开天庭迎接众神。接引宾客,随神而至的礼赞者和诸神都在干净圣洁的祭坛上,吉祥地聚积如山。

于是事毕功弘,回车而归。度三峦兮偈棠黎①,天阃决兮地垠开②,八荒协兮万国谐③。登长平兮雷鼓磕④,天声起兮勇士厉。云飞扬兮雨滂沛,于胥德兮丽万世⑤。

【注释】

①三峦:即封峦观。偈(qì):休息。棠黎:宫名。
②天阃(kǔn):天门。
③八荒:八方荒远地。
④长平:坂名,即长平坂。雷鼓:鼓声如雷。磕(kē):鼓声。
⑤于:发语词。胥:皆,都。丽:光华,美。

【译文】

这时祭祀之事完毕,功业得到了弘扬,于是便乘车而归。越过封峦观在棠黎宫歇息,天门为之而开,地角为之而裂。八面荒远之地齐声祝贺,举国上下一片欢腾。登上长平坂,只听鼓声如雷。雷声隆隆勇士越显威壮,云彩飞扬,大雨滂沱,似都在夸赞圣皇之德将光华万代。

乱曰①:崇崇圜丘②,隆隐天兮。登降峛崺③,单埢垣兮^④。增宫嵾差^⑤，骈嵯峨兮^⑥。岭嵤嶙峋^⑦，洞无崖兮^⑧。上天之缚^⑨，杳旭卉兮^⑩。圣皇穆穆，信厥对兮。徕祗郊禋^⑪，神所依兮。徘徊招摇^⑫，灵迟迡兮^⑬。光辉眩耀，降厥福兮。子子孙孙，长无极兮。

【注释】

①乱：古代乐歌末章称"乱"，意为理，用以叙说意图或总括全篇。

②圜丘：祭天之坛。圜，通"圆"。

③崺崺（lǐ yǐ）：曲折绵延。

④单（chán）：广大的样子。埢（quán）垣：弯曲的围墙。

⑤增宫：重宫。嵾（cēn）差：高低不齐的样子。嵾，同"参"。

⑥嵯蛾：高峻的样子。

⑦岭嵤：深邃的样子。嶙峋（lín xún）：峭拔的样子。

⑧洞：深。

⑨缚（zài）：事情。

⑩旭卉：幽暗的样子。

⑪徕：古"来"字。祗：敬。郊禋（yīn）：在郊外烧柴升烟以祭天神。

⑫招（sháo）摇：彷徨。

⑬迟迡（qǐ chǐ）：游息。

【译文】

让我用一首小诗来赞美这次盛举：高高圆坛，耸入云间。上下绵延，广大无边。宫阙参差，并立如林。深邃高渺，有如洞天。天上仙境，凡人难明。惟我圣皇，肃穆庄严，既秉天意，以诚相应。莺临郊外，祭以燃薪，神灵相助，以达诚心。流连遨游，众神翩翩。光辉照耀，降福我君，子子孙孙，永远旺兴。

河东赋

【题解】

　　甘泉郊祀那年的夏历三月,汉成帝又到汾阴后土祠祭地,扬雄随行。回宫途中一路游览,履殷周遗迹,思尧舜风范。扬雄认为临川羡鱼不如归而结网,于是在回宫后作此赋献上,以达心意。

　　该赋虽较《甘泉赋》《羽猎赋》和《长杨赋》为短,但同样也是曲折用意,委婉铺陈。先说赴祭的壮观,再叙皇上的游历,最后才通过夸赞大汉圣皇丰功伟业引出主旨:"既发轫于平盈兮,谁谓路远而不能从!"讽劝成帝身体力行,自兴至治,以实际行动向唐尧虞舜学习。

　　伊年暮春①,将瘗后土②,礼灵祇③,谒汾阴于东郊,因兹以勒崇垂鸿④,发祥陒祉⑤,钦若神明者⑥,盛哉铄乎⑦,越不可载已⑧!

【注释】

①伊年:是年,指扬雄作《甘泉赋》的那一年。

②瘗(yì):即"瘗薶",祭地。后土:即后土祠,在汾阴,参见《甘泉赋》注。

③祇(qí):地神。

④勒崇垂鸿:勒崇名垂鸿业,统领崇高的声名,继承并拓展鸿图大业。

⑤陒(tuí):降下。祉(zhǐ):福。

⑥钦:敬。若:顺。

⑦铄:美好。

⑧越:同"曰"。

【译文】

这年的暮春,皇上将在帝都东郊的汾阴后土祠祭地,礼享地神,以此来垂统崇名,拓展鸿业,祈求神灵,发祥降福。敬顺之仪,隆盛壮观,真难以完全形诸笔墨。

于是命群臣,齐法服,整灵舆。乃抚翠凤之驾,六先景之乘①。掉奔星之流旃,彏天狼之威弧②。张耀日之玄旄,扬左纛③,被云梢④。奋电鞭,骖雷辒⑤,鸣洪钟,建五旗。羲和司日⑥,颜伦奉舆⑦。风发飙拂,神腾鬼趡⑧,千乘霆乱,万骑屈桥⑨。嘻嘻旭旭⑩,天地稠𡾆⑪。簸丘跳峦,涌渭跃泾,秦神下詟⑫,跖魂负沴⑬,河灵矍踢⑭,爪华蹈襄⑮。遂臻阴宫⑯,穆穆肃肃,蹲蹲如也⑰。灵祇既乡,五位时叙⑱,绲缊玄黄⑲,将绍厥后⑳。

【注释】

①先景之乘:跑在太阳前面、速度很快的马车。景,通“影”。指太阳。

②彏(jué):迅速拉开弓。天狼:星名。

③纛(dào):古代车船上的帷幕,一说古代军队中一种以羽毛为饰的旗子。

④云梢:绘有云彩的旗帜。

⑤雷辒:行驶时响声如雷的重车。

⑥羲和:传说中为日御车者。

⑦颜伦:古代善驾车的人。

⑧趡(cuǐ):奔跑。

⑨屈桥:雄壮敏捷貌。

⑩嘻嘻旭旭：自得貌。

⑪稠嶅（tiào ào）：动摇貌。

⑫秦神下讋（zhé）：《汉书注》载，秦文公时，庭中有怪，化为牛，入南山梓树中，伐梓树，化入丰水。文公恶之，故作象以压焉。讋，恐惧。

⑬跖（zhí）：同"蹠"。践踏。沴（lì）：水渚，阻水的高地。

⑭河灵：河神巨灵。矍（jué）踢：受惊而动的样子。

⑮华：华山。襄：地名，在今山西永济东南，一说指雷首山，即中条山。

⑯阴宫：即汾阴之宫。

⑰蹲蹲：行走进退有节度、有节律。

⑱五位：指五方之神。

⑲绲缊（yīn yūn）：同"氤氲"。天地间阴阳二气相互作用，酝酿元气。玄黄：天地之色，天玄地黄。

⑳绍：续发，承继。后：指祭祀之后。

【译文】

那时，群臣受命，身着礼服，整治天子之车舆。然后皇上登上翠龙凤凰所驾、比太阳还快的六马宝车。摇动烂若奔星的旗帜，拉开威同天狼的长弓，张开耀眼如日的旌旐。扬起车帷，披层云旗，奋击如电之鞭，驾驶声大如雷之车，鸣响大钟，树起五色彩旗。让羲和为太阳神驾车，让颜伦在旁边侍奉。狂风怒吼，神灵腾跃，鬼魅奔跑。千乘万骑，如雷霆震天，异常雄壮。自我陶醉，地动天摇，令上陵颠晃，令山峦跳动，使渭河涌流，使泾水跃冲。秦神恐惧，跳入水中，践踏自己的魂魄，再背负起水渚，河神巨灵们受惊而动，爪子触及华山，脚踢到了中条山。于是到了后土祠，肃穆庄严，进退有节，尊享神明。五方之神，依时叙请，天玄地黄，酝酿元气，祭祀之后，神将赐继。

于是灵舆安步,周流容与①,以览乎介山②。嗟文公而愍推兮③,勤大禹于龙门④。涮沉菑于豁渎兮⑤,播九河于东濒⑥。登历观而遥望兮⑦,聊浮游以经营。乐往昔之遗风兮,喜虞氏之所耕。瞰帝唐之嵩高兮⑧,眽隆周之大宁⑨。汩低回而不能去兮⑩,行睨垓下与彭城⑪。涉南巢之坎坷兮⑫,易豳、岐之夷平⑬。乘翠龙而超河兮⑭,陟西岳之嶕峣⑮。

【注释】

①容与:徐动的样子,一说安逸自得的样子。

②介山:山名,在今山西介休南部,也叫绵山。

③嗟文公而愍(mǐn)推:春秋时,晋文公的功臣介之推隐居绵山,文公为了让他出山,放火焚山,但介之推最终还是没有出来。愍,同"悯"。

④龙门:山名,在山西河津和陕西韩城之间。

⑤涮:分。沉菑(zāi):这里指洪水。菑,通"灾"。

⑥播:布散。九河:古代黄河孟津以北分为九段,被称为九河。东濒:即东海之滨。

⑦历观:山名,又作"历山",在今山西永济东南,传说为舜耕种之处。

⑧嵩:嵩山。

⑨眽(mò):看,视。宁:《诗经·大雅》:"济济多士,文王以宁。"

⑩汩(yù):迅疾貌。

⑪睨(nì):斜视。垓下:地名,在今安徽灵璧东南,为汉高祖刘邦击败项羽之处。彭城:在今江苏,项羽曾都于此地。

⑫南巢:今安徽巢县,是商汤流放桀的地方。

⑬易:乐。豳(bīn)、岐(qí):古地名,豳在今陕西彬县、旬邑一带,岐为今岐山县。

⑭翠龙：传说为周穆王所乘之马。

⑮陟（zhì）：登。西岳：即华山。峣崝（yáo zhēng）：高峻。

【译文】

这时圣驾安稳地行驶着，在绵山上漫游流连，感叹晋文公对介之推的悯惜，想起夏禹在龙门的辛勤治水，分流涛涛洪水，疏导九曲黄河，使之顺达东海。登上历山极目眺望，让思绪随之飘摇而发怀古之幽思。想起过去的圣人们的遗风，心中颇感快乐，想到虞舜在山上的耕种，更是喜悦无比。再到高高的嵩山俯瞰古帝唐尧游过的阳城，想象他的圣明，同时遥想周文王时代的人才兴盛。旋即想离去，但低头徘徊了一会儿还是留下了，是为了看看项羽曾建都的彭城和他自刎的垓下。游商汤流放桀的山峦起伏的南巢，再欢喜地在平夷的豳地和岐山徜徉。乘上翠龙马，飞越黄河，登上高峻的华山。

云霏霏而来迎兮①，泽渗漓而下降②。郁萧条其幽蔼兮③，瀚泛沛以丰隆④。叱风伯于南北兮，呵雨师于西东。参天地而独立兮，廓荡荡其无双⑤。遵逝乎归来以函夏之大汉兮⑥，彼曾何足与比功⑦！建《乾》《坤》之贞兆兮，将悉总之以群龙⑧。丽钩芒与骖蓐收兮⑨，服玄冥及祝融⑩。敦众神使式道兮⑪，奋六经以摅颂⑫。隃於穆之缉熙兮⑬，过清庙之雝雝⑭。轶五帝之遐迹兮⑮，蹑三皇之高跗⑯。既发轫于平盈兮⑰，谁谓路远而不能从！

【注释】

①霏霏（fēi）：同"霏霏"。云起的样子。

②泽：指雨露。渗漓：同"淋漓"。流貌。

③萧条：寂寥，深静。幽蔼：天阴貌。

④瀓（wěng）：云气升起。沛：云气涌动貌。丰隆：雷师。

⑤荡荡：广大貌。

⑥遵逝乎归来：意为顺着原路返回。函夏：包容诸夏。

⑦彼：指唐尧、虞舜、殷商、周文王。

⑧群龙：因《乾》六爻都称作龙，所以有此说。

⑨丽：并。钩芒：东方之神。骖（cān）：四匹马拉车，两边的叫"骖"，中间的叫"服"。蓐收：西方之神。

⑩玄冥：北方之神。祝融：南方之神。

⑪式：表，叙。

⑫摅（shū）：散布，抒发。

⑬隃（yú）：同"逾"。越。於穆：深远。缉熙：光明。《诗经·周颂·敬之》："日就月将，学有缉熙于光明。"

⑭清庙：《诗经·周颂》的篇名。雝雝（yōng）：和乐，一说为《诗经·周颂·雝》，其中有："有来雝雝，至止萧萧。"

⑮轶：过。

⑯蹑：跟随。跡：同"踪"。

⑰发轫：开始。平盈：地没有高下。

【译文】

但见云起霏霏，迎面而来，雨露淋漓，纷纷下降。云霭升腾涌动，阴郁深渺。呼叱风伯往来于南北，呵责雨师奔走于东西。参天独立平原之上，高壮广大举世无双。游完华山，顺着原路返归回宫。以大汉王朝包容诸夏而论，昔日的尧舜商周怎么能和它比功！树起《乾》《坤》的吉兆，再以群龙来总领。将东方之神钩芒叫来和西方之神蓐收一起做拉车的骖马，让南北之神祝融和玄冥做拉车的服马。敦促众神们表叙天道，参索六经抒发颂词，超过深远光明的《周颂》，诸如清庙、雝雝之类。经过五帝遥远的圣迹，跟随三皇的贤踪。已经在平坦的地方开始了，谁说路途遥遥远而不能跟从呢？

反离骚

【题解】

本赋是扬雄悲感于屈原被流放后作《离骚》继而投汨罗江死一事、为吊祭屈原所写的。因"往往摭《离骚》文而反之"(《汉书·扬雄传》),故名"反离骚"。文章先表达了对屈原遭遇浊世、蒙受谗言的同情和不平,随后却又对屈原提出了一系列责难,认为他应该审时度势,怀才不遇便沉默,不应出头立异,更不该自杀。对该赋历来有两种截然不同的观点,其一以朱熹为代表,把此赋看做是《离骚》的逆贼,认为扬雄为屈原之罪人;其二以方苞为代表,认为此赋"虽反而实痛"。实际上,这篇赋反映了扬雄本人思想性格上的矛盾,既不汲汲于名利,但一有机会又想去试一试,既想保持沉默又不甘于寂寞,是他内心苦闷的一种抒发。

　　有周氏之蝉嫣兮①,或鼻祖于汾隅②。灵宗初谍伯侨兮③,流于末之扬侯④。淑周、楚之丰烈兮⑤,超既离乎皇波⑥。因江潭而洿记兮⑦,钦吊楚之湘累⑧。

【注释】

①蝉嫣:连接,这里指与周亲连。
②汾隅:汾水之侧。
③谍:谱系。伯侨:周宗族的一个旁支,扬雄的先祖。
④扬侯:伯侨的后代,生活于周朝开始衰败时期。
⑤淑:善。丰烈:茂盛充实,显赫光明。
⑥超:速,迅疾。离:经过,同"历"。皇波:大波。
⑦潭:水边。洿(wǎng):同"往"。记:以文相纪。
⑧湘累:指屈原。湘为湘江,累是无罪而被迫致死的意思。屈原赴湘而死,所以以"湘累"称。

【译文】

我的祖先和有周氏相亲连,始祖开初居住在汾水边。宗谱记载的最早的祖宗是我威灵的伯侨,流传下来便到了扬侯。我仰慕兴盛光明的大周和楚国的美善,于是快速地渡过滔滔大浪,然后顺着江边走去,虔敬地为文凭吊楚国的屈原君。

惟天轨之不辟兮^①,何纯洁而离纷^②?纷累以其涊涊兮^③,暗累以其缤纷^④!汉十世之阳朔兮^⑤,招摇纪于周正^⑥。正皇天之清则兮,度后土之方贞^⑦。

【注释】

①天轨:天路。辟:开。

②纯洁:纯善贞洁。离纷:遭难。

③涊涊(tiǎn niǎn):污浊。

④缤纷:错杂纷乱。

⑤十世:扬雄本文写于汉成帝时,汉朝自汉高祖到汉成帝已相传十代。阳朔:汉成帝八年改年号为阳朔。

⑥招摇:北斗杓星,主天时。周正:指夏历十一月。

⑦正皇天之清则兮,度后土之方贞:皇天法则清正,大地养物均调。

【译文】

想来是天道不开,要不为何纯善贞洁的人遭难?众人以其污浊的心胸、世俗的眼光非议屈原君,或是纷纷暗中到楚王面前把谗言进献。大汉第十代威灵的皇帝阳朔元年的十一月,皇天法则至清至正,大地养物至调至匀。

图累承彼洪族兮^①,又览累之昌辞^②。带钩矩而佩衡兮③,履欃枪以为綦④。素初贮厥丽服兮⑤,何文肆而质戁⑥?资嫭娃之珍髢兮⑦,鬻九戎而索赖⑧。

【注释】

①图:谱系之图。

②昌辞:美辞,指屈原的《离骚》之类。

③钩矩:规矩方圆。衡:平正。

④欃枪(chán chēng):彗星,这里比喻恶人。綦(qí):踪迹,脚印。

⑤丽服:指屈原《离骚》中的"扈江离与辟芷兮,纫秋兰以为佩"之类。

⑥文肆:指屈原文章中多远游乘龙之语。肆,放而不收之意。质戁(xiè):心地狭隘,指屈原恨世不用己而自沉一事。

⑦嫭(jū)、娃:闾嫭和吴娃,皆古代美女。髢(dì):头发。

⑧九戎:泛指我国西部少数民族。赖:利。按,以上两句是说屈原以高洁的德行去仕楚,就像用美女的头发向西部边陲少数民族兜售一样,是不可能得利的。

【译文】

我看了屈原君的族谱,那里记录着他承继于洪宗大族,我又看了他的《离骚》等美文,那里反映出屈原虽约守方平之行,但仍踩着了恶人的劣踪,最后被放逐。平素保持着好的操持和习惯,为何文章放逸而内心却如此狭隘,以致于最后在汨罗自沉!您以高行仕楚就像是带了美女的头发去向九戎兜售而要想获利一样,根本就不可能。

凤皇翔于蓬陼兮①,岂驾鹅之能捷②?骋骓骝以曲艰兮③,驴骡连蹇而齐足④!枳棘之榛榛兮⑤,蝯狖拟而不敢下⑥。灵修既信椒兰之唼佞兮⑦,吾累忽焉而不蚤睹⑧!

824 经史百家杂钞

【注释】

①蓬陼(zhǔ):蓬莱之洲。

②驾鹅:野鹅。捷:及。

③骅骝:骏马名。

④连蹇:艰难。

⑤榛榛(zhēn):草木丛生的样子。

⑥蝯(yuán):一种动物,善攀援。狖(yòu):鼠属动物,似猴,卬鼻长尾。拟:即"疑"。

⑦灵修:指楚王。椒兰:指楚令尹子椒和子兰。唼佞(qiè nìng):谗言。

⑧蚤:通"早"。

【译文】

凤凰翱翔于蓬莱岛,野鹅岂能企及!而让骅骝这样的骏马处在曲折艰难的道路中,也只能如同毛驴和骡子一样蹒跚前行。在丛生多刺的枳、棘林里,善攀援的蝯、狖也会迟疑不决不敢速来速往。楚王已经听信了子椒和子兰的谗言,我的屈原君,您为什么忽视了而不及早发现?

衿茭茄之绿衣兮①,被芙蓉之朱裳②。芳酷烈而莫闻兮,固不如襞而幽之离房③。闺中容竞淖约兮④,相态以丽佳⑤。知众嫭之嫉妒兮,何必飏累之蛾眉⑥?

【注释】

①衿(jīn):带。茭(jì):菱角。茄:即荷。

②芙蓉:莲花,荷花。

③襞(bì):折叠衣服。离房:别房,相对于正房而言。

④淖(chuò)约:同"绰约"。容态美善。

⑤相态以丽佳:竞相做出佳美之态以取悦于人。

⑥知众嫭(hù)之嫉妒兮,何必飏累之蛾眉:讥屈原自扬蛾眉令众美
女嫉妒。《离骚》中有云:"众女嫉余之蛾眉。"嫭,美女。飏,通
"扬"。

【译文】

穿了菱角、荷叶做的美丽的绿衣,披了莲花做的朱裳,芳香是如此
浓烈而没人能闻及赏识,不如把这些衣服折叠起来深藏进别房。宫闱
之中嫔妃们竞相使自己的容态美好,做出佳丽的模样,也知道众美女嫉
妒您的貌美,又何必在她们面前扬起您的蛾眉?

懿神龙之渊潜兮①,竢庆云而将举②。亡春风之被离
兮③,孰焉知龙之所处? 愍吾累之众芬兮④,飏爗爗之芳
苓⑤,遭季夏之凝霜兮,庆夭顇而丧荣⑥。

【注释】

①懿(yì):美。

②竢(sì):等待。庆云:五色云,古代人认为是一种祥瑞之气,也作
"景云""卿云"。

③被离:分散。

④愍:同"悯"。

⑤爗爗:光盛的样子。苓:芳草名。

⑥庆:发语词。夭顇(cuì):摧折,劳累。

【译文】

美丽的神龙平常藏在深渊,等到有五色云时才上飞入天,没有春风
的吹散云彩,谁能知道神龙的所在? 可怜我的屈原君有那么多美好的

品质,如同光灿繁茂的苓草正在扬播着它的芳香,却突遭夏末初秋的寒霜摧残,过早地失去了它的荣光。

　　横江、湘以南渟兮,云走乎彼苍吾①。驰江潭之泛溢兮,将折衷乎重华②。舒中情之烦或兮,恐重华之不累与。陵阳侯之素波兮③,岂吾累之独见许?

【注释】

①走:同"趣"。趋向。苍吾:即苍梧。在湘江之南,传说舜葬于此地。

②折衷:取其中正,不偏不倚。重华:舜帝的名字。

③陵:乘。

【译文】

　　横渡长江和湘江再向南,向着舜葬之地苍梧行进,在波涛汹涌的大江的岸边疾走,想着自己将趋向折衷于圣明的虞舜。但是圣明的虞舜能躲避父亲的迫害而保重性命,并做到心情舒畅没有烦恼困惑,因此恐怕他不会认屈原您为同党。乘了投江而死的阳侯的白浪,难道我们的屈原君就独独能得到舜的赞赏?

　　精琼靡与秋菊兮①,将以延夫天年。临汩罗而自陨兮,恐日薄于西山。解扶桑之总辔兮②,纵令之遂奔驰。鸾皇腾而不属兮③,岂独飞廉与云师④!

【注释】

①精琼靡与秋菊:《离骚》中有云:"精琼靡以为粮兮,予夕餐秋菊之落英。"精,细。琼,玉之华。靡,细屑。

②扶桑：传说中的日出之地。总：结。

③鸾皇：一种俊鸟。属：连。

④飞廉：风伯。云师：即丰隆神，掌管雷雨。

【译文】

吃精细的玉华之屑和秋菊之英，是为了益寿延年。能去汨罗江自尽，却又怕日薄西山、老之将近。解开了系于扶桑的结缯，让太阳尽情奔驰，鸾皇鸟疾劲飞翔也赶不上，难道只有风伯飞廉和云师丰隆！

卷薜芷与若蕙兮①，临湘渊而投之。棍申椒与菌桂兮②，赴江、湖而沤之③。费椒稰以要神兮④，又勤索彼琼茅⑤。违灵氛而不从兮⑥，反湛身于江皋⑦。

【注释】

①薜芷与若蕙：分别指薜荔、白芷、杜若、蕙草。

②棍：大束，这里用作动词。申椒与菌桂：分别指申椒木和月桂木，二者皆香木。

③沤（òu）：浸泡。

④椒稰（xū）：祭神的香米。

⑤琼茅：灵草，用以占卜。

⑥灵氛：古代善于占卜的人。

⑦湛：同"沉"。江皋：江边高地。

【译文】

将薜荔白芷和杜若蕙草卷起，投进湘江任其沉浮；把申椒和月桂捆起，丢入江湖让水浸泡。用椒稰这种香米来祭神，又辛勤寻找到占卜的琼茅，但又不听从灵氛的吉占，反而自沉于江。

累既攀夫傅说兮^①，奚不信而遂行？徒恐鹈鴃之将鸣兮^②，顾先百草为不芳！

【注释】

①傅说（yuè）：人名。《离骚》有"说操筑于傅岩兮，武丁用之而不疑"句，说是商朝武丁为王时的相；傅岩，古地名。后人便把说又称作傅说。

②鹈鴃（dì guì）：鸟名，即杜鹃，立夏则鸣，鸣则众芳皆尽。

【译文】

屈君您既早就仰慕傅说，为何不真正按照他的行为去做呢？只是怕杜鹃将要鸣叫而顾念百草不再芳香有什么用呢！

初累弃彼宓妃兮^①，更思瑶台之逸女^②。抨雄鸩以作媒兮^③，何百离而曾不壹耦^④？乘云蜺之旖旎兮^⑤，望昆仑以樛流^⑥。览四荒而顾怀兮，奚必云女彼高丘^⑦？

【注释】

①宓妃：女神名。

②瑶台之逸女：指古代有娀国的简狄，帝喾之妃，商祖契之母，传说吞燕卵而孕生契。瑶台，指美玉砌成的台。

③抨：使。

④耦（ǒu）：合。

⑤云蜺（ní）：即云霓，云和虹。旖旎（yǐ nǐ）：云盛貌。

⑥樛（jiū）流：周流，缭绕。

⑦女：仕。高丘：指楚。《离骚》中有"哀高丘之无女"句。

【译文】

当初屈君"命丰隆乘云"寻宓妃，后却又抛开了改为向往瑶台的逸女简狄；让雄鸠作媒，为什么又百离而不一合！乘着云霓的缤纷五彩在昆仑山的上空盘旋周流，四荒八林尽收眼底而心胸开阔，何必说一定要仕于楚国呢？

既亡鸾车之幽蔼兮^①，焉驾八龙之委蛇？临江濒而掩涕兮，何有《九招》与《九歌》^②？夫圣哲之不遭兮，固时命之所有。虽增欷以於邑兮^③，吾恐灵修之不累改！

【注释】

①鸾车：有铃的仙人之车或人君之车。幽蔼：繁茂貌。

②《九招》：即《九韶》，古乐名。《九歌》：相传为禹时的乐歌。《离骚》中有"奏《九歌》而舞《韶》"句。

③增：重，多次。於邑：短气。

【译文】

既然已经没有了鸾车的繁盛，哪里还会有驾八龙之逶迤？站立江边而流泪，又怎么会奏《九歌》而舞《韶》？圣哲之人不遇，这是时运命运所决定的，即便再多的长吁短叹，我恐怕楚王也不会改变对屈君您的态度。

昔仲尼之去鲁兮^①，斐斐迟迟而周迈^②。终回复于旧都兮，何必湘渊与涛濑^③！溷渔父之餔啜兮^④，絜沐浴之振衣。弃由、聃之所珍兮^⑤，蹠彭咸之所遗^⑥！

【注释】

①仲尼之去鲁:见李康《运命论》注。

②斐斐(fēi):往来貌。

③濑(lài):急流。

④涽(hùn):混浊。铺啜(bù chuò):吃和喝。《渔父》有云:众人皆
　　醉,何不铺其糟啜其醨;又载屈原以为混浊,不肯从,并说:"新沐
　　者必弹冠,新浴者必振衣。"

⑤由:许由。聃(dān):即老子老聃。许由和老子,皆守道之士,不
　　为时俗所污,但又能保全其身,无残辱之丑。

⑥彭咸:商代介士,不得志而自杀。

【译文】

　　过去孔子离开鲁国,周游往来于列国,但仍心中系恋,最后又回到
了旧都,您何必自投汨罗江的急浪大涛之中!您以渔夫劝您的东西为
污浊,而沐浴自洁弹冠振衣,放弃了许由、老子守道的精髓,而蹈了彭咸
的遗辙!

解嘲 并序

【题解】

　　本赋是一篇抒情言志之作,它直接表白作者的内心世界和人生观。
虽是模仿东方朔《答客难》,从遇时不遇时着眼,对比古今之士的不同遭
际,而重点却是揭露当时统治阶级上层的腐朽和内部斗争的激烈。所
以扬雄在和东方朔一样以安于卑位自我宽解之外,又多了一种全生保
身的庆幸之感。

　　此文少有扬雄早期赋作语言上的艰深之弊,读来明白晓畅;且善用
长句,使文章气势遒劲,和雄辩的议论相得益彰,浑然一体。

哀帝时^①，丁、傅、董贤用事^②。诸附离之者^③，起家至二千石^④。时雄方草创《太玄》^⑤，有以自守^⑥，泊如也^⑦。人有嘲雄以"玄之尚白"，雄解之，号曰《解嘲》。其辞曰：

【注释】

①哀帝：汉哀帝刘欣。

②丁：丁明，哀帝母丁姬的兄长，为大司马。傅：傅晏，哀帝皇后傅氏之父，为孔乡侯。董贤：哀帝所宠的臣子。用事：当权。

③附离：依附。

④起家：指出任官职。二千石（dàn）：汉代官禄等级，九卿、郎将、郡守以上，月俸禄不低于二千石。

⑤《太玄》：即扬雄的哲学著作《太玄经》。

⑥有以：有机会、有办法，能够。

⑦泊如：静默无为。

【译文】

汉哀帝时，外戚丁明、傅晏和皇帝宠幸的董贤当权，那些依附他们的人，刚任职就可以做到二千石。当时扬雄正在起草《太玄经》，因而能够自守静默无为之道。有人嘲笑扬雄，说他的"玄"（黑）还是白的，扬雄加以解释，并把解释的文字取名叫《解嘲》。其文辞是这样的：

客有嘲扬子曰："吾闻上世之士，人纲人纪。不生则已，生必上尊人君，下荣父母，析人之珪^①，儋人之爵^②，怀人之符^③，分人之禄，纡青拖紫^④，朱丹其毂。今吾子幸得遭明盛之世，处不讳之朝，与群贤同行，历金门、上玉堂有日矣^⑤。曾不能画一奇^⑥，出一策，上说人主，下谈公卿，目如耀星，舌如电光，一纵一横，论者莫当。顾默而作《太玄》五千文^⑦，枝叶扶疏⑧,独说数十余万言⑨,深者入黄泉,高者出苍天,大者含元气⑩,细者入无间⑪;然而位不过侍郎⑫,擢才给事黄门⑬。意者玄得无尚白乎⑭? 何为官之拓落也⑮?"

【注释】

①析:分。珪(guī):同"圭"。古代帝王、诸侯朝聘和祭祀时所拿的长形玉器。

②儋(dān):担,接受。

③符:符节,古代朝廷委任官员执行公务时作为凭证的信物。

④纡:系,结。青、紫:官员所佩印绶的颜色。

⑤金门:即金马门,汉代宫门名,门前立有铜马,汉代被征召者中卓异出众者待诏金马门。玉堂:汉代宫殿名,未央宫、建章宫都有玉堂殿。

⑥曾:竟。画:谋划。奇:指奇计。

⑦顾:反而。文:字。

⑧枝叶扶疏:树叶枝条向四面八方伸展,这里用来形容文章辞采繁盛。

⑨说:解说。言:字。

⑩元气:中国古代哲学的一个概念,指构成天地万物的原始物质,或指阴阳二气混沌未分的实体。

⑪无间:指极小的物质。

⑫侍郎:官名,职位不高。

⑬擢(zhuó):提升。给事黄门:汉代官名,给事黄门侍郎的简称,因供职于黄门之内而得名。

⑭意者:想来。得无:莫不是。

⑮拓落:失意落魄的样子。

【译文】

有位客人嘲笑扬雄说:"我听说过去的那些'士'们,都能遵守人伦纲纪。不出生则罢,出生了就必定上使自己的君王尊贵,下让自己的父母荣耀,能够分享硅玉,获得爵位,持有信符,佩带印绶,漆红车轮。今天,我的先生幸遇昌明兴盛之世,幸处没有忌讳、能畅所欲言的朝代,和众多的贤达同行一路,在金马门待诏,上玉堂殿应对,已经有了很长一段时间;竟然不能够出一谋、划一策,向上游说国君,向下和公卿们论谈,竟然不能够目光如电,舌头如簧,纵横雄辩,使与自己论辩的人不能抵挡。反而默默地写作起五千字的《太玄》来,而且旁征博引,繁文丽句地自己解说上几十万字,深奥之处及地下黄泉,高峻之处达天之青霄,博大的地方蕴含了整个浑然一体的宇宙,细微的地方又触及似乎不能再小的小事。但是,职位最后也只提升到给事黄门——一侍郎而已。想来那'玄'(黑)岂不还是白的吗?为什么在仕途上如此失意呢?"

扬子笑而应之曰:"客徒朱丹吾毂,不知一跌将赤吾之族也①!往者周网解结②,群鹿争逸③,离为十二,合为六七,四分五剖,并为战国。士无常君,国无定臣,得士者富,失士者贫,矫翼厉翮④,恣意所存⑤。故士或自盛以橐⑥,或凿坏以遁⑦。是故邹衍以颉颃而取世资⑧,孟轲虽连蹇⑨,犹为万乘师⑩。

【注释】

①跌:失足。赤……族:灭……全族。

②周网:指周王朝的朝纲。

③群鹿争逸:指诸侯纷争,竞相称霸。

④矫:高举。厉:抖动。翮(hé):鸟羽,泛指鸟的翅膀。

⑤存：止息。

⑥自盛（chéng）以橐（tuó）：范雎从魏到秦时，曾藏在秦使者车中的袋子里。橐为袋子。

⑦凿坏（péi）以遁：颜阖不受鲁国的聘用，为躲避使者而凿墙跑掉。坏，指屋的后墙。

⑧邹衍：战国时齐国人，阴阳家的代表，长于辩说，号称"谈天衍"。颉颃（xié háng）：本为鸟上下飞翔貌，这里用来形容思想言论变化莫测。

⑨孟轲：即孟子。连蹇（jiǎn）：艰难的样子。

⑩万乘：代指天子。这里指诸侯国国君。

【译文】

扬雄笑着回答道："客人您单知道漆红我的车轮，而不知道一失足会使我的全族见血。过去周朝纲纪一败坏，各诸侯国便逐鹿中原，竞相称霸，开始分崩离析为十二小国，接着合为七国，这就是周朝四分五裂后出现的战国。战国时代，替人出谋划策的士们没有固定辅佐的君王，一个国家没有固定的臣子；得到了良士的国家强盛起来，而失去了良士的国家则贫弱下去；谋士们各显神通，尽量展露自己的才华，并且能随意选择辅佐的对象。所以他们或者像范雎一样为了到秦国，把自己装在袋子里，或者像颜阖一样为了不去鲁国，凿开屋后的墙跑掉。所以邹衍以其言谈的诡异莫测而受重用，孟轲虽然也曾处境艰难而最后还是做了诸侯国国君的老师。

"今大汉左东海，右渠搜①，前番禺②，后椒涂③，东南一尉④，西北一候⑤；徽以纠墨⑥，制以锧铁⑦，散以礼乐⑧，风以《诗》《书》⑨，旷以岁月⑩，结以倚庐⑪。天下之士雷动云合，鱼鳞杂袭⑫，咸营于八区⑬。家家自以为稷、契⑭，人人自以为皋陶⑮。戴缍垂缨而谈者⑯，皆拟于阿衡⑰；五尺童子，羞比晏婴与夷吾⑱。当涂者升青云，失路者委沟渠。旦握权则为卿相，夕失势则为匹夫。譬若江、湖之崖，渤澥之岛⑲，乘雁集不为之多⑳，双凫飞不为之少。

【注释】

①渠搜：古西戎国名。

②番禺：今广州。

③椒涂：北方国名。

④尉：即都尉，负责镇守边塞御敌。

⑤候：负责迎送宾客的官吏。

⑥徽：系，绑。纠墨：绳索。墨，同"纆"。

⑦锧铁（zhì fū）：古代刑具，用于腰斩。

⑧散：疏导。

⑨风：劝导，教化。

⑩旷：间隔。

⑪结：构筑。倚庐：古人为父母守丧所住的简陋的房子。

⑫鱼鳞杂袭：像鱼鳞一样错杂聚集在一起。

⑬八区：八方。

⑭稷：后稷，古代周族的始祖。契（xiè）：传说为商族始祖帝喾之子。

⑮皋陶：人名，舜时贤臣。

⑯缍（shǐ）：古代束发用的缯帛，这里指冠。缨：冠上的带子。

⑰阿衡：商代官名，这里指伊尹，商汤时贤臣。

⑱晏婴：春秋时齐国的正卿。夷吾：即管仲，齐桓公的宰相。

⑲渤澥（xiè）：渤海。

⑳乘（shèng）：古代战车一乘四马，所以"乘"成了四的代称。

【译文】

今天，我大汉王朝，东到海域，西及戎国，南至广粤，北临椒涂；东南有镇守边陲的都尉，西北有迎送宾客的候官；以法纪刑罚来约束人们的行为，以礼乐诗书去教化、疏导百姓，使其勤俭，使其孝悌。天下的谋士们，时而像雷声一样迅疾而过，时而又像云气一样聚集起来，就像鱼鳞错杂一样，都在四面八方奔波。每一家都自认为是后稷和契这样的人物，每个人都把自己看作皋陶一样的贤臣。戴帽垂缨高谈阔论的，都把自己比拟为阿衡伊尹，就连小孩，也羞于和霸王之臣晏婴和管仲为伍。幸运得意者平步青云、飞黄腾达，背时失意者跌入深渊、自认倒霉。早晨重权在握则贵为卿相，晚夕大势已去则沦为平民。就像大江大湖的涯岸，就像渤海中的岛屿，三四只大雁集于一处也不增多什么，二三只水鸟一起飞离也不减少什么。

　　"昔三仁去而殷墟①，二老归而周炽②；子胥死而吴亡③，种、蠡存而越霸④；五羖入而秦喜⑤，乐毅出而燕惧⑥，范雎以折摺而危穰侯⑦，蔡泽以噤吟而笑唐举⑧。故当其有事也，非萧、曹、子房、平、勃、樊、霍则不能安⑨；当其无事也，章句之徒相与坐而守之，亦无所患。故世乱则圣哲驰骛而不足，世治则庸夫高枕而有余。

【注释】

①三仁：指微子、箕子、比干三人，他们都是商纣王的至亲，但因不满纣王暴政而反对之。《论语·微子》载："微子去之，箕子为之奴，比干谏而死。"殷：即殷商，商朝。墟：成为废墟，指衰败。

②二老：指伯夷和姜尚，二人都曾因躲避纣王而隐居，听到周文王兴起后又都归附周人。

③子胥：即伍子胥。

④种、蠡（lǐ）：指文种和范蠡。文种为春秋末期的越国大夫，范蠡也曾为越国大夫，两人一起辅佐越王勾践灭吴。

⑤五羖（gǔ）：即百里奚，春秋时的秦国大夫，是秦穆公用五张黑牡羊皮赎来的，所以有"五羖大夫"之称。

⑥乐毅：战国时的燕国上将，后因燕惠王中了齐国的反间计而出奔赵国。

⑦范雎：战国时的魏国人，长于辞辩。折摺（lā）：指折断肋骨、打断牙齿。摺，摧折，损毁。穰（ráng）侯：战国时秦相魏冉。

⑧蔡泽：战国时燕国人，长于辩议。噤（jìn）吟：下巴突出貌，一说说话时笑貌。笑唐举：被唐举所嘲笑。唐举，战国时魏国人，善相面。

⑨萧、曹：指萧何和曹参，皆为汉初大臣，辅佐刘邦建立汉朝。子房：即张良，也是辅佐刘邦建立汉朝的大臣。平、勃：指陈平和周勃，都是汉初大臣。樊、霍：指樊哙和霍光，樊哙为汉初将领，霍光为霍去病之弟，武帝托孤重臣，又曾废昌邑王而立宣帝。

【译文】

在过去商纣王时代，微子、箕子和比干三位仁人志士离去了，殷商便土崩瓦解；而伯夷和姜尚两位老臣的归附，便使周王朝日益兴盛。伍子胥死去吴国便灭亡；文种和范蠡的辅佐使越国称霸。五羖大夫百里奚来了使秦穆公心中窃喜；上将乐毅出奔赵国使燕惠王感到恐惧。长于辞辩的范雎以折肋断齿之身而使秦相穰侯魏冉陷于危险境地；能说会道的蔡泽以难看的相貌曾被善相面的唐举耻笑。因此，当天下大乱之时，不是萧何、曹参、张良、陈平、周勃、樊哙、霍光，就不能安定；当天下太平之时，寻章摘句、探幽发微之辈，一起坐着而取守势，也不会有什么忧患。世道混乱，尽管圣贤哲人尽力驰骋也嫌力量不够，国家安定，哪怕是一些凡夫俗子当权而又只知睡大觉，也会觉得力有余裕。

"夫上世之士，或解缚而相，或释褐而傅①；或倚夷门而笑②，或横江潭而渔③；或七十说而不遇④，或立谈而封侯；或枉千乘于陋巷⑤，或拥篲而先驱⑥。是以士颇得信其舌而奋其笔⑦，窒隙蹈瑕而无所诎也⑧。当今县令不请士，郡守不迎师，群卿不揖客，将相不俯眉⑨；言奇者见疑，行殊者得辟⑩。是以欲谈者卷舌而同声，欲步者拟足而投迹。向使上世之士处乎今世，策非甲科⑪，行非孝廉，举非方正，独可抗疏⑫，时道是非，高得待诏，下触闻罢⑬，又安得青紫？

【注释】

①褐(hè)：粗布衣服。傅：师傅，这里指宰相。

②夷门：东门。

③渔：这里指遇渔夫。

④七十说：指到七十多个国君面前游说。

⑤枉：委屈。

⑥篲：扫帚。

⑦信：同"伸"。

⑧瑕：裂痕。诎(qū)：折服，服从。

⑨俯眉：低眉。表示谦恭。

⑩辟(bì)：罪。

⑪甲科：汉代科举考试以其对策内容的难易分甲、乙两科，甲科为第一，得中者为郎中。

⑫抗疏：上书劝谏。

⑬触：触犯。闻罢：上书已被知道但得不到采纳。

【译文】

过去的士们，有的如管仲解掉身上的绳索便成为宰相，有的如宁戚脱去布衣便做了国君的师傅；有的如侯嬴靠着东门笑而得为上宾，有的如渔父漫游江湖而捕鱼；有的如孔子游说七十多个国君而终究不被善待，有的如虞卿站着谈了几句便被封侯；有的如小臣稷让君主委屈到丑街陋巷相请，有的如邹衍让诸侯也亲自拿着扫帚替自己开路。因为这个缘故，谋士们很可以言论自由、著书立说，很小的机会也能抓住利用而不受挫。而当今之世，县令们不请谋士，郡守们不欢迎高师，公卿们不揖纳门客，将相们不对幕僚低眉俯就；言谈怪异的人被怀疑，行动与众不同的人往往获罪。因此，想说话的人都先卷起舌头，使自己说出来的话和别人一样，想走路的人，先抬起自己的脚比量半天，然后踩在别人的脚印上。假若过去的士们处在今天的世道，应对、策略不是第一，行为举动不被认为孝悌方正，而仅仅只会上书劝谏，时不时地指摘是非，那么最高也只能是得个待诏的职位，等而下之的还有可能因所上之书触犯了皇上，而意见根本得不到采纳，又怎么能得到什么高位呢？

"且吾闻之，炎炎者灭，隆隆者绝。观雷观火，为盈为实；天收其声，地藏其热。高明之家①，鬼瞰其室。攫拏者亡②，默默者存。位极者宗危，自守者身全。是故知玄知默，守道之极；爰清爰静③，游神之庭；惟寂惟漠，守德之宅。世异事变，人道不殊，彼我易时④，未知何如。今子乃以鸱枭而笑凤皇⑤，执蝘蜓而嘲龟龙⑥，不亦病乎！子之笑我玄之尚白，吾亦笑子病甚，不遇俞跗与扁鹊也⑦，悲夫！"

【注释】

①高明之家：指贵宠之家。

②攫拏(jué ná)者：指争夺权势的人。

③爰：于是。

④彼：指古人。

⑤鸱枭（chī xiāo）：一种状如母鸡、大小如鸠的鸟，因声音难听而被人认为是不祥之鸟。

⑥蝘蜓（yǎn tíng）：壁虎，又称"龙子"。

⑦俞跗（fū）：传说为黄帝时的良医。扁鹊：战国时期的良医。

【译文】

况且我曾听说：火势过旺的大火容易熄灭，声音巨大的雷声一下子就归于消失。看看这响雷，看看这大火，够大够满够充实够威盛的吧？但是转眼之间，雷声被天所收，火热被地所藏。荣贵得宠之家，鬼魅往往喜欢窥视其居室；好争权夺利的人容易灭亡，默然无争的人容易生存；职位太高的人，其宗嗣将面临危险，静默守道的人能全身长生。所以，知道清静无为、默然无争，是恪守人道的极至。又清又静，才能到精神的王国中去遨游。甘于寂寞，是守卫本德的堡垒。时过境迁，世事变化，但为人之道是不会变异的。古人和今人所处时代不同，如果互换，谁高谁低还不可断言。现在客人您拿恶鸟鸱枭来嘲笑凤凰，用壁虎来嘲笑龟龙，难道不是有病吗？您笑我的玄（黑）还是白的，我也笑您病得厉害而且遇不到俞跗、扁鹊这样的良医！可悲呀！"

客曰："然则靡玄无所成名乎？范、蔡以下①，何必玄哉？"

【注释】

①范、蔡：指范雎和蔡泽。

【译文】

客人说："那么难道没有玄就不能功成名就吗？范雎、蔡泽等人，又何需用什么玄呢？"

扬子曰："范雎，魏之亡命也。折胁摺骼①，免于徽索；翕肩蹈背②，扶服入橐③。激卬万乘之主④，介泾阳、抵穰侯而代之⑤，当也⑥。蔡泽，山东之匹夫也。颔颐折頞⑦，涕唾流沫。西揖强秦之相，搤其咽而亢其气⑧，拊其背而夺其位⑨，时也。天下已定，金革已平，都于洛阳，娄敬委辂脱輓⑩，掉三寸之舌⑪，建不拔之策⑫，举中国徙之长安，适也⑬。五帝垂典，三王传礼，百世不易，叔孙通起于枹鼓之间⑭，解甲投戈，遂作君臣之仪，得也⑮。《吕刑》靡敝⑯，秦法酷烈，圣汉权制⑰，而萧何造律⑱，宜也⑲。故有造萧何之律于唐、虞之世，则悖矣⑳！有作叔孙通仪于夏、殷之时，则惑矣！有建娄敬之策于成周之世，则缪矣㉑！有谈范、蔡之说于金、张、许、史之间㉒，则狂矣㉓！

【注释】

①骼（qià）：腰骨。

②翕（xī）：收缩。

③扶服：同"匍匐"。

④激卬（áng）：激怒。卬，同"昂"。万乘之主：这里指秦昭王。

⑤介：间隔，离间。泾阳：泾阳君，秦昭王的同母弟弟。抵：击，侧击。

⑥当：恰当，这里指遇到了恰当的机会。

⑦颔颐（qīn yí）：下巴突出。折頞（è）：鼻梁塌陷。

⑧搤（è）：通"扼"。亢：断绝。

⑨拊：击。

⑩娄敬：即刘敬，汉初谋臣。委：扔下，弃置。辂（hé）：拴于车辕上供人拉车的横木。輓（wǎn）：拉车用的绳子。

⑪掉：摇摆，鼓动。

⑫不拔：不可动摇。

⑬适：适时。

⑭叔孙通：汉初儒生，先为项羽部下，后归附刘邦。枹（fú）鼓：鼓槌和鼓，古代作战时以击鼓表示进军。

⑮得：顺应时代潮流。

⑯《吕刑》：周穆王的臣子吕侯受命所制订的刑法，即周代刑法。靡散：败坏，损毁。

⑰权制：权衡时势而制订法令。

⑱律：指《汉律》九章。

⑲宜：指合时宜。

⑳怌（pī）：谬误。

㉑缪（miù）：通"谬"。

㉒金、张：金日磾、张安世，二人均为西汉大臣。许：许广汉，汉宣帝皇后许氏之父。史：指史恭及其长子史高，史恭为汉宣帝的祖母史良娣之兄。

㉓狂：狂乱。

【译文】

扬雄说："范睢，是魏国逃命的人，折断了肋骨而幸免于被绳索捆绑，缩肩曲背，爬着进了袋子，通过在秦昭王面前离间泾阳君、说穰侯的坏话，使秦昭王被激怒而用他取代了泾阳君和穰侯的位置，这是抓住了恰当的机会；蔡泽，山东的一介平民，下巴突出，鼻子塌陷，鼻涕常流，唾沫乱溅，向西进入秦国，对其相长揖不拜，继而像掐人咽喉欲断其气地要挟强大秦国的宰相，从背后对其进行攻击而最终夺取他的位子，这是时势使然。天下已经安定，战事已经平息，大汉将建都于洛阳，这时正在服劳役的娄敬，解下拉车的绳子，摇唇鼓舌，提出那不可动摇的理据，使国都改建在长安，这是适合时宜。五帝树立规章、法则，三王传下礼法，千年百代，不可更易，叔孙通这位儒生，虽从战乱中起家，但战争结束后便及时制作君臣礼仪，这是顺应时代潮流。周代刑法遭到损毁，秦代刑法又过于惨酷严烈，我大汉权衡时势，让萧何起草制作汉律，这是适宜之举。如果有人把萧何的刑律造在唐尧虞舜时代，那么就是大大的谬误；如果有人在夏商两代制作叔孙通的君臣之仪，则会让人感到昏惑；如果有人在周王朝提出娄敬那样的建议，那么也无疑大错特错；如果有人想在我大汉重臣金日磾、张安世和外戚许广汉、史家父子之中使用范雎、蔡泽那样的言谈计谋，那么显然是发了疯。

　　"夫萧规曹随，留侯画策①，陈平出奇，功若泰山，响若坻隤②，虽其人之赡智哉③？亦会其时之可为也！故为可为于可为之时，则从；为不可为于不可为之时，则凶。若夫蔺生收功于章台④，四皓采荣于商山⑤，公孙创业于金马⑥，骠骑发迹于祁连⑦，司马长卿窃资于卓氏⑧，东方朔割炙于细君⑨，仆诚不能与此数子并，故默默独守吾《太玄》！"

【注释】

①留侯：即张良。

②响：指声望。坻隤：山崖崩落声。

③赡（shàn）：充足。

④蔺生：指蔺相如，战国时赵国人。收功：获得成功，指完璧归赵一事。章台：宫殿名。

⑤四皓：汉初商山的四个隐士。

⑥公孙：指公孙弘，西汉大臣。金马：即金马门。

⑦骠骑：指霍去病，他曾为骠骑将军。发迹于祁连：指霍去病率兵深入祁连山击败匈奴而立功扬名。

⑧司马长卿：即司马相如。卓氏：指卓文君之父卓王孙。

⑨东方朔：西汉文学家。炙（zhì）：烤肉。细君：东方朔的妻子，一说古人对妻的称呼之一。

【译文】

　　萧何制定汉律，而曹参随律而行，张良出谋划策，陈平贡献奇计，他们的功劳可与泰山相比，他们的声望影响如同山崖崩裂之势，这虽然跟他们都才智过人有关，但也是因为他们碰到了适当的时机而可以有所作为的缘故。所以，做可做的事在可做的时候，就顺利、成功；做不可做的事在不可做的时候，就会凶象环生、失败。像蔺相如完璧归赵、建功立业于章台殿，四位老人取得荣耀于商山，公孙弘在金马门创立功业，骠骑将军霍去病在祁连山击败匈奴而立功扬名，司马相如将其岳父大人的财产据为己有，东方朔割取烤肉送给妻子，我确实不能做到，因而无法和这些人相提并论，所以就默默地独自守着我的《太玄》。"

解难

【题解】

　　扬雄本想以赋进行讽谕，但连上四赋，作用殊少，于是便转而进行哲学等方面的研究，作《太玄》，却被人认为过于艰深，"众人不好"，他便借题发挥，写了这篇言志的赋。他写道："辞之衍者，不可齐于庸人之听。"而且以老子的"贵知我者希"来自勉。这反映了扬雄对《太玄》乃至自己世界观、人生观的自负与自信。他不愿意人云亦云，不愿意在思想上随波逐流。由此可见，这篇赋不是解释《太玄》的疑难之处，而是对非难加以申解，以精当的理据非常简练地反驳了非难者的观点。行文简捷、语言浅显是这篇赋的突出特点。

　　客难扬子曰："凡著书者，为众人之所好也。美味期乎合口，工声调于比耳①；今吾子乃抗辞幽说，闳意眇指②，独驰骋于有亡之际，而陶冶大炉，旁薄群生③，历览者兹年矣④，而殊不寤⑤。亶费精神于此⑥，而烦学者于彼，譬画者画于无形，弦者放于无声，殆不可乎？"

【注释】

①比耳：中听。比有和意。

②眇（miǎo）指：微旨。

③旁薄：广被，普及。

④兹年：指时间很久。

⑤寤：同"悟"，醒悟，领悟。

⑥亶：同"但"。

【译文】

有客人向我扬雄发难道："大凡著书立说的人，都是为着迎合大多数人的喜好，就像美味佳肴希望可口，演奏音乐要求动听一样。而如今您却发高辞，立幽说，或意境宏大，或微旨精深，独自在天地有无中探索，阐发宇宙的奥妙，普及众生之相。观者多次浏览已有很长时间，但很少领悟。今天耗费自己的精神，明天又麻烦后世学者，就像画画的人偏要画无形的东西，弹奏的人却想工于无声之乐一样，恐怕不行吧？"

扬子曰："俞①。若夫闳言崇议，幽微之涂，盖难与览者同也。昔人有观象于天、视度于地、察法于人者，天丽且弥②，地普而深，昔人之辞，乃玉乃金。彼岂好为艰难哉？势不得已也③！独不见夫翠虬绛螭之将登乎天④，必耸身于苍梧之渊⑤？不阶浮云、翼疾风、虚举而上升，则不能撜胶葛、腾九闳⑥。日月之经不千里，则不能烛六合、耀八纮⑦；泰山之高不嶕峣⑧,则不能浡滃云而散歊烝⑨。

【注释】

①俞:对,然。

②丽:显著。弥:广大。

③已:止。

④虬(qiú):无角龙,也作"虯"。螭(chī):无角龙。

⑤苍梧:这里指水深且广。

⑥撠(jǐ):接触,触及。胶葛:轻清上浮的云气。九阂:九天之门。

⑦六合:天地四方。八纮(hóng):八极。

⑧嶕峣(jiāo yáo):高貌。

⑨浡滃(bó wěng):云气四起貌。歊(xiāo)烝:热气。烝,也作"蒸"。

【译文】

扬雄回答道:"对。如果确是宏言高论,探幽发微的文辞,大概很难和浏览者有什么共同之处。过去观天象、勘地舆、察人道的人,因为天太显著广大,地太幽深辽阔,所以他们的说辞,都似金玉,极其宝贵。难道是他们喜欢故作艰深难解吗? 这是客观对象决定的啊! 君不见:翠龙黄龙将飞上天的时候,必定先将身体耸立于深广之渊,若不以浮云为阶梯,不用疾风作羽翼腾空而起,就不能接触清流云气,达到九天之门。太阳和月亮,不远行千里,就不能照耀四面八方,天涯地极。泰山不高峻,就不能云绕雾围、热气升腾。

"是以宓牺氏之作《易》也①,绵络天地,经以八卦,文王附六爻②,孔子错其象而象其辞③;然后发天地之藏,定万物之基。《典》《谟》之篇,《雅》《颂》之声,不温纯深润,则不足以扬鸿烈而章缉熙④。盖胥靡为宰⑤,寂寞为尸⑥;大味必淡，大音必希；大语叫叫⑦，大道低回⑧。

【注释】

①宓牺氏：即伏羲，传说是他始创《易经》八卦。

②六爻：传说为周文王所创，重卦称"爻"，六爻将八卦演为六十四卦。

③彖（tuàn）：断定一卦之义的总括之辞。

④缉熙：光明。

⑤胥靡：空无所有，一说刑罚名。

⑥尸：主宰。

⑦叫叫：声远。

⑧低回：纡回曲折。

【译文】

　　因此伏羲氏作《易经》八卦，联络天地，极高极远，极深极幽，周文王以六爻阐发衍生出六十四卦，而孔圣人再作十翼和解说之辞，这才发掘出天地所蕴藏的事理，奠定万物发展变化的基础。过去的典谟诰命，《诗经》中的雅颂，如果不温厚深纯，浸润广袤，就不足以使壮阔宏大的帝业得以弘扬，使其光辉得到彰明。以空无、寂寞为主宰，最好的味道必定清淡，最妙的音律必定稀少，至言妙言必定传得远，高言宏论必定曲折纡回。

　　"是以声之眇者，不可同于众人之耳；形之美者，不可混于世俗之目；辞之衍者①，不可齐于庸人之听。今夫弦者，高张急徽②，追趋逐耆者③，则坐者不期而附矣；试为之施《咸池》④，揄《六茎》⑤，发《箫韶》⑥，咏《九成》⑦，则莫有和也。是故锺期死，伯牙绝弦破琴而不肯与众鼓；矍人亡⑧，则匠石辍斤而不敢妄斲⑨。师旷之调钟⑩，俟知音者之在后也⑪，孔子作《春秋》，几君子之前睹也⑫。老聃有遗言⑬：贵知我者希。此非其操与？"

【注释】

①衍：枝蔓旁生。

②徽：琴徽。

③追趋逐耆：随着众人的趋向爱好而追逐。耆，通"嗜"。

④《咸池》：传说为黄帝所制之乐。

⑤揄：手挥，这里指弹奏。《六茎》：传说为颛顼所制之乐。

⑥《箫韶》：传说为舜时所制之乐。

⑦《九成》：即《箫韶》，因为韶乐有九曲，一曲叫一成，所以有"《箫韶》九成"的说法。

⑧獿(náo)人：古代善于涂抹墙壁的人。服虔曰："獿，古之善涂墍者也。施广领大袖以仰涂，而领袖不污。有小飞泥误着其鼻，因令匠石挥斤而斲，知匠石之善斲，故敢使之也。"

⑨匠石：古代善使斧斤的人。

⑩师旷：春秋时晋国乐师，善辨声乐。

⑪俟：等待。

⑫几：希望。

⑬老聃(dān)：即老子。

【译文】

因此幽微之音，不能和大多数听惯了的声音相同；美好的形体，不能和世俗之人的眼睛看惯了的形象同日而语、等量齐观。如今弹奏者高高地拨起琴弦，急急地摸着琴徽，迎合众人的嗜好趣味，那么所有的人肯定会随声附和。但如果有人试着去为他们演奏歌咏《咸池》《六茎》

《箫韶九成》这类的作品,就不会有相附和的了。所以锺子期死后,伯牙就毁弦破琴不肯为其他的人鼓琴;獿人死后,匠石便丢掉斧头不敢再随便挥舞。师旷的调钟,是为了等待知音在后;孔子作《春秋》,是希望有君子前来观看。老子留有话语,'贵在相知的人少'。这不是他的操守吗?"

班固

　　班固(32—92)，字孟坚，扶风安陵(今陕西咸阳东)人。十六岁入太学，博览群书。在父亲班彪的影响下，逐渐转向汉史研究，并在父亲去世后，整理完成其遗著《后传》。班固于明帝永平元年(58)开始写著《汉书》。永平五年(62)，有人告他私改国史，被捕下狱。其弟班超上书申辩，明帝看了书稿后很赞赏班固的才学，任他为兰台令史。明年，迁为郎。后明帝又令他在兰台继续《汉书》的写作，至章帝建初七年(82)基本完成。永元元年(89)，班固随大将军窦宪出征匈奴，任中护军，大败匈奴，登燕然山，班固作铭，刻石记功。四年(92)，窦宪谋反事败自杀，班固连坐免官。后又为仇家洛阳令种兢所谮，被捕入狱，死于狱中。其所著诗文，后人辑有《班兰台集》。

两都赋 序

【题解】

　　光武帝建立东汉后，定都洛阳。汉明帝时，社会安定，国家日富，便在京都大修宫室、城池、苑囿，完备各项制度。西京长安百姓有意见，希望皇帝能西迁。这时班固升迁为郎，逐渐得到明帝宠幸，恐帝西去，感于前代司马相如、虞丘寿王、东方朔之辈作赋讽世之法，于是构建文辞，上《两都赋》，进行讽劝。赋文采用问答形式，与西都宾客辩论，阐述洛邑地处中土，平坦通达，四方辐凑，在地理、自然方面具有长安不可比拟的优越性，进而又盛赞了洛邑制度之美，终于折服了西宾淫侈之论。

或曰：赋者①，古诗之流也。昔成、康没而颂声寝②，王泽竭而诗不作③。大汉初定，日不暇给。至于武、宣之世④，乃崇礼官，考文章，内设金马、石渠之署⑤，外兴乐府、协律之事⑥，以兴废继绝，润色鸿业。是以众庶悦豫，福应尤盛。《白麟》《赤雁》《芝房》《宝鼎》之歌⑦，荐于郊庙；神雀、五凤、甘露、黄龙之瑞⑧，以为年纪。故言语侍从之臣，若司马相如、虞丘寿王、东方朔、枚皋、王褒、刘向之属⑨，朝夕论思，日月献纳。而公卿大臣御史大夫倪宽、太常孔臧、太中大夫董仲舒、宗正刘德、太子太傅萧望之等⑩，时时间作。或以抒下情而通讽谕⑪，或以宣上德而尽忠孝。雍容揄扬⑫，著于后嗣，抑亦《雅》《颂》之亚也。故孝成之世⑬，论而录之，盖奏御者千有余篇。而后大汉之文章，炳焉与三代同风⑭。

【注释】

①赋：《毛诗序》有"诗有六义焉，一曰风，二曰赋，三曰比，四曰兴，五曰雅，六曰颂。"即说赋是诗的一种，或理解为与诗类似的一种文体。

②成、康：周成王、周康王，成康是周的盛世，故诗歌很发达，歌颂盛世。

③诗不作：周道既微，雅颂并废。作，兴。

④武、宣：汉武帝、汉宣帝。

⑤金马：即金马门，是宦者署门，因门旁有铜马，故称之为金马门。
　石渠：即石渠阁，藏书之阁。

⑥乐府、协律：武帝定郊祀之礼，乃立乐府，以李延年为协律都尉。

⑦《白麟》：武帝行幸雍，获白麟，因作白麟歌。《赤雁》：武帝幸东
　海，获赤雁，因作朱雁歌。《芝房》：汉武帝甘泉宫内产芝，九茎连
　叶，因作芝房歌。《宝鼎》：汉武帝得宝鼎后土祠旁，因作宝鼎歌。

⑧神雀：宣帝时神雀集长乐宫，故改年为神雀。五凤：宣帝时凤凰
　五至，因改元为五凤。甘露：当时有甘露降。黄龙：在新丰有黄
　龙出现。

⑨司马相如：字长卿，为武帝骑常侍。虞丘寿王：字子贡，因善格
　五，召待诏，迁为侍中中书。东方朔：字曼倩，上书自称举，上伟
　之，令待诏公车，后拜为太中大夫给事中。枚皋：字少儒，上书北
　关，自称枚乘之子。上得大喜，召入见，待诏，拜为郎。王褒：字
　子渊，上令褒待诏。褒等数从猎，擢为谏大夫。刘向：字子政，为
　辇郎，迁中垒校尉。

⑩倪宽：修《尚书》，以郡选诣博士。受业孔安国。孔臧：孔子十二
　世孙，少以才博知名，后渐迁御史大夫，他推辞说："臣代以经学
　为家，乞为太常，专修家谱。"武帝遂用之。董仲舒：以修《春秋》
　为博士，后为中大夫。刘德：字路叔，少修黄老术，武帝谓之千里
　驹，为宗正。萧望之：字长倩，以射策甲科，为郎，迁太子太傅。

⑪抒：抒发，表达。讽谕：告诉，使人知道。讽，用含蓄的话暗示或
　劝告。

⑫揄：引。

⑬孝成：汉成帝，前33—前7年在位。

⑭炳：光明，显明。三代：夏、商、周三代。

【译文】

有人说：赋是由古诗发展而成的一种文体。从前，成康盛世才过，

为之颂扬之歌就停止了；先王的恩泽竭尽了，赞美的诗文也随之消逝。大汉初定，忙于各种政事，对诗歌等事无暇顾及。到武帝、宣帝鼎盛之世，才又兴崇尚礼乐、考核文章之事。于是在宫内修建了金马门、石渠阁等衙署纳贤藏书；在宫外设立乐府机关，从事协律作乐之事。这样来振兴礼乐教化，以宏扬大汉之丰功伟业。百姓为此欢快愉悦，各种吉祥之物也频频出现。于是作白麟、赤雁、芝房、宝鼎之歌进献祖先；依据神雀、五凤、甘露、黄龙等来作为年号。以文学侍从君王之臣，如司马相如、虞丘寿王、东方朔、枚皋、王褒、刘向等，朝夕在一起讨论，思考写诗作文之道，按日按月进献作品；而公卿大臣，如御史大夫倪宽、太常孔臧、太中大夫董仲舒、宗正刘德、太子太傅萧望之等，也不时在公务繁忙之余暇作些文章呈皇上御览。有的抒发臣民衷情以讽谏皇上，有的宣扬主上恩德而尽忠孝之心。这些劝谏宣扬从容而和婉，使大汉功业得以昭示后人，可与《雅》《颂》相媲美。于是成帝时对这些文章讨论并录目进行汇编，呈进御览之作总共千有余篇。此后大汉的文风就光辉显耀并且与夏、商、周三代相同了。

　　且夫道有夷隆[①]，学有粗密，因时而建德者不以远近易则。故皋陶歌《虞》[②]，奚斯颂《鲁》[③]，同见采于孔氏，列于《诗》《书》，其义一也。稽之上古则如彼，考之汉室又如此，斯事虽细，然先臣之旧式，国家之遗美，不可阙也。

【注释】

①夷：平坦。隆：高，凸。

②皋陶（gāo yáo）人名。歌《虞》：歌颂虞舜之代。

③奚斯：鲁国大夫，亦称公子鱼，鲁僖公时人。曾作《閟宫》，现存于《诗经·鲁颂》中。

【译文】

况且道路有平洼,学问有精疏,顺应时势而建德立言之人,不以时代不同而改变著述原则。所以皋陶歌颂虞舜之词,奚斯颂扬鲁国之诗,同样被孔子采编入《诗经》《书经》,因为它们在意义上是同样的。考查上古有这样的颂扬之声,而追溯汉室也有同样歌颂汉室之文。这事虽小,但前代词臣的榜样,本朝继承相传的美德,确是不能缺少的。

　　臣窃见海内清平,朝廷无事,京师修宫室,浚城隍①,而起苑囿,以备制度;西土耆老②,咸怀怨思,冀上之眷顾③,而盛称长安旧制,有陋雒邑之议。故臣作《两都赋》,以极众人之所眩曜④,折以今之法度。其词曰:

【注释】

①隍:城池无水曰隍。

②西土:长安在西,故曰西土。

③眷:回顾的样子。

④眩曜:显示,夸耀。曜,同"耀"。

【译文】

我见天下太平,国家安定,东都正在兴修宫室,疏浚城池,扩建苑囿以完备都城体制;而原西都的旧臣故老都心怀不满,只希望皇上思念旧都,并且不断称赞长安旧有的体制,其中有鄙薄洛阳之议论。我因此作《两都赋》,极尽详述西都故老所炫耀之事物,再以东都现在的法度折服他们。其词为:

西都赋

有西都宾问于东都主人曰①:"盖闻皇汉之初经营也②,

尝有意乎都河、洛矣。辍而弗康③，实用西迁，作我上都。主人闻其故而睹其制乎？"主人曰："未也。愿宾摅怀旧之蓄念，发思古之幽情，博我以皇道，宏我以汉京。"宾曰："唯唯。"

【注释】

①西都宾：汉中兴，都洛阳，故以东为主，而谓西都为宾。

②经营：《尚书》："厥既得卜则经营。"

③辍：止。康：安。

【译文】

有一位长安客问洛阳的主人说："我听说在汉初筹建首都之时，朝廷有意定都在河洛之畔，可后来又认为此地定都并不安宁，决定西往，以长安作为首都。主人知道迁都的故事吗？您是否见过长安的体制呢？"主人回答道："我没有听说过。希望您能抒发怀旧之心，思古之情，说一说高祖当时定都的道理，描述一下长安的情况来增长我的见闻，扩大我的视野。"客人道："好的，好的。"

"汉之西都，在于雍州，实曰长安。左据函谷、二崤之阻①，表以太华、终南之山②；右界褒斜、陇首之险③，带以洪河、泾、渭之川④。众流之隈，汧涌其西。华实之毛⑤，则九州之上腴焉；防御之阻⑥，则天地之隩区焉⑦。是故横被六合⑧，三成帝畿⑨，周以龙兴，秦以虎视⑩。及至大汉受命而都之也，仰寤东井之精⑪，俯协《河图》之灵⑫，奉春建策，留侯演成⑬，天人合应，以发皇明⑭，乃眷西顾⑮，实惟作京。

【注释】

①函谷：关名。二崤(xiáo)：《左传》："崤有二陵焉，其南陵夏后皋之墓也，其北陵文王之所避风雨也。"故曰二崤。

②太华：山名，即今西岳华山。终南：即终南山。

③褒斜：谷名，南口曰褒，北口曰斜，在今梁州。陇首：山名，在今秦州。

④洪：大也。

⑤华实之毛：指草木。《左传》："食土之毛。"

⑥防御：关禁。

⑦陕区：深险之地。陕，深。

⑧横：《前汉书音义》："关西为横。"被：犹及。六合：《吕氏春秋》："神明通于六合。"高诱注："四方上下为六合。"

⑨三成：谓周、秦、汉都在长安定都。帝畿：《周礼》："方千里曰王畿。"

⑩周以龙兴，秦以虎视：龙兴、虎视，喻盛强。孔安国《尚书序》："汉室龙兴。"《易》："虎视眈眈。"

⑪寤：晓。东井之精：高祖至霸上，五星聚于东井。

⑫协：合。河图之灵：汉代秦，都关中，按河图为识记之书。

⑬留侯：张良。演成：促成。《苍颉篇》："演者引也。"

⑭皇明：指高祖。

⑮西顾：指入关。

【译文】

"汉朝的西都是长安，位于雍州。左据函谷和崤山的雄伟险峻，还有作为标界的太华山和终南山；右则与褒斜谷和陇首山相连接，并绕以黄河、泾水、渭水。众水汇聚，汧水流经其西部。这地方植物花果繁茂，并有九州最肥沃的田地；关塞阻隔，是天然的深险之地。而且因为此地四通八达，广连各方，曾有三朝帝王定都于此。周朝都此地如龙腾飞，秦朝据此地虎视东方;到大汉受天命将定都此地之时,仰望天空有五星相聚于东井,俯看大地却见灵图出现于河滨。于是奉春君娄敬提出建都长安之良策,留侯张良促使此议成功实现。这是天命和人意相呼应,启发了君王的圣明,于是他眷顾关西,定长安为首都。

　　"于是睎秦岭①,睋北阜②,挟沣、灞③,据龙首④,图皇基于亿载,度宏规而大起。肇自高而终平⑤,世增饰以崇丽,历十二之延祚⑥,故穷泰而极侈。建金城而万雉⑦,呀周池而成渊⑧,披三条之广路⑨,立十二之通门⑩。内则街衢洞达⑪,闾阎且千⑫。九市开场⑬,货别隧分⑭,人不得顾,车不得旋,阗城溢郭,旁流百廛⑮,红尘四合,烟云相连。于是既庶且富,娱乐无疆。都人士女⑯,殊异乎五方⑰。游士拟于公侯⑱,列肆侈于姬、姜⑲。乡曲豪举游侠之雄⑳,节慕原、尝㉑,名亚春、陵㉒,连交合众,骋骛乎其中㉓。以上总写。

【注释】

①睎(xī):望。

②睋(é):视。

③挟沣(fēng)、灞:沣水出邡县南山丰谷,灞水出蓝田谷。挟,在旁曰挟。

④据龙首:《三秦记》:"龙首山六十里,头入渭水,尾达樊川。"据,在上曰据。

⑤肇(zhào):始。

⑥祚(zuò):禄。福运。

⑦金城:言坚固。雉:杜预注《左传》:"方丈为堵,三堵为雉。"

⑧呀:《字林》:"呀,大空也。"

⑨三条：《周礼》："国方九里，旁三门。"每门有大路，故曰三条。

⑩十二之通门：郑玄注《周礼》："天子十二门，通十二子。"

⑪街衢（qú）：四通谓之街，四达谓之衢。

⑫闾（lú）：里门。阎：里中门。且千：言多。

⑬九市开场：《汉宫阙疏》："长安九市，其六市在道西，三市在道东。"

⑭隧：列肆道。

⑮廛（chán）：郑玄注《礼记》："廛，市物邸舍也。"

⑯都：《诗经·小雅》："彼都人士。"毛苌注："城郭之域曰都。"

⑰五方：四方及中央。

⑱拟：模拟，模仿。

⑲肆：市中陈物处。姬、姜：大国之女。

⑳豪举游侠：朱家、郭解、原涉之类。

㉑原、尝：平原君赵胜、孟尝君田文。

㉒春、陵：春申君黄歇、信陵君无忌，并招致宾客，名高天下。

㉓骛（wù）：乱驰。

【译文】

"从这里远望秦岭和北阜，绕以沣灞二水，依据龙首之山。各代君王有意使大汉基业延续亿年，于是拟定宏伟蓝图大规模兴建。从高祖开始到平帝结束，历代增修壮丽非凡；共历十二位帝王，极尽繁华奢侈。建筑万雉金城，疏浚如渊城池。修建平坦且宽广的三达之路，建立十二座威严的城门。城内街衢洞达，里弄近千；开辟九个市场，不同的货物分类列于不同的路边；人流拥挤，无法回顾；车流堵塞，不得回旋；人流充满市区，溢出城郭，流入成百上千的商店；红尘滚滚弥漫四方，烟雾霭霭连接云天。国家富裕，人口众多，百姓的欢乐不可限量。都市男女，不同于其他的地方。游士衣着比拟王公，商女服饰胜过贵族千金。乡里的豪强英俊游侠，气节近于平原君、孟尝君，名望仅次于春申君和信陵君。他们交游广泛，联合徒众，驰骋于京城。以上是概述。

"若乃观其四郊，浮游近县①，则南望杜、霸②，北眺五陵③，名都对郭，邑居相承。英俊之域④，绂冕所兴⑤，冠盖如云，七相五公⑥，与乎州郡之豪杰、五都之货殖⑦，三选七迁⑧，充奉陵邑。盖以强干弱枝，隆上都而观万国也⑨。封畿之内，厥土千里，逴跞诸夏⑩，兼其所有。其阳则崇山隐天，幽林穹谷⑪，陆海珍藏⑫，蓝田美玉⑬。商、洛缘其隈⑭，鄠、杜滨其足⑮，源泉灌注，陂池交属⑯。竹林果园，芳草甘木，郊野之富⑰，号为近蜀⑱。其阴则冠以九嵕⑲，陪以甘泉，乃有灵宫起乎其中；秦、汉之所极观，渊、云之所颂叹，于是乎存焉。下有郑、白之沃⑳，衣食之源，堤封五万㉑，疆埸绮分㉒。沟塍刻镂㉓，原隰龙鳞㉔，决渠降雨，荷插成云，五谷垂颖㉕，桑麻敷棻㉖。东郊则有通沟大漕㉗，溃渭洞河㉘，泛舟山东，控引淮、湖，与海通波。西郊则有上囿禁苑、林麓薮泽㉙，陂池连乎蜀、汉，缭以周墙四百余里㉚。离宫别馆，三十六所㉛，神池灵沼㉜，往往而在。其中乃有九真之麟、大宛之马、黄支之犀、条枝之鸟㉝。逾昆仑，越巨海，殊方异类，至于三万里！
以上郊畿。

【注释】

①浮游：周流。

②杜、霸：杜陵、霸陵，在城南。宣帝葬杜陵，文帝葬霸陵。

③五陵：高帝长陵，惠帝安陵，景帝阳陵，武帝茂陵，昭帝平陵，俱在渭北。

④英俊：智过万人谓之英，智过千人谓之俊。

⑤绂（fú）冕：此指英俊冠盖之人。绂，绶。冕，冠。

⑥七相：丞相车千秋、黄霸、王商、韦贤、平当、魏相、王嘉。五公：田蚡为太尉，张安世为大司马，朱博为司空，平晏为司徒，韦贤为大司马。

⑦五都：洛阳、邯郸、临淄、宛城、长安。

⑧三选：选三等之人，意指迁徙吏二千石、高訾富人及豪杰并兼之家于诸陵，盖以强干弱枝，非独为奉山园也。七迁：谓迁于七陵。自元帝以上凡七帝，元帝后始不迁。

⑨观：指示。

⑩逴跞（chuò lì）：超绝。夏：谓中国。

⑪穷谷：深谷。

⑫陆海：《汉书·东方朔传》，东方朔曰："汉兴，去三河之地，止灞、浐以西，都泾、渭之南，此所谓天下陆海之地也。"

⑬蓝田美玉：范子计然曰："玉英出蓝田。"

⑭商、洛：县名。隈：山曲。

⑮滨：近。

⑯陂（pēi）池：泽障曰陂，停水曰池。

⑰郊野：邑外曰郊，郊外曰野。

⑱近蜀：南山与巴蜀类。

⑲阴：北。九嵕：山高峻。

⑳郑、白：郑国渠、白渠。郑国渠灌田四万余顷，白渠溉田四千余顷。当时人歌曰："田于何所？池阳谷口。郑国在前，白渠起后。举臿为云，决渠为雨。泾水一石，其泥数斗。且溉且粪，长我禾黍。衣食京师，亿万之口。"

㉑堤：积土为封限。

㉒场：界。

㉓塍：田畦。刻镂：交错如镂。

㉔原隰（xí）：高平曰原，下湿曰隰。

㉕五谷：黍、稷、菽、麦、稻。颖：禾穗。

㉖敷：布。棻（fēn）：茂盛。

㉗漕（cáo）：水运。

㉘溃：傍决。汉武帝穿漕渠通渭。洞：疾流。《史记》："荥阳下引河东南为鸿沟……与济、汝、淮、泗会。"

㉙上囿：林苑。麓：林属于山为麓。薮（sǒu）：泽无水曰薮。

㉚缭（liáo）：绕。

㉛三十六所：《三辅黄图》："上林有建章、承光等一十一宫，平乐、茧观等二十五，凡三十六所。"

㉜神池：《三秦记》："昆明池中有神池，通白鹿原。"灵沼：《诗》："王在灵沼。"

㉝九真之麟：宣帝诏曰："九真郡献奇兽。"晋灼《汉书》注："驹形，麟色，牛角。"大宛之马：武帝时，李广利斩大宛王首，获汗血马。黄支之犀：黄支国自三万里贡生犀。条枝之鸟：条枝国临西海，有大鸟。条枝与安息接，武帝时，安息国发使来献之。

【译文】

"如果观察长安四郊，漫游附近各县，则南望杜陵、霸陵，北眺五陵，名都和城郭相对，甲第与楼阁相邻。这是英雄俊杰所居之区域，达官显贵聚集之处；高冠华盖的富人往来如云。七相五公，州郡豪杰，五都之富商大贾，将这三等人家迁于汉家七陵，承担供奉皇陵重任。大概以此来加强中央，削弱地方，壮大京都，以显示大国威力于万邦。京都直辖区内，方圆近千里，超过华夏各诸侯国，兼有他们共有的奇特物产。南面则密林深谷，崇山遮天；陆海珍藏，应有尽有；蓝田之地，盛产美玉；商、洛二县位于丹、洛两河水湾，鄠县和杜县在渭、漆两河的下游。清泉灌注，陂池相连。竹林果园，芳草甘木，郊野之富，近于西蜀。北面则有九嵕、甘泉二山，灵宫耸立于甘泉山巅。这在秦汉两代最为壮观，王褒、扬雄曾作赋颂扬，至今仍保存于宫殿中间。下有郑国渠、白渠灌溉的沃田,此乃百姓衣食之源。肥田沃土近五万顷,田界纵横如同丝织品上的花纹,沟塍则如刻镂在大地上的图案。平原和低地的田畴像龙鳞一般密密相连。每当开渠灌溉如降时雨,举锸治水如涌祥云。五谷垂下沉沉穗颖,桑林麻田也茂盛繁荣。东郊有人工漕渠,通往渭水、黄河;如果泛舟可到崤山以东,并可控引淮水、湖泊;与东海辗转相接,波涛相连。西郊是上林禁苑,山林沼泽不断,和蜀、汉相连。围墙缭绕四百多里,离宫别馆有三十六所,神池灵沼也都还在。九真郡的麒麟,大宛的汗血马,黄支国的犀牛,条枝国的大鸟都贡献而来。有的跨越昆仑山,有的横渡大海,还有一些远方奇珍异物,竟跋涉几万里。以上写郊畿。

　　"其宫室也,体象乎天地[1],经纬乎阴阳。据坤灵之正位[2],仿太、紫之圜方[3]。树中天之华阙[4],丰冠山之朱堂[5]。因瑰材而究奇[6],抗应龙之虹梁[7]。列棼橑以布翼[8],荷栋桴而高骧[9]。雕玉瑱以居楹[10],裁金璧以饰珰[11],发五色之渥彩[12],光焖朗以景彰。于是左城右平[13],重轩三阶[14]。闺房周通[15],门闼洞开。列钟虡于中庭[16],立金人于端闱[17]。仍增崖而衡阈[18],临峻路而启扉。徇以离宫别寝[19],承以崇台闲馆[20]。焕若列宿[21],紫宫是环。清凉、宣温,神仙、长年,金华、玉堂,白虎、麒麟,区宇若兹,不可殚论[22]!增槃崔嵬[23],登降炤烂[24]。殊形诡制[25],每各异观。乘茵步辇[26],惟所息宴。以上浑言宫室。

【注释】

①体象乎天地:建筑体制取象于天地。圜象天,方象地。

②坤灵:扬雄《司空箴》:"普彼坤灵,俾天作合。"

③太、紫:太微、紫宫。刘向《七略》:"明堂之制:内有太室,象紫宫,

南出明堂,象太微。"太微方而紫宫圆。

④中天:列子曰:"周穆王作中天之台。"阙:门观。《前汉书》载:萧何作东阙、北阙。

⑤丰:大。冠山:在山之上。

⑥瑰材:珍奇。

⑦应龙:有翼之龙,形曲如虹。

⑧棼(fén):阁楼的栋。橑(lǎo):椽。翼:屋之四阿。

⑨栌(fú):栋。欀(xiāng):举。

⑩瑱(tiàn):通"磌(tián)"。

⑪珰:屋椽头装饰。

⑫渥(wò):光润。

⑬墄(cè):台阶。

⑭轩:楼板。

⑮闱:宫中之门谓之闱,小者谓之闺。

⑯虡:虡以悬钟。

⑰端闱:宫正门。

⑱衡:横。阈(yù):门槛。

⑲徇:绕。

⑳崇:高。

㉑焕:明。

㉒"清凉"几句:《三辅黄图》:"未央宫有清凉殿、宣室殿、中温室殿、金华殿、大玉堂殿、中白虎殿、麒麟殿,长乐宫有神仙殿。"殚:尽。

㉓增:重。槃(pán):屈。崔嵬:高。

㉔炤烂:明亮。

㉕诡:异。

㉖茵:褥。

【译文】

"长安的宫室殿堂,体制取象天地,结构取法阴阳。据于区域正位,

仿紫微星座为圆，太微星座为方。华美的双阙矗立于半空，龙首山岗上
耸立着红色的未央宫。以瑰异之材建奇巧之式样，横架的殿梁形如飞
龙，曲如长虹；椽桷整齐排列，飞檐似鸟翼舒张；荷重的栋梼如骏马气势
高昂。精雕美玉作为础石以承接殿柱，裁黄金为璧形而装饰瓦珰。殿
堂灿烂辉煌，彩色的光焰如日光般明亮。左边为人行台阶，右边是车行
平阶。栏杆重重，台阶层层。闺房周通，门闼洞开。在庭院竖起钟架，
在门外立上金人。就层崖修成门槛，把正门对着大路敞开。围绕着的
离宫别殿，连接着的崇台宏馆，灿烂若群星，未央宫被环绕在中间。清
凉、宣温、神仙、长年、金华、玉堂、白虎、麒麟，区域里类似这样的豪华宫
殿，无法尽数描写。有的重叠盘曲，崔嵬屹立；有的高低上下，光辉灿
烂；有的形态特殊，构制奇异，外观各不相同。帝后乘舆坐辇，所到之处
都有歇息之地。以上全面描绘宫室。

　　"后宫则有掖庭、椒房、后妃之室：合欢、增城，安处、常
宁，茞若、椒风，披香、发越，兰林、蕙草，鸳鸯、飞翔之列①。
昭阳特盛②，隆乎孝成。屋不呈材，墙不露形。裹以藻绣③，
络以纶连④。隋侯、明月⑤，错落其间。金釭衔璧，是为列钱。
翡翠、火齐，流耀含英。悬黎垂棘，夜光在焉⑥。于是玄墀钏
砌⑦，玉阶彤庭。碝、碱彩致⑧，琳、珉青荧⑨。珊瑚、碧树⑩，
周阿而生⑪。红罗飒纚⑫，绮组缤纷⑬。精曜华烛⑭，俯仰如
神⑮。后宫之号，十有四位⑯，窈窕繁华⑰，更盛迭贵，处乎斯
列者，盖以百数⑱！以上宫室中之后宫。

【注释】

①"后宫则有掖庭、椒房、后妃之室"几句：掖庭、椒房，《汉宫仪》：
　　"婕妤以下皆居掖庭。"《三辅黄图》："长乐宫有椒房殿。"《汉书》：

"班婕妤居增成舍。"桓谭《新论》："董贤女弟为昭仪,居舍号曰椒风。"《汉宫阁名》："长安有披香殿、鸳鸯殿、飞翔殿。"

②昭阳:昭阳殿,成帝赵昭仪所居。

③裹:缠。

④纶:纠,青丝绶,或作编。

⑤隋侯、明月:随侯珠。随侯行见大蛇伤,以药傅之。后蛇衔珠以报之。

⑥"金釭衔璧"几句:《说文解字》："釭,毂铁也。"此谓以黄金为釭,其中衔璧,纳之于壁带,为行列历历如钱也。《汉书》："昭阳殿壁带,往往为黄金釭,函蓝田玉璧,明珠翠羽饰之。"翡翠,《异物志》："翠鸟形如燕,赤而雄曰翡,青而雌曰翠,其羽可以饰帏帐。"火齐,《韵集》："火齐,珠也。"悬黎,《战国策》："应侯谓秦王曰'梁有悬黎'。"垂棘,《左传》："晋荀息请以垂棘之璧假道于虞。"

⑦墀(chí):殿上经过涂饰的地。《汉书》："切皆铜沓,黄金涂,白玉阶。"

⑧彩致:其纹理密。

⑨青荧:指光色。

⑩珊瑚、碧树:《汉武故事》："武帝起神堂,植玉树,葺珊瑚为枝,以碧玉为叶。"谓以珠玉假为树而植之于殿曲。

⑪阿:曲。

⑫飒纚:长袖貌。

⑬组:绶。

⑭精曜华烛:精彩华饰照耀。

⑮俯仰如神:《战国策》张仪谓秦王曰："彼周、郑之女,粉白黛黑立于衢,非知而见之者以为神也。"

⑯后宫之号,十有四位:《汉书》："汉兴,因秦之称号,正嫡称皇后,妾皆称夫人。凡十四等,有昭仪、婕妤、娙娥,傛华、美人、八子、

充衣、七子、良人、长使、少使、五官、顺常，是为十三等；又有无涓、共和、娱灵、保林、良使、夜者，秩禄同，共为一等，合十四位也。"

⑰繁华：美丽。

⑱百数：以百计数。

【译文】

"后宫则有掖庭、椒房，为后妃居住的地方：合欢、增城、安处、常宁、茝若、椒风、披香、发越、兰林、蕙草、鸳鸯和飞翔等殿阁，都有妃嫔居住。昭阳宫更加华丽异常，在成帝时增修。屋宇不露栋梁，原墙不露出形状。外面锦绣缭绕，上面网络彩饰，隋侯宝珠如明月，在其间熠熠发光。璧带上金缸衔璧玉，好似排列成行的金钱。翡翠和玫瑰珠流光溢彩，悬黎、垂棘等夜光之璧在此闪亮。髹漆涂的地面，金玉嵌的门槛，白玉台阶，红石铺院。硬、碱等彩石，琳、珉等美玉，还有珊瑚枝、碧玉般的石雕树，在中庭四周转角处栩栩如生。红罗衣裙的宫廷美人，绮带缤纷，精光闪耀，风华照人，俯仰举止，宛如神仙。后宫名号，共有十四级，各级全都姣好华丽，一个比一个高贵，有宫号的数以百计。以上写宫室中的后宫。

"左右庭中，朝堂百僚之位，萧、曹、魏、邴①，谋谟乎其上②。佐命则垂统③，辅翼则成化。流大汉之恺悌④，荡亡秦之毒螫。故令斯人扬乐和之声⑤，作画一之歌⑥，功德著乎祖宗⑦，膏泽洽乎黎庶。又有天禄、石渠典籍之府⑧，命夫惇诲故老、名儒师傅⑨，讲论乎六艺⑩，稽合乎同异。又有承明、金马著作之庭⑪，大雅宏达⑫，于兹为群，元元本本⑬，殚见洽闻，启发篇章，校理秘文⑭。周以钩陈之位⑮，卫以严更之署⑯，总礼官之甲科⑰，群百郡之廉孝。虎贲赘衣⑱，阉尹阍寺⑲,陛戟百重⑳,各有典司㉑。以上宫室中之官寺。

【注释】

①萧、曹:萧何、曹参,沛人。魏:魏相,字弱翁,济阴人。邴:邴吉,字少卿,鲁国人。并为丞相。

②谟(mó):计谋,谋略。

③佐命:辅助。统:业。

④恺悌(kǎi tì):平易近人。恺,乐。悌,易。

⑤乐和:《孔丛子》曰:"古之帝王,功成作乐,其功善者其乐和。"

⑥画一:《汉书》:萧何薨,曹参代之,百姓歌之曰:"萧何为法,较若画一,曹参代之,守而勿失。"

⑦祖宗:高祖、中宗。

⑧天禄、石渠:阁名,在未央宫北。

⑨惇诲:殷勤教告。

⑩六艺:儒家六经,即《诗》《书》《礼》《乐》《易》《春秋》。

⑪承明:殿前之庐。

⑫宏:大。

⑬元元本本:原始与根本。

⑭秘文:秘书。

⑮周:环。钩陈:紫宫外星,宫卫之位亦象之。

⑯严更之署:行夜之司。

⑰礼官:奉常,有博士掌试策,考其优劣,为甲乙之科。

⑱虎贲:宿卫之臣。赘(zhuì)衣:主衣之官。赘,即缀。

⑲阉尹阍寺:都是宦官。

⑳陛戟:执戟于陛。百重:形容多。

㉑司:主。

【译文】

"左右庭是百官执事之处。萧何、曹参、魏相、邴吉在这里出谋划策，辅佐君王长传国统，协助施政则使教化成功。传播大汉的仁慈，荡除亡秦的余毒。因此叫臣僚作和谐之乐，作画一之歌。功德可以昭告祖先，恩泽遍施于黎民百姓。又有天禄阁、石渠阁，珍藏典籍之府。令元老旧臣、名儒师傅，讲解儒家六艺，考核经传的同异。又有承明庐和金马门，是词臣著作之廷，才德高尚之士，学问渊博之人，聚集此处。他们溯学术之根本，博见广闻；阐发典籍，精辟透彻；校理秘文，准确严格。周围有值夜护卫的官署，有礼官总管全国的甲科考核选拔州郡的孝廉，还有众多虎贲、赘衣、阍尹、阍寺，还有陛戟武士，各有专职。以上写官室中的官寺。

"周庐千列①，徼道绮错②，辇路经营③，修除飞阁。自未央而连桂宫，北弥明光而亘长乐④，凌隥道而超西墉⑤，混建章而连外属⑥，设璧门之凤阙⑦，上觚棱而栖金爵⑧。内则别风嶕峣⑨，眇丽巧而耸擢⑩，张千门而立万户⑪，顺阴阳以开阖⑫。尔乃正殿崔嵬⑬，层构厥高⑭，临乎未央⑮。经骀荡而出驺娑，洞枍诣以与天梁⑯，上反宇以盖戴⑰，激日景而纳光⑱。神明郁其特起⑲，遂偃蹇而上跻⑳。轶云雨于太半㉑，虹霓回带于棼楣㉒。虽轻迅与僄狡㉓，犹愕眙而不能阶㉔。攀井幹而未半㉕，目眴转而意迷㉖。舍橝槛而却倚㉗，若颠坠而复稽㉘。魂怳怳以失度㉙，巡回涂而下低。既惩惧于登望，降周流以彷徨。步甬道以萦纡㉚，又杳窱而不见阳㉛。排飞闼而上出㉜，若游目于天表㉝，似无依而洋洋。前唐中而后太液㉞，览沧海之汤汤㉟。扬波涛于碣石㊱，激神岳之嶈嶈。濫

瀛洲与方壶,蓬莱起乎中央㊲。于是灵草冬荣,神木丛生㊳,
岩峻嵯峨㊴,金石峥嵘㊵。抗仙掌以承露㊶,擢双立之金茎㊷。
轶埃堨之混浊㊸,鲜颢气之清英㊹。骋文成之丕诞㊺,驰五利
之所刑㊻,庶松、乔之群类㊼,时游从乎斯庭。实列仙之攸馆,
非吾人之所宁! 以上官室中之离官苑囿。

【注释】

①周庐:宿卫之庐,环绕于官。千列:形容多。

②徼道:徼巡之道。绮错:交错。

③辇路:阁道。天子车驾常经之道。

④自未央而连桂宫,北弥明光而亘长乐:未央宫在西,长乐宫在东,
　桂宫、明光宫在北,言飞阁相连。

⑤墉:城。

⑥混:同。属:连。

⑦璧门之凤阙:《汉书》:“建章宫,其东则凤阙,高二十余丈,其南有
　璧门之属。”

⑧觚棱:殿堂上最高之处。栖金爵:《三辅故事》曰“建章宫阙上有
　铜凤皇”,即金雀。

⑨别风:《三辅故事》:“建章宫东有折风阙。”《关中记》:“折风一名
　别风。”嶕峣(qiáo yáo):高。

⑩眇:通“妙”。美,好。耸:伸长脖子,提起脚跟站着,引申为高挺。
　擢:拔,抽。

⑪千门、万户:《汉书》曰建章宫庭为千门万户。

⑫开阖:合谓之阴,开谓之阳。《周易》曰:“阖户谓之坤,辟户谓
　之乾。”

⑬正殿:即前殿。

⑭层：重。

⑮临乎中央：言非常高。

⑯骀（dài）荡、驱（sà）娑、枍（yì）诣：都是建章宫的殿名。天梁：宫名。

⑰反宇：飞檐上反。盖戴：覆。

⑱激日：日影激入于殿内。

⑲神明：台名。

⑳偃蹇（yǎn jiǎn）：高貌。跻（jī）：升。

㉑轶：过。太半：三分之二。

㉒楣：梁，门户上横梁。

㉓僄（piào）：轻。狡：疾。

㉔愕：惊。眙（chì）：惊貌。阶：登上台阶。

㉕井幹：楼名。《汉书》："武帝作井幹楼，高五十丈，辇道相属焉。"

㉖眴（xuàn）：看不清。

㉗櫺槛：楼上栏楯。

㉘稽：留。

㉙怳怳（huǎng）：神志不定。

㉚甬道：飞阁复道。萦纡：曲折，绕远。

㉛杳窱：即窈窕，深。阳：明。

㉜飞闼（tà）：阁上门。

㉝表：外。

㉞唐：庭。太液：太液池，中有蓬莱、方丈、瀛洲、壶梁，像海中神山。

㉟汤汤：流动的样子。

㊱涛：大波。碣（jié）石：海畔山。

㊲滥：泛。

㊳于是灵草冬荣，神木丛生：此处说这些神山上产不死药。灵草、神木，皆是不死药。

㊴崒崪（zú）：高峻。

㊵峥嵘：高峻。

㊶抗：作。仙掌以承露：武帝时作铜柱承露仙人掌之属。《三辅故事》："建章宫承露盘，高二十丈，大七围，以铜为之。上有仙人掌承露，和玉屑饮之。"

㊷金茎：即铜柱。

㊸轶：过。埃壒（ài）：尘土。

㊹鲜：清洁。颢（hào）：白。清英：精英，精华。

㊺文成之丕诞：《汉书》："齐人李少翁以方士见上，上拜为文成将军，言于上曰：'即欲与神通，宫室被服非象神，神物不至。'乃作甘泉宫，中为台，画天、地、泰一诸鬼神，而置祭具以致天神。"丕，大。

㊻五利：《汉书》："胶东人栾大多方略而敢为大言，言曰：'臣常往东海中，见安期、羡门之属。'乃拜为五利将军。"刑：法。

㊼松、乔：《列仙传》："赤松子者，神农时雨师也，服水玉以教神农。"又曰："王子乔者，周灵王太子晋，道士浮丘公接以上嵩山。"

【译文】

"周围的庐舍多达千座，巡行的道路纵横交错。辇路循环往复，长长的楼阶上登天桥。自未央宫到桂宫有阁道连接。经过长乐宫北达明光宫，西越城墙通建章宫，并与其附属建筑璧门、凤阙相沟通，铸金雀停留在凤阙的檐角上。建章宫旁的别风阙，结构精巧，高耸入云。成千上万的门户随冷暖而开关。正殿则崔嵬高大，层层楼台伸入半空，凌架于未央宫殿之上。经'骀荡'到'驳娑'，过'枍诣'而抵'天梁'。屋顶飞檐上覆，金色瓦珰和日光交相辉映使殿内充满光亮。神明台巍然而起，楼顶升入天际，超过了半空中的云雨，彩虹萦绕着栋梁。即便是身手矫健，也会惊呆愕然不敢登阶。攀登井乾楼还不到一半，就目眩心迷，离开栏杆向后靠，像掉下去中途又得救。心神恍惚失去常态，循回路下到低处。既然害怕登楼眺望，就下去彷徨周游。在迂回的甬道散步，幽静

暗深不见阳光。打开阁门向上望去,好似游目天外,无依无靠空虚渺
茫。俯视前面的唐中池和后面的太液池,波涛如沧海浩浩荡荡。碣石
激起万丈巨浪,神岳脚下涛声如雷。瀛洲与方丈被浸漫其中,而蓬莱起
于中央。灵草经冬犹荣,神树丛生。峻岩险峰高峻,藏金的石山峥嵘。
一双铜柱笋入云端,上有高举仙掌承接甘露的铜人。甘露过滤了尘埃
之混浊,清洁了颢气只剩下精英。文成将军的谎言得到信任,五利将军
之法能够实行。也许只有赤松子、王子乔一类仙人,能时常游于此廷。
这里实际上是群仙所居之馆,决不是我们能呆的地方。以上写官室中的离
宫苑囿。

　　"尔乃盛娱游之壮观①,奋泰武乎上囿,因兹以威戎夸
狄,耀威灵而讲武事②。命荆州使起鸟③,诏梁野而驱兽④。
毛群内阗,飞羽上覆,接翼侧足,集禁林而屯聚。水衡虞人,
修其营表,种别群分,部曲有署⑤。罘网连纮⑥,笼山络野,列
卒周匝,星罗云布。于是乘銮舆⑦,备法驾⑧,帅群臣,披飞
廉⑨,入苑门。遂绕酆、鄗⑩,历上兰⑪,六师发逐⑫,百兽骇
殫⑬。震震爣爣⑭,雷奔电激,草木涂地⑮,山渊反覆⑯,蹂躏
其十二三⑰,乃拗怒而少息⑱。尔乃期门佽飞⑲,列刃钻锬⑳,
要趹追踪㉑,鸟惊触丝,兽骇值锋。机不虚掎㉒,弦不再控,矢
不单杀,中必叠双。飑飑纷纷㉓,矰缴相缠㉔,风毛雨血,洒野
蔽天。平原赤㉕,勇士厉㉖,猿狖失木㉗,豺狼慑窜㉘。尔乃移
师趋险,并蹈潜秽㉙。穷虎奔突㉚,狂兕触蹶㉛,许少施巧,秦
成力折㉜。掎僄狡㉝,扼猛噬㉞,脱角挫脰㉟,徒搏独杀㊱;挟师
豹㊲,拖熊螭㊳,曳犀犛㊴,顿象罴㊵。超洞壑,越峻崖,蹑嶃
岩;巨石陨㊶,松柏仆㊷,丛林摧。草木无余,禽兽殄夷㊸。于

是天子乃登属玉之馆㉔，历长杨之榭㊺，览山川之体势，观三军之杀获。原野萧条，目极四裔㊻，禽相镇压，兽相枕藉。然后收禽会众，论功赐胙㊼，陈轻骑以行炰㊽，腾酒车以斟酌，割鲜野食㊾，举烽命釂。以上田猎。

【注释】

①尔乃：连词。

②讲武：大陈武事。

③命荆州使起鸟：荆州，江湘之地，其俗习于捕鸟，故使起之。

④诏梁野而驱兽：梁野，巴、汉之人，其俗习于逐兽，故使其人驱之。

⑤"水衡虞人"几句：水衡，《汉书》："上林苑属水衡都尉。"虞人，掌山泽之官。《周礼》："虞人莱所田之野为表。"郑众曰："表，所以识正行列也。"部曲，《续汉书》："将军领军皆有部，大将军营五部，部校尉一人，部下有曲，曲有军候一人。"

⑥罦（fú）：捕兔网。纮（hóng）：绳子。

⑦乘銮舆：指天子。不敢直言，托于此。

⑧法驾：天子车驾有大驾、法驾、小驾。大驾则公卿奉引，备千乘万骑。法驾，公（卿）不在卤簿中，唯执金吾奉引，侍中骖乘。

⑨飞廉：馆名，武帝所作。

⑩酆（fēng）：文王所都，在鄠县东。鄗：武王所都，在上林苑中。

⑪上兰：上林苑有上兰观。

⑫六师：指军队。《尚书》："司马掌邦政，统六师。"

⑬骇殚：惊惧。

⑭震震爚爚（yuè）：奔走的样子。

⑮涂：污。

⑯反覆：倾动。言车骑多，目眩乱，有似倾动。

⑰蹂：践。

⑱拗怒而少息：抑六师之怒而少停。拗，抑。

⑲期门：《汉书》："武帝舆北地良家子期于殿门，故号'期门'。"佽（cì）飞：本秦左弋官，武帝改为佽飞官，有一令九丞，在上林中。

⑳钻：通"攒"，聚。鍭（hóu）：金镞翦羽。

㉑趹（jué）：奔。

㉒机：弩牙。掎（jǐ）：偏引。

㉓飑飑（páo）纷纷：众多。飑，飚（biāo），暴风。

㉔矰（zēng）：结缴于矢谓之矰。

㉕赤：空。

㉖厉：勉励，激励。

㉗猿狖（yòu）失木：猿狖颠蹶而失木枝。猿似猴而大，臂长。狖似狸。

㉘慑：惧。窜：走。

㉙潜：深。秽：榛芜之林，虎兕之居。

㉚穷：走投无路。突：急速向前或向外冲。

㉛蹶：倒。

㉜许少施巧，秦成力折：许少、秦成，均为人名。

㉝掎（jǐ）：拉住一双腿。僄狡：兽之轻捷者。

㉞扼：用力掐住。噬：咬。

㉟脰（dòu）：颈。

㊱徒搏独杀：空手搏杀。徒，空。

㊲师：狮子。

㊳螭（chī）：山神，兽形。

㊴犛（lì）：牛，黑色。

㊵罴（pí）：似熊而黄。

㊶隤（tuí）：坠落，落下。

㊷仆：仆倒。

㊸殄（tiǎn）：消灭，灭绝。夷：杀。

㊹属玉：水鸟，于观上塑之，因此名之属玉观。

㊺长杨：上林苑有长杨宫。榭：土高曰台，有木曰榭。

㊻裔：边远的地方。

㊼胙：肉。

㊽炰（páo）：带毛煮。

㊾鲜：鸟兽新杀曰鲜。

【译文】

"为展示游乐之壮观，炫耀武力于上林苑，以此示威于戎狄，显神威又练兵，于是命令荆州百姓捕捉禽鸟，令梁野农民驱逐野兽。上林苑内群兽充斥，飞禽翳盖，鸟兽相接，兽足相连，集于森林，屯聚草莽。水衡、虞人，清除草木，设立标志。将鸟兽以种区别，按类划分。让部曲各管一方，分别布置。于是罗网相连，漫山遍野。士卒列队分布于四周，星罗棋布。于是这时天子乘坐专车，率领群臣百僚，驰出飞廉馆，进入上林苑。绕经鄠县、镐县，并过上兰观。六军发师追击，百兽惊骇乱窜。战车隆隆，奔驰向前；骏马穿掠，似闪电划空。草木仆倒，山渊翻覆。被捕获和遭击毙的禽兽有十分之二三。于是进攻的士卒抑怒而稍稍休息。于是期门、佽飞的勇士，一齐举刃拉弓，阻击狂奔之兽，追踪逃匿狡兽。鸟惊飞自投罗网，兽骇极自触刀锋。弓弦不虚控，箭未白发，一发而双中。弋箭纷飞，箭尾的丝绳绞缠在一起。血雨洒遍田野，羽毛遮蔽天空。兽血染红平原，勇士却更加勇猛。猿猴跌下树枝，豺狼四处奔窜。调动士兵直入险地，进入幽林深棘。被困之虎东奔西突，狂兕愤怒地头顶脚踢。如许少快手施展技巧，似秦成运用神力，拉住捷兽双腿，扼住猛兽咽喉。扳断角，折断颈，徒手搏斗。然后挟狮豹，拖熊螭，拽犀牦，捉住象黑。跨过深壑，越过峻岭；崭岩倒，巨石坍；松柏倒，丛林毁。草木不存，禽兽杀尽。于是天子登上属玉之馆，经历长杨之榭。览山川形貌,观三军之收获。只见原野萧条,放眼望去,四周鸟体堆积,兽躯相枕。然后收集猎物,评功赐赏。骑兵成队分送烤肉,车辆奔驰供应美酒。切割鲜肉,于野外进食;点燃烽火,举觞痛饮。以上写田猎。

　　"飨赐毕,劳逸齐,大辂鸣銮①,容与徘徊。集乎豫章之宇②,临乎昆明之池,左牵牛而右织女③,似云汉之无涯④。茂树荫蔚,芳草被堤,兰茝发色⑤,晔晔猗猗⑥,若摛锦布绣⑦,烛耀乎其陂。鸟则玄鹤白鹭、黄鹄鵁鹳、鸧鸹鸨鷁、凫鹥鸿雁⑧,朝发河、海,夕宿江、汉,沉浮往来,云集雾散。于是后宫乘辗辂⑨,登龙舟,张凤盖,建华旗,祛黼帷⑩,镜清流,靡微风,澹淡浮⑪;棹女讴⑫,鼓吹震,声激越,膌厉天⑬,鸟群翔,鱼窥渊⑭。招白鹇⑮,下双鹄,揄文竿⑯,出比目⑰;抚鸿罿⑱,御矰缴⑲,方舟并骛⑳,俯仰极乐。以上水嬉。

【注释】

①大辂:玉辂。鸣銮:凡驭辂仪以銮和为节。

②豫章:观名。

③左牵牛而右织女:昆明池有二石人,牵牛、织女之像。

④云汉:天河。

⑤茝(chǎi):香草。

⑥晔晔猗猗:美茂之貌。

⑦摛(chī):舒。

⑧黄鹄(hú):天鹅。鵁鹳(jiāo guàn):水鸟。鸧鸹(cāng guā):白顶鹤、灰鹤。鸨鷁(bǎo yì):一种水鸟。凫(fú):野鸭。

⑨辗(zhàn):卧车。

⑩祛:举。黼(fǔ):半黑半白的花纹。

⑪澹(dàn)：随风之貌。

⑫棹(zhào)：船桨。讴：唱歌。

⑬营(hōng)：声大。

⑭窥：小视，窥视。引申为探测。

⑮招：举。白鹇：弓弩之属。

⑯文竿：以翠竹为文饰。

⑰比目：比目鱼。

⑱罿：舟中幢盖。

⑲矰缴：弋矢和系箭的东西，指弓箭。

⑳方舟：两舟并起来。骛(wù)：疾速行进。

【译文】

"颂飨结束，劳逸结合。天子乘上銮舆，缓缓前驱。集合于豫章之宇，面对着昆明池。池上有左右雕像，左牵牛右织女。波涛似银河无际，茂林荫蔚，芳草覆堤，兰草和白苣，光艳如锦绣舒展，映照池水。黑鹤白鹭，黄鹄鸡鹳，鸽鸹鸱鸹，凫鹥鸿雁，这些鸟早上从河海出发，晚上宿于江汉，浮游往来，云集雾散。于是后宫妃嫔，乘卧车，登龙舟。高竖凤盖，彩旗招展；拉开帷幕，以清水为镜；船随风漂浮。船女歌唱，鼓吹震耳，响彻云天；鸟群在空中翱翔，游鱼潜窥于深渊。拉开白鹇弓，射下双双天鹅；举起花纹钓竿，钓上比目鱼。撒下鱼网，射出系丝绳的飞缴。双舟并进，俯仰极乐。以上写水中嬉戏。

"遂乃风举云摇①，浮游溥览。前乘秦岭，后越九嵕，东薄河、华②，西涉岐、雍③。宫馆所历，百有余区，行所朝夕，储不改供。礼上下而接山川④，究休祐之所用⑤，采游童之欢谣⑥，第从臣之嘉颂⑦。于斯之时，都都相望，邑邑相属。国藉十世之基，家承百年之业，士食旧德之名氏，农服先畴之畎亩,商修族世之所鬻,工用高曾之规矩⑧。粲乎隐隐,各得其所。

【注释】

①举:起。

②薄:迫。

③雍:县名,在扶风。

④上下:天地。接:祭。

⑤究:尽。

⑥游童之欢谣:这是尧时的事,尧微服出访,想知道天下治理的情况,在康卫听儿童谣曰:"立我蒸人,莫匪尔极,不识不知,顺帝之则。"此谓今时同于尧时。

⑦第从臣之嘉颂:《汉书》:宣帝颇好神仙,王褒、张子侨等并待诏,所幸宫馆,辄为歌颂,第其高下,以差赐帛焉。

⑧"士食旧德之名氏"几句:《榖梁传》:"古者有士人、商人、农人、工人。"《淮南子》:古者至德之时,贾便其肆,农安其业,大夫安其职,而处士修其道也。

【译文】

"于是风飘云涌,浮游遍览。先登秦岭,后越九嵕,东临黄河太华,西过岐山雍县。经历之宫馆,有百余处。朝朝暮暮的行程,进奉丰厚的供应。敬天地祭山川,竭尽求福之所需。采集各地童谣,品评词臣的赞颂。于此之时,都都相望,邑邑相连。国奠十世之基,家承百年之业,士人享祖辈之名位,农人种先人的土地,商人经营世代所销售的货物,匠人使用祖宗留下的工具。国家繁荣兴盛,百姓各得其所宜。

"若臣者,徒观迹于旧墟,闻之乎故老,十分而未得其一端,故不能遍举也。"

【译文】

　　"像我这样的人,所见的只是长安旧迹,听到的也只是故老的描叙,没得到十分之一的情况,所以不能遍举。"

东都赋

　　东都主人喟然而叹曰①:"痛乎风俗之移人也②! 子实秦人,矜夸馆室,保界山河③,信识昭、襄而知始皇矣④,乌睹大汉之云为乎⑤? 夫大汉之开元也,奋布衣以登皇位,繇数朞而创万代⑥,盖六籍所不能谈⑦,前圣靡得而言焉! 当此之时,功有横而当天⑧,讨有逆而顺民⑨。故娄敬度势而献其说,萧公权宜而拓其制⑩。时岂泰而安之哉? 计不得以已也⑪。吾子曾不是睹,顾曜后嗣之末造⑫,不亦暗乎? 今将语子以建武之治、永平之事,监于太清⑬,以变子之惑志。

【注释】

　　①喟:叹气。

　　②风俗:《汉书》:"人有刚柔缓急,音声不同,系水土之风气,谓之风;好恶取舍,动静无常,随君上之情欲,谓之俗。"

　　③保界河山:守河山之险以为界。

　　④昭、襄:秦昭王、秦襄王。

　　⑤乌:哪。

　　⑥繇:由。数朞:高祖起兵五年即帝位。朞,同"期"。

　　⑦六籍:六经。

⑧功有横而当天：谓高祖入关，秦王子婴降，而五星聚于东井。

⑨逆：以臣伐君。顺民：高祖入关，秦人争献牛酒，此为"顺民"。

⑩萧公权宜而拓其制：萧何修未央宫，上见壮丽，甚怒。何对曰："天下未定，故可因遂就宫室。且天子以四海为家，非令壮丽，无以重威，且无令后代有以加也。"

⑪时岂泰而安之哉？计不得以已也：言天下初定，计不得止而都西京也。

⑫吾子曾不是睹，顾曜后嗣之末造：意为你不看度执权宜之由，反而炫耀后嗣子孙末代之所造，夸称武帝成帝神仙、昭阳之事，不也是昏暗不明吗？顾，反。曜，炫耀。

⑬太清：《淮南子》："太清之化也，和顺以寂漠，质直以素朴。"高诱注："太清，无为之化也。"

【译文】

东都主人感慨万千，叹了口气，说："水土风气、人之习俗改变人，确实厉害得很啊！你真是个秦地人，夸耀西都宫室之美，山河之险，确实只知道秦昭、襄、始皇之事罢了，哪里了解汉朝的事呢？我大汉建国，高祖以布衣百姓的身份，奋起而终登帝位，由短短数年而创立万世的基业，这是六经上没有记载，先圣没有说过的事。在那个时候，攻伐骄横，讨伐无道，进军关中，既得天时，又顺民心，乃成大功，于是娄敬为顺其形势而主张定都长安，萧何以权宜之策而修建未央宫。当时哪里打算长居西都呢？只是天下初定，实不得已啊！你不看到这些情况，反而炫耀后嗣子孙末代之所造，这不是不明事理吗？我现在把建武年间的建设、永平年间的事情不加修饰、原原本本地告诉你，让你看清楚，这样也许会改变你的观点。

"往者王莽作逆，汉祚中缺①，天人致诛②，六合相灭。于时之乱，生人几亡，鬼神泯绝，壑无完柩，郛罔遗室，原野厌人之肉③，川谷流人之血，秦、项之灾犹不克半，书契以来未之或纪④。故下人号而上诉，上帝怀而降监，乃致命乎圣皇⑤。于是圣皇乃握乾符、阐坤珍⑥，披皇图、稽帝文⑦，赫然发愤，应若兴云，霆击昆阳，凭怒雷震⑧。遂超大河，跨北岳⑨，立号高邑，建都河、洛，绍百王之荒屯⑩，因造化之荡涤⑪，体元立制，继天而作⑫。系唐统⑬，接汉绪，茂育群生，恢复疆宇⑭，勋兼乎在昔，事勤乎三、五⑮，岂特方轨并迹、纷纶后辟、治近古之所务、蹈一圣之险易云尔哉⑯？

【注释】

①祚：位。

②天人：天意人事。

③厌：饱食。

④书契：指契文，文字。

⑤圣皇：这里指光武帝。

⑥乾符、坤珍：谓天地之瑞。

⑦皇图、帝文：谓图纬之文。

⑧凭怒雷震：盛怒如雷震。凭，盛。

⑨跨：据，占据。

⑩绍：继。屯：难。

⑪造化：天地。荡涤：除去。

⑫作：起。

⑬系：继。唐统：唐尧之统业。

⑭恢：大。

⑮三、五：三皇、五帝。

⑯轨：辙。后辟(bì)：君。险易：理乱。

【译文】

"过去王莽篡汉,倒行逆施,使汉世中断,天意人心共欲诛灭,四海百姓合力戮贼。那个时候天下大乱,生民惨遭涂炭,鬼神祭祀泯绝不继。沟壑之中没有完整的棺材,城郭之内没有剩下的房屋,原野之中堆满尸体,河水之中流着人血,秦始皇、项羽的灾祸比不上这时的一半惨,有史以来从没记录过这样的惨象。因此人民哀号之声上达于天,上帝感动,下视人间,把拯救灾难的任务交给了光武帝。于是光武手握天地符瑞,披览皇图,考察帝书,振臂高呼,应者云集,于昆阳之战大展雄风,势盛如雷震。于是渡黄河,占北岳,即位于高邑,建都于河洛。继续发扬百王攻坚克难、开拓进取的传统,顺承天意而荡涤弊政,建立年号朝制,承天命而即位。继承唐尧的大统,承接汉朝的基业,安抚百姓,扩展疆土,兼有古今的功勋,有三皇五帝治事的勤奋,岂只是平息天下纷争的灾难,做近古之世君主所做的事务,因袭某一圣主的治乱之策呢?

"且夫建武之元,天地革命①,四海之内②,更造夫妇,肇有父子,君臣初建,人伦实始,斯乃伏牺氏之所以基皇德也;分州土,立市朝,作舟舆,造器械,斯乃轩辕氏之所以开帝功也③;龚行天罚④,应天顺人,斯乃汤、武之所以昭王业也⑤。迁都改邑,有殷宗中兴之则焉⑥;即土之中,有周成隆平之制焉。不阶尺土,一人之柄,同符乎高祖⑦;克己复礼⑧,以奉终始⑨,允恭乎孝文⑩;宪章稽古⑪,封岱勒成⑫,仪炳乎世宗⑬。案六经而校德,眇古昔而论功⑭,仁圣之事既该⑮,而帝王之道备矣! 以上光武。

【注释】

①天地革命:《易》:"天地革而四时成。"又曰:"汤武革命。"

②四海：《尔雅》曰："九夷、八狄、七戎、六蛮谓之四海。"

③轩辕：黄帝号轩辕氏。

④龚：通"恭"。恭敬。

⑤昭：明显，显著。

⑥则：制。

⑦"不阶尺寸"几句：孟子曰："纣去武丁未久也，尺地莫非其有也，
　一人莫非其臣也。"又曰："舜、文王相去千有余岁，若合符契。"

⑧克己复礼：古有志，克己复礼，仁也。

⑨终始：死生。

⑩允恭乎孝文：意谓躬自俭约，同于文帝。

⑪宪章：法则。

⑫勒：刻。

⑬世宗：即武帝。

⑭眇：美。

⑮该：备。

【译文】

　　建武初年，改朝换代，天地重建，于是四海之内，重造夫妇之道，复
有父子、君臣之礼，人伦纲常从此开始，这是像伏羲氏一样创立皇德。
设立州郡，开市立朝，修造车船，制造器械，这是像轩辕氏一样开创帝功
的措施。征伐无道，顺应天命人心，这是像商汤、周武一样昭明王业的
地方。迁换都城，改名城邑，这有殷王盘庚中兴的法则；洛邑地处天下
之中，心有周成康时的先制。不掌握一寸土、不掌控一个人而终成帝
业，这和汉高祖相同。克制己身恢复礼制，终始俱善，躬自俭约，这和汉
文帝一样。取法古圣而封泰山，刻石以记功德，礼仪昭明，这和汉武帝
并称。按照六经所说而行使仁德，赞美古圣而评称功业，仁圣之事、帝
王之道都完备了。以上说的是汉光武帝。

"至于永平之际,重熙而累洽^①,盛三雍之上仪^②,修衮龙之法服^③。敷鸿藻^④,信景铄^⑤,扬世庙^⑥,正雅乐,人神之和允洽,群臣之序既肃。乃动大辂^⑦,遵皇衢^⑧,省方巡狩,躬览万国之有无,考声教之所被,散皇明以烛幽。然后增周旧,修洛邑,扇巍巍,显翼翼^⑨,光汉京于诸夏^⑩,总八方而为之极^⑪。以上明帝。

【注释】

①熙:光。

②三雍:明堂、辟雍、灵台。

③衮:古代帝王或三公穿的礼服。

④敷:布。鸿:大。藻:文藻。

⑤信:申。景:大。铄:美。

⑥扬世庙:上尊号光武,庙曰世祖。

⑦大辂:帝王之车。

⑧皇衢:驰道。

⑨扇巍巍,显翼翼:宫阙显盛之貌。

⑩诸夏:统称中原地区。

⑪极:中。

【译文】

"到了永平年间,圣光显耀,教化和洽,盛举三雍的祭祀礼仪,修治华美威仪的冠冕朝服,布昭洪文,申张美德,显扬宗庙,端正雅乐。人神相处和洽,君臣之礼肃然。于是乘大辂,行驰道,到处巡视,遍览各地的风土人情,考察声教风气情况,用皇德照亮偏幽之处。然后扩建周都旧城,营建洛邑,宫殿巍峨雄伟,壮丽华美,美轮美奂,不可言传,汉京洛邑处于八方之中央,在中国之内最为显耀。以上说的是汉明帝。

"是以皇城之内,宫室光明,阙庭神丽①,奢不可逾,俭不能侈。外则因原野以作苑,顺流泉而为沼。发蘋藻以潜鱼②,丰圃草以毓兽③。制同乎梁邹④,谊合乎灵囿。以上宫室。

【注释】

①阙:宫阙,宫殿。或说皇宫门前两边的楼。

②蘋、藻:水草。

③圃:博大。毓:育。

④制:规模。梁邹:天子之田。

【译文】

"因此皇城之中,宫室光明显耀,阙庭庄严华美,美而不奢,俭而不陋,奢俭合乎礼制。城外则就着原野而修建范围,顺着流水而作为池沼。生发水草而使鱼类得以繁殖,丰富树木而使野兽得以滋育。成制合乎古帝之梁邹,仪度合乎文王之灵囿。以上描写宫室。

"若乃顺时节而蒐狩①,简车徒以讲武,则必临之以《王制》,考之以《风》《雅》。历《驺虞》②,览《驷铁》③,嘉《车攻》④,采《吉日》,礼官整仪,乘舆乃出。于是发鲸鱼⑤,铿华钟⑥,登玉辂⑦,乘时龙⑧。凤盖棽丽⑨,和鸾玲珑。天官景从⑩,寝威盛容。山灵护野⑪,属御方神⑫。雨师泛洒⑬,风伯清尘⑭。千乘雷起⑮,万骑纷纭。元戎竟野⑯,戈铤彗云⑰。羽旄扫霓⑱,旌旗拂天。焱焱炎炎⑲,扬光飞文。吐焰生风,欻野歆山。日月为之夺明,丘陵为之摇震。遂集乎中囿⑳,陈师按屯。骈部曲㉑,列校队,勒三军㉒,誓将帅。然后举烽伐鼓,申令三驱㉓,辒车霆激㉔,骁骑电骛。由基发射㉕,范氏施御^㉕,弦不睨禽,礜不诡遇^㉗,飞者不及翔,走者不及去。指顾倏忽^㉘,获车已实,乐不极盘^㉙,杀不尽物。马踠余足^㉚,士怒未渫^㉛,先驱复路,属车按节^㉜。以上田猎。

【注释】

①蒐(sōu):春天打猎。狩:冬猎。

②驺虞:指一种义兽,不食生物。驺,管马的人。虞,管山泽的官。

③驖(tiě):赤黑色的马。

④嘉:赞美。

⑤鲸鱼:刻杵作鲸鱼形。

⑥铿:击打。华钟:钟有篆刻之文,故曰华。

⑦玉辂(lù):古代帝王所乘之车,以玉为饰。辂,绑在车辕上用来牵引车子的横木,引申为车子。

⑧时龙:谓随四时之色乘不同的马。龙,马高八尺以上曰龙。

⑨駪(shēn)丽:盛。

⑩天官:百官小吏。

⑪山灵:山神。

⑫属御:属车之御。方神:四方之神。

⑬雨师:毕星。

⑭风伯:箕星。

⑮千乘:极言车骑之多。

⑯元戎:戎车。

⑰铤(chán):小矛。

⑱旄(máo):大旗。

⑲焱焱(yàn)炎炎:戈矛车马之光。焱,火花。

⑳中圂:圂中。

㉑骈:陈列。

㉒勒三军：郑玄注《周礼》："天子六军，三居一偏。"故此言勒三军也。勒，统率，率领。

㉓三驱：《穀梁传》："三驱之礼，一为乾豆，二为宾客，三为充君之庖。"

㉔霆：言疾也。

㉕由基：养由基。《淮南子》曰："楚有神白猿，王自射之，则搏而嬉，使养由基射之，始调弓矫矢，未发而猿拥木号矣。"

㉖范氏：《孟子》曰："赵简子使王良御，终日不获一禽，反曰：'天下贱工也。'王良曰：'吾为范氏驱驰，终日不获一，为之诡遇，一朝而获十。'"赵岐注："范，法也，为法度之御，应礼之射，终日不得一。诡遇，非礼射也，则能获十。"

㉗诡遇：横射。

㉘倏忽：疾也。

㉙盘：乐。

㉚踠：屈。

㉛渫：歇。

㉜属车：《汉官仪》："大驾，属车八十一乘。"按节：驻节徐行。

【译文】

"如果皇上讲武狩猎，一定顺农时，简随从，不害于耕种，一定要考之于《王制》《风》《雅》，合乎其中的准则。于是观驺虞，阅驷骙，修车马，取吉日，礼官行过礼仪，才乘车骑马打猎去。于是拿着鲸鱼形棒，撞击华钟，登上玉辂，乘着好马，凤盖飘摇，佩玉和鸣，文武百官，紧随其后，威风凛凛，浩浩荡荡，山神护卫于野，众神助御于道，雨师洒道，风伯扫尘，千骑万乘纷纷纭纭，气势有如雷鸣，戎车竞奔于野，矛戈上指于天，羽旄扫拂云霞，旌旗拂过天边。矛戈光彩闪烁，吐散着光华，日月为之失色；车骑奔走如飞，漫山遍野，山陵为之震动。于是集中在范围之中，整军列队宣誓，然后点燃烽烟，击响军鼓，以作三驱之礼。于是车骑奔驰，如电闪雷鸣，射箭者如养由基一样，箭不虚发；驾车者像王良一样，合乎法度。飞鸟还来不及飞起，走兽还来不及奔跑，就被擒获了。转眼之间，猎物满载。乐不可极度，杀不可尽物，马犹有余力，士气未尽，驱车回京，驻节徐行。以上描写田猎。

　　"于是荐三牲①，效五牲②，礼神祇③，怀百灵④。觐明堂⑤，临辟雍，扬缉熙⑥，宣皇风，登灵台，考休征⑦。俯仰乎乾坤⑧，参象乎圣躬⑨。目中夏而布德⑩，瞰四裔而抗棱⑪。西荡河源⑫，东澹海湄⑬，北动幽崖，南趯朱垠⑭。殊方别区，界绝而不邻。自孝武之所不征，孝宣之所未臣，莫不陆詟水栗⑮，奔走而来宾。遂绥哀牢⑯，开永昌，春王三朝⑰，会同汉京。是日也，天子受四海之图籍，膺万国之贡珍⑱，内抚诸夏，外绥百蛮。尔乃盛礼兴乐，供帐置乎云龙之庭⑲，陈百寮而赞群后⑳，究皇仪而展帝容。于是庭实千品㉑，旨酒万钟。列金罍㉒，班玉觞㉓，嘉珍御㉔，太牢飨㉕。尔乃食举《雍》彻㉖，太师奏乐㉗。陈金石，布丝竹，钟鼓铿锽，管弦晔煜㉘；抗五声㉙，极六律㉚，歌九功㉛，舞八佾㉜，《韶》《武》备㉝，泰古毕㉞。四夷间奏㉟，德广所及，《僸》《侏》《兜离》㊱，罔不具集。万乐备，百礼暨㊲，皇欢浃㊳，群臣醉，降烟煴㊴，调元气，然后撞钟告罢，百寮遂退。以上四夷来宾。

【注释】

①三牲：祭天地宗庙之牲。

②效：郊，祭天。五牲：麋、鹿、麇、狼、兔。

③神祇：天神曰神，地神曰祇。

④百灵：百神。

⑤觐明堂：谓朝诸侯于明堂。觐，朝。

⑥缉熙：光明。

⑦休征：美行之验。

⑧俯仰乎乾坤：《周易·系辞》曰："仰则观象于天，俯则观法于地。"

⑨圣躬：谓天子。

⑩中夏：中国。

⑪四裔：四夷。抗棱：传布神威。

⑫荡：涤。河源：在昆仑山。

⑬澹：动。漘（chún）：水涯。

⑭趯（yuè）：跃。朱垠：南方。

⑮詟（zhé）：恐惧。栗（lì）：害怕。

⑯绥：安。哀牢：西南夷号。置其地为永昌郡。永平十二年，西南夷内属。

⑰春王：《左传》云："春王正月。"三朝：元日，指岁之朝，月之朝，日之朝。

⑱膺：受。

⑲供帐：供设帷帐。

⑳赞：引。

㉑庭实：贡献之物。千品：言多。

㉒罍（léi）：古代盛酒器，也用盛水。

㉓觞（shāng）：盛有酒的杯。

㉔珍：八珍。

㉕太牢：牛羊豕。

㉖食举：食举乐。《雍》：诗篇名。彻：贯彻，通达。

㉗太师：乐官。

㉘晔煜（yù）：盛貌。

㉙五声：宫、商、角、徵、羽。

㉚六律：黄钟、太蔟、姑洗、蕤宾、夷则、无射。

㉛九功：金、木、水、火、土、谷、正德、利用、厚生。

㉜佾：舞行。

㉝《韶》：舜乐名。《武》：武王乐名。

㉞泰古：远古。

㉟间：迭。

㊱《僸》《侏》《兜离》：四夷之乐。

㊲万乐备，百礼暨：万乐、百礼，盛言之。暨，至。

㊳浃（jiā）：透彻。

㊴煴（yūn）：没有光焰的火。

【译文】

"于是供三牲五牲，祭祀诸神，率文武百官朝于明堂，来到辟雍殿，显扬光明，宣示皇风，登上灵台，叙美行之验。俯仰天地，观法天子，于中国之内布施仁德，于四夷之外举扬威风。向西到达黄河之源，向东到达大海之滨，向北到达幽崖，向南超越朱界。不同的地区国家，边界远隔而不相邻，汉武帝所不能征服、汉宣帝所不能臣服的地方，没有一个不震动惊悚，奔走而来朝贡。于是平定哀牢，置为永昌郡。正月朔日，会同于京城。这一天，皇上接受各地的图籍，接纳各国的贡物珍宝，内安抚百姓，外结交蛮夷。于是大设帷帐礼乐，把这些珍宝放在云龙庭之中，让百僚诸藩王都来观赏，他们赞叹不绝，展示皇帝的威仪声势。于是贡物盈廷，美酒万钟，摆着金罍，列着玉杯，美酒佳肴，八珍太牢，不一而足。一会儿食毕奏《雍》乐，太师演奏音乐，金玉丝竹，各种乐器并举而发，钟鼓铿锵，管弦清越。举五声，穷极六律，歌颂九功，舞蹈八佾，《韶》《武》之乐完备，远古之乐都有。四夷之乐迭发，凡是德泽所及之地的音乐，如《僸》《侏》《兜离》，无一不备。各种音乐都奏完了，各种礼仪都结束了之后，皇上欢洽，群臣沉醉，天降烟煴，调养元气，然后撞钟结束宴会,百官都退散回家。以上说的是四夷都来朝贡。

"于是圣上睹万方之欢娱,又沐浴于膏泽,惧其侈心之将萌,而怠于东作也^①。乃申旧章^②,下明诏,命有司,班宪度,昭节俭,示大素^③;去后宫之丽饰,损乘舆之服御,抑工商之淫业^④,兴农桑之盛务。遂令海内弃末而反本^⑤,背伪而归真^⑥,女修织纴^⑦,男务耕耘。器用陶匏^⑧,服尚素玄,耻纤靡而不服,贱奇丽而弗珍,捐金于山^⑨,沉珠于渊。于是百姓涤瑕荡秽而镜至清^⑩;形神寂漠^⑪,耳目弗营^⑫。嗜欲之源灭,廉耻之心生,莫不优游而自得^⑬,玉润而金声^⑭。是以四海之内,学校如林,庠序盈门,献酬交错,俎豆莘莘^⑮,下舞上歌^⑯,蹈德咏仁。登降饫宴之礼既毕^⑰,因相与嗟叹玄德,谠言弘说^⑱,咸含和而吐气,颂曰'盛哉乎斯世'! 以上归真返朴。

【注释】

①东作:《尚书》:"平秩东作。"注云:"岁起于春而始就耕。"

②旧章:《诗经·大雅》曰:"率由旧章。"郑玄注:旧典文章。

③大素:《列子》曰:"大素者,质之始也。"

④淫业:不正当之业。

⑤末:商业。本:农业。

⑥背伪:去雕饰。归真:尚质素。

⑦织纴:织布。

⑧匏:瓠,葫芦一类东西。

⑨捐:抛弃,丢弃。

⑩瑕、秽:过恶。

⑪形神:《淮南子》曰:"形者生之舍,神者生之制也。"又曰:"和顺以

寂寞。"

⑫菅:迷惑。

⑬自得:《淮南子》:"吾所谓有天下者,自得而已。"

⑭玉润而金声:《礼记》孔子曰:"君子比德于玉焉,温润而泽,仁也。"《孟子》曰孔子"德如金声"。

⑮莘莘:众多。

⑯下舞上歌:《礼记》:"歌者在上,贵人声也。"又"嗟叹之不足,故手之舞之,足之蹈之"。

⑰登:由低处到高处。降:由高处往下走。饫(yù):私宴,宴饮。

⑱谠言:美言。

【译文】

"这样目睹各方欢娱,人们久享太平,圣上害怕他们的奢侈之心萌发,而懒于耕种,于是重申旧章,诏发明令,命有司颁发法度,明令勤俭节约。又去掉后宫的华丽装饰,斥损乘车的华丽装饰,抑制工商之业,振兴农桑事务。下令全国摈弃末技返事农业,去伪归真,女子织布,男子耕耘,器物主用陶器,服饰崇尚黑白,鄙视华美之衣而不穿,轻贱奇珍异宝而不用,把金子扔到山中,把珠宝沉入水底。于是百姓除邪去恶,形神清静,声色不营于耳目,各种奢侈欲望之源灭绝,人们的廉正之心生长。没有谁不悠然自得,崇仁尚德。因此四海之内,学校如林,庠序盈门,献酬交错,俎豆众多,大家载歌载舞,称颂仁德。等私宴之礼结束之后,大家相与感叹圣德,美言弘说,都争相称颂'真是太平盛世啊'!以上论述返朴归真。

"今论者但知诵虞、夏之《书》,咏殷、周之《诗》,讲羲、文之《易》,论孔氏之《春秋》,罕能精古今之清浊①,究汉德之所由。唯子颇识旧典,又徒驰骋乎末流②。温故知新已难,而知德者鲜矣!且夫僻界西戎③,险阻四塞,修其防御④,孰与

处乎土中，平夷洞达，万方辐凑⑤？秦岭、九崚，泾、渭之川，
曷若四渎、五岳⑥，带河溯洛，图书之渊？建章、甘泉，馆御列
仙⑦，孰与灵台、明堂，统和天人？太液、昆明，鸟兽之囿，曷
若辟雍海流⑧，道德之富？游侠逾侈⑨，犯义侵礼，孰与同履
法度，翼翼济济也⑩？子徒习秦阿房之造天⑪，而不知京洛之
有制也！识函谷之可关，而不知王者之无外也！"以上较论东
西之长短。

【注释】

①清浊：善恶。

②末流：下流。

③僻：远。

④防御：关禁。

⑤辐凑：辐凑于毂，聚集之义。

⑥四渎：江、河、淮、济。《河图》曰："天有四表，以布精魄，地有四
　渎，以出图书。"

⑦馆御：设台以进御神仙。

⑧辟雍海流：水四周于外，象四海。

⑨游侠：乡曲豪俊，游侠之雄。

⑩翼翼：敬。济济：多威仪。

⑪造：至。

【译文】

　　"现在的学者只知道背诵虞夏之时的《书经》，歌咏商、周之时的《诗
经》，谈论伏羲、文王的《易经》，阐述孔子的《春秋》，很少有人能够精研
古今的善恶，探寻汉德的来由。你很了解旧章典籍，可是又只在诸子杂
家上下功夫。温故知新本来就很难了，而懂得德的就更少了！像西都

界接西戎,山河险阻,四方闭塞,哪能比得上东都处于天地之中,四通八达,广阔枢要呢? 秦岭九嵕,泾河渭水,哪里比得上四渎五岳,图、书之渊? 建章、甘泉,设台进御神仙,哪里比得上灵台、明堂,能够统和天人? 太液、昆明池,这只不过是鸟兽歇息之地罢了,哪里比得上辟雍之地,四周流水如海,且能在这里修德布仁? 游侠横行,富家奢侈,违犯礼义,哪里比得上遵守法度,威仪众多? 你只知道秦阿房宫雄伟高耸入云,而不知道东都洛邑的制度无比昌明,只知道函谷关险要,而不知道王者无外啊!"以上比较论述东西两都的优劣。

　　主人之辞未终,西都宾矍然失容①,逡巡降阶,慄然意下②,捧手欲辞。主人曰:"复位,今将喻子以五篇之诗③。"宾既卒业,乃称曰:"美哉乎斯诗! 义正乎扬雄,事实乎相如④。匪唯主人之好学,盖乃遭遇乎斯时也。小子狂简,不知所裁,既闻正道,请终身而诵之⑤!"

【注释】

①矍:视遽之貌。

②慄:恐惧。

③喻:告。

④实:实际,事实。

⑤"小子狂简"几句:《论语》孔子曰:"吾党之小子狂简,斐然成章,不知所以裁之。"又曰:"不忮不求,何用不臧,子路终身诵之。"

【译文】

　　主人的话还没说完,西都宾客脸上骤然变色,神情沮丧,徘徊无策,急急忙忙就要告辞。主人说:"请等一等,我要给你看五首诗。"西都宾客看完之后,称赞说:"这诗写得真是太好了! 比扬雄的《长杨赋》《羽猎赋》雄伟而义正,比司马相如《子虚赋》《上林赋》华美而实在,不仅仅是你好学多才,而且是遇上了今天这个圣明之时啊!我狂妄浅薄,不知怎样做,既闻正道之后,让我终身诵读之。"

其诗曰:

【译文】

诗是这样的:

明堂诗

於昭明堂①,明堂孔阳②。圣皇宗祀③,穆穆煌煌④。上帝宴飨,五位时序⑤。谁其配之⑥?世祖光武。普天率土,各以其职⑦。猗歟缉熙⑧,允怀多福⑨。

【注释】

①於(wū):叹美之辞。

②孔:甚。阳:明。

③圣皇宗祀:祭光武于明堂。

④穆穆:敬。煌煌:美。

⑤五位时序:各依其方而祭之。《汉书》:"天神贵者太一,太一佐曰五帝。"《河图》:"苍帝灵威仰,赤帝赤熛怒,黄帝含枢纽,白帝白招矩,黑帝叶光纪。"五位,五帝。

⑥配:在祭祀时附带被祭。

⑦各以其职:即各以其职来助祭。《诗经·小雅》:"溥天之下,莫非王土。率土之滨,莫非王臣。"

⑧猗:美。

⑨允:信。怀:来。

【译文】

明堂诗:

　　可赞美啊这明堂,明堂是多么明亮清朗! 恭敬静穆如此美好,在这里祭祀先祖光武圣皇。上界的神灵降临受飨,祭献五帝按照他们各自的来途居处。有谁与神灵同时受祭? 是世祖光武。普天之下的臣民们,都各按职位前来进献助祭。又美好啊又光明,心中相信必能求来厚福。

辟雍诗

　　乃流辟雍,辟雍汤汤①。圣皇莅止②,造舟为梁③。蟠蟠国老④,乃父乃兄。抑抑威仪⑤,孝友光明⑥。於赫太上⑦,示我汉行。洪化惟神,永观厥成⑧。

【注释】

①汤汤:水流貌。

②莅:临。

③造:至。

④蟠蟠:老人貌。

⑤抑抑:美。

⑥孝友:《尔雅》:"善父母为孝,善兄弟为友。"

⑦於赫:叹美。太上:太古立德贤圣之人。

⑧观:示。

【译文】

辟雍诗:

　　辟雍四周清水环流啊,辟雍四周的清流浩浩荡荡。圣明君主亲临这里栖居,走过相连的小舟作成的桥梁。那些白发华首的国之老臣，应是事之如父如兄。圣上的威仪庄严和美，发扬孝、友之道一片光明。呜呼！太古立德的贤圣之人啊，著养老之礼传示我汉家今应遵行。欲求鸿大教化须心执玄德才能传扬如神，上天啊祈愿您明示我这将实现且长久永恒！

灵台诗

乃经灵台，灵台既崇①。帝勤时登②，爰考休征③。三光宣精④，五行布序⑤。习习祥风⑥，祁祁甘雨⑦。百谷蓁蓁⑧，庶草蕃庑⑨。屡惟丰年，於皇乐胥⑩。

【注释】

①崇：高。

②时登：以时登之。

③爰：句首语气词。休：美。征：验。

④三光：日、月、星。宣：布。精：明。

⑤五行：水、火、金、木、土。布序：各顺其性。

⑥习习：和。

⑦祁祁：徐。

⑧百：言多。蓁蓁：盛貌。

⑨蕃庑：丰。

⑩乐胥：喜乐。

【译文】

灵台诗：

方才经过的那座灵台啊，那座灵台已建成是如此高峻！君王勉力勤政在不同季节亲往登临，于此考察天下祥瑞兆征。日月星辰流布光明，五行不相克害按序分布。祥风和暖习习吹拂，甘雨滋润徐徐飘洒。百谷蓁蓁多么繁盛,百草欣欣多么丰美！祈愿永远都是丰年,圣皇喜乐受天之佑。

宝鼎诗

岳修贡兮川效珍,吐金景兮歊浮云①。宝鼎见兮色纷缊②,焕其炳兮被龙文③。登祖庙兮享圣神,昭灵德兮弥亿年④。

【注释】

①景:光。歊(xiāo):气出貌。

②纷缊(yùn):盛貌。

③焕:光明。

④弥:终。

【译文】

宝鼎诗:

山岳也修贡来朝啊江流也来进献珍宝,金光四射啊又有浮云缭绕。宝鼎重现于世啊它的色彩璀璨纷缊,鲜明焕然啊满饰龙文。奉上宝鼎陈列祖庙啊用以祭祀圣神,昭明上天的圣德啊直至亿年。

白雉诗

启灵篇兮披瑞图①,获白雉兮效素乌,嘉祥阜兮集皇都。发皓羽兮奋翘英②,容洁朗兮于纯精。彰皇德兮侔周成③,永延长兮膺天庆。

【注释】

①灵篇:河洛之书。

②皓：白。翘：尾。

③彰：明。侔（móu）：等。

【译文】

白雉诗：

　　古帝尧与禹受天命之瑞啊启《洛书》阅《河图》，今世汉皇承运而兴啊也获白雉献素乌。扬起洁白的羽翅啊展开色彩缤纷的尾羽，鸟儿这天地太阳的精灵啊仪容多么端整清朗！她的降临是为了宣扬当今君王的圣德啊宛如古时周成王获白雉一样，蒙受上天赐福祥瑞啊祈愿这能永久流长！

幽通赋

【题解】

　　据《后汉书》记载，班固作《幽通赋》"以致命遂志"。"幽通"意为与神仙相遇。赋文首先叙述了自己的家世，转而以梦托志，层层展开，表明了自己的追求，即要继承先辈的品德业绩，恪守善道，不染流俗，通达深邃秘理。

　　系高顼之玄胄兮①，氏中叶之炳灵②。繇凯风而蝉蜕兮③，雄朔野以飏声④。皇十纪而鸿渐兮⑤，有羽仪于上京⑥。巨滔天而泯夏兮⑦，考遘愍以行谣⑧。终保己而贻则兮⑨，里上仁之所庐⑩。懿前烈之纯淑兮⑪，穷与达其必济。咨孤蒙之眇眇兮⑫，将圮绝而罔阶⑬。岂余身之足殉兮⑭，违世业之可怀⑮。靖潜处以永思兮，经日月而弥远。匪党人之敢拾兮⑯，庶斯言之不玷⑰。

【注释】

①高顼：传说中古代部落首领，名颛顼，号高阳氏。玄：颛顼在北方，水位，故称"玄"。胄（zhòu）：指代帝王或贵族的后裔。

②中叶：指楚令尹子文。炳灵：据《左传》，子文刚生下来被抛弃在云梦泽边，被一只老虎用虎乳喂养，而得不死。炳灵即指子文被虎乳之事。这是班固说自己的姓从何而来，因为令尹子文被老虎喂养过，而楚称虎为"班"，因此其后代便以"班"为姓。

③繇：通"由"，从。凯风：指南风。

④朔：北方。

⑤皇十纪：指汉十世。皇，指汉皇。鸿渐：《周易·渐卦》："鸿渐于乾。"原指鸿雁从水中进到岸上，后用来比喻仕宦的升迁。

⑥羽仪：《周易·渐卦》："鸿渐于陆，其羽可用为仪。"旧时因以"羽仪"比喻被人尊重，可作为表率。

⑦巨滔天而泯夏：巨，指王莽。王莽，字巨君。滔天，指不畏天。滔，漫。泯，灭。夏，诸夏。此句指王莽篡汉之事。

⑧考遘（gòu）愍（mǐn）以行谣：考，指班固的父亲。遘，遇上。愍，指忧闷。谣，只唱不伴奏叫谣。此句指固父班彪遇王莽之败，忧闷而歌。

⑨贻则：指遗盛法，此指择处善居。贻，通"遗"。

⑩里上仁之所庐：里，居住。此句说班固之父处仁者所居。语出《论语》："里仁为美，择不处仁，焉得智？"

⑪懿：美好，美德。

⑫眇眇：微细的样子。

⑬圮（pǐ）：毁，绝。

⑭殉：营，谋画、造就。

⑮韪（wěi）：通"韙"，是，对。一说，韪，同"恨"。

⑯党人：指乡人。拾（jié）：更也，轮流。

⑰玷：缺点，过失。《诗经·大雅·抑》："白圭之玷，尚可磨也，斯言之玷，不可为也。"

【译文】

　　我是高阳颛顼氏的后裔，我的班姓来源于楚令尹子文被虎乳之事。我的先祖从南国来到朔北，于是在这里繁衍生息。就像蝉蜕成雄而劲鸣一样，他们创造了惊人的业绩。汉皇十世的时候，由于仕途亨通得以升迁，我的祖上来到了京城。他们工作出色，为人正直，在百官中有很好的名声。后来王莽篡汉，消灭诸夏，天下大乱，先父遭逢此乱，忧心忡忡，无计可施，只得作赋行吟以泄忧愤。在此乱中，先父最终不仅保全了己身，而且还留给我好的法则，为我选择了好的居处之所。我的先辈品行美好，才华出众，穷则能独善其身，达则能兼济天下，多么令人景仰啊！我幼年丧父没有受到先辈的教导，自己微陋鄙薄，恐怕将毁绝先辈的事业，恨自己没有建功立业的本事和途径。是我自己本身值得如此谋划造就吗？确实是先辈的事业功绩值得追思和继承。我整天默默地想了又想啊，日子就这么一天一天过去了。我愧不敢和乡人一起加官晋爵啊，只希望我平时的所作所为没有缺点和错误。

　　魂茕茕与神交兮①，精诚发于宵寐。梦登山而迴眺兮，觌幽人之髣髴②。揽葛藟而授余兮③，眷峻谷曰勿坠。吻昕寤而仰思兮④，心蒙蒙犹未察。黄神邈而靡质兮⑤，仪遗谶以臆对。曰乘高而遻神兮⑥，道遐通而不迷⑦。葛绵绵于樛木兮⑧，咏《南风》以为绥。盖惴惴之临深兮，乃二《雅》之所祗⑨。既谇尔以吉象兮⑩，又申之以炯戒⑪。盍孟晋以迨群兮⑫，辰倏忽其不再。承灵训其虚徐兮⑬，仁盘桓而且俟⑭。惟天地之无穷兮，鲜生民之晦在⑮。

【注释】

①茕茕（qióng）：孤独无依的样子。

②覿（dí）：看见。幽人：仙人。

③葛藟：葛蔓。

④昒昕（hū xīn）：黎明，早晨。

⑤黄神：指黄帝。

⑥乘高而遭神：登山而见神。

⑦遐：远，长。

⑧樛（jiū）木：下垂之木。

⑨祇：敬。

⑩谇（suì）：告诉。

⑪炯：明。

⑫盍：何不。孟：勉，尽力。晋：进，进仕。

⑬虚徐：怀疑。

⑭伫：久。盘桓：徘徊。

⑮晦：几无，不多。

【译文】

这样日有所思，夜有所想，我有天晚上做了个梦。我的神魂飘飘忽忽，梦见自己登上一座高山，四处眺望，仿佛看见一位仙人向我走来。他拿了一根葛藤给我，让我不致于掉到深谷中去。天蒙蒙亮时我从梦中惊醒，回想起梦境不知是何凶吉。黄神相距久远，已经渺茫不可问询，只有依照他所遗留的谶文以胸臆相问答了。他这样说：登上高山遇到神仙，这表明道术将通而不再迷惑；葛藤缠于樛木，这是《诗经·南风》所说的安乐之象；惴惴小心如临深渊，这是《诗经》二雅中所说的要小心的地方。既告诉了你吉祥的征象，又点明了给你的警戒。你为什么不勉力去跟大家一样求得功名呢？时间是一去不复返啊！我得到了神灵的这个训示，但是心中半信半疑，犹犹豫豫而有所等待。天地是如此之悠长，而人生却是如此的短暂。

　　纷屯邅与蹇连兮①，何艰多而智寡？上圣迕而后拔兮，岂群黎之所御②？昔卫叔之御昆兮，昆为寇而丧予③；管弯弧欲弊仇兮，仇作后而成己④。变化故而相诡兮⑤，孰云预其终始？雍造怨而先赏兮⑥，丁繇惠而被戮⑦。栗取吊于逌吉兮⑧，王膺庆于所戚⑨。叛回穴其若兹兮⑩，北叟颇识其倚伏⑪。单治里而外凋兮⑫，张修襮而内逼⑬。聿中和为庶几兮⑭，颜与冉又不得⑮。溺招路以从己兮⑯，谓孔氏犹未可！安悁悁而不藟兮⑰？卒陨身乎世祸。游圣门而靡救兮，虽覆醢其何补⑱？固行行其必凶兮⑲，免盗乱为赖道。形气发于根柢兮，柯叶汇而零茂。恐魍魉之责景兮，羌未得其云已⑳！

【注释】

①屯邅、蹇连：皆谓艰难之时。

②御：通"预"，预料。

③昔卫叔之御昆兮，昆为寇而丧予：据《公羊传》载，春秋时期，晋文公把卫国国君卫侯赶走，另立叔武为卫国君。卫叔武即位后，又请卫侯回来。卫侯却以叔武篡位为由，最终杀了他。御，迎。昆，兄。此即卫侯。

④管弯弧欲弊仇兮，仇作后而成己：据《左传》《史记》记载：春秋时，齐国公子小白与公子纠争位，管仲是公子纠一方的，曾用箭射过公子小白，中其带钩。后公子小白抢先即位，是为齐桓公。桓公即位后，在谋臣劝说下，不仅没杀管仲，反任用他为大夫理政事。弧，弓箭。

⑤相诡：相反，相违。

⑥雍造怨而先赏兮：据《汉书》载：汉高祖六年，由于刘邦封赏惩罚不公，引起诸臣不满。刘邦遂从张良言，先封经常冒犯自己的雍齿为什方侯，平遂大家的不满之情。雍，雍齿，西汉初人，刘邦臣下。

⑦丁豀惠而被戮：丁公先为项羽部将，曾奉项羽令袭击刘邦，在刘邦的质问下私释刘邦，引兵而还。后刘邦称帝，丁公来朝贺，却被刘邦以不忠之名诛杀。丁，丁公，西汉初人，始为项羽部将。

⑧栗取吊于迺吉兮：汉景帝先立栗姬的儿子为太子，后因栗姬嫉妒心颇重，为景帝所恶，于是把栗姬的儿子废为临江王，栗姬亦忧愤而死。栗，栗姬，汉景帝的妃子。

⑨王膺庆于所戚：王，指宣帝的妃子王婕妤，当时太子的生母许后去世，宣帝想找一个谨慎懂礼且没有儿子的妃子作皇后来抚养孩子，王婕妤由是得选，即孝宣皇后。

⑩叛：混乱的样子。回宂：转旋纡折。

⑪北叟颇识其倚伏：此用塞翁失马，焉知非福的典故。倚伏，老子《道德经》："祸兮福之所倚，福兮祸之所伏。"

⑫单治里而外凋兮：据《庄子·达生》载，古代有个叫单豹的人，讲究修心养性，独处深山而不与民争利，最终却被老虎吃掉了。单，单豹，人名。

⑬张修襮而内逼：张，张毅，据说他特别注重讲礼，见了什么人都恭恭敬敬的，最终不胜其劳而死。襮，外表。

⑭聿：由。

⑮颜与冉又不得：颜，颜渊。冉，冉有，都是孔子的弟子。不得，不得善终。

⑯溺招路以从己兮：《论语·微子》上说：有一次，子路跟孔子出游，向桀溺问渡口。桀溺对子路说，天下混乱之极，不如跟他归隐避世。溺，桀溺，人名。路，子路，孔子弟子。

⑰慆慆：混乱的样子。葩（fēi）：避，避开。

⑱虽覆醢（hǎi）其何补：据《礼记》载，子路被杀后，孔子伤痛不已，问人子路被杀的详情，那人说子路已被砍成肉酱了。孔子听说后，马上命人把家里的肉酱倒掉，再也不吃了。醢，肉酱。

⑲行行（háng）：刚强的样子。

⑳恐魍魉之责景兮，羌未得其云已：语出《庄子》："罔两问景曰：'曩子行，今子止，曩子坐，今子起，何其无特操与？'景曰：'吾有所待而然。'"这两句是说，影的行止都是以人的身体为依托的，草木的繁茂是以根底为依托，人的余福是以积善为基础的。魍魉，影子的外围部分。景，同"影"。羌，发语词。

【译文】

　　痛苦与挫折总是接连不断啊，人生是如此的艰难而无奈。就是上圣之人都会遭到厄运，虽然他们能够及时自拔，这哪里是普通百姓所能抗拒的呢？当年卫国叔武因为迎接卫侯回国而被卫侯杀掉；管仲曾经射了桓公一箭，桓公即位后管仲却得到重用。事情是如此的诡异莫测，谁能够预测到它的开始和结局呢？雍齿经常冒犯汉高祖却最先被封赏；丁公曾经给高祖以恩惠却被高祖杀掉；栗姬在她值得高兴的事上招来了祸患；王妃却在她本来应该悲伤的事上取得福祉。事情是如此的转旋纡折、乱不可知啊，只有古代塞北那个老翁却很清楚福祸相倚的道理。单豹强调修治内性却最终失掉了他的外体；张毅强调外修恭敬却最终内热而死；要说讲究中庸和平总可以避祸得福了吧，颜渊和冉有却又都不得善终。桀溺想要子路跟从自己隐居，说孔子不可跟从；子路不愿避世而安居乱世，最终丧身于祸乱。子路虽然跟从圣人孔子却终于保全不了己身，孔子虽然不愿再吃肉酱以悼念子路，又有什么用呢？子路性情刚猛，本来就会不免于凶，因为跟随孔子而使他免于沦为盗乱之徒。草木的根底气盛那么它的枝叶就丰茂，人影的举动行止是依据人本身而定的。魍魉责问影子，是因为它不明白这个道理啊！

黎淳耀于高辛兮^①，芈强大于南汜^②；嬴取威于伯仪兮^③，姜本支乎三趾^④。既仁得其信然兮，仰天路而同轨。东邻虐而歼仁兮^⑤，王合位乎三、五^⑥。戎女烈而丧孝兮^⑦，伯祖归于龙虎^⑧。发还师以成命兮^⑨，重醉行而自耦^⑩。《震》鳞漦于夏庭兮，匜三正而灭姬^⑪。《巽》羽化于宣宫兮，弥五辟而成灾^⑫。道修长而世短兮，复冥默而不周^⑬。胥仍物而鬼诹兮^⑭，乃穷宙而达幽。妫巢姜于孺筮兮^⑮，旦算祀于契龟^⑯。宣、曹兴败于下梦兮^⑰，鲁、卫名谥于铭谣^⑱。妣聆呱而劾石兮^⑲，许相理而鞫条^⑳。道混成而自然兮，术同原而分流。

【注释】

①黎：古代部落首领，相传是楚国的祖先。高辛：帝喾的称号，古代部落首领。

②芈（mǐ）：楚姓。南汜：指南方。

③嬴：秦姓。伯仪：传说秦的祖先伯益能为鸟语，在舜时曾招鸟兽百物来仪。

④姜本支乎三趾：相传姜姓祖先伯夷曾作秩宗，典天地人鬼之礼。姜，齐姓。三趾，即三礼。

⑤东邻：即商纣王。

⑥王：指周武王。三：三所，指逢公之所凭神、周分野之所在、后稷之所经纬。五：五位，指岁、日、月、星、辰。

⑦戎女烈而丧孝兮：戎女，指骊姬，晋献公妃。孝，指晋太子申生。据《左传》载，骊姬烈酷，设计陷害太子申生，而使晋献公杀了申生。

⑧伯祖归于龙虎：伯，指晋文公。据《左传》载，骊姬向晋献公进谗

言,对重耳(即晋文公)不利。重耳出奔蒲城,后又奔狄国,如此在外流亡十九年始归,以龙往出,以虎归入,因此说徂归于龙虎。

⑨发还师以成命兮:据史载,商纣王时,武王先观兵于孟津,有人劝他出兵伐纣,他说不可。过了两年,纣王杀比干,囚箕子,周武王遂发兵攻纣,灭商。发,姬发,即周武王。

⑩重醉行而自耦:据史载,重耳惧祸出奔,后至齐国,齐桓公把女儿姜氏嫁给他。重耳溺于安乐,不想归国,姜氏与子犯灌醉重耳,送他上路。重,重耳,即晋文公。耦,通"偶"。偶合。

⑪《震》鳞漦(lí)于夏庭兮,匜三正而灭姬:据《史记》载,夏朝末年,有二神龙止于夏宫廷说:"我们是褒的父母。"言讫不见,留下龙沫,夏王以椟藏此龙沫。传之商、周,没有人敢打开椟看。周厉王时开椟,龙沫流于地,化为玄鼋,进入后宫,碰上一个小宫娥,宫娥于是怀孕,产下一女,即后来的褒姒。褒姒后入王宫,为周幽王妃,乱周,周遂亡。《震》,《周易·说卦传》:"震为龙。"龙,龙为鳞虫之长。漦,龙的口水。

⑫《巽》羽化于宣宫兮,弥五辟而成灾:据传,汉宣帝时,未央宫路轮厩中有雌鸡化为雄。后元后统政,至平帝而王莽篡汉,共五世。《巽》,《周易·说卦传》:"巽为鸡。"鸡,羽虫。辟,君主。

⑬夐(xiòng):通"迥"。远。

⑭胥:通"须"。必须。鬼谋:谋于鬼神,即卜筮。谋,谋。

⑮妫巢姜于孺筮:传说陈完少时,其父陈厉公使周史卜算,卜云陈完将在齐国历五世将掌权。妫,陈姓。巢,居住。姜,齐姓。孺,年少。

⑯旦算祀于契龟:据说周公曾卜居于洛,得周朝有三十世七百年。旦,周公。祀,年。契龟,商周时,卜卦常用龟壳进行烧烤,观其裂纹断凶吉。

⑰宣、曹兴败于下梦:据说周宣王时有牧夫梦见众鱼和旐旟,后果

有宣王中兴。又，曹伯阳曾梦见众人聚于社宫谋划灭亡曹氏，后来曹伯阳果被宋人执杀。宣，周宣王。曹，曹伯阳。

⑱鲁、卫名谥于铭谣：据说，鲁国文成公时，有童谣说："稠父丧劳，宋父以骄。"后来鲁昭公名稠，死于野井；鲁定公名宋，即位而骄。又，卫灵公在位时，曾掘地得一石棺，上有铭文"灵公"二字，卫灵公死后就谥为灵公。

⑲妣聆呱而劾石：石，叔向之子。据说叔向之子伯石出生时，叔向之母听到他的啼哭声，就知道羊舌氏（叔向的姓）一定会在他手中灭亡。妣，指晋大夫叔向之母。石，叔向之子。

⑳许相理而鞫条：相传西汉时有位叫许负的人给将军周亚夫相面，见周纵理入口，知道他日后会封侯而饿死，后果然。鞫，告。条，周亚夫后封条侯。

【译文】

黎在帝喾之时有光明普耀的功劳，因此他的后裔楚国能够称霸于南方；秦国所以能取咸于六国，是由于它的祖先伯益在虞帝时有招仪百鸟之功；伯夷曾为秩宗，有典祀天地人鬼诸般礼仪的功劳，他的后人姜姓齐国能强大于东方。追求仁德必会得惠于仁德，人道确实是这样，仰视天道，也是一样的情况。纣王暴虐，身死国亡；武王伐纣，与逢公凭神、周之分野、后稷经纬三所相合，有岁、日、月、星、辰五位相符，故得天下。骊姬残忍，逼死太子申；重耳有仁德，被逼出走，归国后即位而成霸业。武王以还师待时而终成天命，一举灭商；重耳在醉中返国而偶合天时，即位称霸。夏末之时，有神龙遗沫于皇宫之中，经过了三朝而周灭亡；汉宣帝时，有雌鸡化雄于宫廷之中，经过了五代而汉衰亡。天道悠长而人世短促，天时人事冥默玄深，不能通至。必须通过卜筮与鬼神相谋，才能极古今，通幽微。陈厉公为幼子陈完卜算，知道他的后代能在齐国显赫；周公旦用龟甲卜算，得知周能有七百年三十世；周宣王中兴，曹伯阳败亡，都有梦兆在先；鲁昭公之死，卫灵公谥号，都有童谣铭文在

前;叔向之母听到孙子羊舌石的哭声,就知道他将来会败灭羊舌氏;许
负看到周亚夫的面相,就知道他将来会封侯而饿死。大道混一,归入自
然,人的行为虽然各不相同,但其根本却是一致。

神先心以定命兮,命随行以消息①。斡流迁其不济兮,
故遭罹而羸缩。三栾同于一体兮,虽移易而不忒②。洞参差
其纷错兮,斯众兆之所惑。周、贾荡而贡愤兮③,齐死生与祸
福。抗爽言以矫情兮④,信畏牺而忌鹏⑤!所贵圣人至论兮,
顺天性而断谊。物有欲而不居兮,亦有恶而不避。守孔约
而不贰兮⑥,乃辖德而无累⑦。三仁殊于一致兮⑧,夷、惠舛
而齐声⑨。木偃息以蕃魏兮⑩,申重茧以存荆⑪。纪焚躬以
卫上兮⑫,皓颐志而弗倾⑬。侔草木之区别兮,苟能实其必
荣。要没世而不朽兮,乃先民之所程⑭。

【注释】

①消息:一消一长。消,消减。息,生长。

②三栾同于一体兮,虽移易而不忒:据《左传》,晋大夫栾书贤良,其
　子栾黡贪虐,因栾书之德而得以保全,至栾书之孙栾盈虽贤而终
　遭报,为晋所逐灭。三栾,指晋大夫栾书、书子栾黡、黡子栾盈。

③周:庄周。贾:贾谊。荡:放荡,放肆。贡:惑。愤:乱。

④抗:举,提出。爽:差谬。

⑤畏牺:庄周不愿见到杀牛祭祀。忌鹏:贾谊忌恶鹏鸟。

⑥孔:甚,特别。

⑦辖:举。

⑧三仁殊于一致:相传纣杀比干,微子逃跑,箕子装疯。三仁,指商
　纣王之臣微子、箕子、比干。

⑨夷惠舛而齐声：伯夷不食周粟而死；柳下惠三次被免官而不愿离
　开祖国。夷、惠，伯夷与柳下惠。

⑩木偃息以蕃魏：魏文侯对段干木甚为尊重，每次过其家门总要扶
　轼立乘，以示尊敬。后来秦国想攻伐魏国，有人谏止说，魏文侯
　如此礼贤下士，魏国是打不得的。木，段干木，人名。曾客居
　于魏。

⑪申重（chóng）茧以存荆：据史载，楚昭王时，吴军攻入楚都郢，昭王
　逃走。申包胥到秦国请求发兵救楚，立于秦庭哭了七天七夜，秦
　终发兵。申，申包胥，楚大夫。重茧，足因久磨而生硬皮。

⑫纪焚躬以卫上：项羽曾经围住汉军要擒刘邦，纪信假冒刘邦出降
　拖住项羽，让刘邦乘机逃跑。项羽发现刘邦逃走后，用火烧死了
　纪信。事见《史记·项羽本纪》。纪，纪信，刘邦手下的一员
　将军。

⑬皓颐志而弗倾：据《汉书》载，东园公、绮里季、夏黄公、甪里先生
　避秦乱，隐于商洛山中，汉高祖求之不得，让他们在山中自养其
　志，无所营屈。皓，四皓。

⑭程：正。

【译文】

　　人的命运虽然早由上天所定，但是祸福同样与人的行为相关；人生
道路曲折艰难，幸福与祸患要随人的遭遇时运而定。栾氏三代人命运
同于一体，栾书的善德保佑栾黡，栾黡的恶行殃及栾盈，真是一点也不
差啊！人的报应纷乱错谬，参差不齐，因此百姓都迷惑而怀疑天道。庄
周、贾谊放浪不羁，言语惑乱乖谬：把生死福祸等同为一。可是庄周不
欲杀牛，贾谊忌讳鵩鸟，他们名义上说齐生死等祸福，其心实不然。可
贵的是圣人的至理之言：顺从天命，以义处事。为了义，可以不居富贵，
为了义，可以不避死亡。谨守信约，施行仁义，专心无二，则可立德成性
而不迷惑。微子、箕子、比干三者虽然行为不同，但其仁德一致；伯夷、

柳下惠行为虽然乖舛,但其名声远扬。段干木安居其室,而使魏国得以藩卫;申包胥远涉秦国,而使楚国得以保存。纪信为救其主,而身遭火焚;四皓隐居深山,而自养其志。草木虽然质性不同,只要根基深厚,一样能繁荣茂盛;人虽然本性各异,只要修身行德,一样会有荣名。希望名声事业永垂不朽,这是昔人圣贤的正道。

　　观天网之纮覆兮,实棐谌而相训①。谟先圣之大猷兮②,亦邻德而助信③。虞《韶》美而仪凤兮④,孔忘味于千载。素文信而底麟兮,汉宾祚于异代⑤。精通灵而感物兮,神动气而入微。养流睇而猿号兮⑥,李虎发而石开⑦。非精诚其焉通兮,苟无实其孰信?操末技犹必然兮,矧耽躬于道真?登孔、昊而上下兮⑧,纬群龙之所经⑨。朝贞观而夕化兮,犹谊己而遗形⑩。若胤彭而偕老兮⑪,诉来哲而通情。

【注释】

①棐(fěi):辅助。谌:诚也。相:助。

②谟:通"谋",谋求。

③邻:近。

④虞:指虞舜。《韶》:韶乐,传说舜时的音乐。

⑤素文信而底麟兮,汉宾祚于异代:这两句是说,孔子作《春秋》,素王之文,有视明修德之信而引来麒麟,汉封其后代为褒成侯及绍嘉公。底,致,招。

⑥养流睇而猿号:据说楚王曾让养由基射猿,养由基眼睛扫到猿猴身上,猿猴竟哀号起来。养,养由基,古代善射者。游睇,用眼扫视。

⑦李虎发而石开:一天晚上,李广看见一块巨石,以为是老虎,发箭

射石,箭没入石中。李,李广,汉将军,善射。

⑧孔:孔子。昊:太昊,即伏羲氏。

⑨群龙:指代圣贤之人。

⑩谊:忘。

⑪胤:后代,跟随。彭:彭祖。老:老子。

【译文】

仰观天网恢恢,唯诚是辅,唯顺是助;谋求先圣之道,唯德是近,唯信是亲。虞舜作《韶》乐,典雅恢宏,有凤来仪,千载之后,孔子仍为之三月不知肉味;孔子作《春秋》,明德修信,麒麟乃现,直至汉代,他的后裔还因此身有荣名。人以精诚而能通达神灵,感物动气而达精深奥妙之境。养由基目视猿猴而操弓,猿为之哀号,李广误以石当虎而射箭,石为之洞穿。没有精诚何以能通达神灵,没有诚实谁能立信立德!就是小事末技都是这样,何况是修身立德躬行大道呢!自太昊、孔子以来,历代贤者都叙述阐发圣人的经典。早晨得闻大道,就是晚上死了也无遗憾。为了圣道,自己的身体都可以忘掉。如果有谁能继续彭祖之志,步躐老子之迹,那么就可以跟他言至道而通情了。

乱曰:天造草昧,立性命兮;复心弘道,惟圣贤兮。浑元运物,流不处兮;保身遗名,民之表兮。舍生取谊,以道用兮;忧伤夭物,忝莫痛兮。皓尔太素①,曷渝色兮?尚越其几②,沦神域兮!

【注释】

①皓:通"浩"。浩大。太素:构成宇宙之物质。

②尚:愿,希望。越:通"于"。

【译文】

总而言之:天道始造万物于蒙昧之中,这是生命的开始;以道为腹心而弘扬大道，这是圣贤之人。天地元气运转万物，茫茫流动不可停止，保身留名，这是百姓的目标。舍生取义，这是施行道的表现；不达性命，横夭于物，忧辱伤生，耻辱痛苦莫过于是。人若死守善道，不染流俗，不改其质，就如浩然天地之气，何曾变色啊！希望我能够通达深邃奥秘之事，从而进入神仙之境。

答宾戏 并序

【题解】

据《后汉书》记载，汉明帝雅好文章，班固以才得宠，数入禁中读书，或连日继夜。帝每出巡狩，固辄献上赋颂，并参与朝廷大议。笃志于儒学，以著述为业。而有人讥讽他没有建立功业，自己也认为以父子二代之才术，地位不过为郎，感于东方朔、扬雄自言不逢苏秦、张仪、范雎、蔡泽所处之战国时代，乃作此文来回答那讥笑他的人并以自娱。文中对自己的功德观作了深刻的阐述，对所从事的事业充满了信心。文字洗练、优美，结构严谨，层次清楚，一问一答，反斥他人之言论，颇具说服力。

永平中为郎①，典校秘书，专笃志于儒学，以著述为业。或讥以无功，又感东方朔、扬雄，自喻以不遭苏、张、范、蔡之时②，曾不折之以正道，明君子之所守，故聊复应焉。其辞曰：

【注释】

①永平：东汉明帝年号，58—76年。

②苏、张、范、蔡：指苏秦、张仪、范雎、蔡泽。均是战国时期人，以游

说并谋略被各诸侯重用。

【译文】

汉明帝永平年间，我在朝作郎官，典校秘书，专心致力于博览群书，丰富我的学问，以写书作文为业。有人讥笑我没有建功立业，自己又想起当年东方朔、扬雄所说的不遭逢苏秦、张仪、范雎、蔡泽所处的战国时期，不曾能够用正道来折服他们，让他们明白君子所要遵守的准则，心中很有感慨。因此姑且作此文来答复那些嘲笑我的人。文章说：

宾戏主人曰："盖闻圣人有一定之论，烈士有不易之分①，亦云'名'而已矣。故太上有立德，其次有立功。夫德不得后身而特盛，功不得背时而独彰，是以圣哲之治，凄凄遑遑，孔席不暖②，墨突不黔③。由此言之，取舍者，昔人之上务；著作者，前列之余事耳。今吾子幸游帝王之世，躬带绂冕之服，浮英华④，湛道德⑤，眢龙虎之文久矣⑥。卒不能摅首尾，奋翼鳞，振拔洿途，跨腾风云，使见之者景骇⑦，闻之者响震。徒乐枕经籍书，纡体衡门，上无所蒂，下无所根。独摅意乎宇宙之外⑧，锐思于毫芒之内，潜神默记，缅以年岁⑨。然而器不贾于当己⑩，用不效于一世，虽驰辩如涛波，摛藻如春华，犹无益于殿最也⑪。意者且运朝夕之策⑫，定合会之计，使存有显号，亡有美谥，不亦优乎！"

【注释】

①烈士：节烈之士。分：行为，决定。

②孔：孔子。

③墨：墨子。突：烟囱。黔：黑。

④英华:指美名善誉。

⑤湛:通"沉"。

⑥眄(miǎn):覆盖。

⑦景:同"影"。

⑧摅(shū):抒发。

⑨绵:通"亘"。经过。

⑩贾(gǔ):卖。

⑪殿最:古时考绩记功,上功者为最,下功为殿。

⑫意者:抑或,料想。

【译文】

有宾客嘲笑我说:"我听说古时圣人有确定不可改易的道化,节操高尚的士人有不变的决定,都是为了求得德立名显而已。因此一个人在世上,最好的是立德,其次是建立功勋。德操是用以润身的,故德操不能在人死后而显盛,功业是用以济世的,故功业不能在时过之后而昭明。因此圣人为了立德教民,忙忙碌碌,不暇安居,孔子的床不温,墨子的烟囱不黑。从这些方面说,施行道德,建立功勋,乃是人的头等大事,写书立著,不过是人的次要之事罢了。如今你碰上太平盛世,又在朝廷做官,外则有美名善誉,内则有道德作基础,而且遇到文章繁盛之世很久了,却终不能像龙一样舒展首尾,奋起鳞翼,从静水泥潭中振作而起,腾云驾雾,叱咤风云,让人看到它的影子就惊骇,听到它的声音就震动;而只是乐于埋首于经籍书本,闭门苦读,上没有成果,下没有根基,仅仅是意向宏远,但心思却拘束在狭小之处,整天潜神默记,埋首书籍,打发日子。然而自己的心思学问如果不趁自己壮年之时加以运用以求功名的话,即使自己能够口若悬河,文辞优美,才华横溢,也对建功立业毫无用处。料想你如果在仕途上多加用心,为朝廷出谋划策,使自己活着时有显赫的称号,死之后有美的谥号,不是很好吗?"

主人乃尔而笑曰①:"若宾之言,所谓见世利之华,暗道德之实,守窔奥之荧烛②,未仰天庭而睹白日也。曩者王涂芜秽③,周失其驭,侯伯方轨,战国横骛。于是七雄虓阚④,分裂诸夏,龙战虎争,游说之徒风飑电激,并起而救之。其余焱飞景附、雪煜其间者⑤,盖不可胜载。当此之时,搦朽摩钝⑥,铅刀皆能一断。是故鲁连飞一矢而蹶千金⑦,虞卿以顾眄而捐相印⑧。夫啾发投曲⑨,感耳之声,合之律度,淫蛙而不可听者,非《韶》《夏》之乐也;因势合变,遇时之容,移风易俗,乖迕而不可通者,非君子之法也。及至从人合之⑩,衡人散之⑪,亡命漂说,羁旅骋辞,商鞅挟三术以钻孝公⑫,李斯奋时务而要始皇。彼皆蹑风云之会,履颠沛之势,据徼乘邪,以求一日之富贵,朝为荣华,夕为憔悴,福不盈眦,祸溢于世。凶人且以自悔,况吉士而是赖乎?

【注释】

①乃尔:笑的样子。
②窔(yào)奥:指房中的两个角落。
③涂:同"途"。
④虓阚(xiāo hàn):比喻将士震怒。
⑤焱(biāo):疾风。雪(xiá)煜:光明、明亮的样子。
⑥搦(nuò):持,拿。
⑦是故鲁连飞一矢而蹶千金:据史载,战国时,燕将死守聊城,齐人鲁连写了一封信,陈说利害,拿箭射进城去。燕将看到信后,泣而自杀。又,秦围赵邯郸,魏派新垣衍劝赵尊秦为帝,鲁连面质新垣衍,使他答应不帝秦,秦兵闻此讯后,退五十里,赵遂安全。

事后赵王赠鲁连千金，鲁连不受。鲁连，亦叫鲁仲连。蹶，拒绝。

⑧虞卿以顾眄而捐相印：虞卿，战国时为赵相。他的朋友魏齐为秦所迫，奔齐，欲求救于虞卿，虞卿知道赵王不会答应，于是解下相印，和魏齐一起离开了赵国。

⑨啾发：啾啾小声而发。投曲：投合屈曲。

⑩从：合纵，联合六国对付秦国。

⑪衡：连横，与"合纵"相对，离散六国，使之事秦。

⑫三术：指王、霸、富国强兵三法。镤：通"赞"。佐助。

【译文】

我笑笑，回答他们说："像你们这些言论，真所谓是只看见名利之花，却看不见道德之实；就像是只知道室内蜡烛的微光，却不注意到太阳的浩然之光。过去周朝末年，由于王道不显，周室衰落，于是乎诸侯纷起，争雄称霸。春秋五霸之后，又有战国七雄，彼此你争我夺，分裂华夏，致使天下大乱，兵革不断。各种游说之士，趁势而起，各寻其主，纷纷游说，就像狂风骤雨，电闪雷鸣，人多得不可胜数。在这个时候，就是拿着朽木钝刀也能斩断东西。因此鲁仲连凭着一封飞信而使燕将败亡，接着又放弃赵王赏给他的千金；赵相虞卿能在转眼之间就放弃相印。词曲音乐，虽然靡靡而感人耳，但淫邪不正，不合乎律度，非古时《韶》乐那样正派恢宏，是为君子士人所不听的；为了因时合势的变法，虽然适应一时的形势，但对移风易俗而言，却是乖谬而不可通达，毫无用处，这不是君子所主张的法度。至于合纵、连衡，互相攻击；亡命之徒四处游说，落魄之士逞辞辩舌；商鞅以王霸富国之术扶助秦孝公，李斯用攻伐争雄的策略替秦始皇谋略。诸如此类者，都是趁着风云变幻、天下大乱之际，凭着侥幸之机，用以邪僻之道，以求得一时的荣华富贵，早晨还繁花似锦，晚上就凋谢无遗了。富贵不足以填满眼睛，祸患却充满一生。就是不吉之人尚且后悔这么做，吉士还能认为这样有好处吗？

　　"且功不可以虚成，名不可以伪立。韩设辩以徼君，吕行诈以贾国：《说难》既遒，其身乃囚；'秦货'既贵，厥宗亦坠①。是以仲尼抗浮云之志，孟轲养浩然之气。彼岂乐为迂阔哉②？道不可以贰也③！

【注释】

①"韩设辩以徼君"几句：韩非子欲求得秦始皇重用，作《说难》诸文以说始皇，却最终被李斯陷害下狱死。吕不韦开始是卫国一个大商人。到赵国邯郸买卖，见到了在那里的秦公子子楚，遂结交之，又送赵姬为子楚妻，后来子楚作了秦国君，拜吕不韦为秦相，专权。秦王嬴政立，为收回权力，命吕不韦举家迁往蜀地，吕不韦于是饮药自尽。韩，韩非子。吕，吕不韦。

②迂阔：不切实情。

③贰：有二心。

【译文】

　　况且建立功业不可以虚而不实，树立名声不可以伪而不真。韩非子想用言辩来邀幸于秦皇，吕不韦靠行诈来显赫于朝廷。《说难》写成之后，韩非子自己却被关进了监狱；吕氏的计策得以施行而荣华富贵之后，他自己也被灭了宗族。所以孔子提出不义而富贵，于身若浮云，孟子提出要养浩然正气。是他们喜欢这样迂远而不切实际吗？实在是行道不可以有二心啊！

　　"方今大汉洒埽群秽，夷险芟荒，廓帝纮，恢皇纲，基隆于羲、农①，规广于黄、唐②。其君天下也，炎之如日，威之如神，函之如海，养之如春。是以六合之内，莫不同源共流，沐浴玄德，禀仰太和③，枝附叶着，譬犹草木之植山林，鸟鱼之毓川泽,得气者蕃滋,失时者零落。参天地而施化,岂云人事之厚薄哉?今吾子处皇代而论战国,曜所闻而疑所覸,欲从堥敦而度高乎泰山④,怀氿滥而测深乎重渊⑤,亦未至也!"

【注释】

①羲:伏羲氏。农:神农氏。

②黄:黄帝。唐:尧。

③太和:太平。

④堥(máo)敦:小山丘。

⑤氿(guǐ)滥:泉水。

【译文】

"如今我大汉立国,除秽去污,清除各种不良的思想与事物,扩展帝威,恢宏皇纲,基业比伏羲神农时还要昌盛,仪范比尧舜之时还要广大。圣上统治天下,国力像太阳那样旺盛,威风像神明那样显赫,像海一样能够包容一切,像春天那样能够滋养万物。因此天地四方,莫不是大汉臣民,同沐圣德,共享太平,旁枝远方,均来归附。就像是草木生长在山中,鸟鱼蕴育在川泽,得到天地元气就生长,过了一定的时令就凋谢,人的命运就同此一样,是根据圣上的施化布德而定荣衰,岂是人事所能决定的呢?如今先生们处在太平盛世,却以战国的情况而论今天,炫耀你们听到的战国之事,而怀疑你们所见到的今日之世。就好比是站在小丘上想测量泰山的高度,处在小泉水中想测量海水的深度,同样是做不到的啊!"

宾曰:"若夫軼、斯之伦①,衰周之凶人,既闻命矣。敢问上古之士,处身行道,辅世成名,可述于后者,默而已乎?"

【注释】

①鞅：商鞅。斯：李斯。均为秦国重臣。

【译文】

宾客说："像商鞅、李斯之流乃是衰亡周王室的凶人，我们已经听你说过了。那么请问上古时代那些修身行道、品德高尚的人，辅助王业而成名，能够称述于今的，难道都是默默无闻吗？"

主人曰："何为其然也？昔者咎繇谟虞①，箕子访周②，言通帝王，谋合神圣。殷说梦发于傅岩③，周望兆动于渭滨④，齐宁激声于康衢⑤，汉良受书于邳圯⑥，皆俟命而神交，匪词言之所信，故能建必然之策，展无穷之勋也。近者陆子优游⑦，《新语》以兴；董生下帷⑧，发藻儒林；刘向司籍，辨章旧闻；扬雄覃思，《法言》《太玄》。皆及时君之门闱，究先圣之壸奥⑨，婆娑乎术艺之场⑩，休息乎篇籍之囿，以全其质而发其文，用纳乎圣德，烈炳乎后人，斯非亚与？若乃伯夷抗行于首阳⑪，柳惠降志于辱仕⑫，颜潜乐于箪瓢⑬，孔终篇于西狩⑭，声盈塞于天渊，真吾徒之师表也！

【注释】

①咎繇（gāo yáo）：即皋陶，传说中舜时掌刑法之人。谟（móu）：通"谋"。

②箕子：先为商纣王臣子，曾因谏纣王而被纣王所囚。周灭商后，归顺周。访：谋划。

③殷说梦发于傅岩：传说殷王武丁梦见有一个叫说的人将辅佐自己中兴。后来在傅岩这个地方访得，故称为傅说，后果然辅助武

丁中兴。说，傅说。

④周望兆动于渭滨：相传周文王卜猎得到将得到贤人的兆示，行猎时过渭水边，见一老者垂钓于水边，与谈，知他有过人之能，因用之为相。老者即姜太公吕尚，后来辅助文、武王成帝业。望，吕望，即姜太公。

⑤齐宁激声于康衢：宁，宁戚，春秋齐人，相传曾经在康衢贩牛，击牛角而歌，正好被齐桓公听见，于是加以重任，成齐霸业。

⑥汉良受书于邳圯：相传张良曾在下邳圯上桥边散步，遇一老者，赠书一部，说读此书可以作辅助王者的事业，后来张良辅佐刘邦得成帝业。

⑦陆子：陆贾，西汉人。

⑧董生：董仲舒，西汉人。

⑨壸奥：这里指先圣的思想学术领域。壸，宫中之巷。奥，室之西南隅谓之奥，古时尊长居之，也是祭神的方位。

⑩婆娑：停留。

⑪伯夷抗行于首阳：伯夷，商孤竹君之子。周灭商后，与叔齐隐居首阳山，不食周粟而死。

⑫柳惠降志于辱仕：柳惠，即柳下惠，春秋时鲁大夫，三次被黜而不改其志。

⑬颜：颜回，孔子弟子。箪瓢：一箪食，一瓢水，比喻清贫。

⑭孔终篇于西狩：孔子作《春秋》，开篇于鲁隐公元年，终篇于鲁哀公十四年。哀公十四年春，哀公西狩获麒麟，以为王道成也。孔，孔子。

【译文】

我回答说："哪里是这样的呢！古时候，咎繇辅佐虞舜，箕子辅佐周王，他们的言辞能通达帝王，谋略能合乎神明。其余像殷代傅说被举于傅岩，是殷高宗事先有梦兆；周代吕望被举于渭水之滨，是周文王事先有卜兆;齐国宁戚在大道上击牛角而歌,被桓公听见而加以重用;汉代张良在下邳桥上接受老者的兵书而最终辅助高祖成帝业。这些都是命中注定,神灵助之,不是凭着言辞之功,因此他们能谋划必然之策,建立无穷的功业。近代的有陆贾著述《新语》,考秦政之得失;董仲舒下帷讲经,兴盛儒学;刘向司掌典籍,校注综述各种经书词赋;扬雄沉思默作,著有《法言》《太玄》两书。这些人都能通达君主的门闱,究寻先圣的道路。置身于儒术文学之中,埋首于经籍典藏之间,发奋著述,以求完善他们的朴质,表现他们的文采,能够上为明君所采纳,下为后世所传颂。这些人难道不可以称作是仅次于先圣的贤士吗? 又如伯夷宁可饿死而不食周粟,柳下惠三次遭贬而不愿去其国,颜回能安贫乐道而不改其志,孔子作《春秋》而使王道成。他们的名声充盈于天地之间,真是我们这些人的师表啊!

"且吾闻之,一阴一阳,天地之方;乃文乃质,王道之纲;有同有异,圣哲之常。故曰:'慎修所志,守尔天符①。委命供己②,味道之腴。神之听之,名其舍诸!'宾又不闻和氏之璧韫于荆石、隋侯之珠藏于蚌蛤乎③? 历世莫视,不知其将含景曜、吐英精、旷千载而流光也④! 应龙潜于潢污⑤,鱼鼋媟之;不睹其能奋灵德、合风云、超忽荒而蹑昊苍也!

【注释】

①天符:上天的符命。

②委命:听由命运支配。供:通"恭"。

③隋侯之珠:相传古代隋侯治好了一条蛇的伤,蛇于是到江中衔了一颗大珠来报答他,这颗珍珠就叫隋侯之珠。

④景曜:光彩,光焰。

⑤潢污(huáng wū)：静止的水。

【译文】

"而且我听说：一阴一阳，这是天地的规律；又文又质，这是王道的纲维；有同有异，这是圣哲的恒则。因此说，'要谨慎地修德养志，遵循你的命相。谦恭己身，听由命运安排，认真体察善道，这样神明一定会佑你以福禄，你的名声自然也不会被废弃。'你们难道没听说和氏璧是蕴藏于荆山之石，隋侯珠是包藏在蚌蛤身上的吗？这样的宝物，存在了不知多少年，却没有谁能看见，不知道它们含藏着光彩，吐散着精华，经历千年而能流散明光。应龙潜困于死水之中，鱼鳖都侮狎戏弄，不知道它能奋翼而起，腾云驾雾，超越大地而盘据苍天之上啊！

"故夫泥蟠而天飞者，应龙之神也；先贱而后贵者，和、隋之珍也；时暗而久章①，君子之真也！若乃牙、旷清耳于管弦②，离娄眇目于毫分③，逢蒙绝技于弧矢④，般输摧巧于斧斤⑤，良、乐轶能于相驭⑥，乌获抗力于千钧⑦，和、鹊发精于针石⑧，研、桑心计于无垠⑨。仆亦不任厕技于彼列，故密尔自娱于斯文⑩！"

【注释】

①章：通"彰"。显明，昭著。

②牙、旷：牙，伯牙；旷，师旷。古代两个很善于听音乐的人。

③离娄：古代眼力很好的人，据说他能在百步之外看得见鸟的毫毛。眇：仔细看。

④逢蒙：古代善于射箭的人，相传是羿的弟子。

⑤般输：即鲁国公输般，亦作鲁班，古代一位能工巧匠。摧(què)：通"榷"。专，擅长。

⑥良：王良，古代善驾车的人。乐：伯乐，古代善相马的人。轶：通"逸"。

⑦乌获：传说中的一位大力士。

⑧和：秦国的一位名医。鹊：扁鹊，相传是医术很高明的人。

⑨研：计研，亦叫计然，相传为春秋时越国人。桑：桑弘羊，西汉时人，汉武帝时曾任大司农。二人都是善于算账理财的人。

⑩密：安，静。

【译文】

"因此虽处于泥污之中却能腾空飞翔的是不一般的神龙，先低贱而后珍贵的是和氏璧、隋侯珠之类的珍宝，一时黯淡而不为人知但长久地显赫的，是君子的真质啊！就像伯牙、师旷耳力灵敏，能正确分辨音乐；离娄目力超人，能看得到秋毫之末；逄蒙箭技神通，鲁班木工奇巧；伯乐善相马，王良善驾车；乌获能力举千钧，医和、扁鹊精通于医术；计研、桑弘羊擅长于算账理财。所有这些人都能有一技之长而流传千古。我自己也自不量力，想做这样的人。因此静下心来，写了这篇文章以自娱。"

张衡

张衡(78—139),字平子,汉代著名科学家和文学家。南阳郡西鄂县(治所在今河南南阳北)人。少善属文,又精天文历算,曾研制成候风仪和地动仪。历仕南阳主簿、郎中、尚书侍郎、太史令、公车司马令、侍中、河间相、尚书等职。张衡生在东汉由盛转衰的时期,当时官僚贵族都崇尚奢侈,宦官专政,政治黑暗,他虽有才能,有抱负,但无法施展。为官期间,正直敢言,遭宦官谗毁,有避害全身,归隐田园的思想。他的文学创作主要是辞赋和诗,代表作品有《两京赋》《南都赋》《思玄赋》《归田赋》《四愁诗》等。有《张河间集》传于世。

两京赋

【题解】

《西京赋》与《东京赋》并称《两京赋》,是张衡早年因感于“天下承平日久,自王侯以下莫不逾侈”而创作的,体制上模拟司马相如的《子虚赋》和班固的《两都赋》。在这篇赋中,张衡借凭虚公子之口,尽情暴露西京天子的淫奢,极力描写天子狩猎、娱乐活动的排场,还描写了西京的商贾、游侠、游丽辩论之士以及角觝百戏等风俗民情,对豪强大户以及社会不良风气进行揭露。其中,最为难得的是有关角觝百戏的描写,刻画生动,形容尽致,对于后人研究汉代文化史有着重要的价值。全赋寓暴露贬抑于自我炫耀之中,又不乏切直的规讽和议论,体现了张衡赋的讽谏意识。在艺术上,讲究气势,注重叙事,崇尚华饰,富有文采,但行文过于铺张。

西京赋

有凭虚公子者^①,心奓体忕^②,雅好博古^③,学乎旧史氏^④,是以多识前代之载^⑤,言于安处先生曰^⑥:"夫人在阳时则舒^⑦,在阴时则惨^⑧,此牵乎天者也^⑨;处沃土则逸,处瘠土则劳,此系乎地者也。惨则鲜于欢,劳则褊于惠^⑩,能违之者寡矣。小必有之^⑪,大亦宜然^⑫。故帝者因天地以致化,兆民承上教以成俗^⑬,化俗之本,有与推移。何以核诸? 秦据雍而强^⑭,周即豫而弱^⑮,高祖都西而泰,光武处东而约。政之兴衰,恒由此作。先生独不见西京之事欤? 请为吾子陈之:

【注释】

①凭虚公子:本无此人,系假设的人物。凭,依托。虚,无。

②心奓体忕(tài):心志侈溢,体安骄泰。奓,通"侈"。忕,骄奢。

③雅:平素。

④旧史:官名,太史。

⑤载:事。

⑥安处先生:也是假设的人物。安处,即何处。

⑦阳:指春夏。

⑧阴:指秋冬。

⑨牵:系。

⑩褊(biǎn):狭。

⑪小：指百姓，平民。

⑫大：指王者。

⑬兆民：指万民。

⑭雍：雍州，包括今陕西、甘肃南部及四川全部。雍州是沃土，所以说"秦据雍而强""高祖都西而泰"。

⑮豫：豫州，包括今河南大部及湖北北部。豫州是瘠土，所以说"周即豫而弱""光武处东而约"。

【译文】

　　有一位世家子弟，且叫他凭虚公子，心高气傲，安逸悠闲。他平素喜好博知古事，常浏览太史之记载，广闻博记，因此了解许多前朝史事。他对安处先生说："人，在春夏之时则喜乐舒畅，在秋冬之际则忧郁悲戚，这与天时变化紧密相关；生活在肥沃土地上就容易好逸恶劳，生活在贫瘠土地上就比较辛勤劳苦，这与地力不同紧密联系。悲戚则少有欢乐，劳苦则无法施惠，能够改变这种状况的人是很少的。无论百姓还是帝王，皆是如此。作为帝王，必须顺应天时地利发布政令，教化百姓，百姓顺承教化而形成民风。转化民风民俗之根本，在于顺应自然条件之变化。为什么这样说呢？你看，秦朝占据雍州而强盛，周朝迁往豫州而衰弱，高祖建都西方而安泰，光武帝东迁洛邑而困窘。国政的兴盛与衰落，常常与天时地利相关联。先生难道没有看见西京发生的事情吗？请允许我为您细细陈述：

　　"汉氏初都，在渭之涘①，秦里其朔②，实为咸阳③。左有崤、函重险④，桃林之塞⑤，缀以二华⑥，巨灵赑屃⑦，高掌远蹠⑧，以流河曲，厥迹犹存；右有陇坻之隘⑨，隔阂华戎，岐、梁、汧、雍⑩，陈宝鸣鸡在焉⑪。于前则终南、太一⑫，隆崛崔崒⑬，隐辚郁律⑭，连冈乎蟠冢⑮，抱杜含鄠⑯，欱沣吐镐⑰，爰

有蓝田珍玉⑱,是之自出;于后则高陵平原,据渭踞泾⑲,澶漫
靡迤⑳,作镇于近。其远则九嵕、甘泉㉑,涸阴沍寒㉒,日北至
而含冻㉓,此焉清暑。尔乃广衍沃野㉔,厥田上上㉕,实惟地
之奥区神皋㉖。昔者大帝说秦缪公而觐之,飨以钧天广乐,
帝有醉焉,乃为金策㉗,锡用此土,而翦诸鹑首㉘。是时也,并
为强国者有六,然而四海同宅西秦㉙,岂不诡哉㉚? 自我高祖
之始入也,五纬相汁㉛,以旅于东井㉜;娄敬委辂㉝,干非其
议,天启其心㉞,人惎之谋㉟。及帝图时,意亦有虑乎神祇㊱,
宜其可定㊲,以为天邑㊳。岂伊不虔思于天衢㊴? 岂伊不怀
归于枌榆㊵? 天命不滔㊶,畴敢以渝㊷! 以上建都之地势。

【注释】

①渭:渭水。浽:水边。

②里:居。朔:北。

③咸阳:秦都城名,在今陕西咸阳东北,战国时代,秦孝公于此
　建都。

④崤:山名,在今河南洛宁西北。函:函谷关。

⑤桃林:今陕西潼关。

⑥二华:山名,即太华、少华,均在陕西境内。

⑦巨灵:河神。赑屃(bì xì):猛壮用力。

⑧蹠(zhí):脚掌。

⑨陇坻(dǐ):即陇山,在今陕西陇县至甘肃平凉一带,山势险峻,为
　陕甘要隘。

⑩岐(qí)、梁、汧(qiān)、雍:都是山名。岐,岐山,在陕西岐山东北;
　梁,梁山,在陕西乾县西北;汧,汧山,即岍山,在今陕西陇县西
　南;雍,雍山,在陕西凤翔西北。

⑪陈宝：神名。《汉书》中说，秦文公获若石于陈苍北坂城，祠之，其神光辉若流星，从东方来，集于祠城，则若雄雉，其声殷殷云，野鸡夜鸣。以一太牢祠之，名曰陈宝。

⑫终南：终南山。太一：太白山。二山都在陕西境内。

⑬崔崒(zú)：山高峻的样子。

⑭隐辚、郁律：皆不平的样子。隐辚，即"隐嶙"。

⑮嶓冢(bó zhǒng)：山名，在甘肃。

⑯杜：杜陵，地名，在今陕西西安东南。鄠(hù)：今陕西西安鄠邑。

⑰歃(hē)：啜，吸吮。沣(fēng)：沣水，水名，在陕西省。镐(hào)：水名，在今陕西西安。

⑱蓝田：山名，在陕西蓝田东南，产玉。

⑲据：依。踞：倚。

⑳澶(dàn)漫：平坦宽广。靡迤：绵延不断的样子。

㉑九嵕(zōng)：山名，在陕西。甘泉：山名，在陕西淳化西北，甘泉宫在此。

㉒涸阴：犹言穷阴。冱(hù)寒：严寒冻闭的景象。

㉓日北至：指夏至。

㉔广衍：宽广绵长。

㉕上上：最上等。

㉖奥区：内地，腹地。神皋：指京都一带的良田。

㉗"昔者大帝说秦缪公而觐之"几句：大帝，天帝。《史记》中说：赵简子疾，扁鹊视之，曰："昔秦缪公尝如此，七日而寤。寤之日，告公孙支与子舆曰：我之帝所，甚乐……今主君之疾与之同。"二日，简子寤曰："我之帝所，甚乐，与百神游于钧天，广乐九奏万舞，不类三代之乐，其声动心。"虞喜《志林》曰：谚曰：天帝醉，秦暴金误陨石坠。谓秦穆公梦天帝奏钧天乐，已有此谚。《列仙传赞》：秦穆公受金策，祚世之业。钧天广乐，指天上的音乐。金

策,锡杖。策,杖。

㉘ 罄:尽。鹑首:星次名,指朱鸟七宿中的井、鬼二宿。是秦之分野。《汉书》曰:自井至柳,谓之鹑首之次,秦之分也。尽取鹑首之分,为秦之境也。

㉙ 宅:居。

㉚ 诡:异。

㉛ 五纬:即金、水、木、火、土五星。汁(xié):和。

㉜ 旅:聚。东井:星名,即井宿。《汉书》汉元年十月,五星聚于东井,沛公至灞上。此高祖受命之符。

㉝ 娄敬:人名。辂(lù):绑在车辕上用来牵引车子的横木。《汉书·娄敬传》:娄敬脱挽辂,曰:"臣愿见上言便宜。"又说上曰:"陛下都洛阳,不如入关中。"

㉞ 天启其心:谓五星聚也。

㉟ 惎(jì):教。

㊱ 意亦:即抑亦。神祇:天地之神,天曰神,地曰祇。

㊲ 宜:通"仪"。度。

㊳ 天邑:帝都。

㊴ 伊:惟,发语辞。天衢:天路,后多指京师,这里指东京。

㊵ 枌(fén)榆:汉高祖为丰枌榆乡人,初起兵时祷于枌榆社,见《史记·封禅书》。后因以枌榆为故乡的代称。

㊶ 滔:通"谄"。疑惑。

㊷ 畴:谁。

【译文】

"汉朝当初的都城,在渭水之滨,故秦的都城在它的北方,这便是咸阳。东边有崤山函谷,桃林要塞,重关险阻与太华、少华两山相联。传说太华、少华本为一体,黄河流至此处为山所阻,巨灵河神,挥掌发出神力,一掌将山劈开,一脚踢通山谷,使山分为两半,河水流畅无阻。巨灵河神劈山踢谷所留的手印足迹,至今仍然清晰可见。西边有陇山险隘,隔绝华夏和西戎,除陇山外,岐山、梁山、汧山、雍山,还有陈宝、鸣鸡等山峰、宝地都环绕咸阳西部。咸阳的南边山峰连绵,号称终南山,其中有一座太一山峰,高耸入云,巍峨险峻。终南太一,山山相联,绵绵延延,杜陵、鄠县两地座落其中。沣水发于秦岭,流经终南,注入渭水;镐水发于城南山中,注入城中昆明池;又有蓝田珍玉,产于蓝田山中。北面则是平原丘陵,依傍渭水与泾水,坦坦荡荡,广袤田野,成为西京依凭的重地。远处有九嵕甘泉,极为阴寒,盛夏之时仍有冰冻,此乃避暑胜地。这里良田沃野,广阔无垠,实在是上等的土地,都城之所在。从前,天帝偏爱秦穆公,穆公于梦中觐见天帝,天帝喜悦,命人奏起钧天广乐,盛宴款待穆公,天帝畅饮而醉,作金书,将鹑首星次对应的分野赐给穆公享用。当时,天下强国还有齐、楚、燕、韩、赵、魏,然而,整个天下最终却归于地处偏远的秦国,这种结局难道不奇异吗?自从我汉高祖皇帝进入关中之时,五星相和,排列有序,聚于秦之分野,娄敬委弃挽车,驳斥建都洛阳之说,力主建都关中。上天开导高祖之心,人臣启发高祖之谋。高祖筹划决策建都时,也正是考虑了上天神灵的旨意,选择可安邦立国之地而建都城,难道没有考虑过四通八达的东京洛阳吗?难道没有想过要重归故乡枌榆吗?只是天命不容怀疑,谁敢轻易背离! 以上描述的是西京的地势。

　　"于是量径轮①,考广袤②,经城洫③,营郭郛④,取殊裁于八都⑤,岂启度于往旧?乃览秦制,跨周法,狭百堵之侧陋⑥,增九筵之迫胁⑦,正紫宫于未央⑧,表峣阙于闾阖⑨。疏龙首以抗殿⑩,壮巍峨以岌嶪⑪,亘雄虹之长梁⑫,结棼橑以相接⑬。蒂倒茄于藻井⑭,披红葩之狎猎⑮,饰华榱与璧珰⑯,流景曜之韡晔⑰。雕楹玉磶⑱,绣栭云楣⑲,三阶重轩,镂槛文

榱㉒。右平左城㉑，青琐丹墀㉒，刊层平堂㉓，设切厓隒㉔。坻
崿鳞眴㉕，栈齴巉嵼㉖，襄岸夷涂㉗，修路陵险。重门袭固，奸
宄是防㉘，仰福帝居，阳曜阴藏㉙。洪钟万钧，猛虡趪趪㉚，负
笋业而余怒㉛，乃奋翅而腾骧㉜。朝堂承东，温调延北，西有
玉台，联以昆德㉝，嵯峨崨嶫㉞，罔识所则。若夫长年、神仙、
宣室、玉堂，麒麟、朱鸟，龙兴、含章㉟，譬众星之环极，叛赫戏
以辉煌㊱。正殿路寝㊲，用朝群辟㊳，大夏耽耽㊴，九户开辟。
嘉木树庭，芳草如积，高门有闶㊵，列坐金狄㊶。以上宫室。

【注释】

①径：南北。轮：纵，南北。

②广：东西。袤：南北。

③洫（xù）：护城河。

④郛（fú）：外城。

⑤裁：制。八都：犹八方。

⑥狭百堵之侧陋：筑室百堵，今以为陋。

⑦九筵：《周礼》：明堂九筵。

⑧紫宫：即紫微宫，天帝的居室。也指帝王宫禁。未央：西汉宫
　殿名。

⑨峣（yáo）：高远。阊阖（chāng hé）：宫之正门。

⑩疏龙首以抗殿：秦时有黑龙从南山出，饮渭水，其行道因成土山。
　疏山为台殿，不假板筑，高出长安城。抗，举。

⑪岌嶪（yè）：高大险峻的样子。

⑫亘：横贯。雄虹：虹分雌雄，双虹出现时，颜色鲜艳者叫雄虹，又
　称主虹。

⑬棼（fén）：阁楼的栋。橑（lǎo）：屋椽。

⑭茄：藕茎。以其茎倒植于藻井，其华下向反披。藻井：绘有文彩状如井干形的天花板，有荷菱等图案形，当栋中，交木方为之。

⑮狎猎：重接的样子。

⑯榱（cuī）：椽子。璧珰（dāng）：屋椽上的装饰。

⑰曜（yào）：日光。韡晔（wěi yè）：华盛的样子。

⑱楹（yíng）：柱子。礩（xí）：柱下石。

⑲栭（ér）：柱顶上支持屋梁的方木。楣：梁。

⑳槛（jiàn）：栏杆。楄（pí）：屋檐前板。

㉑右平左墄（cè）：天子殿高九尺，阶九齿，各有九级。其侧阶各中分左右，左有齿，右则滂沱平之，令辇车得上。

㉒青琐：官门上镂刻的青色图纹。墀（chí）：地。

㉓刊：削除。堂：高大。

㉔切：通"砌"。厓陒（yá yān）：门槛。

㉕坻：殿阶。

㉖栈：高峻的样子。嶘（yān）：齿露的样子。

㉗襄：高。岸：殿阶。

㉘宄（guǐ）：窃盗或作乱的坏人。在外曰奸，在内曰宄。

㉙仰福帝居，阳曜阴藏：太微宫阳时则见，阴时则藏。福，同。帝居，谓太微宫，五帝所居。

㉚猛虡（jù）趪趪（huáng）：当筍下，为两飞兽所背负。虡，悬挂钟磬的木架。横木曰筍，直木曰虡。趪趪，任重用力的样子。

㉛筍业：古代悬钟磬的器具。业，指放在筍、虡上的板。

㉜骧（xiāng）：奔驰。

㉝"朝堂承东"几句：朝堂、温调、玉台、昆德，皆殿台名。

㉞崨（jié）嶪：山势高峻的样子。

㉟"若夫长年、神仙"几句：皆殿名。

㊱叛：光耀明亮的样子。赫戏：光明炎盛的样子。

㊲路寝：天子、诸侯的正室。周曰路寝，汉曰正殿。

㊳群辟：谓王侯公卿士大夫。

㊴夏：屋之四下者为夏，也指高屋、大殿。耽耽：深邃的样子。

㊵闶(kàng)：门高的样子。

㊶金狄：金人，铜铸之人像。

【译文】

"于是测量南北，考察东西，挖掘护城河道，修筑城郭，采用八方之城建，岂只遵循往古旧制？参考秦制，超越周法，以周宣百堵之室为狭窄，嫌九筵明堂太迫胁，于是营修未央宫于正中以象紫微宫，树立高阙于宫门之旁。凭依龙首山修筑宫殿，巍峨雄伟，高可及天。长梁横亘如虹，栋椽相衔相接。天花板上绿荷倒垂，红花绿叶重叠相依，玉石瓦珰装饰椽桷，流光溢彩鲜艳明丽。雕梁画柱，祥云如绣。面南座落着三重台阶的高堂大殿，门槛雕刻图案，屋檐饰以彩绘，殿前左边砌有台阶供人行走，右边修成坡道便于辇车出入。宫门上镂刻图文，涂成青色，台阶上遍涂丹漆，大殿四周垒砌基石，围砌栏杆，层层台阶，通往高峻森严的大殿，重重门户，坚固结实，外贼内奸皆难进入，仿佛是天帝的宫殿，沐浴在金色阳光之中。洪钟巨磬，设置殿前，两只奋翅欲飞的猛兽雕在搁架上，仿佛它们背负着沉重的钟磬，犹能腾越驰骋翱翔。朝堂大殿承接于东面，温调殿布于北面，西边有玉台殿，又连接着昆德殿，殿殿相望，参差错落，无法形容其格局。至于长年殿、神仙殿、宣室殿、玉堂殿、麒麟殿、朱鸟殿、龙兴殿、含章殿，诸殿环绕在未央宫周围，如众星之环绕北极，群星璀璨，绚丽辉煌。正殿正室，是朝官听政的地方，殿堂深邃高峻，九门洞开。庭中种植名树，院内绿草如茵，门庭雄伟，十二金人列于两旁。以上描述的是宫室。

"内有常侍谒者①，奉命当御②，兰台、金马③，递宿迭居。次有天禄、石渠校文之处④，重以虎威、章沟⑤，严更之署。徼道外周⑥，千庐内附，卫尉八屯⑦，警夜巡昼，植铩悬斂⑧，用戒不虞。以上官寺。

【注释】

①常侍：官名，从入内宫，侍从左右，掌管文书、诏令。谒者：官名，掌宾赞。

②御：进用，奉进。

③兰台：台名。金马：金马门，宦官署门，旁有铜马，故名。汉代学士待诏之处。

④天禄、石渠：阁名，汉宫中藏典籍之处，在未央宫殿北。

⑤虎威、章沟：更署名，负责宿卫王宫。

⑥徼：巡察。

⑦卫尉：官名，掌管宫门警卫。八屯：谓长水、中垒、屯骑、虎贲、越骑、步兵、射声、胡骑，归卫尉掌管，负责昼夜巡警。

⑧铩（shā）：兵器名，长矛。斂（fā）：兵器名，盾，以鲛皮作之。也作"瞂（fā）"。

【译文】

"正殿之中设有常侍、谒者，奉命传达诏令，呈递奏本；兰台、金马，是负责掌管宫廷图书及奏本的所在；天禄、石渠，亦是藏书之所；虎威、章沟，是守卫巡查宫室的住宿之处，八支护卫队负责打更巡夜，护卫宫殿，轮流昼夜巡视，并配备长矛大刀以备不测。以上描述的是官寺。

"后宫则昭阳、飞翔，增城、合欢，兰林、披香，凤皇、鸳鸯①，群窈窕之华丽，嗟内顾之所观。故其馆室次舍②，采饰纤缛③，裛以藻绣④，文以朱绿⑤，翡翠火齐⑥，络以美玉，流悬黎之夜光⑦，缀隋珠以为烛。金釭玉阶⑧，彤庭辉辉，珊瑚琳碧⑨，瓀珉璘彬⑩。珍物罗生，焕若昆仑⑪，虽厥裁之不广，侈靡逾乎至尊。于是钩陈之外⑫，阁道穹隆，属长乐与明光，径北通乎桂宫⑬，命般、尔之巧匠⑭，尽变态乎其中。后宫不移，乐不徙悬，门卫供帐⑮，官以物辨⑯，恣意所幸，下辇成燕⑰，穷年忘归，犹弗能遍，瑰异日新⑱，殚所未见。以上后宫。

【注释】

①"后宫则昭阳、飞翔"等几句：皆殿名。

②次舍：官吏值宿退息的处所及其所居官署。此处指郎卫。

③采：五色。缛（rù）：繁密。

④袤（yè）：缠绕。绣：绘画设色，五彩俱备。

⑤文：彩色交错。

⑥翡翠：美石。火齐：玫瑰珠石。

⑦悬黎：美玉名。夜光：珠名，玉名。

⑧阰（shì）：堂前阶石的两端。

⑨琳：玉名。碧：青绿色的玉石。

⑩瓀珉（ruǎn mín）：似玉的美石。璘彬：文彩缤纷的样子。

⑪珍物罗生，焕若昆仑：《山海经》：昆仑之墟，有珠树、文玉树。

⑫钩陈：后宫。

⑬属长乐与明光，径北通乎桂宫：长乐、桂宫，宫名。明光，殿名。

⑭般：鲁班。尔：王尔。皆古之巧匠。

⑮供帐：供设帷帐。

⑯辨：具备。

⑰燕：燕乐。

⑱瑰异：奇异。

【译文】

"后宫是嫔妃的住所，有昭阳、飞翔、增城、合欢、兰林、披香、凤皇、鸳鸯诸殿，华贵典雅，令人惊叹。馆室屋舍，描绘五彩，精致而细腻，华彩缠绕，朱绿交错，缀以美玉、翡翠，交相辉映，悬黎之玉，夜光溢彩，隋侯之珠，秉以为烛。金玉砌台阶，朱漆涂庭院，珊瑚琳碧，文彩缤纷。珍美之物，竞相罗列，光华四射，如入仙境。后宫诸殿虽然规模小巧，然而其绮丽奢华胜过皇宫正殿。后宫之外，又有幽深长廊，连接长乐殿与明光殿，向北直通桂宫。皇上诏命鲁班、王尔之流的能工巧匠，穷其智巧，使后宫千姿百态。皇上所到之处，嫔妃、随从、乐人等随侍左右，门卫供设帷帐；百官采办一应物品，皇上在后宫随意游幸，乘辇游幸，下辇即可饮宴奏乐，经年累月，乐不思返，犹不能遍游后宫，所见奇珍异物，日日更易变换，尽是见所未见。以上描述的是后宫。

　　"惟帝王之神丽，惧尊卑之不殊，虽斯宇之既坦，心犹凭而未摅①。思比象于紫微，恨阿房之不可庐②，觊往昔之遗馆③，获林光于秦余④。处甘泉之爽垲⑤，乃隆崇而弘敷⑥，既新作于迎风，增露寒与储胥⑦。托乔基于山冈，直嶂霓以高居⑧。通天诊以竦峙⑨，径百常而茎擢⑩，上辩华以交纷⑪，下刻陗其若削，翔鹍仰而不逮⑫，况青鸟与黄雀⑬！伏槛槛而俯听⑭，闻雷霆之相激。柏梁既灾⑮，越巫陈方，建章是经⑯，用厌火祥⑰。营宇之制，事兼未央⑱，圜阙竦以造天⑲，若双碣之相望⑳，凤骞翥于甍标，咸溯风而欲翔㉑。闒闿之内，别风嶕峣㉒，何工巧之瑰玮，交绮豁以疏寮㉓，干云雾而上达，状亭亭以苕苕㉔。神明崛其特起㉕，井干叠而百增㉖，跱游极于浮柱㉗，结重栾以相承㉘。累层构而遂陒㉙，望北辰而高兴㉚，消雰埃于中宸㉛，集重阳之清澄㉜。瞰宛虹之长鬐㉝，察云师之所凭㉞，上飞闼而仰眺㉟，正睹瑶光与玉绳㊱。将乍往而未半㊲，怵悼栗而怂兢㊳，非都卢之轻趫㊴，孰能超而究升？驳娑、骀荡，焘冔桔桀，枌栭、承光㊵，暧嵬庨豁㊶。楱栌重莽㊷，锷锷列列㊸，反宇业业㊹，飞檐辙辙㊺，流景内照，引曜日月。天梁之宫㊻，实开高闱，旗不脱肩㊼，结驷方蕲㊽，轵辐轻鹜㊾，容于一扉。长廊广庑㊿，途阁云蔓，闲庭诡异㋕，门千户万。重闱幽闼，转相逾延，望衮桑以径廷㋖，眇不知其所返。既乃珍台蹇产以极壮㋗，磴道逦倚以正东㋘，似阆风之遰坂㋙，横西洫而绝金墉㋚，城尉不弛柝㋛，而内外潜通㋜。前开唐中，弥望广潒，顾临太液，沧池溙沆㋝，渐台立于中央㋞，赫旷旷以弘敞㋟。清渊洋洋㋠，神山峨峨，列瀛洲与方丈，夹蓬莱而骈罗，上林岑以垒嶵㋡，下崭岩以嵰嵓㋢。长风激于别陦㋣，起洪涛而扬波，浸石菌于重涯，濯灵芝以朱柯㋤，海若游于玄渚㋥，鲸鱼失流而蹉跎㋦。于是采少君之端信，庶栾大之贞固㋧，立修茎之仙掌，承云表之清露，屑琼蕊以朝飧㋨，必性命之可度。美往昔之松、乔㋩，要羡门乎天路㋪，想升龙于鼎湖㋫，岂时俗之足慕！若历世而长存，何遽营乎陵墓？以上离宫。

【注释】

①凭：满。摅（shū）：舒。

②庐：居。时阿房已坏，故不得居。

③阋（mì）：视，寻觅。

④林光：秦离宫名。

⑤甘泉：山名。爽垲（kǎi）：明亮干燥。

⑥弘敷：延蔓。

⑦迎风、露寒、储胥：馆名。

⑧埭（dì）霓：高的样子。

⑨通天：台名。吵（miǎo）：高。

⑩常：古代长度单位，一丈六尺为常。茎：特。擢：独出的样子。

⑪辩（bān）华：华美。

⑫鹍（kūn）：大鸟名。

⑬青鸟、黄雀：皆小鸟。

⑭伏：凭。檽（líng）：台上栏。

⑮柏梁：指柏梁台，武帝太初年间遭火灾。

⑯越巫陈方，建章是经：越俗，有火灾，复起屋，必以大，用胜服之。于是作建章宫。

⑰厌（yā）：镇压。

⑱兼：倍。所以顺巫言。

⑱造：至。

⑳碣（jié）：圆顶的碑石。

㉑凤骞翥（zhù）于甍标，咸溯风而欲翔：谓作铁凤凰，令张两翼，举头敷尾，舂于圆阙之顶，下有转枢，常向风，如将飞。骞翥，展翅的样子。标，末，梢。

㉒别风：阙名。

㉓疏寮（liáo）：通明的窗。寮，小窗。

㉔亭亭：高的样子。苕苕：远的样子，凡物之高者仰望即远。

㉕神明：台名，在建章宫内，台上立铜仙人，手承露盘。

㉖井干：楼名，筑累万木，转相交架，如井干。增：重。

㉗跱（zhì）：踞，安置。

㉘栾（luán）：柱首承梁的曲木。

㉙陟（jī）：登，升。

㉚北辰：北极。

㉛雺(fēn)埃：尘雾。宸：天地之交宇也。

㉜集重阳之清澄：言神明台高，既除去下地之尘雾，乃上止于天阳之宇，清澄之中。上为阳，清又为阳，故曰重阳。

㉝宛虹：弧形的虹。鬐(qí)：脊。

㉞云师：星名，毕星。

㉟飞闼(tà)：指门楼上的小屋。

㊱瑶光、玉绳：星名。

㊲乍：暂。

㊳悼栗：恐惧战栗。怂(sǒng)兢：惊慌。

㊴都卢：《太康地志》说：都卢国，其人善缘高。趫(qiáo)：便捷。

㊵"馺(sà)娑、骀(dài)荡"几句：馺娑、骀荡、枍(yì)栺、承光，四宫殿名。焘崱(ào)、桔桀，高峻深远的样子。

㊶暧眕(kuí gū)、庨豁：高峻深邃的样子。

㊷桴(fú)：屋栋。

㊸锷锷、列列：高的样子。

㊹业业：高大的样子。

㊺辙辙(niè)：高壮的样子。

㊻天梁：宫名。

㊼旗：上画熊虎图象的旗，军将所建。扃：兵车前固定军旗的横木。

㊽结驷方蕲(qí)：此门高不复脱扃，结驾驷马方行而入。蕲，马衔。

㊾轹(lì)：敲打。驭车欲马疾，以箠敲车辐，使有声。骛(wù)：奔驰。

㊿庑(wǔ)：堂下周围的走廊、廊屋。

5⃝1闬(hàn)：墙垣。

5⃝2窅窱(yǎo tiǎo)：幽远深邃的样子。径廷：度越，穿行。

5⃝3蹇产：高的样子。

5⃝4墱(dèng)：石级，自低处向高处的坡道。迤倚：高下曲直相间。正东：阁道从建章馆逾西城东入于正宫中。

�55阆风：昆仑山名。

�56塘：城。

�57柝（tuò）：巡夜所敲的木梆。

�58潜：闭口不说话。

�59"前开唐中"几句：唐中、太液，池名。漾（dàng），水荡漾的样子。

�60溔沆：宽广的样子。

�61渐台：台名，在太液池中，高二十余丈。

�62旷旷（hù）：光彩的样子。

�63清渊：清渊海，位于建章宫北。

�64林岑：险峻的样子。崒（zuì）：山貌。

�65嵒（yán）：高峻的山崖。

�66陦（dǎo）：水中山。

�67浸石菌于重涯，濯灵芝以朱柯：石菌、灵芝，皆海中神山所有神草名，仙人所食者。重涯，池边。朱柯，芝草茎赤色。

�68海若：海神。

�69鲸鱼：建章宫北有池，以象北海，刻石为鲸鱼，长三丈。蹉跎：失足，颠踬。

�70于是采少君之端信，庶栾大之贞固：少君、栾大，皆武帝时方士。少君，姓李，自称能与仙人相接，栾大自称能得不死之药。贞固，固守正道。

�71承云表之清露，屑琼蕊以朝飧：武帝作铜露盘，承天露，和玉屑饮之，欲以求仙。琼蕊，古代传说中琼树的花蕊，似玉屑。

�72松、乔：赤松子与王子乔，传说之古仙人。

�73羡门：羡门高，传说古仙人。

�74想升龙于鼎湖：黄帝采首山铜，铸鼎于荆山下，鼎既成，龙垂胡髯下迎黄帝，黄帝骑龙乃上去，名其处鼎湖。

【译文】

"只有帝王的宫殿才应如此神丽，后宫这样奢华恐怕难以体现尊卑之别。尽管后宫这样华丽宽敞，嫔妃们心中仍然郁郁不欢，她们常与紫微宫相比仍感不足，又时常感叹阿房宫已不可居。寻觅往昔之离宫别墅，发现亡秦所遗留的离宫林光宫，它建造在高高的甘泉山上，更显得宫院高大而宽广，于是皇上为嫔妃们在林光宫旁又添造离宫，新建迎风馆，又增露寒宫与储胥宫。宫殿的基石建筑于高高的山岗之上，楼台馆舍矗立山巅，独立于天地之间，度其上下而有百丈，山岗之上楼台华丽，山岗以下峭壁有如刀削，善翔的大鸟尚飞不过去，又何况田野间的青鸟与黄雀！凭栏俯听，雷霆相激，仿佛就在脚下。柏梁台遭火灾焚毁，有巫士献策，又兴建建章宫，以避火殃。建章宫的规模宏大，两倍于未央宫，圆形的宫阙高耸入云天，犹如两座高高的碣石，相对峙而互望；宫殿的屋脊上树立着展翅的铁凤凰，似乎正欲迎风飞翔。建章宫之东，有一座高高的别风阙，构建精巧，镂窗饰彩，雄伟如直冲云霄，亭亭而仰望。还有几十丈高的神明台，悬于空中，重重叠叠的井干楼，筑累万木，相交架构，多达百重，楼阁之间有辇道相通，层层而上，望北辰似乎触手可及，置身于天宇清澄之中，将污浊俗气弃于脚下。俯瞰长虹之脊，目睹天际云涌，登楼仰眺，能看见天庭中的瑶光与玉绳。欲登上顶楼，未及一半就心中恐惧惊慌，如果没有都卢人的矫健，谁能登上最高的楼台呢？又有骀娑、骀荡、枌榐、承光，四殿并峙，深远高峻。重梁叠栋，如崖高张，飞檐反宇，雄伟高大。接引日月之光辉，映照内庭之辉煌。天梁之宫，门高且宽，能通过高竖军旗的战车，能驰过驷马并驾的宫车。阁道长廊，延蔓如云，庭院奇异，万户千门。宫中门户，幽幽重重，辗转相通，曲曲折折，穿行其中，竟迷惑而不识归程。珍台高崇而壮观，阁道透迤向东延伸，形成由低往高的坡道，跨越西城河而越西城郭，由建章馆再通正宫。城门校尉击柝巡更，负责守卫，城内城外默默警觉。台前开辟唐中池，极目望去水波浩森，来到台后的太液池，只见碧水荡漾，池中矗立一座渐台，高大宽广，光彩赫赫。建章宫北的清渊海广大无涯，池中筑造三座假山，象征海中的瀛洲、蓬莱、方丈三座神山，三神山并列，蓬莱居于中央,瀛洲、方丈列于两旁,山形高峻,参差错落。风起之时,碧水扬波,波涛冲击山石,浪花淹没池边的石菌仙草,洗涤灵芝和朱柯。海神在深水间漫游,鲸鱼也在此驻足。武帝听信方士少君、栾大之言,认为能与仙人相通,取长生不老之药,于是修筑高高的铜柱,犹如仙人巨掌,在高空中托举大铜盘,承接上天之云露,研入琼树花蕊,每日清晨饮用,以为如此可使性命超度,长生不老。武帝常常羡慕赞美传说中的仙人王子乔和赤松子,想要与美门高约会于云际天路,又希望像黄帝一样乘龙于鼎湖升天,若真能如此,人间俗世还有什么可留恋! 若能万世长存,又何必急急营造陵墓? 以上描述的是离宫。

"徒观其城郭之制,则旁开三门,参涂夷庭①。方轨十二②,街衢相经③,廛里端直,甍宇齐平。北阙甲第④,当道直启,程巧致功,期不陁陊⑤。木衣绨锦,土被朱紫⑥,武库禁兵⑦,设在兰锜⑧,匪石匪董⑨,畴能宅此? 尔乃廓开九市,通阛带阓⑩,旗亭五重⑪,俯察百隧⑫,周制大胥⑬,今也惟尉⑭。瑰货方至⑮,鸟集鳞萃,鬻者兼赢,求者不匮。尔乃商贾百族,裨贩夫妇⑯,鬻良杂苦⑰,蚩眩边鄙⑱。何必昏于作劳⑲,邪赢优而足恃? 彼肆人之男女,丽美奢乎许、史⑳! 以上市肆。

【注释】

①庭:正。

②方轨:两车并行。

③街:大道。

④北阙:当帝城之北。甲:第一。第:馆。

⑤陁(duò):小崩,溃塌。陊(duò):塌落。

⑥木衣绨锦，土被朱紫：言皆彩画，如锦绣文章。绨，厚缯。

⑦禁兵：皇帝武库中的兵器。

⑧兰锜：兵器架。受他兵曰兰，受弩曰锜。

⑨石：石显，字君房。少坐法腐刑，为黄门中尚书。元帝被疾，不亲政事。事无大小，因显口决。董：董贤，字圣卿，哀帝悦其仪貌，拜为黄门郎，诏将作监为贤起大第北阙下，土木之功穷极技巧。

⑩阛（huán）：市垣。阓（huì）：市之外门。

⑪旗亭：市楼。

⑫隧：列肆道。

⑬大胥：《周礼》：司市，胥师二十人，然尊其职，故曰大。

⑭尉：《汉书》：京兆尹，长安四市，皆属焉。然市有长丞而无尉，盖通呼长丞为尉耳。

⑮方：四方。

⑯裨贩：买贱卖贵，以自裨益。《周礼》：大市，日仄而市，百族为主。朝市，朝时而市，商贾为主，夕市，夕时而市，贩夫贩妇为主。

⑰苦（gǔ）：粗劣。

⑱蛊眩：惑乱。

⑲昬（mǐn）：勉力，通"敃"。

⑳许、史：指汉宣帝时两家外戚许皇后家和史姓母家，皆显贵。

【译文】

"观览长安的城郭建制，每一面城墙有三道城门，三条大道坦荡平直，每条大道可并行四车，宽舒有余，若三门洞开，则可十二辆同时行驶，各门之间街道相通，经纬分明。城内民宅整齐划一，房檐高低齐平。城北为头等宅第，宅门皆直通大道。这些宅第都是挑选能工巧匠，尽其所能，设计精巧，建造牢固，期望永不倾覆毁坏。其宅第凡屋檐、梁柱、窗棂使用木材之处皆饰彩绘，如同锦绣，凡墙壁以土所筑之处皆涂以朱漆，宅中设有武器库，贮藏各种兵器，若不是石显与董贤之辈，谁又能住在这样的地方呢？城内开辟九处集市，围墙环通，市门相连。每市中心有一座五层高的市楼，楼上设旗幡，登楼可俯察街市纵横，百货摊位。周朝的制度是称市官为大胥，而今设尉掌管集市，通常称其为长丞都尉官。珍奇百货从四方而来，如同鸟投林中，鱼汇深潭。卖东西的人成倍地赢利，买东西的人接连不断。各种各样的商人，贱买贵卖，以次充好，欺负蒙骗纯朴的边民。何必辛辛苦苦地勤劳耕作？靠这些邪门歪道就获取暴利，看市场上这些男女，华服美饰，其奢华胜过皇亲国戚。以上描述的是市场商铺。

　　"若夫翁伯、浊、质、张里之家①，击钟鼎食，连骑相过，东京公侯，壮何能加！都邑游侠，张、赵之伦②，齐志无忌，拟迹田文，轻死重气，结党连群，实蕃有徒③，其从如云。茂陵之原④，阳陵之朱⑤，赵悍虓豁⑥，如虎如豺⑦。眳眜蛋芥⑧，尸僵路隅⑨，丞相欲以赎子罪，阳石污而公孙诛⑩。若其五县游丽辩论之士⑪，街谈巷议，弹射臧否⑫，剖析毫厘，擘肌分理，所好生毛羽⑬，所恶成创痏⑭。以上游侠。

【注释】

①若夫翁伯、浊、质、张里之家：翁伯以贩脂而倾县邑，浊氏以胃脯而连骑，质氏以洒削而鼎食，张里以马医而击钟。

②张、赵：《汉书》：箭张禁，酒赵放，皆长安名豪，报仇怨，养刺客者也。

③蕃（fán）：多。徒：众。

④茂陵：古县名，今陕西兴平东北。原：原涉，《汉书》曰：原涉，字巨先，自阳翟徙茂陵。涉外温仁，内隐忍好杀。眳眜于尘中，触死者甚多。

⑤阳陵：古县名，在今陕西咸阳东北。朱：朱安世，汉京师大侠。

⑥虓（xiāo）：猛虎怒吼。

⑦貙（chū）：兽名，大如狗，文如狸。

⑧蛥（chài）芥：同"蒂芥"。积在心中的小小不快。

⑨僵：仆。

⑩阳石污而公孙诛：《汉书》曰：公孙贺为丞相，子敬声为太仆，擅用北军钱千九百万，下狱。是时诏捕阳陵朱安世，贺请逐捕以赎敬声罪。后果得安世。安世者，京师大侠也。遂从狱中上书告敬声与阳石公主私通，遂父子死狱中。

⑪五县：谓长陵、安陵、阳陵、茂陵、平陵。长陵，今陕西咸阳东北四十里；安陵，今咸阳东二十一里；平陵，今咸阳西北。

⑫弹射：用言语指责。

⑬生毛羽：喻挖空心思说好话，毫无原则。

⑭创痏（wěi）：创伤留下的痕迹，创瘢。

【译文】

"至于翁伯、浊氏、质氏等富商之家，马医张里之门，虽是平民，然而鸣钟列鼎而食，车骑结队而行，即使公侯之家，亦无法比之豪华。都城中还有一批游侠刺客，比如张禁、赵放等人，他们效仿古代的豪杰壮士，如魏公子、孟尝君，立其志向，拟其行为，轻生死而重义气，结党连群，人数众多，追随者无数。茂陵人原巨先，阳陵人朱安世，行动灵捷，剽悍威猛，如同虎豹。稍有不遂，就怒目切齿；与人不合，即杀人抛尸于野外。朝廷久欲捕之，公孙丞相之子敬声获罪入狱，丞相欲捕朱安世以赎子罪。公孙丞相捕获朱安世，投于狱中，朱安世于狱中上书，告发敬声与公主私通之罪，石阳公主的名声受污，公孙父子同被处死。再如五县游手好闲、善辩好论之人，他们街谈巷议，议论时政，指责官吏，大小事情都深入剖析，细至毫厘，深入肌理，对于所喜欢的极力赞美也难尽其意，对于所厌恶的人极力谴责而唯恐遗漏。以上描述的是游侠之士。

"郊甸之内①，乡邑殷赈，五都货殖②，既迁既引③。商旅联槅④，隐隐展展⑤，冠带交错⑥，方辕接轸⑦。封畿千里⑧，统以京尹⑨，郡国宫馆⑩，百四十五。右极盩厔⑪，并卷酆、鄠⑫；左暨河、华⑬，遂至虢土⑭。上林禁苑⑮，跨谷弥阜，东至鼎湖⑯，邪界细柳⑰，掩长杨而联五柞⑱，绕黄山而款牛首⑲，缭垣绵联，四百余里。植物斯生，动物斯止，众鸟翩翻，群兽骀骇⑳，散似惊波，聚似京峙㉑，伯益不能名㉒，隶首不能纪㉓。林麓之饶㉔，于何不有？木则枞、栝、棕、楠，梓、棫、楩、枫㉕，嘉卉灌丛㉖，蔚若邓林㉗，郁蓊薆荟，槮爽樕槮㉘，吐葩飏荣㉙，布叶垂阴。草则葴、莎、菅、蒯、薇、蕨、荔、芧、王刍、菌、台、戎葵、怀羊㉚，苹莤蓬茸㉛，弥皋被冈；筲、荡敷衍㉜，编町成篁㉝。山谷原隰㉞，泱漭无疆㉟。以上郊畿。

【注释】

①郊：距都城百里谓之郊。甸：郊外曰甸。

②五都：五大城市，指洛阳、邯郸、临淄、宛、成都。货殖：经商，也指商人。

③迁：谓徙之于彼。引：谓纳之于此。

④商旅：行商。槅（gé）：大车（牛车）之轭。

⑤隐隐、展展：重车声。

⑥冠带：犹缙绅，谓吏人。

⑦辕：车前驾牲畜的直木。轸：车后横木。

⑧畿（jī）：指京城管辖的地区。

⑨京尹：首都所在地区的行政长官。

⑩郡：古代行政区划名，统县。

⑪盩厔（zhōu zhì）：县名，即今陕西周至。

⑫酆(fēng)：古地名，在今陕西鄠邑东。鄠(hù)：汉县名，历代因之，今称鄠邑。

⑬暨：及。河：黄河。华：华山。

⑭虢：古国名，在今河南陕县。

⑮上林：苑名，在今陕西蓝田西。

⑯鼎湖：地名，在今河南灵宝西。

⑰细柳：地名，在西安西北。

⑱长杨、五柞(zuò)：宫名，在今陕西周至。

⑲黄山：宫名。欵：至。牛首：山名，在今陕西西南。

⑳骕骦(pī sì)：急走的样子。

㉑京：高。

㉒伯益不能名：《列子》曰：北海有鱼，名鲲。有鸟，名鹏。大禹行而见之，伯益知而名之，夷坚闻而志之。伯益，舜时东夷部落的首领。

㉓隶首：传为黄帝之臣，精算数。

㉔麓：山脚下的林木。

㉕枞(cóng)、栝(guā)、棕、楠、梓(zǐ)、棫(yù)、楩(pián)、枫：皆树名。

㉖灌：丛生。

㉗蔚：盛貌。邓林：《山海经》曰：夸父与日逐走，渴饮河渭。河渭不足，北饮大泽。未至，道渴而死，弃其杖，化为邓林。

㉘郁蓊薆(ài) 莴(duì)，槮(xiāo)爽槠(sù)椮(shēn)：皆草木茂盛的样子。

㉙飏(yáng)：飞扬。荣：草木植物花，也作花的通称。

㉚蒇(zhēn)、莎、菅(jiān)、蒯(kuǎi)、薇、蕨、荔、芫(háng)、王刍、菵(méng)、台、戎葵、怀羊：皆草名。

㉛苯蕇(zǔn)：草茂盛的样子。蓬茸：草丛盛的样子。

㉜篠(xiǎo)：小竹。簜(dàng)：大竹。敷：布。衍：蔓。

㉝町（tīng）：田地。篁（huáng）：竹田，竹林。

㉞隰（xí）：低湿之地。

㉟泱（yāng）漭：广大的样子。

【译文】

"京郊二百里内，殷实富饶。洛阳、邯郸、临淄、宛、成都并称五都，商业繁荣，货物互通，商旅车马往来于五都大道，络绎不绝。士族官吏、富商巨贾相互结交，拜客会友的车马熙熙攘攘。京都所辖范围千里方圆，总领官吏为京兆尹。境内的郡国宫馆，共计有一百四十五处。西边辖境至周至县，包括鄠县与鄂县，东边到黄河、华山，及河南荥阳一带。上林宫苑，跨谷弥山，东至鼎湖，斜界细柳，掩覆长杨宫，连接五柞宫，环绕黄山宫而至牛首山，长墙绵连，四百余里，植物在这里生长，动物在这里栖息，众鸟翩翩，群兽奋蹄，散走之时，如水惊风而扬波，汇聚之时，又如山之耸峙，既使是掌管山林的伯益也不能尽识其名，善于计算的隶首也无法统计其数。山上山下草木丰饶，无所不有，各种树木，如枞、栝、棕、楠、梓、械、楩、枫，嘉木丛生，蔚然成林，郁郁葱葱，繁荣茂盛，吐花扬荣，绿叶垂荫。草则有葴、莎、菅、蒯、薇、蕨、荔、芫、王刍、菡、台、戎葵、怀羊，葱郁炽盛，漫山遍野，覆盖山冈，大竹小竹，蔓延四方，辽阔田野，化为竹林，高山低谷，平原洼地，林木蘩茂，广袤无垠，阔远无边。以上描述的是郊畿。

"乃有昆明、灵沼、黑水、玄阯①，周以金堤②，树以柳杞。豫章珍馆，揭焉中峙③，牵牛立其左，织女处其右，日月于是乎出入，象扶桑与濛汜④。其中则有鼋、鼍、巨鳖⑤、鳣、鲤、鲂、鲖⑥、鲔、鲵、鲿、鲨⑦，修额短项，大口折鼻，诡类殊种⑧。鸟则有鹅鹔、鸹、鸧⑨、鴐鹅、鸿、鹄⑩，上春候来⑪，季秋就温，南翔衡阳⑫，北栖雁门⑬。奋隼归凫⑭，沸卉軿訇⑮，众形殊声，不可胜论⑯。以上昆明池。

【注释】

①玄：黑色。沚(zhǐ)：水中小洲。

②金堤：言坚如金。

③揭：举。

④扶桑：神木名，传说日出其下。濛汜：古称太阳没入之处。

⑤鼋(yuán)：大鳖。鼍(tuó)：也叫扬子鳄、猪婆龙，爬行动物，是鳄鱼的一种。

⑥鱮(xù)：鱼名，即鲢。鲖(tóng)：鱼名，即鳢。

⑦鲔(wěi)：鱼名，即鲟鱼。鲵(ní)：娃娃鱼。鲿(cháng)：鱼名，一名黄颊。鲨(shā)：吹沙小鱼。

⑧诡：奇异。

⑨鹔鹴(sù shuǎng)：水鸟。鸹(guā)：鸟名，灰鹤。鸨(bǎo)：鸟名，似雁而大，无后趾。

⑩驾(jiā)鹅：野鹅。鸿(hóng)：大雁。鹍(kūn)：鸟名，即鹍鸡。

⑪上春：农历正月，即孟春。也泛言初春。

⑫衡阳：湖南衡阳有回雁峰，相传雁至此，不再南飞。

⑬雁门：山名，在山西代县西北。《山海经》载，雁门山，雁出其间。

⑭隼(sǔn)：鸟名，凶猛善飞。凫(fú)：野鸭。

⑮沸卉、輣(pēng)訇：鸟奋飞之声。

⑯论：说。

【译文】

"城中有一座昆明池，池中央还有一片小洲，池水泥土皆为黑色。池边围绕着坚固的石堤、堤岸植柳成荫。池中小洲上矗立着豫章馆，牵牛塑像立于其左，织女塑像位于其右，居住馆中，每日看朝阳从池中升起，日落又明月升空，仿佛是日出之国扶桑与落日之水濛汜。池水深广，内有大鳖、鳄鱼、甲鱼、黄鱼、鲤鱼、鲢鱼、乌鱼、娃娃鱼、鲟鱼、鲦鱼，各种鱼类，千奇百怪，形态各异。鸟则有鹈鹕、鸧、鸨、野鹅、大雁、鹍鸡，初春飞来，暮秋飞去，向南飞到衡阳，往北栖于雁门，奋飞的鹰隼，归来的野鸭，喧闹飞腾，形态不同，鸣声各异，百样千声，不胜其论。以上描述的是昆明池。

"于是孟冬作阴①，寒风肃杀，雨雪飘飘，冰霜惨烈，百卉具零②，刚虫搏挚③。尔乃振天维，衍地络④，荡川渎⑤，簸林薄⑥，鸟毕骇，兽咸作。草伏木栖，寓居穴托，起彼集此，霍绎纷泊⑦，在彼灵圃之中，前后无有垠锷⑧，虞人掌焉⑨，为之营域⑩。焚莱平场⑪，柞木翦棘⑫，结罝百里⑬，远杜蹊塞⑭，麀鹿麌麌⑮，骈田逼仄⑯。天子乃驾雕軫，六骏驳⑰，戴翠帽⑱，倚金较⑲，璇弁玉缨⑳，遗光儵爚㉑。建玄弋，树招摇㉒，栖鸣鸢㉓，曳云梢㉔，弧旌枉矢㉕，虹旃霓旄㉖。华盖承辰，天毕前驱㉗，千乘雷动，万骑龙趋，属车之簉㉘，载猃猲獢㉙。匪唯玩好㉚，乃有秘书㉛，小说九百㉜，本自虞初㉝，从容之求，实俟实储㉞。于是蚩尤秉钺㉟，奋鬛被般㊱，禁御不若㊲，以知神奸㊳，魑魅魍魉㊴，莫能逢旃㊵，陈虎旅于飞廉㊶，正垒壁乎上兰㊷。结部曲㊸，整行伍㊹，燎京薪，骇雷鼓㊺，纵猎徒，赴长莽。迾卒清候㊻，武士赫怒，缇衣韎韐㊼，睢盱拔扈㊽。光炎烛天庭㊾，嚣声震海浦㊿，河、渭为之波荡，吴岳为之陁堵㊿。百禽㥨遽㊿，骇瞿奔触㊿，丧精亡魂，失归忘趋，投轮关辐，不邀自遇。飞罜潚箭㊿，流镝擂摷㊿，矢不虚舍㊿，鋋不苟跃㊿，当足见蹍，值轮被轹㊿，僵禽弊兽，烂若碛砾㊿。但观罝罗之所罥结㊿，竿殳之所揑毕㊿，叉蔟之所搀捔㊿，徒搏之所撞拯㊿，白日未及移其晷⑭，已狝其什七八⑮。若夫游犉高翚⑯，绝阮逾斥⑰，麏兔联猣⑱，陵峦超壑，比诸东郭⑲，莫之能获。乃有迅羽轻足⑳，寻景追括㉑，鸟不暇举㉒，兽不得发㉓，青骹挚于韝下㉔，韩卢噬于缧末㉔。及其猛毅髦髯㉕，隅目高匡㉗，威慑兕虎㉘，莫之敢伉㉙。乃使中黄之士㉚，育、获之俦㉛，朱鬘鬃髻㉜，植发如竿㉝，袒裼戟手㉞，蹴蹋盘桓㉟，鼻赤象㊱，圈巨狿㊲，搏狒、㺎㊳，批嘂、狻㊴，揩柷落㊵，突棘藩，梗林为之靡拉㊶，朴丛为之摧残㊷。轻锐僄狡趫捷之徒㊸，赴洞穴，探封狐㊹，陵重巘㊺，猎昆骀㊻，秒木末㊼，攓猲狚㊽，超殊榛㊾，摕飞鼯㊿。以上田猎。

【注释】

①孟冬作阴：孟冬十月，阴气始盛，万物凋落。

②卉：草的总名。

③刚虫：凶猛的鸟兽。搏挚：猛击。

④衍：申布。

⑤荡：动。

⑥簸：扬。林薄：草木丛杂的地方。

⑦霍绎：飞走的样子。纷泊：盛多的样子。

⑧垠锷：边际。

⑨虞人：古代掌管山泽苑囿、田猎的官。

⑩菅域：猎场。

⑪莱：草。

⑫柞(zé)：砍削树木。

⑬罝(jū)：网。

⑭迒(háng)：道路。杜：塞。蹊：小路。

⑮麀（yōu）：牝鹿。也泛指雌兽。麌麌（yǔ）：兽群聚集的样子。

⑯骈田：布集，连属。逼仄：迫近、密集的样子。

⑰驳（bó）：毛色青白相杂之马。

⑱翠帽：翠羽装饰的华盖。

⑲较（jué）：车箱两旁横木，前端有曲钩谓之耳。

⑳璇（xuàn）：美玉。弁（biàn）：马冠。缨：套在马颈上的革带，驾车时用，也叫"鞅"。

㉑遗光：光彩照人；亦谓光之迅疾。儵（shū）：疾走的样子，引申为疾速、忽然。爚（yuè）：消散。

㉒建玄弋，树招摇：玄弋、招摇，星名。也指绘有玄弋、招摇之旗，建树用以前驱。

㉓栖：谓画鸢形于旗上。鸢（yuān）：鸷鸟名，俗称鹞鹰、老鹰。

㉔梢：通"旓（shāo）"。旌旗上的飘带。

㉕弧旌：绘有弧星图形的军旗，以象征天讨。弧，星名，共有九星，位于天狼星东南，形似弓箭，乃天之弓也。枉矢：星名，类大流星，蛇行而仓黑，望之如有毛羽然。这里指绘有枉矢星的旗。

㉖旃（zhān）：赤色曲柄的旗。旄：竿顶用旄牛尾为饰的旗。

㉗华盖承辰，天毕前驱：华盖星覆北斗，王者法而作之。毕，古代用以捕捉禽兽的长柄网，象毕星，前驱载之。

㉘属车：皇帝的侍从车子，也称副车、贰车、佐车。造（zào）：副。

㉙猃（xiǎn）：长嘴猎狗。猲獢（xiē xiāo）：短嘴狗。

㉚匪：竹器，同"篚"。

㉛秘书：秘密之书，指谶纬图箓之类。

㉜小说：医巫厌祝之术。共有九百四十三篇，言九百，举大数也。

㉝虞初：西汉河南洛阳人，武帝时以方士侍郎号"黄车使者"。曾根据《周书》改写成《周说》九百四十三篇，已佚。

㉞实侯实储：持此秘术，储以自随，待上所求问，皆常具也。实，此。

俟,待。储,具。

㉟蚩尤:古九黎族部落酋长,在涿鹿山(今河北涿鹿东南)与黄帝打仗,被杀。钺:古代一种像斧子的兵器。

㊱鬣(liè):兽类颈上的长毛。般:通“斑”。指杂色花纹的虎豹皮。

㊲若:顺。

㊳神奸:鬼神作怪为害之情。

㊴魑:山神。魅:鬼怪。魍魉:水神。

㊵旃:之。按,以上六句谓古代一种先驱的骑兵,也叫旄头骑。

㊶虎:指虎贲(bēn),官名,掌王出入仪卫之事。又为勇士的通称。旅:指旅贲,古代帝王或诸侯出巡时护车的勇士。飞廉:馆名,在京师长安,馆上铸有神禽飞廉的铜象,故名。

㊷垒壁:军营的围墙。上兰:观名,在上林苑中。

㊸部曲:古时军队的编制单位,大将军营五部,部有校尉一人。部下有曲,曲有军侯一人。

㊹行伍:古代军队编制,五人为伍,二十五人为行,故以“行伍”作为军队代称。

㊺虤(xiè):擂,击。

㊻迾(liè)卒:担任清道警卫的士卒。清候:清道候望。

㊼缇衣:武士的服装。橘红色。韎韐(mò gé):古祭服上蔽膝,用茅蒐草染成赤黄色。大夫以上服韎,士则服韐。

㊽睢盱(huī xū):仰视的样子。

㊾烛:照。

㊿海浦:通海之口。

(51)吴:山名,吴山,在陕西陇县西南。岳:山名,岳山,所在未详。陁(tuó):落。

(52)倰(líng)遽:惊怖慌张。

(53)骙(kuí)瞿:遑遽奔走的样子。奔触:奔突。

(54)罦：捕鸟网。潚（sù）箭（shuò，又音 xiāo）：鸟网的形状。

(55)镝（dí）：箭镞，也指箭。擢撲（pò bó）：射中物声。

(56)舍：放。

(57)铤（chán，又音 yán）：铁把短矛。

(58)轹（lì）：车轮碾过。

(59)碛砾（qì lì）：河滩上的细石。

(60)羂（juàn）：用绳索、罗网捆缚。

(61)殳（shū）：杖，一端有棱，长丈二而无刃。揘（huáng）毕：撞击。

(62)蔟（cù）：刺。挽拥（zhuó）：贯刺。

(63)撞拟（bì）：撞倒。

(64)晷（guǐ）：影，日影。

(65)狝（xiǎn）：杀戮。

(66)鹪（jiāo，又音 qiáo）：长尾雉。翚（huī）：大飞。

(67)阬（gāng）：丘陵，土冈。斥：盐碱地。

(68)毚（chán）：狡兔。联猭（chuān）：奔走的样子。

(69)东郭：指东郭逡，狡兔名。《战国策·齐策》："韩子卢者，天下之疾犬也。东郭逡者，海内之狡兔也。韩子卢逐东郭逡，环山者三，腾山者五，兔极于前，犬废于后。"

(70)迅羽：指鹰。轻足：好犬。

(71)景："影"本字。括：箭的末端。

(72)举：飞。

(73)发：骇走。

(74)青骹（qiāo）：鹰之青胫者。挚：击。韝（gōu）：草制的袖套，用以束衣袖、射箭或操作时用之。

(75)韩卢：即韩子卢。绁（xiè）：系牲畜的绳索。

(76)髬髵（pī ér）：怒兽奋鬣的样子。

(77)瞁目：怒视的样子。高匪：深瞳子。皆谓猛兽作怒可畏者。

⑱兕(sì)：雌的犀牛。

⑲伉(kàng)：抵挡。

⑳中黄：指勇力之士。

㉑育：夏育。获：乌获，皆古之勇力者。

㉒鬕(mà)：以带饰发。鬐(jì)：露髻。髽(zhuā)：妇人的丧髻，以麻发合结曰髽。

㉓植：树立。

㉔袒裼(tǎn xī)：脱衣露体。戟手：用食指中指指点，其形如戟。此形容勇武之状。

㉕蹞踽(jǔ)：犹言开步。

㉖鼻赤象：象鼻赤者怒。

㉗巨狿：兽名。

㉘摣(zhā)：抓，捕捉。狒：狒狒。猬：刺猬。

㉙批(zǐ)：揪取。窳(yǔ)：兽名，即窫窳。狻(suān)：狻猊，兽名，即狮子。

㉚枳落：枳木所编成的篱笆。落，藩篱，篱笆。

㉛梗：有刺的草木。靡(mǐ)拉：毁坏。

㉜朴(pò)：丛生的树木，属榆科，朴属植物的泛称。

㉝僄(piāo)狡：轻疾勇猛。

㉞封：大。

㉟嵃(yān)：山峰。一说小山。

㊱昆骀(tú)：马名，即駼駼。

㊲杪(miǎo)：树梢，木末。

㊳獑(chán)猢：兽名，猿属。

㊴殊：大。榛：木名，灌木或小乔木。

㊿摕(dì)：撮取，捎取。鼯(wú)：鼠名，俗称飞鼠，别名夷由，形似蝙蝠。

【译文】

　　"到了初冬时节，天气逐渐转凉，寒风阵阵，遍野冰霜，雪花飞舞，草木全都枯干凋落，便于凶猛的鸟兽扑击。这时候正是狩猎的好时机，于是皇家开始冬季围猎，布开天罗地网，派人四处驱赶惊骇鸟兽，群鸟受惊飞起，群兽不安奔逃，在草丛中藏身，栖息于密林，无法安稳求生，只有洞穴是最好的隐蔽之所。鸟兽被四方驱赶，奔逃避祸，鸟飞兽跑，纷至沓来。上林苑中，鸟兽随处可猎，广阔的上林，成为猎场。虞官负责管理林苑，每到狩猎季节，他便界定猎场区域，做好狩猎的准备工作，焚烧杂草，砍削树木，铲除荆棘，平整场地，张挂百里之网，堵塞野兽逃窜的小道，无处可逃的走兽密密麻麻，聚以待毙。于是，天子率队浩浩荡荡前来围猎。天子乘坐着雕饰华美、六匹骏马驾的辇车。天子端坐车上，头顶翠羽华盖，身靠金饰车厢，驾车的骏马神骏非凡，马缨悬垂着美玉，挽具装点着玉石，驾车飞驰，光彩四射。狩猎的队伍浩浩荡荡，旌旗飘扬，前面的队伍高举着玄弋旗，象征前驱；招摇旗，表示军威强劲，象征天帝的威严，队伍中央高举着鸣鸢旗，表示栖止，旌旗飘荡，如云摇曳。还有孤星旗、枉矢旗，象征天帝率领降妖之师前来征讨。曲柄旗上绘有彩虹，霓旄旗上绘有雌蜺。华盖上面绣着北斗七星，天子威严地坐在下面，千乘战车追随天子，车轮隆隆，万名骑士趋附其后，有如长龙，侍从们带领猎犬，紧跟在大队之后。天子出猎，场面壮观，有的车上装满了天子的赏玩之物，甚至还携带着神仙方术秘籍，求医占卜巫术，共九百余篇，选自《虞初周说》，装在车上，以备天子垂询。于是，蚩尤般的武士手持铁钺，肩披长发，身穿虎皮，驱赶污秽，震慑鬼神，山精树怪都远远避开。围猎大军在飞廉馆操练勇士，在上兰观安下大军营寨，编制部队，整顿行伍，燃起高高的火堆，擂响咚咚的战鼓。让士卒们四处散开，奔赴广阔的丛林，守卫的士卒清理道路，猎兽的武士抖擞精神，下穿赤黄色的护膝，上穿桔黄色的武士服，双目炯炯，威武雄壮。营寨前的火堆烈焰冲天，士卒们的欢嚣响彻山林，河渭之水被激起波浪，吴岳之

峰为此崩塌。鸟兽惊慌逃窜，左奔右突，吓破了胆，跑丢了魂，不知何处
有路，不需驱赶，便自投罗网，撞上战车，卡入车轮。射出的箭没有虚
射，投出的矛没有空投，脚踏车碾，转眼间，飞禽跌落，走兽毙命，横七竖
八，堆如积石。只见到罗网套住的，竿杖扑打的，叉矛刺杀的，徒手所擒
的，众人各显身手，太阳尚未落山，已猎获禽兽十之七八。至于那些游
荡的野雉，早已振翅高飞，逃离山冈，越过沼泽；狡兔拼命奔逃，窜上山
岭，跨过深谷，跑得比神兔还快，没有人能捉得住。于是，猎人们放出迅
飞的猎鹰，轻捷的猎犬，它们能追上射出的飞箭，能搜寻猎物的身影，受
惊的鸟儿来不及飞走，惊骇的野兽来不及逃跑，已经被猎鹰叼到猎人面
前，或者已经被猎犬咬死在套索前。那些被活捉的猛兽，怒目圆睁，竖
毛龇牙，连凶猛的老虎犀牛见了也要害怕，更不要说人不敢近前了。这
时候，有像夏育、乌获一样的勇士，他们用红布带束在额上，用麻编入发
中扎成髻，粗大的手好似戟，袒胸露臂，回旋穿行于猛兽之间，用绳索拴
住大象的鼻子，把蝘蜓巨兽关入圈中，抓住狒狒、刺猬，甚至还活捉勇猛
的狮子。勇士们撞倒了围篱，踩倒了荆棘，毁坏了多刺的草木，摧残了
丛林树木。更有那些勇猛、轻捷、矫健之士，深入洞穴之中，搜寻捉拿狐
狸，登山越岭，追猎善攀的骡骒；爬上高高的树梢，擒获珍贵的猿猴，钻
入榛林，捕捉长着一对肉翅的飞鼯。以上描述的是田猎。

　　"是时后宫嬖人[①]，昭仪之伦[②]，常亚于乘舆[③]，慕贾氏之
如皋[④]，乐《北风》之同车，盘于游畋，其乐只且[⑤]。于是鸟兽
殚[⑥]，目观穷[⑦]，迁延邪睨[⑧]，集乎长杨之宫。息行夫[⑨]，展车
马[⑩]，收禽举胾[⑪]，数课众寡[⑫]。置互摆牲[⑬]，颁赐获卤[⑭]，割鲜
野飨[⑮]，犒勤赏功。五军六师[⑯]，千列百重[⑰]，酒车酌醴，方驾
授饔[⑱]。升觞举燧[⑲]，既醽鸣钟[⑳]，膳夫驰骑[㉑]，察贰廉空[㉒]。
炙炰夥[㉓]，清酤铵[㉔]，皇恩溥[㉕]，洪德施，徒御悦[㉖]，士忘罢[㉗]。

巾车命驾㉘，回斾右移，相羊乎五柞之馆㉙，旋憩乎昆明之池。登豫章㉚，简矰红㉛，蒲且发㉜，弋高鸿㉝，挂白鹄㉞，联飞龙㉟，礴不特结㊱，往必加双。以上宴飨。

【注释】

①嬖：幸。

②昭仪：后宫官名，汉元帝所置，位视丞相，爵比诸侯王。

③亚：次。乘舆：天子所乘车。

④慕贾氏之如皋：《左传》载：昔贾大夫貌丑，娶妻三年，不言不笑，御以如皋射雉，获之。其妻始笑而言。

⑤"乐《北风》之同车"几句：《毛诗·北风》曰："惠而好我，携手同车。"盘，乐。只且，语气词连用，表感叹。

⑥殚：尽。

⑦穷：极。

⑧迁延：退却的样子。睨：斜视。

⑨行夫：掌供邦国之间使者往来所需车马之事。

⑩展：陈。

⑪胔（zì）：鸟兽腐烂的肉，这里指肉。

⑫数：计。课：录校所得多少。

⑬互：挂肉的架子。摆：分开。牲：供祭祀和宴享用的牛、羊、猪。

⑭卤：通"虏"。

⑮飨（xiǎng）：用酒食招待人。

⑯五军：即五营。《汉官仪》：汉有五营。六师：即六军。《周礼》：天子六军。

⑰千列：列千人。

⑱方：并。饔（yōng）：熟食。

⑲燧：火，行酒举烽火以告众。

⑳醮(jiào)：喝酒干杯。

㉑膳夫：官名，掌王及后妃等的饮食。

㉒貳：重。察：廉：祝。

㉓炰(páo)：烧烤。夥(huǒ)：多。

㉔清酤：美酒。妓(zhī)：多。

㉕溥(pǔ)：广大。

㉖徒御：鞔车者与驾车者。

㉗罢：通"疲"。

㉘巾车：主车官。

㉙相羊：即徜徉。

㉚豫章：池中台名。

㉛简：省视。矰：古代系生丝以射鸟雀的箭。红：系在矰上的丝线。

㉜蒲且(jū)：人名，古楚国之善射者。《列子·汤问》："蒲且子之弋也，弱弓纤缴，乘风振之，连双鸧于青云之际。"

㉝弋(yì)：用带绳子的箭射。

㉞挂：矢丝挂鸟上。

㉟飞龙：鸟名。

㊱磻(bō)：石制的箭头。

【译文】

"围猎之时，天子宠爱的后宫嫔妃，昭仪之辈，常常紧随天子之后，她们羡慕古时贾大夫以猎雉博妻子一笑，庆幸自己能与天子'携手同车'，驰骋游猎，是多么快乐啊！鸟兽围猎已尽，放眼望去，山林一片空旷。于是整顿围猎队伍，前后察看，集合于长杨宫。士卒们暂且歇息，车马卸于一旁，人们将猎获的活兽死禽收聚起来，查点统计猎物多少。架起木架，宰剥分割死兽，准备烧烤，活兽则分给众人。众人们就地割鲜肉烧烤开宴，犒劳辛苦有功之人。五营六军将士，排成百队千行，酒车逐排斟酒，另一辆车装满烤肉饭菜，分发众士卒。举烽火则众人一同饮酒,鸣钟鼓则众人举酒干杯。掌管膳食的官吏,骑着马来回巡视,随时添酒补菜。美酒清醇,人人畅饮。烧烤溢香,任意取食,皇恩浩荡,洪德共享,君臣百姓共同欢悦。掌车之官传令起驾,旌旗移动,车队返回。途中游览了五柞宫,回到昆明池畔停下休息。天子率人们登上豫章台,命人取来专门射飞禽用的弓箭,这种箭上系有丝线,像蒲且一样善射的射手拉弓放箭,射中高飞的鸿雁,又射昆明池中的天鹅和野鸭,系丝线的箭射穿天鹅,又并连野鸭。射手们箭法高超,箭一射出,必中双鸟。以上描述的是宴飨。

　　"于是命舟牧①,为水嬉,浮鹢首②,翳云芝③,垂翟葆④,建羽旗。齐榜女⑤,纵棹歌,发引和⑥,校鸣葭⑦,奏《淮南》⑧,度《阳阿》⑨,感河冯⑩,怀湘娥⑪,惊蝄蜽,惮蛟蛇。然后钓鲂、鳢⑫,缅鳏、魾⑬,摕紫贝⑭,搏耆龟,搇水豹⑮,骂潜牛⑯,泽虞是滥⑰,何有春秋! 摘澥漼⑱,搜川渎,布九罭⑲,设罜䍡⑳,揱鲲鲕㉑,珍水族㉒,蓬藕拔㉓,蜃蛤剥㉔。逞欲畋敛㉕,效获麾麋㉖,摎蓼浑浪㉗,干池涤薮㉘,上无逸飞,下无遗走,攫胎拾卵,蚳蟓尽取㉙。取乐今日,遑恤我后㉚! 以上水嬉。

【注释】

①舟牧:主舟官。

②鹢首:船头像鹢鸟,压水神,故天子乘之。

③翳(yì)云芝:画芝草及云气作为船饰。翳,覆。

④翟(dí):用作服饰或舞具的雉羽。葆:车盖。

⑤榜(yì):船桨。

⑥发引和:一人唱,余人和。

⑦葭(jiā):乐器名,同"笳"。

⑧《淮南》：乐曲名。

⑨《阳阿》：乐曲名，亦舞名。

⑩河冯：河神，河伯。

⑪湘娥：指尧之二女娥皇、女英，随舜不及，堕湘水之中。

⑫鲂（fǎng）：鱼名，一名鳊鱼。

⑬緵（sǎ）：网，如箕形，狭后广前。鰋（yān）：鱼名。鲌（yóu）：鱼名，似鲟。

⑭摭（zhí）：拾取。紫贝：蚌蛤类软体动物名，产海中，白质如玉，壳有紫点纹。

⑮搤（è）：通"扼"。掐住，捉住。水豹：水兽名，状似豹。

⑯馽（zhí）：绊住马足。

⑰泽虞：官名，管理沼泽地区。

⑱摘：谓一一轮到。潦溇（liáo xiè）：小水。

⑲九罭（yù）：一种带有囊袋以捕捉小鱼的网。九，虚数，言其甚密而小。

⑳罜麗（zhǔ lù）：小鱼网。

㉑擢（zhào）：抄取。鲲：鱼子。鮞（ér）：鱼苗。

㉒殄（tiǎn）：断绝，灭绝。

㉓蕖（qū）：荷花。

㉔蜃（shèn）：大蛤蜊。

㉕敠（yú）：捕鱼。

㉖麑（ní）：幼鹿。麀（yǎo）：幼麋。

㉗挍蓼（jiǎo liǎo）：搜索。浑（láo）浪：惊扰不安的样子。

㉘涤：除。薮（sōu）：大泽。

㉙蚳（chí）：蚁卵。古以为食品。蝝（yuán）：未生翅的蝗子。

㉚遑：闲暇。

【译文】

"天子又命掌舟之官，备好游船，到池中游玩嬉戏。华丽的游船船首画着鹢鸟，船壁垂挂绣着祥云仙草的锦幛，鸟羽装饰着船边的旌旗。划船的女子们动作整齐，一边划船一边放声歌唱，一人领唱，众人附和，吹奏鸣筑为之伴乐。奏罢《淮南》之曲，又吹楚曲《阳阿》，感动了水仙河伯冯夷，令人怀念湘妃娥皇女英。水神为之惊讶，蛟龙为之震骇。然后，众人又纷纷举竿钓鲂鱼、鲤鱼；撒网捞鳢鱼、鲌鱼；拾紫贝，捉老龟，抓水豹，套水牛，不分种类和大小，不分春夏和秋冬，一味滥捕滥捉。寻遍小溪，又搜沟渠，张挂大网，又布小网，不论大鱼小鱼尽数网捞，灭绝水中生灵；拔莲藕，剥蚌壳，水中生物一概遭殃。肆意打猎捕鱼，捕捉幼鹿幼麋。八方搜索，四面惊扰，放干池水，扫荡沼泽，上无逃飞之鸟，下无亡走之兽，甚至杀兽仔、摸鸟蛋，蚂蚁蝗虫亦不放过！只顾眼前尽兴取乐，哪还想到后世长久！以上描述的是水中嬉戏。

　　"既定且宁，焉知倾陁？大驾幸乎平乐①，张甲乙而袭翠被②，攒珍宝之玩好，纷瑰丽以奓靡。临迥望之广场，程角觝之妙戏③：乌获扛鼎④，都卢寻橦⑤，冲狭燕濯⑥，胸突铦锋⑦，跳丸剑之挥霍⑧，走索上而相逢。华岳峨峨⑨，冈峦参差，神木灵草⑩，朱实离离⑪。总会仙倡⑫，戏豹舞罴，白虎鼓瑟，苍龙吹篪⑬。女娥坐而长歌⑭，声清畅而蜲蛇⑮，洪涯立而指麾⑯，被毛羽之襂襹⑰。度曲未终⑱，云起雪飞，初若飘飘，后遂霏霏。复陆重阁⑲，转石成雷，礔砺激而增响⑳，磅礚象乎天威㉑。巨兽百寻㉒，是为曼延㉓，神山崔巍，欻从背见㉔，熊虎升而挐攫㉕，猿狖超而高援㉖。怪兽陆梁㉗，大雀踆踆㉘，白象行孕㉙，垂鼻辚困㉚，海鳞变而成龙㉛，状蜿蜿以蝹蝹㉜。含利飑飑㉝，化为仙车，骊驾四鹿㉞，芝盖九葩，蟾蜍与龟，水人弄蛇㉟。奇幻儵忽，易貌分形，吞刀吐火，云雾杳冥㊱，画地成川,流渭通泾。东海黄公,赤刀粤祝,冀厌白虎,卒不能救,挟邪作蛊,于是不售㊲。尔乃建戏车,树修旃㊳,侲僮程材㊴,上下翩翻,突倒投而跟絓,譬陨绝而复联。百马同辔,骋足并驰,橦末之伎,态不可弥㊵,弯弓射乎西羌㊶,又顾发乎鲜卑。以上百戏。

【注释】

①平乐:馆名。在上林宛中未央宫北。

②甲乙:帐名。翠被(pī):饰以翠羽的外氅。

③角觝:本为相互角力的一种技艺,后为百戏的总名。

④乌获:战国时秦力士。也用为力士的通称。

⑤寻橦(chuáng):汉代杂技名,即爬竿。橦,竿木。

⑥冲狭:卷簟席,以矛插其中,伎儿以身投,从中过。燕濯:以盘水置前,坐其后,踊身张手跳前,以足偶节逾水,复却坐,如燕之浴也。

⑦铦(xiān):利。

⑧跳丸剑:抛丸、掷剑。挥霍:抛掷丸剑之形。

⑨华岳:指华山。

⑩神木:松柏灵寿之属。灵草:芝英。灵草冬荣,神木丛生。

⑪离离:实垂之貌。按,以上四句为布景。

⑫仙倡:伪作假形,谓如神也。

⑬"戏豹舞罴"几句:豹、罴、虎、龙,皆由人戴假头具装扮而成。篪(chí),古管乐器。

⑭女娥:娥皇、女英。

⑮蜲蛇:回旋曲折的样子,此指歌声。

⑯洪涯:传说中上古善伎乐人。指麾:即指挥。

⑰襂襹(shēn shī)：羽毛轻扬的样子。

⑱度曲：按曲谱唱歌。

⑲复陆：复道阁，在上面转石以象雷声。

⑳礔(pī)砺：迅猛的雷声。

㉑磅礚(kē)：雷霆声，如天之威怒。

㉒寻：古代长度单位，八尺为一寻。

㉓曼延：古代百戏的一种。

㉔欻(xū)：忽然。

㉕挐(ná)攫：张牙舞爪，相搏斗之貌。

㉖狖(yòu)：长尾猿。

㉗陆梁：跳跃的样子；一说东西倡伴。

㉘踆踆(qún)：跳跃的样子。

㉙孕：乳。

㉚鳞困：屈曲之貌；一说下垂貌。

㉛海鳞：大海鱼。

㉜蜿蜿(wǎn)、蝹蝹(yūn)：龙蛇行貌。

㉝含利：传说中的神兽，性吐金，故曰含利。呬呬(xiā)：吐气貌。

㉞骊(lí)驾：并驾。

㉟水人：水乡的居民。

㊱杳冥：幽暗。

㊲"东海黄公"几句：《西京杂记》载：东海人黄公，少时为术，能制蛇御虎。常佩赤金刀，及衰老，饮酒过度。有白虎见于东海，黄公以赤刀往厌之，术既不行，遂为虎所杀。粤，古民族名，同"越"。蛊，惑。售，行。

㊳旝：这里指橦。

㊴侲(zhèn)僮：幼童。

㊵态不可弥：变巧之多，不可穷极。弥，极。

㊶弯：挽弓。也于橦上作之。

【译文】

"天下太平安宁，天子恣意享乐，又怎知何时会有祸殃？天子驾临平乐馆，张挂甲乙帐，身披翠羽氅，聚攒赏玩之珍宝，瑰丽华美而奢侈。天子又亲临宽阔的广场，艺人们在这里耍戏法，演杂技，各显身手。你看那力士扛大鼎，攀竿演杂技，跃身钻刀圈，轻身点水如飞燕；大刀锋光闪，利刃对当胸；手抛响铃短剑，脚踩空中长索，两人且舞且走，相逢绳索中央。戏台上演出盛况，垒起华山巍峨，冈峦参差错落，松柏灵芝，红果累累，艺人们扮做山神树怪，虎豹熊黑。白虎鼓瑟，苍龙吹篪，娥皇女英放声高歌，歌声清亮而悠扬，乐人洪涯站着指挥，身披轻扬的羽衣，一曲尚未终了，舞台上云起雪飞，开始飘飘扬扬，后则密密霏霏。山道上滚石成雷，雷霆霹雳象征天子之威。场景转换，一只身长百寻的巨兽缓缓出现，它的名字叫曼延，忽然巍峨神山从它的背后涌现，这时候台上熊虎相搏，猿猴腾跃，大鸟跳跃觅食，怪兽悠闲漫步；大白象款款而行，小象在身下吃奶；大海鱼转瞬间化为巨龙，蜿蜒起伏；含利吐气，喷雾遮日，忽然化作一辆仙车，四只梅花鹿驾车，灵芝仙草为华盖，千年老龟、长寿蟾蜍共舞于车前，水乡善捉蛇者耍弄着长蛇。奇情幻景变化神速，倏忽之间已经变貌分形。吞刀吐火，兴云作雾，手指划地便成大川，滔滔流水流入渭水达到泾水。又有人扮作东海黄公，手持赤刀，口念咒语，企图制服白虎，咒语不灵，反被虎伤，看来若想用歪门邪道来骗人，只能是骗人不成反害己。接下来又搭起戏车，立起长竿，幼童攀竿献技，忽上忽下，爬到竿顶，忽然头下脚上坠落，足跟钩在竿上，有惊而无险。既而又如百马同辔，驰骋奔腾，竿末之技，千变万化，忽而挽弓射向西羌，回头又向鲜卑，千姿百态，不可尽言。以上描述的是各种杂耍游戏活动。

"于是众变尽，心醒醉①，盘乐极，怅怀萃②。阴戒期门③，微行要屈④，降尊就卑，怀玺藏绂⑤。便旋闾阎⑥，周观郊遂⑦,若神龙之变化⑧,章后皇之为贵⑨。然后历掖庭⑩,适欢馆⑪,捐衰色,从嬿婉⑫,促中堂之陝坐⑬,羽觞行而无算⑭。秘舞更奏⑮,妙材骋伎,妖蛊艳夫夏姬⑯,美声畅于虞氏⑰,始徐进而赢形,似不任乎罗绮。嚼清商而却转⑱,增婵娟以此豸⑲,纷纵体而迅赴,若惊鹤之群罢⑳,振朱屐于盘樽㉑,奋长袖之飒纚㉒。要绍修态㉓,丽服飏菁㉔,眙目㐱流眄㉕,一顾倾城,展季桑门㉖,谁能不营㉗!列爵十四,竞媚取荣㉘,盛衰无常,唯爱所丁㉙,卫后兴于鬒发㉚,飞燕宠于体轻㉛。尔乃逞志究欲,穷身极娱,鉴戒《唐诗》'他人是偷'㉜,自君作故㉝,何礼之拘!增昭仪于婕妤,贤既公而又侯㉞,许赵氏以无上,思致董于有虞㉟,王闳争于坐侧,汉载安而不渝?以上微行淫乐。

【注释】

①醒(chéng):饱。

②萃:犹至。

③期门:官名,掌执兵出入护卫。

④微行:不使人知其尊贵的身份,便装出行。要屈:至尊同于卑贱。

⑤绂(fú):系官印的丝带,也代指官印。

⑥便旋:回转,徘徊。闾阎:泛指民间。闾,里门。阎,里中门。

⑦遂:远郊之地。古代都城以外百里为郊,郊外百里为遂。

⑧若神龙之变化:龙出则升天,潜则泥蟠,能幽能明,能细能巨,能短能长,故云变化。

⑨章:明。后:天子称元后。

⑩掖庭:宫中旁舍,妃嫔居住的地方,也作掖廷、液廷。

⑪欢馆:古代贵族宠幸的姬妾所居之处。

⑫嬿婉:美好之貌。

⑬促：迫，近。中堂：堂中央。

⑭羽觞：酒器。作雀鸟状，左右形如两翼。一说插鸟羽于觞，促人速饮。算：数。

⑮秘：希奇。更：递。奏：进。

⑯妖蛊：媚惑。夏姬：郑穆公女，陈大夫御叔妻。与陈灵公、孔宁、仪行父私通。后为楚申公巫臣之妻。

⑰虞氏：即虞公，古代善歌者。刘向《别录》载："汉兴以来，善雅歌者，鲁人虞公，发声清哀，盖动梁尘。"

⑱嚼：吐。清商：郑音。

⑲婵娟、此豸（zhì）：姿态妖蛊。

⑳罢：归。

㉑朱屣（xǐ）：赤地丝屣。屣，鞋。盘樽：汉代有盘舞，晋太康中发展为杯盘舞，用手接杯盘反复而舞。

㉒飒纚：长袖舞动的样子。

㉓要绍：形容姿态美丽。修态：美好的姿态。

㉔菁：花。

㉕眳（míng）：眉睫之间。眄（miàn）：斜视。

㉖展季：春秋鲁大夫展禽，字季，封于柳下。谥惠，即柳下惠。有坐怀不乱的美名。桑门：即沙门，指僧徒。

㉗菅：惑。

㉘列爵十四，竞媚取荣：后宫官从皇后以下共十四等，竞争邪媚，以求荣爱。

㉙丁：当。

㉚卫后：汉武帝皇后，卫青姊，字子夫。《汉武故事》载：子夫得幸，头解，上见其美发，悦之。鬒（zhěn）：发黑而稠美。

㉛飞燕：成帝后赵飞燕。荀悦《汉纪》中说：赵氏善舞，号曰飞燕。上悦之，事由体轻，而封皇后。

㉜他人是偷：《诗经·唐风》刺晋僖公不能及时以自娱乐，曰："子有衣裳，弗曳弗娄。宛其死矣，他人是偷。"言今日不极意恣骄，也是如此。

㉝自君作故：犹自我作古。谓不拘泥于前例，由我创始。

㉞增昭仪于婕妤，贤既公而又侯：《汉书》载：孝元帝傅婕妤有宠，乃更号曰昭仪，在婕妤上。昭其仪，尊之也。又曰：封董贤为高安侯，后代丁明为大司马，即三公之职也。

㉟有虞：古部落名。此指舜。古史传说，舜受尧禅，都蒲阪（今山西永济东南）。

【译文】

"游戏完毕，众人皆酣然陶醉，喜悦充溢胸怀，怅然之思油然而生。天子与护卫相约于殿门会合，天子命人收藏起玉玺，换上平民的服装，微服出行。在市区街巷闲逛，到郊外田野游玩。然后又如同神龙变化，换上天子龙袍，还天子之尊贵，游幸后宫，摒弃年老色衰的宫妃，只选年轻貌美的新宠，相拥相偎在殿堂中央，不断地举起鸟形的酒杯，畅饮玉液琼浆。舞女们表演新奇的歌舞，身材曼妙，歌喉婉转，妩媚妖娆艳于夏姬，歌声舒美胜于虞氏。起舞缓缓，悠悠慢慢，娇影纤弱，不胜罗衫，吐清音而陡回转，倍增姿态之妖艳；纷纷纵体轻跃，群舞明快迅捷，宛如惊鹤飞起成群结队而还；舞者脚穿红色丝鞋，舞于杯盘之间，长袖翩翩，挥动舒卷，婀娜舞姿，美目流盼，一顾倾城，绝代容颜。即便是坐怀不乱的柳下惠，静心修行的小沙弥，谁人能不被诱惑？后宫嫔妃列为十四等级，嫔妃们竞相献媚讨取天子欢心，盛衰无常，天子之宠爱难能持久。卫后因美发如云而得幸，飞燕因体态轻盈而受宠。天子随心所欲，纵情声色，终其一生尽情欢乐。以《诗经·唐风》之词句为鉴戒：'生前不享乐，死后归他人。'于是天子今天之所为，便是今世之法度，何必拘于古制，何必厚古薄今？赵合德受宠于皇帝，由婕妤册封为昭仪；哀帝宠爱董贤，虽居后宫，却官拜公侯；孝成皇帝允诺赵氏姐妹，使天下无人高于赵氏；孝哀帝独宠董贤,甚至想效法尧禅位于舜,将汉室天下让位于董贤! 大臣王闳于旁竭力争谏,汉朝王室才未被更换。以上描述微服出行与淫乐。

"高祖创业,继体承基,暂劳永逸,无为而治,耽乐是从,何虑何思? 多历年所①,二百余期。徒以地沃野丰,百物殷阜,岩险周固,衿带易守②,得之者强,据之者久。流长则难竭,柢深则难朽③,故奢泰肆情④,馨烈弥茂⑤。

【注释】

①年所:年次,年数。从高祖至于王莽,二百余年。

②衿带:喻形势回互环绕的险要之地。

③柢(dǐ):树根。

④奢泰:挥霍无度。

⑤馨烈:流芳的事业。

【译文】

"汉高祖创建帝业,后代继承基业。汉高祖一劳永逸,继位之君无为亦治天下,因此沉溺享乐,何必思虑国事? 汉朝相传年代已有二百一十四年,只因土地肥沃,物产丰饶,地势险固,易守难攻。得到这片土地就会强盛,据有这片土地就会长久。水流长则难枯竭,根植深则难腐朽。所以,尽管汉朝皇帝奢侈挥霍,纵欲极情,汉王室仍能百世流芳。

"鄙生生乎三百之外①,传闻于未闻之者,曾髣髴其若梦②,未一隅之能睹,此何与于殷人屡迁③,前八而后五④? 居相、圮耿⑤,不常厥土⑥,盘庚作诰⑦,帅人以苦。方今圣上,同天号于帝皇⑧,掩四海而为家,富有之业⑨,莫我大也⑩! 徒恨不能以靡丽为国华⑪,独俭啬以龌龊⑫,忘《蟋蟀》

之谓何⑬。岂欲之而不能、将能之而不欲欤? 蒙窃惑焉⑭,愿
闻所以辩之之说也。"

【注释】

①鄙生:公子自称。三百:自高祖以下至作赋时。

②髣髴:同"仿佛"。

③与:如。

④前八而后五:《尚书序》中说:自契至成汤八迁,盘庚五迁。

⑤居相、圮(pǐ)耿:《尚书序》说,河亶甲居相,祖乙圮于耿。相,古地
　名,在黄河之北。圮,毁。耿,古邑名,又名邢。商代自祖乙至阳
　甲时于此建都。故址在今河南温县东。

⑥厥:其。

⑦盘庚作诰:盘庚迁殷,去奢行俭。诰,告诫之文。

⑧同天号于帝皇:天称皇天,也称帝,汉天子号皇帝,兼同之。

⑨富有之业:谓大业。

⑩莫我大也:三皇以来,无大于汉者。

⑪国华:国家的光荣。

⑫龌龊:拘于小节。

⑬《蟋蟀》:见《诗经·唐风》,是所谓"刺俭"之诗。

⑭蒙:谦称。惑:迷惑不解,指何故反要离开西都去东京,置奢逸即
　节啬。

【译文】

　"鄙人生活的时代,距汉高祖时期已有三百多年,听到这些前所未
闻之事,竟仿佛如在梦中,可惜未能目睹当时的繁华。当今皇上欲迁都
洛阳,这不同于殷人迁徙。殷商时期,从契至汤迁都八次,自成汤至盘
庚迁都五次。一时都于相,一时又迁往耿,不能定居于一方土地。盘庚
迁都之时,作诰劝诫百官不要贪图享乐。当今的圣上,仰同于天,号称

帝皇,掩覆四海而为家邦,富足宏伟的大业,天下无人能比! 只遗憾不能把奢华当作是国家的光荣,一味节俭而拘于小节,忘了《诗经·蟋蟀》中的教诲,难道是想要奢华而无能力? 还是能够奢华而不这样做? 我实在是疑惑不解,愿听先生辩说。"

东京赋

　　安处先生于是似不能言①,怃然有间②,乃莞尔而笑曰:"若客所谓末学肤受③,贵耳而贱目者也。苟有胸而无心④,不能节之以礼,宜其陋今而荣古矣。由余以西戎孤臣⑤,而悝缪公于宫室,如之何其以温故知新、研核是非、近于此惑? 周姬之末⑥,不能厥政,政用多僻。始于宫邻⑦,卒于金虎⑧,嬴氏搏翼,择肉西邑。是时也,七雄并争,竞相高以奢丽。楚筑章华于前⑨,赵建丛台于后⑩;秦政利觜长距⑪,终得擅场,思专其侈以莫己若。乃构阿房,起甘泉,结云阁,冠南山,征税尽,人力殚。然后收以太半之赋⑫,威以参夷之刑⑬。其遇民也,若薙氏之芟草⑭,既蕴崇之,又行火焉;慄慄黔首⑮,岂徒局高天、蹐厚地而已哉⑯? 乃救死于其颈,驱以就役,唯力是视,百姓弗能忍,是用息肩于大汉,而欣戴高祖。高祖膺箓受图⑰,顺天行诛。杖朱旗而建大号,所推必亡,所存必固。扫项军于垓下,继子婴于轵途。因秦宫室,据其府库,作洛之制,我则未暇。是以西匠营宫⑱,目翫阿房⑲,规摹逾溢⑳。不度不臧。损之又损之,然尚过于周堂,观者狭而谓之陋,帝已讥其泰而弗康㉑。且高既受命建家,造我区夏矣㉒;文又躬自菲薄㉓,治致升平之德;武有大启土宇㉔,纪禅肃然之功㉕;宣重威以抚和戎狄㉖,呼韩来享。咸用纪宗存主㉗,飨祀不辍,铭勋彝器,历世弥光。今舍纯懿而论爽德㉘,以《春秋》所讳而为美谈,宜无嫌于往初,故蔽善而扬恶,只吾子之不知言也！必以肆奢为贤,则是黄帝合宫㉔,有虞总期,固不如夏癸之瑶台、殷辛之琼室也！汤、武谁革而用师哉？盍亦览东京之事以自寤乎？以上言西京奢丽,乃秦之旧,非汉之制,甚不足法。

【注释】

①安处先生：作者在本文中假托的人名。

②怃然：茫然若失的样子。

③末学肤受：指学问不求根本,浅尝即止,仅及皮毛。

④有胸而无心：徒具外形,而内心没有主观判断标准。

⑤由余：春秋时期晋国人,入西戎为官,曾谏秦穆公以俭持国。

⑥周姬之末：姬是周朝国君之姓；末指两周末世之王。

⑦官邻：官室,这里指官中的小人。

⑧金虎：西方白虎神王,这里指西方秦国。

⑨章华：即章华台,春秋楚灵王所建,遗址在今湖北监利境内。

⑩丛台：战国赵武灵王所建,故址在今河北邯郸城内。

⑪利觜长距：指秦尽灭六国之争。利觜,尖锐的鸟喙。距,禽类的爪子。

⑫太半之赋：将收获的三分之二用于纳赋。

⑬参夷之刑：诛灭三族的刑罚。参,通"叁"。

⑭薙氏：周制中掌管山泽除草的官。

⑮慄慄(dié)：恐惧的样子。

⑯局(jú)高天、蹐(jí)厚地：指窘迫,无处容身。局,伛偻。蹐,小步走。

⑰膺箓受图：指帝王接受图箓，应运而兴。箓，符命之书。图，
　　河图。

⑱西匠：指秦国旧工匠。

⑲翫（wán）：习惯。

⑳规摹：指制度。

㉑泰：过甚。康：安宁。

㉒区夏：诸夏之地，概指中国。

㉓文：汉文帝。

㉔武：汉武帝。

㉕纪：记。禅：即封禅。

㉖宣：汉宣帝。

㉗纪宗存主：指汉高祖、文帝、武帝、宣帝四代庙号称"宗"，其神主
　　长期保存不迁毁，不断享受祭祀。

㉘纯懿：高尚的道德素质。爽德：失德。

㉙合宫：黄帝的宫室。

【译文】

　　安处先生于是似乎不能说话了，沉吟了一会儿，微笑着说："像你所说的肤浅的感受，只是重视所闻而轻视所见罢了。假如只有耳目的感受，内心却无衡量是非的标准，不能用礼仪规范它，就容易尊古鄙今。像由余这样在西戎为官的孤陋的人尚且要进谏秦穆公不要建奢华的宫室，为什么他能够借鉴古事研究，判断出是非的标准，并对身边的事产生疑惑呢？周朝末年，不能维持政权，且邪僻之政风行的原因在于宫中多小人，周朝终于由此败落。秦在此时兴起，正是如虎添翼，在西部称雄。当时，七国争霸，竞赛奢华，先有楚国建章华宫，后有赵国筑丛台殿，最终，嬴政凭借优势，战胜了它们。他想要独享奢华，让天下国君莫如自己，就建了阿房宫、甘泉宫，在终南山上又建云阁，将征得的赋税和人力全用在建造宫殿上，还嫌不够，又将百姓收入的三分之二作为赋

税，并且以诛灭三族的酷刑威吓人民。他们对待百姓，如视草芥，把草收垛起来再放火烧掉。老百姓生活得战战兢兢，哪里只是对无处安身的恐惧呢？（秦王）使百姓勉强能维持生存，然后驱赶他们服劳役，只是看重他们的力气罢了。老百姓不堪忍受，想休养生息于大汉，因而欢悦地拥戴高祖。汉高祖受了符箓、河图之昭示，顺应天命而起，举旗号令天下，攻无不克，战无不胜，在垓下消灭了项羽，在轵途降服了子婴。沿用秦代的宫室，占据了它的府库。而在洛阳还没有来得及修建新的宫殿。于是后来用秦朝的旧匠来修建宫殿，用阿房宫为模型，但认为阿房宫规模太大，不合礼法，减了又减，仍然超过了周朝的殿堂。一般的人因为眼光短浅而认为它太简陋，而高祖却认为过于奢侈会使国家不安，何况高祖是奉天命而建国的人。文帝又非常节俭，才带来了国家的太平。武帝又有扩大疆域、泰山封禅的功劳，宣帝用他的威严安抚了戎狄，并使得呼韩邪单于来进贡。他们有这样的功绩是因为世世祭祀没有间断，把祖先的功勋铭刻在彝器上，昭示子孙。如今您舍弃了美好的品德而专门谈论过失，把《春秋》所避讳的当作美谈，应该说您对汉朝并无反感，之所以现在蔽善而扬恶，是因为你不懂道理呀！如果一定要以肆意的奢华作为贤德，那么黄帝的合宫，有虞的总期，就比不上夏桀的瑶台，殷纣的琼室了。那么，汤武还用兵更改什么呢？何不看看东京的事来自己醒悟呢？以上说的是西京的奢丽是秦朝的遗物而非汉朝的创作，没有什么可取法之处。

　　"且天子有道，守在海外，守位以仁，不恃隘害。苟民志之不谅，何云岩险与襟带①？秦负阻于二关②，卒开项而受沛，彼偏据而规小，岂如宅中而图大？昔先王之经邑也，掩观九隩③，靡地不营，土圭测景④，不缩不盈，总风雨之所交，然后以建王城。审曲面势⑤，溯洛背河⑥，左伊右瀍；西阻九阿,东门于旋;盟津达其后,太谷通其前;回行道乎伊阙,邪径捷乎镮辕⑦。大室作镇⑧,揭以熊耳。底柱辍流,镡以大坯。温液汤泉,黑丹石缁。王鲔岫居,能鳖三趾。宓妃攸馆⑨,神用挺纪。《龙图》授羲,《龟书》畀姒。召伯相宅,卜惟洛食。周公初基,其绳则直。苌弘、魏舒,是廓是极。经途九轨,城隅九雉⑩。度堂以筵,度室以几。京邑翼翼,四方所视,汉初弗之宅,故宗绪中圮⑪。巨猾间衅⑫,窃弄神器。历载三六,偷安天位。于时蒸民⑬,罔敢或贰。其取威也重矣。我世祖忿之,乃龙飞白水,凤翔参墟。授钺四七,共工是除⑭。欃枪旬始,群凶靡余。区宇乂宁⑮,思和求中。睿哲玄览,都兹洛宫。曰止曰时,昭明有融。既光厥武,仁洽道丰。登岱勒封⑯,与黄比崇。以上光武都洛。

【注释】

①襟带:指地形险要之处。

②二关:指武关和函谷关。

③九隩(yù):九州之内。隩,可以定居的地方。

④土圭:古代测日影正四时和测量土地的器具。

⑤审曲面势:在建都城时先要察看地形和风水。

⑥溯洛背河:指面朝洛水,背靠黄河。溯,向。

⑦镮(huán)辕:山名,关口名,在河南偃师东南。

⑧大室:中岳嵩山的别名。

⑨宓(fú)妃:传说中的洛水水神。

⑩城隅九雉:位于城角、城曲处的城楼称城隅。九雉,指城墙高大。　雉,计算城墙面积的单位。长三丈,高一丈为雉。

⑪宗绪中圮(pǐ):指汉朝不居于洛,故宗庙终废。圮,断绝。

⑫巨猾：指王莽。

⑬蒸民：众民百姓。

⑭共工：传说中的凶神，这里指王莽。

⑮乂（yì）宁：安宁。

⑯登岱勒封：登泰山刻石封禅。勒，镌刻功名于石。封，即封禅。

【译文】

"如果天子懂得治国之道，那么，海外四夷都会臣服，用仁德来巩固统治就勿需凭借险要的关隘了。如果不能使人民信服，那么险要的地势又有什么用呢？秦国凭借函谷关和武关的险阻，最终没能挡住项羽、沛公。秦人偏居西部，规模尚小，怎能比得上东京居天地之中，便于控制四方呢？以前，周成王营造洛邑的时候，考察九川，舍弃不宜之地，用土圭选择风调雨顺的地方，然后才修建都城。审察洛阳地形曲折之势，面对洛水，背靠黄河，左有伊水，右有瀍水，西有九阿之山，东有旋门。后可达盟津，前可通太谷。在伊阙山上修大路，辕辕坡上通小路。大室山和熊耳山雄居关外，底柱山隔断了河流。大伾山像剑口一样险要，温泉流淌着，此地是出产石墨缁石的宝地。山涧的流水中有王鲔和三足鳖游动，宓妃住在这里，一切都如神明所示。伏羲氏兴旺之时，龙马驮河图而出；大禹将兴，神龟驮洛书而出。召公选择住宅，十占以后有吉兆。周公初造洛邑之时，使它处处合于礼制。苌弘和魏舒，都曾在洛邑城下会集诸侯。洛邑南北有九条河，城墙很坚固，宫廷的修建都合乎礼制，国人都能看到京城建筑的井然有序。汉初没有在此建都，所以宗庙祭祀中途而废。一些奸臣乘隙而入，占据了帝位。经过了十八年，这时的老百姓，不敢不忠于王莽，他的威势也很重啊。光武帝对此忿忿不平，于是就在白水起兵，在参墟讨伐王郎，带领手下二十八员大将诛灭了王郎。王莽在位时，他的爪牙遍于天下，他被诛，帮凶也难存。国家恢复了安宁，光武帝想找合适之地而建都。圣明的皇帝观察并选择了洛阳，要能居住在此天长地久，并要具备昭明之德。世祖广行仁义，不愧光武的谥号，登泰山封禅，可和黄帝比美。以上说的是汉光武帝营建洛邑。

"逮至显宗①，六合殷昌。乃新崇德，遂作德阳②。启南端之特闱，立应门之将将。昭仁惠于崇贤，抗义声于金商。飞云龙于春路，屯神虎于秋方③。建象魏之两观④，旌《六典》之旧章。其内则含德、章台，天禄、宣明，温饬、迎春，寿安、永宁，飞阁神行，莫我能形！濯龙、芳林，九谷、八溪，芙蓉覆水，秋兰被涯，渚戏跃鱼，渊游龟蠵⑤。永安离宫，修竹冬青。阴池幽流，玄泉洌清。鹎鶋秋栖⑥，鹍鸧春鸣⑦。雎鸠、丽黄，关关嘤嘤。于南则前殿云台，和欢、安福。谠门曲榭，邪阻城洫。奇树珍果，钩盾所职⑧。西登少华，亭候修敕。九龙之内，实曰嘉德。西南其户，匪雕匪刻。我后好约，乃宴斯息。于东则洪池清籞，渌水澹澹。内阜川禽，外丰葭菼⑨。献鳖蜃与龟鱼⑩，供蜗蠯与菱芡⑪。其西则有平乐都场，示远之观。龙雀蟠蜿，天马半汉。瑰异谲诡，灿烂炳焕。奢未及侈，俭而不陋。规遵王度，动中得趣。于是观礼，礼举仪具。经始勿亟，成之不日。犹谓为之者劳，居之者逸。慕唐、虞之茅茨，思夏后之卑室。乃营三宫⑫，布教颁常。复庙重屋，八达九房。规天矩地，授时顺乡。造舟清池，惟水泱泱。左制辟雍，右立灵台。因进距衰，表贤简能。冯相观祲，祈禳禬灾⑬。以上洛阳宫殿。

【注释】

①逮至显宗：到汉明帝时。逮，及。显宗，汉明帝。

②乃新崇德，遂作德阳：崇德、德阳，皆洛阳宫中殿名。

③"立应门之将将"几句：应门、崇贤、金商、云龙、神虎，皆为宫门
名称。

④象魏之两观：宫廷外的阙门称象魏，门外有二台，上作楼观。

⑤蟨（xī）：龟类动物。

⑥鹎鶋（bēi jū）：鸟名。

⑦鹘鸼（gǔ zhōu）：鸟名。

⑧钩盾：主管园林的官吏。

⑨葭菼（jiā tǎn）：植物名，与芦荻类似。

⑩蜃（shèn）：大蛤。

⑪蠯（pí）：蚌的一种。

⑫三宫：指明堂宫、辟雍宫、灵台宫。

⑬禠（sī）：福。

【译文】

"等到了明帝之时，天下繁荣昌盛，就修建了崇德宫和德阳宫，打开
了南方的正门，又开了中门，在东方立了崇贤门，在西方立了金商门。
又打开了云龙门和神虎门。修建了象、魏两个宫殿，高悬六典，以彰明
旧时法令规章。里面有含德、章台、天禄、宣明、温饬、迎春、寿安、永宁
八殿，阁道相通，气势之雄伟，不是我所能形容的。有濯龙、芳林、九谷、
八溪等池塘，芙蓉覆盖着水面，秋兰长满岸边。鱼、龟在水中跳跃、嬉
戏。永安宫里修长的竹子在冬天也不凋零。地下河水清澈见底，平日
里，总能听到鹎鶋、鹘鸼、雎鸠、黄鹂的鸣叫声。在南面有前殿、云台、和
欢、安福等宫殿，诸门前有着弯弯曲曲的台榭，斜曲有致地遮蔽着城下
的池塘。钩盾掌管着奇树珍果。西南可以登上少华山，山上修缮了放
哨的亭子。九龙门之内是嘉德殿，西南面有许多宫殿，尚未雕饰。明帝
很节俭，就在这里休息。东面有水波荡漾的洪池，里面有许多飞禽，其
外则长满了茂盛的蒹葭。在祭祀的时候，可献上鳖蟨、龟鱼、蜗蠯和菱
芡。在西面可以聚合在平乐宫，在这里可以看到很远的地方，平乐宫中

装饰华美,有盘旋的飞龙,腾空的铜马。变化多端,灿烂异常,既不奢
侈,也不简陋,一切都遵循着先王之法。从这些来看,一切礼仪都具备
了。规划之时很谨慎,修筑之时也不赶工。但还认为,修建的人很辛
苦,而享受的人则很安逸。他追慕尧、舜、禹简陋的居室,就营建了三座
宫殿来颁布旧典,教化礼仪。宫殿的结构完全和明堂相同,宫室的装饰
仿效着天地日月和四时变化的规律,以船为桥,架于河流之上。左有辟
雍宫、右有灵台殿,进贤任能,汰弱留强,祈求神灵,降福消灾。以上描绘
的是洛阳的宫殿。

　　"于是孟春元日,群后旁戾。百僚师师,于斯胥泊①。藩
国奉聘,要荒来质。具惟帝臣,献琛执赘。当觐乎殿下者,
盖数万以二②。尔乃九宾重,胪人列,崇牙张,镛鼓设。郎将
司阶,虎戟交铩。龙辂充庭,云旗拂霓。夏正三朝,庭燎晰
晰。撞洪钟,伐灵鼓,旁震八鄙,軯礚隐訇,若疾霆转雷而激
迅风也。是时称警跸已③,下雕辇于东厢。冠通天,佩玉玺,
纡皇组④,要干将⑤。负斧扆,次席纷纯,左右玉几,而南面以
听矣。然后百辟乃入⑥,司仪辨等,尊卑以班,璧羔皮帛之赘
既奠,天子乃以三揖之礼礼之。穆穆焉,皇皇焉,济济焉,将
将焉,信天下之壮观也!乃羡公侯卿士,登自东除,访万机,
询朝政,勤恤民隐,而除其眚⑦。人或不得其所,若己纳之于
隍⑧,荷天下之重任,匪怠皇以宁静。发京仓,散禁财,赉皇
寮⑨,逮舆台,命膳夫以大飨,饔饩浃乎家陪⑩。春醴惟醇,燔
炙芬芬⑪。君臣欢康,具醉熏熏。千品万官,已事而竣⑫。勤
屡省,懋乾乾,清风协于玄德,淳化通于自然。宪先灵而齐
轨,必三思以顾愆。招有道于侧陋,开敢谏之直言。聘丘园

之耿絜,旅束帛之戋戋^⑬。上下通情,式宴且盘。以上朝会宴飨。

【注释】

①洎(jì):到,及。

②数万以二:指观者数以万计,在殿下分为两行。

③警跸(bì):帝王出行时左右侍卫为警;开路清道、禁止通行为跸。

④纡皇组:古制皇族佩玉为饰,系玉的丝带称组绶。纡,缠绕。皇,大。组,组绶。

⑤要干将:指腰佩干将名剑。干将,宝剑名。

⑥百辟:指诸侯。

⑦眚(shěng):病苦。

⑧隍:城下无水的濠沟。

⑨赉(lài):赐。

⑩饔饩(yōng xì):古代诸侯行聘礼时接待宾客的大礼。

⑪燔(fán)炙:烤肉。

⑫已事而踆(qūn):事情结束后而退出。已,止。踆,退还。

⑬戋戋(jiān):众多貌。

【译文】

"在正月一日这天,公卿都来朝见天子,诸侯百官都来朝拜天子,他们献上珍宝作为供奉。这时来朝拜的人有数万之众,分列两班,继而羌胡之人也都分列于朝廷,一时间,鼓乐齐奏,勇士夹阶而立,交叉着戟、铩等兵器。朝廷里到处是骏马拉着的豪华车辆,招展的锦旗遮蔽了天空。上朝之时,灯火通明,如同白昼。击洪钟、敲灵鼓的声音震动四面八方,像雷霆一样猛烈,像疾风一样迅猛。这时,明帝就疏清了道路,乘车来到宫中。戴着高高的帽子,佩戴着天子印,腰间系着绶带和宝剑。背靠屏风设下竹席之坐,放置玉几,然后朝南而坐听取意见。然后,诸

侯进前,按照礼法,各就其位,排定位次,并分别拿着璧羔皮帛等东西进
奉。天子按周礼三揖之礼来礼待群臣,大家仪容整齐,这场面真是壮观
啊!按照礼仪,王侯公卿登上大殿,日理万机,处理朝政,体恤人民疾
苦,翦除民害。若还有人没受到重用,天子则认为是自己之过。肩负着
天下的重任,不敢稍有倦怠,没有一天的安宁。打开大仓,散发财物,赐
给百官,而不论贵贱,又令膳夫做美食赐宴臣下,酒食俱香,君臣欢娱,
气氛和睦。然后,朝事已毕,百官俱退。天子时常反省自己,因而行为
周正,天子的美德淳厚,像清风一样通于神灵,他凡事必三思而后行,效
法先贤古圣王,同他们一样行事。招有德之人来重用,任用直言进谏之
臣;招聘山林中的隐士,礼待他们,君臣情意相通,国家安定而君臣欢
乐。以上写的是朝会设宴飨客。

　　"及将祀天郊,报地功①,祈福乎上玄,思所以为虔,肃肃
之仪尽,穆穆之礼殚。然后以献精诚,奉禋祀②,曰允矣天子
者也。乃整法服,正冕带,珩纮纭绖③,玉笄綦会,火龙黼
黻④,藻缫磬厉⑤。结飞云之袷辂⑥,树翠羽之高盖。建辰旂
之太常⑦,纷焱悠以容裔⑧。六玄虬之奕奕⑨,齐腾骧而沛
艾⑩。龙辀华轵,金镂镂钖。方钌左纛,钩膺玉瓖。銮声哕
哕,和铃铗铗。重轮贰辖⑪,疏毂飞轮。羽盖威蕤,葩瑶曲
茎。顺时服而设副,咸龙旃而繁缨。立戈迤戛,农舆辂木。
属车九九,乘轩并毂。瑝弩重斿,朱旄青屋。奉引既毕⑫,先
辂乃发。鸾旗皮轩,通帛缙施。云罕九斿,阘戟镠辖⑬。髦
髦被绣,虎夫戴鹖。驸承华之蒲梢⑭,飞流苏之骚杀⑮。总轻
武于后陈,奏严鼓之嘈嗽。戎士介而扬挥,戴金钲而建黄
钺。清道案列,天行星陈。肃肃习习,隐隐辚辚。殿未出乎

城阙,斾已反乎郊畛⑯。盛夏后之致美,爰敬恭于明神。以上郊祀舆服。

【注释】

①祀天郊,报地功:欲在郊外祭天,以报土地之功。

②禋(yīn)祀:对天的祭祀。

③珩(héng)统(dǎn)纮(hóng)綖(yán):都是冠冕上的装饰。

④火龙黼黻(fǔ fú):指服装上绣着火龙的图案。

⑤藻绿(lù)鞶(pán)厉:泛指服装上的装饰物。藻绿,用来垫玉的韦带。鞶厉,服装中下垂的绶带。

⑥裕辂(jiá lù):帝王出行时的备用车。

⑦辰旒之太常:指皇帝前后画有日月星,垂有十二旒的旌旗。

⑧焱悠:风吹旗飘的样子。

⑨玄虬:黑马。

⑩沛艾:马跑动时昂首摇动貌。

⑪重轮贰辖:双重车轮与车辖。辖,固定车轮与轴的销钉。

⑫奉引:引导车驾。

⑬阘戟蓼辂(xī jǐ jiāo gé):杂乱,纵横参差的样子。

⑭承华:皇家马厩。蒲梢:骏马名。

⑮骚杀:下垂的样子。

⑯郊畛:城外的田间小路。

【译文】

　　天子想要在郊外祭天,欲把土地的功劳告于上天,向上天祈福,用尽了肃穆的礼仪。然后就以精诚之心献上祭祀,请上苍答应享用。天子于是穿戴整齐,佩上名贵的玉饰,带着华美的刀剑,乘着羽盖之车,侍从们则拿着各色的旗子,骏马排列整齐,都佩着华美的金玉饰物,车行之声、马鸣之声,响成一片。车队整齐地行进,威风凛凛。礼依五时,车分五色，车上龙旗招展，另外，还有装着矛戈兵器的无盖之车。副车九九相连，共八十一乘。轻便之车中安置着弩，引道之车已定，前面的车子出发了，车上插着鸢鸟之旗，虎皮为盖，各色锦旗参差交错，武士拥护于天子四周。取承华之马为随从，以流苏作为它的饰物。兵士们身着不同颜色与饰物的衣服，分行排行，清道整序，使队伍整齐行进。车声辚辚，前军已到了郊外，后军尚未出城，效法夏禹的行事，想以此来恭敬神明。以上写的是效祀舆服。

　　"尔乃孤竹之管^①，云和之瑟。雷鼓鼝鼝^②，六变既毕。冠华秉翟^③，列舞八佾。元祀惟称^④，群望咸秩。飏楢燎之炎炀^⑤，致高烟乎太一，神歆馨而顾德，祚灵主以元吉。然后宗上帝于明堂，推光武以作配。辨方位而正则，五精帅而来摧^⑥。尊赤氏之朱光，四灵懋而允怀^⑦。于是春秋改节，四时迭代。蒸蒸之心，感物增思。躬追养于庙祧，奉蒸尝与禴祠^⑧。物牲辩省，设其楅衡。毛炰豚胉，亦有和羹。涤濯静嘉，礼仪孔明。《万舞》奕奕^⑨，钟鼓喤喤。灵祖皇考，来顾来飨。神具醉止，降福穰穰。以上郊庙诸祀。

【注释】

①孤竹：古国名。
②鼝鼝（yuān）：鼓声多而远。
③冠华秉翟（dí）：头戴华冠，手持野鸡尾。翟，长尾野鸡。
④元祀：大的祭祀。
⑤飏：飞扬。楢（yǒu）燎：祭祀时聚薪焚烧。炎炀：火焰很盛。
⑥五精：五方之星，喻指五帝的标识。
⑦允怀：满意，安怀。

⑧奉蒸尝与禴(yuè)祠：蒸、尝、禴、祠，四时之祭的名称。

⑨《万舞》：宗庙祭祀所跳的舞。

【译文】

"于是孤竹国出产的丝竹响起，云和山木头做成的琴瑟演奏，雷鼓
鼗鼗作响，极尽变化之致。宫人戴着饰有羽毛的帽子，跳起八佾之舞。
这样盛大的祭祀，井然有序。缭绕的清烟升腾起来，直至太一神宫，太
一神看到仁王很贤明，就降福于他。然后就在明堂祭祀武帝，并推光武
皇帝与之并列。五帝从五方翩然而至，推赤帝为尊，其余四帝都拥护
他。从此就有了春秋的变化，四季的更替。他们亲自挑选适宜的果蔬，
在不同的季节祭祀神灵。又选择各种牲畜做成美味的祭品，这些东西
都非常洁净，合乎礼仪，祭祀时舞姿奕奕，神鼓鸣响，场面隆重。先帝的
神灵们顾念子孙，就来享用祭品，神灵很高兴，就降福于人民。以上写的
是在郊庙的祭祀活动。

"及至农祥晨正，土膏脉起。乘銮辂而驾苍龙①，介驭闲
以剡耜。躬三推于天田②，修帝籍之千亩。供禘郊之粢盛，
必致思乎勤己。兆民劝于疆埸③，感懋力以耘耔。以上省耕。

【注释】

①苍龙：青色的骏马。

②三推：古代帝王为了表示劝农，每年举行一次亲耕藉田之礼，掌
　　犁推三周，称三推。

③疆埸：指田地边。

【译文】

"等到正月初，冰雪融化，春耕开始。天子乘着銮饰的车子，并带着
农具，亲自到田间耕作，在祭器里装满自己收获的粮食来祭祀祖先，百

姓们在田里辛勤地耕作。以上写的是天子的耕作仪式。

"春日载阳,合射辟雍①。设业设虡②,宫悬金镛。鼖鼓
路鼗③,树羽幢幢。于是备物,物有其容。伯夷起而相仪,后
夔坐而为工。张大侯④,制五正⑤,设三乏⑥,扉司旌⑦,并夹
既设,储乎广庭。于是皇舆凤驾⑧,羍于东阶,以须消启明,
扫朝霞,登天光于扶桑。天子乃抚玉辂,时乘六龙,发鲸
鱼⑨,铿华钟,大丙弭节⑩,风后陪乘⑪,摄提运衡⑫,徐至于射
宫。礼事展,乐物具,《王夏》阕,《驺虞》奏,决拾既次,雕弓
斯彀。达余萌于暮春,昭诚心以远喻。进明德而崇业⑬,涤
饕餮之贪欲⑭。仁风衍而外流,谊方激而遐骛。日月会于龙
狨⑮,恤民事之劳疚。因休力以息勤,致欢忻于春酒。执銮
刀以袒割⑯,奉觔豆于国叟⑰。降至尊以训恭,送迎拜乎三
寿⑱。敬慎威仪,示民不偷。我有嘉宾,其乐愉愉。声教布
濩⑲,盈溢天区。以上大射养老。

【注释】

①合射辟雍:天子与诸侯在辟雍宫举行大射礼。

②虡(jù):悬挂钟磬的木架。

③鼖(fén)鼓:大鼓,长八尺。鼗(táo):小鼓。

④侯:箭靶。

⑤五正:五方正色。

⑥三乏:用皮革制成的御矢器具。

⑦扉(fēi):遮蔽。司旌:报靶的人。

⑧皇舆凤驾:皇帝乘的车早起出行。

⑨鲸鱼：撞钟用的杵，因刻着鲸鱼形，故名。

⑩大丙：传说中的仙人，善驾车。

⑪风后：传说中的黄帝相。

⑫摄提运衡：指皇帝的车上画着摄提星随玉衡运转图形。

⑬明德：完善的德性。

⑭饕餮(tāo tiè)：食人巨兽，喻贪婪恶毒之人。

⑮龙狵(dòu)：末尾，这里指夏历十月。

⑯銮刀：柄端饰有金铃的刀。

⑰筋豆：筋酒豆肉的简称，泛指酒肉饮食。

⑱三寿：古代老人高寿分上、中、下三等，故称。

⑲布濩(hù)：散布。

【译文】

"春天，天子和诸侯在辟雍行大射礼，摆上虡来放置乐器，将大钟悬在宫中，大鼓小鼓一起响动，用羽来装饰这些乐器，这样，就一切齐备了。于是，礼官行礼，乐官奏乐，然后取五方正色于大箭靶之上，掌旗人以御矢器具隐蔽自己设置了夹箭工具，等待天子。于是，皇帝的车就停在东阶之下。等到启明星落下，朝霞消散，太阳出来的时候，天子就登上由六匹马驾的车。然后，大钟就敲响了，车子徐徐有节奏地前进，缓缓走到了辟雍，将祭祀的器物都陈列出来，奏起了《王夏》《驺虞》之乐，乐器弹奏，节奏鲜明，天子虔诚祈愿万物茁壮成长。推广德行，人们的贪欲也就荡然无存。仁义之风盛行，岁末之时，百姓得以休息，这时人们便开始酿造春酒，天子也命人屠宰牲畜，将美食奉给老人。天子又亲迎长者，为他们做寿，就这样为百姓做出榜样，和颜悦色地对待老人。天子这种躬耕力行影响到了四面八方。以上写的是善老礼仪。

"文德既昭，武节是宣。三农之隙①，曜威中原②。岁惟仲冬，大阅西园③。虞人掌焉④，先期戒事⑤。悉率百禽，鸠诸灵囿。兽之所同，是谓告备。乃御小戎⑥，抚轻轩，中畋四牡⑦，既佶且闲。戈矛若林，牙旗缤纷，迄上林，结徒营。次和树表⑧，司铎授钲。坐作进退⑨，节以军声。三令五申，示戮斩牲。陈师鞠旅⑩，教达禁成。火列具举⑪，武士星敷⑫。鹅鹳鱼丽⑬，箕张翼舒⑭。轨尘掩远⑮，匪疾匪徐。驭不诡遇⑯，射不剪毛⑰。升献六禽，时膳四膏⑱。马足未极，舆徒不劳。成礼三殴⑲，解罘放麟⑳。不穷乐以训俭㉑，不殚物以昭仁。慕天乙之弛罟㉒，因教祝以怀民。仪姬伯之渭阳㉓，失熊罴而获人㉔。泽浸昆虫，威振八宇。好乐无荒㉕，允文允武。薄狩于敖㉖，既璞璞焉㉗。岐阳之蒐㉘，又何足数！ 以上大阅。

【注释】

①三农：春、夏、秋三个农时。

②曜威：练兵习武。

③大阅西园：在上林苑检阅军队。西园，上林苑。

④虞人：掌管山泽苑囿及田猎的官吏。

⑤先期戒事：入冬时令人准备妥当田猎的工具。

⑥小戎：兵车的一种。

⑦中畋(tián)：畋猎时居中之车。

⑧次和树表：指安营扎寨。次，驻扎。和，军营正门。树表，树起旌旗表示军营门。

⑨坐作：坐与起，行与止。

⑩陈师鞠旅：列队誓师。

⑪火列：举火把者的行列。

⑫武士星敷：喻战士像星星一样遍布各处。

⑬鹅、鹳、鱼、丽：皆战阵名。

⑭箕张翼舒：指战阵阵形变化。

⑮轨尘掩迒(háng)：战车扬起的尘土正好掩盖着车辙。

⑯诡遇：田猎时不按规定横射猎物。

⑰翦毛：损坏了禽兽的皮毛。

⑱四膏：指牛、犬、鸡、羊之膏。膏，油脂。

⑲三殴：即三驱，指三面驱赶猎物，网开一面，以示好生之德。

⑳罘(fú)：网。

㉑训俭：倡导节俭。

㉒天乙：殷汤。弛罟(gǔ)：指殷汤让田猎者将罗网去掉三面，不要赶尽杀绝。

㉓仪姬伯之渭阳：效法周文王访姜子牙于渭水之阳。仪，效法。

㉔失熊罴而获人：指周文王出猎时无所获，但访得贤臣姜子牙。

㉕无荒：没有荒淫的举动。

㉖薄狩于敖：指周宣王在敖地举行狩猎之礼。

㉗璅璅(suǒ)：微不足道。

㉘岐阳之蒐(sōu)：指周成王在岐山之阳举行狩猎之礼。

【译文】

"文武之教，都很昌明，农闲之时，就练兵习武，到了冬天，就在上林苑阅兵。然后提前准备打猎的器具，天子率领群臣到灵囿去打猎。众人将兽困住后告诉天子，天子就驾轻车来行猎，骏马拉车，围猎者众多，到了上林安营扎寨。大家依钟鼓之声进退，军令严明，军容整齐，武士们拿着火把，变换阵形，兵车行进，不快不慢。猎狩时，有损的动物不献天子，只将最肥美的猎物献给天子。人马都未感到劳累，天子依照礼仪，把捕到的大鹿放走，不杀尽猎物，以示天子的仁爱之心。思慕殷汤网开三面的仁爱之心来使人民归服，就像文王出猎时，未得猎物却得贤臣一样。他的恩泽，遍布天下，威信传遍四方。虽是游乐，却不荒淫，像文王、武王一样。以前周王在敖打猎，成王在岐阳打猎，与之相比，都是不值一提的。以上写的是阅兵式。

　　"尔乃卒岁大傩①，驱除群厉。方相秉钺，巫觋操茢②。侲子万童③，丹首玄制。桃弧棘矢④，所发无臬⑤。飞砾雨散，刚瘅必毙⑥。煌火驰而星流⑦，逐赤疫于四裔⑧。然后凌天池，绝飞梁，捎魑魅⑨，斮獝狂⑩，斩蜲蛇，脑方良⑪；囚耕父于清泠⑫，溺女魃于神潢⑬，残夔魖与罔象，殪野仲而歼游光⑭，八灵为之震慑⑮，况魖蜮与毕方⑯！度朔作梗⑰，守以郁垒。神荼副焉⑱，对操索苇⑲。目察区陬⑳，司执遗鬼。京室密清㉑，罔有不韪。以上大傩。

【注释】
①卒岁大傩(nuó)：年终时一种驱鬼仪式。
②操茢(liè)：拿苕帚扫除不详。茢，苕帚。
③侲(zhèn)子：幼童。
④桃弧：桃木制成的弓。棘矢：棘枝做的箭。
⑤臬(niè)：箭靶。
⑥刚瘅(dàn)：恶鬼。
⑦煌火：明亮的火把。
⑧四裔：四方极远的地方。
⑨魑魅：山泽之神。
⑩斮(zhuó)：砍杀。獝(xù)狂：恶鬼名。
⑪脑方良：打破方良这个山怪的头。
⑫耕父：主管干旱之神。
⑬女魃(bá)：干旱之神。

⑭残夔魖(kuí xū)与罔象,殪野仲而歼游光:夔魖,罔象,野仲,游光,皆恶鬼名。

⑮八灵:八方之神。憕:恐惧。

⑯魅(jì):小儿鬼。蜮:水中鬼怪。毕方:火灾之怪。

⑰度朔:神话传说中的山名。

⑱守以郁垒,神荼副焉:郁垒,神荼,皆神名。

⑲索苇:用来缚鬼的草绳。

⑳区陬(zōu):角落。

㉑京室密清:王室清静,没有鬼怪打扰。

【译文】

"到了岁末举行傩祭,驱除恶鬼。请方相手拿钺斧,巫师操起桃符。请童子们身穿黑衣,头戴红巾跳起舞蹈。桃弓棘箭,射向四方。小石如雨,射杀恶鬼。熊熊火把转动如流星,使恶鬼们竞相逃去。然后升上天池,渡过天桥,再杀死山泽的恶鬼,砍死猵狂鬼,斩断蝾蛇,把方良的脑袋砸烂,捉住耕父囚于清冷深渊,在神潢淹死女魃,杀死夔魖、罔象、野仲、游光,八方之神为之震动,何况魅蜮和毕方这样的小鬼。度朔山的郁垒、神荼二神,手持绳索,仔细察看每个角落,捕捉剩下的恶鬼。再也没有神鬼作祟,天下得以太平。以上写的是驱鬼仪式。

"于是阴阳交和,庶物时育。卜征考祥①,终然允淑②。乘舆巡乎岱岳,劝稼穑于原陆。同衡律而壹轨量,齐急舒于寒燠③。省幽明以黜陟④,乃反斾而回复⑤。望先帝之旧墟,慨长思而怀古。俟闾风而西遐⑥,致恭祀乎高祖。既春游以发生,启诸蛰于潜户。度秋豫以收成⑦,观丰年之多稌。嘉田畯之匪懈⑧,行致赍于九扈。左瞰旸谷⑨,右眄玄圃⑩。眇天末以远期,规万世而大摹。且归来以释劳,膺多福以安忿^⑪。以上省方。

【注释】

①卜征：古时皇帝五年一巡，巡行时先占卜是否吉祥，五年五卜，都
　　是吉祥方可出巡。

②允淑：相信善德。

③寒燠：冷暖，也指苦乐。

④省幽明以黜陟：考核善恶贤愚以进退人材。降官曰黜，升官
　　称陟。

⑤反斾：凯旋归来。

⑥阊风而西遐：秋风西去长安。阊风，秋风。

⑦秋豫：天子于秋收季节视察农事。豫，巡游。

⑧田畯：主管农事的官吏。

⑨瞰：望。旸谷：日出之处。

⑩睨：视。玄圃：传说昆仑山顶太帝仙居之地。

⑪安忿(yù)：安宁。

【译文】

　　"从此以后，风调雨顺，万物生长，占卜的结果也很吉利，天子就登
上泰山巡游，勉励人民耕作。统一法度，均衡苦乐。考察贤愚，赏罚严
明。诸事完毕，然后返回。回首汉初，怅然有思古之情，到了秋天，就来
祭祀高祖庙。春天天子出巡，万物复苏，眠虫出户。秋天天子视察，看
到丰收景象，嘉奖田官不敢懈怠，农民努力耕作。天子左望旸谷，右看
玄圃，远望天际，遥想未来。巡行归来，休整百吏，天下太平。以上写的是
出巡视察。

　　"总集瑞命，备致嘉祥：囿林氏之驺虞^①，扰泽马与腾

黄②；鸣女床之鸾鸟，舞丹穴之凤皇③；植华平于春圃，丰朱草于中唐④。惠风广被，泽洎幽荒：北燮丁令⑤，南谐越裳；西包大秦，东过乐浪⑥；重舌之人九译⑦，金稽首而来王⑧。是以论其迁邑易京，则同规乎殷盘；改奢即俭，则合美乎《斯干》；登封降禅，则齐德乎黄轩。为无为，事无事⑨，永有民以孔安。遵节俭，尚素朴，思仲尼之克己，履老氏之常足⑩，将使心不乱其所在，目不见其可欲。贱犀象⑪，简珠玉，藏金于山，抵璧于谷，翡翠不裂⑫，玳瑁不蔟⑬。所贵惟贤，所宝惟谷。民去末而反本，咸怀忠而抱悫⑭。于斯之时，海内同悦，曰：'吁！汉帝之德，侯其祎而⑮！'盖尝莫为难莳也⑯，故旷世而不觌⑰；惟我后能殖之，以至和平，方将数诸朝阶。然则道胡不怀？化胡不柔⑱？声与风翔，泽从云游，万物我赖，亦又何求！德宇天覆，辉烈光烛。狭三王之趦趄⑲，轶五帝之长驱⑳，蹑二皇之遐武㉑，谁谓驾迟而不能属！ 以上嘉祥懿德。

【注释】

①围林氏之驺虞：驯养神话中林氏国的千里马。围，养马处。驺虞，传说中的千里马名。

②扰：驯养。泽马：吉瑞之马。腾黄：神马，传说骑它可以长寿千岁。

③鸣女床之鸾鸟，舞丹穴之凤皇：女床，丹穴，皆山名。

④植华平于春圃，丰朱草于中唐：华平，朱草，传说中的瑞草。

⑤北燮（xiè）丁令：北边与丁令国保持和睦的关系。燮，和。

⑥"南谐越裳"几句：越裳、大秦为国名，乐浪为郡名。

⑦重舌之人九译：经过翻译人员的多次转译。

⑧金稽首而来王：皆来京城朝拜天子。

⑨为无为，事无事：出自《老子》："为无为，事无事"，"我无为而民自化，我无事而民自富"。

⑩老氏之常足：老子提倡的常知足。

⑪犀象：犀角象牙贵重之物。

⑫翡翠不裂：不拔取翡翠鸟的羽毛作为装饰。

⑬不簇：不用鱼叉捕取。

⑭悫（què）：朴实，谨慎。

⑮侯其祎而：惟有天子的仁德才完美。侯，惟。祎，美。

⑯盖冀（míng）英为难莳也：盖叹冀英这瑞草太难移栽了。

⑰觌（dí）：见到。

⑱化胡不柔：教化周边国家依顺于汉。

⑲狭：窄陋。三五：指禹、汤和周文王。趢趗（lù cù）：局面很小的样子。

⑳轶：超过。

㉑踵二皇之遐武：继承自伏羲、神农以来开创的事业。

【译文】

"这时出现了许多吉祥的兆头，林氏山上的驺虞兽和腾黄马也被天子驯养，女床山的鸾鸟，丹穴山的凤凰也自歌自舞。在园地里种下华平树，在庭院里长着朱草，天子仁德使子民受益，甚至达到四夷之地。北合丁令，南合越裳，西达大秦，东边设置了乐浪郡。各国都经过各种途径纷纷来朝拜，所以就效法盘庚迁都，改变了奢华而崇尚简约，就像《诗经·斯干》所赞美的那样，登泰山封禅，并与黄帝的功劳相媲美。以无为为功，以无事为业，使百姓永远安居乐业，遵循节俭，崇尚朴素，努力克服私欲，做到知足常乐，目无所视，故心无所欲。视珠宝玉器如粪土，将黄金、珠玉、翡翠、玳瑁都收藏起来，只以贤才为贵，只以谷物为宝，人民都除去了私心杂念而保留本质，都忠心于天子。这时，百姓都同享欢乐,同声称赞天子的美德。尧舜时的瑞草这时也出现了,只有我们的皇帝才能种植它,这些草在朝廷的台阶上随处可见,如此,民风怎能不和平呢？天子的号令如同风雨一样润泽着天下,至及草木,若此,又还有何奢求呢？皇帝的恩德像日月一样光芒四射,超过了三皇五帝的功绩,跟随着伏羲、神农的足迹,谁敢说没有追上呢？以上写的是祥瑞之物与天子的仁德。

"东京之懿未罄①,值余有犬马之疾②,不能究其精详,故粗为宾言其梗概如此。若乃流遁忘反,放心不觉,乐而无节,后离其戚③,一言几于丧国,我未之学也。且夫挈瓶之智,守不假器④,况篡帝业而轻天位！瞻仰二祖⑤,厥庸孔肆⑥,常翘翘以危惧⑦,若乘奔而无辔⑧。白龙鱼服,见困豫且⑨,虽万乘之无惧,犹怵惕于一夫⑩。终日不离其辎重,独微行其焉如？夫君人者,黈纩塞耳⑪,车中不内顾,佩以制容,銮以节涂⑫,行不变玉,驾不乱步。却走马以粪车⑬,何惜骓骙与飞兔⑭！方其用财取物,常畏生类之殄也；赋政任役,常畏人力之尽也。取之以道,用之以时：山无槎枿⑮,畋不麛胎。草木蕃庑⑯,鸟兽阜滋⑰。民忘其劳,乐输其财。百姓同于饶衍⑱,上下共其雍熙。洪恩素蓄,民心固结。执谊顾主⑲,夫怀贞节。忿奸慝之干命⑳,怨皇统之见替㉑,玄谋设而阴行㉒,合二九而成谲㉓,登圣皇于天阶㉔,章汉祚之有秩。若此,故王业可乐焉。

【注释】

①东京之懿未罄：东京之美没有说完。

②犬马之疾：谦词，指身体有病。

③后离其戚：其后要遭受祸患。离，遭受。戚，忧祸。

④且夫挈瓶之智，守不假器：指虽有使用瓶子汲水的知识，只是守着这个瓶子，不借给别人。

⑤二祖：指汉高祖刘邦和汉光武帝刘秀。

⑥厥庸孔肆：劳苦功高。庸，功劳。肆，勤苦。

⑦翘翘：高而危险的样子。

⑧辔：马缰。这里喻天子责任重大。

⑨白龙鱼服，见困豫且：这里借刘向《说苑》中的一个故事：白龙下清冷之渊变化为鱼，被豫且射中其目。喻指天子不宜微服出行。

⑩怵惕：警惕。

⑪黈纩（tǒu kuàng）：黄色的绵。悬于冕两侧，以示不听无益之言。

⑫銮以节涂：车上装的鸾铃以节制车马行速。

⑬走马以粪车：善走的马拉着专事农业的车。

⑭骛衷（yǎo niǎo）、飞兔：皆骏马名。

⑮槎枿（chá niè）：树木被砍伐后再生的枝。

⑯蕃庑：滋长茂盛。

⑰阜滋：繁盛。

⑱饶衍：富足。

⑲执谊：坚持正义。

⑳忿奸愿之干命：可恨奸人干犯天命。奸愿，奸诈邪恶。干命，干犯天命。

㉑皇统：指皇位。

㉒玄谋设而阴行：搞阴谋以窃位。

㉓合二九而成谪：指王莽篡位十八年正合二九而发生变化。谪，变化。

㉔登圣皇于天阶：指汉光武帝登基。天阶，帝位。

【译文】

"东京之美，不只在于此，恰逢我有病，不能全然了解它的美，所以只能如此大致描绘一下。如果放纵自己的心志，恣意妄为，欢娱无度，终会遭到祸患，至于说一句话可使国家灭亡的事，我从未听说过的。即使是靠小智生存的人，也不能轻易相信他人，何况是身居皇位的人啊！回想祖先建国之时是何等辛苦，常常像无缰之马拉着重物在水中行走一样。现在你想出游，肯定会遇上祸患，即使像秦始皇那样无畏的人，尚且在途中被人谋刺，何况你终日不离开你的车子，想要到什么地方去呢？做仁君的人，就不能乱听谣言、刺探隐私。天子出游，一定要鸣响佩玉，使马步齐整。天下太平，就用战马去拉农车，也不必可惜像骙袅与飞兔这样的骏马。使用财物时应有所节制，驱使民众服役，也应爱惜民力，这样，才能取之有道，用之有时。不伐木打猎，不竭泽捕鱼，这样才能使草木茂盛，鸟兽繁多，人民才不会以劳役为苦，而乐于交纳赋税。举国上下都很富足，才能同心欢悦。这样，皇帝的恩泽永存于百姓心中，人民才能忠心不变。人人有贞正之心，严守礼仪，忠心汉朝，痛恨奸臣的倒行逆施，怨恨他谋夺皇位。所以，王莽的阴谋只使他的统治维持了十八年就发生了变化。光武帝登上皇位，汉家江山井然有序。如此，国家就恢复了太平。

"今公子苟好剿民以偷乐^①，忘民怨之为仇也；好殚物以穷宠，忽下叛而生忧也。夫水所以载舟，亦所以覆舟；坚冰作于履霜，寻木起于蘖栽^②。昧旦丕显^③，后世犹怠。况初制于甚泰，服者焉能改裁？故相如壮《上林》之观，扬雄骋《羽猎》之辞，虽系以隤墙填堑^④，乱以收罝解罘^⑤，卒无补于风规，祇以昭其愆尤^⑥。臣济多以陵君^⑦，忘经国之长基，故函谷击柝于东，西朝颠覆而莫持^⑧。凡人心是所学，体安所习，鲍肆不知其臭⑨，玩其所以先入。《咸池》不齐度于蛙咬⑩，而众听或疑；能不惑者，其唯子野乎⑪！"以上讥西京公子之失。

【注释】

①剿民以偷（tōu）乐：劳民伤财，寻欢作乐。剿，劳。偷乐，苟且寻乐。

②寻木起于蘖栽：高大的树木也是从树苗长起来的。寻木，高大的树。

③昧旦：天未全明之时。丕显：大明。

④隤墙填堑：推倒围墙，填平壕沟。

⑤罝（jū）、罘（fú）：皆为捕兽用的网。

⑥愆尤：过失，缺点。

⑦臣济侈以陵君：臣属们的奢侈超过了君王。济侈，过度奢侈。陵，超过。

⑧西朝颠覆：指西汉王朝被王莽推翻。

⑨鲍肆：卖鲍鱼的商店。鲍，鲍鱼，指盐渍的咸鱼，其味腥臭。

⑩咸池：古乐名。蛙咬：不合礼乐的民间俗乐。

⑪子野：师旷字子野，春秋时期晋国的乐师，是个盲人，但乐感极好。

【译文】

"现在公子只喜欢以扰民苟求享乐，忘记人民的怨愤会积累成仇恨；喜欢用尽天下之财极尽骄奢之乐，忘记这样做会给天下带来大患。水能载舟，亦能覆舟，坚硬的冰块是由薄霜积累起来的，大树是由小树长成的。祖先非常圣明，后世子孙却开始懈怠，就像人做衣服一样，如果开始就做得很合体舒适，穿的人怎么能改小呢？所以司马相如写了《上林赋》、扬雄写了《羽猎赋》，他们在结尾处都劝诫君王勤俭持国，但最终也无补于时事。大臣们沉溺于奢侈的生活，忘掉了治国的根本，所以王莽才得以颠覆朝政,西汉就灭亡了。凡是人心中喜欢的东西,就会沉溺其中,就像久在鲍鱼肆之中而不知其臭,这是因为先入为主的缘故。咸池之乐与蛙咬之声本来就不一样,而人们却难以识辨,唯一不惑的,也只有师旷啊!"以上讥讽西京公子的过失。

　　客既醉于大道①,饱于文义②,劝德畏戒,喜惧交争,罔然若醒③,朝罢夕倦④,夺气褫魄之为者,忘其所以为谈,失其所以为夸,良久乃言曰:"鄙哉予乎! 习非而遂迷也⑤,幸见指南于吾子⑥。若仆所闻,华而不实;先生之言,信而有征。鄙夫寡识⑦,而今而后,乃知大汉之德馨,咸在于此。昔常恨《三坟》《五典》既泯⑧,仰不睹炎帝帝魁之美;得闻先生之余论⑨,则大庭氏何以尚兹⑩? 走虽不敏⑪,庶斯达矣⑫。"

【注释】

①大道:大道理。

②文义:文章的内容。

③罔然:失意,不知所措。醒(chéng):大醉不醒。

④朝罢夕倦:一天到头感觉疲倦。

⑤习非而遂迷:所学习的东西不是那么完美,因而受到迷惑。

⑥指南:启发,指导。

⑦鄙夫寡识:浅薄鄙陋之人见识不多。

⑧《三坟》《五典》:三皇五帝之书,传说中我国最古的书。

⑨余论:内容丰富的讲论。

⑩大庭氏:传说中的古圣君。

⑪走:谦词,公子自称。

⑫庶:庶几,将近,差不多。

【译文】

客人听到东京的文义之道，好像饮了醇酒一样。公子听到了东京的礼法，决心自勉，行其道德，又畏惧先生所说的那些戒律，喜惧交加，怅然若失，仿佛喝醉了一样，萎靡不振，忘记了本想谈论和夸耀的东西。过了很久才说："我是个鄙陋的人啊！所学的不是正道，所以会感到迷惑。幸而先生指明了道路，像我所听到的那些事，都是华而不实的。而先生你所说的，才是有应验的正理。我见识短浅，从今以后，才知道汉朝的仁德，都在于此。以前我常常怨恨三皇五帝之书失传了，没有机会见识炎帝先皇的美德。听了先生的话，我疑心大庭氏那样的志士现在还在人间呢！我虽然不聪明，但依照先生所言去做，也就能通晓大道了。"

思玄赋

【题解】

《思玄赋》是张衡的后期作品。当时宦官当政，小人得志，贤德之人备受排挤和迫害，"衡常思图身之事，以为吉凶倚伏，幽微难明，乃作《思玄赋》，以宣寄情志"（见《后汉书·张衡传》）。为了探求一种在乱世中生活下去的哲理，作者游于六合，上下求索，最终凝志于"玄谋"，以求解脱。赋中对当时日趋腐败的朝政进行了深刻的抨击，表明了作者守志不改的坚定决心，同时也流露出对故国的深深眷恋之情。神奇的虚构，使全文流溢着浓郁的浪漫主义色彩。但同张衡的其他赋作一样，所引历史掌故重叠反复，显得堆砌。

仰先哲之玄训兮①，虽弥高而弗违②。匪仁里其焉宅兮③？匪义迹其焉追？潜服膺以永靖兮④，绵日月而不衰。

伊中情之信修兮⑤，慕古人之贞节。竦余身而顺止兮⑥，遵绳墨而不跌⑦。志抟抟以应悬兮⑧，诚心固其如结。旌性行以制佩兮⑨，佩夜光与琼枝⑩。缀幽兰之秋华兮⑪，又缀之以江蓠⑫。美襞积以酷烈兮⑬，允尘邈而难亏⑭。既姱丽而鲜双兮⑮，非是时之攸珍。奋余荣而莫见兮，播余香而莫闻⑯。幽独守此厹陋兮⑰，敢怠皇而舍勤⑱？幸二八之遝虞兮⑲，嘉傅说之生殷⑳。尚前良之遗风兮，恫后辰而无及㉑。何孤行之茕茕兮，孑不群而介立㉒。感鸾鷖之特栖兮㉓，悲淑人之希合。彼无合而何伤兮？患众伪之冒真㉔。旦获谮于群弟兮㉕，启《金縢》而后信㉖。览烝民之多僻兮，畏立辟以危身㉗。增烦毒以迷惑兮，羌孰可为言已？私湛忧而深怀兮㉘，思缤纷而不理。愿竭力以守谊兮㉙，虽贫穷而不改！执雕虎而试象兮㉚，阽焦原而跟趾㉛。庶斯奉以周旋兮，要既死而后已。以上自修。

【注释】

①玄：深奥，神妙。《老子》："玄之又玄，众妙之门。"训：教。

②弥：极。违：避。

③仁里：指仁者居住的地方。后泛称风俗淳朴的地方为"仁里"。

④服膺：牢记在胸中，衷心信服。靖：思。

⑤中情：内心的思想感情。修：善。

⑥竦：立。止：礼。

⑦跌：差失，误差。

⑧抟抟：凝聚如团的样子。

⑨旌：明，表彰。制：裁。

⑩琼枝：玉树之枝。

⑪缧（xī）：系，结。

⑫江蓠：香草名。

⑬襞（bì）积：修饰，装点。酷烈：香味浓厚。

⑭允：诚信。尘邈：久远。

⑮姱（kuā）：美，好。

⑯播：散。

⑰仄陋：出身卑微。

⑱皇：闲暇。

⑲二八：八元、八恺的合称。八元，古代传说中的八个才子。《左传·文公十八年》："高辛氏有才子八人：伯奋、仲堪、叔献、季仲、伯虎、仲熊、叔豹、季狸……天下之民，谓之八元。"元，善。八恺，古史相传高阳氏有才子八人，苍舒、隤恺、梼戭、大临、龙降、庭坚、仲容、叔达，称八恺。遻（wǔ）：遇。

⑳傅说（yuè）：殷相，相传曾筑于傅岩之野，武丁访得，举以为相。

㉑恫（tóng）：哀痛，痛苦。

㉒介：特。

㉓鸾：凤凰之类的神鸟。鹥（yī）：凤的别名。

㉔冒：覆盖。

㉕讟（dú）：诽谤，怨言。

㉖金縢：见《尚书·金縢》：武王疾，周公祷于三王，愿以身代。史纳其祝策于金縢匮中，其后周公因管、蔡流言，避居东都，成王开匮得其祝文，乃知周公之忠勤，执书而泣，遂迎周公归成周。因其匮缄之以金，故称金縢。

㉗辟：法。

㉘怀：思。

㉙谊：合宜的道理，行为。

㉚雕虎：兽名，因其身有花纹，如同雕画，故名。

㉛阽(diàn)：近，临近。焦原：山名，在山东莒县南。据《喻林》载：

　　"莒国有石焦原者，广五十步，临万仞之溪，莒国莫敢近也。有以

　　勇见莒子者，独却行齐踵焉，所以称于世。"

【译文】

上仰先哲之玄训啊，虽极高但不敢违。不是仁居为何住啊，不是仁迹为何随？铭记心中长思索啊，日月连绵不衰毁。心志情愫要美好啊，钦慕古人德坚贞。立我身而顺礼义啊，要无差失遵墨绳。我志冥冥应高悬啊，诚心坚固结于一。彰明性行裁珮玉啊，佩戴夜光与琼枝。兰之秋花系我身啊，且又缀连以江蓠。装点华美香四溢啊，日月流逝也难亏。既已姱丽世无双啊，不是此时之所珍。鲜艳花儿无人见啊，散播馨香无人闻。幽幽独守卑微身啊，岂敢懈怠而忘勤。欣幸八元八恺遇有虞啊，嘉慕傅说生于殷。崇尚前代贤良之遗风啊，哀痛后世无人及。为何茕茕孤人行啊？孑然独立不合群。感于鸾凤独自栖啊，心悲君子少人合。为何心悲无人合啊？忧虑众伪掩覆真。旦获怨言于诸弟啊，开启金匮方知诚。观览众民多邪僻啊，畏惧立法危自身。增烦苦又心迷惑啊，可与谁人抒郁懑？独自忧愁苦思索啊，思绪缤纷无从理。只愿竭力而守义啊，身虽困窘心不移。擒执雕虎试擒象啊，敢上焦原遂我志。遵奉我志来应酬啊，要待身死后方已。以上说的是自我的修炼。

　　　俗迁渝而事化兮，泯规矩之员方。宝萧艾于重笥兮①，谓蕙茝之不香②。斥西施而弗御兮③，縶骐騄以服箱④。行颇僻而获志兮，循法度而离殃⑤。惟天地之无穷兮⑥，何遭遇之无常！不抑操而苟容兮，譬临河而无航⑦。欲巧笑以干媚兮⑧，非余心之所尝⑨。袭温恭之黻衣兮⑩，被礼义之绣裳⑪。辫贞亮以为鞶兮⑫，杂伎艺以为珩⑬。昭彩藻与琱瑑兮⑭，璜

声远而弥长⑮。淹栖迟以恣欲兮⑯,耀灵忽其西藏⑰。恃已知而华予兮,鶗鴃鸣而不芳⑱。冀一年之三秀兮,遒白露之为霜⑲。时亹亹而代序兮⑳,畴可与乎比伉? 咨姤嫭之难并兮㉑,想依韩以流亡㉒。恐渐冉而无成兮㉓,留则蔽而不彰。以上伤不遇。

【注释】

①萧艾:野蒿,臭草。

②蕙茝(zhǐ):香草名。

③斥:驱逐,废弃。御:幸。

④縶:羁。骎袅(yǎo niǎo):良马名。服:服辕。箱:大车。

⑤离:通"罹"。遭遇。

⑥惟:思。

⑦航:船。

⑧干:求。

⑨尝:行。

⑩黻(fú)衣:古代礼服。黻,古代礼服上绣的黑青相间如亞形的花纹。

⑪绣:五色备曰绣。

⑫辫:编织。鞶(pán):束衣的大带。

⑬珩(héng):佩上部的横玉。

⑭瑂(diāo):治玉。瓐(lù):玉名。

⑮璜(huáng):佩玉。

⑯栖迟:淹留,隐遁。

⑰耀灵:日。

⑱鶗(tí)鴃:鸟名。唐皎然《顾渚行寄裴方舟》诗中说:"鶗鴂鸣时芳

草死，山家渐欲收茶子。"

⑲遒（qiú）：迫近，尽。

⑳亹亹（wěi）：行进的状态。

㉑咨：嗟。姤（gòu）：恶。嫭（hù）：美。

㉒韩：指韩众，仙人名。据《列仙传》，齐人韩众为王采药，王不肯服，众自服之，遂得仙也。"众"一作"终"。

㉓渐冉：逐渐。

【译文】

俗已迁渝事已变啊，泯灭规矩与圆方。萧艾为宝藏于笥啊，倒说蕙茝不芳香。弃逐西施不宠幸啊，骏马骎骎襄驾车箱。品性邪僻而得志啊，遵循法度却遭殃。思天地尘寰无穷尽啊，为何遭遇总无常。不抑操守苟取容啊，譬若临河无船航。试欲巧笑以求媚啊，非我肺腑之所想。且用温恭作黻衣啊，再披礼义为绣裳。辩结亮节作衣带啊，交错伎艺为珮珩。光彩昭昭雕璩玉啊，璜珮净净声悠长。淹留隐遁恣我欲啊，鶗鴂鸣时难芬芳。愿做芝草花三秀啊，谁可与之相比抗？叹息善恶难并存啊，思依韩众而流亡。担忧渐渐事无成啊，空被遮蔽不得彰。以上感伤无人赏识。

心犹豫而狐疑兮，即岐阯而胪情①。文君为我端蓍兮②，利飞遁以保名③。历众山以周流兮④，翼迅风以扬声⑤。二女感于崇岳兮⑥，或冰折而不营。天盖高而为泽兮，谁云路之不平？勔自强而不息兮⑦，蹈玉阶之峣峥⑧。惧筮氏之长短兮，钻东龟以观祯⑨。遇九皋之介鸟兮⑩，怨素意之不逞。游尘外而瞥天兮，据冥翳而哀鸣⑪。雕鹗竞于贪婪兮⑫，我修洁以逸荣。子有故于玄鸟兮⑬，归母氏而后宁⑭。以上卜筮。

【注释】

①岐：山名，在陕西岐山东北。阯：基址。胪(lǔ)：陈述。

②文君：指文王。蓍(shī)：草名。我国古代常用以占卜。

③飞遁：离世隐退。

④山：为艮卦。

⑤风：指巽卦。

⑥二女：巽长女，兑少女，故曰二女。感：为咸卦。岳：指五岳。

⑦勔：勉励。

⑧峣峥：高。

⑨惧筮氏之长短兮，钻东龟以观祯：筮，龟，皆用于占卜凶吉，龟著象，筮衍数，物先有象而后有数，故有"筮短龟长"之说。《左传·僖公四年》："筮短龟长，不如从长。"东龟：古占卜用龟。龟有六种，青色的称东龟。祯，吉祥。

⑩九皋：深远的水泽淤地。介：大。此句说卜而遇大鸟之卦。

⑪冥翳：高远，深杳不测。

⑫雕、鹗：皆猛禽。

⑬玄鸟：灰鹤。

⑭母氏：喻道。

【译文】

我心狐疑又犹豫啊，即往岐山陈衷情。文王为我端神蓍啊，避世退隐方保名。遍历众山而周游啊，疾风鼓翼声鸣鸣。二女之卦感五岳啊，冰折物毁难行进。天高迥而恩泽润啊，谁说其路不坦平？奋发自强而不息啊，欲踏玉阶高峣峥。忧惧筮氏有所短啊，再钻东龟观祥祯。遭遇大鸟于九皋啊，怨恨胸臆总难逞。遨游尘外而瞥天啊，高远杳杳长哀鸣。雕与鹗鸟竞贪婪啊，我身洁美更耀荣。您与玄鸟有故缘啊，回归于道而后宁。以上说的是卜筮。

占既吉而无悔兮,简元辰而俶装①。旦余沐于清源兮,晞余发于朝阳②。漱飞泉之沥液兮,咀石菌之流英。翾鸟举而鱼跃兮③,将往走乎八荒④。过少皞之穷野兮⑤,问三丘于句芒⑥。何道贞之淳粹兮?去秽累而飘轻。登蓬莱而容与兮⑦,鳌虽抃而不倾⑧。留瀛洲而采芝兮,聊且以乎长生。凭归云而遐逝兮,夕余宿乎扶桑。饮青岑之玉醴兮,餐沆瀣以为粮⑨。发昔梦于木禾兮⑩,谷昆仑之高冈⑪。朝吾行于旸谷兮⑫,从伯禹乎稽山⑬。嘉群神之执玉兮⑭,疾防风之食言⑮。以上东方。

【注释】

①元辰:吉利的时日。俶(chù):整理。

②晞:晒干,晒。朝阳:山的东面。

③翾(xuān):飞。

④八荒:八方荒远的地方。

⑤少皞:即少昊,传说古部落首领名,黄帝子。

⑥三丘:指蓬莱、方丈、瀛洲。句芒:相传为古代主管树木的官,也指木神。

⑦容与:起伏的样子。

⑧鳌(áo):传说海中大龟。《列仙传》:"巨鳌负蓬莱山,而抃于沧海之中。"

⑨沆瀣(xiè):一说指北方夜半之气;一说夕霞。

⑩木禾:谷类植物。《山海经》:"昆仑之虚,方八百里,高万仞。上有木禾,长五寻,大五围。"

⑪谷:生。

⑫旸谷:日所出处,也作汤谷。

⑬伯禹：夏禹。稽山：指会稽山，在浙江绍兴东南。

⑭群神：谓主山川之君，为群神之主，故谓之神。

⑮防风：古部落酋长名。《国语》："昔禹致群神于会稽之山，防风氏后至，禹杀而戮之，其骨节专车。"

【译文】

　　占卜吉祥再无悔啊，选择良辰整行装。清清源头朝沐发啊，转向山东晒朝阳。飞泉清美漱我口啊，再咀一缕灵芝花。鹍鸟鱼跃而高翔啊，带我远走向八荒。少昊旷野轻掠过啊，探问三丘于句芒。道之真谛何淳粹啊，摒弃秽德自飘轻。起起伏伏上蓬莱啊，巨鳌奋爪不覆倾。逗留瀛洲采仙芝啊，聊且靠它得长生。凭依归云而远去啊，傍晚便已宿扶桑。畅饮青山玉泉水啊，摘片夕霞作米粮。昔梦木禾今发见啊，生于昆仑之高冈。朝从旸谷又启程啊，随从夏禹行稽山。嘉美群神执玉帛啊，嫉恨防风独食言。以上说的是朝向东方。

　　指长沙之邪径兮，存重华乎南邻①。哀二妃之未从兮②，翩缤处彼湘滨。流目眺夫衡阿兮③，睹有黎之圮坟④。痛火正之无怀兮⑤，托山阪以孤魂。愁郁郁以慕远兮，越卬州而游遨⑥。跻日中于昆吾兮⑦，憩炎火之所陶⑧。扬芒熛而绛天兮⑨，水泫沄而涌涛⑩。温风翕其增热兮，怒郁悒其难聊⑪。以上南方。

【注释】

①重华：虞舜名。《山海经》："南方苍梧之丘……其中有九嶷山，舜之所葬。在长沙零陵界中。"

②二妃：尧之二女，娥皇、女英，舜妻。

③衡：指衡山，在今湖南，五岳之一。阿：山下。

④黎:高辛氏火正祝融。楚灵王时衡山崩,而祝融之墓坏。

⑤怀:归。

⑥卬州:古地名,当在今南洋一带,其处极热。

⑦昆吾:日正午所经之处。《淮南子》:"日出于旸谷……至于昆吾,
　是谓正中。"

⑧炎火:传说中的火山。陶:指陶丘,重叠的山丘。

⑨熛(biāo):火焰。

⑩泫沄(yún):翻腾的样子。

⑪愵(nì):忧思。郁悒:忧闷,忧愁。聊:依赖,寄托。

【译文】

遥向长沙指斜径啊,重华之墓南比邻。哀悯二妃未随去啊,双双竟
处湘水滨。放眼眺望衡山脚啊,可见祝融之残坟。痛惜火正无归处啊,
托与山阪掩孤魂。愁思郁郁慕远方啊,飞越卬州而遨游。日已升于昆
吾中啊,憩于炎火之重丘。光芒火焰扬满天啊,若水翻腾而涌涛。暖风
聚合增热浪啊,忧思郁悒难依托。以上说的是朝向南方。

　　颙羁旅而无友兮①,余安能乎留兹? 顾金天而叹息兮②,
吾欲往乎西嬉。前祝融使举麾兮,缅朱鸟以承旗③。躔建木
于广都兮④,擳若华而踌躇⑤。超轩辕于西海兮⑥,跨汪氏之
龙鱼⑦。闻此国之千岁兮⑧,曾焉足以娱余。思九土之殊风
兮,从蓐收而遂徂⑨。欸神化而蝉蜕兮⑩,朋精粹而为徒⑪。
以上西方。

【注释】

①颙(kuī):独。

②金天:少昊之位。

③纚(lí)：帽带末梢部分，带子。朱鸟：鸟名，凤。

④廛(chán)：行进中停留。建木：神话木名，木高百仞无枝，日中无
　　影，众天神由此上下。广都：传说为后稷葬地。

⑤摭(zhí)：拾取。若：指若木，神话中谓长在日入处的一种树木，青
　　叶赤华，其华光赤下照地。

⑥西海：郡名，汉置，辖境在今青海省。

⑦汪氏：神话中西海外的国家，多龙鱼。

⑧闻此国之千岁兮：《山海经·海外西经》："轩辕之国，在此穷山之
　　际，其不寿者八百岁，在女子国北，人面蛇身。"

⑨蓐收：西方神名，司秋。徂：往，到。

⑩蝉蜕：蚱蝉退壳，喻解脱。

⑪精粹：淳美。

【译文】

　　独羁旅而无友朋啊，我又怎能留于此？回望金天长叹息啊，我欲向
西而嬉戏。前使祝融高举麾啊，后引朱鸟再承旗。广都建木小憩歇啊，
拾取若华而踌躇。西海过后越轩辕啊，再跨汪氏之龙鱼。传闻此国千
岁寿啊，岂能让我尽欢娱？九州之土风俗异啊，随从蓐收而前去。倏忽
神化蝉退壳啊，汲取精粹尽淳美。以上说的是朝向西方。

　　蹑白门而东驰兮①，云台行乎中野②。乱弱水之潺湲
兮③，逗华阴之湍渚④。号冯夷俾清津兮⑤，棹龙舟以济予⑥。
会帝轩之未归兮⑦，怅徜徉而延伫⑧。恫河林之蓁蓁兮⑨，伟
《关雎》之戒女。黄灵詹而访命兮⑩，撛天道其焉如⑪？曰"近
信而远疑兮，六籍阙而不书⑫。神迧昧其难覆兮⑬，畴克谋而
从诸？牛哀病而成虎兮⑭，虽逢昆其必噬⑮。鳖令殪而尸亡
兮⑯，取蜀禅而引世⑰。死生错其不齐兮，虽司命其不晰⑱。

"唰"，《后汉书》作"晰"。窦号行于代路兮^⑲，后膺祚而繁庑^⑳。王肆侈于汉庭兮^㉑，卒衔恤而绝绪^㉒。尉厖眉而郎潜兮^㉓，逮三叶而遘武^㉔。董弱冠而司衮兮^㉕，设王隧而弗处^㉖。夫吉凶之相仍兮，恒反仄而靡所^㉗。穆届天以悦牛兮^㉘，"届"，《后汉书》作"负"。竖乱叔而幽主。文断袪而忌伯兮^㉙，阉谒贼而宁后。通人暗于好恶兮^㉚，岂昏惑而能剖^㉛！嬴擿谶而戒胡兮^㉜，备诸外而发内。或辇贿而违车兮^㉝，孕行产而为对。慎、灶显以言天兮^㉞，占水火而妄讯^㉟。梁叟患夫黎丘兮，丁厥子而剚刃^㊱。亲所睎而弗识兮^㊲，矧幽冥之可信^㊳？毋绵挛以涖己兮^㊴，思百忧以自疚^㊵。彼天监之孔明兮^㊶，用棐忱而祐仁^㊷。汤蠲体以祷祈兮^㊸，蒙庬褫以拯民^㊹。景三虑以营国兮^㊺，荧惑次于他辰^㊻。魏颗亮以从治兮，鬼亢回以毙秦^㊼。咎繇迈而种德兮^㊽，树德懋于英、六^㊾。桑末寄夫根生兮^㊿，卉既凋而已育⁽⁵¹⁾。有无言而不酬兮，又何往而不复⁽⁵²⁾？盍远迹以飞声兮⁽⁵³⁾，孰谓时之可蓄"？以上中央。国藩按：自"近信远疑"至此，皆黄灵之词。"百忧自疚"以上，言天道难测；"天监孔明"以下，言人事可凭。

【注释】

①白门：古代把天地八方分为八门，西南方为白门。

②台（yí）：我。中野：荒野之中。

③乱：横渡。弱水：古人称水浅或地僻不通舟楫者为弱水，这里指西方绝远处。潺湲：水流的样子。

④华：指太华，即华山。

⑤冯夷：即河伯，姓冯，名夷。俾（bǐ）：使。

⑥龙舟：天子龙舟鹢首。

⑦会帝轩之未归兮：黄帝葬于西海桥山，神未东归。

⑧延伫：久立等待。

⑨恤(xì)：休息。蓁蓁(zhēn)：茂盛的样子。

⑩黄灵：黄帝。詹：至。

⑪摎(jiū)：求。天道：自然的规律。

⑫六籍：六经。

⑬逵：四通八达的道路。覆：审。

⑭牛哀：鲁人。

⑮昆：兄。《淮南子》："牛哀病七日而化为虎，其兄启户而入，哀搏而杀之，不自知为虎也。"

⑯鳖令：古神话云蜀人，继望帝而为帝。《蜀王本纪》：望帝治汶山下邑曰郫，积百余岁，荆地有一死人名鳖令，其尸亡，随江水上至郫，与望帝相见。望帝以鳖令为相，以德薄不及鳖令，乃委国受之而去。殪：死。

⑰引：长。

⑱晰：《后汉书》作"晰"，清晰，明白。

⑲窦：指孝文窦皇后，景帝母。

⑳膺：受，当。繁庑：茂盛。据《汉书》载："太后出宫人以赐诸王各五人，窦姬与在行中。家在清河，愿如赵，近家。请其主遣宦者吏，必置我籍赵之伍中。宦者忘之，误置籍代伍中……当行，窦姬涕泣，怨其宦者……至代，代王独幸窦姬……生景帝。"

㉑王：指王莽。

㉒衔恤：含忧。绝绪：没有子孙。《汉书》载，孝平王皇后，莽女也。莽秉政，以女配帝。遣刘歆奉乘舆法驾，迎后于莽第。及莽即真，后常称病不朝，会莽诛，自投火中死。

㉓厖(máng)眉：眉毛花白，状人之老态。

㉔遘（gòu）：遭遇。据《汉武故事》载："颜驷，不知何许人。汉文帝时为郎。至武帝，尝辇过郎署，见驷庞眉皓发，上问曰：'叟何时为郎？何其老也？'对曰：'臣文帝时为郎，文帝好文，而臣好武；至景帝好美，而臣貌丑；陛下即位，好少，而臣已老。是以三世不遇，故老于郎署。'上感其言，擢拜会稽都尉。"

㉕董：董贤。弱冠：古时男子二十成人，初加冠，体还未壮，故称弱。后沿称年少为弱冠。

㉖隧：掘地通路，王葬之礼。据《汉书》载，董贤年二十二为三公，哀帝崩，贤自杀，家惶恐，夜葬之。莽疑其诈死。有司奏贤造冢墓，不异王制。贤既见发，赢诊其尸，因埋狱中。

㉗反仄：同"反侧"，辗转不安，动荡不定。

㉘穆：指叔孙穆子，名豹，鲁大夫。曾梦天压己，不胜，有一叫牛的人相助，乃胜之。后遇牛，使为竖。牛欲乱其室而有之，穆子病，不供饮食。穆子遂饿而死。详见《左传》。

㉙文断祛而忌伯兮：据《国语》载：初，献公使寺人勃鞮（字伯楚）伐文公于蒲城，文公逾垣，勃鞮斩其祛。乃入，勃鞮求见，于是吕甥郤芮畏逼，悔纳公，谋作乱。勃鞮知之，故求见公。公遂见之，遂以吕郤之谋告公。

㉚通人：指学识渊博的人。

㉛剖：剖析，辨明。

㉜摘：通"摘"。谶：预言吉凶得失的文字、图记。秦三十二年，燕人卢生奏篆图，言："亡秦者，胡也"，始皇乃使将军蒙恬将兵三十万，北击胡，取河南地，遂筑长城以为塞。始皇崩，李斯与赵高谋，诈受始皇诏，立胡亥为太子。详见《秦语》。

㉝车：人名。昔有周罐者，家甚贫，夫妇夜田，天帝见而矜之，问司命曰："此可富乎？"司命曰："命当贫。有张车子财，可以假之。"乃借而与之，期曰："车子生，急还之。"田者渐富，致赀巨万。及

期,忌司命之言,夫妇辇其贿以逃。后于车下生子,取名车子。从此所向失利,遂贫困。见《鬼神志》《搜神记》。

㉞慎:鲁大夫梓慎。灶:郑大夫裨灶。梓慎、裨灶,是显明天道之人,占于水火,亦有妄。见《左传》。

㉟讯:劝告,告语。

㊱丁:当。厥:其。劓(zì):刺。《吕氏春秋》载:梁国之北,地名黎丘,有奇鬼焉,善效人之子侄昆弟之状。邑丈人有之市而醉归者,黎丘之鬼效其子之状,扶而道苦之。至家,方知是奇鬼。明日复于市,欲遇而刺杀之。之市而醉,其真子恐其父之不能反也,遂往迎之,丈人望见之,拔剑而刺之,杀真子。

㊲睓(tiàn):视。

㊳矧(shěn):沉。

㊴绵挛:牵制,拘束。滓(xìng):引。

㊵疹(zhěn):病。

㊶监:视。孔:甚。

㊷棐(fěi):辅,辅导。忱:忠诚。祐(yòu):指神明的佑助。

㊸躅(juān)体:祭祀以前,沐浴斋戒,清洁身体。

㊹禠:福。《吕氏春秋》载:汤时大旱七年,卜用人祀天。汤乃以身祷于桑林,自以为牺牲,用祈于上帝,雨乃大至。

㊺虑:谋。

㊻荧惑:火星。《吕氏春秋》载:"宋景公有疾,司星子韦曰:'荧惑守心。心,宋之分野,君当之。若祭,可移于相。'公曰:'相,寡人之股肱,岂可除心腹之疾,移于股肱? 可乎?'曰:'可移于民。'公曰:'民者,国之本,国无民,何以为国? 如何伤本而救吾身乎?'曰:'可移于岁。'公曰:'岁所以养民,岁不登,何以蓄民?'子韦曰:'君善言三,荧惑必退三舍,延命二十一年。'"

㊼亢:抵御。《左传》:魏犨有嬖妾,无子。魏犨疾病,命子魏颗曰:

"必嫁是妾。"乃疾甚困,则更命颗曰:"必杀以为徇葬。"及雠卒,颗嫁之,不杀徇葬。曰:"疾病则必情乱,吾从其治时也。"后有辅氏之役,颗领兵拒秦师之日,忽见一人在前,结草以亢御杜回,杜回遂踬而颠,故获杜回,于是秦师遂败。获杜回之夜,梦曰:"余,汝所嫁妇人之父也。尔用先人之治命,余是以报也。"

㊽咎繇:即皋陶,传说舜之臣,掌刑狱之事。迈:行。种德:布行德惠。

㊾懋(mào):盛大。英、六:国名,楚末乃见。《尚书》曰:"咎繇迈种德。"《史记》曰:"帝禹封皋陶之后于英六。"

㊿桑末:树名。

五一卉:草的总称。育:生。旧注认为,卉即桑末,这句是说桑末寄夫根生,桑末既凋,而寄生已茂。以喻皋陶之后,封于英六,众国已灭,而英六独存。说明积德之后必有余庆。

五二有无言而不酬兮,又何往而不复:迈德行仁,必贻后庆,如有言必酬,有往必复。《诗经》中说:"无言不酬,无德不报。"《礼记》说:"往而不来,非礼也。"

五三盍:何不。

【译文】

踏上白门奔向东啊,驰骋行进荒野中。弱水潺湲自横渡咽,止于华阴急水滨。呼河伯使清渡口啊,划取龙舟济我渡。恰遇帝轩魂未归啊,怅思悠悠久延伫。萋萋河林且小憩啊,对《关雎》的戒女甚为感佩。黄帝为我探访前途命运啊,求问天道究何如?回答"近者信而远者疑啊,六经缺如而不出。神道幽昧难审察啊,谁能相谋而随逐?牛哀患病化成虎啊,虽遇兄长亦噬食。鳖令亡尸遇望帝啊,受取蜀禅长留世。死死生生错不齐啊,后承幸而蒙弘福。窦姬哭泣于前往代地的路途啊,而其子却践祚为帝。王莽肆志于汉庭啊,最终含忧绝后绪。厖眉皓发郎迁尉啊,及至三世遇汉武。董贤年少任三公啊,墓如王制未能驻。吉吉凶凶常相因啊,反反复复谁能主? 穆子至天喜遇牛啊,重用为竖反被幽。文公袂断恨伯楚啊,伯欲献忠遭惩处。通人亦难辨善恶啊,昏惑之事岂能剖? 嬴政择谶戒北胡啊,未料乱竟作于内。财物满车终尽去啊,生子期至而验对。梓慎、裨灶明天道啊,占于水火亦有失。梁叟厌恨黎丘鬼啊,面对亲子寒剑刺。亲眼所见都不识啊,更况幽冥岂可信? 切莫被此所牵制啊,千思百忧困成疾。皇天圣察实昭明啊,辅助忠诚佑护仁。汤捐身躯祈苍天啊,天降洪福拯救民。景公三虑皆思国啊,火星为之栖他辰。魏颗智从父之命啊,鬼御杜回而败秦。皋繇施德行仁惠啊,洪恩浩荡润英六。寄生之物寄桑末啊,桑末凋落寄生茂。无言自然无酬对啊,有往怎会无有复? 何不远游以飞声啊,谁说时光可留贮?"以上描述的是中央地带。曾国藩的解读是,从"自近信而远疑兮"句至此,都是黄帝的文辞。其中"百忧以自疹"以上说的是天道难测;"天监之孔明兮"句以下,讲的是人的努力作为是可为凭依的。

　　仰矫首以遥望兮①,魂憯悷而无俦②。逼区中之隘陋兮③,将北度而宣游④。行积冰之硙硙兮⑤,清泉沍而不流⑥。寒风凄其永至兮,拂穹岫之骚骚⑦。玄武缩于壳中兮⑧,腾蛇蜿而自纠⑨。鱼矜鳞而并凌兮⑩,鸟登木而失条。坐太阴之屏室兮⑪,慨含欷而增愁⑫。怨高阳之相寓兮⑬,曲颛顼而宅幽⑭。庸织路于四裔兮⑮,斯与彼其何瘳⑯! 望寒门之绝垠兮⑰,纵余缕乎不周⑱。以上北方。

【注释】

①矫:高举。

②憯(chǎng)悷:失意的样子。俦(chóu):伴侣。

③区中:人世间。

④宣：遍。

⑤积冰：指北方。北方寒冰所积，故名。硙（ái）：坚固状。

⑥沍：冻结。

⑦穹：高，大。岫（xiù）：峰峦，山谷。骚骚：风劲的样子。

⑧玄武：北方太阴之神，其形象为龟。一说为龟蛇合称。

⑨腾蛇：传说指能飞之蛇。纠：缠绕，纠缠。

⑩矜：竦。

⑪太阴：指北方。

⑫欷：抽咽声，哀叹。

⑬高阳：指高阳氏颛顼。颛顼水德，位在北方。

⑭佃（qióng）：形容细小。幽：指幽都，即北方极远的地方。

⑮庸：劳。四裔：四方极远的地方。

⑯瘳（chōu）：愈。

⑰寒门：北极之门，也指极寒冷的北方。

⑱不周：山名，在昆仑西北。

【译文】

举首向上而遥望啊，孤魂怅惘无人俦。迫于世俗尽隘陋啊，我将北去而漫游。积冰皑皑步难行啊，清泉冻结亦不流。寒风凄凄长年至啊，骚骚怒拂山与岫。玄武缩于龟壳中啊，腾蛇蜿曲自绕纠；鱼鳞竦乍成冰凌啊，鸟方登木落枝条。坐于屏蔽之屋室啊，欷歔哀叹增忧愁。怨帝（高阳）择居于北方啊，偏僻狭窄处幽都。奔波劳顿于四方啊，此方怎解彼方忧？远望寒门极尽处啊，我自解马于不周。以上说的是朝向北方。

迅焱潚其腾我兮①，鹜翩飘而不禁②。越欿唵之洞穴兮③，漂通川之碄碄④。经重瘴乎寂寞兮⑤，慭坟羊之深潜⑥。追荒忽于地底兮⑦，轶无形而上浮⑧。出石密之暗野兮⑨，不识蹊之所由。速烛龙令执炬兮⑩，过钟山而中休⑪。瞰瑶豀之赤岸兮⑫，吊祖江之见刘⑬。聘王母于银台兮⑭，羞玉芝以疗饥⑮。戴胜慭其既欢兮⑯，又诮余之行迟⑰。载太华之玉女兮，召洛浦之宓妃⑱。咸姣丽以蛊媚兮，增嫮眼而蛾眉⑲。舒诊婧之纤腰兮⑳，扬杂错之袿徽㉑。离朱唇而微笑兮，颜的砾以遗光㉒。献环琨与琛缡兮㉓，申厥好以玄黄㉔。虽色艳而赂美兮，志浩荡而不嘉。双材悲于不纳兮，并咏诗而清歌㉕，歌曰："天地烟煴㉖，百卉含蕚。鸣鹤交颈，雎鸠相和㉗。处子怀春㉘，精魂回移。如何淑明，忘我实多？"

【注释】

①猋(yàn)：疾风。潚(sù)：迅疾的样子。媵：陪送。

②骛(wù)：奔驰。

③谽(hān)唎：大，深。

④砅砅：幽深的样子。

⑤重痓：地下。

⑥慭：同"敏"。坟羊：土怪。

⑦荒忽：幽昧的样子。

⑧无形：指天。

⑨石密：疑为密山（依李善注）。《山海经》载，密山是生玄玉，黄帝取密山之玉策，而投之钟山之阴。

⑩速：召请，招致。烛龙：神名，人面蛇身而赤，身长千里，其眠乃晦，其视乃明。见《山海经》。

⑪钟山：昆仑山的别名。

⑫瑶豀之赤岸：谓钟山东瑶岸。

⑬祖江：人名。《山海经》："是与钦鸹杀葆江于昆仑之阳，帝乃戮之

于钟山之东曰瑶崖。"刘：杀。

⑭聘：访，探问。王母：西王母。银台：王母所居。

⑮羞：进。玉芝：芝草，以色自如玉而名，亦名白芝。

⑯戴胜：即西王母。憗：笑的样子。

⑰诮（qiào）：责备。

⑱浦：涯。宓（fú）妃：传说为伏羲之女，溺死于洛水，为洛水之神。

⑲嫮（hù）：美好。

⑳诊（miǎo）婧：苗条的样子。

㉑袿（guī）：妇女上衣；衣裾，衣袖。徽：妇女之饰物，用五彩丝做成，也叫香缨。

㉒的砾：光亮、鲜明的样子。

㉓琛：珍宝。缡：香缨。

㉔玄黄：玉石之色。

㉕清歌：不用乐器伴奏的歌唱。

㉖烟煴：阴阳二气和合的样子。

㉗雎鸠：水鸟名，俗称鱼鹰，相传雌雄有定偶。

㉘处子：处女。

【译文】

迅风呼啸陪送我啊，急驰翩飘不能禁。洞穴豁然任飞越啊，通川杳杳自漂行。地下幽幽万籁寂啊，坟羊深潜敏自如。追随地底之荒忽啊，超越天宇而上浮。忽出石密之暗野啊，不识小径所由出。召请烛龙执火炬啊，路经昆仑而中休。下瞰钟山东瑶岸啊，凭吊祖江魂应安。探访王母于银台啊，腹饥进我玉芝餐。王母既已展欢颜啊，又责我行迟且晚。载来太华之士女啊，又召洛水之宓妃。尽皆姣丽而盅媚啊，更增娉眼与蛾眉。细腰窈窕款款舒啊，裙裾杂错随风飘。朱唇微启盈盈笑啊，光彩照人熠熠耀。敬献环琨与琛缡啊，玄黄之色如我德。姿色娇艳赠品美啊，我志浩荡不嘉乐。二女双悲我不纳啊，并咏诗而唱清歌："天地烟熅,百卉含葩。鸣鹤交颈,雎鸠相和。少女怀春,魂荡神移。淑良贤明,何要忘我?"

　　将答赋而不暇兮,爰整驾而亟行^①。瞻昆仑之巍巍兮,临萦河之洋洋^②。伏灵龟以负坻兮^③,亘螭龙之飞梁^④。登阆风之层城兮^⑤,构不死而为床。屑瑶蕊以为糇兮^⑥,斟白水以为浆^⑦。抨巫咸使占梦兮^⑧,乃贞吉之元符^⑨。滋令德于正中兮^⑩,含嘉秀以为敷^⑪。既垂颖而顾本兮^⑫,亦要思乎故居。安和静而随时兮^⑬,姑纯懿之所庐。以上入地。

【注释】

①爰:于是。

②萦:纡。洋洋:盛大的样子。

③坻(chí):水中小洲或高地。

④螭(chī):传说中无角的龙。

⑤层城:古代神话谓昆仑山有层城九重,分三级:下层叫樊桐,一名板桐;中层叫玄圃,一名阆风;上层叫层城,一名天庭,为太帝所居,上有不死之树,食之长寿。

⑥屑:碎。糇(hóu):干粮。

⑦斟(jū):酌,舀取。白水:水名,源于昆仑山,饮之不死。见《淮南子》。

⑧抨:使。巫咸:古代传说中神巫名。这句说我昔梦木禾,今令巫咸占之。

⑨元符:重大的符应。

⑩滋:繁。令德:美德。

⑪秀:不华而实。

⑫颖：穗。禾垂颖而顾本，如同人思故居。

⑬随时：谓顺应时势。

【译文】

将要答赋却无暇啊，于是整驾而疾行。瞻望昆仑山巍巍啊，又临黄河水洋洋。灵龟伏地负小洲啊，螭龙横亘作飞梁。登上阆风之层城啊，不死之树构架床。瑶蕊碎屑作干粮啊，舀取白水以作浆。督使巫咸占昔梦啊，梦中木禾兆吉祥。修养美德蕴于心啊，恰如木禾含嘉秀。木禾垂穗顾根本啊，为人亦要思故居。顺应时势安与静啊，纯淳懿美是我居。以上说的是入地。

戒庶僚以夙会兮①，佥供职而并迓②。丰隆轩其震霆兮③，列缺晔其照夜④。云师𩰚以交集兮⑤，冻雨沛其洒途⑥。軑瑞舆而树蕐兮⑦，扰应龙以服辂⑧。百神森其备从兮，屯骑罗而星布。振余袂而就车兮，修剑揭以低昂。冠岩岩其映盖兮⑨，佩綝𫄸以辉煌⑩。仆夫俨其正策兮，八乘腾而超骧。氛旄溶以天旋兮⑪，霓旌飘以飞扬。抚轮轵而还睨兮⑫，心勺漺其若汤⑬。羡上都之赫戏兮⑭，何迷故而不忘？左青琱之捷芝兮⑮，右素威以司钲⑯。前长离使拂羽兮⑰，后委衡乎玄冥⑱。属箕伯以函风兮⑲，澄澒涩而为清⑳。曳云旗之离离兮㉑，鸣玉鸾之譻譻㉒。涉清霄而升遐兮㉓，浮蠛蠓而上征㉔。纷翼翼以徐戾兮㉕，焱回回其扬灵㉖。叫帝阍使辟扉兮㉗，觌天皇于琼宫㉘。聆广乐之九奏兮㉙，展泄泄以彤彤㉚。考治乱于律均兮㉛，意建始而思终。惟般逸之无斁兮㉜，惧乐往而哀来。素女抚弦而余音兮㉝，太容吟曰念哉㉞！既防溢而靖志兮㉟，迨我暇以翱翔㊱。出紫宫之肃肃兮㊲，集太微之阆阆㊳。命王良掌策驷兮㊴，逾高阁之将将㊵。建罔车之幕幕兮㊶，猎青林之芒芒㊷。弯威弧之拔剌兮㊸，射嶓冢之封狼㊹。观壁垒于北落兮㊺，伐河鼓之磅硠㊻。乘天潢之泛泛兮㊼，浮云汉之汤汤㊽。倚招摇、摄提以低徊戮流兮㊾，察二纪、五纬之绸缪遹皇㊿。偃蹇夭矫娩以连卷兮(51)，杂沓丛颉飒以方骧(52)。戫汩飂泪沛以罔象兮(53)，烂漫丽靡藐以迭逷(54)。凌惊雷之砊礚兮(55)，弄狂电之淫裔。逾庬鸿于宕冥兮(56)，贯倒景而高厉(57)。廓荡荡其无涯兮，乃今窥乎天外。据开阳而俯视兮(58)，临旧乡之暗蔼(59)。悲离居之劳心兮，情悁悁而思归。魂眷眷而屡顾兮，马倚辀而徘徊(60)。虽游娱以偷乐兮，岂愁慕之可怀！出阊阖兮降天途，乘焱忽兮驰虚无(61)。云菲菲兮绕余轮，风眇眇兮震余旍(62)。缤连翩兮纷暗暖，倏眩眃兮反常闾(63)。以上升天。

【注释】

①庶僚：指丰隆、列缺等。

②佥（qiān）：皆，众。迓（yà）：迎接。

③丰隆：雷公。震霆：霹雳。

④列缺：闪电。

⑤云师：云神。䨴：阴暗的样子。

⑥冻雨：暴雨。

⑦轙（yǐ）：车衡上穿缰绳的大环。葩：羽盖上的金花。

⑧扰：驯。应龙：有翼的龙。

⑨岩岩：高峻的样子。

⑩绯缅：盛饰的样子。

⑪氛旄:氛气为旄。氛,气,云气。溶:盛。

⑫軨(líng):车箱的木格栏。轵(zhǐ):车箱左右横直交结的栏木。

⑬勺瀹(yào):热,即灼烁。

⑭上都:京师,首都。赫戏:光明炎盛的样子。

⑮青琱:青文龙。捷(qián):举起,竖立。芝:小盖。

⑯素威:白虎威。《礼记》:"君行,左青龙而右白虎也。"钲(zhēng):古乐器名,行军时用以节止步伐。

⑰长离:朱鸟。

⑱衡:水衡,官名,掌管山林池苑,兼保管皇室财物及铸钱。玄冥:水神。

⑲箕伯:风师。函:含。

⑳湸涊(tiǎn niǎn):污浊。

㉑云旗:以云为旗。离离:罗列的样子。

㉒鸾:鸾镳,系鸾铃的马衔。罂罂(yīng):象声词。

㉓霄:微云。

㉔蠛蠓(miè měng):虫名,一种小飞虫。

㉕翼翼:飞的样子。戾:至。

㉖焱:火花。回回:明亮的样子。

㉗阍:守门者。

㉘觌(dí):相见。天皇:天帝。

㉙广乐:传说天上的一种乐曲。

㉚展:信,确实。泄泄(yì):舒畅和乐的样子。肜肜(róng):同"融融"。

㉛律:十二律。《琴道》:"琴七弦,足以通万物而考治乱也。"均:古乐器的调律器。《乐汁图征》:"圣人往承天助,以立五均。"

㉜敦(dù):古"度"字。

㉝素女:传说中的神女名,有人说她长于音乐,有人说她知阴阳

天道。

㉞太容：黄帝乐师。

㉟靖：静。

㊱迨(dài)：及，趁着。

㊲紫宫：星座名。肃肃：清静，幽静。

㊳太微：即太微垣，星座名。阆阆(láng)：高大的样子。

㊴王良：春秋时晋之善御马者。又，星名。《史记·天官书》："汉中四星曰天驷，旁一星曰王良。"

㊵将将(qiāng)：高大、雄壮的样子。

㊶罔车：毕星。幕幕：覆盖周密的样子。

㊷青林：天苑。

㊸威孤：星名。拔剌：象声词，张弓发矢声。

㊹嶓(bó)冢：山名。封狼：即天狼星。《河图》："嶓冢之精，上为狼星。"

㊺北落：星名。

㊻伐：击。河鼓：星名。

㊼天潢：星名，横于天河中。泛泛：飘浮的样子。

㊽云汉：天河。

㊾招摇、摄提：星名。戮(lù)流：缭绕。

㊿二纪：指日、月。五纬：五星。绸缪：连绵。遹皇：往来的样子。

(51)偃蹇：骄傲，傲慢。连卷：长曲的样子。

(52)丛颣(cuì)：众多杂乱的样子。飒：盛。

(53)䬓(yù)汩：疾速的样子。飂(liáo)泪：迅疾。沛：迅疾。罔象：即仿佛，仿佛相似。

(54)烂漫丽靡：分布远驰的样子。藐：远。迭逿(táng)：无检束的样子。

(55)凌：乘。砊磕(kāng kē)：雷声。

⑤庞鸿：古人以天体未形成前，宇宙浑然一体，称为庞鸿。宕冥：渺
　　远的天空。

⑤倒景：道家指天上最高的地方，在日月之上，反从下照，故其影
　　倒。景，同"影"。

⑤开阳：北斗七星，第六颗叫开阳。

⑤暗蔼：遥远的样子。

⑥辀：辕。

⑥猋（biāo）忽：疾风。

⑥旟（yú）：绘有鸟隼图像的旗。

⑥眩眃：目视不明的样子。常间：故里。

【译文】

　　戒命众僚早会聚啊，皆供职而并迎接。雷公轩然裂霹雳啊，闪电哗
然照黑夜。云师湛然而交集啊，暴雨沛然洒路途。驾雕车而树金范啊，
驯服应龙挽辕辂。百神森森而备从啊，屯骑宛如星列布。奋袖振振登
我车啊，长剑高举舞起伏。高冠岩岩照羽盖啊，珮玉缤缅而辉煌。仆夫
肃然振长鞭啊，八乘腾空竞超翔。氛旄溶溶纵天旋啊，霓旌飘飘而飞
扬。抚车箱而回眼望啊，心灼烁如水沸扬。想慕京师光赫赫啊，为何恋
故不能忘？左边青龙擎芝盖啊，右边白虎主司钲。前面朱鸟拂毛羽啊，
后跟玄冥任水衡。嘱托箕伯函蕴风啊，澄污浊而为清淳。曳引云旗列
离离啊，鸣响玉鸾声詟詟。趷清云而翔高远啊，浮蠛蠓而向上征。羽翼
纷纷徐徐至啊，火华炫炫扬光灵。叫帝阍使开宫门啊，谒见天帝于琼
宫。聆听广乐奏九重啊，委实舒畅而融融。律均之上考治乱啊，万事开
始便虑终。忽思逸乐原无度啊，心惧乐往而哀从。素女抚弦袅余音啊，
乐师太容吟"念终"。既防溢而静我志啊，趁此闲暇去翱翔。方出紫宫
静幽幽啊，又入太微高闿闿。命令王良掌策马啊，轻逾高阁伟将将。覆
盖冈车密幕幕啊，青林天苑猎芒芒。拔剌一声引威弧啊，射向幡冢之天
狼。再去北落观壁垒啊，击响河鼓声磅碌。乘上泛泛之天潢啊，浮于云

汉之汤汤。凭倚招摇、摄提而低回缭绕啊,遍察日月五星连绵来往。傲然自恣绵延长曲啊,纷繁杂沓络绎洋洋。烕汩飚泪迅疾彷徨啊,分散四驰远而无检。凌乘丛颀之惊雷啊,弄耍淫裔之狂电。逾越昊天之高气啊,穿过倒影击云天。廓荡荡而无涯际啊,如今畅窥向天外。凭据开阳而俯视啊,下临旧乡之遥遥。突悲离居亦劳心啊,情惏惆惆而思归。忧魂眷眷频回顾啊,马倚车辕亦徘徊。我本游娱苟寻乐啊,岂料心中愁思怀。出天门而下天路啊,乘迅风而驰虚无。云菲菲啊绕我轮,风渺渺啊震我旗。连连翩翩纷暗暧啊,倏忽之间反故里。以上说的是升天。

　　收畴昔之逸豫兮①,卷淫放之遐心。修初服之娑娑兮②,长余佩之参参③。文章焕以灿烂兮④,美纷绘以从风。御六艺之珍驾兮⑤,游道德之平林。结典籍而为罟兮,敺儒墨以为禽⑥。玩阴阳之变化兮,咏《雅》《颂》之徽音⑦。嘉曾氏之《归耕》兮⑧,慕历阪之钦崟⑨。恭夙夜而不贰兮,固终始之所服⑩。夕惕若厉以省愆兮⑪,惧余身之未敕⑫。苟中情之端直兮,莫吾知而不恧⑬。默无为以凝志兮⑭,与仁义乎逍遥。不出户而知天下兮,何必历远以劬劳⑮?

【注释】

①畴昔:往日。逸豫:安乐。

②初服:入仕前的衣服。

③参参(shēn):长的样子。

④文章:错杂的色彩或花纹。

⑤六艺:指礼、乐、射、御、书、数。

⑥敺(qū):同"驱"。

⑦徽音:德音。

⑧嘉曾氏之《归耕》兮：《琴操》："归耕者，曾子之所作也。曾子事孔子，十有余年，晨觉，眷然念二亲年衰，养之不备，于是援琴而鼓之曰：'歔欷归耕来兮，安所耕历山盘兮。'"

⑨钦嵚(qīn yín)：高的样子。

⑩服：服事。

⑪夕惕：形容戒慎恐惧，不敢怠慢。厉：危险。愆(qiān)：罪过，过失。

⑫敕(chì)：整饬。

⑬恧(nù)：惭愧。

⑭无为：《老子》："上德无为。"

⑮劬(qú)劳：辛勤，劳苦。

【译文】

敛收往日之安乐啊，卷起淫放之遐心。整理初服使娑娑啊，续延佩带使参参。色彩焕然而灿烂啊，华美纷纭而从风。驾驭六艺为珍驾啊，游历道德作平林。连结典籍来作网啊，驱赶儒墨作猎禽。玩弄阴阳之变化啊，吟咏《雅》《颂》之德音。嘉慕曾子归于耕啊，仰望历山高钦嵚。夙夜恭守而不贰啊，自始至终务所服。夕惕若厉而省过啊，唯惧我身未整饰。如若内心端且直啊，无人知晓不愧耻。默然无为凝我志啊，仁义之途自逍遥。不出户而知天下啊，何必历远而辛劳？

系曰①：天长地久岁不留，俟河之清祇怀忧②。愿得远度以自娱，上下无常穷六区③。超逾腾跃绝世俗，飘遥神举逞所欲④。天不可阶仙夫稀，柏舟悄悄吝不飞⑤。松、乔高跱孰能离⑥？结精远游使心携⑦。回志朅来从玄谋⑧，获我所求夫何思⑨！以上反本自修。

【注释】

①系：辞赋末尾总结全文之词。

②俟河之清：《京房易传》："河千年一清。"衹（zhǐ）：仅仅。

③六区：上下四方。

④逞：极。

⑤柏舟：《诗》篇名。《诗》："忧心悄悄，愠于群小。"又："静言思之，
　不能奋飞。"悄悄：忧愁的样子。

⑥松、乔：见《西京赋》注。离：附。

⑦携：离。

⑧朅（qiè）：去。

⑨夫：复。

【译文】

　　系辞说：天长地久岁不留，欲待河清只怀忧。愿能远度而自娱，上
下无常遍六区。超逾腾跃绝世俗，飘遥神举极所欲。无阶登天仙夫稀，
柏舟忧忧不忍去。松、乔高峙谁能附？结精远游使心离。回志去来从
玄道，获我所求复思何！以上说的是要返回本原，加强自身修炼。

王粲

王粲(177—217),字仲宣,山阳高平(今山东邹县,一说河南修武)人。王粲少年时遭董卓之乱,先依刘表,未能得到重用。后投靠曹操,官至侍中。流离生活给他以深刻影响,使他写出许多优秀作品,为"建安七子"之冠,与曹植并称为"曹王"。他的成就主要在诗、赋两方面,且对后代影响很大,其中《登楼赋》为一代抒情赋的名篇。王粲的诗,通俗、质朴,有明显的乐府民歌化倾向,有一种自然美。王粲的赋超过了他在诗方面的成就,称雄于当代。他的赋源于浓厚的生活感受,抒发真情,打动人心。非常遗憾的是,《隋书·经籍志》著录王粲诗文十一卷,大约到宋代已经亡佚。明人辑有《王侍中集》,现在出版的王粲作品,都是根据明、清两代辑本点校的。

登楼赋

【题解】

这篇小赋是王粲在避难荆州,投靠刘表得不到重用的情况下,登上当阳城楼,有感于国家混乱、民不聊生的现实写出的。它抒发了作者登楼回望时的离乱之感、思乡之情和渴望建立一番事业的愿望,表达了怀才不遇的抑郁心情。文中最突出的是景物描写,极有特色。王粲舍弃了两汉大赋那种专事雕琢华丽词藻、大量排比的文风,而以平易、从容、自然、流畅出之,从而形成了一种沉郁悲凉、情真意切的抒情风格。晋代陆云说:"《登楼》名高,恐未可越尔。"朱熹认为此文"犹过曹植、潘岳、陆机愁咏、闲居、怀旧众作,盖魏之赋极此矣"。

　　登兹楼以四望兮①,聊暇日以销忧②。览斯宇之所处兮③,实显敞而寡仇④。挟清漳之通浦兮⑤,倚曲沮之长洲⑥。背坟衍之广陆兮⑦,临皋隰之沃流⑧。北弥陶牧,西接昭丘⑨;华实蔽野⑩,黍稷盈畴⑪。虽信美而非吾土兮⑫,曾何足以少留⑬! 以上因楼中美景而生感。

【注释】

①兹楼:此楼,指当阳城楼。

②聊:姑且。暇日:假借此日。暇,通"假"。销忧:解忧。

③斯宇:此楼。

④显:豁亮。寡仇:少有匹敌。

⑤漳:水名。源出湖北南漳县西南的蓬莱洞山,东南流经当阳,与沮水会合,又东南经江陵县入长江。浦:大水的支流与别的河流相通处。

⑥沮:水名。源出湖北保康县西南,东南流经南漳等县,合漳水,又东南经江陵县西入长江。长洲:水中长形的陆地。洲,水中间积沙而成的陆地。

⑦坟衍:地势高起而又平坦。坟,高起。衍,平坦。广陆:广阔的陆地。

⑧临:面临,指南面。皋隰(xí):水边低湿地。皋,水边的高地。隰,水边的湿地。沃流:可灌溉的河流。

⑨北弥陶牧，西接昭丘：弥，终，尽。陶牧，地名。相传有陶朱公范
　蠡之墓。陶，指陶朱公范蠡。牧，牧地，即郊野。昭丘，地名。在
　当阳县东南。传说楚昭王的墓在此。

⑩华实：花果。华，通"花"。蔽野：遮蔽了原野。

⑪黍稷：泛指庄稼。黍，小米。稷，高粱米。盈：充满。畴：田地。

⑫吾土：我的家乡。

⑬曾：语气词，表示舒缓。少留：片刻停留。

【译文】

　　我登上此楼向四处望啊，姑且借此日来解忧。我看此楼所居的地
势啊，确实开阔敞亮少有匹敌。一面带着清澈的漳水支流啊，一面靠着
曲折的沮江长岛。背面是地势高平的广阔的陆地啊，南面低湿地中流
过可用来灌溉的河水。北极陶牧，南连昭丘。花果繁密，遮蔽了田野。
这里虽好但不是我的家乡，又怎么值得片刻停留？以上写因楼中美景而生
感慨。

　　遭纷浊而迁逝兮①，漫逾纪以迄今②。情眷眷而怀归
兮③，孰忧思之可任④？凭轩槛以遥望兮⑤，向北风而开襟⑥。
平原远而极目兮⑦，蔽荆山之高岑⑧。路逶迤而修迥兮⑨，川
既漾而济深⑩。悲旧乡之壅隔兮⑪，涕横坠而弗禁⑫。昔尼
父之在陈兮，有归欤之叹音⑬。钟仪幽而楚奏兮⑭，庄舄显而
越吟⑮。人情同于怀土兮⑯，岂穷达而异心⑰！以上怀归。

【注释】

①纷浊：指时世动乱。当时长安战乱。纷，纷扰。浊，污浊。迁逝：
　迁徙流亡。指作者避乱荆州。

②纪：十二年为一纪。

③眷眷:怀恋的样子。怀归:思归。

④任:承受。

⑤轩槛:楼上的窗户或栏杆。

⑥开襟:解开衣襟。

⑦极目:纵目,尽目力所及望去。

⑧荆山:在今湖北南漳县西北八十里。岑:小而高的山。

⑨逶迤:回曲悠长的样子。修:长。迥:远。

⑩漾:水流长。济:渡。

⑪壅(yōng)隔:阻隔不通。壅,隔绝。

⑫横坠:零乱地落下。弗禁:止不住。

⑬昔尼父之在陈兮,有归欤之叹音:尼父,指孔子。孔子名仲尼,父是古代对老年男子的尊称。陈:陈国。归欤之叹音,事引《论语·公冶长》。孔子周游列国曾断粮于陈,此刻他思念祖国,思念自己的故乡,发出了"归欤,归欤"的叹息声。王粲以孔子来比喻自己。归欤,回去吧。

⑭锺仪幽而楚奏兮:锺仪,春秋时楚国人。据《左传·成公九年》载,楚国征伐郑国时他被郑军所俘,郑把他献给了晋国。晋侯在军府见到他,问明他是个音乐师,便给他一张琴。他抚琴所奏,皆是楚音,晋侯赞扬他说:"乐操国风,不忘归也。"幽,囚困。

⑮庄舄(xì)显而越吟:庄舄,越国人,在楚国做大官。据《史记·张仪列传》载,有一次,庄舄病了,楚王对人说:"庄舄原是越国一个穷人,今天在楚国享了富贵,莫非还想他的本国吗?"派人去探听,果然庄舄正在唱着越国的歌。显,显达,身居要职。

⑯怀土:怀念故乡。

⑰穷:困厄,处于劣境。指锺仪。达:显达,处于顺境,指庄舄。

【译文】

遭逢动荡的时世而流离失所啊,到今天已是十几年了。心中总是怀恋故乡想着回去啊，这种忧思有谁承受得了呢？我倚靠着栏杆朝远处望啊，打开衣襟让北来的风吹拂自己。家乡的平原遥远我极目眺望啊，荆山上的高峰遮住了它。路途漫长而遥远啊，水流又长而且深。悲伤地想到故乡被阻隔啊，眼泪止不住地往下落。当年孔子在陈国时啊，曾发出"回去吧"的叹息。钟仪被囚弹奏楚调啊，庄舄显贵还唱越歌。人思念故乡的感情是一样的，岂会因境遇的穷达而有所不同？以上写怀旧。

唯日月之逾迈兮^①，俟河清其未极^②。冀王道之一平兮^③，假高衢而骋力^④。惧匏瓜之徒悬兮^⑤，畏井渫之莫食^⑥。步栖迟以徙倚兮^⑦，白日忽其将匿^⑧。风萧瑟而并兴兮^⑨，天惨惨而无色^⑩。兽狂顾以求群兮^⑪，鸟相鸣而举翼。原野阒其无人兮^⑫，征夫行而未息^⑬。心凄怆以感发兮^⑭，意忉怛而憯恻^⑮。循阶除而下降兮^⑯，气交愤于胸臆^⑰。夜参半而不寐兮^⑱，怅盘桓以反侧^⑲。以上悲世乱而不得所藉手。

【注释】

①日月之逾迈：时光消逝。日月，光阴，时间。逾迈，越去越远。

②俟：等待。河清：《左传·襄公八年》："俟河之清，人寿几何？"相传黄河水一千年清一次。后以河清喻太平盛世。未极：没有期限。

③王道：王政。一平：太平，统一。

④高衢：大道，比喻盛世。骋力：发挥能力。

⑤惧匏（páo）瓜之徒悬：《论语·阳货篇》："子曰：'吾岂匏瓜也哉，焉能系而不食！'"王粲借以为喻，说明自己并非无用之人，极愿获得为国尽力的机会。匏瓜，葫芦的一种，实圆大而扁。

⑥畏井渫(xiè)之莫食:《周易·井卦》:"井渫不食,为我心恻。"王粲借喻自己洁身修行,但恐怕终究不被重用。渫,淘井,引申为除去污秽。

⑦栖迟:游息,走得很慢。徙倚:徘徊。

⑧忽其:忽然。

⑨并兴:四面八方一起刮起风来。

⑩惨惨:暗淡无光。

⑪狂顾:急切地张望。

⑫阒(qù):寂静。

⑬征夫:远行的人。

⑭凄怆:凄凉悲伤。

⑮切怛(dāo dá):悲痛,哀伤。憯(cǎn)恻:悲痛。憯,通"惨"。

⑯阶除:楼梯。

⑰臆:胸际。

⑱夜参半:直到半夜。

⑲盘桓:思来想去。

【译文】

时光消逝啊,天下太平的盛世却一直没有等到。希望王政能够统一啊,我也可以在盛世发挥一下能力。我害怕像匏瓜空悬无用啊,更害怕像淘干净的水井无人食用。我游息徘徊啊,天色不觉已经将暮。风从四面吹起萧条寒冷啊,天色暗淡无光。走兽慌乱地寻找同类啊,飞鸟彼此呼叫着张开翅膀。原野上一片寂静看不到种田的人啊,只有行路的人还不停息。心中凄凉有感而发啊,心情悲哀而沉痛。我顺着楼梯走下来,胸中愤郁难抒。直到半夜也无法入睡啊,心中惆怅辗转反侧。

以上悲叹世道混乱而不能有所作为。

刘伶

刘伶(约 211—300),字伯伦,沛国(今安徽宿县)人。仕魏为建威参军,晋武帝泰始初,对朝廷策问,盛言无为而治,因无能罢免。不妄交游,唯与阮籍、嵇康友善,为"竹林七贤"之一,嗜酒,蔑视礼法和权贵。主张"幕天席地,纵意所如",崇尚玄虚、放诞颓废。刘伶是西晋文学家,文章为历代所盛传,《酒德颂》为其代表作。亦能诗,但只有一首五言诗《北芒舍家》传世。

酒德颂

【题解】

本文是一篇颂扬以酒为德之人的文字。与一般的颂文不同,本文是借颂赞虚拟的"大人先生"来作自我写照,表达作者对绝对精神自由的渴望与追求和对"贵介公子""缙绅处士"的蔑视与厌恶;显示作者独立的人格力量。本文篇幅虽短,但气势恢宏,笔墨酣畅,嬉笑怒骂,皆有力量,充分体现了魏晋名士为人为文的独特风采,成为魏晋散文中的传世名篇。

有大人先生,以天地为一朝,万期为须臾①,日月为扃牖②，八荒为庭衢③。行无辙迹，居无室庐，幕天席地④，纵意所如⑤。止则操卮执瓢⑥，动则挈榼提壶⑦，惟酒是务，焉知其余！

【注释】

①期（jī）：一周年。

②扃（jiōng）：门。牖：窗。

③八荒：八方荒远地区。庭衢：庭堂，道路。

④幕天席地：以天为幕，以地为席。

⑤纵意：随意，任其意志发展。

⑥卮（zhī）、瓢（gū）：皆酒具。

⑦挈榼（kē）：提酒坛。榼，坛状的盛酒器具。

【译文】

有这样一位大人先生，他将天地轮回作为一天，将上万年作为一瞬间，将日月星辰作门窗，将八方荒远之地为厅堂和道路。他举止行动没有一定的行踪迹象，他居住没有固定的居室房屋，他以天为帷幕，以地为褥席，任性随意地到自己想去的地方。他停下来的时候就手执大小酒杯，他行动起来的时候，就提着酒壶，拎着酒坛，只有酒是他唯一的嗜好，哪里还需要知道其他的事情呢！

有贵介公子、搢绅处士①，闻吾风声，议其所以，乃奋袂攘襟②，怒目切齿，陈说礼法，是非锋起。先生于是方捧罂承槽③，衔杯漱醪，奋髯踑踞④，枕曲籍糟⑤，无思无虑，其乐陶陶！兀然而醉，怳尔而醒⑥，静听不闻雷霆之声，熟视不睹泰山之形，不觉寒暑之切肌、利欲之感情。俯观万物，扰扰焉，如江、汉之载浮萍。二豪侍侧焉⑦，如蜾蠃之与螟蛉⑧！

【注释】

①贵介:高贵的。搢绅:即缙绅,指代官宦人等。

②奋袂(mèi)攘襟:捋起袖子敞开衣领,表示气愤的样子。袂,衣袖。襟,衣领。

③罂:大腹小口酒瓶。

④踑踞:即箕踞。席地而坐时随意伸开两腿,像簸箕形,是不拘礼节的表现。

⑤曲:酿酒药料,俗称"酒母"。糟:做酒剩下的渣子。

⑥怳尔:恍然。怳,同"恍"。

⑦二豪:指公子和处士。

⑧蜾蠃(guǒ luǒ):一种寄生蜂。螟蛉(míng líng):一种绿色小虫。《诗经·小雅·小宛》:"螟蛉存子,蜾蠃负之。"古人认为蜾蠃养螟蛉为子。所以用螟蛉比喻义子。

【译文】

有那么些所谓的高贵人士和官宦人等,听到了他这生活的习性,于是纷纷议论其原因所在,并捋起衣袖,敞开衣襟,怒目横眉,咬牙切齿地道说他们自以为是的礼教和戒律。评论大人先生的是与非的言论像黄蜂一样骤然而起。大人先生于是就手捧酒瓶,身靠酒槽,嘴衔酒杯,口漱浊酒,须髯勃动,叉开两腿,席地而坐,以酒曲为枕,以酒糟为褥,安卧其中,无所思,无所虑,那种悠然,多么欢快啊!突然之间他酒入沉醉,恍然之中,他又苏醒过来。他安静时也听不见雷霆一样的巨响,经常看见像泰山一样高大的东西也仿佛没看到。他已经觉察不到严寒、酷暑对他肌肤的侵害,一切名利欲望对他都不能濡染。他踞高俯瞰万物生灵,纷纷扰扰,就像看那江河湖海上所漂浮游荡的浮萍一样,那些达官贵人立在旁边,就如同螟蛉和蜾蠃一样。

左思

左思(250—305),字太冲,临淄(今山东淄博)人,后迁居洛阳(今属河南)。晋初官居秘书郎。因出身贫寒,对"上品无寒门,下品无世族"的现实十分不满。左思是晋代诗人、辞赋家,但留下的作品不多,仅有《齐都赋》(部分)、《白发赋》《三都赋》和四十首诗。他不满汉赋的取材无据、肆意夸张、辞藻华丽等,而追求事出有因,引证有据,注重事实与本色,显示了其独特的文学观。左思还要求文学反映现实,注重文学的功利作用,在文学史上有较大影响。

三都赋 并序

【题解】

本文包括四大部分:序、蜀都赋、吴都赋和魏都赋,总名为《三都赋》。序言阐明了文学作品的内容必须真实可信的观点,三篇正文则以虚拟人物彼此夸耀的形式,分别极言各都的盛况,构成一个整体,同时又各有侧重:蜀都赋侧重蜀地成都的山川风物,吴都赋侧重东吴建业(今江苏南京)的广阔繁华,魏都赋侧重中原大魏的规模制度,反映了作者的儒家正统思想和大一统思想。

本文是左思辞赋的代表作,语言工丽,内容宏博,地方色彩浓郁,材料真实可靠,充分体现了作者严谨的创作态度。但在体制上,还是沿袭汉赋的旧制。另外,作者虽然反对并试图克服以往辞赋的夸饰流弊,可并未能在作品中真正做到。

　　盖《诗》有六义焉①,其二曰赋。扬雄曰:"诗人之赋丽以则。"班固曰:"赋者,古诗之流也。"先王采焉,以观土风②:见"绿竹猗猗"③,则知卫地淇澳之产④;见"在其版屋"⑤,则知秦野西戎之宅⑥。故能居然而辨八方。然相如赋《上林》而引"卢橘夏熟",扬雄赋《甘泉》而陈"玉树青葱",班固赋《西都》而叹以"出比目",张衡赋《西京》而述以"游海若"⑦。假称珍怪,以为润色。若斯之类,匪啻于兹⑧。考之果木则生非其壤,校之神物则出非其所。于辞则易为藻饰,于义则虚而无征⑨。且夫玉卮无当⑩,虽宝非用;侈言无验,虽丽非经。而论者莫不诋讦其研精⑪,作者大氐举为宪章⑫。积习生常,有自来矣。

【注释】

①《诗》:指《诗经》。六义:《毛诗序》:"诗有六义焉:一曰风,二曰赋,三曰比,四曰兴,五曰雅,六曰颂。"

②土风:风土人情。

③猗猗(yī):茂盛美好的样子。

④淇:指淇水,在今河南北部。澳(yù):水边弯曲处。

⑤版屋:通过四周打土墙建成的房屋。版,指一种筑土墙的方法,先用两板相夹,然后在其中倒土、筑实,形成土墙。

⑥西戎:这里指羌人。

⑦海若:海神。

⑧匪啻(chì)：不啻，不止。

⑨征：证据。

⑩玉卮(zhī)：玉制酒杯。当(dàng)：底。

⑪莫不：该词与文意不符，有的注家怀疑本作"莫敢"，有的注家则认为"不"为衍文。诋诃(dǐ jié)：批评，指出。诋，诋毁，批评。诃，发人阴私，指出。

⑫大氐：大抵，大概。宪章：典范，楷模。

【译文】

《诗经》有六义，它的第二义称为赋。扬雄说："以前诗人作的赋，虽然遣词造句华美富丽，但是符合《诗经》的标准。"班固说："赋是由古诗演变而来的。"以前的帝王靠收集地方歌谣来了解地方的风俗人情：见了"绿竹猗猗"的句子，就知道卫国淇水流域盛产绿竹；见了"在其版屋"的诗句，就知道秦国西部的羌族是住怎样的房屋。所以，居住在自己这个地方却可以根据诗歌了解各地的不同情况。可是，司马相如作《上林赋》，却说："卢橘夏熟"；扬雄作《甘泉赋》，却说"玉树青葱"；班固作《西都赋》，感叹钓了比目鱼；张衡作《西京赋》，却叙说和海神交游。借珍奇怪异之事来为赋文增色。像这样的事，还不止这些。考察其中所写的果木，则知道有的并非生长在那里的土壤里；核对其中所写的神物，则知道有的不是生活在该处。这样做，对于辞藻修饰来说，就变得很容易，但内容却空泛不实了。那种没有底子的玉杯，虽然珍贵但是不能使用；夸大没有依据的言辞，虽华丽却不合常理。然而评判的人没有谁批评他们的矫饰与荒谬，写辞赋的人大多以之为经典楷模。习惯成自然，自古便如此了。

余既思摹《二京》而赋《三都》，其山川城邑，则稽之地图；其鸟兽草木，则验之方志；风谣歌舞，各附其俗；魁梧长者，莫非其旧。何则？发言为诗者，咏其所志也；升高能赋者,颂其所见也。美物者,贵依其本;赞事者,宜本其实。匪本匪实,览者奚信？且夫任土作贡^①,《虞书》所著^②;辩物居方^③,《周易》所慎。聊举其一隅,摄其体统,归诸诂训焉^④。

【注释】

①任:依凭。

②《虞书》:《尚书》的一部。

③居方:所处的方位。

④诂训:故训,古义。

【译文】

我想摹仿《二京赋》来作《三都赋》,赋中的山川城镇,都查对了地图;赋中的鸟兽草木,都核实了方志;赋中的民谣歌舞,都符合地方习俗;赋中的著名人物,都是地方名流。为什么这样呢？因为写诗是表达自己的志向;登高作赋是赞美他的亲眼所见。赞美事物,可贵的是能抓住它的原本;赞美事件,也应该符合实际情况。与事实不符,读者能相信什么呢？那根据土地缴纳贡品,是《虞书》记载过的;根据地方辨识物类,是《周易》申明当慎的。姑且举出其中个例,总结出赋体文创作的规律并指出赋作应该以古圣人之言为依据。

蜀都赋

有西蜀公子者,言于东吴王孙曰:"盖闻天以日月为纲,地以四海为纪,九土星分^①,万国错跱^②。崤、函有帝皇之宅^③,河、洛为王者之里^④。吾子岂亦曾闻蜀都之事欤？请为左右扬榷而陈之^⑤:

【注释】

①九土星分：按照天上星宿指向把大地分成九州。

②错跱(zhì)：杂陈，杂列。

③崤(xiáo)：指崤山，在今河南洛宁北。函：指函谷关，在今河南灵宝南。这里泛指长安一带。

④河、洛：黄河、洛水。这里泛指洛阳一带。

⑤左右：对听话人的婉称。与人对话时不直称其人，以示敬重。扬榷(què)：粗略地、概括地。

【译文】

有位西部蜀国的公子，对江东吴国的王孙说："我听说天上日月是纲，地上四海是纪，大地根据天上星宿划成九州，万国交互并立。崤、函有帝王之宅，河、洛是王者之里。先生听到过蜀都的事情吗？请让我给您粗略讲一下：

"夫蜀都者，盖兆基于上世①，开国于中古。廓灵关以为门②，包玉垒而为宇③。带二江之双流④，抗峨眉之重阻⑤。水陆所凑，兼六合而交会焉⑥；丰蔚所盛，茂八区而菴蔼焉⑦。以上总挈大纲。

【注释】

①兆：开端，开始。

②廓：使……广大。灵关：山名。在今四川成都西南。

③玉垒：山名。在今四川成都西北。宇：屋宇，屋边。

④二江：即岷江，因其出岷山后，分为内江和外江，故称。

⑤抗：高举。峨眉：指峨眉山。重阻：重重险阻。此指峨眉山的崇山峻岭。

⑥六合：四方加上下称为"六合"。

⑦菴（ān）蔼：茂盛的样子。

【译文】

"蜀都奠基于上古，中古开始在这里设郡。耸立的灵关山成为天然门户，环绕的玉垒山逶迤如城墙。汹涌澎湃的岷江水自城南流过，巍峨的峨眉山层峦叠嶂。这里水陆交通四通八达，物产丰饶，天下万物云集于此。以上总述概貌。

"于前则跨蹑犍、牂①，枕辖交趾②，经途所亘③，五千余里。山阜相属④，含谿怀谷；冈峦纠纷，触石吐云。郁菴菡以翠微⑤，崛巍巍以峨峨⑥。干青霄而秀出，舒丹气而为霞。龙池濦瀑溃其隈⑦，漏江伏流溃其阿⑧。泪若汤谷之扬涛⑨，沛若蒙氾之涌波⑩。于是乎邛竹缘岭⑪，菌桂临崖⑫，旁挺龙目⑬，侧生荔枝。布绿叶之萋萋⑭，结朱实之离离⑮。迎隆冬而不凋，常晔晔以猗猗⑯。孔、翠群翔，犀、象竞驰。白雉朝雊⑰，猩猩夜啼。金马骋光而绝景⑱，碧鸡儵忽而曜仪⑲。火井沉荧于幽泉⑳，高焰飞煽于天垂㉑。其间则有虎珀、丹青㉒，江珠、瑕英㉓，金沙、银砾，符采彪炳㉔，晖丽灼烁。以上前，即南也。

【注释】

①蹑（niè）：蹑迹，跟踪。犍（qián）、牂（zāng）：分别指蜀地的两个郡，即犍为、牂柯。

②辖（yǐ）：凭靠。交趾：古地名。本指五岭以南地区，汉置交趾郡。

③亘（gèn）：延绵。

④阜(fù)：大山。

⑤蒶蒕(fēn yūn)：烟气聚积的样子。一作"纷缊"。翠微：山中云气
　　轻飘的样子。

⑥巍巍、峨峨：皆山势高峻的样子。

⑦龙池：池名。在今四川宜宾西南。瀎(xuè)瀑：水浪沸腾的声音。
　　濆(pēn)：水激流的样子。隈(wēi)：山湾。

⑧漏江：江名。清人王先谦在《后汉书集解·郡国志五》中引阮元
　　语："漏江，当即今杞麓湖，漏江故县即今通海县地。通海县在今
　　云南境内。"今人多以为，漏江为贵州兴仁之麻沙河。阿：山湾。

⑨汩(gǔ)：与下文的"沛"皆指水流急畅的样子。汤谷：即旸谷，传
　　说中的日出之处。

⑩蒙汜(sì)：传说中的日落之处。

⑪邛(qióng)竹：邛崃山产的竹子，以实心而稀节、可作手杖著称。

⑫菌桂：一种药用植物。

⑬龙目：即龙眼，也叫桂圆。

⑭萋萋：树叶茂盛的样子。

⑮离离：错落垂挂的样子。

⑯晔(yè)晔：有光彩的样子。

⑰雊(gòu)：野鸡的叫声。

⑱金马：与下文的"碧鸡"皆为西南地区传说中的神物。景："影"的
　　古字，影子。

⑲曜(yào)仪：以闪光的形象出现。

⑳火井：即四川临邛一带的天然气井。因古代常用来煮盐，也称
　　"盐井"。沉荧：沉浸着火光。荧，指小火光。

㉑煽：炽。

㉒虎珀：即琥珀。

㉓江珠：琥珀的别名。瑕英：美玉的一种。

㉔符采：宝珠的光彩。

【译文】

　　"蜀都前方，近处与犍、牂相连，远处和交趾相接，中间绵延有五千多里。其中，山山相连，藏豀纳谷；冈峦错综交杂，水气触石生云。云雾飘忽袅袅，山峰高耸挺立。险峻高峰秀美挺拔直插云霄，红雾舒缓飘散而成漫天彩霞。龙池鼎沸，水声喧哗向山湾急流；漏江潜流，激荡山崖。水势急湍就如同汤谷翻浪，水流浩荡就像濛汜扬波。所以，邛竹、菌桂遍布山岭，龙眼、荔枝挂满山坡。绿叶纷披滴苍翠，红果满树垂错落。虽经隆冬不凋零，常年青葱生光辉。孔雀、翠鸟成群飞，犀牛、巨象竞相驰。清晨野鸡鸣叫，夜里猩猩长啼。金马如光奔驰，稍纵即逝，碧鸡像闪电疾飞，眨眼现身。盐井之盐在地深处熠熠生辉，盐井之火在燃烧中照亮天际。其中盛产琥珀、丹青，江珠、美玉，金沙、银石，异彩纷呈，绚丽多姿。以上讲蜀都的前方，即南方。

　　"于后则却背华容①，北指昆仑②。缘以剑阁③，阻以石门④。流汉汤汤⑤，惊浪雷奔。望之天回，即之云昏。水物殊品，鳞介异族⑥。或藏蛟螭，或隐碧玉。嘉鱼出于丙穴⑦，良木攒于褒谷⑧。其树则有木兰、梫桂⑨，杞、櫹、椅、桐⑩，棕枒、楔、枞⑪，梗、楠幽蔼于谷底⑫，松、柏翁郁于山峰。擢修干，竦长条，扇飞云，拂轻霄。羲和假道于峻歧⑬，阳乌回翼乎高标⑭。巢居栖翔⑮，聿兼邓林⑯。穴宅奇兽，窠宿异禽。熊罴咆其阳，雕鹗鴥其阴⑰。猿狄腾希而竞捷⑱，虎豹长啸而永吟。以上后，即北也。

【注释】

①却背：背靠。华容：水名。在四川江油的北边。

②昆仑：山名。

③剑阁：栈道名。在四川剑阁大、小剑山之间，为著名的军事要地。

④石门：山名。在今陕西汉中西南。剑阁、石门地势险要，为兵家
　　重地。

⑤汉：指汉水。

⑥鳞：鱼类。介：龟、蚌类。

⑦嘉鱼：一种类似鳟鱼的鱼。丙穴：地名。在今陕西汉中勉县东
　　南。《水经·沔水注》："褒水又东南，得丙水口，水上承丙穴，穴
　　出嘉鱼。"

⑧攒：聚集。褒谷：山谷名。在川陕交界处。

⑨木兰、榒（qǐn）桂：皆树名。榒桂即木桂。

⑩杞（qǐ）：杞柳。櫹（qiū）、椅（yī）：皆乔木名。

⑪棕枒：即棕榈。楔（xiē）、枞（cōng）：皆松类植物。

⑫楩（pián）：黄楩木。楠：指楠木。

⑬羲和：神话传说中为太阳驾车的神，代指太阳。峻歧：指高树上
　　的枝杈。

⑭阳乌：神话传说中住在太阳里的三足乌，也代指太阳。标：树梢。

⑮巢居：代指禽鸟。

⑯聿（yù）：发语词。兼：两倍。邓林：神话中的树林，传说是逐日的
　　夸父所丢弃的手杖化成。

⑰鹗（è）：鹰类。鴥（yù）：迅飞。

⑱狖（yòu）：长尾猿。希：空处。

【译文】

"蜀都后方，背靠华容水，遥望昆仑山。被剑阁环抱，受石门阻遮。
汉水奔流而浩荡，波涛腾涌如惊雷。遥看则天旋地转，近观则云雾迷
朦。水中生异类，鱼、龟、蚌类多。蛟螭深潜水底，碧玉水中隐没。丙穴
出产嘉鱼，褒谷丛生良木。树木品种包括木兰、木桂，杞、櫹、椅、桐，棕

桐、刺松。谷底楩、楠幽森森,险峰松柏翠葱葱。树干高挺,枝条耸立,扇摇云飞,轻颤云霄。太阳遇见高树而绕道,三足乌见到长枝而改路。在这里栖息飞翔的禽鸟,是邓林的两倍。奇兽穴居岩洞,异禽栖卧巢中。熊罴在山南面咆哮,雕鹗在山北面疾飞。猿猴争相跳跃攀援,虎豹间歇怒吼长吟。以上讲蜀都的后方,即北方。

　　"于东则左绵巴中^①,百濮所充^②。外负铜梁于宕渠^③,内函要害于膏腴^④。其中则有巴菽、巴戟^⑤、灵寿、桃枝^⑥。樊以菹圃^⑦,滨以盐池。蟾蜍山栖^⑧,鼋龟水处。潜龙蟠于沮泽^⑨,应鸣鼓而兴雨。丹砂赩炽出其坂^⑩,蜜房郁毓被其阜^⑪。山图采而得道^⑫,赤斧服而不朽。若乃刚悍生其方,风谣尚其武。奋之则賨旅^⑬,玩之则渝舞^⑭。锐气剽于中叶^⑮,跻容世于乐府^⑯。以上东,即左也。

【注释】

①巴中:古郡名。

②百濮:古代西南少数民族的通称。

③铜梁:山名。在四川合川南。宕(dàng)渠:古郡名。

④要害:此指险要地方。

⑤巴菽:中药名。也叫巴豆。巴戟:中草药名。即巴戟天。

⑥灵寿:树木名。桃枝:竹类植物名。

⑦樊:藩篱。菹(zū):草名。

⑧蟾蜍(bì yí):山鸡类野禽。

⑨沮(jū)泽:沼泽。

⑩赩(xì)炽:像火一样的深红色。坂:山坡。

⑪郁毓:丰盛的样子。

⑫山图：与下文的"赤斧"皆传说中的仙人。

⑬賨（cóng）旅：賨人所编成的军队。賨是巴蜀的一个少数民族。汉
　高祖刘邦与项羽争天下时，曾得到过他们的帮助。

⑭渝：指渝水。

⑮剽（piào）：轻捷。中叶：此指西汉鼎盛时期。

⑯趫（jiǎo）容：勇武的舞姿。乐府：此指主管音乐舞蹈的机关。

【译文】

"蜀都东面，左与巴中相连，少数民族住满其间。外靠宕渠郡的铜
梁山，内据沃野险要之关。这里出产巴菽、巴戟，灵寿木和桃枝竹。菡
草当作园圃的藩篱，盐池靠近水滨。蟃蜒栖息山上，鼋龟游走水中。潜
龙盘踞沼泽，听见鼓声降雨。山坡上丹砂红似火，山地里蜂房何其多。
山图采用而得道成仙，赤斧服食长生不老。山民性情刚烈慓悍，歌谣充
溢尚武精神。作战则有賨族军队，娱乐则有渝州舞蹈。勇猛锐气兴于
盛汉，刚健舞姿赞于乐府。以上讲蜀都的东方，即左部。

"于西则右挟岷山，涌渎发川①。陪以白狼②，夷歌成章。
坰野草昧③，林麓黝条④。交让所植⑤，蹲鸱所伏⑥。百药灌
丛，寒卉冬馥。异类众夥，于何不育？其中则有青珠、黄
环⑦，碧铬芒消⑧，或丰绿茆⑨，或蕃丹椒⑩。縻芜布濩于中
阿⑪，风连莚蔓于兰皋⑫。红葩紫饰，柯叶渐苞⑬。敷蕊葳
蕤⑭，落英飘飘。神农是尝⑮，卢跗是料⑯。芳追气邪⑰，味蠲
疠疴⑱。其封域之内，则有原隰坟衍⑲，通望弥博。演以潜、
沫⑳，浸以绵、雒㉑。沟洫脉散㉒，疆里绮错㉓。黍、稷油油，
粳、稻莫莫㉔。指渠口以为云门㉕，洒滮池而为陆泽㉖。虽星
毕之滂沱㉗，尚未齐其膏液。尔乃邑居隐赈㉘，夹江傍山，栋
宇相望，桑梓接连。家有盐泉之井，户有橘柚之园。其园则

有林檎、枇杷，橙、柿、楟、柠㉔，榹桃函列㉚，梅、李罗生㉛。百果甲宅㉜，异色同荣。朱樱春熟㉝，素柰夏成㉞。以上西，即右也。

【注释】

①渎：河川。这里指岷江。

②陪：指归顺臣服。白狼：蜀西的一支少数民族。

③坰（jiōng）：郊野。草昧：草木繁茂幽深。

④黝倏（yǒu shū）：幽暗。

⑤交让：树木名。相传该种树两株对生，每年一次轮换枯荣，故名。

⑥蹲鸱（chī）：大芋。

⑦青珠、黄环：皆草名。

⑧碧砮（nǔ）：石类，可入中药。芒消：即芒硝。

⑨丰：与下文"蕃"皆生长茂盛之意。绿荑（tí）：即辛夷。

⑩丹椒：指花椒。

⑪蘪芜：即蘼芜，一种香草，也叫江离。布濩（hù）：分布。中阿：山坳。

⑫风连：即黄连，一种中药。兰皋：生长兰草的水滨。

⑬柯：树枝。渐苞：相苞裹而同生长。

⑭葳蕤（wēi ruí）：花叶茂盛下垂的样子。

⑮神农：传说中的上古帝王。

⑯卢跗：指古代的两位名医扁鹊和俞跗。扁鹊是战国时代的名医，因家住卢国，故又名卢医。俞跗传说是黄帝时的著名良医。料：用料制作药剂。

⑰追：驱赶。气邪：不正之气。

⑱蠲（juān）：免除。疠（lì）：传染性疾病。痟（xiāo）：糖尿病。

⑲原：指平原。隰（xí）：低湿之地。坟：靠近水边的高地。衍：低而

平坦之地。

⑳演：水在地下暗流。潜、沫：皆水名。

㉑绵、雒（luò）：皆水名。

㉒沟洫（xù）：田间水道。

㉓疆里：田畴。绮错：像锦绮上的花纹一样错杂排列。

㉔莫莫：茂密状。

㉕渠口：指都江堰。云门：兴云作雨之门。水气状如云雾，故称。张铣注："言水自渠而灌田，故指渠口为云门，犹云来则雨至也。"

㉖滮（biāo）池：古代关中地区的蓄水池，此用来泛指蜀地的水利工程。陆泽：人工湖。

㉗星毕：毕星。传说当月亮运行到毕星附近时，天就会下雨。

㉘隐赈：充实繁盛。

㉙樗（yǐng）：古书上说的一种果子。楟（tíng）：山梨。

㉚榹（sī）桃：山桃。函列：树木成列。

㉛罗生：成排生长。

㉜甲宅：同"甲坼"。开花。

㉝樱：樱桃。

㉞素：白色。柰：水果名。即沙果。

【译文】

"蜀都西面，右靠岷山，岷江发源于此。白狼族臣服汉朝，用本族语言献诗颂德。山野花草树木郁郁苍苍，山脚森林树木幽深森然。交让树向上挺立，大芋头地下暗生。百药像灌木般丛生，寒花严冬散发芳香。品种繁多，有什么不能生长呢？其中有青珠、黄环、碧砮、芒硝，繁盛的绿蒉，繁密的花椒。香草长满山坳，黄连蔓生水边。红花紫饰，枝叶纷披。花蕊绽开，疏密相间，落英缤纷，临风飘飞。神农曾在这里尝过百草，扁鹊、俞跗曾在这里制过良药。芳馨驱逐邪气，香味免除疾病。蜀都境内，一马平川，一望无际。地下潜流有潜水、沫水，灌溉田亩有绵水、雒水。沟渠水道密布，好似遍及人体的血脉；田亩稻禾如同锦绣，交相错杂。黍、稷碧绿，秔、稻茂密。将都江堰当成行云洒雨的云门，把蓄水池引来灌溉良田。即便是月亮靠近毕星，天降滂沱大雨，也不如蜀都水利灌溉系统之水。蜀中城乡繁荣富庶，黎民临江依山，房舍相望，村落相连。家家有盐井，户户有橘柚之园。园中则有林檎、枇杷，橙、柿、楟、榙，山桃成行，梅、李并生。百果花开，争奇斗艳。鲜嫩红润的樱桃早春熟透，白色的沙果夏时成熟。以上讲蜀都的西方，即右部。

　　"若乃大火流①，凉风厉。白露凝，微霜结。紫梨津润，榛栗罅发②。蒲陶乱溃③，若榴竞裂④。甘至自零，芬芬酷烈。其园则有蒟蒻、茱萸⑤，瓜畴芋区。甘蔗辛姜，阳蓲阴敷⑥。日往菲微⑦，月来扶疏⑧。任土所丽⑨，众献而储。其沃瀛则有攒蒋、丛蒲⑩，绿菱、红莲。杂以蕴、藻，糅以蘋、蘩。总茎柅柅⑪，裛叶蓁蓁⑫。蕡实时味⑬，王公羞焉⑭。其中则有鸿俦鹄侣⑮，鸳鸯鹈鹕⑯。晨凫旦至⑰，候雁衔芦⑱。木落南翔，冰泮北徂⑲。云飞水宿，哢吭清渠⑳。其深则有白鼋命鳖㉑，玄獭上祭㉒。鳣、鲔、鳟、鲂、鰋、鲤、鲨、鳢㉓，差鳞次色，锦质报章㉔。跃涛戏濑㉕，中流相忘。以上都畿植物、动物，即中也。

【注释】

①大火：指心宿中大火星。流：指大火星西下。表示秋天已到。

②榛栗：即榛子，榛的果实，比栗子小。罅（xià）：裂开。

③蒲陶：即葡萄。乱溃：指熟透了。

④若榴：即石榴。

⑤蒟蒻（jǔ ruò）：芋类植物。一说蒟和蒻分别为两种植物。茱萸

（zhū yú）：植物名。

⑥茇（xū）：通"煦"。和暖。阴敷：阴影覆盖。

⑦菲微：形容缓慢生长的样子。

⑧扶疏：枝条分布的样子。

⑨丽：附丽，附着。此指生长。

⑩瀛：沼泽。蒋、蒲：与下文的"菱""莲""蕰""藻""蘋""蘩"皆水生
　植物。

⑪总：丛集。枙枙（nǐ）：繁盛的样子。

⑫裛（yì）：包，裹。蓁蓁（zhēn）：茂盛的样子。

⑬蒉（fěn）实：果实繁盛硕大。时味：时鲜的菜蔬。味指菜蔬。

⑭羞：美味的食品。

⑮俦（chóu）：伴侣。

⑯鸳鹭：鹭鸶。鹈鸪：水鸟名。

⑰凫（fú）：水鸟名。即野鸭。

⑱芦：芦苇。雁飞行时，口中衔着一根芦苇，防止遇上罗网。

⑲泮（pàn）：融化。徂（cú）：往，去。

⑳呼吭：同"弄亢"。鸟鸣声。

㉑命：呼叫。

㉒獭（tǎ）：水兽名。传说其在吃鱼前要献祭。

㉓鳣（zhān）、鲔（wěi）、鳟（zūn）、鲂（fáng），鲷（tí）、鲤、鲨（shā）、鳝
　（cháng）：皆鱼名。

㉔报章：织品上的花纹。

㉕濑（lài）：湍急的水流。

【译文】

　"如果到了三秋时令，冷风凛冽。露珠凝颗，结成薄霜。紫色梨子
润泽光亮，熟透的榛子破皮口裂。滚圆的葡萄熟透了，饱满的石榴绽开
壳。水果熟透方自落，浓郁芳香自来生。菜园里种植芋头、荣荑，瓜芋

分片成畦。甘蔗喜受阳照,辣姜欢得阴庇。每天慢慢生长,累月枝条兴旺。万物都赖地生长,累累果实储藏。那沼泽地肥沃,出产丰富,有成片的蒋、蒲,丛生的绿菱、红莲。蕴、藻掺杂其中,蘋、蘩生在里面。茎儿根根茂密,叶儿重重繁盛。新鲜的蔬菜果子,供给王公和贵族。那里鸿鹄成群结队,鹭鸶、鱼鹰遍布。每天早晨野鸭飞来,大雁口中衔着芦苇。草木凋枯雁南翔,天暖冰融方北往。云天奋飞水中宿,清渠鸣叫声音长。那深水中则有你呼我应的鼋鳖,吃鱼时祭神的水獭。鳣、鲔、鳟、鲂,鳈、鲤、鲂、鳠,杂陈交错,五彩纷呈。弄涛戏浪,悠闲自适似入忘境。

以上讲城中及周边的动植物。

　　"于是乎金城石郭,兼匝中区。既丽且崇,实号成都。辟二九之通门^①,画方轨之广涂^②。营新宫于爽垲^③,拟承明而起庐^④。结阳城之延阁^⑤,飞观榭乎云中。开高轩以临山,列绮窗而瞰江。内则议殿爵堂,武义、虎威^⑥。宣化之闼^⑦,崇礼之闱。华阙双邈,重门洞开。金铺交映,玉题相晖。外则轨躅八达^⑧,里闬对出^⑨。比屋连甍^⑩,千庑万室^⑪。亦有甲第^⑫,当衢向术^⑬。坛宇显敞,高门纳驷。庭扣钟磬^⑭,堂抚琴瑟。匪葛匪姜^⑮,畴能是恤^⑯! 亚以少城^⑰,接乎其西。市廛所会^⑱,万商之渊。列隧百重^⑲,罗肆巨千^⑳。贿货山积,纤丽星繁。都人士女,袨服靓妆^㉑。贾贸墆鬻^㉒,舛错纵横^㉓。异物崛诡,奇于八方。布有橦华^㉔,面有桃榔^㉕。邛杖传节于大夏之邑^㉖,蒟酱流味于番禺之乡^㉗。舆辇杂沓,冠带混并。累毂叠迹,叛衍相倾^㉘。喧哗鼎沸,则唳甝宇宙^㉙。嚣尘张天,则埃壒曜灵^㉚。阛阓之里^㉛,伎巧之家。百室离房^㉜,机杼相和。贝锦斐成^㉝,濯色江波。黄润比筒^㉞,籝金所过⑤。侈侈隆富,卓、郑埒名㉟。公擅山川,货殖私庭。藏镪巨万㊲,钑㩜兼呈㊳。亦以财雄,翕习边城㊴。以上城市货殖。

【注释】

①二九:指二九相乘,即十八。

②方轨:两车并行。涂:道路。

③爽垲(kǎi):地势高朗而干燥。

④拟:模拟。承明:西汉长安宫内的承明殿。该殿是文人学士待诏的地方。庐:殿宇。

⑤阳城:城门名。延阁:附着于主体建筑的楼阁。一说指连绵不断的建筑物。

⑥武义、虎威:和下文的"宣化""崇礼"一样,皆为殿堂的名字。

⑦闼:与下文的"闱"皆指宫殿内的门。

⑧轨躅(zhuó):本指车马和人的行迹,这里用来指道路。

⑨闬(hàn):里巷的门。对出:相对而开。

⑩甍(méng):屋脊。

⑪庑(wǔ):廊屋。

⑫甲第:高级住宅。

⑬衢、术:皆指大街。

⑭扣:同"叩"。敲击。钟磬(qìng):皆古代打击乐器。

⑮葛:指诸葛亮。姜:指姜维。

⑯畴:谁。恤:安。

⑰少城:城内小城。此指成都西区的商业集中地。

⑱市廛(chán):街市。

⑲隧:有店铺的街道。

⑳巨千:无数千,形容数量大。

㉑袨(xuàn)服：盛装。

㉒堲鬻(zhì yù)：囤积居奇。

㉓舛(chuǎn)错：交互，交杂。

㉔橦(tóng)：木棉树。

㉕桄榔(guāng láng)：树名。生热带，茎中的髓可制淀粉。

㉖大夏：西域国名。《汉书·张骞传》："臣在大夏时，见邛竹杖，蜀布。"

㉗番禺：地名。在今广东。

㉘叛衍：稠密。

㉙哤聒(máng guō)：嘈杂声。

㉚壒(ài)：尘土。灵：指太阳。

㉛阛(huán)：市区的墙。阓(huì)：市区的门。

㉜离：异，不一样。

㉝贝锦：织有贝形花纹的锦。斐(fěi)：有文彩貌。

㉞黄润：汉代布名。

㉟籯(yíng)：箱子，多指用来装金银财宝的箱子。

㊱卓、郑：分指汉初巨富卓氏和郑氏。埒(liè)：相等。

㊲镪(qiǎng)：钱币。

㊳钣(pī)：裁竹木为器。也作"铍"。摫(guī)：裁布制衣。呈：通"程"。定量。此指定量的课税。

㊴翕(xī)习：威盛貌。

【译文】

"于是，坚固的城墙围绕市区。壮观而高耸，命名为成都。开辟十八座城门，铺设两车并行的通途大道。在宽敞干爽的地方建造新宫，依据承明的格局修建宫室。连绵不断的楼阁与阳城之门相连，楼阁翘檐好似在云天起舞。一个个高高的眺台面对青山而建，一排排绮丽精美的窗户俯瞰江水。宫里有议事厅、封官堂，武义、虎威。宣化、崇礼宫门重重敞开。华美的城阙高耸,重重的宫门洞开。门上的饰片闪亮,门楣的题饰映辉。宫外有四通八达的街道,深巷中门户对开。房屋比连,居室、走廊千万间。也有上等住房,临街面道。屋堂庭院宽敞明亮,高大的院门四马的车子畅行无阻。院中敲钟击磬,堂上抚琴鼓瑟。除了孔明、姜维,谁有资格住这样豪华的宅室!另外,城内有小城,位于西区。店铺林立,商品云集。街道棋布,商行数千。货物堆积如山,精美货物多如天上繁星。街上男男女女,衣着鲜艳漂亮。商人囤积居奇,买卖贸易十分繁忙。奇货异物,比其他任何地方都多。布是木棉织得,面是桃榔碾成。邛州竹杖从这里传到大夏之城,蜀地蒟酱从这里贩到番禺之地。车轿络绎不绝,显贵来来往往。车辆相并相接,稠密拥挤。喧哗之声鼎沸,嘈杂之声震耳。尘土满天飞扬,遮天蔽日。胡同里,织锦作坊密布。房室虽异,但机杼之声和谐悦耳。锦布花纹精美,在蜀江碧水中清洗,色泽鲜亮而美妙。一筒黄润细布,价值超过一籯的黄金。无数的豪富,与卓、郑齐名。他们公然霸占山林,敛财聚富。资财亿万,仍搜掠平民百姓。财大气粗,威震边陲。以上是城市贸易。

　　"三蜀之豪①,时来时往。养交都邑,结俦附党。剧谈戏论,扼腕抵掌。出则连骑,归从百两②。若其旧俗,终冬始春。吉日良辰,置酒高堂,以御嘉宾。金罍中坐③,肴槅四陈④。觞以清醥⑤,鲜以紫鳞⑥。羽爵执兢⑦,丝竹乃发。巴姬弹弦,汉女击节。起《西音》于促柱⑧,歌《江上》之飋厉⑨。纤长袖而屡舞,翩跹跹以裔裔⑩。合樽促席,引满相罚。乐饮今夕,一醉累月。以上豪侠宴饮。

【注释】

　　①三蜀:蜀郡、广汉、犍为三郡。

②两："辆"的古字。

③罍（léi）：盛酒的器皿。

④肴楅：各类食品。楅，通"核"。指有核的果子。

⑤醥（piǎo）：美酒。

⑥紫鳞：代指鱼。

⑦羽爵：雕刻有鸟兽花纹的酒杯。

⑧《西音》：与下文的《江上》皆乐曲名。促柱：急弦。

⑨飂（liáo）厉：同"嘹唳"。形容歌声嘹亮。

⑩裔裔：轻盈阿娜。

【译文】

"三蜀豪俊，时来时往。结交都邑之人，结成党羽。他们高谈阔论，兴之所至，得意忘形。出门并行，归来随车百辆。根据旧俗，岁末年初。良辰吉日，高堂美酒，款待嘉宾。金罍酒满，置桌中央，佳肴鲜果，在桌四方。甘美清酒，为客敬上，鱼肉鲜嫩，细品慢尝。席间，杯盏交错，狂喝痛饮，管弦乐器，交响齐鸣。巴地美女弹奏琴弦，汉地美人击拍唱曲。拨急弦奏《西音》，发清音唱《江上》。旋长袖而慢舞，转轻身而裊娜。团团围坐，酒满罚喝。今夕畅饮，一醉累月。以上是豪侠宴饮之乐。

　　若夫王孙之属①，郫公之伦②。从禽于外③，巷无居人。并乘骥子④，俱服鱼文⑤。玄黄异校⑥，结驷缤纷。西逾金堤⑦，东越玉津⑧。朔别期晦⑨，匪日匪旬。蹴蹈蒙茏⑩，涉躐寥廓⑪。鹰犬倏眒⑫，罻罗络幕⑬。毛群陆离⑭，羽族纷泊⑮。翕响挥霍，中网林薄⑯。屠麖麖⑰，翦旄麈⑱，带文蛇，跨雕虎。志未骋，时欲晚。追轻翼，赴绝远。出彭门之阙⑲，驰九折之坂⑳。经三峡之峥嵘，蹑五屼之蹇浐㉑。戟食铁之兽，射噬毒之鹿。畾貑泯于蒌草㉒，弹言鸟于森木㉓。拔象齿，戾犀角^㉔,鸟铩翮^㉕,兽废足。以上田猎山阜。

【注释】

①王孙:指卓王孙,卓文君的父亲。

②邻(xì)公:蜀地富家之一。

③从禽:打猎。

④骥子:骏马名。

⑤鱼文:骏马名。一说指箭袋。

⑥校:队伍。

⑦金堤:地名。在成都西边。

⑧玉津:即璧玉津,在犍为郡东北。

⑨朔:农历每月初一。晦:农历每月最后一天。

⑩蒙茏:草木茂盛。

⑪蹢(liè):行迹所经。廖廓:指幽远的山谷。

⑫倏眒(shēn):飞奔的样子。

⑬罻(wèi):小网。络幕:施张布置。

⑭毛群:指兽类。陆离:分散。

⑮羽族:指鸟类。纷泊:飞扑。

⑯薄:野草丛生之地。

⑰麖(jīng):鹿类动物。

⑱旄(máo):旄牛。麈(zhǔ):鹿类动物。

⑲彭门:地名。在岷山下。

⑳九折坂:地名。在邛崃山。

㉑五岄(wù):山名。蹇滻(jiǎn chǎn):高而曲折的样子。

㉒晶(pāi):通"拍"。拍打。貙(chū)氓:怪兽名。又称貙人。萎(yāo):草茂盛的样子。

㉓言鸟:能说话的鸟,如鹦鹉之类。

㉔戾：折断，截。

㉕铩翮（shā hé）：拔去羽茎。

【译文】

"王孙之属，郤公之流。外出打猎，倾城观瞻。猎手并排骑骏马，鱼文箭袋身上挎。黑、黄马队分两列，四马车子如云多。向西要过金堤，往东须越璧玉津。月初出月底回，往返一次数旬。马蹄翻飞踏青草，幽谷传声骏马飞。鹰闪飞而犬电驰，罗恢恢而网森森。野兽亡命逃，飞禽惊飞散。顷刻之间，草木丛生处，禽兽落网。杀麎鹿，斩旄牛，捉花蛇，缚斑虎。兴未尽，天将晚。追飞鸟，赶远路。挤出彭门双峰口，驰向远处邛崃山。越过雄险三峡，跨过崎岖的五岨。刺杀食铁的怪兽，射死吞毒草的奇鹿。在丛草中毙掉能变虎的豼人，在森林里杀死会说话的异鸟。拔象牙，锯犀角，毁鸟翎，断兽足。以上讲在山冈上打猎。

"殆而朅来相与①，第如滇池②，集于江洲③。试水客，舣轻舟④，娉江斐⑤，与神游。罞翡翠⑥，钓鳢魶⑦，下高鹄，出潜虬⑧。吹洞箫，发棹讴⑨，感鳣鱼⑩，动阳侯⑪。腾波沸涌，珠贝泛浮。若云汉含星，而光耀洪流。将飨獠者⑫，张帟幕⑬，会平原。酌清酤⑭，割芳鲜。饮御酺⑮，宾旅旋。车马雷骇，轰轰阗阗⑯。若风流雨散，漫乎数百里间。斯盖宅土之所安乐，观听之所踊跃也。焉独三川⑰，为世朝市？以上水嬉及猎罢而宴。

【注释】

①殆而：至于，及。朅（qiè）来：去来。

②第：且。如：到，赴。

③江洲：指今重庆。

④舣(yǐ):船靠岸。

⑤娉(pìn):通"聘"。访求,订婚。江斐:传说中的神女。斐,同"妃"。

⑥罨(yǎn):网,捕取。翡翠:即翠鸟。

⑦鳎(yǎn):鲇鱼。鲉(yóu):笠子鱼。

⑧虬(qiú):传说中的有角之龙。

⑨棹(zhào)讴:渔歌。

⑩鳝(xún)鱼:鱼名。

⑪阳侯:水神。

⑫獠(liáo)者:猎人。

⑬帟(yì):小而平顶的帐幕。

⑭酤:酒。

⑮御:服用。

⑯阗阗(tián):车马行进之声。

⑰三川:古郡名。在今河南洛阳一带,为黄河、洛水、伊水相交之地,故名。

【译文】

"这时来了要好的朋友,于是同赴滇池,共聚江洲。作水上之客,让小舟靠岸,访求神女,与她交游。捕翠鸟,钓鳎鲉,射天鹅,捉龙虬。吹洞箫,唱渔歌,诱鳝鱼,感水神。波涌浪腾,珠贝浮出。如银河中藏星斗,熠熠生辉照洪流。犒劳猎手,支起帐篷,设宴平地。饮清香的醇酒,食鲜美的鱼肉。酒酣意足,宾客回返。车马似雷惊,轰轰隆隆动。像风飘扬,像雨散落,弥漫数百里之间。这是安居乐业的故土,是赏心悦情、人所向往的乐园。难道只有三川是争名夺利的地方吗?以上是在水上嬉戏,及猎罢宴筵。

"若乃卓荦奇谲①,倜傥罔已。一经神怪,一纬人理。远则岷山之精，上为井络②。天帝运期而会昌，景福胗鱟而兴作③。碧出苌弘之血④，鸟生杜宇之魄⑤。妄变化而非常，羌见伟于畴昔⑥。近则江、汉炳灵⑦，世载其英。蔚若相如⑧，皭若君平⑨。王褒韡晔而秀发⑩，扬雄含章而挺生⑪。幽思绚《道德》⑫，摛藻捒天庭⑬。考四海而为俊⑭，当中叶而擅名⑮。是故游谈者以为誉，造作者以为程也⑯。以上人神奇伟。

【注释】

①卓荦（luò）：特异。

②井络：即井宿区域。

③景福：大福。胗鱟（xī xiǎng）：散布，分布。

④碧：青绿似玉的美石。苌弘：周朝敬王时的大夫。《庄子·外物》云："苌弘死于蜀，藏其血，三年化为碧。"

⑤杜宇：即杜鹃鸟，又名子规鸟，传说为古代蜀帝杜宇死后所化。

⑥羌：发语词。畴昔：往昔。

⑦炳灵：焕发灵气。

⑧相如：指司马相如。

⑨皭（jiào）：洁白纯洁，此指品质高洁。君平：即严遵，字君平，著有《道德指归论》。

⑩王褒（bāo）：汉代文学家，著有《九怀》《洞箫赋》等。韡晔（wěi yè）：光明盛美、文采灿烂的样子。

⑪扬雄：西汉辞赋家。含章：有文采。挺生：超凡出众。

⑫绚（xuàn）：光辉灿烂。《道德》：指老子的《道德经》。扬雄曾仿其作《太玄》。

⑬摛（chī）：铺陈。捒（yàn）：照耀。此有感动意。天庭：代指皇帝。

⑭考：比。

⑮擅名：大有名望。

⑯程：程式，典范。

【译文】

"至于传说中神奇怪异之事，更是洒脱不羁。有的是神仙鬼怪，有的是人情事理。远古传说，天上井星，化为岷山精灵。天帝在蜀都定期举行盛会，天地感应，降赐万福。碧玉由苌弘热血所化，子规借望帝精灵而生。虚幻变化非同寻常，往昔就被古人盛传。蜀地秉赋天地灵气，英雄豪杰辈出。文采绚丽如相如，品性高洁似君平。王褒词彩华发，扬雄文才超群。玄思妙想可与《道德》争辉，辞藻华美感动宫廷。四海之内堪称英杰，值盛汉大名鼎鼎。所以，论者以之为荣，著者奉之为宗。以上讲蜀地神灵与人物之奇伟。

"至乎临谷为塞，因山为障。峻岨塍埒长城①，豁险吞若巨防②。一人守隘，万夫莫向。公孙跃马而称帝③，刘宗下辇而自王④。由此言之，天下孰尚？故虽兼诸夏之富有，犹未若兹都之无量也！"

【注释】

①峻岨（jū）：险峻的山岗。塍（chéng）：田界，田间的小路。埒（liè）：矮墙。

②防：关防，关塞。

③公孙：指公孙述。王莽时，他于蜀自立为帝。

④刘宗：指刘备。其为汉宗室，故称。

【译文】

"蜀都以深谷为关塞，把险山当屏障。险峻的高山，使长城相形见绌,如同界路矮墙,深险的沟壑包括巨大的关塞。一夫当关,万夫莫来。公孙述在此跃马称帝,刘备在此下辇称王。由此可知,蜀都在国内无与伦比。虽聚天下财富,也不如它的无可限量啊!"

吴都赋

东吴王孙辴然而哈曰①:"夫上图景宿②,辨于天文者也;下料物土,析于地理者也。古先帝代③,曾览八纮之洪绪④,一六合而光宅⑤,翔集遐宇⑥。鸟策篆素⑦,玉牒石记。乌闻梁、岷有陟方之馆、行宫之基欤⑧?而吾子言蜀都之富,禹、同之有⑨,玮其区域⑩,美其林薮⑪。矜巴、汉之阻⑫,则以为袭险之右⑬。徇蹲鸱之沃⑭,则以为世济阳九⑮。龌龊而算⑯,顾亦曲士之所叹也⑰。旁魄而论都⑱,抑非大人之壮观也⑲!何则?土壤不足以摄生⑳,山川不足以周卫㉑。公孙国之而破,诸葛家之而灭。兹乃丧乱之丘墟,颠覆之轨辙,安可以俪王公而著风烈也㉒?玩其碛砾而不窥玉渊者㉓,未知骊龙之所蟠也㉔。习其敝邑而不睹上邦者,未知英雄之所躔也㉕。子独未闻大吴之巨丽乎㉖?且有吴之开国也,造自太伯㉗,宣于延陵㉘。盖端、委之所彰㉙,高节之所兴。建至德以创洪业,世无得而显称。由克让以立风俗,轻脱蹻于千乘㉚。若率土而论都㉛,则非列国之所觊望也㉜!以上抑蜀伸吴。

【注释】

①辴(chǎn)然:笑貌。哈(haī):讥笑。

②图:揣度,与下句"料"字互文见义。景宿:星宿。

③古先帝代：指虞舜之世。

④览：通"揽"。经营。八纮(hóng)：八极，大地的极限。洪绪：大业。

⑤一：统一。六合：四方上下谓之六合。光宅：占有。

⑥遐宇：远方。

⑦鸟策：竹简。因刻在竹简上的古文字形如鸟迹，故称。篆素：写着篆文的白帛。

⑧梁、岷：蜀地的梁州和岷山，用以指称蜀国。陟方：王者巡视。

⑨禺、同：皆山名。

⑩玮(wěi)：赞美。

⑪薮(sǒu)：湖泽。

⑫巴、汉之阻：巴东和汉中的险阻，此指扞关。

⑬袭险：重险。

⑭徇(xùn)：炫耀。蹲鸱：老芋头。

⑮阳九：旱灾之年，厄运。

⑯龌龊(wò chuò)：局促，拘于小节。

⑰曲士：乡曲之士，见识浅陋之人。

⑱旁魄：同"磅礴"。混同。都：大。这里指所论大而无当。

⑲壮观：远见。

⑳摄生：养生。

㉑周卫：四周防卫。

㉒俪：同"丽"。附丽，附着。风烈：功业。

㉓碛砾(qì lì)：浅水中现出的沙滩。

㉔骊龙：黑龙。蟠：龙歇息时的蟠曲之状。

㉕躔(chán)：居住。

㉖巨丽：壮丽。

㉗造：开始。太伯：周太王的长子。事详《史记·吴太伯世家》。

㉘宣：显著。延陵：指春秋时著名的吴国公子季札，曾封于延陵，被称为"延陵季子"。

㉙端、委：皆周代礼服名。端指玄端之衣，委指委貌之冠。《左传·哀公七年》记："太伯端委以治周礼。"

㉚躧（xǐ）：鞋子。

㉛率土：普天下，四海之内。

㉜觖（kuì）：企望。

【译文】

东吴王孙笑着讥讽说："上观星象是为辨别天文，下察土地物产是用于分析地理。远古先帝，曾经营伟业，统御天下，治理四方，游历全国各地。所经之处，留下鸟篆竹简和篆字帛书，还有铭刻玉器和碑刻遗迹。谁曾听说，蜀地有帝王游历留下的馆舍和行宫遗址？可是先生您大谈蜀都丰饶，禺山、同山富有，称赏蜀地地理环境，赞美它的山林与河泽。矜夸巴东、汉中的险要，称其为天下重险之首。炫耀长满芋头的沃野，认为靠它世代可度荒年。考虑地域，拘于细节，不过是见识短浅的感叹罢了。议论笼统空泛，大而无当，绝不是大家之远见！为什么？土壤养生是靠不住的，山川固守也不能依恃。公孙述在蜀地建国后国破，诸葛亮以蜀地为家而家灭。蜀都是世道丧乱的废墟，国家倾覆的遗迹，怎么能和吴王侯的功业媲美呢？仅仅玩赏浅水中沙石而未见深渊藏玉的人，是不知道黑龙盘踞之地的。只了解穷乡僻壤而未见繁华大国的人，是不知道英雄立业之根的。难道您没听说大吴国的壮丽吗？吴国历史悠长古远，奠基始于太伯，昌盛始于季札。昭明礼义，振兴节操。建立高尚道德，开创惊人伟业，人们不知道怎样称颂赞美它。立礼让风俗，弃君位如脱鞋。如果谈论天下都城，吴都是别国无法比拟、无法企及的。以上表述是贬抑蜀地抬举东吴。

"故其经略①，上当星纪②。拓土画疆，卓荦兼并。包括

于、越③,跨蹑蛮荆④。婺女寄其曜⑤,翼、轸寓其精⑥。指衡岳以镇野⑦,目龙川而带坰⑧。尔其山泽⑨,则嵬巍峣屼⑩,�冥郁岪⑪,溃洦泮汗⑫,滇沔淼漫⑬。或涌川而开渎⑭,或吞江而纳汉⑮。碨魂巍巍⑯,滮滮澣澣⑰,礚碖乎数州之间⑱,灌注乎天下之半。以上略指星躔山川。

【注释】

①经略:筹划,治理。

②星纪:古人把黄道附近一周天分为十二个星次,每个星次都以二十八宿中的星宿作标志,星纪是十二星次之一,以斗、牛、女三宿为标志。

③于、越:皆古国名。

④跨蹑(niè):占有。

⑤婺(wù)女:星宿名。即女宿。

⑥翼、轸(zhěn):二十八星宿中的两宿。

⑦衡岳:南岳衡山。

⑧龙川:地名。在今广东河源。坰(jiōng):遥远的边野、郊野。

⑨尔:句首语助词。

⑩嵬巍峣屼(wéi yì yáo wù):山势高峻雄伟。

⑪嶘(yǐng)冥郁岪(fú):山气晦暗,隐约不明。

⑫溃洦(hóng)泮(pàn)汗:水势广大的样子。

⑬滇沔(tián miàn)淼漫:山水广远无边的样子。

⑭渎(dú):沟渠。

⑮江:指长江。汉:指汉水。

⑯碨魂(kuǐ)巍巍(wěi):山石堆积的样子。

⑰滮(biāo)滮澣澣(hàn):江河奔流的样子。

⑱嶔崟（qīn yín）：山势深险、连绵不绝的样子。

【译文】

　　"所以，先帝筹划疆域，以天星为分野。开疆扩土，地域广大。囊括于、越，吞并蛮荆。婺女星寄寓光辉，翼、轸星寄寓精华。指点坐镇郊野的衡山，遥望环绕国土的龙川。至于吴国的山川，那真是山高地险，气象奇瑰，水势浩大，广大无边。川流奔涌，河渠畅通，鲸吞长江，胸怀汉水。山峦叠连，江河竞流，山势险峻绵延数州之内，江河浩荡流经大半中国。以上讲星宿及对应的山川。

　　"百川派别①，归海而会。控清引浊，混涛并濑。溃薄沸腾②，寂寥长迈③。潎焉汹汹④，隐焉礚礚⑤。出乎大荒之中，行乎东极之外。经扶桑之中林⑥，包汤谷之滂沛⑦。潮波汩起⑧，回复万里。歊雾漨浡⑨，云蒸昏昧。泓澄奫潫⑩，涃溶沆瀁⑪。莫测其深，莫究其广。澶湉漠而无涯⑫，总有流而为长。瑰异之所丛育，鳞甲之所集往。以上水。

【注释】

①派别：江河的支流。

②溃（pēn）薄：波浪激荡。

③迈：行。

④潎（pì）：水暴发之声。汹汹：波涛声。

⑤礚礚（kē）：水声。

⑥扶桑：与下文"汤谷"皆日出之地，言水流远至于此。

⑦滂沛：水流广远，波澜壮阔。

⑧汩（gǔ）：回伏涌出。

⑨歊（xiāo）：雾气上升的样子。漨浡（péng bó）：浓郁昏暗。

⑩泓（hóng）澄：水广大清深。㴸灣（yūn wān）：水波回旋。

⑪浻（hòng）溶沆瀁（hàng yǎng）：水势深广的样子。

⑫澶湉（chán tián）：水缓流的样子。一说为水广大深远。

【译文】

"百川各自流，争相归大海。清水浊水，急流巨浪，交互混杂，同入大海。初入海汹涌澎湃，入海中销声匿迹。水暴涨波涛汹涌，水潮落细声微微。出自荒远天际，流向东方尽头。穿过扶桑林中，远流至日出之处，波澜壮阔，尽收吴地。潮起潮落，万里回复。水雾浓郁，云气迷蒙。碧水回旋，一片汪洋，深不可测，广不可量。水平如镜，一望无涯，百川集聚，源远流长。奇珍异物在此繁生，水中动物在此汇集。以上讲河流。

"于是乎长鲸吞航①，修鲵吐浪②。跃龙、腾蛇，鲛、鲻、琵琶③，王鲔、鲩鲐④，鲫龟、鳍鳍，乌贼、拥剑⑤，鼊鼊、鲭、鳄⑥，涵泳乎其中。葺鳞镂甲，诡类舛错。溯洄顺流⑦，唅喁沉浮⑧。水中之鱼。

【注释】

①航：船。

②鲵：雌鲸。

③鲛：鲨鱼。鲻（zī）：鱼名。琵琶：一种形如琵琶的海鱼。

④王鲔（wěi）、鲩鲐（hóu tái）：与下文的"鲫（yìn）龟""鳍鳍（fān cuò）""乌贼"皆鱼名。

⑤拥剑：指蟹类。

⑥鼊鼊（gōu bì）：龟类。鲭：鱼名。

⑦溯洄：逆流而上。

⑧唅喁（yǎn yóng）：鱼儿出水仰口呼吸的样子。

【译文】

"于是,巨鲸吞食船只,长鲵吐纳波浪。海龙长蛇腾跃,鲛、鳢、琵琶游逛,王鲔、鳜鲐徘徊,鲗龟、鳍鳎畅游,乌贼、螃蟹出没,鼋鼍、鲭、鳄徜徉,水中各类生物自由生长遨游。叠鳞片雕甲壳,异类水族杂错。逆水顺流,出入呼吸,自在沉浮。以上讲水中的鱼。

"鸟则鹍鸡、鸀鳿①,鹴、鹄、鹭、鸿。鹣鹍避风,候雁造江。鸂鶒、鹠鸜,鶄鹤、鹙鸧,鹳、鸥、鷾、鸬,泛滥乎其上。湛淡羽仪②,随波参差。理翮整翰,容与自玩。雕啄蔓藻③,刷荡漪澜。水中之鸟。

【注释】

①鹍鸡、鸀鳿(zhú yù):与下文的"鹴(shuāng)""鹣鹍(yuán jū)""鸂鶒(xī chì)""鹠鸜(yóng qū)""鶄(qīng)鹤""鹙鸧(qiū cāng)""鹳(guàn)""鷾(yì)""鸬(lú)"皆鸟属。

②湛淡:迅疾貌。

③雕:通"叼"。

【译文】

"还有鸟族,鹍鸡、鸀鳿、鹴、鹄、鹭、鸿。鹣鹍在这里避风,候雁来拜访吴江。鸂鶒、鹠鸜,鶄鹤、鹙鸧,鹳、鸥、鷾、鸬。出没沉浮于江上。鸟儿展开翼翅,快速掠过水面,随波浪的起伏而忽高忽低。有时漂浮在水面上,整理羽毛,玩得闲适自得。啄食水草海藻,水面泛起一圈一圈的涟漪。以上讲水中的鸟。

"鱼鸟聱耴①,万物蠢生。芒芒黩黩②,慌罔奄欻③。神化翕忽④,函幽育明。穷性极形,盈虚自然。蚌蛤珠胎,与月

亏全。巨鳌赑屃⑤，首冠灵山。大鹏缤翻，翼若垂天。振荡
汪流，雷抃重渊⑥。殷动宇宙⑦，胡可胜原⑧！岛屿绵邈，洲
渚冯隆⑨。旷瞻迢递，回眺冥蒙。珍怪丽，奇隙充⑩，径路绝，
风云通。洪桃屈盘⑪，丹桂灌丛。琼枝抗茎而敷蕊，珊瑚幽
茂而玲珑。增冈重阻，列真之宇⑫。玉堂对霤⑬，石室相距。
蔼蔼翠幄，袅袅素女。江斐于是往来，海童于是宴语⑭。斯
实神妙之响象，嗟难得而觊缕⑮！水中之珍物灵异。

【注释】

①聱耴（yóu yì）：众声欢叫。

②芒芒魆魆（xì）：昏暗不明的样子。

③慌罔：模糊不清。奄欻（xū）：来去不定。

④翕（xī）忽：变化迅速。

⑤巨鳌：传说中的灵龟。赑屃（bì xì）：猛壮有力。

⑥雷抃（biàn）：犹雷击。

⑦殷动：震动。

⑧原：通"源"。测料。

⑨冯（píng）隆：高大的样子。

⑩隙：异，奇。

⑪洪桃：传说中的巨大桃树。

⑫真：真人。李善《文选注》引《道书》曰："上曰神，次曰仙人，下曰
　真人。"

⑬玉堂：与下文的"石室"皆神仙所居。霤（liù）：屋檐下接水的
　长槽。

⑭海童：海神。宴：乐。

⑮觊（luó）缕：详述。

【译文】

　　"鱼鸟众声欢鸣，万物萌动而生。昏昏暗暗，恍然不定。倏然变化神奇，幽暗孕育光明。形体性情发展到极致，盈亏变化顺乎天理自然。蚌蛤珠胎因时变化，月亏珠残月满珠合。大龟发力，头顶仙山。大鹏展翅高飞天，双翼拍空如云彩。汪洋恣肆激荡，深渊轰响如雷。宇宙为之震动，真难寻其根源。岛屿邈远，洲渚隆起。极目眺望，缥缥缈缈。栖居着珍异怪物，道路断绝，风云通连。巨大桃树盘根曲曲，丹桂树丛生杂陈。玉树举茎花蕊开，珊瑚繁茂玲珑剔透。层层山冈，是众多真人栖身之地。玉堂檐雷正相对，石屋相邻何其多。层层叠叠绿帏帐，袅袅仙女居其间。江妃往来欢相聚，海童对饮话相知。这真是神妙莫测，难以详述。以上讲水中的珍奇灵异之物。

　　"尔乃地势块圠①，卉木姚蔓②。遭薮为圃③，值林为苑。异荂苃蕍④，夏晔冬蒨⑤。方志所辨，中州所羡。草则藿、药、豆蔻⑥，姜汇非一⑦。江蓠之属⑧，海苔之类⑨。纶、组、紫、绛⑩，食葛、香茅⑪。石帆、水松⑫，东风、扶留⑬。布濩皋泽，蝉联陵丘。蔓缘山岳之岊⑭，幂历江海之流⑮。扺白蒂⑯，衔朱蕤⑰。郁兮茷茂⑱，晔兮菲菲。光色炫晃，芬馥肸蚃。职贡纳其包匦⑲，《离骚》咏其宿莽⑳。以上草。

【注释】

　　①块圠（yǎng yà）：高低不平。

　　②姚（ǎo）蔓：草木繁茂绵延。

　　③薮：野草。

　　④荂（kuā）：花。苃蕍（fū yù）：花盛开。

　　⑤蒨（qiàn）：草木繁茂。

⑥藿（huò）、葤、豆蔻（kòu）：皆香草名。

⑦汇：类。

⑧江蓠：香草名。

⑨海苔：水藻名。

⑩纶、组、紫、绛：皆指水藻、海草类植物。

⑪食葛：葛根。香茅：一种茅草。

⑫石帆、水松：皆水草名。

⑬东风：草名。扶留：藤名。

⑭夤（yín）缘：攀附上升。嵑（jié）：山曲折隐秘之处。

⑮幂（mì）历：分布，覆盖。

⑯扤（wù）：摇动。

⑰朱蕤：红花。

⑱蕤（ruì）：草木初生，又细又小的样子。

⑲职贡：属国向主国纳贡。包匦（guǐ）：包扎成捆的青茅。

⑳宿莽：冬生不枯的草。

【译文】

"至于东吴地势高低不平，草木茂盛。遇草滩而开园囿，逢树林而造林苑。异花遍地盛开，夏季光彩照人，冬季繁盛鲜艳。方志对此记载详尽，中原羡慕称赏。草则有藿、葤、豆蔻，姜类并非一种。江蓠之属，海苔之类。纶、组、紫、绛，食葛、香茅。石帆、水松，东风、扶留。遍布沼泽，绵延丘陵。攀附山脊，覆盖河流。摇白色花蒂，垂朱红花朵。葱茂丰美，光彩炫华。色彩艳丽，馥郁芳香。还有诸侯国进贡的青茅，《离骚》咏赞的宿莽。以上讲草。

"木则枫、枏、橡樟①，枰榈、枸桹，绵杬、杶、栌，文㯍、桢、橿，平仲、桾柾，松、梓、古度。楠榴之木，相思之树②。宗生高冈，族茂幽阜。擢本千寻，垂荫万亩。攒柯拏茎，重葩殗

叶③。轮囷虬蟠④,堁墌鳞接⑤。荣色杂糅,绸缪缛绣。宵露
霮㲻⑥,旭日晻晴⑦。与风飘飏⑧,飑浏飕飂⑨。鸣条律畅,飞
音响亮。盖象琴、筑并奏⑩,笙、竽俱唱。以上木。

【注释】

①枫、枬(jiǎ)、檬樟:与下文"栟(bīng)榈""枸桹(láng)""绵杬
　(yuán)""杶(chūn)""栌(lú)""文欀(xiāng)""桢""橿(jiāng)""平
　仲""椐桾(jūn qiān)""古度""楠榴"皆树木名。

②相思之树:红豆树。

③掩(yè):重叠的样子。

④轮囷(qūn):屈曲貌。

⑤堁墌(qì zhí):枝条重叠。

⑥霮㲻(dàn duì):露珠下垂。

⑦晻晴(àn bèi):不明。

⑧飘飏(yáo yáng):飘荡。

⑨飑(yǒu)浏飕飂(sōu liú):风声。

⑩筑:古代乐器名。形如筝。

【译文】

"树木有枫、枬、豫樟,棕榈、枸桹,绵杬、杶、栌,文欀、桢、橿,平仲、
椐桾,松、梓、古度。楠榴之木,相思之树。同类树木生于高山,异类树
木繁于幽谷。树干挺直高千寻,枝叶成阴遮万亩。枝叶聚拢牵引树干,
花朵重叠掩映绿叶。树木屈曲如虬龙盘绕,树枝重叠似鱼鳞衔接。花
色杂糅混合,繁密如同锦绣。夜露滑而下滴,晨光淡而难明。随风飘
荡,其声嗖嗖。枝叶哗哗,音律和谐,声音飞疾响彻云霄。好似琴、筑同
奏,笙、竽共鸣。以上讲树木。

"其上则猿父哀吟①，猚子长啸②。狖、鼯、猓然③，腾趒飞超④。争接县垂⑤，竞游远枝。惊透沸乱⑥，牢落翚散⑦。其下则有枭羊、麋狼⑧，猰貐、貙、象⑨。乌菟之族⑩，犀兕之党⑪。钩爪锯牙，自成锋颖。精若耀星，声若震霆。名载于《山经》，形镂于夏鼎。木上动物。

【注释】

①猿父：即猿。

②猚(huī)子：传说中的怪兽。

③狖(yòu)：长尾猿。鼯(wú)：飞鼠，又称"夷由"。猓(guǒ)然：猿类。

④腾趒(tiào)：腾跃。

⑤县：通"悬"。

⑥透(shū)：惊慌的样子。

⑦牢落：稀疏零落。翚(huī)散：飞散。

⑧枭(xiāo)羊：狒狒。麋(qí)狼：兽名。

⑨猰貐(yà yǔ)：吃人的怪兽。貙(chū)：兽名。

⑩乌菟(tú)：老虎的别称。

⑪兕(sì)：猛兽名。

【译文】

"树上老猿哀吟，猚子长啸。狖、鼯、猓然，腾蹦跳跃。争相交接悬挂树枝，竞争游荡跳跃远枝。惊惧时慌乱如水沸，逃散时零乱如雉飞。树下有枭羊、麋狼，猰貐、貙、象，老虎、犀牛之类。爪如钩，牙似锯，锋芒尽露。目如明星，声若雷霆，令人不寒而栗。名称载于《山海经》，形象雕在夏九鼎。以上讲树上的动物。

"其竹则篔筜、𥱀箊①，桂、箭、射筒。柚梧有篁，篛、筹有丛。苞笋抽节②，往往萦结③。绿叶翠茎，冒霜停雪。槺矗森萃④，翁茸萧瑟⑤。檀栾蝉蜎⑥，玉润碧鲜。梢云无以逾⑦，嶰谷弗能连⑧。鷟鸑食其实⑨，鹓雏扰其间⑩。以上竹。

【注释】

①篔筜（yún dāng）、𥱀箊（yū）：与下文的"桂""箭""射筒""柚梧""篛（piǎo）""筹（láo）"皆竹名。

②苞笋：竹笋。

③往往：处处。

④槺矗（sù chù）：耸直而长。森萃：繁茂丛集。

⑤翁茸（wěng róng）：草木茂盛的样子。

⑥檀栾、蝉蜎（yuān）：皆美的样子。

⑦梢云：山名。

⑧嶰（xiè）谷：山名。

⑨鷟鸑（yuè zhuó）：凤凰。

⑩鹓雏（yuān chú）：凤凰之属。

【译文】

"竹子有篔筜、𥱀箊，桂、箭、射筒。柚梧成林，篛、筹丛生。竹笋拔节，遍地盘绕。叶绿茎翠，常青傲雪。修长丛聚，风过发出萧瑟之声。体态娇美姿态好，如玉鲜润似碧清亮。梢云山竹超不过，嶰谷之竹难媲美。鷟鸑食鲜果，鹓雏栖林中。以上讲竹。

"其果则丹橘、馀甘①，荔枝之林，槟榔无柯，椰叶无阴。龙眼、橄榄，榱、榴御霜②。结根比景之阴③，列挺衡山之阳。素华斐，丹秀芳。临青壁，系紫房④。鹬鸪南翥而中留⑤，孔雀绤羽以翱翔⑥。山鸡归飞而来栖，翡翠列巢以重行。以上果。

【注释】

①丹橘、馀甘：与下文的"荔枝""槟榔"皆果树名，亦皆水果名。

②榉（chán）、榴：皆果树名。

③比景：地名。

④紫房：紫色果实。

⑤翥（zhù）：飞行。

⑥绤（cuì）羽：五色羽毛。

【译文】

"水果有丹橘、馀甘，荔枝之林，槟榔无枝，椰树无阴。龙眼、橄榄味美，榉、榴经霜成熟。扎根在比景山北，挺直于衡山之南。白花美好，红花芳香。靠青壁紫色果实累累。朝南飞鹧鸪途中休憩，五彩孔雀自由翱翔。山鸡飞回栖息，翡翠筑巢成行列。以上讲果。

"其琛赂①，则琨瑶之臬②，铜锴之垠③，火齐之宝④，骇鸡之珍⑤。赪丹明玑⑥，金华银朴⑦。紫贝流黄⑧，缥碧素玉⑨。隐赈崴裹⑩，杂插幽屏。精曜潜颖，砮珍山谷⑪。碕岸为之不枯⑫，林木为之润黩⑬。隋侯于是鄙其夜光，宋王于是陋其结绿⑭。以上珍宝。

【注释】

①琛（chēn）赂：珍宝财物。

②琨瑶：美玉。

③锴（kǎi）：好铁。

④火齐：玫瑰珠石。

⑤骇鸡：珍贵的犀牛角。

⑥赪(chēng)丹：红色丹砂。玑：珍珠。

⑦金华：即华金，有华采的金。银朴：银矿石。

⑧流黄：即硫黄。

⑨缥：淡青色。

⑩崴巍(huái)：高峻不平的样子。

⑪莇(chè)陊(duò)：摘采而坠落。

⑫碕(qí)岸：曲折长岸。

⑬黩(dú)：苍黑。

⑭结绿：宝玉名。

【译文】

"宝藏有琨瑶之山，铜铁之矿，火齐宝石，光润犀角。丹砂珠玑，白银黄金。紫贝硫黄，清碧素玉。山势起伏蕴藏富庶，幽僻深山隐生宝物。宝光自深藏处发散，珍宝坠落于幽山深谷。崖岸有宝物草木不枯，树林有珍宝而光辉灿烂。相比之下，隋侯明珠自愧弗如，宋王珍宝黯然失色。以上讲珍宝。

"其荒陬谲诡①，则有龙穴内蒸，云雨所储。陵鲤若兽②，浮石若桴③。双则比目④，片则王余⑤。穷陆饮木，极沉水居。泉室潜织而卷绡⑥，渊客慷慨而泣珠⑦。开北户以向日，齐南冥于幽都⑧。其四野则畛畷无数⑨，膏腴兼倍。原隰殊品，宛隆异等⑩。象耕鸟耘，此之自与。稻秀菰穗⑪，于是乎在。煮海为盐，采山铸钱。国税再熟之稻，乡贡八蚕之绵⑫。以上荒陬异物、郊野恒产。

【注释】

①荒陬(zōu)：荒远边陲。

②陵鲤：即穿山甲。

③桴(fú)：竹木编成的小筏子。

④比目：鱼名。

⑤片：半身。王余：传说中的鱼名。传说为越王食鱼余下的一半在
　　江中所化。

⑥绡：丝织品。

⑦渊客：传说中的鲛人。上文所谓"水居""泉室潜织而卷绡"事，说
　　的都是鲛人。泣珠：鲛人流泪所成之珠。

⑧南冥：南海。幽都：北方之地。

⑨畛畷(zhěn zhuì)：田间路径。

⑩窊(wā)：低洼之地。

⑪穛(zhuō)：早熟麦。菰(gū)：籽可食的草。

⑫八蚕：一年八熟的蚕。

【译文】

"在僻远之边地，奇异怪诞，龙穴中，水气蒸腾，化云降雨。陵鲤四
足而若兽，浮岩浮水而似轻舟。双目生同侧是比目鱼，只有半边身为王
余鱼。偏僻荒地取木汁为饮水，水极深处有奇人定居。水居者深水织
绢绡，鲛美人滴泪化珍珠。开北门而朝阳，视南海为北方。至于四野，
道路无穷数，沃土倍增多。土质优良品类众多，高低不平各有等级。象
耕、鸟耘发生于此，穛秀、菰穗生长于此。煮海水成盐，采矿山铸钱。郡
国征税双季稻谷，乡里上贡八熟丝绵。以上讲僻远之地的奇异之物及四野土
地的物产和矿藏。

"徒观其郊隧之内奥①，都邑之纲纪，霸王之所根柢②，开
国之所基趾③。郛郭周匝④，重城结隅⑤。通门二八，水道陆

衢。所以经始用累千祀[6]。宪紫宫以营室[7]，廓广庭之漫漫。寒暑隔阂于邃宇，虹霓回带于云馆。所以跨跱焕炳万里也[8]。造姑苏之高台[9]，临四远而特建[10]。带朝夕之浚池[11]，佩长洲之茂苑[12]。窥东山之府[13]，则瑰宝溢目。覵海陵之仓[14]，则红粟流衍[15]。起寝庙于武昌[16]，作离宫于建业[17]。阐阖闾之所营[18]，采夫差之遗法。抗神龙之华殿[19]，施荣楯而捷猎[20]。崇临海之崔巍[21]，饰赤乌之韡晔[22]。东西胶葛[23]，南北峥嵘[24]。房栊对栊[25]，连阁相经[26]。阍闼谲诡[27]，异出奇名。左称弯碕[28]，右号临硎。雕栾镂楶[29]，青琐丹楹[30]。图以云气，画以仙灵。虽兹宅之夸丽[31]，曾未足以少宁[32]。思比屋于倾宫[33]，毕结瑶而构琼[34]。高闱有闶[35]，洞门方轨。朱阙双立，驰道如砥。树以青槐，亘以绿水[36]。玄荫耽耽[37]，清流亹亹[38]。列寺七里[39]，侠栋阳路[40]。屯营栉比[41]，解署棋布[42]。横塘、查下[43]，邑屋隆夸[44]。长干延属[45]，飞甍舛互[46]。以上宫室。

【注释】

①郊隧：郊区。内奥：内部，内里。

②柢(dǐ)：根。

③趾(zhǐ)：地基，基础。

④郛(fú)郭：外城。

⑤重城：城墙重重。

⑥经始：经营造作之始。千祀：千年万代。

⑦紫宫：指紫微垣，喻指帝王的宫室。

⑧跨跱(zhì)：屹立。

⑨姑苏：台名。

⑩特建:台高而特出。

⑪朝夕:池名。浚(jùn):深。

⑫长洲:地名。在太湖北。茂苑:苑名。

⑬东山:地名。府:府库。

⑭覼(lì):巡视。海陵:地名。

⑮红粟:仓中的粮食,因储存太久而颜色变红,故称。

⑯寝庙:古代帝王的宗庙。武昌:地名。

⑰建业:地名。即今南京。

⑱阖闾:与下文的"夫差"皆吴王名。两人系父子。

⑲神龙:建业吴宫的正殿名。

⑳荣:屋翼。楯(shǔn):栏槛。捷猎:依次排列的样子。

㉑临海:吴都宫殿名。

㉒赤乌:吴都宫殿名。铧(wěi)晔:光明灿烂。

㉓胶葛:长远的样子。

㉔峥嵘:深邃的样子。

㉕栊(lóng):有雕花的窗户。纩(huǎng):遮窗户的帷幔。

㉖相经:相通。

㉗阍闼(hūn tà):宫室门户。

㉘弯碕:与下文的"临硎(xíng)"皆为宫门名。

㉙栾:柱首承梁的曲木。桀(jié):柱头斗拱。

㉚青琐:宫门上的一种装饰。楹:柱子。

㉛夸丽:华丽。

㉜宁:满足。

㉝倾宫:夏桀时所造的宫殿名。

㉞瑶:即瑶台,亦为夏桀时造。琼:商纣时所造的琼室。

㉟闱(wéi):宫中之门。闶(kàng):宫门高大的样子。

㊱亘(gèn):引。

㊲耽耽：树荫浓密的样子。

㊳亹亹（wěi）：水缓流的样子。

㊴寺：官署。

㊵侠：通"夹"。阳路：向南的道路。

㊶屯营：军营。

㊷解（xiè）署：官署。解，通"廨"。

㊸横塘、查下：皆建业区名。

㊹隆夸：繁盛奢华。

㊺长干：地名。

㊻飞甍：屋脊高耸欲飞的样子。

【译文】

"仅仅观览城郊的山水风貌，了知吴都城区的规模，便知道霸王功业的根基，开创国家大业的基础。外城环绕广，内城叠对角。城门十六个，水陆交通好。所以建城之始，就有千年规划。效紫微星垣而造宫室，扩宫廷成宽畅博大。居深宫享四季恒温，入彩霞馆舍高耸云天。这就是吴都连绵万里、光彩夺目的原因。姑苏台高有心造，居高临下观四方。朝夕深池为锦带，茂盛长洲是城苑。窥东山府库，珍宝耀眼目。探海陵仓廪，红粟挤破屋。建宗庙于武昌，造离宫于建业。扩吴都之规模，用夫差之法度。神龙华殿高耸立，飞檐雕栏依次排列。临海殿高峻挺拔，饰赤乌光明灿烂。东西广远，南北深幽。窗格帷幔相对，阁门依次相通。宫室门户奇多变，奇称异名不一般。左侧宫门称弯碕，右侧宫门号临硎。雕曲木接柱头斗拱，刻连环纹饰丹楹。图案云气弥漫升腾，画面仙灵飘逸神奇。住宅华丽无比，但从未自足。计划参考夏桀宫殿，全用玉石建筑楼台。宫门高大宽阔，双车并行可过。楼台双双对立，道路平坦如镜。行行青槐路边立，长长绿水流依依。浓荫天盖覆，清溪缓缓流。官衙分布排列七里广，馆舍杂夹在南路之旁。兵营鳞次栉比，官署星罗棋布。横塘、查下巷内，房屋众多，繁华奢丽。长干屋宇连缀，屋脊高耸欲飞,互相错落生辉。以上是官室。

　　"其居则高门鼎贵,魁岸豪杰,虞、魏之昆①,顾、陆之裔。岐嶷继体②,老成奕世③。跃马叠迹,朱轮累辙。陈兵而归,兰锜内设④。冠盖云荫,间阎阗噎⑤。其邻则有任侠之靡⑥,轻诿之客⑦。缔交翩翩,傧从奕奕⑧。出蹑珠履,动以千百。里宴巷饮,飞觞举白⑨。翘关扛鼎⑩,拼射壶博⑪。鄱阳暴谑⑫,中酒而作。以上人材。

【注释】

①虞、魏:与下文的"顾""陆"皆东吴贵姓。昆:后代。

②岐嶷:年少聪慧。体:体统,祖业。

③奕世:世代相传。

④兰锜(yǐ):兵器架。

⑤间阎:里巷之门。阗噎:遍布塞满的样子。

⑥靡:美。

⑦轻诿(chāo):轻捷。

⑧傧:迎接客人的人。

⑨白:罚酒用的杯子。

⑩翘:扛起。关:门闩。

⑪壶:投壶,一种游戏。博:游戏名。

⑫鄱阳:地名。此指该地人。

【译文】

　　"那里的居民尽是高门显贵,英雄豪俊,虞、魏氏的子孙,顾、陆家的后代。他们年幼聪慧能承祖业,见多识广能袭爵位。骏马奋蹄迹相叠,朱轮车辙相杂陈。返归道边兵器列,门庭廊前架戈戟。礼帽车盖遮天蔽日,大街小巷喧嚣拥挤。邻居多侠义之客,敏捷之士。亲朋好友往来频,傧人侍从神奕奕。出门穿饰珠玉之鞋,动辄人数逾千百。深巷摆酒宴宾客,狂喝痛饮罚酒多。奋举门闩和大鼎,比拼投壶和博戏。鄱阳凤喜恶作剧,酒至半酣便发作。以上是人材。

　　“于是乐只衎而欢饫无匮^①,都荤殷而四奥来暨^②。水浮陆行,方舟结驷。唱棹转毂,昧旦永日^③。开市朝而并纳^④,横阛阓而流溢^⑤。混品物而同廛^⑥,并都鄙而为一。士女伫眙^⑦,商贾骈坒^⑧。纻衣、绤服^⑨,杂沓似萃^⑩。轻舆按辔以经隧,楼船举帆而过肆。果布辐凑而常然,致远流离与珂珬^⑪。缤贿纷纭^⑫,器用万端。金镒磊砢^⑬,珠琲阑干^⑭。桃笙象簟^⑮,韬于筒中^⑯。蕉葛、升越^⑰,弱于罗纨^⑱。儽嘉﹐荣缪^⑲,交贸相竞。喧哗嗃呷^⑳,芬葩荫映。挥袖风飘,而红尘昼昏。流汗霡霂^㉑,而中逵泥泞^㉒。富中之畞^㉓,货殖之选^㉔。乘时射利,财丰巨万。竞其区宇,则并疆兼巷。矜其宴居,则珠服玉馔。以上市廛财货。

【注释】

①只:句中语助词。衎(kàn):欢愉和乐。饫(yù):宴饮饱足。

②都荤:京都。四奥:四方边远地区。来暨(jì):来到。

③昧旦:清晨。永日:终日不断。

④市朝:市场。

⑤阛阓(huán huì):市场。

⑥廛(chán):公家提供给商人存放货物的房舍。

⑦伫:久立。眙(chì):直视。

⑧骈坒(bì):并列相接。

⑨纻(zhù)衣：用纻麻布制作的衣服。绤(chī)服：细葛布制作的衣服。

⑩伙(sǒng)萃：密集行走貌。

⑪流离：即琉璃，一种有色半透明的美石。珂(kē)：一种似玉的美石。玽(xù)：美石。

⑫缫(jié)：古代南方少数民族所贩财货布帛的总称。贿：财物，货物。

⑬磊砢：众多的样子。

⑭琲(bèi)：度量单位。珠十贯为一琲。阑干：纵横。形容珠子多。

⑮桃笙：桃枝竹编成的小席子。象簟(diàn)：用象牙装饰的竹席。

⑯韬：收藏。筒中：即筒中布，古代的一种细布。

⑰蕉葛、升越：皆细布名。

⑱罗纨：丝绢。

⑲儠儠(sè tà)：说话声音纷杂。牒猇(xiào xiāo)：众相交错。

⑳喤呷(huáng gā)：众声。

㉑霢霂(mài mù)：小雨。

㉒中逵：四通八达的道路交错处。

㉓甿(méng)：老百姓。

㉔货殖之选：抓住经商的时机。

【译文】

"宾客尽欢，宴饮不绝，京都繁盛，四方客来。乘船陆行，船连车并。车船歌声，从早到晚。市集开放并纳万物，货物潮涌似水流溢。物品混杂陈旷地，都市边地共贸易。士女久立相望，商贩排列成行。穿着纻麻、葛布衣服，人头攒动聚集市场。轻车骏马市中过，楼船举帆水巷行。果品、布匹相汇聚，琉璃、珂玽远方来。货品繁多，器物万种。黄金山积，珍珠满地。牙竹炕席，筒中布藏。蕉葛、升越细布，弱于细薄罗纨。你言我语众声乱，分利必争买卖忙。人声鼎沸喧哗闹，奇珍异宝争光辉。袖翻尘土遮蔽白昼，汗落成雨泥泞道路。沃土富民，乘机经营。因时获利，财富万计。竞争居地，兼并田亩。闲适自夸，衣美食甘。以上讲市场上货物。

“趫材悍壮①，此焉比庐。捷若庆忌②，勇若专诸③。危冠而出④，竦剑而趋⑤。扈带鲛函⑥，扶揄属镂⑦。藏鍦于人⑧，去戭自闾⑨。家有鹤膝⑩，户有犀渠⑪。军容蓄用，器械兼储。吴钩越棘⑫，纯钧、湛卢⑬。戎车盈于石城，戈船掩乎江、湖。露往霜来，日月其除。草木节解⑭，鸟兽腯肤⑮。观鹰隼，诫征夫。坐组甲，建祀姑⑯。命官帅而拥铎⑰，将校猎乎具区⑱。乌浒、狼𥞬⑲，夫南、西屠。儋耳、黑齿之酋，金邻、象郡之渠⑳。骉䮌飍矞㉑，靸霅警捷㉒，先驱前涂㉓。俞骑骋路㉔，指南司方㉕。出车槛槛㉖，被练锵锵㉗。吴王乃巾玉辂㉘，轺骕骦㉙，旂鱼须㉚，常重光㉛。摄乌号㉜，佩干将㉝。羽旄扬蕤，雄戟耀芒㉞。贝胄象弭㉟，织文鸟章。六军袀服㊱，四骐龙骧㊲。峭格周施㊳，罿罻普张㊴。罼罕琐结㊵，罠蹄连纲㊶。陆以九疑㊷，御以沅、湘㊸。辎轩蓼扰㊹，彀骑炜煌㊺。袒裼徒搏㊻，拔距投石之部㊼。猿臂骿肋㊽，狂趭犷獷㊾。鹰瞵鹗视(50)，趁趯猭㹸(51)。若离若合者，相与腾跃乎莽罠之野(52)。干、卤、殳、鋋(53)，旸夷、勃卢之旅(54)。长殺、短兵(55)，直发驰骋。儇佻坌并(56)，衔枚无声。悠悠旆旌者，相与聊浪乎昧莫之坰(57)。钲鼓叠山(58)，火烈熛林(59)。飞焗浮烟，载霞载阴。菈擸雷硠(60)，崩峦弛岑(61)。鸟不择木，兽不择音。虤䖘䰕(62)，颓麖麈(63)。蓦六驳(64)，追飞生(65)。弹鸾鹓(66)，射猱狿(67)。白雉落，黑鸩零。陵绝嶛嶕(68)，聿越巉险。跐逾竹柏(69)，獠猭杞楠⑩。封狶蚫⑪，神蟜掩⑫。刚镞润⑬，霜刃染。于是弭节顿辔，齐镳驻跸⑭。徘徊徜徉，寓目幽蔚。览将帅之拳勇，与士卒之抑扬。羽族以嘴距为刀铍⑮，毛群以齿角为矛铗⑯。皆体著而应卒⑰，所以挂挖而为创痏⑱，冲踔而断筋骨⑲。莫不衄锐挫芒⑳，拉掊摧藏㉑。虽有石林之岸崿㉒，请攘臂而靡之；虽有雄虺之九首㉓，将抗足而蹈之㉔。颠覆巢居，剖破窟宅。仰攀鹓鸡㉕，俯蹴豺貘㉖。刳剖熊黑之室㉗，剽掠虎豹之落㉘。猩猩啼而就禽㉙，㸲㸲笑而被格㉚。屠巴蛇，出象骼。斩鹏翼，掩广泽。轻禽狡兽，周章夷犹㉛。狼跋乎纮中㉜，忘其所以睒睗㉝，失其所以去就。魂褫气慑而自踢跌者㉞，应弦而饮羽。形偾景僵者㉟，累积而增益，杂袭错缪㊱。倾薮薄，倒岬岫㊲。岩穴无豜豵㊳，翳荟无鸗鹒㊴。思假道于丰隆㊿，披重霄而高狩。笼乌兔于日月，穷飞走之栖宿。以上田猎。

【注释】

①趫(qiáo)：矫健轻捷。

②庆忌：吴王僚之子，传说他非常敏捷。事详《吕氏春秋》。

③专诸：吴国勇士。《左传》记有其事。

④危冠：高高的帽子。

⑤竦剑：执剑。

⑥扈(hù)带：披戴。鲛函：鲛鱼皮制作的铠甲。

⑦扶揄：高举。属镂：剑名。

⑧铍(shī)：矛。人：民，百姓。

⑨去：通"弆"。收藏。戵：同"𣏌"。盾牌。闾：民户聚居的地方，里巷。

⑩鹤膝:矛名。

⑪犀渠:盾名。

⑫吴钩:一种弯刀,为吴国所制。越棘:越国制造的戟。

⑬纯钧、湛卢:皆剑名。

⑭节解:凋零。

⑮腯(tú)肤:肥壮。

⑯祀姑:春秋时吴国军队使用的大旗。

⑰铎:用于传达命令的大铃。

⑱具区:吴地的大泽。

⑲乌浒、狼胀(hāng):与下文的“夫南”“西屠”“儋(dān)耳”“黑齿”
   皆为中国西南地区古代的少数民族部落。

⑳金邻:古代国名。象郡:古郡名。渠:首领。

㉑骉骇骕骦(biāo xuě xiū xù):众马奔腾的样子。

㉒靸霅(sǎ shà)警捷:群马奔腾的样子。

㉓涂:道路。

㉔俞骑:先导之骑。

㉕指南:指南车。司方:指示方向。

㉖槛槛:车行发出的声音。

㉗被练:指身披练甲的士兵。

㉘玉辂(lù):用美玉装饰的车。

㉙轺(yáo):轻便马车。此处作动词用,驾车之意。骕骦(sù
   shuāng):良马名。

㉚旂(qí):旗帜名。鱼须:鲨鱼的须。

㉛常:绘有日月图形的旗帜。重光:旗上所绘的日月之形。

㉜乌号:良弓名。

㉝干将:宝剑名。

㉞雄戟:三面有刃的戟。

㉟弭(mǐ)：弓两端弯曲处的装饰。

㊱裪(jūn)服：指戎服一律、一色。

㊲骐(qí)：青黑色条纹的马。龙骧(xiāng)：马如龙昂首。

㊳峭格：捕兽的笼子。

㊴罿(tóng)：捕鸟网。罻(wèi)：比较小的捕鸟网。

㊵罼(bì)：长柄网。罕(hǎn)：长柄小网。琐：通"锁"。

㊶罠(mín)：捕兽网。罤：捕兔网。

㊷阹(qū)：围猎的圈子。九疑：即九嶷。山名。在今湖南。

㊸沅：指今湖南的沅江。湘：指今湖南的湘江。

㊹輶(yóu)轩：一种轻便车。蓼(liáo)扰：散乱的样子。

㊺彀(gòu)骑：拉弓射物的骑兵。炜(huī)煌：骑兵疾驰发出的闪光。

㊻袒裼(xī)：脱衣露体。

㊼拔距：跳得又高又远。

㊽骿(pián)肋：指肌肉发达，看不到肋骨。

㊾趭(jiào)：奔跑。犷猥(guì)：强悍雄壮。

㊿瞵(lín)：瞪眼看。鹗(è)：鹰类猛禽。

(51)趁趈(cān tán)：驱走貌。舭躂(lā tà)：飞貌。

52莽�—(làng)：阔大的原野。

53干：小盾。卤：大盾。殳(shū)：古代的竹制兵器。铤(chán)：铁柄短矛。

54旸(yáng)夷：铠甲名。勃卢：矛名。

55长殺(xù)：长矛。

56儇佻(xuān tiāo)：疾行。坌(bèn)并：聚集。

57聊浪：此指尽情游猎。垌(jiōng)：郊野。

58钲(zhēng)鼓：皆古代行军时所用的乐器。叠：震动。

59熛(biāo)：火光闪动。

60菈擸(lā liè)雷硠(láng)：崩溃的声音。

�61岑(cén)：小而高的山。

(62)虣(bào)：同"暴"。徒手与虎搏斗。魆(hán)：白虎。朜(shù)：黑虎。

(63)颎(xū)：绊住野兽前足。

(64)蓦(mò)：骑。六駮：兽名。

(65)飞生：兽名。

(66)鸾鶁(jīng)：皆鸟名。

(67)猱狌(náo tíng)：猕猴类动物。

(68)嶚嶢(liáo jiāo)：山势高峻的样子。

(69)跇(yì)逾：超越。

(70)猭猭(lián chuàn)：奔走的样子。

(71)封豨(xī)：大野猪。獾(hè)：猪叫。

(72)神螭(chī)：传说中的动物。

(73)刚镞(zú)：坚利的箭头。

(74)镳(biāo)：马嚼子的两端露出口外的部分，代指车马。跸(bì)：帝王出入时的清道。

(75)距：禽的附足骨，代指禽足。铍(pī)：短剑。

(76)铗(jiá)：剑。

(77)体著：长生身体上。应卒(cù)：应急。

(78)扢(gǔ)：磨，擦。痏(wěi)：皮破流血。

(79)踤(zú)：踢。

(80)衄(nù)：挫折。

(81)拉捭(bǎi)：摧残打击。摧藏：挫伤。

(82)岝崿(zuò è)：山高而深险。

(83)雄虺(huǐ)：凶恶的毒蛇。

(84)跐(cǐ)：践踏。

(85)鵔鸃(jùn yì)：有文彩的赤雉。

㊏ 貘(mò)：白豹。

㊐ 刦劋(jié jī)：劫夺。刦，同"劫"。

㊑ 剽(piào)掠：劫掠。

㊒ 禽：通"擒"。

㊓ 萬萬(fèi)：即狒狒。

㊔ 周章夷犹：惊恐不知所措。

㊕ 狼跋：困顿窘迫，进退维谷。纮："绂"的古字，罗网。

㊖ 睒睗(shǎn shì)：疾视。

㊗ 褫(chǐ)：夺去。踢跛(bó)：跌倒。

㊘ 偾(fèn)：仆倒。景：通"影"。指身体。

㊙ 杂袭：重叠。错缪(miù)：杂乱。

㊚ 岬：山谷。岫(xiù)：山洞。

㊛ 豜豵(jiān zōng)：大小野兽。

㊜ 翳(yì)荟：草木茂盛的地方。麛：同"麑(nuàn)"。小鹿。鹨(liù)：鸟名。

⑩ 丰隆：雷神。

【译文】

"矫健猛士，遍及家户。敏捷如庆忌，勇猛像专诸。出门高冠，疾行挺剑。披戴鲛函铠甲，高举属镂宝剑。百姓人人习得用矛之法，里巷户户以盾相保。鹤膝之矛家家有，犀渠之盾户户存。军用物品蓄存，各种器械兼备。吴钩越戟在，纯钩、湛卢有。兵车布满石头城，战船如云铺江、湖。秋去冬来，时光流去。草木凋落，鸟兽肥美。观望猛禽，准备军事行动。身披组甲，高举战旗。命令将官摇铃号令，围猎于具区湖泽。乌浒、狼膔、夫南、西屠、儋耳、黑齿的酋长，金邻、象郡的首领，骑马奔驰作先驱。先导骑引路，指南车导向。车声隆隆响，披甲声铿锵。此时的吴王，车饰玉辂，轻驭骕骦，鲨鱼须旗，旗绣日月。手提乌号良弓，腰挂干将宝剑。羽旗飘缨穗，长戟闪金光。贝壳饰头盔，象牙装弓角，鸟形

画图旗上飘。六军服装清一色,四骐如龙头高昂。捕兽之器布置得当,
捕鸟大网全部开张。网柄连结似锁链,网结相连不离纲。围猎墙是九
嶷山,拦挡河流靠沅、湘。辎轩便车真散乱,弯弓骑士多辉煌。赤裸斗
猛兽,远地掷飞石。长臂劲肋善骑射,粗犷矫健能扑搏。双目如电似鹰
鹘,飞驰奔走忙。时而分离时而合,蹦跳腾跃在阔大的原野上。执干、
卤、殳、铤、旸夷、勃卢、长矛、短刃等兵器,怒发高扬,疾驰狂奔。急行云
集口无声,旌旗猎猎显威风,放浪忘情猎猛兽,旷野无边任驰骋。钲鼓
咚咚震撼山岳,烈焰腾空焚烧森林。火苗升腾如同霞彩,浓烟密布好似
乌云。轰声隆隆,山峦崩塌。鸟惊慌不寻栖枝,兽绝望难发真音。手搏
猛虎,绊倒麇麑。驭骑六驳,追逐飞生。弹打鸢鹊,箭射猱狿。白雉坠
落,黑鸹跌下。跨过高峰,飞越天险。穿过竹柏林间,奔走杞楠林里。
野猪闷声吼,神螭悄隐没。热血浸润坚硬的箭头,红血染遍雪白的刀
刃。于是,车马缓行,会齐暂歇。徘徊徜徉自在走,举目四望草木深。
赞赏将帅勇猛,称誉士卒轻捷。飞禽以嘴爪为兵刃,走兽以齿角为矛
剑。生就爪牙备急用,人被碰挂有伤亡,人受冲撞断筋骨。制服众禽
兽,折牙断爪挫锋芒。虽有山林之险,赤膊勇往向前;虽有毒蛇九首,举
足奋力践踏。倾覆鸟巢,捣毁兽窝。上捕鶬鸡鸟,下踏豹与豺。荡尽熊
黑之窟,捣毁虎豹之室。猩猩哀啼被擒,狒狒傻笑被杀。杀死巨蛇,取
出象骨。斩断鹏翅,掩住大湖。轻捷飞禽,强壮猛兽,恐惧忧郁,不知所
措。身陷罗网,狼狈窘迫,心神离散,目失光泽,失去所居,不知何往。
魂不附体,气泄伏地,弦响羽没。身倒僵死,尸体堆积,杂乱交错。将林
泽倾倒,把山谷倒扣。穴洞不见野兽,丛林不见鸟鹿。欲向雷神借道,
高天狩猎入重霄。捉玉兔捕三足乌,搜遍天地禽兽。以上讲田猎。

　　"巉涧阒^①,冈岵童^②。罾罘满,效获众^③。回靶乎行
眳^④,观鱼乎三江^⑤。泛舟航于彭蠡^⑥,浑万艘而既同。弘舸
连舳^⑦,巨槛接舻^⑧。飞云、盖海^⑨,制非常模。叠华楼而岛

踌,时仿佛于方壶⑩。比鹬首而有裕⑪,迈馀皇于往初。张组
帏,构流苏。开轩幌,镜水区。篙工楫师,选自闽、禺。习御
长风,狎玩灵胥⑫。责千里于寸阴,聊先期而须臾。棹讴唱,
箫籁鸣。洪流响,渚禽惊。弋磻放⑬,稽鹝鹏⑭。虞机发,留
鸧鹒⑮。钩铒纵横,网罟接绪。术兼詹公⑯,巧倾任父⑰。筌
鮔鳝⑱,鲡鲓、鲨⑲。罩两鲆⑳,罳鳙虾㉑。乘鲨鼋鼍㉒,同罠共
罗㉓。沉虎潜鹿㉔,暑虓傄束㉕。徽鲸辈中于群犗㉖,挶抢暴
出而相属㉗。虽复临河而钓鲤,无异射鲋于井谷㉘。结轻舟
而竞逐,迎潮水而振缗㉙。想萍实之复形㉚,访灵夔于鲛
人㉛。精卫衔石而遇缴㉜,文鳐夜飞而触纶㉝。北山亡其翔
翼,西海失其游鳞。雕题之士,镂身之卒,比饰虬龙,蛟螭与
对。简其华质㉞,则氀费锦缋㉟;料其虓勇㊱,则雕悍狼戾。
相与昧潜险,搜瑰奇。摸蟏蝐㊲,扣犄蠵㊳。剖巨蚌于回渊,
濯明月于涟漪㊴。毕天下之至异,讫无索而不臻。谿壑为之
一罄㊵,川渎为之中贫。哂澹台之见谋㊶,聊袭海而徇珍㊷。
载汉女于后舟㊸,追晋贾而同尘㊹。汩乘流以砯宕㊺,翼飔风
之飏飏㊻。直冲涛而上濑,常沛沛以悠悠㊼。汔可休而凯
归㊽,揖天吴与阳侯㊾。以上水嬉。

【注释】

①嶰(xiè):山谷。阒(qù):寂静。

②岵(hù):草木繁茂的山。童:没有草木的山。

③效获:收获。

④靮:马缰绳。睨(nì):斜视。

⑤三江:泛指吴地的江河湖泊。

⑥彭蠡：即鄱阳湖。

⑦弘舸：大船。舳(zhú)：船尾。

⑧巨槛：大船。舻：船头。

⑨飞云、盖海：皆吴地有名的楼船。

⑩方壶：渤海中的仙山名。

⑪鹢首：与下文的"馀皇"皆为华丽的船名。

⑫灵胥：指伍子胥所化之神。

⑬弋礛(yì bō)：拴在箭绳上的石头。

⑭鶛鸣(jiāo míng)：鸟名。

⑮鸬鶄(jiāo jīng)：水鸟名。

⑯詹公：即詹何，传说中的善钓者。

⑰任父：即任公子，古代传说中的人物。事见《庄子·外物》。

⑱鮏鳢(gèng méng)：鲟鱼。

⑲鲡(lí)："缡"之误，一种渔网。鳇(cháng)：鱼名。

⑳两鲚(jiè)：即比目鱼。

㉑罩(cháo)：一种捕鱼工具。鰝(hào)：一种大虾。

㉒乘鲎(hòu)：似蟹的介类动物。

㉓罛(gū)：大鱼网。

㉔虎、鹿：分别指虎鱼和鹿鱼。

㉕胄(zhí)：绊马索。靮(lóng)：牵制。僒(jiǒng)：通"窘"。困窘。

㉖鳠(huī)：强劲有力的大鱼。犗(jiè)：阉过的牛。

㉗捘抢：指彗星。

㉘鮒(fù)：小鱼名。

㉙缗(mín)：钓鱼线。

㉚萍实：典出《孔子家语·致思》。说是有一次楚昭王渡江，见到一个圆而红的斗大的东西来触碰渡船。昭王派人去问孔子是什么意思。孔子便说这是萍实，象征着吉祥，唯有霸者才能碰到它，

　　可剖而食之。

㉛ 夔(kuí)：怪兽名。

㉜ 精卫衔石：传说见于《山海经·北山经》。缴(zhuó)：系于箭上的绳子。

㉝ 文鳐(yáo)：即飞鱼。纶(lún)：钓鱼用的丝线。

㉞ 简：检阅。

㉟ 㲤(yì)费：仿佛。锦缋(huì)：锦绣。

㊱ 虓(xiāo)勇：勇猛。

㊲ 蝳蝐(dài mào)：即玳瑁。

㊳ 觜蠵(zī xī)：一种大龟。

㊴ 明月：明月珠。

㊵ 罄(qìng)：尽，完。

㊶ 哂(shěn)：耻笑。澹台：即澹台子羽，传说中的人物。事见《博物志》。

㊷ 徇：寻求。

㊸ 汉女：传说中居汉水的神女。

㊹ 晋贾：晋国大夫。事见《左传·昭公二十八年》。

㊺ 砰宕(dàng)：船行水击的声音。

㊻ 飔(sī)风：凭借风势。飗飗(liú)：风声。

㊼ 沛沛以悠悠：飘流远行。

㊽ 汔(qì)：庶几。

㊾ 天吴：传说中的水神。阳侯：传说为阳国侯溺水死后所化的神。

【译文】

　　"山谷空寂，岭无草木。罗网盈满，猎获丰足。回马缓行察路旁，三江之鱼细观望。泛舟鄱阳湖，万船齐攒动。弘舸相接，巨槛相连。楼船如云遮大海，船体型号不一般。船楼似岛重叠叠，时隐时现若仙山。楼船华丽辉煌，比鹢首画船还美，盖过当年的馀皇。打开彩绸帷幕，挂起流苏彩穗。推开门窗帐幔，水面如镜生光辉。船师水手，选自闽、禺。擅长风中行船，敢戏灵胥神仙。争分夺秒达千里，片刻之间抢先至。船歌吟唱，管弦齐鸣。河流轰响，渚禽受惊。发射弋箭，射落鹣鹣。猎人发弩，射中鸡鹊。钓饵密布，网罟相连。谋术胜过詹公，技巧压倒任父。用荃捉鲖鳢，用缁捕鲨、鲨。用罜捕比目，用罜捞鳂虾。乘鼋鼍鼋，同入罗网。深水虎鱼、鹿鱼，全被困拘。大鱼臣鲸吞牛饵中钩，彗星争奔出连缀。倘再钓鲤于河边，那犹如射井中鱼。轻舟连缀争奔忙，钓钩抛入潮水中。冀望萍实美事复现，询访灵夔向鲛人。精卫衔石中箭，文鳐夜飞触钩。北山飞鸟尽，西海游鱼绝。雕额镂身兵卒，纹如虬龙图似蛟螭。彩饰身躯如锦绣，勇猛凶悍似雕狼。冒险潜深水，搜罗奇珍异。摸玑珰，抓觜蠵。剖巨蚌取珍珠于深渊，洗净明珠于波涛。天下奇珍异宝，在此均能觅到。谿壑一空，川渎尽罄。笑澹台谋取澹台财宝，姑且入海而寻找奇异。舟后载汉女，步晋贾后尘。激流阻水激荡声，疾风展翅船如飞。直辟惊涛骇浪，远行风帆悠悠。庶几凯旋日，作揖别水神。

以上讲水中嬉戏。

　　"指包山而为期①，集洞庭而淹留②。数军实乎桂林之苑③，飨戎旅乎落星之楼④。置酒若淮、泗⑤，积肴若山丘。飞轻轩而酌绿酃⑥，方双醦而赋珍羞。饮烽起，醽鼓震⑦。士遗倦，众怀欣。幸乎馆娃之宫⑧，张女乐而娱群臣。罗金石与丝竹，若钧天下之陈⑨。登东歌，操南音。胤《阳阿》⑩，咏《棘》《任》⑪。荆艳楚舞⑫，吴愉越吟⑬。翕习容裔⑭，靡靡愔愔⑮。若此者，与夫唱和之隆响，动钟鼓之铿铪⑯。有殷坻颓于前⑰，曲度难胜，皆与谣俗汁协⑱，律吕相应。其奏乐也，则木石润色；其吐哀也，则凄风暴兴。或超《延露》而《驾辩》⑲，或逾《绿水》而《采菱》。军马弭髦而仰秣⑳，渊鱼竦鳞而上

升。酲湑半^㉑，八音并。欢情留，良辰征。鲁阳挥戈而高麾，
回曜灵于太清^㉒。将转西日而再中，齐既往之精诚。<small>以上置</small>
<small>酒作乐。</small>

【注释】

①包山：山名。

②洞庭：指吴中太湖。

③军实：军队游猎所获。桂林：吴地名苑。

④落星：吴地名楼。

⑤淮：指淮河。泗：指泗水。

⑥绿酃（líng）：古湘州衡阳酃湖所产的名酒。

⑦釂（jiào）：饮干杯中酒。

⑧馆娃：宫殿名。

⑨钧天：即钧天广乐，天上仙乐。

⑩胤（yìn）：通"引"。《阳阿》：曲名。属雅俗之间的曲子。

⑪《韎（mèi）》《任》：分别为东方少数民族和南方少数民族的乐曲。

⑫荆艳：楚歌。

⑬吴愉：吴歌。

⑭翕习：盛多的样子。容裔：同"容与"。指音乐节奏起伏不平，变
　　化很多。

⑮愔愔（yīn）：和谐。

⑯铿耾（kēng hóng）：声音宏大，如雷震耳。

⑰殷：声音宏大。坻（dǐ）頹：即坻崩，山丘崩裂堕落。

⑱谣俗：通俗的民间歌曲。汁（xié）：和谐。

⑲《延露》《驾辩》：与下文《绿水》《采菱》皆古曲名。

⑳弭髦（máo）：马毛顺和。

㉑湑（xǔ）：过滤过的酒。

㉒鲁阳挥戈而高麾，回曜灵于太清：指楚平王孙鲁阳文子挥戈使太阳回转一事。详见《淮南子·览冥训》。曜灵，指太阳。太清，指天空。

【译文】

“约定相会包山，同去太湖暂留。在桂林苑清点军队猎物，在落星楼犒劳士卒。备有美酒如淮、泗，堆积佳肴似山丘。轻车飞奔送美酒，双辔并行置珍馐。举火助酒起，擂鼓促干杯。士卒忘掉疲劳，人们心怀喜悦。馆娃宫吴王下榻，张罗舞女娱乐群臣。陈设金石丝竹乐器，像钧天神乐降人间。唱东歌，奏南乐。演《阳阿》，咏《韎》《任》。表演荆艳楚舞，歌唱吴愉越吟。舒缓悠然，柔软和美。像这些美妙乐舞，唱和声嘹亮，钟鼓声铿锵。声响如地崩山裂，婉转变化音袅袅，都与通俗歌谣相谐，同六律、六吕相和。奏喜乐可滋润木石，发哀音可兴作凄风。胜过《延露》《驾辩》曲，超出《绿水》《采菱》歌。战马垂鬃仰首喜，渊鱼耸身出水乐。酒至半酣，八音齐奏。欢情长住，美辰短暂。鲁阳文子阻红日，夕阳返身回天空。使夕阳再回转中天，以古人精诚为楷模。以上讲饮酒作乐。

“昔者夏后氏朝群臣于兹土[①]，而执玉帛者以万国。盖亦先王之所高会，而四方之所轨则。春秋之际，要盟之主，阖闾信其威[②]，夫差穷其武。内果伍员之谋[③]，外骋孙子之奇[④]。胜强楚于柏举[⑤]，栖劲越于会稽[⑥]。阙沟乎商鲁[⑦]，争长于黄池[⑧]。徒以江、湖崄陂[⑨]，物产殷充，绕霤未足言其固[⑩]，郑、白未足语其丰[⑪]。士有陷坚之锐，俗有节概之风。睚眦则挺剑，喑呜则弯弓[⑫]。拥之者龙腾，据之者虎视。麾城若振槁[⑬]，搴旗若顾指[⑭]。虽带甲一朝，而元功远致。虽累叶百叠，而富强相继。乐湑衎其方域[⑮]，列仙集其土地。桂父练形而易色⑯，赤须蝉蜕而附丽。中夏比焉，毕世而罕见，丹青图其珍玮，贵其宝利也。舜、禹游焉，没齿而忘归，精灵留其山阿，玩其奇丽也。剖判庶士，商榷万俗，国有郁鞅而显敞⑰，邦有湫陁而踒跼⑱。伊兹都之函弘⑲，倾神州而辒楼⑳。仰南斗以斟酌㉑，兼二仪之优渥㉒。繇此而揆之㉓，西蜀之于东吴，小大之相绝也，亦犹棘林萤耀而与夫桴木龙烛也㉔；否泰之相背也，亦犹帝之悬解而与桎梏疏属也㉕。庸可共世而论巨细㉖，同年而议丰确乎㉗？暨其幽遐独邃，寥廓闲奥，耳目之所不该㉘，足趾之所不蹈，倜傥之极异，谲诡之殊事，藏理于终古，而未寤于前觉也。若吾子之所传，孟浪之遗言，略举其梗概，而未得其要妙也！"

【注释】

①夏后氏：指夏禹。

②信：通"伸"。

③伍员：即伍子胥。

④孙子：即孙武。

⑤柏举：地名。

⑥会(kuài)稽：地名。今浙江绍兴。

⑦阙：掘。商：指春秋时的宋国。

⑧黄池：地名。在今河南。

⑨崄陂(xiǎn bì)：险阻。

⑩绕霤：古代著名险要之地，在今陕西。

⑪郑、白：古代关中最富的郑渠、白渠地区。

⑫喑(yìn)呜：愤恨的声音。

⑬麾城：指挥士兵攻城。

⑭搴旗：夺取敌方军旗。

⑮乐湑：即乐胥，君子。衍：喜爱。方域：指吴地。

⑯桂父：与下文的"赤须"皆传说中的仙人。

⑰郁鞅：繁盛。

⑱湫陒(jiǎo ài)：低矮狭小。踡跼(quán jú)：屈曲不伸。

⑲函弘：宽大。

⑳韫椟(yùn dú)：藏在柜子里。

㉑南斗：星座名。

㉒二仪：指天地。优渥(wò)：丰厚优裕。

㉓揆(kuí)：推测，揣度。

㉔桪(xún)木：高大的树木。龙烛：神龙所衔的巨烛。

㉕帝之悬解：意指天能解除人间束缚，达到无拘无束、逍遥自在的境界。帝，指天。中国古人认为，人生受命于天，忧虑为天所系，只有安时处顺，安于天命，忧乐不入，才能为天所解。疏属：山名。又名雕龙山，在今陕西绥德。

㉖庸：岂，哪。

㉗确：贫瘠。

㉘该：全，备。

【译文】

　　"夏禹曾在此召见群臣，万国执玉帛前来朝奉。吴地是先王盛会之所，邻国效法之楷模。春秋吴国为盟主，阖闾耀武又扬威，夫差穷兵而黩武。治国用伍子胥计谋，御敌依恃孙武奇计。在柏举打败强楚，于会稽围歼劲越。掘深沟连通宋鲁，争盟主于黄池地。只因江、湖险阻，物产丰饶，别国就无与伦比，绕霤不能与之比固，郑、白不能与之较富。兵有锐气，民有节操。含怒则拔剑，藏怨则张弓。占吴地则如龙腾跃，据吴国则似虎眈眈。攻城如摧枯拉朽，夺旗似顾看掌指。虽从军一朝，却功垂千古。虽传递百代，却富强永继。君子爱惜此地，众仙汇聚这里。

桂父仙人练形变色于此,赤须仙人蝉蜕客居此地。中原比之吴国,罕见
吴都珍奇,丹青描绘吴都宝物,中原以此消解自己的渴慕。舜、禹神游
吴地,终生不返故里,精灵留住这里,玩赏珍奇异物。判别各种人物,研
习各地风俗,国有繁荣宽广之地,邦有狭小局促之隅。吴都广大,倾斜
神州,包囊中原。抬头拿南斗为勺舀酒,兼得天地万物之恩赐。由此衡
量,西蜀与东吴相比,大小相差悬殊,西蜀如棘林萤光闪耀,东吴似柙木
龙烛生辉;好坏相去甚远,也像天帝解放东吴,上天幽禁疏属。怎能同
论大小,共议薄丰呢? 至于东吴的幽远偏僻之处,空旷寂寥,耳目难达,
足迹难到,超拔人才,离奇之事,久埋深藏,先知先觉也难以知晓。以上
所言,皆属粗粗言之,只是略举东吴概况,尚未能说出其中奥妙。"

魏都赋

　　魏国先生有睟其容①,乃盱衡而诰曰②:"异乎,交、益之
士③! 盖音有楚、夏者④,土风之乖也⑤;情有险、易者⑥,习俗
之殊也。虽则生常⑦,固非自得之谓也⑧。昔市南宜僚弄
丸⑨,而两家之难解。聊为吾子复玩德音⑩,以释二客竞于辩
囿者也⑪。

【注释】

①魏国先生:作者虚构的人物。睟(suì):润泽,慈和。

②盱(xū)衡:睁目扬眉。诰:告诫。

③交、益:古代州名。三国时,交州属东吴,益州属蜀国。

④楚:古楚地。夏:指中原地区。

⑤乖:相违,不同。

⑥险:此指性情不平和。易:此指性情平和。

⑦生常:性情之常。生,通"性"。

⑧自得：天生得之，即指先天生成的性格。

⑨市南宜僚：楚国勇士，善弄丸杂技。楚白公胜谋作乱，将杀令尹子西。以宜僚为勇士，派人去招徕他。宜僚正在弄丸，利诱威逼均不能使之屈服。白公不得宜僚，反事不成，于是白公、子西两家之难解。

⑩德音：善言。

⑪辩囿（yòu）：喻指辩者丰富的语言如苑囿中多姿多彩的草木。

【译文】

　　魏国先生的面容温和滋润，他举目扬眉警示说："东吴、西蜀两国人不同啊！语言有楚地和中原之别，那是由于水土和风俗的差异；两地人性情有险怪与平和的不同，也是因为习俗的相背。虽然人性格稳定，但非天生而得。古时市南宜僚擅长戏弄丸子，从而使楚白公与令尹子西两家解怨。现在我替两位品味一下中正之言，以便和解二位互不相让的争辩。

　　"夫泰极剖判①，造化权舆②。体兼昼夜，理包清浊。流而为江海，结而为山岳。列宿分其野，荒裔带其隅。岩冈潭渊，限蛮隔夷，峻危之窍也。蛮陬夷落③，译导而通，鸟兽之氓也④。正位居体者，以中夏为喉，不以边垂为襟也。长世字甿者⑤，以道德为藩，不以袭险为屏也。而子大夫之贤者，尚弗曾庶翼等威⑥，附丽皇极⑦，思禀正朔⑧，乐率贡职；而徒务于诡随匪人⑨，宴安于绝域⑩，荣其文身，骄其险棘。缪默语之常伦⑪，牵胶言而逾侈⑫。饰华离以矜然⑬，假倔强而攘臂。非醇粹之方壮⑭，谋蹉驳于王义⑮。孰愈寻靡莎于中逵⑯，造沐猴于棘刺⑰？剑阁虽嶤⑱，凭之者蹶⑲，非所以深根固蒂也；洞庭虽浚⑳，负之者北㉑，非所以爱人治国也。彼桑榆之末光㉒，逾长庚之初辉㉓。况河、冀之爽垲㉔，与江介之湫湄㉕？故将语子以神州之略㉖，赤县之畿㉗，魏都之卓荦㉘，六合之枢机㉙。以上嘲吴、蜀二客。

【注释】

①泰极：即太极，古人认为的原始混沌之气。剖判：开辟。

②权舆：起始。

③陬(zōu)：聚居。

④甿：民。

⑤长世：领导社会。字甿(méng)：养民。字，养育。

⑥庶翼：众民皆勉力拥戴君王。等威：威仪等差有别。

⑦皇极：喻指魏王。

⑧禀：受。正朔：一年的第一天，也指正统帝王新颁的历法。

⑨诡随：狡诈虚伪的人。匪人：行为不正之人。

⑩宴：安。

⑪缪：不明。

⑫胶言：诡辩而不合于义的言论。

⑬华(kuā)离：地形不正，偏长散离。华，或作"佹"。

⑭醇粹：即纯粹。方壮：壮大。

⑮蹐驳(chuǎn bó)：乖乱。

⑯萍：同"萍"。

⑰沐猴：即猕猴。

⑱嶚(liáo)：高耸险峻。

⑲蹶：失败。

⑳浚(jùn)：深。

㉑北：失败。

㉒桑榆：日落时光照桑榆树顶，因以指日暮。

㉓长庚：金星，即太白星。

㉔河：黄河。冀：古九州之一。爽垲(kǎi)：宽敞明亮、干燥。

㉕江介：沿长江一带。湫湄：岸边，水、草相交处。

㉖神州：指中原地区。

㉗赤县：亦指中原地区。畿(jī)：靠近国都的地区。

㉘卓荦(luò)：超绝出众。

㉙六合：天下。枢机：枢与机。比喻事物的关键部位。

【译文】

"原始混沌之气分化，育造万物大自然开始。体式有昼夜之分，道理含清浊之别。流动成为江海，凝结变为山岳。星宿布列与大地分野相配，偏隅边地如带相连。山岳江湖多，蛮夷远地隔，险峻奇洞交错。蛮夷成村落，难与中原连络，翻译方能相通，人与鸟兽差不多。居于天子之位的人，把中原当成咽喉，不以边远险地为屏障。统治社会养育黎民的人，把道德看成依恃，不以重叠高山为凭借。而你们两位大贤，还未曾与众人一同拥戴大魏，依附魏帝，接受魏国历法，乐于率百姓效命朝廷；相反，你们只是曲承奉迎蛮夷，安居边地绝域，以断发文身为荣耀，以险阻地势为骄妄。违背君子或沉默或言说的处世之道，奢谈虚妄诡辩之词。华饰美誉狭小地盘，肆意妄行蛮夷偎傻。对精纯不杂的非议正甚嚣尘上，想要扰乱先王所立的法度。其虚谬无异于在大路上寻找浮萍，在棘刺尖上雕刻猕猴。剑阁虽高，依之则败，并不能根固；洞庭虽深，恃之则败，非治国之基。那落日的余辉，也超过长庚星初升的光亮。况且大魏居地开阔燥爽，长江沿岸的低地能与之相比吗？所以，我将告诉你们中原的疆界，魏国的都市，魏都的超然独异，天下的枢纽。以上嘲讽吴、蜀二客。

"于时运距阳九①，汉网绝维②。奸回内衅③，兵缠紫微④。翼翼京室⑤，耽耽帝宇⑥，巢焚原燎，变为煨烬，故荆棘旅庭也。殷殷寰内⑦,绳绳八区⑧,锋镝纵横⑨,化为战场,故麋鹿寓城也。伊、洛榛旷⑩,崤、函荒芜。临菑牢落⑪,鄢、郢丘墟⑫。而是有魏开国之日,缔构之初,万邑譬焉,亦犹犨麋之与子都⑬,培塿之与方壶也⑭。且魏地者,毕、昂之所应⑮,虞、夏之余人,先王之桑梓⑯,列圣之遗尘。考之四隈⑰,则八埏之中⑱。测之寒暑,则霜露所均。卜偃前识而赏其隆⑲,吴札听歌而美其风⑳。虽则衰世,而盛德形于管弦。虽逾千祀,而怀旧蕴于遐年。以上浑言魏都。

【注释】

①距:至,到。阳九:灾厄。

②网:法网。

③奸回:奸佞小人。内衅(bì):内乱。

④紫微:帝王的宫殿。

⑤翼翼:雄伟庄严。

⑥耽耽:深邃的样子。

⑦殷殷:众多的样子。寰内:京都周围千里以内的地区。

⑧绳绳:洋洋,众多的样子。

⑨锋镝:泛指武器。镝,矢锋。

⑩榛旷:荒芜空旷。榛,树木丛生。

⑪临菑:齐国的都城,在今山东。牢落:寥落,荒废。

⑫鄢、郢:皆楚国都城,在今湖北。

⑬犨(chōu)麋:人名。据传相貌奇丑。子都:相传为古代美男子。

⑭培塿(pǒu lǒu):小土山。方壶:传说中的渤海仙山,又称"方丈"。

⑮毕、昂(mǎo):皆星宿名。

⑯桑梓:喻指故乡。

⑰隈（wēi）：角落。

⑱八埏（yán）：八方。埏，大地的边际。

⑲卜偃：春秋时晋人，善卜筮。

⑳吴札：吴国公子季札。事见《左传》。

【译文】

"当初，汉王朝厄运到来，法纪废弛。奸人内乱，兵围皇宫。富丽的皇宫、深幽的宫室，像鸟巢被焚，如草原被烧，转眼成为灰烬，所以庭院很快长满荆棘。繁荣的天下，殷富的八方，战火硝烟，顿成战场，所以麋鹿在城中居住。东都荒芜，西都空虚。齐国荒废，楚地成墟。那时大魏奠基，开国之初，缔造之时，万国比之，不过像丑貜麋对美子都，不过如小土丘对东海仙山。并且，魏国为毕、昴星之分野，舜、禹后人生活其间，这里为先王故土，圣贤遗迹遍布。考察四周，魏居中部。测定寒热，霜露均衡。卜偃预见魏国兴隆，吴札听歌赞其美风。虽然世间衰微，但管弦发盛德。历史过千载，遗风传悠远。以上总体论述魏都。

"尔其疆域，则旁极齐、秦①，结凑冀、道，开胸殷、卫，跨蹑燕、赵。山林幽峡②，川泽回缭，恒、碣礴礔于青霄③，河、汾浩汭而皓溔④。南瞻淇澳，则绿竹纯茂。北临漳、滏⑤，则冬夏异沼⑥。神钲迢递于高峦，灵响时惊于四表。温泉毖涌而自浪⑦，华清荡邪而难老。墨井盐池⑧，玄滋素液⑨。厥田惟中，厥壤惟白。原隰畇畇⑩，坟衍斥斥⑪。或嵚崟而复陆⑫，或㟏朗而拓落⑬。乾坤交泰而缊缊⑭，嘉祥徽显而豫作⑮。是以兆朕振古⑯，萌柢畴昔⑰。藏气谶纬，阅象竹帛⑱。迥时世而渊默⑲，应期运而光赫⑳。暨圣武之龙飞㉑，肇受命而光宅㉒。以上山川相宅。

【注释】

①齐、秦：与下文的"冀""道""殷""卫""燕""赵"皆古国名。

②幽峡（yǎng）：幽深渺远。

③恒：指北岳恒山。碣：即碣石山。碞碍（ǎn è）：高峻的样子。

④河：指黄河。汾：指汾水，源出太原汾阳北管涔山。浩汗（hàn）：水势浩大的样子。皓漾（yǎo）：即灏漾，无边无际。

⑤漳：指漳水，在今河南、河北交界之地。滏（fǔ）：指滏水，今称滏阳河，源出河北磁县西北的滏山。

⑥沼：水的通称。

⑦潎（bì）：通"泌"。水急流的样子。

⑧墨井：煤矿。

⑨玄滋：指墨井中的黑色液体。素液：指盐池中的白色盐水。

⑩畇畇（yún）：田地平坦的样子。

⑪坎：高地。衍：低平之地。斥斥（chì）：同"斥斥"。广大的样子。

⑫嵬垒：高低不平的样子。

⑬犷（kuàng）朗：光明敞亮。拓落：宽广。

⑭交泰：指天地之气交融贯通。絪缊（yīn yūn）：指阴阳二气交融而万物化生。

⑮豫：预先。

⑯朕：征兆。振：自，从。

⑰萌：始。柢（dǐ）：本源。畴昔：往日。

⑱閟（bì）：藏。

⑲迥：旷远。渊默：沉默。

⑳光赫：光大盛赫。

㉑圣武：指魏太祖武皇帝曹操。

㉒肇：始。

【译文】

"魏国的疆域,两边有齐、秦之地,中间集冀、道两国,前面有殷、卫故地,后面跨燕、赵河山。山林幽密,河泽环绕,恒山、碣石山高入云霄,黄河、汾河波浪滔滔。南望淇水岸边,绿竹优美繁茂。北面漳、滏河水,冬夏冷暖异调。神锣回响于高山峦嶂,异音惊动四面八方。温泉翻涌自成浪,华清沐浴身难老。墨井盐池,黑液白浆。田亩适中,土壤色白。平凹之地平整,高低之地广阔。或高低而重叠,或开阔而明爽。阴阳之气交和贯通,美妙祥瑞蒸蒸日上。所以,古有预兆,魏都之兆始于远古。气运藏于谶纬,先兆寓于古籍。世代沉默,应期光赫。魏武帝始兴霸业,受天命统御四方。以上论述魏国的山川形势及魏都的方位。

"爰初自臻,言占其良①。谋龟谋筮,亦既允臧②。修其郛郭③,缮其城隍④。经始之制,牢笼百王⑤。画雍、豫之居⑥,写八都之宇⑦。鉴茅茨于陶唐⑧,察卑宫于夏禹⑨。古公草创⑩,而高门有闶⑪;宣王中兴⑫,而筑室百堵。兼圣哲之轨,并文质之状。商丰约而折中⑬,准当年而为量⑭。思重爻⑮,摹大壮⑯,览荀卿⑰,采萧相⑱。偻拱木于林衡⑲,授全模于梓匠⑳。遐迩悦豫而子来㉑,工徒拟议而骋巧。阐钩绳之筌绪㉒,承二分之正要㉓。揆日晷㉔,考星耀㉕,建社稷,作清庙㉖。筑曾宫以回匝㉗,比冈巘而无陂㉘。造文昌之广殿㉙,极栋宇之弘规。岿若崇山㉚,崛起以崔嵬;髣若玄云㉛,舒霓以高垂。瑰材巨世㉜,垎塓参差㉝。枌橑复结㉞,栾栌叠施㉟。丹梁虹申以并亘㊱,朱桷森布而支离㊲。绮井列疏以悬蒂㊳,华莲重葩而倒披。齐龙首而涌雷㊴,时梗概于澝池㊵。旅楹闲列㊶,晖鉴抶振㊷。榱题黮黭㊸,阶陬嶙峋㊹。长庭砥平,钟虡夹陈㊺。风无纤埃,雨无微津㊻。岩岩北阙㊼,南端逌遵㊽。竦峭双碣㊾,方驾比轮。西阚延秋(50),东启长春。用觐群后(51),观享颐宾(52)。左则中朝有赩(53),听政作寝(54)。匪朴匪斫(55),去泰去甚(56)。木无雕锼(57),土无绨锦(58)。玄化所甄(59),国风所禀(60)。以上建都作室。

【注释】

①言:语助词。良:吉祥。

②允:诚信。臧:善。

③郛(fú)郭:外城。

④城隍:城壕。

⑤牢笼:包罗。

⑥画:与下文的"写"皆模仿之意。雍:指西京长安。豫:指东都洛阳。

⑦八都:天下八方之都。

⑧茅茨:茅草做屋顶。此尧帝遗风。陶唐:即尧帝。其初封于陶,后徙于唐。

⑨卑:低劣。

⑩古公:指周朝人的先祖古公亶父。草创:指古公率周人在岐山下草创都邑。

⑪闶(kàng):门高的样子。

⑫宣王:指周宣王。

⑬商:量度。

⑭当年:从前,昔年。

⑮重爻:指《周易》。

⑯大壮:《周易》中的卦名,像房屋可以避风雨。

⑰荀卿：此指荀卿的《荀子》，其中的《富国》篇，提倡宫室不尚浮华。

⑱萧相：汉丞相萧何。汉未央宫是他主持修建的。

⑲僝(zhuàn)：具备。拱木：径围粗如两手合抱的大树。林衡：掌管
　　山林的官员。

⑳梓匠：木匠。

㉑悦豫：喜悦欢欣。子来：如子承父事而来。

㉒钧：曲尺。绳：木工工具，用以量直。荃：承继，相继。绪：遗绪。

㉓二分：春分和秋分。正要：取春分和秋分之日的日影来定东西。

㉔揆(kuí)：测度。日晷(guǐ)：日影。

㉕考星耀：考度星日以定南北。耀，亦作"曜"。

㉖清庙：宗庙。

㉗曾(zēng)：高。

㉘㠊(yǎn)：层叠的崖岸。陂(bì)：危险。

㉙文昌：魏宫正殿。

㉚岪(duì)：高峻。

㉛髧(dàn)：头发下垂的样子。

㉜巨世：巨于世。

㉝墒堨(qì zhí)：相连，重叠。

㉞枌(fēn)：通"棼"。重屋之梁。橑(lǎo)：屋椽。

㉟栾：柱首承梁的曲木。栌(lú)：柱头承梁的方木，即斗拱。

㊱申：伸展。亘：横。

㊲桷(jué)：方形的椽子。森：众多。支离：分散。

㊳绮井：藻井，天花板上凸出为覆井形，饰有花纹图案。

㊴霤(liù)：屋檐上接雨水的水槽。

㊵梗概：大概，仿佛。滮(biāo)池：水名。在今西安西北。

㊶旅：陈列。

㊷挟(yāng)振：即快振，屋檐。

㊸榱(cuī)：椽子。黮黮(dǎn duì)：深黑。

㊹陑(shǔn)：当作"楯"，栏杆。

㊺虡(jù)：钟鼓等的架子。

㊻津：湿润。

㊼岩岩：高耸的样子。北阙：北边城楼。

㊽南端：南边正门。迶(yóu)：通"攸"。所。

㊾碣(jié)：标出，峙立。

㊿闢(pì)：开辟。延秋：与下文的"长春"皆宫门名。

⑤觐(jìn)：诸侯朝见天子。群后：列侯。

㉒享颐：享宴颐养。

㉓中朝：内朝。赩(xì)：红色，赤色。

㉔听政：殿名。寝：正殿。

㉕朴、斫：皆治之意。

㉖泰、甚：皆极之意。

㉗鎪(sōu)：雕刻。

㉘土：指墙壁等土工。绨(tì)：粗厚的丝织品。锦：有花纹的丝织品。

㉙玄化：至德的教化。甄：陶工做瓦器。

㉚国风：国家的风俗。

【译文】

"起初，占卜定都城，求诸龟筮显祥瑞。修外城，建城壕。制法度，参鉴历代。仿长安、洛阳宫殿，模八方之都庭堂。借鉴尧的茅屋，模仿禹的陋室。古公亶父创邑高门始建，宣王中兴才土墙百堵。有圣王法度，含质朴文彩。富华与简朴取其中，依先贤圣王为标准。考据《周易》，取法大壮，披阅《荀子》，效法萧何。取山林合抱之木，授木匠雕刻之法。人们远近争来如事父，工匠设计竞相献技。发扬古人钩绳之技，继承前人二分的要领。测日影，察星耀，建社稷，筑宗庙。筑成回绕之高宫，似立悬崖而不倾危。文昌大殿宽广无际，栋宇楼阁空旷无边。峻拔者似高山耸立，下垂者似墨云彩虹。材料精美世无双，交连重叠人罕闻。屋宇梁椽交错，曲木拱木重叠。红梁如虹横亘，红椽如麻杂陈。天花板饰花多，花浓烈叶纷披。雕龙首中吐水，仿佛滮池流淌。堂前柱子列成行，光入室内放光芒。椽头深黑，阶廊重叠幽深。庭似磨石，钟架杂陈。风不起尘，雨不沾润。北门城楼高耸，南门城楼相同。城门双双高耸，并车畅通无阻。西有延秋门，东是长春门。诸侯在此朝见天子，天子在此盛宴列侯。左边内有红色宫室，正殿名为听政。质朴华丽适中，风格顺其自然。木工不雕饰，土工不华丽。教化所得，风俗所成。以上讲建都与宫室建造。

　　"于前则宣明、显扬①，顺德、崇礼，重闱洞出②，锵锵济济③。珍树猗猗，奇卉萋萋。蕙风如薰，甘露如醴。禁台省中④，连阁对廊。直事所繇⑤，典刑所藏⑥。蔼蔼列侍⑦，金蜩齐光⑧。诘朝陪幄⑨，纳言有章⑩。亚以柱后⑪，执法内侍。符节、谒者⑫，典玺储吏。膳夫有官⑬，药剂有司。肴醑顺时⑭，朕理则治⑮。于后则椒鹤、文石⑯，永巷、壶术⑰。楸梓、木兰⑱，次舍甲乙。西、南其户，成之匪日。丹青焕炳，特有温室⑲。仪形宇宙，历像贤圣。图以百瑞，綷以藻咏。芒芒终古⑳，此焉则镜。有虞作绘㉑，兹亦等竞。右则疏圃曲池，下畹高堂㉒。兰渚莓莓㉓，石濑汤汤。弱蒌系实㉔，轻叶振芳。奔龟跃鱼，有瞷吕梁㉕。驰道周屈于果下㉖，延阁胤宇以经营㉗。飞陛方辇而径西㉘，三台列峙以峥嵘㉙。亢阳台于阴基㉚，拟华山之削成。上累栋而重霤㉛，下冰室而沍冥㉜。周轩中天㉝，丹墀临焱㉞。增构峨峨㉟，清尘影影㊱。云雀蹕蔼而矫首⑰,壮翼摛镂于青霄㊳。雷雨窈冥而未半㊴,暾日笼光于绮寮㊵。习步顿以升降㊶,御春服而逍遥。八极可围于寸眸,万物可齐于一朝。长涂牟首㊷,豪微互经㊸。晷漏肃唱,明宵有程。附以兰锜㊹,宿以禁兵。司卫闲邪㊺,钩陈罔惊㊻。以上宫殿前后左右。

【注释】

①宣明、显扬:与下文的"顺德""崇礼"皆宫殿门名。

②洞:通。

③锵锵:行走的样子。

④禁:禁中,皇帝宫中。台:官署名。省中:即禁中。

⑤直事:当班。所繇:指由此出入。

⑥典刑:典章法制。

⑦蔼蔼:盛多的样子。侍:官名。侍中。

⑧金蜩(tiáo):一种帽饰,又称金蝉。

⑨诘朝:指早朝。陪幄:陪侍天子于帷幄之中。

⑩纳言:官名。掌宣纳言论。

⑪柱后:御史所戴的一种帽子,又称惠文冠。

⑫符节:官名。掌符玺。谒者:官名。掌赞受事。

⑬膳夫:掌食之官。

⑭醳(yì):醇酒。

⑮腠(còu)理:中医指皮肤的纹理和皮下肌肉之间的空隙。

⑯椒:即椒房,皇后所居之室。鹤:指听政殿后的鸣鹤堂。文石:听政殿后的文石室,为后宫所止。

⑰永巷:即后宫,嫔妃住地。壸(kǔn)术:宫中道路。

⑱楸梓、木兰:皆坊名。皆在听政殿后。

⑲温室:殿名。

⑳芒芒:缈远。

㉑虞:虞舜。

㉒畹:田三十亩叫"畹",此指田地。高堂:园子中的亭子。

㉓莓莓:草叶繁茂生长的样子。

㉔弱荄(zōng):树木的细枝。

㉕睽(qì):看。吕梁:地名。

㉖驰道:皇帝车马所行之道。果下:良马名。

㉗经营:此指行进周旋。

㉘飞陛:高高的宫殿台阶。

㉙三台:邺中三台,即铜爵台、金凤台、冰井台。

㉚阴基:地基。

㉛霤(liù):承接雨水的水槽。

㉜沍(hù)冥:寒冷清阴。

㉝轩:有窗的长廊。

㉞墀(chí):宫殿的台阶或门庭。猋(biāo):疾风,旋风。

㉟增:通"层"。

㊱影影(piāo):飘卷。

㊲云雀:本鸟名,此指云雀形状的屋顶装饰。蹄(dì):踏。

㊳摛(chī):舒展。

㊴窈冥:阴暗。

㊵皦(jiǎo):明亮。绮寮(liáo):雕花的窗子。

㊶习:反复。

㊷牟首:供长途中宿的阁道之室。

㊸豪:长。徼(jiào):巡行警戒之道。

㊹兰锜:兵器架。

㊺闲:防御。

㊻钩陈：星名。古人用以指后宫。

【译文】

"前面有宣明门、显扬门，顺德门、崇礼门，重重宫门畅通无阻，济济士人如云汇集。珍贵树木浓郁茂盛，奇花异卉争奇斗艳。风夹花香令人醉，露水甘美让人痴。宫里官署多，门廊连对长。当班由此出入，典籍深藏其间。侍官行行列，冠饰闪金光。早朝陪伴帝王于内室，纳言之官文采生动。其次有御史、执法内侍、掌符玺之官以及掌赞受事的谒者。膳食有官，医药有官。佳肴美酒新鲜，皮肤肌理通气。后面则有椒房、鸣鹤堂、文石室、永巷、壶术，后妃居其中。又有楸梓坊、木兰坊，宫舍按甲乙次序排列。西面、南面之门，很快建成。书画丹青发异彩，宫有温室深藏之。图宇宙形体，画先王圣像。绘各种祥瑞，饰辞藻赞语。茫茫远古事，于此作借鉴。虞舜曾作画为戒，此处也可比拟之。右面有疏园曲池，低田高亭。池中小洲，兰草繁茂，石上清流，急湍如注。细弱树枝结硕果，轻嫩枝叶飘芳香。龟奔跑鱼飞跃，痴看在吕梁。宫中果下马争奔驰，曲道栋宇奔马如穿梭。向西有可并马而行的高高台阶，三台并列对峙各显威风。奠基于平实的土地，峻险如刀削的华山。上有栋檐重重，下有冰室寒阴。旋廊入中天，台阶生旋风。高楼耸巍峨，清尘卷云飘。雕刻的云雀翘首屋脊，矫健的翅膀插入云霄。雷雨幽暗不能遮其半，白日阳光洒满雕窗。高台步步登，逍遥穿春装。天下尽收眼底，万物览于一朝。长途阁道相连，巡行之路交错。计时仪器按时报唱，白昼夜晚界限分明。设兵器之架，住护宫禁兵。防奸淫邪恶，免后宫受惊。以上讲宫殿的前后左右。

"于是崇墉浚洫①，婴堞带埃②。四门辚辚③，隆厦重起。凭太清以混成④，越埃壒而资始。巍巍标危⑤，亭亭峻趾⑥。临焦原而不悦⑦，谁劲捷而无㥁⑧？与冈岑而永固，非有期乎世祀。阳灵停曜于其表⑨，阴祇蒙雾于其里⑩。菀以玄武⑪，陪以幽林。缭垣开囿，观宇相临。硕果灌丛，围木竦寻⑫。篁篠怀风⑬，蒲陶结阴。回渊灙⑭，积水深⑮。蒹葭赟⑯，藿蒻森⑰。丹藕凌波而的皪⑱，绿芰泛涛而浸潭⑲。羽翮颉颃⑳，鳞介浮沉。栖者择木，雏者择音㉑。若呴渤澥与姑馀㉒，常鸣鹤而在阴。表清藣㉓，勒虞箴㉔。思国恤，忘从禽㉕。樵苏往而无忌㉖，即鹿纵而匪禁㉗。以上城郭苑囿。

【注释】

①墉：城墙。洫：沟池。

②婴：绕。堞（dié）：城上女墙。涘（sì）：水涯。

③巇巇（niè）：高大雄伟。

④太清：指天。

⑤标危：绝顶。

⑥亭亭：高远的样子。趾：基础。

⑦焦原：山名。据说为一巨石生成。怳（huǎng）：心神不安。

⑧猥（xǐ）：畏惧不安的样子。

⑨阳灵：天神。

⑩阴祇：地神。

⑪菀：通"苑"。园圃。玄武：苑名。在邺城西边。

⑫围木：巨大的树木。竦（sǒng）：高耸。寻：古代长度单位。

⑬篁篠：指密密的竹林。

⑭灙（cuǐ）：澄清。

⑮积水：众流相汇而成的水池。

⑯蒹葭（jiān jiā）：芦苇之类的水草。赟（xuàn）：强有力。

⑰藿（huán）：即狄，水草名。蒻（ruò）：嫩蒲。

⑱丹藕：红莲。的（dì）：通"菂"。莲子。皪（lì）：光亮鲜艳。

⑲茤（jì）：菱角。

⑳羽翮（hé）：指鸟类。颉颃（xié háng）：鸟上下飞的样子。

㉑雊（gòu）者：鸣雉。

㉒渤澥（xiè）：海名。姑馀：山名。

㉓表：标志。籞（yù）：禁苑。

㉔勒：戒勒。虞箴：虞人（掌管苑囿的官员）所作的箴。

㉕从禽：从禽兽之乐，狩猎之乐。

㉖樵：打柴。苏：取草。

㉗即鹿：逐鹿。

【译文】

"在这里，城高沟深，墙水环绕。四门高筝，大厦连叠。上接青天，浑然一体，下连尘埃，宏构之始。顶部高筝，基础竦立。临万仞与焦原相比毫不逊色而心安神定，劲捷之人有谁能不惊惧？像山冈一样永固，非年代能够计算。阳光朗照其表，云雾弥漫其中。建玄武苑，植造幽林。垣墙围绕成苑囿，台榭相望殿比邻。灌木丛中结硕果，合围大树高千寻。丛生绿竹发清风，密叶葡萄成浓荫。山水清，积水深。蒹葭发，藿蒻密。莲花出水美皎皎，菱角漂浮出波涛。鸟儿翻飞，鱼鳖沉浮。禽鸟择木栖息，野鸡鸣唱清音。似鸣唱于大海高山之间，如仙鹤吟咏于河畔树荫。标记界限，戒勒谏辞。考虑国忧，忘记猎禽。樵夫入内取柴草而不忌，猎人进去猎物而不禁。以上讲城郭苑囿。

"膜膜坰野①，奕奕畲亩②。甘荼伊蠢③，芒种斯阜④。西门溉其前⑤，史起灌其后。瞪流十二⑥，同源异口。畜为屯云⑦，泄为行雨。水濊粳、秫⑧，陆蒔稷、黍⑨。黝黝桑、柘⑩，油油麻纻⑪。均田画畴，蕃庐错列⑫。姜、芋充茂，桃、李荫翳。家安其所，而服美自悦。邑屋相望，而隔逾奕世^⑬。以上郊野。

【注释】

①腜腜（méi）：肥美。

②菑（zī）：耕过一年的田。

③荼（tú）：一种苦菜。此泛指带苦味的野菜。蠢：生长。

④芒种：稻麦。阜：多。

⑤西门：与下文的"史起"皆战国时的魏人。西门指西门豹。据《邺中记》载，两人皆做过邺令，并皆重水利。

⑥磴（dèng）流：有台阶的排水系统。

⑦畜：通"蓄"。指蓄水。屯云：屯集如云。

⑧澍（shù）：沾润。粳（jīng）、稌（tú）：皆稻类作物。

⑨莳（shì）：种植。

⑩桑、柘（zhè）：桑树和柘树。

⑪纻（zhù）：麻类植物。

⑫庐：房舍。

⑬奕世：累代。

【译文】

"山野肥美，田地繁茂。野菜苗壮，稻麦丰足。西门豹治水于前，史起灌溉在后。灌田池水十二磴，同源异口四处流。蓄水如乌云屯居，放水似倾盆下雨。水润稻谷，地种稷、黍。桑、柘黑黝黝，麻纻绿油油。赐田排等定田界，错综排列分房屋。姜、芋长满丰茂，桃、李浓荫密布。家家安居乐业，人人美衣甘食。邑屋遥遥相望，家世代代相传。以上讲郊野。

"内则街冲辐辏^①，朱阙结隅。石杠飞梁^②，出控漳渠^③。

疏通沟以滨路,罗青槐以荫涂。比沧浪而可濯,方步榄而有逾④。习习冠盖⑤,莘莘蒸徒⑥。斑白不提⑦,行旅让衢。设官分职,营处署居。夹之以府寺,班之以里闾⑧。其府寺则位副三事⑨,官逾六卿⑩,奉常之号⑪,大理之名⑫。厦屋一揆⑬,华屏齐荣⑭。肃肃阶闼⑮,重门再扃⑯。师尹爰止⑰,毗代作桢⑱。其间阎则长寿、吉阳⑲,永平、思忠,亦有戚里⑳,寔宫之东㉑。闬出长者㉒,巷苞诸公㉓。都护之堂㉔,殿居绮窗。舆骑朝猥㉕,蹀躞其中㉖。以上城内官寺及闾里。

【注释】

①冲:要冲,四通八达之道。辐辏(còu):车辐集中于轴心。

②石杠:石桥名。指石窦桥。飞梁:飞架。

③漳渠:渠名。

④方:比。步榄(yán):檐下走廊。

⑤习习:盛多的样子。

⑥莘莘:众多的样子。蒸:众民。

⑦斑白:老人。

⑧班:次,排列。

⑨副:辅佐。三事:即三公。一说为"正德、利用、厚生"三件大事。

⑩六卿:古代的六种官职。古代有所谓"九卿"之说,而魏初置太仆、大理、大农、少府、太常、宗正、卫尉等七卿,故文中称"官逾六卿"。

⑪奉常:即太常,主宗庙事。

⑫大理:主刑狱之事。

⑬揆(kuí):准则,尺度。

⑭华屏:饰有花纹的门墙。齐:相等。

⑮阆(xiàng)：两阶之间。

⑯扃(jiōng)：门闩。

⑰师尹：主管国事的高官。

⑱毗(pí)：辅助。桢(zhēn)：筑土墙时夹板两端的支柱。

⑲长寿、吉阳：与下文的"永平""思忠"皆贵里名。

⑳戚里：外戚所居的里坊。

㉑寘(zhì)：安置。

㉒闬：里巷，乡里。

㉓苞：包括。

㉔都护：官名。

㉕猥(wěi)：多。

㉖蹀䏦(dié qī)：累积。

【译文】

"街道纵横如车辐中心聚，红色楼台构筑城隅。石桥飞架，引出漳渠。路边水沟相通，青槐浓荫道路。渠水清澈可濯缨，长廊不可比林荫。高官攘攘，众人熙熙。斑白老者不提物，行人路遇互谦让。设官吏分职掌，建官署修衙门。府寺夹杂其中，里闬错杂分布。府寺有辅助帝王三事的官位，官职超过六卿，奉常主宗庙，大理断刑狱。大厦屋室同尺寸，雕花屏墙放光彩。台阶严整肃穆，重门双锁。官长行止于此地，辅理朝政主中枢。都中里坊，有长寿、吉阳、永平、思忠。外戚里坊，设于皇宫之东。显贵出入里门，公侯住在巷中。都护宫殿堂中，雕花窗户挂罗绮。朝贡车马多，累积住其中。<small>以上讲城内的官署与民居。</small>

"营客馆以周坊①，饬宾侣之所集。玮丰楼之闬闳②，起建安而首立③。茸墙幂室④，房庑杂袭。剞劂罔掇⑤，匠斫积习⑥。广成之传无以畴⑦，槀街之邸不能及⑧。<small>以上宾馆。</small>

【注释】

①周：遍。

②玮：美。

③建安：东汉献帝年号。

④幂：涂。

⑤刓劂（jī jué）：曲刀，用来刻镂。掇（chuò）：通"辍"。中止。

⑥积习：多次反复地进行。

⑦广成之传：即广成传舍，战国时秦国的客馆。畴：通"俦"。比。

⑧稿（gǎo）街：汉代长安的街名。

【译文】

"建宾馆，遍布里坊，款待宾客，成云集之地。美化大楼的门户，此楼建安已建成。修缮粉刷墙壁，屋檐重叠飞起。雕刻刀凿不停止，工匠砍削多次。胜于秦时广成传舍，优于汉代稿街之邸。以上讲宾馆。

"廓三市而开廛①，籍平逵而九达。班列肆以兼罗②，设阛阓以襟带。济有无之常偏，距日中而毕会。抗旗亭之嶕峣③，侈所俯之博大。百隧毂击④，连轸万贯。凭轼捶马，袖幕纷半⑤。壹八方而混同，极风采之异观。质剂平而交易⑥，刀布贸而无算⑦。财以工化，贿以商通。难得之货，此则弗容。器周用而长务⑧，物背窊而就攻⑨。不鬻邪而豫贾⑩，著驯风之醇酿⑪。白藏之藏⑫，富有无堤。同赈大内⑬，控引世资。赍嵺积墇⑭，琛币充牣⑮。关石之所和钧⑯，财赋之所底慎⑰。燕弧盈库而委劲⑱，冀马填厩而驵骏⑲。以上市廛物产。

【注释】

①三市：古代所谓大市、朝市、夕市。

②班：布列。

③旗亭：市楼。峣嵲（yáo niè）：高峻的样子。

④百隧：纵横交错的市道。

⑤纷半（pàn）：繁盛的样子。半，大之意。

⑥质剂：贸易的契券。

⑦刀布：古钱币名。

⑧周用：用途广泛。长务：常用。

⑨窳（yǔ）：滥。此指粗制滥造。攻：指坚固耐用。

⑩邪：指劣质物品。豫贾：虚定高价而欺骗顾客。

⑪醲酦（nóng）：淳厚。

⑫白藏：仓库名。

⑬赈：充实，丰富。大内：国家府库。

⑭幏（jià）：巴人所织的布。

⑮琛：珠玉。币：布帛。仞（rèn）：满。

⑯关石：关为重量名，石为容量名。关石借指赋税。

⑰底（zhǐ）：同"厎"。定，规定。

⑱燕弧：燕地的弓箭。委：堆积。劲：指劲硬的强弓。

⑲冀马：冀北的名马。驵（zù）骏：骏马健壮的样子。

【译文】

"三市开放，大道畅通，依仗平道，四通八达。按次序排列货物，设墙垣如衣带绕市。调配货物的多少，到正午货物云集。市楼高峻旗高挂，远眺市景收眼底。道路四通八达车子相撞，纵横相缀无以数计。凭车轵鞭策马，衣袖连成帐幕。八方之人汇同一处，奇风异彩，蔚为大观。契券交易公平合理，钱币买卖难以数计。人工将材料制成货物，货物靠商业流通互换。难得珍奇，此处不容。器物实用而持久，东西坚固不粗陋。劣货价虚此地不允，民风淳朴此处有名。白藏库中藏物多，没有限量。宫中库里充实丰富，天下财宝尽入其中。巴人贡物堆积，珠玉布帛充溢。赋税钧和正常，谨慎定下等级。燕地硬弓堆满库，冀北骏马圈满厩。以上讲市场交易与货物。

　　"至乎勍敌纠纷①，庶土罔宁②。圣武兴言，将曜威灵。介胄重袭，旐旗跃茎③。弓珧解㯳④，矛铤飘英⑤。三属之甲⑥，缦胡之缨⑦。控弦简发，妙拟更赢⑧。齐被练而铦戈⑨，袭偏裻以遗列⑩。毕出征而中律⑪，执奇正以四伐⑫。硕画精通，目无匪制⑬。推锋积纪⑭，铓气弥锐⑮。三接三捷，既昼亦月。克黜方命⑯，吞灭咆㘅⑰。云撤叛换⑱，席卷虔刘⑲。祓威八纮⑳，荒阻率由㉑。洗兵海岛，刷马江洲。振旅辅辅㉒，反旆悠悠㉓。凯归同饮，疏爵普畴㉔。朝无刓印㉕，国无费留㉖。丧乱既弭而能宴，武人归兽而去战。萧斧戢柯以柙刃㉗，虹旐摄麾以就卷。斟《洪范》㉘，酌典宪㉙。观所恒㉚，通其变。上垂拱而司契㉛，下缘督而自劝㉜。道来斯贵，利往则贱。囹圄寂寥，京庾流衍㉝。以上削平祸乱，息马论道。

【注释】

①勍（qíng）：强。纠纷：纷扰。

②庶土：天下。

③旐（jīng）：旌旗。茎：旗杆。

④珧（yáo）：弓箭名。㯳（qíng）：矫弓的工具。

⑤铤（chán）：小矛。英：矛上的羽饰。

⑥三属之甲：一种铠甲。

⑦缦胡：缨带名。

⑧更赢：古代善射者。

⑨练：白色熟绢。铦（xiān）：锐利。

⑩偏裻（dū）：戎衣名。

⑪律：此指兵法。

⑫奇：对阵交锋。正：设计邀截、袭击。

⑬目：所见。

⑭纪：十二年为一纪。

⑮铓（máng）：刀尖。

⑯翦：翦除。方命：放弃王命者。

⑰咆烋（xiào）：即咆哮，指自矜不服者。

⑱叛换：即跋扈。

⑲虔刘：杀戮。

⑳祲（jìn）：盛。

㉑由：从。

㉒振旅：还兵，凯旋。辒（tián）辒：众车行进声。

㉓反斾（pèi）：返军的旗帜。悠悠：旗帜飞舞貌。

㉔疏：分。畴：种类，等级。此指按等赐赏。

㉕刓（wán）印：棱角磨损之印。

㉖费留：不及时论功行赏。

㉗萧斧：古代兵器斧钺。戢（jí）：收藏。柯：斧柄。柙（xiá）：木匣子。

㉘《洪范》：《尚书》篇名。其中内容为论述政术。

㉙典宪：典章制度。

㉚恒：常理。

㉛垂拱：本指垂衣拱手，无所事事。此指顺应天下，无为而治。司契：指掌管法律。

㉜缘督：顺守中道。督，中。

㉝京：大。庾：仓库。

【译文】

"到了强敌纷扰，天下动荡不安。魏武帝发檄文兴神兵，显赫威武发扬圣灵。穿铠甲戴头盔,旌旗猎猎长竿飘。饰有蚌壳的劲弓调整好,羽毛饰物矛上飘。身披三属铠甲,头戴缦胡长缨。择目标而发箭,射艺可比更羸。甲里缝上白绢,手里执着利戈,身穿战服,阵列或散或集,都很齐整。出战皆合制胜之法,讨伐明晓用兵有奇有正。精通大的谋略,目无错的战术。作战积十二年之久,锐气更加旺盛。一日三接战,一月三获胜。翦除违王命者,吞灭不臣之臣。云扫叛乱之徒,席卷劫杀之贼。威风震四海,荒远来归顺。海岛清洗兵器,江洲冲刷马匹。战车轀轀响,归旗悠悠飘。凯旋同饮庆功酒,分配爵邑比功勋。朝廷无有功不赏之事,国家无立功不封之臣。丧乱止息能设宴,武人放马离战场。匣里藏起锋利斧剑,把虹旂旌旗来掩卷。斟酌《洪范》大法,参阅历代典宪。观察人间常理,通晓古今权变。在上可无为而治掌法契,在下可顺其自然勤自勉。以自守德性为贵,以追逐钱利为贱。监狱空空,仓库盈盈。以上讲魏武帝审定天下及其后讲求文治。

"于时东鳀即序①,西倾顺轨②。荆南怀憓③,朔北思匙④。绵绵迥涂,骤山骤水。襁负赈赟⑤,重译贡箧⑥。髽首之豪⑦,镮耳之杰⑧。服其荒服⑨,敛衽魏阙⑩。置酒文昌,高张宿设⑪。其夜未遽⑫,庭燎晰晰⑬。有客祁祁⑭,载华载裔⑮。岌岌冠纵⑯,累累辫发。清酤如济⑰,浊醪如河⑱。冻醴流澌⑲,温酎跃波⑳。丰肴衍衍㉑,行庖皤皤㉒。愔愔酾宴㉓,酣湑无哗㉔。延《广乐》㉕,奏九成㉖。冠《韶》《夏》㉗,冒"六茎"㉘。僣响起㉙,疑震霆,天宇骇,地庐惊。亿㉚!若大帝之所兴作㉛,二嬴之所曾聆㉜。金石丝竹之恒韵,匏土革木之常调㉝。干戚羽旄之饰好㉞,清讴微吟之要妙。世业之所日用,耳目之所闻觉。杂糅纷错,兼该泛博。鞮鞻所掌之音㉟,眛昧、任、禁之曲㊱。以娱四夷之君,以睦八荒之俗。以上外藩燕乐。

【注释】

①东鳀(tí)：古国名。即序：就序,依附,归顺。

②西倾：古国名。

③憓(huì)：顺。

④朔北：泛指长城以北地区。娓(wěi)：善。

⑤襫：以背带系物。赆(jìn)：送行时赠人的礼品。贽(zhì)：初见时给人的礼物。

⑥篚(fěi)：竹筐。

⑦髽(zhuā)首：用麻系发,古代南方少数民族的一种装饰。

⑧镶(qú)耳：耳朵穿孔戴金银首饰。

⑨荒服：泛称边远地区。

⑩敛衽：整理衣服,表示敬意。

⑪高张：指高张音乐。

⑫未遽：即未央,未尽。

⑬燎：火炬。

⑭祁祁：众多的样子。

⑮华：指华夏之臣。裔：指四方边远少数民族。

⑯岌岌：高险的样子。纚(xǐ)：束发的黑帛。

⑰济：水名。

⑱浊醪(láo)：浊酒。河：当指黄河。

⑲澌(sī)：解冻时流动的水。

⑳温酎(zhòu)：暖的醇酒。

㉑衍衍：丰饶。

㉒蕃蕃：通"蕃蕃"。众多的样子。

㉓愔愔(yīn)：和悦安适的样子。酳(yù)：私宴。

㉔酗湑(xǔ)：畅饮作乐。

㉕延：陈。《广乐》：乐曲名。

㉖九成：古乐曲。一说"九成"指多次演奏，"成"即终，奏完一曲叫
　　一成。

㉗冠：首，开始。《韶》：舜乐名。《夏》：禹乐名。

㉘冒：包括。"六茎"：《六英》和《五茎》的合称。相传《六英》是帝喾
　　时的乐曲，《五茎》是颛顼时的乐曲。

㉙傮(cáo)：通"嘈"。嘈杂。

㉚亿：语助词，表感叹。

㉛大帝：天帝。

㉜二嬴：指秦穆公和赵简子。秦、赵同姓嬴，故称。

㉝匏(páo)土革木：与"金石丝竹"一样，皆为古代制作乐器的材料，
　　代指乐器或音乐。

㉞干戚羽旄：分别指盾、斧、雉羽、旄牛尾，皆歌舞者所执之物。

㉟鞮鞻(dī lóu)：周乐官名。掌管四方少数民族音乐。

㊱靺(mò)昧：古代东方少数民族音乐。任：古代南方少数民族音
　　乐。禁：古代北方少数民族音乐。

【译文】

"此时，海外东鳀国前来归顺，内陆西倾国听命不反。荆南归顺，朔
北称善。绵绵路途远，山水急奔驰。背负贡物礼品，靠翻译献贡品。以
麻束发的首领，耳带金银饰物的酋长。穿着荒僻地区的衣服，敛衣拜于
大魏殿阙。置放美酒文昌殿，音乐齐鸣宴宾客。夜长未尽时，灯火何辉
煌。宾客何其多，有华又有夷。高高黑帛冠，累累发辫长。清酒清冽如
济水，浊酒混黄如黄河。冷酒甘美如解冰流水，温酒醇厚似波浪翻跃。
佳肴丰硕，庖师成行。宴席和乐闲适，酒酣也不喧哗。演奏天帝之《广
乐》，重复九次而不停。先奏《韶》《夏》乐，包罗《六英》和《五茎》。众乐
齐鸣，疑为惊雷，苍天惊骇，大地惊惧。噫！远似天帝奏《广乐》，穆公、
简子梦聆听。金石丝竹发和韵，匏土革木出常调。干戚羽旗装饰美妙，
清唱微吟美妙动听。创业兴世为之用，悦耳赏目可清心。杂乱纷错，兼

包并蓄。又有周代乐官掌四方音乐，唱东西南北夷族之曲。娱悦四夷之君，和睦八方之民。以上讲藩邦的乐曲。

　　"既苗既狩①，爰游爰豫②。藉田以礼动③，大阅以义举④。备法驾⑤，理秋御⑥。显文、武之壮观，迈梁、驺之所著⑦。林不槎枿⑧，泽不伐夭⑨。斧斤以时⑩，罾罟以道⑪。德连木理，仁挺芝草。皓兽为之育薮⑫，丹鱼为之生沼。蜼云翔龙⑬，泽马丁阜⑭。山图其石，川形其宝。莫黑匪乌⑮，三趾而来仪；莫赤匪狐⑯，九尾而自扰⑰。嘉颖离合以尊尊⑱，醴泉涌流而浩浩。显祯祥以曲成⑲，固触物而兼造⑳。盖亦明灵之所酬酢，休征之所伟兆㉑。旻旻率土㉒，迁善罔匮㉓。沐浴福应，宅心醇粹㉔。余粮栖亩而弗收，颂声载路而洋溢。河、洛开奥㉕，符命用出。翩翩黄鸟㉖，衔书来讯。人谋所尊，鬼谋所秩㉗。刘宗委驭㉘，巽其神器㉙。窥玉策于金縢㉚，案图箓于石室㉛。考历数之所在㉜，察五德之所莅㉝。量寸旬㉞，涓吉日㉟，陟中坛㊱，即帝位。改正朔，易服色，继绝世，修废职。徽帜以变，器械以革。显仁翌明㊲，藏用玄默㊳。菲言厚行，陶化染学㊴。雠校篆籀㊵，篇章毕觌㊶。优贤著于扬历㊷，匪孽形于亲戚㊸。以上嘉祥毕集，遂受汉禅。

【注释】

①苗：夏猎。狩：冬猎。

②游：天子春天出行。豫：天子秋天出行。

③藉田：天子之田。此指天子春耕前在藉田举行的亲耕仪式，兼有奉祀宗庙和劝农的目的。

④大阅:检阅兵马并讲武。

⑤法驾:天子的车驾。

⑥秋御:驾车之法。

⑦梁、驺:天子的田猎之处。

⑧槎(chá):砍伐。枿(niè):树木砍伐后新生的枝条。

⑨夭:未长大的动物。

⑩斨(qiāng):砍伐木材。

⑪罞:同"网"。

⑫皓兽:白鹿。

⑬矞(yù)云:彩色瑞云。

⑭泽马:泽中神马。丁(chù):小步而行。

⑮莫黑匪乌:指三足乌,祥瑞之物。

⑯莫赤匪狐:指九尾狐,亦祥瑞之物。

⑰扰:柔顺,驯服。

⑱嘉颖:嘉禾合穗。离合:偏义复合词,合。蓁蓁(zǔn):茂盛的
样子。

⑲祯祥:吉祥之兆。

⑳触物:事物相感应。

㉑休征:美好吉祥的兆头。

㉒旻(mín)旻:和乐的样子。

㉓迁善:"迁善去恶"的省略。

㉔醰(tán)粹:纯美醇厚。

㉕奥:奥秘。

㉖黄鸟:相传魏国将立,有黄鸟衔书而至。

㉗鬼谋:指种种祥瑞之兆。秩:序,依次。

㉘刘宗:指汉朝。委驭:放弃统治。

㉙巽(xùn):谦让。神器:指帝位。

㉚玉策：即玉牒，载有帝王之迹。金縢（téng）：金匮，帝王藏书的金属箱子。

㉛案：查。图箓（lù）：即图谶，古代用以宣扬符命占验的书。

㉜历数：天道，朝代更替的次序。

㉝五德：五行，即金、木、水、火、土。

㉞寸旬：短暂的光阴。

㉟涓：选择。

㊱陟：登。中坛：祭坛。

㊲翌明：显仁明之德。

㊳玄默：沉静无为。

㊴陶化：陶冶。染：化成。

㊵雠校：校对文字。

㊶觌（dí）：览，披阅。

㊷优：用作动词。扬历：历试而扬之。

㊸孽：私情。形：现，表现。

【译文】

"君主夏冬狩猎，春秋出游。遵礼制进行藉田仪式，按礼法举行讲武阅兵。备皇帝车马，掌驾车之法。显示文治武备的壮观气势，超过古时天子的田猎梁、驺。山林新枝不砍折，湖泽幼兽不捕杀。砍伐林木合时节，捕捉鱼虾遵常理。行德木长连理，怀仁草生灵芝。祥瑞皓兽育林中，吉祥丹鱼生沼泽。神龙彩云中飞，神马缓步山行。山献美石，川出珍宝。黑者为三足神乌，向往来拜；红者为九尾神狐，甘愿来服。嘉美谷稻合穗繁茂，甘冽泉水浩荡涌流。显祥瑞而曲成大业，自然感应，万物造化生成。神灵赐福，预示美好征兆。王土处处和乐，举国向善丰足。沐浴吉祥福分之中，纯厚教化深入人心。余粮置田中不回收，颂歌载道路喜洋溢。黄河、洛水显神奥，古代书籍有符命。黄鸟翩翩来，衔信告喜讯。百姓颂德，吉兆预约。刘家放弃天下，让帝位给曹家。看秘籍于金匮,查图谶于石室。考朝代更迭顺序,察五行如何变更。选时间,择吉日,登祭坛,即帝位。改岁首,变服色,承盛世,复旧职。变换旗帜,改革兵器。彰仁德显明智,藏锋芒无为而治。少言多做,陶冶化育。校对篆籀经史,遍览古籍篇章。表彰功绩卓著官吏,对亲戚友朋不假私情。以上讲各种祥瑞之物出现,曹魏受禅让。

　　"本枝别干,蕃屏皇家。勇若任城①,才若东阿②。抗旍则威唅秋霜③,擒翰则华纵春葩④。英喆雄豪,佐命帝室。相兼二八⑤,将猛四七⑥。赫赫震震,开务有谧⑦。故令斯民睹泰阶之平⑧,可比屋而为一⑨。以上人才之盛。

【注释】

①任城:任城王曹彰,曹丕之弟,以勇武著称。

②东阿:东阿王曹植,曹丕之弟,以文才传世。

③抗旍(jīng):高举旗帜。唅(yǎn):猛。

④擒(chī)翰:执笔为文。

⑤二八:八元和八恺。《左传·文公十八年》载,高阳氏有才子八人,他们齐、圣、广、渊、明、允、笃、诚,被天下之民称为"八恺";高辛氏有才子八人,他们忠、肃、共、懿、宣、慈、惠、和,被天下之民称为"八元"。

⑥四七:指汉光武帝刘秀曾经拥有的二十八将。

⑦开务:开创事务,成就天下之务。谧(mì):安宁。

⑧泰阶:星宿名。指三台,即上台、中台、下台,有如天子至臣民的阶级一样,三阶平,象征天下太平。

⑨比屋:每家每户。为一:天下大同。

【译文】

　　"分封本枝别干,立藩国守皇家。勇猛如任城王曹彰,才智似东阿王曹植。树战旗勇猛如秋霜，作词章文美如春花。英雄豪俊，辅佐王室。文臣胜过高辛氏之八元、高阳氏之八恺，武将勇于刘秀之二十八将。创业威显赫赫，守成沉稳安定。得以让黎民睹见太平盛世，天下大同。以上是人才之盛。

"算祀有纪，天禄有终。传业禅祚，高谢万邦。皇恩绰矣，帝德冲矣①。让其天下，臣至公矣。荣操行之独得，超百王之庸庸。追亘卷领与结绳②，睠留重华而比踪③。尊卢、赫胥④，羲农、有熊⑤。虽自以为道，洪化以为隆。世笃玄同⑥，奚遽不能与之踵武而齐其风⑦？以上禅位于晋。

【注释】

①冲：深。

②亘：超迈。卷领：古代王者的一种服饰。结绳：结绳记事的远古时代。

③睠：顾，望。留：留意。重华：虞舜的号。

④尊卢、赫胥：皆传说中的古代帝王名。

⑤羲农：伏羲和神农。有熊：黄帝的号。

⑥玄同：大同。

⑦奚遽：为什么就。表示反问。遽，遂，就。武：足迹。

【译文】

"气数有限定，天禄有终了。传功业于晋，辞谢于万国。皇恩浩荡，帝德海深。让位天下，自甘为臣。独具美好操行，不似百王庸庸。继承远古帝王的伟业，效法大舜让位的壮举。尊卢、赫胥，伏羲、神农，还有黄帝。都自认为有道，尊崇德行教化。民风诚笃厚实，魏帝怎么不能与他们一样光霁日月呢？以上讲禅位于晋。

"是故料其建国①,析其法度,咨其考室②,议其举厝③。复之而无斁④,申之而有裕⑤。非疏粝之士所能精⑥,非鄙俚之言所能具。此八句作一结束。

【注释】

①料:计算。国:指国都。

②考室:宫室落成时所行的祭礼。

③举厝(cuò):措施。厝,通"措"。

④斁(yì):厌。

⑤申:复,再。

⑥疏粝:粗食,喻指低贱之人。

【译文】

"所以,计量都城,分析法度,询问礼数,议论措施。重复而不生厌,使用而有余盈。低贱之人不能通晓,鄙俗之言不能表达。这八句作一结束。

"至于山川之倬诡①,物产之魁殊,或名奇而见称,或实异而可书。生生之所常厚②,洵美之所不渝③。其中则有鸳鸯、交谷④,虎涧、龙山⑤。掘鲤之淀⑥,盖节之渊⑦。瓶瓶精卫⑧,衔木偿怨。常山、平干⑨,钜鹿、河间⑩。列真非一,往往出焉。昌容练色,犊配眉连⑪。玄俗无影,木羽偶仙。琴高沉水而不濡⑫,时乘赤鲤而周旋⑬。师门使火以验术,故将去而林燔⑭。易阳壮容⑮,卫之稚质⑯。邯郸蹒步⑰,赵之鸣瑟。真定之梨⑱,故安之栗⑲。醇酎中山⑳,流湎千日㉑。淇、洹之笋㉒,信都之枣㉓。雍丘之粱㉔,清流之稻㉕。锦绣襄

邑㉖,罗绮朝歌㉗。绵纩房子㉘,缣总清河㉙。若此之属,繁富
夥够。未可单究,是以抑而未馨也。以上山川人物之异。

【注释】

①倬:奇特。

②生生:繁衍不绝,进化不已。

③洵:诚信。渝:违背,变更。

④鸳鸯、交谷:皆水名。皆在今河北。

⑤虎涧:涧名。在今河南。龙山:山名。在今河北。

⑥掘鲤:水淀名。

⑦盖节:湖名。

⑧瓶瓶(chì):鸟飞的样子。

⑨常山:指常山道人昌容。平干:指平干仙人师门。

⑩钜鹿:指钜鹿仙人木羽。河间:指河间仙人玄俗。

⑪犊、眉连:《列仙传》中所载的一对仙人。犊指仙人犊子。

⑫琴高:仙人名。

⑬时:按时。

⑭燔(fán):烧。

⑮易:水名。壮容:指少女美丽的容貌。

⑯稚质:指少女的美丽容颜。

⑰邯郸:地名。蹝(xǐ)步:少女轻快优雅的步伐。

⑱真定:地名。

⑲故安:地名。

⑳中山:地名。

㉑流湎:饮酒而醉。

㉒淇:即淇园,地名。洹(huán):水名。

㉓信都:地名。

㉔雍丘：地名。

㉕清流：地名。

㉖襄邑：地名。

㉗朝歌：地名。殷都城。

㉘绵纩（kuàng）：丝绵絮。房子：地名。

㉙縑（jiān）总：轻而细的丝绢。清河：地名。

【译文】

　　"还有山川的奇妙，物产的丰饶特殊，有的因奇名著称，有的因质异被记载。这是大自然的恩厚，如此美好难以更改。此处还有鸳鸯、交谷河，虎涧、龙山。掘鲤水淀，盖节湖渊。精卫鸟飞瓶瓶响，衔木填海以报怨。常山仙人昌容、平干仙人师门，钜鹿仙人木羽，河间仙人玄俗。列仙非一人，翩翩出此间。昌容练色而不老，犊子婚配眉连女。玄俗日下不留影，木羽携童共成仙。赵国琴高入水而不湿，按时乘骑赤鲤返人间。师门用火显神术，离开人间烧山林。易水之阳产美女，卫地少女好容颜。邯郸人步态优美，赵国人擅长弹琴。真定梨脆酥口，故安粟香沁人。中山美酒，一醉千日。淇园、洹水竹笋，信都大枣。雍丘谷子，清流稻米。襄邑锦绣，朝歌罗绮。房子丝绵，清河细绢。诸如此类，繁富众多。不能一一列举，所以就此打住不再尽数了。以上讲各地山川人物的不同。

　　"盖比物以错辞①，述清都之闲丽②。虽选言以简章，徒九复而遗旨③。览大《易》与《春秋》，判殊隐而一致④。末《上林》之隤墙⑤，本前修以作系⑥。八句言此赋不贵丽而贵则。

【注释】

①错：通"措"。

②清都：指魏都。闲：大，壮。

③旨：美。

④判殊隐而一致：指《易》和《春秋》虽有隐显之别，但合德如一。

⑤末：以为末事，即认为不足取。《上林》：即司马相如的《上林赋》。

⑥前修：前贤。系：继承。

【译文】

"选文辞类比事物，描绘魏都的壮丽。精选辞藻而妙成章句，多次重复也难尽美。披览大《易》与《春秋》，意有显隐善德同。《上林》的"赪墙填堑"不可取，先贤之道奉为圭臬。以上八句是想要表明这篇赋不求辞藻华丽而重在表达基本精神。

　　"其军容弗犯①，信其果毅②。纠华绥戎③，以戴公室。元勋配管敬之绩④，歌钟析邦君之肆⑤，则魏绛之贤，有令闻也⑥。闲居隘巷，室迩心遐，富仁宠义，职竞弗罗，千乘为之轼庐⑦，诸侯为之止戈，则干木之德⑧，自解纷也。贵非吾尊，重士逾山，亲御监门⑨，嘛嘛同轩⑩，搦秦起赵⑪，威振八蕃，则信陵之名⑫，若兰芬也。英辩荣枯⑬，能济其厄，位加将相，窒隙之策，四海齐锋⑭，一口所敌，张仪、张禄⑮，亦足云也。以上数魏之五杰。

【注释】

①军容弗犯：指春秋时晋国大夫魏绛深受晋国君主信赖。《国语·晋语》载："公以魏绛为弗犯，使佐新军。"弗犯，指不可犯以罪。

②信：申。

③绥：安抚。戎：即戎狄。

④管敬：即管仲。管仲谥号敬。

⑤歌钟:即编钟。析:分。邦君:国君,此指晋悼公。肆:悬钟十六
　　为一肆。《国语·晋语》载,郑伯进献晋悼公歌钟二肆,晋悼公赐
　　魏绛一肆。

⑥令闻:美好名声。

⑦轼庐:面对房屋凭轼致敬。

⑧干木:指段干木,战国时魏国隐士。

⑨监门:看城门的人,此指侯嬴。

⑩嗛嗛(qiān):即谦谦。

⑪搦(nuò):按抑。

⑫信陵:指信陵君,即魏国公子无忌。

⑬英辩荣枯:英雄辩说,荣枯在于一朝。

⑭四海齐锋:指诸侯连横,联合攻秦。

⑮张仪:战国魏人,曾为秦相。张禄:战国魏人范雎的化名。范雎
　　也曾做过秦相。

【译文】

　　"魏绛统军,不可干犯,伸张勇毅。纠察华夏安抚夷狄,拥戴王室。
其功勋可比管仲,君王赐歌钟女乐,于是他贤名远扬。魏段干木,闲居
陋巷,居俗心清,爱仁崇义,不屑官称,魏文侯凭轼致敬,诸侯国停止攻
魏,这是干木德行制止纷争。魏国无忌,不以高贵自傲,礼贤下士,亲自
为门客驾车,谦逊与侯嬴同车,抑强秦而救赵,威震四面八方,这是信陵
君芳名如兰吐香啊。张仪、张禄,雄辩得志,才华济世,能使厄运转变,
位至将相,怀解危之策,以善辩之口,敌天下刀剑,此二人也值得一提。
以上历数历史上魏地的五位杰出人物。

　　"摧惟庸蜀与鸲鹊同窠①,句吴与蛙黾同穴②。一自以为
禽鸟,一自以为鱼鳖。山阜猥积而蚑跔③,泉流迸集而映咽。
隰壤瀸漏而沮洳④,林薮石留而芜秽⑤。穷岫泄云⑥,日月恒

翳。宅土熇暑⑦，封疆障疠⑧。蔡莽螫刺⑨，昆虫毒噬。汉罪流御⑩，秦余徙猈⑪。宵貌蕞陋⑫，禀质遒脆⑬。巷无杼首⑭，里罕耆耋⑮。或魋髻而左言⑯，或镂肤而钻发⑰。或明发而耀歌⑱，或浮泳而卒岁。风俗以韰果为娅⑲，人物以戕害为艺。威仪所不摄，宪章所不缀⑳。由重山之束阨㉑，因长川之裾势㉒。距远关以窥阛㉓，时高巢而陛制㉔。薄成绵幂㉕，无异蛛蝥之网㉖；弱卒琐甲，无异螳螂之卫。与先世而常然㉗，虽信险而剿绝。揆既往之前迹，即将来之后辙。成都迄已倾覆，建邺则亦颠沛。顾非累卵于叠棋，焉至观形而怀怛㉘？权假日以余荣，比朝华而菴蔼㉙。览《麦秀》与《黍离》㉚，可作谣于吴会㉛。"以上讥蜀、吴之陋。

【注释】

①摧（què）惟：发语词，有"大凡""大抵"之意。庸：古国名。楚之属国。鸲（qú）：鸟名。

②句吴：地名。此指东吴。蛙黾（měng）：蛤蟆。

③踦跒：同"崎岖"。

④瀸（jiān）：浸润。沮洳（jù rù）：地低而湿。

⑤石留：土地多石。

⑥穷岫：高山。

⑦熇（xiāo）暑：酷热。

⑧封疆：边界。障：通"瘴"。瘴气。疠：严重的瘟疫。

⑨蔡莽：野草。螫（shì）刺：毒草刺人。

⑩流：流放。御：抵御魑魅。

⑪猈（lì）：余，后裔。

⑫宵：通"肖"。衰微。蕞（zuì）：小的样子。

⑬蓌(cuō)脆：脆弱。

⑭杍首：长首，古人认为的长寿之相。

⑮耆耋(qí dié)：对年老长者的称谓。

⑯魋(chuí)髻：即椎髻。左：相左，不一样。

⑰钻发：断发。

⑱明发：黎明。嬥(tiǎo)歌：手拉手唱歌跳舞。

⑲鞢(xiè)果：心地偏狭而行为果敢。嫿(huà)：静好。

⑳缀：连，约束。

㉑束阨：群山相集而自成要隘。

㉒裾：通"据"。

㉓窥阋(yú)：窥视。

㉔时：通"跱"。踞。高巢：比喻地势山川险要。陛制：牵制。

㉕绵幂：弱小。

㉖蝥(máo)：虫名。

㉗与：语助词。

㉘怛(dá)：恐惧。

㉙朝华：朝开暮谢的木槿花。菴蔼：茂盛的样子。

㉚《麦秀》《黍离》：皆古代抒发亡国之痛的诗篇。

㉛吴会(kuài)：地名。此代指东吴。

【译文】

"其实，蜀汉地狭多山好似与鸲鹊同巢，东吴地少多水恰如与蛤蟆同穴。或认为自己为禽鸟，或认为自己为鱼鳖。或是山峦猥缩崎岖，或是泉水阻塞呜咽。或是漏水渗入成湿地，或是遍山林木地荒芜。深山云蒸，日月昏阴。房中酷热，边疆瘴疫。毒草生刺蜇人，昆虫含毒噬人。汉代罪犯流放于此，秦犯后裔生息此地。相貌丑陋矮小，生性软薄脆弱。巷里无长寿相，里中少老年人。有人椎髻束发不识文字，有人刺文身断头发。有人清晨唱歌跳舞，有人终年江湖泛舟。以果敢猛烈风俗为美,以戕杀害人之人为妙。威仪不振,宪章不严。借重山相聚的要塞之险,凭依长河水流的地理形势。据远关觊觎内地,借高地实行统治。戍守细弱而绵软,恰似蛛网挥即去;士卒软弱兵甲差,无异螳螂挡巨车。历朝历代都是一样,仅恃险绝难免破灭。既往之历史,来日之后辙。成都业已倾覆,建邺也被剿灭。危若累卵棋子之上,怎能不看形势心畏惧? 暂借太阳余辉,苟延残喘,如同晨花夜凋的木槿。看看前人所作的《麦秀》和《黍离》,就知东吴将唱亡国歌。"以上讥讽蜀、吴的寡陋。

　　先生之言未卒,吴、蜀二客矆焉相顾①,睇焉失所②,有靦瞢容③,神崦形茹④,弛气离坐,怏墨而谢曰⑤:"仆党清狂⑥,怵迫闽濮⑦。习蓼虫之忘辛⑧,玩进退之维谷。非常寐而无觉,不睹皇舆之轨躅⑨。过以仉剽之单慧⑩,历执古之醇听⑪。兼重性以弛缪⑫,佴辰光而罔定⑬。先生玄识⑭,深颂靡测⑮。得闻上德之至盛,匪同忧于有圣⑯。抑若春霆发响,而惊蛰飞竞;潜龙浮景⑰,而幽泉高镜。虽星有风雨之好,人有异同之性,庶觌蔀家与剥庐⑱,非苏世而居正⑲。且夫寒谷丰黍⑳,吹律暖之也㉑;昏情爽曙,箴规显之也。虽明珠兼寸,尺璧有盈,曜车二六,三倾五城,未若申锡典章之为远也㉒。亮曰日不双丽㉓,世不两帝,天经地纬,理有大归,安得齐给守其小辩也哉㉔!"

【注释】

①矆(huò):惊视的样子。

②睇(tī):失意而视。

③靦(tiǎn):惭愧,面有愧色。瞢(méng):羞愧。

④蕊（ruǐ）：字亦作"蕊"，沮丧貌。茹：因心情压抑而脸色憔悴。

⑤怏（tiǎn）墨：因羞愧而脸色发黑。

⑥仆党：我们这帮人。谦卑的说法。清狂：放逸不羁。

⑦怵（xù）迫：被利诱和逼迫。闽：地名。此指吴。濮：古国名。此指蜀。

⑧蓼（liǎo）虫：吃蓼草的虫子。蓼草叶子有辣味。

⑨轨躅（zhú）：轨迹。

⑩过：误。仉（fǎn）剽：轻薄。单慧：小才。

⑪执古：秉承古道。醇听：听取纯正忠厚的道理。

⑫悂（pī）：用心错误。貤（yì）：重复。缪：谬论。

⑬偭（miǎn）：面向。

⑭玄识：高见卓识。

⑮深颂：高深宽广。

⑯匪：语气词。一说为"岂非"之意。

⑰景：后多作"影"。

⑱庶：幸。蔀（bù）家：豪富之家。剥庐：小民贫困之居所。

⑲苏世：明白时事。居正：居于正道。

⑳寒谷：古代燕地谷名。

㉑吹律暖之：据刘向《别录》载，寒谷本不生五谷，邹衍吹律，暖气至，遂生黍。律，古代指定音器，此代指音乐。

㉒申锡：申明赐教。锡，通"赐"。

㉓亮：信，诚然。

㉔齐给：辩说。

【译文】

魏国先生话没说完，吴、蜀二客惊惧相望，面容羞愧，精神萎靡，身体瘫软，气神涣散，离座而起，羞愧难当，脸色变黑，他们道歉道："我们无知狂妄，迫处吴蜀。如食蓼草之虫忘其辛辣，身入山谷进退无依。不知是非昏明，不见皇舆轨迹。误耍聪明而显轻薄，听醇厚道理始知是非。错误谬误压在身，先生如光照我，使我心神难定。先生学识深湛，莫测高深。有缘知道上皇盛德，先生忧虑天下之心如同圣人。如春雷震响，似惊蛰飞竞；如深水潜龙飞出水来，似深泉水落悬明镜。好风好雨有星兆，人之性格有异同，有幸看到豪贵之家与贫贱陋居的区别，知道自己不明正道是非和世情。寒谷五谷丰登，全仗音律送暖至；昏愦得照曙光爽，先生箴规效果明。虽然明珠径寸，尺璧有盈，光照十二车，可换十五城，也不如先生赐教的典章礼仪之功用长远啊。确实是苍天无二日同辉，人世不同时两帝，天地之道，理所当然，万事万物，天人归心，我们怎能强词夺理，坚守末道谬言呢？"

潘岳

　　潘岳(247—300)，字安仁，荥阳中牟(今属河南)人。任河阳(今河南孟州)令，在县中满种桃李，一时传为美谈。累官至给事黄门侍郎，人称潘黄门。西晋文学家。工于诗赋，辞藻艳丽，长于笔札哀诔之体，所著以《悼亡》诗三首最为知名。潘岳与石崇等谄事贾谧，居谧门二十四友之首。及赵王任专政，中书令孙秀诬以谋反，族诛。《晋书》有其传，明人辑有《潘黄门集》。

西征赋

【题解】

　　本篇是潘岳史诗般的长赋之一。作者用政治家和诗人的双重目光观察西周至秦汉历史，对重要史实及人物，予以极富个性的评价。文辞艳而有实，用典多而不晦，在艺术上亦突破了汉赋的一些陈规，对后代赋体的创新产生了一定的影响。

　　岁次玄枵^①，月旅蕤宾^②，丙丁统日，乙未御辰，潘子凭轼西征，自京徂秦，乃喟然叹曰：

【注释】

①玄枵（xiāo）：本是星宿名，在岁星纪年法中，用作位次。

②蕤（ruí）宾：十二律之一。这是以十二乐律配月，蕤宾配五月。

【译文】

　　岁星越过玄枵的分野，月亮旅居蕤宾的位置，时在西晋元康二年五月乙未日，潘子登车西行，自京城洛阳至秦朝故地长安，喟然而叹道：

　　古往今来，邈矣悠哉！寥廓惚恍，化一气而甄三才①。此三才者，天、地、人道。唯生与位，谓之大宝。生有修短之命，位有通塞之遇。鬼神莫能要②，圣智弗能豫③。当休明之盛世，托菲薄之陋质④。纳旌弓于铉台⑤，赞庶绩于帝室。嗟鄙夫之常累，固既得而患失。无柳季之直道⑥，佐士师而一黜⑦。武皇忽其升遐⑧，八音遏于四海⑨。天子寝于谅闇⑩，百官听于冢宰。彼负荷之殊重，虽伊、周其犹殆。窥七贵于汉庭，诛一姓之或在⑪？无危明以安位，只居逼以示专。陷乱逆以受戮，匪祸降之自天。孔随时以行藏⑫，蘧与国而舒卷⑬。苟蔽微以缪章⑭，患过辟之未远。悟山潜之逸士，卓长往而不反。陋吾人之拘挛⑮，飘萍浮而蓬转。寮位偝其隆替⑯，名节灌以隳落⑰。危素卵之累壳，甚玄燕之巢幕。心战惧以兢悚，如临深而履薄。夕获归于都外，宵未中而难作。匪择木以栖集，鲜林焚而鸟存。以上言遭杨骏之难。

【注释】

①甄：本意是瓦器，这里有创造、造成之意。

②要（yāo）：相约。

③豫：预测。

④陋质：孤陋浅薄之才。此处是作者自谦，说自己没有才干。

⑤旌弓：旌旗与弓矢，均是招聘贤才的象征。铉台：宰相的别称。

⑥柳季：即春秋时鲁大夫柳下惠，字季，因食邑柳下，谥惠，故称"柳下惠"。

⑦士师：古代执掌禁令刑狱的官名。潘岳曾任廷尉的属官，不久便免职。

⑧武皇：指晋武帝司马炎。

⑨八音：金、石、丝、竹、匏、土、革、木制成的八种乐器。这里指各种音响。

⑩天子：指晋武帝之子晋惠帝司马衷。谅闇（àn）：居丧时所住的房子。借指居丧，多用于皇帝。

⑪窥七贵于汉庭，诔（chóu）一姓之或在：此二句言外之意：外戚擅权，没有善终。扬骏是晋武帝杨皇后的父亲，属后党，因此潘岳有如此说法。七贵，指西汉七家外戚，即吕、霍、上官、丁、赵、傅、王七姓，后皆因权重而受诛，无一姓幸存。诔，通"畴"。谁。

⑫孔：指孔丘。随时以行藏：《论语·述而》子谓颜渊曰："用之则行，舍之则藏，惟我与尔有是夫！"

⑬蘧（qú）：指春秋时蘧伯玉。

⑭蔽微：不能觉察隐微之事。缪章：把明显的东西看错了。

⑮拘挛（luán）：拘束。

⑯寮：官僚。儡（léi）：崩溃的样子。隆替：盛衰。这里指从高处倒下来。

⑰摧（cuī）：通"摧"。摧毁，破坏。

【译文】

古往今来，相距何其遥远！悠远混沌的寰宇原由原始的一气孵生三才。所谓三才，即是天、地、人各依其规律运行。人们爱把寿命和禄位视为生之最重要者。然生命有短长,禄位有升降。这类事情虽鬼神亦未必能先卜知,圣贤也不能预测。而今欣逢太平盛世,我虽然资质浅陋,才情凡薄,也曾经受到过宰执招聘,在宫廷里做些许杂事。可叹自己尚未脱离凡夫所犯之病,得到一官半职便唯恐丢掉。因为没有柳下惠那般的爽直,所以辅佐士师时也难免被黜退过一次。大晋武皇帝忽然归向西天,四海为之废乐,哀声切切。刚刚嗣位的天子正在居丧,百官群僚受命于冢宰杨骏。杨骏所负的责任确实重大,即使其贤能如伊尹、周公,也会陷入危险之中。回观汉代七家显贵的外戚,如今哪家能安然无损呢?没有思危之明而安居于高位,反而逼近君位而滥示个人威权。如此自难免除陷入逆乱之中而遭受杀戮,这本是咎由自取,而非祸从天降。孔子视天下治乱而决定自己是入世还是归隐,蘧伯玉根据君主有道与否而考虑做官或归田。倘若不善于明察秋毫而错误地自我表彰的话,恐怕罪过就在眼前了。由此可知荒野隐居之士为何远离是非之地。我等鄙陋之人一旦为名利所牵即如浮萍一样飘然不定。官位骤然跌下,名誉节操也随着损坏。今日之处境好似垒起鸡卵,比玄燕巢于帷幕还要危险。心情战栗而恐惧,如同临近深渊,行于薄冰之上。傍晚出城回家,未至半夜祸难便发生了。这不是鸟儿选错了树木而栖息的问题,而是树林被焚毁,鸟儿根本就无法生存。以上叙述遭杨骏之难。

遭千载之嘉会,皇合德于乾坤。弛秋霜之严威,流春泽之渥恩。甄大义以明责①,反初服于私门②。皇鉴揆余之忠诚③,俄命余以末班。牧疲人于西夏,携老幼而入关。丘去鲁而顾叹④,季过沛而涕零⑤。伊故乡之可怀,疢圣达之幽情。矧匹夫之安土⑥,邈投身于镐京!犹犬马之恋主,窃托慕于阙庭。眷巩、洛而掩涕,思缠绵于坟茔。以上言授长安令,将西征而恋阙。

【注释】

①甄:表明。

②初服:未入仕时的服装,与"朝服"相对。

③鉴揆(kuí):鉴察。

④丘:即孔丘。《韩诗外传》载,孔子离开鲁国,恋恋不舍,反复顾叹。

⑤季:即刘邦。《汉书·高祖纪》言,刘邦晚年回故乡,慷慨伤怀,泣下数行,并说"游子悲故乡"。

⑥矧(shěn):况且。

【译文】

欣逢千载难逢的好时运,浩荡皇恩堪容宇宙。皇帝改变秋霜般的威严,传布着春泽般的厚恩。深明大义而知责任,我削官为民回到家中。圣皇明察,知我心忠诚,不久又让我忝陪于群僚之末。被派遣到西部地区治理疲困的百姓,于是我只好扶老携幼来到了函谷关之西。如孔丘离开鲁国般的依依回首,又似刘邦路过故乡沛邑般的感慨涕零。故乡着实令人难以忘怀,即便是圣达之士,辞别故乡时也难免落泪伤怀。何况我一介匹夫,情系故土却又要远远地离开家乡,投身长安呢?好似犬马留恋它的主人,我的心寄托在朝廷。眷恋巩、洛追念祖先,伤心落泪,伏首坟茔,久久不忍离去。以上讲被授长安令,将要西征但眷恋都城。

尔乃越平乐①,过街邮②,秣马皋门③,税驾西周④。对洛阳之东周言,则长安为西周;对巩县之东周言,则洛邑为西周。远矣姬德⑤,兴自高辛⑥,思文后稷⑦,厥初生民⑧。率西水浒⑨,化流岐、幽⑩。祚隆昌、发⑪,旧邦维新⑫。旋牧野而历兹⑬,愈守柔以执竞⑭。夜申旦而不寐⑮,忧天保之未定。惟泰山其犹危,祀八百而余庆。鉴亡王之骄淫⑯,窜南巢以投命⑰。坐积薪以待然⑱，方指日而比盛。人度量之乖舛⑲，何相越之辽迥！考土中于斯邑⑳，成建都而营筑。既定鼎于郏鄏㉑，遂钻龟而启繇㉒。平失道而来迁㉓，緐二国而是祐㉔。岂时王之无僻㉕？赖先哲以长懋㉖。以上洛阳。

【注释】

①平乐：汉代宫观名。

②街邮：古亭名。

③秣（mò）马：饲马，用草料喂马。皋门：古时王宫的外门。

④税（tuō）驾：解驾，停车。税，通"脱"。西周：指周都镐京。

⑤姬：周王室为姬姓。

⑥高辛：上古帝喾之号，尧之父。

⑦后稷：周的始祖，为帝喾与姜嫄所生。

⑧厥初生民：语出《诗经·大雅·生民》："厥初生民，时维姜嫄。"厥，其。初，始。生民，指后稷，为姜嫄所生。

⑨率西水浒：语出《诗经·大雅·绵》："古公亶父，来朝走马，率西水浒，至于岐下。"率，沿着。水浒，水边。指漆、沮二水。

⑩化流：德化传布。岐：指岐山，在今陕西。豳（bīn）：古地名。在今陕西旬邑境内。

⑪祚（zuò）：福。昌：周文王之名。发：周武王之名。

⑫旧邦维新：语出《诗经·大雅·文王》："周虽旧邦，其命维新。"旧邦，故国，指周在殷商时就是诸侯国。

⑬旋：归来。牧野：武王伐纣的战场。

⑭执竞：保持强盛。

⑮申旦：自夜达旦，即通宵。

⑯鉴：照。亡王：指夏桀。

⑰窜:败走。南巢:地名。在今安徽巢湖西南。投命:亡命。

⑱然:“燃”的古字。

⑲乖舛:差异。

⑳考:考定。土中:指四方的中央。斯邑:指洛阳。

㉑郏鄏(jiá rǔ):周之洛邑,春秋时称为王城。

㉒钻龟:占卜。繇(zhòu):占卜辞。

㉓平:指周平王。

㉔繄(yī):语气词。二国:指晋、郑两个诸侯国。祐:帮助。

㉕僻:邪僻。

㉖懋:隆。

【译文】

而后越过平乐,路过街邮,在皋门喂马,停车憩息于西周故地。以洛阳为东周,则长安为西周;以巩县为东周,则洛邑为西周。周代的历史十分悠久,自高辛氏时始兴,至后稷时已初备文德,而后世代相传了下来。古公亶父沿着西边的河岸而来,德化到岐、豳。其所开创的事业在周文王、周武王时已臻于兴隆,古老的侯国终于强盛了起来。而后武王伐纣从牧野归来经过岐、豳,更加坚守柔韧之道,自强不息,以保持王朝的强盛。他通宵达旦,夜不成寐,时刻担心着上天施予周朝的宏福是否已确定。即便在强盛的王权已稳如泰山之时,他还担心是否会有不测之祸。故而,周朝享有了八百年的国运,且还留下了积善之家所常有的余庆。由此反观逃窜南巢的亡国之君夏桀,他即使是坐于柴火之上就要被人点火烧死的时候,还指日比盛,了无忧患之心。两相比较,不能不让人感到,人们对事物的估量是何其不同,它们的差别又是何其遥远!周公考定洛邑为天下中心,成王决定营建东都洛阳。一定鼎郏鄏,即用钻龟占卜其得失。周平王失道从镐京迁到洛邑,唯有晋、郑两个侯国给予了支援。难道当时没有邪僻的君主吗?是依赖先代圣王庇护而得以兴旺。以上洛阳。

　　望圉、北之两门①，感虢、郑之纳惠②。讨子颓之乐祸③，尤阙西之效戾④。重戮带以定襄⑤，宏大顺以霸世⑥。灵壅川以止斗⑦，晋演义以献说⑧。咨景、悼以迄丐⑨，政凌迟而弥季⑩。俾庶朝之构逆⑪，历两王而干位⑫。逾十叶以逮赧⑬，邦分崩而为二。竟横噬于虎口⑭，输文、武之神器⑮。澡孝水而濯缨⑯，嘉美名之在兹。夭赤子于新安⑰，坎路侧而瘗之⑱。亭有千秋之号，子无七旬之期⑲。虽勉励于延、吴⑳，实潜恸乎余慈㉑！眄山川以怀古㉒，怅揽辔于中涂。虐项氏之肆暴㉓，坑降卒之无辜㉔。激秦人以归德，成刘后之来苏㉕。事回沉而好还㉖，卒宗灭而身屠㉗。以上新安。

【注释】

①圉（yǔ）、北：周朝的两个城门。

②惠：指周惠王。

③子颓：周庄王庶子。

④尤：谴责。效：效法。戾：罪恶。

⑤重：指晋文公重耳。带：指太叔带，是周襄王的弟弟。襄：指周襄王。

⑥宏：推广。大顺：指顺应伦常天道。

⑦灵：指周灵王。壅：阻塞。川：指谷水和洛水。

⑧晋：指周灵王的太子晋。演义：阐发义理。献说：进言，进谏。

⑨咨：嗟叹。景：指周景王。悼：指王子猛，景王之子，是敬王的同母兄，即位不久即死。丐：指敬王，景王子。

⑩凌迟：衰败。弥：更加。季：末世。

⑪俾（bǐ）：使。庶朝：指周景王庶出的长子王子朝。构逆：发动叛乱。

⑫两王:指周悼王和周敬王。干位:篡夺王位。

⑬十叶:十代。逮:到。赧:指周赧王。

⑭虎口:比喻秦国。

⑮文、武:指周文王和周武王。神器:代表国家政权的玉玺、宝鼎等。

⑯孝水:水名。在洛阳西。濯缨:清洗衣冠。语出《孟子·离娄上》:"沧浪之水清兮,可以濯我缨。"

⑰夭:夭折。赤子:指婴儿。新安:地名。在今河南。

⑱坎:挖坑。瘗(yì):埋。

⑲七旬:七十天。

⑳延:指春秋时的延陵季子,即吴国的季札。吴:指魏人东门吴。这两人都是儿子死了而不忧伤。

㉑潜:暗地里。恸:悲伤。

㉒眄(miǎn):瞻望。

㉓虐:残暴。项氏:指项籍。

㉔坑:坑杀,活埋。无辜:无罪。

㉕刘后:指汉高祖刘邦,古人称天子为后。来苏:好的君主来,可以使百姓苏息。

㉖回泬(jué):同"回通"。邪僻。这句连下句,暗指项羽做尽邪恶之事,而自食其果。

㉗卒:终于。

【译文】

眺望囿、北这两座门楼,慨叹当年虢公、郑伯之护送周惠王回国登基。郑伯以乐祸的罪名讨伐子颓,而又效法子颓那样肆意享乐,也同样遭到谴责。晋文公重耳诛戮太叔带,援助周襄王,这是助顺反逆,因而称霸于世。周灵王筑堤修坝,制止谷、洛二水争流,太子晋据理劝谏,恳请不要拦河。可叹的是周朝自景王、悼王而至敬王,朝政每况愈下,步步走向衰败。周景王的庶子王子朝制造逆乱,图谋杀害悼、敬二王,以窃取君权。自此而后延续了十代,至周赧王时,天下分崩,遂出现了西周和东周。最后终于被如狼似虎般凶暴的秦朝所吞掉,文、武二王传承下的宏伟基业至此全被断送。在孝水里清洗衣冠,清除积日的风尘,此河的名字多该值得赞美呀。小儿天折在新安附近,只好在路边挖坑掩埋。亭子能享千秋之称号,这孩子却没能活到七十天。虽然想用季札和东门吴聊加自勉,然而父子之情难以舍割,心中的伤痛自是无法言喻。仰望高山长河而怀古,勒住马缰,停车中途,心中实茫然而惆怅。粗莽的项羽坑杀无辜降卒,是何其暴虐无道。这种残暴的后果只能促使秦人纷纷归顺于仁德之君,故而成全了其对手刘邦的帝业。做尽坏事终难免自食其果,项羽的下场是族灭人亡。以上新安。

　　经渑池而长想①,停余车而不进。秦虎狼之强国,赵侵弱之余烬。超入险而高会②,杖命世之英蔺③。耻东瑟之偏鼓④,提西缶而接刃⑤。辱十城之虚寿,奄咸阳以取俊⑥。出申威于河外⑦,何猛气之咆勃!入屈节于廉公⑧,若四体之无骨。处智勇之渊伟,方鄙吝之忿悁⑨。虽改日而易岁,无等级以寄言。当光武之蒙尘⑩,致王诛于赤眉⑪。冯奉辞以伐罪⑫,初垂翅于回谿⑬。不尤眚以掩德⑭,终奋翼而高挥。建佐命之元勋⑮,振皇纲而更维。以上渑池。

【注释】

①渑(miǎn)池:地名。在今河南渑池西。

②入险而高会:指前279年,赵惠王应秦昭王之约,赴渑池之会,当时秦强赵弱,因此是一件很危险的事。

③杖:凭恃。命世:著称于世。英蔺:盖世英才蔺相如。

④耻：以……为耻辱。东瑟：指赵王为秦王鼓瑟之事。东，指赵王。

偏：单单。鼓：弹奏。

⑤西缶：指秦王为赵王击缶之事。西，指秦王。缶，一种打击乐器。

接（chā）刃：同"插刃"。

⑥奄：占有。取俊：取得优胜。

⑦河外：指渑池。因在黄河以南，古代称为河外。

⑧廉公：指赵国大将廉颇。

⑨方：比较。鄙吝：心胸狭隘。忿悁（juān）：愤怒急躁。

⑩光武：指汉光武帝刘秀。蒙尘：喻帝王流亡或失败，遭受垢辱。

⑪赤眉：汉末农民起义军。

⑫异：指冯异。

⑬垂翅：比喻遭受挫折。回豀：地名。在今河南宜阳西北。

⑭眚（shěng）：过失。

⑮佐命：辅佐帝王创业。元勋：首功，大功。

【译文】

经过渑池而深思，我停下车子，不再前进。秦国本是虎狼一般的强国，相比之下，赵国犹如微弱的余烬。赵王进入险境能安然与会，所依仗的正是盖世英才蔺相如。相如以赵王为秦王弹瑟为耻，面对刀斧之逼犹能逼秦王击缶。秦命赵用十座城池为秦王祝寿，藉此侮辱赵国，相如要秦国献出咸阳作为交换，于此占了上风。伸张威风在黄河之南，其英雄气概是何等雄壮！而回到朝廷却自甘曲节于廉颇之下，好像四体无骨一般。相如临事机智而勇敢，多么深沉而伟大，廉颇为人自私而狭隘，浮躁而浅薄。二人气量何其不可同日而语，即使用一天和一年之别来形容，也不为夸张。光武帝面临汉室衰微，用皇帝的名义攻打赤眉。冯异奉命讨伐罪人，初次受挫于回豀。然而，皇帝并不责备他的过失而掩盖他的功德，他最终大获全胜。辅佐刘秀建立了中兴汉室之重勋，汉家王朝由此重新振起。以上渑池。

　　登崤坂之威夷①,仰崇岭之嵯峨。皋托坟于南陵②,文违风于北阿③。蹇哭孟以审败④,襄墨缞以授戈⑤。曾只轮之不返,缥三帅以济河⑥。值庸主之矜愎,殆肆叔于朝市⑦。任好绰其余裕⑧,独引过以归己。明三败而不黜,卒陵晋以雪耻。岂虚名之可立?良致霸其有以⑨!降曲崤而怜虢⑩,托与国于亡虞⑪。贪诱赂以卖邻,不及腊而就拘⑫。垂棘反于故府⑬,屈产服于晋舆⑭。德不建而民无援,仲雍之祀忽诸⑮。以上崤坂。

【注释】

①崤(xiáo):崤山。威夷:即逶迤。

②皋:夏朝一个君主名。其墓在崤山的南陵。

③文:即周文王。据说崤山北陵有周文王避风雨的地方。违风:避风。

④蹇哭孟:指秦蹇叔之哭孟明。审败:必败。

⑤襄:指晋襄公。墨缞(cuī):穿着黑色的丧服。

⑥缥(xiè):捆缚。三帅:指秦军的三位统帅孟明视、西乞术、白乙丙。

⑦肆:陈列,指陈尸示众。

⑧任好:秦穆公名。绰:宽阔貌。余裕:宽绰有余,形容胸怀宽广。

⑨有以:犹有因,有道理。

⑩曲崤:地名。虢:姬姓诸侯国,在今山东平陆境内。

⑪托:寄身。与国:盟国。虞:国名。在今山东平陆境内。

⑫不及腊:不到腊祭之时。

⑬垂棘:春秋时晋地名。以产美玉著称。这里指美玉。

⑭屈产:春秋时晋地名。以产良马著称。这里指良马。

⑮仲雍:虞国的祖先。祀:宗庙祭祀。忽诸:忽然断绝。

【译文】

攀登上逶迤不绝的崤山之坡,仰望那巍峨陡峭的崇山峻岭。南陵乃夏王皋托以建坟之处,北丘本周文王避风雨之处。寒叔担忧秦军失利而哭送孟明,晋襄公身着黑色孝服发兵攻秦。秦军连只轮匹马也未能返回,三位名将被生俘后押解河东。倘若遇刚愎自用的昏君庸主,定会恼羞成怒而杀掉寒叔在朝市中陈尸示众。而秦穆公则是宽大为怀,把全部过失都归咎于自身。孟明屡次败北而不馁降,终于降服晋国报仇解恨。声名难道真能虚传么?至少穆公的称霸绝对不是这样!来到曲崤,追念虢国,原本与虞国唇齿相依,彼此生死相关。贪图贿赂的虞公出卖了邻邦,可是自己未到年关便也束手就擒了。垂棘美玉反回晋府,屈产骏马仍为晋公驾车。不树信立德,百姓是不会予以援助的,仲雍的后嗣骤然而绝了。以上崤坂。

我徂安阳①,言陟陕郛②。行乎漫、渎之口③,憩乎曹阳之墟④。美哉邈乎!兹土之旧也,固乃周、邵之所分⑤,二南之所交⑥。《麟趾》信于《关雎》⑦,《驺虞》应乎《鹊巢》⑧。愍汉氏之剥乱,朝流亡以离析⑨。卓滔天以大涤⑩,劫宫庙而迁迹。俾万乘之盛尊,降遥思于征役。顾请旋于催、汜⑪,既获许而中惕。追皇驾而骤战,望玉辂而纵镝⑫。痛百寮之勤王,咸毕力以致死。分身首于锋刃,洞胸腋以流矢。有褰裳以投岸⑬,或攘袂以赴水。伤柠楫之褊小⑭,撮舟中而掬指⑮!以上陕州。

【注释】

①安阳:今属河南。

②言：语助词。陕：今河南陕县。郛（fú）：外城。

③漫、渎：漫涧和渎水，两条水名。

④曹阳之墟：即曹阳墟，地名。在今河南三门峡西南。

⑤周、邵：周公、邵公。二者分掌政事，陕以东归周，陕以西属邵。

⑥二南：本指《诗经》中的《周南》和《召南》，后来也指产生《周南》和
《召南》的地域，也即周公和邵公管辖的地方。

⑦《麟趾》《关雎》：都是《诗经·周南》中的篇名。信：证实。

⑧《驺虞》《鹊巢》：都是《诗经·召南》中的篇名。

⑨朝：朝廷。

⑩卓：指董卓。

⑪傕、汜：即李傕和郭汜，董卓的部下。

⑫玉辂（lù）：古代帝王乘坐的车。

⑬褰（qiān）：撩起。

⑭桴（fú）：木筏。楫（jí）：小船。

⑮撮：收拢。掬：捧。

【译文】

　　来到安阳，进入陕邑城郊。行走于漫、渎的渡口，歇憩于曹阳墟。多么美妙的往昔啊！这片故土曾是周公、邵公分陕而治的交界地，亦即周南、召南的交界处。《麟趾》由《关雎》得到证实，《驺虞》又与《鹊巢》遥相呼应。哀怜汉室的分裂混乱，朝廷之流离失所。董卓作乱如滔天洪水冲漫人间，劫掠朝廷逼迫皇室迁往长安。使得万乘之君丢掉了崇高的尊严，步入征途生出了其路迢遥的感伤。汉献帝请求李傕、郭汜护送自己返回京城，已经得到允诺而中途李、郭又翻悔。追赶御驾者与保皇宫军激战了一场，其间竟然有敢向皇帝的车驾肆意放箭者。群臣救驾的情景令人痛心，他们个个竭尽全力以致战死。刀锋之下身首分离，流箭洞穿胸膛。有的提着下衣投奔岸边，有的挽起袖子跳入水中。可悲的是人多船小不够乘坐，砍掉攀船人的手指足以成捧。以上陕州。

升曲沃而惆怅①，惜兆乱而兄替②。枝末大而本披，都偶国而祸结③。臧、札飘其高厉④，委曹、吴而成节⑤。何庄、武之无耻⑥，徒利开而义闭！以上曲沃误用。

【注释】

①曲沃：地名。在今山西闻喜。

②兄替：指晋太子仇被其弟成师废掉之事。

③偶国：指封邑与国家势力相等。

④臧：即春秋时曹国的公子臧。札：即吴国季札。

⑤委：弃。曹、吴：曹国和吴国的国君之位。

⑥庄、武：春秋时晋国的庄伯和武公，两人都是成师的后代，由曲沃兴师，征服了仇的后代。

【译文】

来到曲沃，我心中惆怅，惋惜成师与仇兄弟交替。树枝过于粗大，树身就会倾倒，封邑与国家大小相等便可能兵祸连结。公子臧和季札远走高飞，舍弃曹、吴君位而成全名节。庄伯、武公寡廉鲜耻，见到小利便去争夺，见到大义却恨躲之不及。以上讲的关于曲沃地方的典故是误用了。

跋函谷之重阻，看天险之襟带。迹诸侯之勇怯，算嬴氏之利害①。或开关以延敌②，竞遁逃以奔窜。有噤门而莫启，不窥兵于山外。连鸡互而不栖，小国合而成大。岂地势之安危？信人事之否泰③。汉六叶而拓畿④，县弘农而远关。厌紫极之闲敞⑤，甘微行以游盘。长傲宾于柏谷⑥，妻睹貌而献餐。畴匹妇其已泰⑦，胡厥夫之缪官⑧？昔明王之巡幸，固清道而后往。惧衔橛之或变⑨，峻徒御以诛赏⑩。彼白龙之鱼服[11]，挂豫且之密网。轻帝重于天下，奚斯渐之可长？以上函谷、弘农。

【注释】

①嬴氏：指秦王。秦国王室姓嬴。

②关：函谷关。

③否泰：本是两个卦名，引申为好坏之意。

④六叶：指六代，即汉高祖至武帝，如算吕后共六个帝王。

⑤紫极：星名。借指皇宫。

⑥长：指柏谷地方的亭长。

⑦畴：通"酬"。酬谢。

⑧缪官：封官不合理。

⑨衔橛：马嚼。

⑩峻：严格。徒御：随从侍卫和驾车的人。

⑪白龙鱼服：相传白龙化成鱼被豫且射中眼睛，后来人们常以此比喻皇帝被害。

【译文】

踏入重重阻险的函谷关，看到襟带般天险要地。遥想往昔诸侯的勇敢与怯懦，思索秦国各种策略的利弊。时而开关迎敌，而列国军队却不敢进入，狼狈逃走，四处奔窜。时而闭关自守，不向关东窥视。小鸡连缚在一起不能全部栖睡，但小国联合在一起则是能形成巨大力量的。难道地理形势就可以决定一国的安危么？实际上，一国的安危是由人事的好坏决定的。汉朝建立以后，历经六代方开始拓境开边，将关口向远处移动，以故关所在之处为弘农县。汉武帝住腻了堂皇敞亮的皇宫，自愿微服间行，盘桓于市井之间。柏谷亭长不识泰山，慢待武帝，客店主妇却能见来者不凡而敬献美餐。汉武用重金酬谢村妇，本已过分，封她丈夫做官，更属不该。古时明君出巡，总是先清道警众，而后前行。

唯恐车马会有意外之变,因而对御夫和护卫均有严格规定的赏罚。白龙一旦变成水中的游鱼,自难逃掉豫且的密网。在天下人面前不保持万人之尊的威严,此风焉能助长! 以上函谷、弘农。

　　吊戾园于湖邑①,谅遭世之巫蛊②。探隐伏于难明,委逸贼之赵虏③。加显戮于储贰④,绝肌肤而不顾。作归来之悲台,徒望思其何补! 以上湖邑。

【注释】

①戾(lì)园:汉武帝太子戾的墓地。湖邑:地名。在今河南灵宝附近。

②巫蛊:咒人死的法术。

③赵虏:指江充。

④显戮:在市井公开杀戮。储贰:皇位继承人。

【译文】

凭吊湖邑附近的戾园,推想武帝疑心有人用巫术咒他。原本要查探的是难以明辨的隐微之事,却委派一个专事谗佞的小人办理。把刑戮公然加到了皇太子的头上,断绝骨肉之情毫不顾惜。尽管事后造归来之悲台,用以怀念,但只是望思又何用之有! 以上湖邑。

　　纷吾既迈此全节①,又继之以盘桓。问休牛之故林②,感征名于桃园。发阌乡而警策③,遡黄巷以济潼④。眺华岳之阴崖,觌高掌之遗踪⑤。忆江使之反璧,告亡期于祖龙⑥。不语怪以征异,我闻之于孔公。愠韩、马之大憝⑦,阻关、谷以称乱。魏武赫以霆震,奉义辞以伐叛。彼虽众其焉用? 故制胜于庙算⑧。砰扬桴以振尘⑨,缅瓦解而冰泮⑩。超遂遁而奔狄，甲卒化为京观⑪！以上潼关、华阴。

【注释】

①全节：地名。戾太子死的地方。

②休牛：放牛。周武王灭商以后，放牛于桃林之野，表示不再用兵。

③阌（wén）乡：汉属湖县，隶京兆尹，戾园即在此处。今并入河南灵宝。警策：扬鞭。

④黄巷：即黄巷坂，潼水渡口，在陕西华阴。潼：潼水。

⑤觌（dí）：看见。高掌：传说华山山石上有仙人的掌印。

⑥祖龙：指秦始皇。

⑦韩：韩遂。马：马超。二者均为三国时西凉名将。大憝（duì）：恶，乱。

⑧庙算：由朝廷制定的谋略。

⑨砰：象声词，鼓声。枹（fú）：鼓槌。

⑩缢（huà）：破裂声。冰泮（pàn）：冰融化。

⑪京观（guàn）：敌人的尸首堆成大坟。

【译文】

我怀着纷乱的思绪踏入全节这个地方，接着又在这里徘徊起来。访问周武王散放牛的旧林，有感于古今桃园之名的相互印证。走出阌乡，频频扬鞭，过黄巷坂、涉潼水。眺望华山那险峻的北崖，看见留在那里的仙人的手掌印记。回想秦国使者捧回祭江玉璧，向始皇禀报灭亡之日已到。勿言那鬼怪离奇，这乃是孔圣留给我们的遗训。痛恨那韩遂、马超之肆意逞凶，扼守潼关、函谷关，作乱关中。魏武挥鞭施之以雷霆之势，伐叛逆义正而辞严。无谋者靠人多势众又有何用？决定战争胜负的还在于朝廷的运筹谋略。一方擂鼓惊尘，惊天动地，一方瓦解冰消，四处溃散。主将马超只身逃回西凉，士卒的尸体堆起了巨大的坟茔。以上潼关、华阴。

倦狭路之迫隘,轨踦跜以低仰。蹈秦郊而始辟,豁爽垲以宏壮。黄壤千里,沃野弥望。华实纷敷,桑麻条畅。邪界褒、斜①,右滨汧、陇②。宝鸡前鸣③,甘泉后涌④。面终南而背云阳⑤,跨平原而连嶓冢⑥。九嵕巀嶭⑦,太一岿岌⑧。吐清风之飚戾,纳归云之郁蓊。南有玄灞、素浐⑨,汤井、温谷;北有清渭、浊泾⑩,兰池、周曲⑪。浸决郑、白之渠⑫,漕引淮、海之粟⑬。林茂有鄠之竹⑭,山挺蓝田之玉⑮。班述"陆海珍藏"⑯,张叙"神皋隩区"⑰。此西宾所以言于东主⑱,安处所以听于凭虚也⑲,可不谓然乎? 以上通写关中气象。

【注释】

①邪:通"斜"。界:划线。褒、斜:指褒谷和斜谷,是长安(今陕西西安)西南峪名。

②右:指西南。汧(qiān):指汧水。陇:山名。汧、陇都在长安之西。

③宝鸡:今属陕西。

④甘泉:指甘泉山。

⑤终南:即终南山。云阳:古县名。故址在今陕西淳化。

⑥嶓(bō)冢:即嶓冢山。

⑦九嵕(zōng):山名。在陕西醴泉。巀嶭(jié niè):山峰高峻的样子。

⑧太一:终南山的别名。岿岌(lóng zōng):山势险要的样子。

⑨灞:灞水。浐:浐水。

⑩渭:渭河。泾:泾河。

⑪兰池:池沼名。在长安附近。周曲:古地名。在今陕西咸阳。

⑫郑、白之渠:指郑国渠和白渠。

⑬淮、海:指淮河流域和沿海地区。

⑭有鄠：指鄠县，故治在今陕西户县北。

⑮蓝田：县名。今属陕西。以产美玉闻名。

⑯班：指班固。汉代文学家、辞赋家。陆海珍藏：班固《两都赋》中语句。

⑰张：指张衡。汉代科学家、辞赋家。神皋隩区：张衡《西京赋》中的语句。神皋，即神州。隩，通"奥"。地方美好的意思。

⑱西宾、东主：班固《两都赋》中的虚构人物。

⑲安处、凭虚：张衡《二京赋》中的虚构人物。

【译文】

狭路险关令人疲困，行车在崎岖曲折的山路。一踏入秦郊，便觉豁然开朗，这里，土地干爽气势雄宏。黄色的土壤千里连绵，良田沃壤一望无垠。花果在枝头含笑，桑麻于风中折腰。左边有褒谷、斜谷东南而走，右边为汧水、陇山静立其旁。宝鸡在前，甘泉随后。面向终南山而背枕云阳，平原尽头挽着嶓冢山。九嵕高峻，太一势险。喷吐凛冽之清风，收纳浓密之归云。南有玄黑的灞水和素白的浐水，汤井温泉就在骊山脚下；北临清澈的渭水和混浊的泾水，兰池、周曲位于长安郊外。引水注进郑渠、白渠，漕运淮河沿海的粮食。鄠县竹木茂盛，兰田盛产美玉。班固描述了陆地海洋中的珍藏，张衡叙述过神州各地的美好。这便是西宾言于东主，安处听于凭虚的事情，怎么可以不以为然？以上总写关中气象。

劲松彰于岁寒，贞臣见于国危。入郑都而抵掌①，义桓友之忠规②。竭股肱于昏主，赴涂炭而不移。世善职于司徒③，缁衣敝而改为。履犬戎之侵地④，疾幽后之诡惑⑤。举伪烽以沮众，淫褒姒以纵慝。军败戏水之上⑥，身死骊山之北⑦。赫赫宗周，灭为亡国。又有继于此者，异哉秦始皇之为君也！倾天下以厚葬，自开辟而未闻。匠人劳而弗图，俾生埋以报勤。外罹西楚之祸⑧，内受牧竖之焚⑨。语曰"行无礼必自及"，此非其效与？ 以上骊山。

【注释】

①抵（zhǐ）掌：击掌。

②桓友：春秋时郑桓公，名友，做过周幽王的司徒。曾忠心耿耿地劝过周幽王。

③司徒：职官名。周时为六卿之一，掌管国家的土地和人民的教化。

④犬戎：古族名。

⑤幽后：即周幽王。幽王宠爱褒姒，为博她的一笑，屡次举烽为戏，各方诸侯急忙前来救援。后来犬戎果真入侵，诸侯谁都不来援救，结果幽王被杀死在骊山。

⑥戏水：在陕西临潼东。

⑦骊山：在陕西临潼东。

⑧西楚之祸：指项羽攻入咸阳，杀秦王子婴，烧秦国宫室。

⑨牧竖之焚：据说牧童钻进骊山陵墓，点火寻羊，将坟墓内部烧毁。

【译文】

岁寒而知松柏之后凋，国难方识忠臣之坚贞。进入郑国都城良当抚掌称赞，郑桓公忠心规劝周王深值称道。尽管面对的是昏庸之主，他仍然竭尽股肱之力，即使为此陷入灾难困苦，也丝毫没有动摇心志。父子均为司徒，可谓世代善于其职，缁衣如果穿破，百姓愿为他再做。走进当年犬戎族侵占的土地，恨周幽王之戏弄臣下。屡屡假举烽火令人沮丧，过分宠爱褒姒而放纵邪恶。以致兵败于戏水之上，身死于骊山之北。曾经为天下拥戴、声势赫赫的周，至此已分崩离析成为亡国。然而还有人步这种荒唐做法之后尘,真令人不解啊,秦始皇正是如此为君!他倾天下之力而为自己营建骊山寿宫,其工程之大实乃开天辟地头一回。见筑墓工匠劳苦之极而不加体恤,反而怕他们泄密而把他们活埋在里面,算是对他们辛劳的酬报。最终还是坟墓之外遭到西楚霸王的毁坏,坟墓之内有牧童放火焚烧。人们说"行为无礼,必将自食其果",实是不假! 以上骊山。

乾坤以有亲可久,君子以厚德载物。观夫汉高之兴也,非徒聪明神武、豁达大度而已也。乃实慎终追旧,笃诚款爱,泽靡不渐,恩无不逮,率土且弗遗,而况于邻里乎? 况于卿士乎? 于斯时也,乃摹写旧丰,制造新邑。故社易置,枌榆迁立。街衢如一,庭宇相袭。浑鸡犬而乱放,各识家而竞入。籍含怒于鸿门①,沛踦蹰而来王。范谋害而弗许②,阴授剑以约庄③。撚白刃以万舞④,危冬叶之待霜。履虎尾而不噬,实要伯于子房⑤。樊抗愤以卮酒⑥,咀彘肩以激扬。忽蛇变而龙摅⑦,雄霸上而高骧。增迁怒而横撞,碎玉斗其何伤! 以上新丰、霸上。

【注释】

①籍:项羽名籍。鸿门:指鸿门宴。

②范:指范增。项羽的谋士。

③庄:指项庄。

④撚(lǐn):挺起。

⑤伯:指项伯。子房:指张良。

⑥樊:指樊哙。卮(zhī):酒杯。

⑦龙摅(shū):如龙飞腾上天,喻帝王兴起。

【译文】

　　天地间缘于人们的亲密相处才得长久维持,君主唯宽厚待人方能如大地负载万物。在我看来,汉高祖之所以能兴起,不仅在于其聪明神武豁达大度,还在于他体恤百姓生老病死不忘旧情,贞诚而仁爱,恩泽无不浸润,德惠莫不遍及,普天之下没有遗漏,何况是邻里乡亲、卿士大夫?汉高祖住进长安以后,便模仿家乡丰邑的街市,在京城之郊为自己建造一个新村。家乡的神社换了地方,故土的树木乔迁新城。街市道路尽如过去,庭院屋宇悉照原样。鸡犬混合随心而走,又各识家门,怡然而归各自窝巢。当年项羽含怒设宴于鸿门,沛公伏首弯腰前来朝拜。范增的谋杀计划未被允许,暗中授剑指使项庄见机行事。手持白刃表演刀舞,沛公的性命危如冬叶之待霜。踩到虎尾而未被吞食,靠的是张良的友好和项伯的掩护。樊哙瞠目而入却被赐以酒肉,他边咀嚼猪腿,边怒斥项王。刘邦脱逃后便如蛇成龙,霸上雄踞昂首挺胸。范增一气之下摔碎了玉斗,而这,对刘邦又有何损害! 以上新丰、霸上。

　　婴冑组于轵涂①,投素车而肉袒。疏饮饯于东都②,畏极位之盛满。金墉郁其万雉③,峻嵯峭以绳直。庚饮马之阳桥④,践宣平之清阃⑤。都中杂遝⑥,户千人亿,华夷士女,骈田逼侧⑦。展名京之初仪,即新馆而莅职⑧。励疲钝以临朝,勖自强而不息⑨。以上入长安。

【注释】

　　①婴:指秦王子婴。冑(juàn):挂,系。组:绳子。轵(zhǐ)涂:即轵道,在今陕西西安东北。

　　②疏:指汉代的疏广、疏受叔侄。东都:指长安城的东门。

　　③金墉:犹金城,坚固的城墙。雉:古代计算城墙面积的单位。长

三丈、高一丈为一雉。

④戾：至。饮马：桥名。在长安城东。

⑤宣平：长安城门，从北数第一座门。阈（yù）：门槛，界限。

⑥杂遝（tà）：繁忙众多。

⑦骈田：相连属，形容多。

⑧莅职：临职，就职。

⑨勖：勉励。

【译文】

秦王子婴以绳系颈投降于轵道旁，他走下素车袒露半身以示屈服。疏广、疏受曾饮饯于东门外，畏惧仕宦过于盈满而决意辞官回家。城墙坚固有万雉，高耸云霄，峻峭险要而又笔直。走到饮马桥以南，步入宣平城的地界。都市热闹非凡，户成千而人上亿，各地仕女，接踵并肩而行。我首次见到京城的面貌，来到馆舍就任新职。尽管疲惫、愚钝，还是竭力尽心升堂视事，勉励自己自强不息。以上入长安。

于是孟秋爰谢①，听览余日，巡省农功，周行庐室。街里萧条，邑居散逸。营宇寺署，肆廛管库，蕞芮于城隅者②，百不处一。所谓尚冠、修成，黄棘、宣明，建阳、昌阴，北焕、南平③，皆夷漫涤荡，亡其处而有其名。尔乃阶长乐，登未央，泛太液，凌建章。萦驳娑而款驲荡④，辀枌诣而轹承光。徘徊桂宫⑤，惆怅柏梁⑥。鹭雉雊于台陂⑦，狐兔窟于殿旁。何黍苗之离离，而余思之芒芒！洪钟顿于毁庙，乘风废而弗县⑧。禁省鞠为茂草，金狄迁于霸川⑨！以上叹故宫之芜废。

【注释】

①孟秋：初秋，秋季第一个月。

②蕞芮(zuì ruì)：聚集的样子。

③尚冠：与下文的"修成""黄棘""宣明""建阳""昌阴""北焕""南
　平"，均是长安城的里名。

④驳(sà)娑、骀(dài)荡：与下文的"枍(yì)诣""承光"均是汉宫室名。

⑤桂宫：汉朝宫殿名。

⑥柏梁：汉代台名。

⑦鷩(bì)雉：锦鸡。雊(gòu)：野鸡叫声。

⑧乘风：海鸟名。古时悬钟的架子多作此鸟形，故亦借指悬钟的
　架子。

⑨金狄：铜人。秦始皇收天下兵器铸金人十二。

【译文】

　　待孟秋过后，公事忙完，便到民间巡视农事，访察民舍。当年繁盛
的都市今已萧条，往日的住户四处散尽。宫室官府、店铺仓库，零星地
存于城角的，百不存一，实非往日的容颜。所谓尚冠、修成，黄棘、宣明，
建阳、昌阴，北焕、南平，各条街衢，而今亦不复存，徒留空名而已。登上
长乐宫，来到未央宫，泛舟太液池，登临建章楼。环绕驳娑宫，叩访骀荡
殿，步入枍诣宫，穿过承光殿。徘徊于桂宫，惆怅在柏梁台。昔日的台
阁宫殿而今已是野鸟、狐兔的繁衍之处。野草离离，实令我感慨万千！
洪钟抛在破庙里，乘风废弃而未悬。禁宫之内野草郁郁，金人已运往霸
川，何哀凉之甚也！以上叹故国宫室之荒废。

　　怀夫萧、曹、魏、邴之相①，辛、李、卫、霍之将②。衔使则
苏属国③，震远则张博望④。教敷而彝伦叙⑤，兵举而皇威
畅。临危而智勇奋，投命而高节亮。暨乎秅侯之忠孝淳
深⑥，陆贾之优游宴喜⑦；长卿、渊、云之文⑧，子长、政、骏之
史⑨；赵、张、三王之尹京⑩，定国、释之之听理⑪；汲长孺之正

直⑫,郑当时之推士⑬;终童山东之英妙⑭,贾生洛阳之才子⑮。飞翠绥,拖鸣玉,以出入禁门者众矣。或被发左衽,奋迅泥滓;或从容傅会,望表知里。或著显绩而婴时戮⑯,或有大才而无贵仕。皆扬清风于上烈,垂令闻而不已。想佩声之遗响,若铿锵之在耳。当音、凤、恭、显之任势也⑰,乃熏灼四方,震耀都鄙。而死之日,曾不得与夫十余公之徒隶齿⑱。才难,不其然乎？以上怀汉世之人才。以下周览长安城郭、郊原、古迹,吊古伤怀。

【注释】

①萧、曹、魏、邴:指汉代名相萧何、曹参、魏相、邴吉。

②辛、李、卫、霍:指汉代名将辛庆忌、李广、卫青、霍去病。

③衔使:奉命出使。苏属国:指苏武。他出使匈奴十九年,回国后官至典属国。

④张博望:指张骞。他出使西域,使汉朝与西域各国通好,后被封为博望侯。

⑤彝伦:指伦常。

⑥秺(dù)侯:指金日(mì)磾(dī)的封爵。金日磾原是匈奴休屠王太子,后归顺汉朝,他对母亲孝顺,对汉武帝忠贞。

⑦陆贾:汉高祖至文帝时太中大夫,曾出使南越,获赠千金。

⑧长卿、渊、云:指西汉著名辞赋家司马相如、王褒、扬雄。

⑨子长、政、骏:指西汉著名历史学家司马迁、刘向、刘歆。

⑩赵、张、三王:指赵广汉、张敞、王遵、王章、王骏。

⑪定国:指于定国。释之:指张释之。两人都执法公正。

⑫汲长孺:即汲黯。以正直著名。

⑬郑当时:汉武帝时大臣,热心举荐人才。

⑭终童：即终军。少有文才。

⑮贾生：指贾谊。十八岁即以文学之才名世。

⑯婴时戮：指赵广汉等人立下显赫功劳却遭到残害。婴，遭遇。

⑰音、凤：指王音、王凤。西汉末年专权的外戚。恭、显：指弘恭、石显。皆西汉末年专权的宦官。

⑱十余公：指以上叙说的十几位贤能的人。徒隶：本指刑徒奴隶，这里指仆役。齿：排列。

【译文】

怀念萧何、曹参、魏相、邴吉各位宰相，追思辛庆忌、李广、卫青、霍去病各位将领。奉命出使则有苏武，使远人畏服则有张骞。文臣广施教化，人间秩序安定，武将举兵国威远扬。面临危难表现机智勇敢，身陷艰险显出高风亮节。至于金日磾的忠孝淳厚，陆贾的优游宴喜；司马相如、王褒、扬雄的文学才干，司马迁、刘向、刘歆的史学成就；赵广汉、张敞、王遵、王章、王骏担任京兆尹，于定国、张释之最善于处理诉讼；汲长孺为人刚直不阿，郑当时热衷于荐举人才；终军是山东的俊秀，贾谊乃洛阳之英才。冠上飘着垂带，身上玉佩作响，出入宫门的有许多显赫人物。有的穿着蛮夷服装，从泥沼之中振起；有的从容应对，通达人情。有的建立了丰功伟业，最终却惨遭迫害；有的怀着经国济世之才，却得不到重用。他们高扬了清正之风，表现了忠烈的节操，永远名垂青史。他们身上玉佩相击的声音，迄今依旧在我的耳旁铿锵作响。当年的王音、王凤、弘恭、石显小人得势，如火焰熏灼四方，犹雷光闪耀般震动了都城和边陲。然而当他们死去的时候，连那十几位贤人的仆役都不如。人才难得啊，不是这样吗？以上怀念汉代的人才。以下周览长安城郭、郊原、古迹，吊古伤怀。

　　望渐台而扼腕①，枭巨猾而余怒。揖不疑于北阙②，轵樗里于武库③。酒池鉴于商辛④，追覆车而不寤。曲阳僭于白虎⑤，化奢淫而无度。命有始而必终，孰长生而久视？武雄略其焉在⑥？近惑文成而溺五利⑦。侔造化以制作，穷山海之奥秘。灵若翔于神岛⑧，奔鲸浪而失水。爆鳞骼于漫沙，陨明月以双坠。擢仙掌以承露⑨，干青云而上至。致邛蒟其奚难⑩？惟余欲而是恣。纵逸游于角抵⑪，络甲乙以珠翠⑫。忍民生之减半，勒东岳以虚美。超长怀以退念，若循环之无赐。以上吊汉武帝。

【注释】

①渐台：台名。在今陕西西安。

②不疑：即隽不疑。汉昭帝时任京兆尹。北阙：指西汉未央宫的北门。昭帝始元五年（前82），一男子来到未央宫北门，自称是汉武帝太子戾。文武百官无人敢说话，隽不疑判定此人假冒，将他收监。

③樗（chū）里：樗里疾的省称。战国时秦惠王异母弟，有才智，被秦人称为"智囊"。生前曾预言百年后自己的墓地旁会有皇宫建起来。

④商辛：即商纣王。据说极为奢侈，以酒为池，脯肉为林。

⑤曲阳：指曲阳侯王根。

⑥武：指汉武帝刘彻。

⑦文成：指文成将军李少翁。五利：指五利将军栾大。这两人以方术迷惑武帝而得官。

⑧灵若：海神名。神岛：指太液池中的人造仙山。

⑨擢（zhuó）：挺出。汉武帝听信方士的话，造了一座铜铸的仙人，掌上捧着承露盘，求天神赐给甘露。

⑩邛（qióng）：邛竹杖。蒟（jǔ）：蒟酱。邛竹杖和蒟酱都是西南

特产。

⑪角抵：角力竞技。

⑫甲乙：指甲乙帐。汉帝武建造帐幕。用琉璃珠、夜光珠装饰的是甲帐，供神居住；其次为乙帐，自居。

【译文】

仰望渐台而扼腕，元凶枭首而余恨犹存。来到北阙参拜识别真假太子的隽不疑，走进武库向未卜先知的楼里疾致敬。造作酒池已是前鉴，今人不悟仍覆后车。曲阳侯营建的宫殿僭拟白虎殿，穷奢极欲而且荒淫无度。人的生命有始就会有终，有谁能长生不死永驻人间？汉武帝的雄才大略到哪儿去了？竟被文成、五利所迷惑。建筑宫室欲与天公比高，堆放珍奇欲穷尽一切山海之产。太液池陈设着石雕海神与鲸鱼，海神好似在仙岛上遨游，鲸鱼逐浪奔来而在岸边搁浅。鳞片骨骼暴露在平坦的沙滩，眼睛变成了明月珠。金人伸出玉掌承接天降甘露，承露盘接近云霄。运来远方特产有何难处？只要我恣意所求。纵情游乐观赏角力竞技，用珠翠串成甲乙帷帐。不惜百姓人口减半，还要东到泰山刻石封禅夸耀功业。深怀往古而放意遐想，世上的事务好像在循环往复直到无穷。以上吊汉武帝。

　　较面朝之焕炳①，次后庭之猗靡②。壮当熊之忠勇③，深辞辇之明智④。卫鬒发以光鉴⑤，赵轻体之纤丽⑥。咸善立而声流，亦宠极而祸侈。以上吊后妃四人。

【注释】

①面朝：指皇宫前殿。

②后庭：指后宫。

③当熊：指汉元帝妃嫔冯婕妤挡熊救元帝的故事。

④辞辇:指汉成帝嫔妃班婕妤不跟成帝同乘一辇的故事。

⑤卫:指汉武帝皇后卫子夫。鬒(zhěn)发:稠美的黑发。

⑥赵:指汉成帝皇后赵飞燕。

【译文】

　　参观完金碧辉煌的前殿,又见到了富丽多姿的后殿。称赞冯婕妤有挡熊的忠勇,钦佩班婕妤推辞同辇的明智。卫子夫头发乌黑如明镜,赵飞燕身体轻盈舞姿秀美。忠勇明智者流芳百世,恃宠而骄者祸在目前。以上吊后妃四人。

　　津便门以右转①,究吾境之所暨。掩细柳而抚剑②,快孝文之命帅。周受命以忘身,明戎政之果毅。距华盖于垒和③,案乘舆之尊辔④。肃天威之临颜,率军礼以长擙⑤。轻棘、霸之儿戏⑥,重条侯之倨贵⑦。以上吊周亚夫。

【注释】

①便门:指便门桥,在长安城北,渭水之上。

②细柳:指细柳营。汉文帝时,周亚夫驻军的兵营。周亚夫治军有
　方,纪律严明,深受汉文帝欣赏。

③距:通"拒"。华盖:帝王车上的伞盖,这里指汉文帝乘坐的车子。
　垒和:军营正门。

④案:通"按"。执。

⑤擙(yī):古同"揖"。拱手行礼。

⑥棘、霸:指当时周亚夫驻在细柳,另外一个将军在棘门,还有一个
　将军在霸上。

⑦条侯:周亚夫的封号。

【译文】

通过便门桥再向右转,一直走到长安县的尽头。来到细柳营而抚

摸佩剑,想到汉文帝善于选择将帅而心中畅快。周亚夫接受命令便忘记自身,治军有方勇敢坚毅。在军营大门阻拦皇帝的仪仗,按住御辇拉住马缰。面对天子尊严本应行大礼,率军之将只致以军礼。示以谦卑的棘门、霸上被斥为儿戏,表现尊贵倨傲的周亚夫却受到敬重。以上吊周亚夫。

索杜邮其焉在^①?云孝里之前号。惘辍驾而容与,哀武安以兴悼^②。争伐赵以徇国^③,定庙算之胜负^④。扞矢言而不纳^⑤,反推怨以归咎。未十里于迁路,寻赐剑以刎首。嗟主暗而臣嫉,祸于何而不有? 以上吊白起。

【注释】

①杜邮:即杜邮亭,古地名。后又称孝里,在今陕西咸阳东。

②武安:指白起,秦昭王时名将,封武安君。

③徇国:谓传示国人。

④庙算:朝廷或帝王对战事进行的谋划。

⑤扞(hàn):拒绝。矢言:直言。

【译文】

查访杜邮在何处,听说它是孝里的旧称。心情惘然而停车徘徊,哀伤白起顿生悼念之怀。因为争论伐赵而传示国人,认为朝廷计划的战争必定失利。秦昭公拒绝直言而失败,反归罪于白起。押解出城不到十里,又赐剑令其自刎。可悲的是君主昏愦臣子嫉能,灾祸怎能不降临! 以上吊白起。

窥秦墟于渭城^①,冀阙缅其堙尽^②。觅陛殿之余基,裁岖岵以隐嶙^③。想赵使之抱璧^④,浏眮榗以抗愤。燕图穷而荆发⑤，纷绝袖而自引。筑声厉而高奋⑥，狙潜铅以脱膑。据天位其若兹，亦狼狈而可愍。简良人以自辅，谓斯忠而鞅贤⑦。寄苛制于捐灰，矫扶苏于朔边⑧。儒林填于坑阱，诗书炀而为烟。国灭亡以断后，身刑轘以启前⑨。商法焉得以宿，黄犬何可复牵。野蒲变而成脯，苑鹿化以为马。假谖逆以天权，钳众口而寄坐⑩。兵在颈而顾问，何不早而告我。愿黔黎其谁听⑪，惟请死而获可。健子婴之果决⑫，敢讨贼以纾祸。势土崩而莫振，作降王于路左。以上吊秦之君臣。

【注释】

①渭城：地名。在今陕西咸阳。

②冀阙：古时宫廷内的门阙。这里指秦时咸阳宫门。

③裁：通"才"。岥屹（pō tuó）：倾斜貌。

④赵使之抱璧：指战国时赵国蔺相如出使秦国，完璧归赵的故事。

⑤燕图穷而荆发：指战国时燕太子丹派刺客荆轲献燕国地图以刺杀秦王的故事。

⑥筑：乐器名。高：即高渐离。为荆轲报仇而谋划刺秦王。

⑦斯：即李斯。辅佐秦王统一天下，官至丞相。后被腰斩。鞅：即商鞅，在秦国实施变法，使秦国强大起来。后被施以车裂之刑。

⑧扶苏：秦始皇长子。由于反对秦始皇"焚书坑儒"，被贬到北方边地监军。秦始皇死后，赵高等人矫诏逼其自杀。

⑨刑轘（huàn）：车裂之刑。

⑩寄坐：比喻地位不稳且无实权。

⑪黔黎：指百姓。

⑫健：干练，决断。子婴：继承二世为秦帝。他是赵高所立的君王，但上台不久便与二子密谋杀死赵高。

【译文】

　　在渭城缅怀秦宫冀阙,寻找当年皇宫殿宇台阶的旧基,如今只剩下残垣断壁高低不平的瓦砾。回想赵使蔺相如在此抱璧而立,清澈的双目瞪着楹柱而表示抗愤。燕国地图展到尽头,荆轲操起匕首,秦王挣断衣袖起身逃走。高渐离奏出凄厉的声音,举起灌铅的乐器打中秦始皇的膝盖。当了皇帝却是这等模样,也实在狼狈得可怜。选举贤才用以自辅,人们都说李斯忠诚商鞅贤能。刑法严到连丢弃炭灰也要受罚,伪造君命使公子扶苏自尽于朔边。谦谦儒生被活埋于深坑,诗书化作烟尘。国家灭亡后代断绝,身受车裂之刑方觉悟从前做得太过分。法律规定不准随便留客,制定法律的商鞅没有投宿之处;李斯想再次回到家乡,牵着黄犬自由地打猎也做不到。野蒲被说成肉脯,苑鹿被诡称作骏马。把君权交给谗逆之人,不许众人自由讲话,最终弄得自己地位不稳且无实权。兵刃已加到颈上,二世方回头问人为何不早禀告。即使请求做平民百姓也未允许,只剩下自刭这条路了。赞叹子婴果决处事,敢于讨伐叛逆根除祸害。国势土崩瓦解无法挽救,只好投降在路左。以上吊秦之君臣。

　　萧收图以相刘,料险易与众寡。羽天与而弗取,冠沐猴而纵火。贯三光而洞九泉,曾未足以喻其高下也。以上吊项羽。

【译文】

　　萧何进入咸阳立即收集典册,用来辅佐刘邦以便统一天下,从典册中可知地势的险要、人口的多寡。项羽把上天给予的全抛掉,沐猴戴冠只会烧杀劫掠。刘邦如三光在天,项羽如九泉在下,即使用这样的比喻也不足以形容他们的高下。以上吊项羽。

感市闾之萩井①,叹尸韩之旧处②。丞属号而守阙,人百身以纳赎。岂生命之易投? 诚惠爱之洽著。讦望之以求直③,亦余心之所恶。思夫人之政术,实干时之良具。苟明法以释憾,不爱才以成务。弘大体以高贵,非所望于萧傅④。以上吊韩延寿。

【注释】

①萩(zōu)井:买卖麻秸的市井。此处指街市。萩,用作火炬的麻秸。

②韩:指韩延寿,汉臣,有政绩。与萧望之不睦,二人互相攻讦,最后韩延寿被斩首,陈尸示众。

③讦(jié):揭人阴私的直言,含攻击别人的意思。望之:指萧望之。

④萧傅:亦指萧望之,曾做过太子太傅,故称。

【译文】

有感于城中的萩井,悲叹于韩延寿被杀的处所。临刑前下属哭嚎于宫门,愿以百人之身赎其罪。难道人们就这样容易舍得替死吗? 这实是因为他曾给人们留下深厚的恩泽。他攻击萧望之而为自己辩解,这也是我所厌恶的。但是想到他善于处理政事,实乃其时的优秀人才。假借法律来发泄私怨,不珍惜人才去完成事业。没有宽宏大量顾全大局的高尚品格,萧望之的所为实在令人失望。以上吊韩延寿。

造长山而慷慨①,伟龙颜之英主。胸中豁其洞开,群善凑而必举。存威格乎天区,亡坟掘而莫御。临掩坎而累抃②,步毁垣以延伫。越安陵而无讥③,谅惠声之寂寞。吊爱丝之正义④,伏梁剑于东郭。讯景皇于阳丘⑤,奚信谮而矜谲? 陨吴嗣于局下⑥,盖发怒于一博。成七国之称乱⑦,翻助逆以诛错。恨过听而无讨，兹沮善而劝恶。呰孝元于渭茔[8]，执奄尹以明贬[9]。褒夫君之善行，废园邑以崇俭。过延门而责成[10]，忠何辜而为戮？陷社稷之王章[11]，俾幽死而莫鞠[12]！忲淫嬖之匈忍[13]，剿皇统之孕育。张舅氏之奸渐[14]，贻汉宗以倾覆。刺哀主于义域[15]，僭天爵于高安[16]。欲法尧而承羞，永终古而不刊。瞰康园之孤坟[17]，悲平后之专洁[18]。殃厥父之篡逆，蒙汉耻而不雪。激义诚而引决，赴丹焰以明节。投宫火而焦糜，从灰熛而俱灭[19]。以上吊汉代七陵。

【注释】

①长山：即长陵，汉高祖刘邦的葬地。在今陕西咸阳东。

②累抃(biàn)：不断拍手。

③安陵：汉惠帝坟墓。在今陕西咸阳东。无讥：没有什么可批评指责的。

④爰丝：指袁盎，字丝。爰，通“袁”。七国之乱时，劝景帝诛杀晁错平乱。后劝阻景帝立梁王为太子，被梁王刺杀。

⑤景皇：指汉景帝。

⑥陨：通“殒”。死亡。吴嗣：吴王太子。景帝做太子时，用棋盘打死了吴王太子。

⑦七国之称乱：指汉景帝三年(前154)，吴、楚等七个诸侯国发动的叛乱。

⑧呰(zǐ)：通“訾”。诋毁。孝元：指汉元帝。渭茔：指渭陵，汉元帝的陵墓，在今陕西咸阳东北。

⑨奄尹：指宦官。

⑩延门：指汉成帝延陵的墓门。

⑪王章：汉成帝时大臣，劝阻成帝重用外戚王凤，遭王凤忌恨陷害，

冤死狱中。

⑫鞫：审讯。

⑬忲（tài）：奢侈，纵容。淫嬖（bì）：指赵飞燕。匈忍：凶狠残忍。

⑭舅氏：指汉成帝舅父王氏家族。

⑮哀主：指汉哀帝。义域：指汉哀帝陵墓义陵。

⑯僭（jiàn）：非分。高安，指高安侯董贤。深受哀帝宠爱，无功而封侯，所以说"僭天爵"。

⑰康园：汉平帝的陵园。

⑱平后：指汉平帝的皇后，王莽的女儿。因反对王莽篡位，投火而死，没有跟平帝合葬。专洁：专一贞洁。

⑲灰熛（biāo）：飞扬的灰烬。

【译文】

　　拜访长陵心中激动，尊崇龙颜的英明君主。豁然大度，极其开朗，聚合群力，是善必举。存威望于天地之间，死后坟墓却被掘盗而不能保全。临近墓穴不停拍手心中怅惘，走入残垣久久站立无限哀伤。越过安陵而无所指责，感叹汉惠帝已经寂没无闻。痛悼袁盎为正义而殉职，被梁王刺死在东门外。到了阳丘追问汉景帝，为什么听信谗言纵情游乐？打死吴王太子在博具下，发怒只是因为一盘棋的小事。酿成七国叛乱后，反而帮助乱贼而诛杀无辜的晁错。听信小人之言不去追讨，这正是打击善良而鼓励恶人。在渭陵指出汉元帝的缺陷，宠信宦官就应该加以贬斥。这位君主的善行也该予以褒扬，他废除园邑制且崇尚俭朴。经过延陵墓门而责备成帝使外戚专权，忠实的大臣有何罪过而惨遭杀戮？陷害社稷之臣王章，使他幽死狱中而未得到昭雪。纵容淫嬖赵飞燕的凶残，不让嫔妃孕育，绝了皇帝的后嗣。导致了舅家王氏的专权，给汉室留下倾覆的巨祸。在义陵讥刺汉哀帝，滥赐高爵给董贤。想效法尧、舜禅让，没有得到赞美却反受羞辱，世世代代无法消除。望见康陵的孤坟，可怜王皇后的贞洁。怨恨其父王莽篡夺君位，使她蒙上了

难以清洗的耻辱。出于义愤而毅然自杀,蹈赴烈焰而显气节。投进宫
火化为灰烬,随烟灰一起飘然而失。以上吊汉代七陵。

　　骛横桥而旋轸①,历敝邑之南垂。门磁石而梁木兰兮,
构阿房之屈奇。疏南山以表阙②,倬樊川以激池③。役鬼佣
其犹否,矧人力之所为! 工徒斫而未息,义兵纷以交驰。宗
祧污而为沼④,岂斯宇之独隳! 由伪新之九庙⑤,夸宗虞而祖
黄。驱吁嗟而妖临⑥,搜佞哀以拜郎。诵六艺以饰奸⑦,焚
《诗》《书》而面墙⑧。心不则于德义⑨,虽异术而同亡。以上吊
秦始皇、王莽。

【注释】

①骛(wù):趋向。横桥:长安以北横跨渭水的桥。旋轸(zhěn):
　回车。

②南山:指终南山。

③倬:扩大。樊川:水名。激池:阻遏水势而成池沼。

④宗祧(tiāo):宗庙,王朝的象征。

⑤伪新:指王莽建立的政权。

⑥临(lín):吊哭死者。

⑦六艺:指《诗》《书》《礼》《乐》《易》《春秋》六书。

⑧面墙:比喻不学无术,毫无才能。

⑨则:准则。

【译文】

　　赶到横桥而回车,经过自己管辖的县界的南端。宫门用磁石栋梁
用兰木,构筑曲屈奇丽的阿房宫。将南山整饰成宫廷的门阙,扩展樊川
建成囿池。工程如此浩大,即便役使鬼神尚且难以完成,何况用的是凡

人百姓呢？工匠雕琢还没有停息，各地的起义却已纷至沓来。如今秦之宗庙全已陷入泥沼，何止阿房宫一处被毁！经过僭伪新朝的宗庙，王莽狂言自己是以黄帝为始祖，以虞帝为二代祖。驱赶众人为祛灾而哭于南郊，选择那些故意伤心垂泪者以为郎。借口诵"六经"以掩奸邪之心，焚《诗经》《尚书》而使人目不识丁如同面墙而立。心中不以仁义道德为法则，法术虽有异，而走向灭亡的结果则是一样的。以上吊秦始皇、王莽。

宗孝宣于乐游①，绍衰绪以中兴②。不获事于敬养③，尽加隆于园陵④。兆惟奉明，邑号千人。讯诸故老，造自帝询。隐王母之非命，纵声乐以娱神。虽靡率于旧典⑤，亦观过而知仁。以上吊孝宣帝。

【注释】

①孝宣：指汉宣帝。戾太子之孙。乐游：指汉宣帝的庙乐游庙。

②绍：继承。

③不获事于敬养：在巫蛊事件中，戾太子和儿子、儿媳被杀，只有孙子刘询一人得免。因此说汉宣帝没有机会在父母面前尽孝。

④园陵：指汉宣帝父母的园陵奉明园。

⑤靡：无，没有。率：遵循。

【译文】

敬祀汉宣帝在乐游，继承衰弱的皇权而中兴。宣帝没能对父母尽孝心，尽量尊崇父母的陵墓。其坟地称为奉明林，邑号为千人。询问各位乡里老人，都说此园为宣帝所造。悲痛母亲王氏的不幸，大奏音乐用来娱神。虽然与传统的典章不甚符合，但也算得上是观过知仁。以上吊汉宣帝。

　　凭高望之阳隈^①，体川陆之污隆^②。开襟乎清暑之馆^③，游目乎五柞之宫。交渠引漕，激湍生风。乃有昆明，池乎其中。其池则汤汤汗汗，溔瀁淼漫^④，浩如河汉；日月丽天^⑤，出入乎东西；旦似旸谷^⑥，夕类虞渊^⑦。昔豫章之名宇^⑧，披玄流而特起，仪景星于天汉^⑨，列牛女以双峙。图万载而不倾，奄摧落于十纪^⑩。攉百寻之层观^⑪，今数仞之余趾。以上吊汉武昆明池。

【注释】

①凭：登上。高望：长安南的土山。阳隈：南崖。
②污隆：地势的高低。
③清暑：与下文的"五柞"皆汉代离宫。
④溔瀁（yǎng）：水深广无边的样子。
⑤丽：附着。
⑥旸（yáng）谷：古代传说日出之地。
⑦虞渊：古代传说日落处。
⑧豫章：古台观名。在昆明池中。
⑨仪：模拟。景星：星名。传说常出于有道之国。
⑩纪：十二年为一纪。
⑪寻：古代长度单位。八尺为一寻。

【译文】

　　登临于高望的南坡，察看陆地河流的高低。敞襟于清暑之馆，极目于五柞之宫。水流纵横交错，急湍奔腾生风。于是昆明池在其中矣。池中浩浩荡荡，广阔无边，茫茫如天河；日月附着天上，穿梭在它的东方与西方；旦似旸谷，夕类虞渊。昔日名宇豫章馆，披开玄水而突起，模拟天汉光辉吉祥的星象，摆列牛、女星宿的石像于池水两旁。希求江山万载,永固如初,谁曾料定一百二十年便倾倒。当年建起高高的楼观,如今只留下低矮的废基。以上吊汉武昆明池。

　　振鹭于飞,凫跃鸿渐^①。乘云颉颃^②,随波澹淡。瀺灂惊波^③,噆喋菱芡^④。华莲烂于渌沼^⑤,青蕃蔚乎翠漪。伊兹池之肇穿^⑥,肄水战于荒服。志勤远以极武,良无要于后福。而菜蔬芼实^⑦,水物惟错^⑧,乃有赡乎原陆。在皇代而物土^⑨,故毁之而又复。以上池上风景。

【注释】

①凫:水鸟名。俗名野鸭。渐:沉入水中。

②颉颃(xié háng):鸟忽上忽下地飞翔。

③瀺灂(chán zhuó):水禽在小溪沉浮游戏的样子。

④噆喋(shà zhá):水禽吃食的声音。

⑤烂:盛开。渌沼:指昆明池。

⑥肇穿:开始凿穿。

⑦芼(mào):野草。实:水生的果实。

⑧错:交错。

⑨皇代:指晋代。

【译文】

　　鹭鹚振动翅膀飞翔在上空,野鸭和鸿雁浮沉于水面。乘云上下翩翩起舞,戏水悠然自得。出入水面搅动起涟漪,上下寻食咬啮着菱芡。莲花盛开于昆明池中,繁茂的青蕃覆盖了水波。当初开凿昆明池,目的是为了边疆地区而练习水战。旨在劳师远征穷兵黩武,实在不是为造福后代。这里有蔬菜与野果,水生植物繁茂,可以补充陆地生产的缺乏。在晋代这里很适于种植各种植物,昆明池便得到修复。以上写池上风景。

凡厥寮师①,既富而教。咸帅贫惰,同整楫棹。收罟课获,引缴举效。鳏夫有室,愁民以乐。徒观其鼓枻回轮②,洒钓投网。垂饵出入,挺叉来往。纤经连白③,鸣根厉响④。贯腮罥尾⑤,挈三牵两。于是弛青鲲于网巨,解赪鲤于黏徽⑥。华鲂跃鳞,素鲋扬鬐⑦。雍人缕切⑧,鸾刀若飞。应刃落俎,霍霍霏霏⑨。红鲜纷其初载,宾旅竦而迟御。既餐服以属厌,泊恬静以无欲。回小人之腹,为君子之虑。以上池上观鱼。

【注释】

①寮师:各衙门长官。

②枻(yì):船桨。

③纤经:渔网。连白:连缀白羽为渔网的标记。

④根:同"榔"。

⑤罥(dì)尾:指鱼触网。

⑥黏徽:指鱼落网中。

⑦鲋(xù):即鲢鱼。

⑧雍人:厨师。

⑨霍霍(huò)霏霏:轻细散落的样子。

【译文】

我决心率领县里官员,先使百姓富庶,然后再进行教化。带领游闲懒惰的贫民,共同整理船只。收起渔网即有所获,拉回箭绳便有所得。鳏夫有了家室,困乏之人皆很安乐。有人划着船桨收回钓绳,有人撒网投钩。有人向水中抛下钓饵,还有人挺起鱼叉来往于岸边。网边连缀白羽,用赶鱼入网的榔木敲着船帮。钩住鱼鳃,网住鱼尾,接二连三地钓上来。从网钩上摘下一只只青鲲鱼,在网丝上解下红鲤鱼。华鲂跃鳞,白鲔扬鬐。厨夫细细切碎,鸾刀上下飞舞。鱼块应刃落案,呈现出轻细而散落的样子。美味可口的鱼块刚刚端上,宾客恭敬地等待进食,饱食而无求。希冀君子的内心也和小人的肚子一样,很容易得到满足。以上写池上观鱼。

尔乃端策拂茵,弹冠振衣。徘徊酆、镐,如渴如饥。心翘勤以仰止①,不加敬而自祗。岂三圣之敢梦②?窃十乱之或希③。经始灵台④,成之不日。惟酆及镐,仍京其室⑤。庶人子来,神降之吉。积德延祚,莫二其一。永惟此邦,云谁之识?越可略闻,而难臻其极。子嬴锄以借父⑥,训秦法而著色。耕让畔以闲田,沾姬化而生棘。苏、张喜而诈骋⑦,虞、芮愧而讼息。由此观之,土无常俗,而教有定式。上之迁下,均之埏埴⑧。五方杂会,风流溷淆。惰农好利,不昏作劳⑨。密迩猃狁⑩,戎马生郊。而制者必割,实存操刀。人之升降,与政隆替。杖信则莫不用情⑪,无欲则赏之不窃。虽智弗能理,明弗能察,信此心也,庶免夫戾。如其礼乐,以俟来哲⑫。以上周与秦并举,明俗随教为转移。

【注释】

①翘勤:盼望。

②三圣:指周文王、周武王、周公三个圣人。《论语·述而》:"子曰:'甚矣,吾衰矣!久矣,吾不复梦见周公。'"潘岳这里指不敢自比孔子。

③十乱:指辅佐周武王治国平乱的十个大臣:周公、召公、太公、毕公、荣公、太颠、闳夭、散宜生、南宫适、文母。

④灵台：台名。周文王建。

⑤京：大。

⑥赢锄：贾谊评论商鞅的法令时说，由于商鞅只强调法令，忘记礼义教化，秦国的风气日益败坏。就连儿子把锄头借给父亲使一下，也要人情。

⑦苏、张：指战国时期谋士苏秦、张仪。

⑧埏埴（shān zhí）：本指用水和泥来制作陶器，这里指培养。

⑨昏（mǐn）：勉力，尽力。

⑩密迩：紧接。猃狁（xiǎn yǔn）：指匈奴。

⑪杖：凭借。

⑫俟：等。来哲：后来的贤达。

【译文】

于是举起马鞭掸拂车垫，弹冠振衣，抖去尘埃。徘徊于郦、镐，心里是如饥似渴。殷切盼望瞻仰，不由得肃敬惶恐。怎敢比附孔子夜梦三圣，心中只愿勉强学学十位治国能臣。周文王欲建灵台，举国心同，因之不日而成。只有郦邑和镐京，还要扩大房室。庶民如同子女归家，这是上苍赐下的吉兆。积德求福，万民一心。我常想，我们国家，谁能真正了解？也许对它可以知道个大概，但难以彻底掌握。在秦朝，儿子借给父亲一把锄头也要人情，这是因为习染了秦法的缘故。农夫礼让自家的田界，这是周朝仁义教化的结果。苏秦、张仪之流得势，诈骗之术就会盛行；虞人、芮人懂得羞耻，诉讼也就停止。由此来看，习俗并非是一成不变的，教化也是有一定规律可循的。上层带动下层，犹如模子里合成黏土一般。这里聚合着各地的民众，习俗自然也各有所异。懒惰的农夫贪财好利，弃农从商。匈奴离此不远，战祸便有可能发生于郊野。治民事，须用行之有效之手段。人品之高卑总体上看又与教化休戚相关。仗信誉，人人皆忠厚诚实，上层人物不贪婪奢靡，下层人物即使予以奖赏也不会去偷窃。虽然我的智慧不足以治好此地，目力难及洞察一切的高度，但是，只要拥有这份胸怀，大致亦可免于罪过了吧。至于行施礼义教化，尚望君子。以上对比论述周秦两代，说明社会风俗是随政治教化的不同而变化的。

秋兴赋 并序

【题解】

这是一篇抒怀小赋。它通过描写秋天的景物，抒发作者受压抑的情怀，表现一种痛苦的反思和取向。文章抒情言志，情景交融；语言明快，不尚奢华，生动自然而又平易简洁，真可谓"选言简章，清绮绝伦"。

晋十有四年①，余春秋三十有二，始见二毛②。以太尉掾兼虎贲中郎将③，寓直于散骑之省④。高阁连云，阳景罕曜⑤。珥蝉冕而袭纨绮之士⑥，此焉游处。仆野人也，偃息不过茅屋茂林之下，谈话不过农夫田父之客。摄官承乏，猥厕朝列⑦，夙兴晏寝，匪遑底宁。譬犹池鱼笼鸟，有江湖山薮之思。于是染翰操纸，慨然而赋。于时秋也，故以"秋兴"命篇。其辞曰：

【注释】

①晋十有四年：晋武帝咸宁四年(278)。

②二毛：指头发花白。

③太尉掾(yuàn)：太尉的属官。太尉，职官名。掌军事。虎贲中郎将：职官名。统领近卫军。

④直：值班。散骑：指散骑常侍，职官名。侍从皇帝左右。

⑤阳景：阳光。罕：稀少。曜：照耀。

⑥珥(ěr)：插。蝉冕：即貂蝉冠。常用来指侍从官员或显贵。

⑦猥：谦辞，表示自愧。厕：置身。

【译文】

晋建国十四年，我三十二岁，头上开始出现白发。我是太尉僚佐兼虎贲中郎将，当班于散骑常侍官署。官署楼高连霄云，官署楼深光难透。显贵衣帽华美，出于官署衙门。我本乡野草民，居息在茅林之下，能谈话的不过农夫田父。暂时得官只因人才乏缺，猥琐侧身在朝列，早起晚睡勤自勉，不得闲暇难安宁。我如池鱼笼鸟，常想得回山水中。于是蘸墨铺纸，慨然作赋。因时值秋季，所以用"秋兴"命题。其辞是：

　　四运忽其代序兮，万物纷以回薄。览花蒔之时育兮，察盛衰之所托。感冬索而春敷兮，嗟夏茂而秋落。虽末士之荣悴兮①，伊人情之美恶。善乎！宋玉之言曰："悲哉，秋之为气也！萧瑟兮，草木摇落而变衰。憭栗兮②，若在远行，登山临水送将归。"夫送归怀慕徒之恋兮，远行有羁旅之愤。临川感流以叹逝兮，登山怀远而悼近。彼四戚之疚心兮③，遭一涂而难忍。嗟秋日之可哀兮，谅无愁而不尽？ 以上引宋玉之言，自写秋怀。

【注释】

①末士：有版本作"末事"。

②憭栗(liáo lì)：凄凉。

③四戚：四种忧伤，指上文所言送归、远行、临川、登山。

【译文】

春夏秋冬急剧变化啊，万物循环纷杂动荡。看种花之时节啊，知草木荣枯寄托着万物皆有盛衰的哲理。感慨冬季萧瑟春天繁茂啊，叹息

夏季丰盛秋季凋零。虽草木变化为细微末事啊，却能使人心情忧郁或
快慰。唉！宋玉说的极是："悲凉啊，秋之气象！萧瑟啊，草木凋谢万物
败落。凄凉啊，像是离家远行，登山临水，送乡人回归。"送归人怀着对
友人的依恋啊，远行有着客留在外的伤悲。临水悲叹时光转眼即逝啊，
登山怀想天地之永存，惋惜人生之短暂。四种忧伤真揪心啊，遇上一种
也难捱忍。叹秋日真悲凉啊，忧愁如水流不尽。以上引宋玉之言来写自己
对秋的感怀。

　　野有归燕，隰有翔隼。游氛朝兴，槁叶夕阴。于是乃屏
轻箑①，释纤绤②，藉莞蒻③，御夹衣。庭树槭以洒落兮④，劲
风戾而吹帷。蝉嘒嘒以寒吟兮，雁飘飘而南飞。天晃朗以
弥高兮，日悠扬而浸微。以上写秋日之景。

【注释】

①箑（shà）：扇子。

②纤绤（chī）：轻薄的夏衣。

③莞蒻（guǎn ruò）：指草席。莞，蒲草。蒻，柔嫩的香蒲，可编席子。

④槭（sè）：树枝光秃的样子。

【译文】

　　山野燕已归，湿地隼飞回。早晨秋气飞，傍晚枯叶落。于是，扔轻
扇，脱夏装，铺草席，穿夹裳。庭院树木叶落疏朗啊，秋风急吹摇帷帐。
蝉嘒嘒凄凉鸣叫啊，雁飘飘飞向南方。天爽朗更显高远啊，日西斜而秋
寒生。以上写秋日的景色。

　　何微阳之短晷①，觉凉夜之方永。月朣胧以含光兮，露
凄清以凝冷。熠耀粲于阶闼兮②，蟋蟀鸣乎轩屏。听离鸿之

晨吟兮，望流火之余景③。宵耿介而不寐兮，独展转于华省。悟时岁之遒尽兮，慨俯首而自省。斑鬓髟以承弁兮④，素发飒以垂领。仰群俊之逸轨兮，攀云汉以游骋。登春台之熙熙兮，珥金貂之炯炯。苟趣舍之殊途兮，庸讵识其躁静。以上历夜景而自伤。

【注释】

①短晷（guǐ）：指白天渐短。晷，日影。

②熠（yì）耀：萤火。

③流火：语出《诗经·豳风·七月》："七月流火，九月授衣。"流，指往西下行。火，指心宿中大火星。后借指农历七月。此时夏去秋来，天气转凉。

④髟（biāo）：毛发下垂的样子。弁（biàn）：古代的一种礼帽。

【译文】

白天何其短促，凉夜多么漫长。月色朦胧含微光啊，露珠清清凝结冰凉。萤火虫在门阶闪亮啊，蟋蟀在墙根低唱。早晨听孤鸿长吟啊，傍晚望大火星西下之余光。彻夜难眠啊，独自在官署辗转彷徨。感悟一生将尽啊，低头自省自叹。两鬓斑白戴礼帽啊，白发稀疏垂在脖颈。美慕豪俊超凡脱俗啊，登云霄尽游兴。登临春台熙熙乐乐啊，金貂插帽熠熠生辉。如果对尘世的取舍不同啊，何必分辨他们的浮躁或安静。以上历夜景而自我感伤。

闻至人之休风兮①，齐天地以一指。彼知安而忘危兮，固出生而入死。行投趾于容迹兮，殆不践而获底。阙侧足以及泉兮，虽猴猿而不履！龟祀骨于宗祧兮，思反身于绿水。且敛袵以归来兮，忽投绂以高厉②。耕东皋之沃壤兮，输黍稷之余税③。泉涌湍于石间兮,菊扬芳于崖澨④。澡秋水之涓涓兮,玩游鲦之潎潎⑤。逍遥乎山川之阿,放旷乎人间之世。优哉游哉,聊以卒岁。以上因世途危险,思欲投绂归去。

【注释】

①休风:美好的风格、风气。

②绂(fú):官印。

③输:交纳。余税:指农家以自给之余剩交纳的赋税。

④澨(shì):水边。

⑤鲦(tiáo):白鱼。潎潎(pì):游动的样子。

【译文】

听说圣人的德性高洁,在于视万物为一样。那些知安乐忘忧危的人啊,只能抛弃生而进入死。投足在仅能容足之地啊,不踏险地方能安全无恙。若挖去容足以外的地方,深及黄泉,那么这样的地方,连猿猴也不愿在上行走。龟不愿其骨在祀庙中祭祖啊,于是想回返绿水中去。那就提衣归隐啊,快弃掉官印远走高飞。耕种肥沃土地啊,交纳五谷粮税。清泉涌奔石间啊,菊花吐芳崖边。在涓涓秋水中沐浴啊,观赏游鱼在水中遨游。逍遥于名山大川,放浪于人间世上。悠闲自娱,了却残生。以上因世途危险,想要弃官归隐。

笙赋

【题解】

这是一篇乐赋,赋中对笙的制作材料和制作方法、笙的形状和结构、笙的音响特点和吹奏技巧以及笙的功能和价值都作了细致展示,并借此抒发因人生无常、官场失意而引起的苦闷情怀。表现手法灵活多样：有直叙，也有比喻和夸张；有简笔勾勒，也有细致描写；有正面刻画，也有侧面比较。语言优美秀丽，富有灵性，读来令人赏心悦目。

　　河、汾之宝，有曲沃之悬匏焉；邹、鲁之珍，有汶阳之孤篠焉①。若乃绵蔓纷敷之丽，浸润灵液之滋，隅隈夷险之势，禽鸟翔集之嬉，固众作者之所详，余可得而略之也。徒观其制器也，则审洪纤，面短长。剠生幹②，裁熟簧。设宫分羽③，经徵列商。泄之反谧④，厌焉乃扬。管攒罗而表列⑤，音要妙而含清。各守一以司应，统大魁以为笙⑥。以上制笙之器。

【注释】

①汶阳：地名。在今山东汶水之北。篠（xiǎo）：小竹。

②剠（liè）：割。幹（gǎn）：小竹。

③宫、羽：与下文的"徵""商"都为古代五音（宫、商、角、徵、羽）
　　之一。

④反：犹捻、按，乐器演奏手法。

⑤攒罗：聚集。

⑥大魁：笙、竽等乐器的主管。

【译文】

　　黄河、汾水之间的宝物，有曲沃产的葫芦；邹国、鲁国一带的珍奇，有汶阳产的细竹。至于它们连绵繁茂，饱受雨露滋润，得助于山势地形，禽鸟嬉嬉集聚于此，许多人尽载其详，我就略而不谈了。只看那笙的制作吧，仔细考察粗细大小，计量竹管短长。割制新鲜细竹，裁制加工簧片。分辨宫、羽二声，排列徵、商二声。笙孔敞开而无声，笙孔按闭而抑扬。竹管聚攒排列，声音微妙清亮。各管一音相呼应，聚合主管而成笙。以上写制作笙的材料。

基黄钟以举韵①,望仪凤以擢形。写皇翼以插羽②,摹鸾音以厉声。如鸟斯企,翾翾歧歧③。明珠在咮④,若衔若垂。修枒内辟⑤,余箫外透。骈田猎捩⑥,鲗鲽参差⑦。以上笙音之异。

【注释】

①基:以……为起始。黄钟:乐律十二律中的第一律。

②写:模仿。插羽:指插在笙斗中的笙管。

③翾翾(xuān):鸟儿初飞的样子。歧歧:飞行的样子。

④咮(zhòu):鸟嘴。

⑤枒(zhuā):笙两侧的管子。

⑥骈田:聚集。猎捩(lì):不齐。

⑦鲗鲽(xiā zhá):鱼鳞众多重叠的样子。

【译文】

以黄钟为基调定笙音,以凤凰仪态为参照而成形。摹凤翼插笙管,仿鸾声而发音。如鸟仰首张望,展翅如飞禽。明珠在笙口,若含若垂。修枒长管响眼开于内,其余笙管渐渐外曲。聚集不齐,鳞次栉比。以上写笙音的差异。

于是乃有始泰终约,前荣后悴。激愤于今贱,永怀乎故贵。众满堂而饮酒,独向隅而掩泪。援鸣笙而将吹,先喵哕以理气①。初雍容以安暇,中怫郁以怫愲②。终巋峨以寋谔③,又飒遝而繁沸④。罔孟浪以惆怅⑤,若欲绝而复肆。恻㦗𢫨以奔邀⑥,似将放而中匮。以上始贵后贱者吹笙之象。

【注释】

①喔哕(wà yuě)：清嗓子。

②怫悁：不安貌。

③謇谔：正直貌。

④飒遝(tà)：声音涌起。

⑤闵：忧愁。孟浪：失意的样子。

⑥惆(líu)：停留。橄桼：急速的样子。

【译文】

这时设想有人始奢后俭，在位荣耀下台困窘。愤激今日之贫贱，恋恋不舍昨日之富贵。宾客满堂饮酒乐，独自向隅泪沾襟。举笙吹奏时，未吹先清嗓子以调气。初时声缓安闲美，中间声音郁闷而呜咽。终了声高如绝壁，又似狂涛翻涌起。声音渐小甚惆怅，音欲断而复渐强。音停片时即加速，似将放达即中止。以上是始贵后贱者的吹笙之象。

　　愀怆恻减①，虺眉煜熠②。泛淫泛艳，霅晔岌岌③。或案衍夷靡④，或竦勇剽急。或既往不返，或已出复入。徘徊布濩，涣衍葺袭⑤。舞既蹈而中辍，节将抚而不及。乐声发而尽室欢，悲音奏而列坐泣。以上笙音之变。

【注释】

①恻减(yù)：悲痛。减，同"恓"。悲伤貌。

②虺眉(huǐ wěi)：盛多貌。

③霅(shà)晔：急疾的样子。

④案衍：形容乐声低平绵延。

⑤涣衍：散开。葺袭：重叠貌。

【译文】

悲愤忧伤，如火燃烧。忽而放纵，忽而急速迅猛。有时婉转低吟，有时威猛峻急。有时去而不返,有时出而复回。音律徘徊声不散,缓慢散开而重叠。舞者举步而中止,击节仓促跟不及。旋律和乐满屋欢笑,曲调忧伤众人悲泣。以上写笙音的变调。

　　擪纤翮以震幽簧①,越上筒而通下管。应吹噏以往来,随抑扬以虚满。勃慷慨以慓亮,顾踌躇以舒缓。辍《张女》之哀弹②,流《广陵》之名散③。咏《园桃》之夭夭④,歌《枣下》之纂纂⑤。歌曰:"枣下纂纂,朱实离离,宛其死矣⑥,化为枯枝。"人生不能行乐,死何以虚谧为! 以上由悲转乐。

【注释】

①擪(niè):按,捏。纤翮(hé):细羽茎。这里喻指笙管。

②《张女》:即《张女弹》,乐府曲名。

③流:弹奏。《广陵》:即《广陵散》,著名十大古琴曲之一。

④《园桃》:古曲名。夭夭:美盛貌。

⑤《枣下》:古曲名。纂纂:集聚貌。

⑥宛:通"苑"。枯死貌。

【译文】

按笙管簧片震动,甜美乐飘出响眼。呼吸气往来有声,音强弱气流虚满。慷慨则笙音清越,踌躇则笙音低婉。停奏《张女》之哀曲,始弹名曲《广陵散》。吟咏《园桃》曲则桃花盛开,歌唱《枣下》曲则红枣满园。歌中唱道:"枣儿枝头满,硕果红艳艳,树病叶落尽,鲜枝成枯干。"人生得意不尽乐,死去虚名有何益。以上由悲转乐。

　　尔乃引《飞龙》①,鸣《鹍鸡》,《双鸿》翔②,《白鹤》飞。子乔轻举③,明君怀归④。荆王喟其长吟⑤,《楚妃叹》而增悲⑥。

夫其凄唳辛酸,嘤嘤关关,若离鸿之鸣子也;含咽啴谐⑦,雍雍喈喈,若群雏之从母也。郁挢劫悟⑧,泓宏融裔⑨,哇咬嘲哳⑩,壹何察惠⑪。诀厉悄切,又何磬折⑫。以上音之最极变态。

【注释】

①《飞龙》:与下文的《鹍鸡》皆乐章名。

②《双鸿》:与下文的《白鹤》皆古曲名。

③子乔:指《王子乔》,古曲名。

④明君:指《王昭君》,古曲名。

⑤荆王:指《楚王吟》,古曲名。

⑥《楚妃叹》:古曲名。

⑦啴(chǎn)谐:缓慢和谐。

⑧郁挢:嘴对着笙孔吹气。劫悟:吹笙时气流相冲激。

⑨融裔:形容声音悠长。

⑩嘲哳(zhā):声音繁杂细碎。

⑪察惠:清楚明白。

⑫磬折:形容声音抑扬婉转。

【译文】

奏《飞龙曲》,弹《鹍鸡》音,《双鸿》翱翔,《白鹤》翻飞。《王子乔》飘飞成仙,《王昭君》殷殷思归。《楚王吟》喟叹长吟,《楚妃叹》徒然增悲。悲凉凄惨音,嘤嘤关关声,离群雌鸿唤子时;含咽谐和语,雍雍喈喈音,群雏偎依母鸟时。口对笙嘴,声大音长,杂乱细碎,圆润透亮。激越凄切笙歌响,声音婉转断人肠。以上写笙音的最极变态。

若夫时阳初暖①,临川送离。酒酣徒扰,乐阕日移。疏客始阑,主人微疲。弛弦韬篇②,彻埙屏篪③。尔乃促中筵,携友生，解严颜，擢幽情。披黄包以授甘，倾缥瓷以酌醽④。光歧俨其偕列，双凤嘈以和鸣。晋野悚而投琴⑤，况齐瑟与秦筝。以上送别。

【注释】

①时阳：指春天。

②籥(yuè)：古代一种管乐器。

③埙(xūn)：古代一种吹奏乐器。篪(chí)：古代竹制管乐器。

④酌醽(líng)：饮美酒。醽，酒名。

⑤晋野：指师旷。著名乐师，晋国人。

【译文】

到了春暖花开时节，河边送别。酒酣纷扰，曲终日暮。余人稀少，主人疲劳。放下琴瑟籥管，收起陶埙篪笛。然后促膝而坐，与友携手，开怀笑颜，抒发幽情。剥黄皮递上甜桔，倒绿瓶再饮美酒。长短笙管生光辉，双凤嘈嘈切切和鸣声。师旷心怯投琴不弹，齐瑟秦筝怎么比美。以上写送别。

新声变曲，奇韵横逸。萦缠歌鼓，网罗钟律。烂熠爚以放艳，郁蓬勃以气出。秋风咏于燕路①，《天光》重于《朝日》②。大不逾宫，细不过羽。唱发《章》《夏》③，导扬《韶》《武》④。协和陈、宋，混一齐、楚。迩不逼而远无携，声成文而节有叙。彼政有失得，而化以醇薄。乐所以移风于善，亦所以易俗于恶。故丝竹之器未改，而桑、濮之流已作⑤。惟簧也，能研群声之清；惟笙也，能总众清之林。卫无所措其邪⑥，郑无所容其淫⑦。非天下之和乐，不易之德音，其孰能与于此乎？以上言声音与政通。

【注释】

①秋风咏于燕路：指曹丕《燕歌行》。

②《天光》《朝日》：皆古曲名。

③《章》：指《大章》，古乐名。《夏》：指《大夏》，相传为夏禹时代的乐舞。

④《韶》：舜乐名。《武》：指《大武》，周代乐舞。

⑤桑、濮之流已作：桑间、濮上之间亡国之音已经兴起。

⑥卫：指卫国音乐。

⑦郑：指郑国音乐。

【译文】

新声变曲，韵奇情放。声音含容歌鼓，包罗钟律。音色清亮，声调激昂。《燕歌行》奏出秋天悲凉，《天光》曲终了再奏《朝日》。声大不高出五音之首，声微不低于五音之尾。倡《大章》《大夏》德行，宣《大韶》《大武》仁义。使陈国、宋国两种不同风格的音乐和睦融洽，使齐国楚国不同风格的音乐整齐、统一。声音虽近不致逼迫，声音虽远不致携离，声成曲调文采斐然节奏好。政治有得失，教化有厚薄。音乐或可使人向善，或可让人变恶。所以丝竹乐器没有改变，桑、濮音乐已经出现。只有大笙能压倒各种声音，只有笙能囊括各种声音。卫国俗乐不能施展邪恶，郑国新声不能太过分。如果说笙不是天下最高尚的和乐，不可更改的雅洁德音，那么还有哪种乐器能与之比美呢？以上说音乐和政治是相通的。

陶潜

陶潜(365—427),又名渊明,字元亮,浔阳柴桑(今江西九江西南)人。从晋孝武帝太元十八年(393),到晋安帝义熙元年(405),陶渊明曾先后担任过祭酒、参军、县令等官职,后辞官归田,躬耕田亩。现存陶渊明的作品,有诗一百二十四首,文十一篇,有的揭示现实的黑暗,有的赞美田园生活及农民的美德,还有的感怀人生、世事,有着深刻的哲理及质朴、自然、率真的美学追求,对中国文学、中国人的文化心理都有着不可低估的影响。

归去来辞

【题解】

这是一篇辞,也即是一种抒情赋。是作者叙写辞官归田的一篇佳作。作者叙述归途与初归的情景以及对未来田园生活的憧憬,将叙事、写景、抒情熔为一炉,并借松、菊、云、鸟等表情达性。语言优美,语气轻松中有深沉,情感真挚天然,具有很高的文学价值。

归去来兮! 田园将芜胡不归①? 既自以心为形役,奚惆怅而独悲? 悟已往之不谏②,知来者之可追。实迷途其未远,觉今是而昨非。舟遥遥以轻飏③,风飘飘而吹衣。问征夫以前路,恨晨光之熹微④。以上悔悟思归。

【注释】

①芜:荒芜。胡:为什么。

②谏(jiàn):劝止。此处指挽回、追悔。

③飏(yáng):飞扬,形容船轻快地行驶。

④熹微:天色微亮。

【译文】

归去吧! 田园即将荒芜,为什么还不回家? 既然自己认为心为形役,为什么仍怅然若失,徒增伤悲? 省悟到往昔已无可挽回,明白了来日还可追寻。虽迷失道路,但幸未走远,彻悟今天正确而昨天错误。归舟轻摇似飘飞,清风徐吹撩人衣。向行人问寻归路,怨晨曦微暗难照明。以上表述悔悟思归的意愿。

乃瞻衡宇,载欣载奔。僮仆欢迎,稚子候门。三径就荒,松、菊犹存。携幼入室,有酒盈樽①。引壶觞以自酌,眄庭柯以怡颜②。倚南窗以寄傲,审容膝之易安。园日涉以成趣,门虽设而常关。策扶老以流憩,时矫首而遐观。云无心以出岫,鸟倦飞而知还。景翳翳以将入③,抚孤松而盘桓。以上初归之景。

【注释】

①樽(zūn):古代盛酒的器具。

②眄(miǎn):斜眼看物。庭柯:庭院中的树枝。怡颜:开颜,脸有喜色。

③翳翳(yì)：阴暗的样子。

【译文】

远望自家草舍，欣喜若狂飞奔。僮仆雀跃相迎，幼子倚门张望。庭院小径荒芜，松树、菊花犹在。携幼儿进屋，斟美酒满杯。取酒具自斟自饮，看庭树心花怒放。倚南窗赋诗寄傲骨，察陋室闲情自安乐。园中散步每日有趣，庭院虽有门却常常关闭。拄手杖而游观，时昂首而远望。云彩自在出山中，小鸟倦飞而知归。日光渐暗夕阳入山，手抚孤松流连忘返。以上描绘初归的景象。

　归去来兮！请息交以绝游。世与我而相遗，复驾言兮焉求①？悦亲戚之情话，乐琴书以消忧。农人告余以春及，将有事于西畴。或命巾车，或棹孤舟。既窈窕以寻壑，亦崎岖而经丘。木欣欣以向荣，泉涓涓而始流。善万物之得时，感吾生之行休！以上谢绝交游，流连林壑。

【注释】

①驾言：语出《诗经·邶风·泉水》："驾言出游，以写我忧。"后用以代指出游。驾，驾车。言，语助词，无意义。焉求：何求。

【译文】

归去吧！断绝官场的一切交往。世俗与我格格不入，我还有什么索求！探亲访友喜谈心语，弹琴读书消愁解忧。农夫告知我春天将至，他们要去西边田里耕种。有时我乘一辆篷车，有时我驾一叶小舟。既能探寻山谷清幽，又能遍历崎岖山丘。树木欣欣向荣，泉水涓涓涌流。美慕万物生逢得时，感叹自己生命将到尽头！以上表明要谢绝交游，流连林泉丘壑之间。

　　已矣乎[①]！寓形宇内复几时，曷不委心任去留，胡为遑遑欲何之？富贵非吾愿，帝乡不可期[②]。怀良辰以孤往，或植杖而耘耔。登东皋以舒啸，临清流而赋诗。聊乘化以归尽，乐夫天命复奚疑[③]。以上委心任命。

【注释】

①已矣乎：算了吧。

②帝乡：传说中天帝住的地方。

③夫：语助词，无意义。奚：何。

【译文】

　　算了吧！寄身天地还有几个春秋，何不随心所欲，还为何终日忧愁似有所求？富贵不是我的心愿，仙境不可期。渴盼良辰美景独自出游，插手杖于地边精耕细作。登临东边高地长啸，面对清溪吟诗作赋。姑且顺其自然了却一生，乐天知命还有什么疑虑。以上讲要顺随自己的心愿而度过一生。

鲍照

鲍照（约414—466），字明远。出身寒微。曾任秣陵令、中书舍人等职。后为临海王刘子顼前军参军，子顼起兵失败，鲍照为乱兵所诛。鲍照是南朝刘宋时文学家，长于乐府，尤工七言歌行，风格俊逸，对唐代李白、岑参等颇有影响。亦善骈文。所作乐府《拟行路难》十九首以及《芜城赋》《登大雷岸与妹书》等较有名。其诗文反映了庶族地主对当时士族专权的政治现状的不满。有《鲍参军集》。

芜城赋

【题解】

本文是一篇骈体小赋。文章通过对广陵（故城在今江苏扬州）形胜，昔日繁华景象的大力渲染和经过竟陵王刘诞叛乱之后荒凉景象的夸张描绘，形成强烈反差，突出表现时过境迁、兴废由人的主题。此赋所用语言奇警有力，形象鲜明生动，结构严谨妥当，是骈体小赋中的名作，为历代所称道。

泲迆平原①，南驰苍梧、涨海②，北走紫塞、雁门③。柂以漕渠④，轴以昆冈⑤。重江复关之隩⑥，四会五达之庄⑦。首七句言地势雄阔。

【注释】

①沵迤(mǐ yǐ)：相连斜平的样子。平原：指广陵。

②苍梧：汉代郡名。治所在今广西梧州。涨海：南海。

③紫塞：即长城。秦所筑长城，土色为紫，故称紫塞。雁门：郡名。三国时治所在今山西代县西北。

④柂(duò)：引导，沟通。漕渠：运粮的河道。此处指自今江苏江都西北抵淮安三百七十里之运河。

⑤昆冈：一名阜冈，亦名广陵冈，广陵城即在其上。

⑥隩：通“奥”。深阴，深阴之处。

⑦庄：大道。

【译文】

绵延斜平的广陵平原，南面接苍梧郡和大海，北达长城、雁门关。河渠相连，昆冈像车轮的轴心一样横贯在广陵城下。重重关口和江河的深处，有着四通八达的大道。前七句讲广陵雄阔的地理位置。

当昔全盛之时，车挂辖①，人驾肩②；廛闬扑地③，歌吹沸天④；孳货盐田⑤，铲利铜山⑥；才力雄富，士马精妍⑦。故能侈秦法⑧，佚周令⑨，划崇墉⑩，刳浚洫⑪，图修世以休命⑫。是以板筑雉堞之殷⑬，井干烽橹之勤⑭。格高五岳⑮，袤广三坟⑯。崒若断岸⑰，矗似长云⑱。制磁石以御冲⑲，糊赪壤以飞文⑳。观基扃之固护㉑，将万祀而一君㉒。出入三代，五百余载，竟瓜剖而豆分㉓！以上言昔时之盛。

【注释】

①辐（wèi）：车轴的顶端。

②人驾肩：是说因为人多拥挤，所以肩膀被挤得抬了起来。

③廛闬（chán hàn）扑地：谓住宅密密地排列在一起。廛，市民居住的区域。闬，里门。扑地，到处都是。

④吹：指箫、笛、笙、簧等乐器吹发的声音。沸天：言歌吹沸腾之声直达天空。

⑤孳：繁殖。货：财货。广陵在汉初为吴王刘濞的都城，当时他曾煮海水制盐。

⑥铲利：取利。刘濞利用其所属豫章郡内的铜铸钱。

⑦妍：美好。

⑧侈：奢侈。这里是超越的意思。

⑨佚：通"轶"。超过。

⑩划：开。崇墉：高峻的城。

⑪刳（kū）：挖。浚洫（jùn xù）：深池。

⑫图：图谋。修世：永世。修，长。休命：美好的天命。

⑬板筑：指修建城墙。板，筑墙用的夹板。筑，夯土用的杵头。雉堞（zhì dié）：墙城长三丈高一丈为一雉，城上端凸凹的墙为堞，即女墙。殷：盛。

⑭井干（hán）：横筑时四周用作辅助的木架子，木柱相交犹如井上的栏架。烽：指烽火台。橹：城上守望的楼宇。

⑮格：格局，指高度。五岳：指嵩山、泰山、华山、衡山、恒山。

⑯袤（mào）广：南北的长度叫袤，东西叫广。三坟：未详。一说指《尚书·禹贡》所说的兖州土黑坟、青州土白坟、徐州土赤坟而言；此三州与广陵相接。一说认为此句本于屈原《天问》的"地亢九则，何以坟之？""三坟"即三分，对九州之土而言，与上"五岳"相配。

⑰崒(zú)：高峻。断岸：陡峭的河岸。

⑱蠹：高耸直上的样子。

⑲御冲：防御突然的袭击。相传秦代阿房宫以磁石为门，磁石吸铁，因此能防止怀刃进入宫门的人（见《三辅黄图》）。这里的"制磁石"也即以磁石为门。

⑳糊：粘。赪(chēng)壤：赤色的土。飞文：飞动的光彩。文，指墙上的图案。

㉑基扃(jiōng)：指城阙。扃，门闩。

㉒将：欲，打算。祀：年。一君：指一姓的统治。

㉓瓜剖而豆分：比喻广陵城的毁坏。

【译文】

当年这里繁华兴盛的时候，车辆相撞，多至无数，人们摩肩接踵；住宅房屋密密麻麻，歌唱乐曲之声直上云天；贸易交往，煮海做盐，开山采铜以赢利；人才众多，国力强盛，百姓富足，兵士战马精良。所以一切规模和法令能够超过周、秦，建立高峻的城墙，挖掘深深的沟池，一心一意图划国运长久。所以极力建筑壮观的城墙，还有高高的烽火台和望楼。高度逼近五岳，宽广犹如三坟。陡峭的河岸高高耸立像绵长的云层。建造磁石大门来防卫，用赤色的土壤粘在墙上做成光彩的图案。看这样金城汤池似的防御，使人觉得能一家统治以至万世。谁知道仅仅经历汉、魏、晋三代，竟然在五百年间就土崩瓦解、完全毁灭！以上讲广陵过去的繁盛。

泽葵依井①，荒葛罥涂②。坛罗虺蜮③，阶斗麏鼯④。木魅山鬼，野鼠城狐。风嗥雨啸⑤，昏见晨趋。饥鹰厉吻⑥，寒鸱嚇雏⑦。伏暴藏虎⑧，乳血餐肤⑨。崩榛塞路⑩，峥嵘古馗⑪。白杨早落，塞草前衰。棱棱霜气⑫，蔌蔌风威⑬。孤蓬自振⑭,惊砂坐飞⑮。灌莽杳而无际⑯,丛薄纷其相依⑰。通池既已夷⑱,峻隅又已颓⑲。直视千里外,惟见起黄埃。凝思寂听,心伤已摧⑳! 以上言近日之衰。

【注释】

①泽葵:莓苔一类的植物。

②葛:蔓草。罥(juàn):挂绕。涂:道路。

③坛:堂。虺(huǐ):毒蛇。蜮(yù):短狐,亦名射工,相传能含沙射人为灾。

④麏(jūn):獐,形似鹿而略小。鼯(wú):即鼯鼠,亦称大飞鼠。

⑤嗥(háo):号叫。

⑥厉:通"砺"。磨。吻:嘴。

⑦鸱(chī):猫头鹰。嚇:怒吼威胁。雏:泛指小鸟,一说指与鸾凤同类的鹓雏,其本出自《庄子》。

⑧虣:古体"暴"字。梁章钜《文选旁证》以为当作"貔(mì)"。貔即白虎。

⑨乳血:即饮血。餐肤:即食肉。

⑩榛:丛生的树木。

⑪峥嵘:这里是阴森的样子。馗(kuí):通"逵"。大路。

⑫棱棱:霜气劲锐的样子。

⑬蔌蔌(sù):风声劲疾。

⑭孤蓬:蓬草。干枯时形状如球,随风旋转。振:飞动。

⑮坐飞:无故而飞。

⑯灌莽:丛生的草木。杳:深远。

⑰丛薄:草木相杂。

⑱通池:城壕。夷:平。

⑲峻隅:指高城。城楼的一角叫做隅。

⑳摧:悲伤欲绝。

【译文】

　　苔藓长满井台,荒草掩埋道路。房屋之中狐蛇出没,獐鹿与大飞鼠在台阶上争斗。树精山鬼出入,到处是野鼠和狐狸。风雨如磐虎狼纷纷,黄昏出现清晨奔跑。饥饿的鹰隼磨牙霍霍,猫头鹰四处飞行恐吓。潜伏的虎,饮血食肉。荆棘堵住道路,古道阴气森森。白杨早早凋落,边地的草一片衰败。霜气冰寒逼人,大风迅猛呼啸。蓬草飞动,尘土弥天。灌木林莽深密无边,草木相杂错综。城壕已经夷为平地,高大的城墙已经颓败。四望渺渺茫茫,只有黄沙弥天。集中心神凝听,在一片死寂中让人肝肠寸断! 以上讲近世的衰败。

　　若夫藻扃黼帐①,歌堂舞阁之基;璇渊碧树②,弋林钓渚之馆;吴、蔡、齐、秦之声,鱼龙、爵马之玩③,皆薰歇烬灭④,光沉响绝。东都妙姬,南国丽人,蕙心纨质⑤,玉貌绛唇⑥。莫不埋魂幽石,委骨穷尘⑦,岂忆同舆之愉乐⑧,离宫之苦辛哉⑨!

【注释】

①藻扃:彩绘的门户。黼(fǔ)帐:绣花帷帐。

②璇(xuán)渊:玉池。碧树:玉树。

③鱼龙、爵马:古代杂技的名称。爵,通"雀"。

④薰:香气。

⑤蕙心纨质:形容性质的芳洁。

⑥绛唇:红唇。

⑦委:丢弃。

⑧同舆:指嫔妃姬嫱与君王同车受宠。

⑨离宫：本指君主的行宫，此处指嫔妃被弃而幽禁之宫。

【译文】

　　至于那些彩窗绣帐，曾处处歌舞的台基；玉池琼树，游猎渔钓的地方；吴、蔡、齐、秦各种乐歌之声，稀奇的杂技表演，都已是烟消云散，无影无踪了。洛阳的美女，南方的佳人，玉貌红唇等等，都一律埋骨在乱石之间，消亡于尘土之中了，谁还能记起当年与君王同车的欢乐和被幽禁深宫的痛苦呢！

　　天道如何？吞恨者多①！抽琴命操②，为芜城之歌。歌曰："边风急兮城上寒③，井径灭兮丘陇残④。千龄兮万代，共尽兮何言⑤！"

【注释】

　　①吞恨：抱恨。

　　②操：琴名。

　　③急：原作"起"。

　　④丘陇：坟墓。

　　⑤共：全部。

【译文】

　　老天到底是怎么了呢？自古饮恨抱憾者很多！摆出琴来谱曲作乐，创作荒芜城墟之歌。歌唱道："边风急骤啊，城上生寒，路径消失了啊，坟墓破残。千代万年的流逝迁变啊，万物消亡还能有何言！"

庾信

庾信(513—581),字子山,梁朝南阳新野(今河南新野)人。齐、梁时著名宫体诗人庾肩吾之子。自幼博览群书,十五岁起先后在梁昭明太子萧统和梁简文帝萧纲的东宫任职。庾氏父子与宫廷文人徐摛、徐陵父子的诗,世称"徐庾体"。侯景乱起,梁元帝萧绎即位江陵,庾信出使西魏,被留长安。后西魏灭梁,北周代魏,庾信因其才学,先后受到西魏和北周的优宠,官至骠骑大将军、开府仪同三司。庾信是南北朝时期的著名文学家,他前期的作品多属宫体诗文,轻浮绮靡。后期遭遇国破家亡,身处异域,作品风格转变为悲凉、慷慨,艺术上更加成熟,对后世影响很大。有《庾子山集》传世。

哀江南赋

【题解】

《哀江南赋》的主旨是哀吊故国。梁朝建都于今南京,后因侯景之乱,迁都江陵(今湖北荆州),偏处于长江之南,故以江南代指梁朝。《北史·庾信传》说,庾信在北国,"虽位望通显,常作乡关之思,乃作《哀江南赋》,以致其意"。全赋从回忆身世及经历开始,以个人的遭际为主线,叙述了梁朝由盛转衰的历史,哀吊故国的沦亡,抨击统治者的腐朽,表彰报国义士,总结兴亡的教训,也描写了父老人民的不幸遭遇,抒发了作者的身世之感和滞留北方的哀伤之情。

粤以戊辰之年①,建亥之月②,大盗移国③,金陵瓦解④。余乃窜身荒谷⑤,公私涂炭⑥。华阳奔命⑦,有去无归。中兴道销⑧,穷于甲戌⑨。三日哭于都亭⑩,三年囚于别馆⑪。天道周星⑫,物极不反。傅燮之但悲身世⑬,无处求生;袁安之每念王室⑭,自然流涕。以上叙所以作赋之由。

【注释】

①粤:发语词。戊辰之年:古以干支纪年,此处指梁武帝太清二年(548)。

②建亥之月:指农历十月。古人将十二地支与十二月相配,夏历以冬至所在的十一月配"子",称"建子之月",故十月为"建亥之月"。

③大盗:指侯景,朔方人。初依尔朱荣,后归高欢,再请附梁,梁武帝封他为河南王。太清二年八月反,十月攻陷梁都。移国:篡国。

④金陵:梁都,今江苏南京。

⑤荒谷:地名。一说泛指穷乡僻壤。

⑥公私:公室和私家。涂炭:泥涂和炭火。比喻极困苦的境遇。

⑦华阳:华山之南,指江陵。奔命:为王命奔走,指出使西魏。

⑧销:削减。

⑨穷:尽,丧失。甲戌:梁元帝承圣三年,即554年。

⑩三日哭于都亭:据《晋书·罗宪传》载:三国时,蜀将罗宪守永安城,得知成都失陷,后主刘禅降魏,带领部下在都亭哭了三日。

此处借以表达对梁亡的哀悼。

⑪三年囚于别馆：此用春秋时鲁国叔孙婼事，喻自己被扣留。别
馆，正馆的旁舍。

⑫周星：即岁星，十二年运转一周。

⑬傅燮：东汉人，任汉阳太守时遭叛敌围困，其子劝其弃郡还乡，他
慨然道："乱世不能养浩然之志，食禄又欲避其难乎？吾行何之，
必死于此。"遂战死。

⑭袁安：东汉人，官至司徒。因皇帝幼弱，外戚专权，每当上朝议论
国事，总要呜咽感泣。

【译文】

梁武帝太清二年，侯景发动叛乱，十月攻陷梁朝都城。首都陷落后
我独自逃窜，梁朝百官和人民都陷入了十分艰苦的境地。梁元帝承圣
三年，我奉命出使西魏，从此再也没能回去。而梁朝中兴的希望，也就
是在这一年，随着西魏攻陷江陵，元帝出降被害而永远地破灭了。为
此，我哀痛已极，就像三国时的罗宪一样，痛哭累日，又像春秋时的叔孙
婼一样，被滞留在西魏。本以为一切都是周而复始，物极必反的，可梁
朝却灭亡而不能复兴。我生逢乱世，不能像东汉时的傅燮那样为国死
难，又不能求全自保，只能自悲身世而已，但每当我想起梁朝国事，都会
像东汉的袁安那样呜咽流涕。以上叙述作此赋的缘由。

　　昔桓君山之志事①，杜元凯之平生②，并有著书，咸能自
叙。潘岳之文彩③，始述家风；陆机之辞赋④，先陈世德。信
年始二毛⑤，即逢丧乱，藐是流离⑥，至于暮齿⑦。《燕歌》远
别⑧，悲不自胜；楚老相逢⑨，泣将何及！畏南山之雨⑩，忽践
秦庭⑪；让东海之滨⑫，遂餐周粟⑬。下亭漂泊⑭，高桥羁旅⑮。
楚歌非取乐之方⑯，鲁酒无忘忧之用⑰。追为此赋⑱，聊以纪

言^⑲。不无危苦之辞，惟以悲哀为主。以上言己遭逢丧乱，不能无言愁之作。

【注释】

①桓君山：即桓谭，东汉人，著有《新论》。

②杜元凯：即杜预，晋初儒将，平定东吴，著有《春秋经传集解》。两书都有作者自序。

③潘岳：字安仁，晋人，著有《家风诗》。

④陆机：字士衡，晋人，著有《祖德赋》《述先赋》。

⑤二毛：黑、白两种头发，指头发花白，刚近中年。

⑥藐：小。是：此，指自身。

⑦暮齿：晚年。

⑧燕歌：乐府《燕歌行》，多写离别之苦。

⑨楚老：楚地的父老。据《后汉书》载：东汉桓帝时，宦官专权，党锢祸起，陈留人张升弃官归里，路遇故人，相抱而泣。当地父老见了叹道："夫龙不隐鳞，凤不藏羽，网罗高悬，去将安所？虽泣何及乎？"

⑩畏南山之雨：典出《列女传》，南山之豹雨雾天不出觅食以保护毛色，喻藏身远祸。

⑪忽践秦庭：用春秋时申包胥哭秦庭典，指出使西魏。

⑫让东海之滨：战国时，田和把齐康公赶到海滨，篡齐自立。此处暗喻北周篡夺西魏。让，禅让。

⑬遂餐周粟：周武王灭商，伯夷、叔齐不食周粟，饿死首阳山。此处指自己却又失节仕北周。

⑭下亭漂泊：东汉孔嵩前往京城，途中寄宿下亭，马被盗。

⑮高桥羁旅：东汉名士梁鸿曾投靠吴郡豪门皋伯通。高桥，一作"皋桥"，在今江苏苏州阊门内。羁旅，漂泊异乡。

⑯楚歌：楚人之歌，项羽垓下被围，四面楚歌，闻之悲怆。

⑰鲁酒：鲁地之酒。相传"鲁酒薄而邯郸围"。

⑱追：追补。

⑲聊：且。纪言：记史事。

【译文】

过去桓君山、杜元凯二人著书，都能在自序中表述自己的身世和写作动机。潘岳著有《家风》诗，陆机著有《祖德赋》《述先赋》，歌颂祖先的功德。而我庾信却刚到中年就赶上动荡的年代，以此弱小之身，遭此颠沛流离之苦，一直到晚年。重读《燕歌行》之类的诗文，联想故国远别，亲人离丧，怎能不使人悲从中来；遇到家乡的父老，也只能徒然对泣而已！我虽然如南山之豹，并非不知避祸远害，但为了国事，还是出使到了西魏；北周代魏，自己又身仕北周。我就像孔嵩那样到处漂泊，又像梁鸿那样他乡羁旅。吟唱楚歌不是取乐的办法，鲁酒味薄，也不能一醉而忘忧，国亡身困，楚歌鲁酒，更增添了自己的愁思。故此，我写下了这篇《哀江南赋》，其目的是想记述梁朝兴亡的史实。虽然也有叙述个人辛苦遭逢的危苦之词，但还是以悲痛国事为主要内容。以上说自己遭逢丧乱，不可能无言愁之作。

　　日暮途远①，人间何世②？将军一去③，大树飘零④；壮士不还，寒风萧瑟⑤。荆璧睨柱，受连城而见欺⑥；载书横阶⑦，捧珠盘而不定⑧。锺仪君子⑨，入就南冠之囚⑩；季孙行人⑪，留守西河之馆⑫。申包胥之顿地⑬，碎之以首；蔡威公之泪尽，加之以血⑭。钓台移柳⑮，非玉关之可望⑯；华亭鹤唳⑰，岂河桥之可闻？以上言己奉使被留，不得生还。

【注释】

①日暮途远：年事已高，远离故乡。

②人间何世:《庄子·人间世》,写人世的代谢。此言世事多变,不知故国情况。

③将军:指后汉的冯异。史载冯异助刘秀打天下,每当众将并坐论功时,冯异独倚大树,默不作声,军中号称"大树将军"。此处喻梁元帝。

④大树:喻梁王朝。

⑤壮士不还,寒风萧瑟:用战国时荆轲"风萧萧兮易水寒,壮士一去兮不复还"典,喻自己出使未得归。

⑥荆璧睨柱,受连城而见欺:用蔺相如完璧归赵典,反其意,喻自己出使西魏被欺未归。

⑦载书:盟书。

⑧珠盘:珠饰的盘具,古代诸侯会盟定盟的器用,上盛牛耳。战国时,赵平原君使楚,与楚王定合纵之盟以抗秦。从日出谈到正午,楚王犹豫未定。平原君手下的毛遂越阶而上,据理力争,楚王才下定决心。此句喻自己未能完成使梁与西魏结盟的使命。

⑨锺仪:战国时楚国人。楚伐郑,郑人将其献于晋国。晋侯见而问:"南冠而系者,谁也?"

⑩南冠:南方楚人常戴的帽子。

⑪季孙:春秋时鲁国人。曾被晋扣留。行人:负责外交事务。

⑫西河:西靠黄河的地方。

⑬申包胥:春秋时楚国人。吴伐楚,申包胥赴秦求救,倚墙哭七日,秦王始允出兵。事见《左传·定公四年》。

⑭蔡威公之泪尽,加之以血:据《说苑·权谋》载:蔡威公见国家将亡,闭门哭三日夜,泪尽出血。

⑮钓台:今武昌。杨柳:杨柳。

⑯玉关:即玉门关,在今甘肃敦煌西北。

⑰华亭:吴地,在今上海松江。唳(lì):鸣叫。晋陆机兵败河桥被

杀,临刑而叹:"欲闻华亭鹤唳,可复得乎?"事见《世说新语》。

【译文】

唉!我如今年岁已老,却远离家乡,叹人间,这是什么世道呢!自从梁元帝被害,梁朝便像飘零的大树一样,名存实亡;我为国事出使北国,真有点像古时的荆轲辞燕一样,"风萧萧兮易水寒,壮士一去兮不复还"。古人蔺相如出使秦国,能够完璧归赵,我却肩负重要使命未能完成,反被西魏所欺骗;古人毛遂能够迫楚王定盟,而我奉使西魏,却未能成盟,使梁朝遭到了国破君亡的厄运。自己就像古时的钟仪一样,虽然在西魏被视为君子,颇受优待,但实则无异于南冠之囚;也像古时的季孙一样出使被扣,不得归国。我本来是像申包胥入秦乞师救楚一样,为存梁而出使西魏,却遭国破君亡之祸,伤心泣血,如蔡威公状。我远在北国,望不到南方的胜景风物,听不到故乡的声音,就像陆机当年所说的一样,永远也听不到华亭的鹤唳了。以上讲自己当年出使被扣留,不能返回南朝。

孙策以天下为三分①,众才一旅②;项籍用江东之子弟③,人惟八千。遂乃分裂山河,宰割天下。岂有百万义师,一朝卷甲、芟夷斩伐如草木焉④!江、淮无涯岸之阻⑤,亭壁无藩篱之固⑥。头会箕敛者⑦,合从缔交⑧;锄耰棘矜者⑨,因利乘便。将非江表王气⑩,终于三百年乎?是知并吞六合⑪,不免轵道之灾⑫;混一车书⑬,无救平阳之祸⑭。呜呼!山岳崩颓⑮,既履危亡之运;春秋迭代⑯,必有去故之悲⑰。天意人事⑱,可以凄怆伤心者矣!以上追痛梁亡。

【注释】

①孙策:三国时东吴的开国之主,孙权之兄。

②一旅：五百人。

③项籍：项羽名籍。江东：长江下游南岸。项羽起兵于江东，有精兵八千。

④卷甲：士卒溃败。芟（shān）夷：除草，喻侯景杀戮梁朝军民如除草伐木一般。

⑤江、淮：长江、淮河。

⑥亭壁：军营壁垒。亭，亭候。古时边塞险要之处所建的驻兵伺敌之亭。

⑦头会（kuài）：按人头收税。箕敛：用簸箕收敛民财。

⑧合从：即合纵，战国时六国联合抗秦称"合纵"。

⑨锄櫌（yōu）：农具。棘：即戟。矜：矛。

⑩将非：岂不是。江表：江外，江南。此指梁王朝。王气：王者之气。

⑪并吞六合：指秦始皇灭六国，统一天下。六合，上、下及四方。

⑫轵（zhǐ）道之灾：汉高祖刘邦入关，秦王子婴在轵道亭旁向刘邦投降。轵道，亭名。在陕西咸阳东北。

⑬混一车书：秦始皇实行的维护统一的政策措施：车同轨，书同文。

⑭平阳之祸：晋怀帝、愍帝父子二人分别被北方前赵政权的刘聪、刘曜杀于平阳。此喻梁元帝被西魏俘虏杀害。平阳，今山西临汾。

⑮山岳崩颓：不吉之兆，指国家将亡。

⑯迭代：更替。喻王朝更迭。

⑰去故之悲：离开故国、故地、故人的悲痛之情。

⑱天意：天的旨意。人事：人之所为。

【译文】

想当初，三国时的孙策开创吴国基业时，仅有一支五百人的队伍；项羽当年起兵时也只有八千江东子弟。可他们在人少力弱的条件下却能够很快壮大,成为一方的霸王。岂有百万雄兵竟一朝败溃,让敌人如伐木刈草似地屠杀人民的呢?长江、淮河没有起到涯岸的阻绝作用,军营壁垒没有起到藩篱的固守作用。那些靠搜刮民财起事的人,互相勾结;那些苦于暴政的下层人民,以农具为武器,乘机起来反抗。莫非江南的王气,在经历了东吴、东晋、宋、齐、梁大约三百年时间,注定要终止了吗?由此可知,即使像秦始皇那样横扫六合,统一天下,也难免后代像子婴轵道投降一样灭亡的命运;车同轨、书同文,混一天下,也终不免于像晋怀帝父子平阳被杀那样的灾祸。唉!山岳崩塌,预示着国家已经走上了垂危灭亡的道路;春去秋来,王朝更替,必然会引发人们伤悼旧王朝的悲痛之情。梁朝的灭亡,既有天意,也是人为,不可挽回,实在是令人凄怆伤心的事!以上痛心追述南朝梁的灭亡。

　　况复舟楫路穷①,星汉非乘槎可上②;风飙道阻③,蓬莱无可到之期④。穷者欲达其言⑤,劳者须歌其事⑥。陆士衡闻而抚掌⑦,是所甘心;张平子见而陋之⑧,固其宜矣。以上言己不得东归而作赋。

【注释】

①楫(jí):划船用的桨。路穷:无路可走。

②星汉:银河。槎(chá):竹木筏子。

③飙(biāo):狂风,旋风。道阻:道路不通。

④蓬莱:传说中的海上三仙山之一。

⑤穷者欲达其言:《晋书·王隐传》载:隐曰:"盖古人遭时,则以功达其道;不遇,则以言达其才。"

⑥劳者须歌其事:《韩诗序》有"劳者歌其事"之句。

⑦抚掌:拍手。据《晋书·左思传》载:陆机闻左思欲作《三都赋》,

抚掌讥笑,及见,叹服。

⑧张平子:东汉科学家和文学家张衡,字平子。据《后汉书·张衡传》载:张衡因不满意班固的《两都赋》,便作《两京赋》。

【译文】

更何况自己寄身异域,道阻且长,无舟无楫,想回南国,真比登天还难;道路险远,风飙无定,南返之期就如传说中的蓬莱仙岛一样,虽云其有,终莫能至。久留北方,日暮途穷,想写这篇《哀江南赋》来表达心中要说的话,记下自己的遭遇。即使像左思受陆机讥笑那样受人嘲弄,也是心甘;即使像班固的《两都赋》被张衡所轻那样被人轻视,也是理所应当,不可避免的。以上讲自己因不得南返才作此赋。

　　我之掌庾承周①,以世功而为族②;经邦佐汉③,用论道而当官。禀嵩、华之玉石④,润河、洛之波澜⑤。居负洛而重世⑥,邑临河而晏安⑦。逮永嘉之艰虞⑧,始中原之乏主。民枕倚于墙壁,路交横于豺虎⑨。值五马之南奔⑩,逢三星之东聚⑪。彼陵江而建国⑫,始播迁于吾祖⑬。分南阳而赐田⑭,裂东岳而胙土⑮。诛茅宋玉之宅⑯,穿径临江之府⑰。水木交运⑱,山川崩竭⑲。家有直道⑳,人多全节㉑。训子见于淳深,事君彰于义烈㉒。新野有生祠之庙㉓,河南有胡书之碣㉔。以上叙世德。

【注释】

①掌庾承周:庾氏祖先在周朝时担任掌管仓庾的官。

②世功:累世之功。为族:得了姓。

③经邦佐汉:治国安邦,辅佐汉朝。

④禀:秉赋。嵩:嵩山。华:华山。

⑤河：黄河。洛：洛水。

⑥负洛：背靠洛阳。

⑦临河：临淯河。晏安：富足平安。

⑧逮：到。永嘉：晋怀帝年号（307—313）。艰虞：艰危忧患。

⑨交横：纵横。豺虎：指军阀兵匪。

⑩马：指司马氏。

⑪三星：荧惑、岁星、太白三星聚于牵牛、织女星之间，主皇室东迁。

⑫陵江：渡江。建国：晋元帝建都建康（今南京）。

⑬播迁：辗转迁徙。吾祖：指庾信八世祖庾滔。

⑭南阳：借指东晋。

⑮东岳：借指东晋。胙土：封给土地。

⑯诛茅：铲锄茅草。宋玉之宅：庾滔迁至江陵，住在战国时楚国宋
　　玉的故居。

⑰穿径：开辟道路。临江之府：指汉代临江王共敖，都江陵。

⑱水：指刘宋，宋以水德王。木：指萧齐，齐以木德王。

⑲山川崩竭：国运衰亡的象征。

⑳直道：直道而行。

㉑全节：保持节操。

㉒训子见于淳深，事君彰于义烈：谓教子有方，事君尽忠立功。

㉓新野：今属河南，庾滔曾由此迁江陵。生祠：建于生前的庙。

㉔河南：河南郡，今河南中北部地区。胡书之碣：古文碑碣。

【译文】

　　我的祖先在周朝时担任掌管仓庾的官，因为世代掌庾，功劳卓著，所以就得了庾姓；到了汉代，庾家又有人辅佐朝廷，因有治国之道而为官。庾氏世居河南南部，秉赋着嵩山、华山的玉石之灵，浸润着黄河、洛水的波澜。居住在靠近洛阳的南部，世代生息；在临淯河边上安家，生活富足平安。到了晋怀帝永嘉年间，时事艰危，国家衰败，中原开始不

为晋朝所主宰。人民在战乱中饱受痛苦，饥饿疲惫，靠着墙壁挣扎，道路上军阀兵匪横行。当时西晋皇族司马氏纷纷南奔，其中一个成为东晋的元帝，正应了星象家说的荧惑、岁星、太白三星聚于牵牛、织女之间，主皇室东迁的预言。那时，晋元帝南渡长江，在建康建都，开启东晋一朝，我的八世祖庾滔也跟随皇室辗转迁徙，渡过长江，受封为遂昌侯，居住江陵。从此，庾家就在江陵繁衍起来。经过刘宋、萧齐两朝的兴替，朝代变换，天下多故，国运衰亡。在这朝代更迭之中，庾家祖先总能正道直行，多有尽忠全节之人。教子有方，事君忠而有功。新野有庾家的祠庙，河南有庾家立的刻有古文的碑碣。以上叙述家世。

　　况乃少微真人①，天山逸民②。阶庭空谷③，门巷蒲轮④。移谈讲树⑤，就简书筠⑥。降生世德，载诞贞臣⑦。文词高于甲观⑧，模楷盛于漳滨⑨。嗟有道而无凤⑩，叹非时而有麟⑪。既奸回之夑逆⑫，终不悦于仁人⑬。以上叙信之祖、父。

【注释】

①少微：少微星，或名处士星。真人：指隐士。

②天山：《周易》中的一个卦象，即《遁卦》，主利于隐遁。逸民：隐逸之士。

③空谷：人迹罕见之地。

④蒲轮：以蒲草包轮，防止颠簸。古代征聘贤士的礼数。

⑤移谈讲树：晋嵇康等常于树下喝酒清谈。

⑥简：竹简。筠：竹皮。以上是对庾信祖父庾易的追述。

⑦贞臣：指作者的父亲庾肩吾。

⑧甲观：太子宫。汉元帝太子成帝曾居于甲观。庾肩吾曾为东宫舍人、太子率更令等太子宫的官，以文词著称。

⑨漳滨:漳水之滨,曹操父子居处,当时文人多聚于此,与曹氏父子谈论文学。

⑩有道:有道之君,指梁简文帝。凤:祥瑞。

⑪非时:不是时候。麟:祥兽,贤人的象征。此指庾肩吾。孔子曾因鲁国获麟,叹为出非其时。

⑫奸回:邪恶,奸邪,指侯景及其同党宋子仙等人。奰(bì)逆:积愤作乱。

⑬仁人:指庾肩吾。

【译文】

　　况且我的祖父庾易是个不仕的隐士,家里门庭幽静,人迹罕至,如同空谷。朝廷以贤士征聘,未曾出仕,而是像嵇康那样潇洒讲谈,著书立说。我的父亲庾肩吾出生后,秉承祖先的美德,成了国家的忠贞之臣。他曾在太子的东宫为官,以文词著称。当时父亲庾肩吾与梁武帝、简文帝相聚论文,其规模之大,比当初曹操父子的漳滨之会还要盛大。可惜的是,虽逢有道之君简文帝,却没有赶上好时候,正像孔子因鲁国获麟叹非其时一样,我父庾肩吾生不逢时。一方面是侯景等发动叛乱,一方面是我父终不取悦于人而受到排挤。以上记述自己的祖、父。

　　王子洛滨之岁①,兰成射策之年②。始含香于建礼③,仍矫翼于崇贤④。游洊雷之讲肆⑤,齿明离之胄筵⑥。既倾蠡而酌海⑦,遂测管以窥天⑧。方塘水白⑨,钓渚池圆。侍戎韬于武帐⑩,听雅曲于文弦⑪。乃解悬而通籍⑫,遂崇文而会武⑬。居笔毂而掌兵⑭,出兰池而典午⑮。论兵于江汉之君⑯,拭玉于西河之主⑰。以上信自叙仕梁时事。

【注释】

①王子:指周灵王的太子晋,年十五岁时以才学游于伊、洛之间。

②兰成:庾信的小名。射策:应试策问。

③含香:汉桓帝时,尚书郎习存年老口臭,桓帝送他鸡舌香含口中。
　建礼:建礼门,郎官值班的地方。

④矫翼:擢升。崇贤:太子宫门。

⑤洊(jiàn)雷:《周易》中《震卦》的卦象,象征长子。此指太子。讲
　肆:讲学之所。

⑥齿:排列。明离:《周易》中《离卦》的卦象,象征光明。胄筵:太子
　的讲席。

⑦蠡(lí):瓢。酌海:量海水。

⑧管:小孔。

⑨白:清净。

⑩戎韬:军事韬略。武帐:军营。

⑪雅曲:郊庙朝会时奏的乐曲。文弦:周文王的七弦琴。

⑫解悬而通籍:表示有出入宫门的权利。

⑬崇文而会武:表示兼任文武要职。

⑭笠毂:指兵车。

⑮兰池:宫殿名。典午:司马的隐词,即掌军旅之事。

⑯江汉之君:指湘东王萧绎,即后来的梁元帝。

⑰拭玉:古时使者手执玉圭,此处代指出使。西河之主:西河战国
　时属魏,此处代指东魏。

【译文】

　　我十五岁就出来应试了,后来一直在太子的东宫任职,充当学士,
参与讲习。虽然自己见识浅薄,才不胜任,但仍受到太子的厚待,与太
子池塘垂钓,参与讨论军机大事,参加各种朝廷典礼,身兼文武要职,有
出入宫门的权利。入则参与机戎,出则执掌军旅。曾奉命与湘东王萧
绎商议军事,也曾一度充当使臣到过东魏。以上是庾信自叙在梁朝任职时的
事情。

于时朝野欢娱，池台钟鼓①，里为冠盖②，门成邹鲁③。连茂苑于海陵④，跨横塘于江浦⑤。东门则鞭石成桥⑥，南极则铸铜为柱⑦。橘则园植万株，竹则家封千户⑧。西赆浮玉⑨，南琛没羽⑩。吴歈越吟⑪，荆艳楚舞⑫。草木之遇阳春，鱼龙之逢风雨⑬。五十年中⑭，江表无事。王歙为和亲之侯⑮，班超为定远之使⑯。马武无预于甲兵⑰，冯唐不论于将帅⑱。以上追述梁承平之盛。

【注释】

①于时朝野欢娱，池台钟鼓：指梁朝歌舞升平。

②里为冠盖：汉末豪富之家朱轩华盖相掩映，人称冠盖里。此指社会富足，人物鼎盛。

③邹鲁：孔子是鲁人，孟子是邹人。这里形容文教发达。

④茂苑：吴国官苑名。海陵：地名。

⑤横塘：三国时东吴修的堤，在南京西南。

⑥鞭石成桥：传说秦始皇东巡，于海上建石桥，神鞭石出血。

⑦铸铜为柱：东汉马援南征，立铜柱为疆界。

⑧橘则园植万株，竹则家封千户：形容物产丰富。

⑨赆（jìn）：赠礼。浮玉：不沉于水的宝玉。

⑩琛：献宝物。没羽：沉于水的羽毛。

⑪歈（yú）：歌。

⑫艳：古代楚地歌谣。

⑬草木之遇阳春，鱼龙之逢风雨：形容升平盛世，如草木逢春，鱼龙得雨。

⑭五十年：从梁朝建立到侯景之乱，历时四十七年，此为概数。

⑮王歙（xī）：汉人，王昭君侄，出使匈奴，封和亲侯。

⑯班超：东汉人，出使西域，封定远侯。

⑰马武：东汉名将，请击匈奴，光武帝不许。

⑱冯唐：汉文帝时人，文帝曾向他询问将帅的人材。

【译文】

　　当时梁朝上下歌舞升平，社会富足，文教昌盛，苑囿广阔，水利兴修。疆界东到大海，南至汉立铜柱。橘多竹盛，物产丰富。四方贡品有不沉的宝玉、不浮的羽毛，奇珍异宝，应有尽有。当时梁朝境内音乐歌舞齐全，升平盛世，如草木之遇阳春，鱼龙之得雨水。自梁朝建国近五十年来，江南无大事。南北友好，边境没有战争。以上追述梁朝天下太平时的盛况。

　　岂知山岳暗然，江湖潜沸①。渔阳有闾左戍卒②，离石有将兵都尉③。天子方删诗书④，定礼乐，设重云之讲⑤，开士林之学⑥。谈劫烬之灰飞⑦，辨常星之夜落⑧。地平鱼齿⑨，城危兽角⑩。卧刁斗于荥阳⑪，绊龙媒于平乐⑫。宰衡以干戈为儿戏⑬，搢绅以清谈为庙略⑭。乘渍水以胶船⑮，驭奔驹以朽索。小人则将及水火⑯，君子则方成猿鹤⑰。敝箄不能救盐池之咸⑱，阿胶不能止黄河之浊⑲。既而鲂鱼赪尾⑳，四郊多垒。殿狎江鸥㉑，宫鸣野雉。湛卢去国㉒，艅艎失水㉓。见被发于伊川，知百年而为戎矣㉔！以上言侯景兵起，梁君臣忽于武备。

【注释】

①潜沸：潜伏着风浪。

②渔阳：今北京密云，陈胜曾被遣戍之地，未至而起义。闾左：秦代平民居于里门之左。

③离石：今山西离石。西晋末年，刘渊在离石起兵叛晋，人称将兵都尉。

④天子：指梁武帝。

⑤重云：重云殿，武帝曾于此讲佛。

⑥士林：馆名。武帝曾于此请文学之士讲学。

⑦劫烬之灰：传说汉武帝掘昆明池，见池底有黑灰，问东方朔，朔言须问西域人，后西域僧人说是天地经遇大劫留下的灰。

⑧常星：恒星。据传，释迦牟尼降生之日不见恒星。

⑨鱼齿：山名。在今河南宝丰东南。

⑩兽角：古时以兽角为城的标志。

⑪刁斗：古代行军用具，白天为炊具，晚上用于击警。

⑫龙媒：马。平乐：汉代馆名。内藏铜马。

⑬宰衡：宰相。干戈：军事，武备。

⑭搢绅：指士大夫。庙略：朝廷政事策略。

⑮渍水：浸水。胶船：周昭王南征渡汉水，舟人献上用胶粘合的船，昭王一行人乘船至水中，船解体，皆被淹死。此典喻指形势危急。

⑯小人：平民。

⑰君子：上层人物。猿鹤：传说周穆王南征，军中君子都化为猿鹤，小人化为沙虫。

⑱敝箄（bēi）：破旧的渔具。

⑲阿胶：驴皮胶。

⑳鲂鱼赪尾：《诗经·周南·汝坟》："鲂鱼赪尾，王室如毁。"

㉑狎：亲昵。

㉒湛卢：宝剑名。去：离开。

㉓艅艎：船名。春秋时吴王的座船。

㉔见被（pī）发于伊川，知百年而为戎矣：周平王东迁，辛有到伊川，

见有人披发野祭,便说:不足百年,这里就会变成戎狄之地,因为他们的礼俗已先传来了。此喻侯景来,种下祸根。

【译文】

可谁知道山川正在变色,江湖悄悄地沸腾,表面平静中正酝酿着祸事。秦末陈胜起义之祸、晋末刘渊起兵叛晋之乱就在眼前。此时的梁武帝在干什么呢?正在忙于删定诗书,制订礼乐,在重云殿设坛讲佛,在士林馆请人讲学,热衷于研究讲谈佛教事宜。鱼齿山下一片平地,毫不设防,城池倾危,不加修缮。刁斗藏于荥阳仓库之中,战马拴于洛阳平乐之馆内,武备松弛。执政者以武备为儿戏,士大夫以空谈为政事。时局形势就像乘坐胶船浸在水中,又如朽绳驾驭奔马一样,危如累卵。一般平民就要遭殃,上层人物也面临危险,就像破渔具滤不住盐池之盐,少量的阿胶止不住黄河的混浊。既而亡国的征兆频现:鲂鱼赪尾,四郊多垒,殿狎江鸥,宫鸣野雉。湛卢之剑离开了国家,艅艎之舟也进了水。就像伊川成为戎狄之地之前,早在周平王东迁之时,就有人在那里先见到戎狄之礼俗一样,早在梁武帝把侯景这个外族人引进来之初,就已经种下了祸根。以上讲侯景之乱,而梁朝君臣忽视了加强军事力量。

彼奸逆之炽盛①,久游魂而放命②。大则有鲸有鲵③,小则为枭为獍④。负其牛羊之力⑤,凶其水草之性⑥。非玉烛之能调⑦,岂璇玑之可正⑧?值天下之无为⑨,尚有欲于羁縻⑩。饮其琉璃之酒⑪,赏其虎豹之皮。见胡柯于大夏⑫,识鸟卵于条枝⑬。豺牙密厉⑭,虺毒潜吹⑮。轻九鼎而欲问⑯,闻三川而遂窥⑰。以上叙侯景内附。

【注释】

①奸逆:指侯景。炽盛:气焰嚣张。

②游魂：反复无常。放命：放纵，逆命。

③鲸、鲵(ní)：喻不义之人。

④枭：恶鸟，生而食母。獍(jìng)：恶兽，生而食父。

⑤负：凭着。

⑥凶：使凶。

⑦玉烛：指四季调和之气。《尔雅·释天》："四气和谓之玉烛。"

⑧璇玑：古代天文仪器。

⑨无为：指梁武帝迷信佛教，清静无为。

⑩羁縻：笼络，控制。

⑪琉璃之酒：古代盟誓时所饮之酒。

⑫胡柯：海棠果。大夏：大夏国，在今阿富汗一带。

⑬鸟卵：驼鸟蛋。条枝：即条枝国。

⑭密厉：暗暗地磨着。

⑮虺(huǐ)毒：毒蛇的毒液。

⑯九鼎：夏禹所铸，为夏、商、周传国之宝。周武王曾将九鼎迁于洛
　　邑(今河南洛阳)。周室衰微，楚国有取而代之之意，问鼎之轻重。

⑰三川：洛水、伊水、黄河，都在周都洛阳一带。

【译文】

　　那奸逆之人侯景气焰正盛，早就是个反复无常、骄横放纵之人。在他的一伙中，有如鲸、鲵一样的不义之人，有如枭、獍一般的凶残之辈。他们凭着其牛羊之力，性格却比以水草为生的牛羊之性凶残得多。即使天下太平，风调雨顺，也不能感化他们；即使是观测天象的浑天仪，也难以掌握和观测像彗星一样出没无常的侯景这种人。当时正值梁武帝崇信佛教，清静无为，还想对侯景加以笼络。与他共饮琉璃之酒，对他厚加封赏。而侯景也带来了胡柯、鸟卵一类异国的特产。然而他却像豺狼一样暗暗地磨着牙，像毒蛇一样悄悄地放着毒，准备夺取梁朝政权。以上叙述侯景当年内附。

　　始则王子召戎①,奸臣介胄②。既官政而离逷③,遂师言而泄漏④。望廷尉之逋囚⑤,反淮南之穷寇。出狄泉之苍乌⑥,起横江之困兽⑦。地则石鼓鸣山⑧,天则金精动宿⑨。北阙龙吟,东陵麟斗⑩。<small>以上叙临贺王通侯景。</small>

【注释】

①王子:临川王萧宏之子萧正德,曾为梁武帝养子。召戎:引入外寇。

②奸臣:指侯景。介胄:甲胄,兵权。

③官政:主持政务。离逷(tì):疏远,指侯景始立萧正德为皇帝,后又将其降为侍中。

④师言:多言,指事机不密。萧正德后悔,秘与外界联系,被侯景杀掉。

⑤廷尉:古代掌刑狱的官。逋囚:逃犯,指侯景。

⑥狄泉:在洛阳东北。苍乌:相传西晋永嘉年间,狄泉有两鹅,苍者飞去,乃刘渊反晋之兆。

⑦横江:在今安徽和县东南,侯景曾在此渡江。

⑧石鼓鸣山:有兵事之兆。

⑨金精:太白星。太白星反常,古人以为有兵灾。

⑩北阙龙吟,东陵麟斗:皆兵祸之征。

【译文】

　　最初是梁武帝的养子萧正德与侯景相勾结,引来了侯景叛军,而梁朝不知萧正德与侯景相勾结,还让他掌握兵权。后来侯景掌握了政权,就疏远了萧正德,先立他为帝,后又废之,萧正德有悔,密与外间联系,被侯景发觉后杀掉了。从此,侯景就像一个逃犯和穷寇一样,日益露出了谋反的真面目,各种反常现象都预示着兵灾的将要出现。<small>以上叙述临贺王萧正德与侯景勾结。</small>

尔乃桀黠构扇①,冯陵畿甸②。拥狼望于黄图③,填卢山于赤县④。青袍如草,白马如练⑤。天子履端废朝⑥,单于长围高宴⑦。两观当戟,千门受箭⑧。白虹贯日⑨,苍鹰击殿⑩。竟遭夏台之祸⑪,终视尧城之变⑫。官守无奔问之人⑬,干戚非平戎之战⑭。陶侃空争米船⑮,顾荣虚摇羽扇⑯。以上叙景围台城。

【注释】

①桀黠:不驯良而狡猾。构扇:指叛乱。

②冯(píng)陵:侵陵。冯,凭。畿甸:京城附近地带。

③狼望:与下文的"卢山"皆为匈奴地名。黄图:京畿。

④赤县:中原。

⑤青袍如草,白马如练:形容叛军军容。

⑥天子:指梁武帝。履端:一年的第一天。废朝:因被囚而不能视朝。

⑦单于:指侯景。长围:侯景所修长围,在内设宴。

⑧两观当戟,千门受箭:写侯景攻城,皇宫受到戟箭的威胁。

⑨白虹贯日:传说荆轲刺秦王、聂政刺韩傀时,都有白虹贯日的天象。

⑩苍鹰击殿:传说要离刺庆忌,有苍鹰扑入殿中。比喻侯景欲加害梁武帝。

⑪夏台之祸:夏桀囚商汤于夏台。

⑫尧城之变:相传舜囚尧于尧城。此喻梁武帝被侯景囚死于台城之事。

⑬官守:居官守职之人。奔问:勤王。

⑭干戚:古代庙堂乐舞用的盾牌与战斧。比喻武将。平戎:讨平侯

景叛乱。

⑮陶侃：东晋人，曾以运船为战船，击败叛军，平定内乱。此喻梁贵戚王琳。太清二年(548)，武帝派王琳运粮，中途闻京城陷，将米沉水中，船回荆州。

⑯顾荣：东晋人，平定内乱，挥白羽扇败敌军。此喻梁将羊鸦仁败于侯景叛军，是空摇羽扇。

【译文】

　　侯景聚合了一群狡猾而凶恶的人，煽动叛乱，占据了中原和梁朝京城附近的地方。侯景骑着白马，他的叛军穿着梁朝发的青衣，非常惹眼。梁武帝被侯景围困，元旦不能临朝，而侯景却在长围内设酒开宴。一时间，梁朝的宫殿也直接受到了刀枪剑戟的威胁，其险象就如当年荆轲刺秦王、聂政刺韩隗时一样，白虹贯日；又如要离刺庆忌时一样，似有苍鹰扑入殿中的不祥之兆。梁武帝的处境就如夏桀被囚夏台，唐尧被囚尧城一样，被侯景囚死于台城。当此朝廷危急之时，文臣无人奔走相救，武将没人能对付叛军作战。将帅们都不能像东晋讨平内乱的功臣陶侃、顾荣那样护卫朝廷。以上叙述侯景叛乱，围困台城。

　　将军死绥①，路绝长围②。烽随星落③，书逐鸢飞④。遂乃韩分赵裂⑤，鼓卧旗折。失群班马⑥，迷轮乱辙。猛士婴城⑦，谋臣卷舌⑧。昆阳之战象走林⑨，常山之阵蛇奔穴⑩。五郡则兄弟相悲⑪，三州则父子离别⑫。以上叙援兵不至。

【注释】

①死绥：死于平叛之战。

②路绝长围：没有退路，陷入重围。

③烽：烽火。

④书：书信，求救信。鸢：纸鸢，告急时用。

⑤韩分赵裂：指梁朝援军四分五裂。

⑥班：分离。

⑦婴城：闭城而守。

⑧卷舌：闭口不言。

⑨昆阳之战：西汉末年，刘秀与王莽军在昆阳（今河南叶县）决战，莽军驱猛兽大象助战。走林：与下文"奔穴"皆形容溃逃。

⑩常山之阵：传说常山有蛇名率然，二头，击一头，则另头至，击其中，则二头俱至。

⑪五郡：湘东、邵陵、武陵、南康、卢陵。

⑫三州：荆州、益州、郢州。

【译文】

武将们有的死于战斗之中，有的临阵畏惧，不战而退，致使梁朝都城援路断绝，被重重包围。朝廷求援的烽火随星散落，无人来救，放出的带信的纸鸢也被侯景叛军射中，没起作用。于是梁朝在外的宗室诸王，四分五裂，不相统属，被侯景各个击破，鼓倒旗折，像被冲散失群的马一样到处败退，一片混乱。武将们只能闭门死守，不敢出战，文臣们无人开口，没了主意。就像当年的昆阳之战，虽有战象，也早跑进树林里去了，派不上用场；即使有长蛇之阵，也不能相互救助。梁朝在各地的宗室，或者父子离别，或者兄弟相悲，分崩离析了。以上叙述梁朝的援兵不能到达。

护军慷慨①，忠能死节。三世为将，终于此灭。济阳忠壮②，身参末将。兄弟三人，义声俱倡。主辱臣死，名存身丧。敌人归元③，三军凄怆。尚书多算④，守备是长。云梯可拒，地道能防。有齐将之闭壁⑤，无燕师之卧墙⑥。大事去矣，人之云亡^⑦！申子奋发^⑧，勇气咆勃。实总元戎^⑨，身先士卒。胄落鱼门^⑩，兵填马窟^⑪。屡犯通中^⑫，频遭刮骨^⑬。功业夭枉，身名埋没^⑭。以上叙韦、江、羊、柳诸将。

【注释】

①护军：指梁将韦粲，其祖父、父亲均为梁朝名将，韦粲战败被杀，梁朝追封为护军将军。

②济阳忠壮：指济阳人江子一、江子四、江子五兄弟三人，皆战死。

③敌人：指侯景。元：指尸首。

④尚书：指羊侃，为都官尚书。

⑤齐将：战国时齐将田单，燕兵攻齐，他固守即墨城。

⑥燕师之卧墙：十六国时，后燕慕容垂率师攻北魏，病中筑燕昌城。

⑦大事去矣，人之云亡：指羊侃病死，保卫梁都之事失败。

⑧申子：梁将柳仲礼的小名。

⑨元戎：统帅。

⑩胄：头盔。鱼门：春秋时邾国的城门。鲁僖公攻邾，败，头盔失，被挂于城门。

⑪兵填马窟：士兵战死，尸填饮马之窟。

⑫通中：穿透身体的重伤。

⑬刮骨：刮骨疗毒，典出三国时关羽故事。

⑭功业夭枉，身名埋没：指柳仲礼受伤投降，身败名裂。

【译文】

　　梁朝的散骑常侍韦粲统兵来援救朝廷，兵败被杀，全家遇害，简文帝追封他为护军将军。韦粲的祖父、父亲都是梁朝的名将，至此满门殉难。济阳人江子一、江子四、江子五兄弟三人，奋勇出战，死于战场。他们并非主要军事长官，但为了尽忠朝廷，得了美名，丢了性命。侯景将江子一的尸体送回,全军悲痛万分。当时建康城中的防务全由尚书羊侃主持,他足智多谋,长于守备,无论侯景用云梯还是地道攻城,都被羊侃所破。就像当年燕兵攻齐,齐将田单坚守即墨一样,羊侃很善于闭城坚守。然而羊侃不久病死,未能像后燕慕容垂那样在病中筑城,羊侃一死,保卫梁都的大事便没有希望了。当此之时,梁朝申威将军柳仲礼率军援救朝廷。柳仲礼小名申子,勇力过人,每战身先士卒,亲临前敌,被各路援军推为大都督。可是柳仲礼也被打败了。败军的尸体到处都是,柳仲礼本人也多次受伤,伤势严重。他受伤后与侯景讲和,失节投降,功业无柱,身败名裂。以上叙述韦、江、羊、柳几位奋力抵抗的将领。

　　或以隼翼鷃披①,虎威狐假。沾渍锋镝②,脂膏原野③。兵弱虏强,城孤气寡。闻鹤唳而心惊④,听胡笳而泪下⑤。据神亭而忘戟⑥,临横江而弃马⑦。崩于钜鹿之沙⑧,碎于长平之瓦⑨。以上总言败军之状。

【注释】

①隼(sǔn):鹰隼。鷃(yàn):小鸟。

②沾渍锋镝:武器上沾染了血迹。

③脂膏原野:脂血流在了原野。

④闻鹤唳(lì):前秦符坚在淝水之战被东晋军打败逃命,听到风声鹤唳,以为草木都是追兵。此指梁朝军队败逃。

⑤听胡笳:晋刘琨被围,夜吹胡笳,敌军闻之泪下。此指梁军军心涣散。

⑥神亭:地名。在今江苏金坛西北。三国时孙策与太史慈在此苦战,太史慈战戟被夺,后降孙策。

⑦横江:地名。在今安徽和县东南。孙策曾于此渡江攻刘繇,中箭

受伤,弃马而逃。

⑧钜鹿:地名。今河北平乡。为项羽与秦军决战之地,有商纣所置沙丘台。

⑨长平:地名。在今山西高平东北。战国时秦将白起大破赵军于此。

【译文】

梁朝其他的将领,或像小鸟披上鹰的翅膀,或像狐狸假借老虎的威风,只装装样子,起不了什么作用。一时间,到处是染了血的刀箭,膏血流遍了原野。梁朝军队兵力很弱,侯景军队兵力强盛,梁朝都城孤立无援,军心涣散,人人胆寒。有的投敌了,有的逃跑了。梁朝军队所遭受的损失,就像历史上的钜鹿之战和长平之战一样,是毁灭性的。以上叙述兵败时的状况。

于是桂林颠覆①,长洲麋鹿。溃溃沸腾,茫茫埲黩②。天地离阻③,神人惨酷。晋、郑靡依④,鲁、卫不睦⑤。竞动天关⑥,争回地轴⑦。探雀鷇而未饱⑧,待熊蹯而讵熟⑨?乃有车侧郭门⑩,筋悬庙屋⑪。鬼同曹社之谋⑫,人有秦庭之哭⑬。以上叙台城陷,武帝死,遂言信自赴秦。

【注释】

①桂林:与下文的"长洲"均为古时吴地的苑囿。此指梁朝的宫苑。此二句指梁朝的宫苑成了野兽出没的地方,皇宫失陷,梁朝将亡。

②埲黩(chěn dú):混浊不清。

③离阻:分离阻隔。

④晋、郑靡依:晋、郑都是周朝的同姓之国,周朝东迁,是依靠晋、郑

来保护的。此处借指梁宗室诸王没有可依靠的。

⑤鲁、卫不睦：鲁、卫本兄弟之国，也是周朝同姓。此指梁室诸王不团结。

⑥天关：天象。

⑦地轴：地的轴心。

⑧雀觳(kòu)：初生的小鸟。战国时，赵武灵王被公子成围困，饥饿难忍，掏小鸟充饥，三月后饿死。

⑨熊蹯：熊掌。春秋时，楚成王被儿子围逼，要求吃一顿熊掌再死，以争取时间待援，未被准许，成王自缢。此二句均指梁武帝被侯景逼迫，忧饿而死。

⑩车侧郭门：典出春秋时，齐国崔杼杀齐庄公，侧公于城外。车，丧车。侧，不殡于祖庙。

⑪筋悬庙屋：战国时，楚将淖齿杀齐湣王，抽其筋悬于庙梁。此二句指侯景草葬梁武帝，毒杀简文帝，埋于城北。

⑫鬼同曹社之谋：春秋时，曹国有人梦见鬼在宫社里商谋灭曹，不久宋人攻入，曹亡。此喻侯景早有篡梁之心。

⑬秦庭之哭：典出春秋时吴破郢都，楚大夫申包胥赴秦求援。此喻作者赴外求援。

【译文】

从此台城失陷，梁朝的宫苑成了野兽出没的地方，一片混乱，天地昏暗。上天与人间信息阻隔，祖宗神灵与活着的人民都遭受了前所未有的惨祸。而梁室诸王兄弟，虽有兵力，却不团结，没有一个可以依靠，甚至内部纷争达到天象为之动荡，地轴为之回转的地步。梁武帝被困台城，就像战国时的赵武灵王被困而饥不择食，到树上掏鸟吃一样，食尽粮绝。又像当年的楚成王一样，希望吃一顿熊掌来延长时间，然而却没有援军到来。梁武帝被侯景逼迫，终于忧饿而死。侯景草草埋葬了梁武帝，又毒死了简文帝，埋于城北而不礼葬。侯景就像春秋时的曹社之鬼一样，早就企图谋篡梁朝，我只好逃出都城，赴外求援。以上叙述台城陷落，武帝粮尽而死后，庾信赴秦求援。

　　尔乃假刻玺于关塞①，称使者之酬对②。逢鄂坂之讥嫌③，值砎门之征税④。乘白马而不前⑤，策青骡而转碍。吹落叶之扁舟，飘长风于上游⑥。彼锯牙而钩爪⑦，又循江而习流⑧。排青龙之战舰⑨，斗飞燕之船楼。张辽临于赤壁⑩，王濬下于巴丘⑪。乍风惊而射火，或箭重而回舟⑫。未辨声于黄盖⑬，已先沉于杜侯⑭。落帆黄鹤之浦⑮，藏船鹦鹉之洲⑯。路已分于湘、汉⑰，星犹看于斗、牛⑱。以上叙自金陵达江陵。

【注释】

①假：凭借。玺：皇帝之印章。

②称：相符。

③鄂坂：武昌。讥嫌：盘查，嫌疑。

④砎（ér）门：春秋时，宋国的御者砎班因功受赐的城门，有权在此征税。

⑤白马：与下文的"青骡"相传皆是仙家骑的马。

⑥吹落叶之扁舟，飘长风于上游：言作者乘小船去往长江上游。

⑦锯牙、钩爪：形容侯景军队的凶残。

⑧循：巡。习流：练习水战。

⑨青龙：与下文的"飞燕"皆战船名。亦形容船之速。

⑩张辽：三国时魏征东将军，但史书未载他参加赤壁之战。此谓梁征东将军王僧辩奉命讨伐侯景。

⑪王濬：西晋益州刺史，曾奉命率水师从西蜀东下灭吴。此喻梁平北将军胡僧佑率军援王僧辩，大破侯军。

⑫乍风惊而射火,或箭重而回舟:指侯军攻荆州不克,以火舰攻梁
　　水寨而风向反,侯船中箭返逃。

⑬黄盖:三国时吴将,赤壁战中中箭落水,为敌军所获,他呼喊韩
　　当,韩当辨其声,获救。此喻侯景部将丁和被俘后,舌头被钉住,
　　不能叫喊,脔割而死。

⑭杜侯:指三国魏仆射杜畿。畿奉旨造舟,试航时与诸葛诞一起落
　　水,诸葛诞说:"先救杜侯。"诞几乎淹死,而畿终溺死。此喻侯景
　　部将任约为梁居士陆法和所败,坠水被俘。

⑮黄鹤:黄鹤楼。在今湖北武汉。

⑯鹦鹉:鹦鹉洲。在今武汉。

⑰湘、汉:湘水、汉水。

⑱斗、牛:星宿名。古人以为吴地分野。

【译文】

　　我奉使西行,依靠印信证明身份才得以放行,每逢盘诘,便以此为
对。在武昌曾受到怀疑和盘查,路上还遇到收过路钱的。途中历尽艰
辛,乘坐小舟驶向长江上游。沿途只见侯景的军队像凶残的禽兽,他们
正在练习水战,准备进攻长江上游。长江上满是战船,原来是湘东王派
王僧辩为征东将军,奉命讨伐侯景,平北将军胡僧佑率军支援,大破侯
军于巴陵。侯景攻荆州不克,欲以火舰对梁军水营施行火攻,但因风向
不顺未能成功。而侯船多中箭,不得已逃回建康。战斗中侯景部将丁
和被俘,被钉住舌头,无法叫喊,脔割而死。另一个部将任约也落水被
俘。我在武汉一带躲避着战火,虽身在湘汉地方,仍然回头看着斗、牛
二星,怀恋着吴地。以上讲自金陵到江陵的情形。

　　　　若乃阴陵路绝①,钓台斜趣②。望赤壁而沾衣③,舣乌江
而不渡④。雷池栅浦⑤,鹊陵焚戍⑥。旅舍无烟,巢禽无树⑦。
谓荆、衡之杞、梓⑧,庶江、汉之可恃⑨。淮海维扬⑩,三千余

里。过漂渚而寄食⑪，托芦中而渡水⑫。届于七泽⑬，滨于十死⑭！以上叙途中飘泊之状。

【注释】

①阴陵：地名。在今安徽和县境内，项羽曾于此迷失方向。

②钓台：今湖北武汉武昌区西北地名。斜趣：不走正路。趣，赴，前往。

③沾衣：泪水沾湿衣服。

④舣（yǐ）：停船靠岸。乌江：在今安徽和县东北，项羽自刎于此。

⑤雷池：与下文的"鹊陵"皆地名。都在安徽长江边。栅浦：水中筑栅的防御工事。

⑥焚戍：焚烧营房。

⑦旅舍无烟，巢禽无树：形容所见荒凉景象。

⑧荆、衡：荆州、衡山。都是产木材的地方，此处泛指楚地，借指梁朝。杞、梓：均为良木，借指人材。

⑨庶：庶几。江、汉：长江、汉水之间，借指当时湘东王。恃：依靠。

⑩淮海维扬：指长江下游一带。维扬，指扬州，古时扬州包括今江苏、浙江、安徽等广大地区。

⑪漂渚：漂洗衣布的水边。韩信穷困时，曾乞食于漂母。此喻沿途苦辛。

⑫托芦中：伍子胥从楚国逃亡，途遇大河，一渔父让他躲于芦苇丛中，相机渡河。此喻沿途风险。

⑬届：到达。七泽：古时楚地有云梦等七泽。

⑭滨：几乎，临近。十死：喻危险之多。

【译文】

侯景的军队战败逃亡，一派混乱，有的迷路，有的借小路溃逃，就像当年曹操赤壁战败，又像当年项羽乌江自刎，非常悲惨狼狈，到处是焚毁的营寨。旅舍没有人烟,禽鸟没有树栖,满目荒凉景象。我认为梁朝的有志之士,或许可以投奔湘东王,把梁朝复兴的希望寄托在湘东王身上。于是我从建康到江陵,辗转数千里前往投奔。一路之上,有时像当年韩信乞食于漂母那样备尝艰辛;有时又像当年伍子胥出逃时那样历尽艰险。经过千难万险,九死一生,才得以到达楚地江陵。以上讲途中的漂泊情形。

　　嗟天保之未定①,见殷忧之方始②。本不达于危行③,又无情于禄仕④。谬掌卫于中军,滥尸丞于御史⑤。信生世等于龙门⑥,辞亲同于河、洛⑦。奉立身之遗训,受成书之顾托⑧。昔三世而无惭⑨,今七叶而方落⑩。泣风雨于《梁山》⑪,惟枯鱼之衔索⑫。入蓺斜之小径⑬,掩蓬藋之荒扉⑭。就汀洲之杜若⑮,待芦苇之单衣⑯。以上叙复见用于元帝,而忧其不终。

【注释】

①天保:国家命运。

②殷忧:深切的忧虑。

③达:通达。危行:处世之道。

④禄仕:做官。

⑤谬掌卫于中军,滥尸丞于御史:自谦不能胜任朝廷所委重职。谬、滥、尸,都是自谦之词。

⑥信:庾信自称。龙门:地名。在今陕西韩城东,司马迁生于此。

⑦辞亲:为父送终。河、洛:黄河、洛阳之间。司马迁父亲司马谈死于今洛阳,死前司马迁赶来。庾信父庾肩吾死于江陵,庾信也是在父亲病榻前送终的,故言。

⑧奉立身之遗训，受成书之顾托：司马迁父临终前给他的遗言："予死，尔必为太史，为太史，勿忘吾所欲论著者矣。且夫孝始于事亲，中于事君，终于立身。"此处表示庾信父也有过类似的希望。

⑨三世：指庾信的高祖、曾祖、父三代，无愧于八世祖庾滔创下的基业。

⑩七叶：自八世祖庾滔以来，到庾肩吾，已历七代。落：败落。

⑪《梁山》：即《梁山操》，曾子思念父母所作的琴曲。曾子耕于泰山下，遇风雨不能归，思念父母，乃作《梁山操》。

⑫枯鱼：干鱼。古语有"枯鱼衔索，几何不蠹？二亲之寿，忽如过客"，喻父母年迈，难免去世。

⑬欹斜：弯曲。

⑭掩蓬藋之荒扉：此喻父亲死后，自己居丧不出。

⑮汀：水边平地。杜若：香草。

⑯待芦苇之单衣：三国东吴诸葛恪被杀，以芦席裹身葬于石冈。以上两句作者以屈原、诸葛恪自比，深恐遭谗得咎。

【译文】

可叹的是国家的命运还没有安定，更大的忧患还在后面。我本不通达于辅国济世，也无意于为官，却乖妄地担任了右卫将军、御史中丞等朝廷委任的重职。我庾信的身世就像当年的司马迁一样，也是在病榻之前为父送终的。我的父亲临终前也像司马迁的父亲司马谈一样，对我寄予很大的希望。我的高祖、曾祖、祖父、父亲四代都无愧于家国，从八世祖传到我这儿是第七代，家境却开始败落。父亲年迈体衰，难免要去世，父亲去世后，我居丧不出，谢绝人事，又担心像屈原、诸葛恪那样遭谗得咎，不得善终。以上讲又被梁元帝任命，而忧其不得善终。

于时西楚霸王①，剑及繁阳②。鏖兵金匮③，校战玉堂。苍鹰、赤雀④，铁轴、牙樯⑤。沉白马而誓众⑥，负黄龙而渡江⑦。海潮迎舰⑧,江萍送王⑨。戎车屯于石城⑩,戈船掩于淮、泗⑪。诸侯则郑伯前驱⑫,盟主则荀罃暮至⑬。剖巢熏穴⑭,奔魑走魅⑮。埋长狄于驹门⑯,斩蚩尤于中冀⑰。然腹为灯⑱,饮头为器⑲。直虹贯垒,长星属地⑳。昔之虎踞龙蟠㉑,加以黄旗紫气㉒。莫不随狐兔而窟穴,与风尘而畛痗㉓。西瞻博望㉔,北临玄圃。月榭风台,池平树古㉕。倚弓于玉女窗扉,系马于凤凰楼柱㉖。仁寿之镜徒悬㉗,茂陵之书空聚㉘。以上叙陈霸先灭侯景,而故都终不可复。

【注释】

①西楚霸王:即项羽。此指梁元帝,梁元帝萧绎原为湘东王,居楚地,从西起兵东伐侯景,故称。

②繁阳:古楚国地名。今河南临颍西北。

③鏖(áo):苦战,激战。金匮:与下文的"玉堂"皆汉朝皇帝典藏文书的地方。

④苍鹰、赤雀:战舰名。

⑤铁轴、牙樯:战舰上的装备。

⑥沉白马:古时以白马为盟誓或祭祀的牺牲。

⑦负黄龙:传说夏禹南巡渡江,有黄龙负舟。

⑧海潮迎舰:形容舟师阵容强大,如海水。

⑨江萍送王:楚昭王渡江得一物,大如斗。派人问孔子,孔子说:"此萍实也,惟霸者得之。"此喻王僧辩出师大吉。

⑩石城:今南京。

⑪戈船:战船。淮、泗:借指秦淮河。

⑫诸侯:泛指讨伐侯景的各地勤王之师。郑伯前驱:春秋时楚、晋常召集诸侯会盟,郑伯总是先应召而来。

⑬盟主：指讨伐侯景的主力部队。荀罃（yīng）：春秋时晋军统帅。鲁襄公十一年（前562），诸侯伐郑，晋为盟主。齐太子光、宋向戎先至郑东门，至暮荀罃才抵郑西郊。

⑭剖巢熏穴：捣毁巢穴，猎取野兽。形容讨伐侯景的军事行动。

⑮魑（chī）、魅（mèi）：害人的鬼怪，喻侯景党徒。

⑯埋长狄于驹门：前616年，鄋（sōu）瞒国与齐、鲁交战，其国君长狄被鲁国俘获，杀之，将其首埋于鲁国的子驹门。

⑰斩蚩尤于中冀：传说黄帝与蚩尤大战，斩蚩尤于中冀之野。此二句喻侯景被部将羊鲲所杀。

⑱然腹为灯：董卓被杀，尸体暴于街，燃火于脐中。然，"燃"的古字。

⑲饮头为器：战国初，赵襄子杀智伯，将智伯的头骨漆成酒器。此二句喻侯景被杀死后，双手被送北齐，头送江陵，身体在建康暴尸三日，烧骨扬灰。

⑳直虹贯垒，长星属地：喻平定侯景前的征兆。

㉑虎踞龙蟠：金陵自古有虎踞龙盘之称，形容地势有利。

㉒黄旗紫气：天子之气，形容昌盛气象。

㉓殄（tiǎn）：灭绝。

㉔博望：与下文的"玄圃"均为简文帝曾居住的地方。

㉕月榭风台，池平树古：形容园苑荒废。

㉖倚弓于玉女窗扉，系马于凤凰楼柱：形容宫中成了倚弓系马之地。

㉗仁寿之镜：晋朝仁寿殿前有一大铜方镜。

㉘茂陵之书：汉武帝之墓出土的《老子经》等书。

【译文】

当此之时，梁元帝的军队讨伐侯景的战斗正在激烈进行，兵锋已达古地繁阳一带。皇帝亲自指挥军事，把皇宫变成了司令部。战舰满江，舟师强大,舰队像海水一样浩荡向前。王僧辩与陈霸先歃血盟誓,沉白马而誓,义师受到人民的广泛拥护,出师大利。一时之间,南京城里到处是兵车,秦淮河内战船云集。各路讨伐侯景的军队齐集石头城下。义军入城,侯景的巢穴被彻底捣毁,叛军溃逃如鸟兽散。侯景为部将所杀,王僧辩下令将其首级送往江陵,双手截下送往北齐,尸身送到建康暴尸三日,然后烧骨扬灰。就像历史上长狄、蚩尤、董卓、智伯一样,死后都不得善报。至此,平叛战斗取得了决定性的胜利。只是昔日龙盘虎踞的金陵城,以及繁华昌盛的江南一带,经过战火的劫难,都呈现一派残败枯萎景象,成了狐兔的巢穴,销亡于风尘之中了。那曾是简文帝为太子时居住的地方,临风望月的亭台楼榭,如今池也平了,树也枯了。宫廷中雕饰豪华的窗扉,如今成了倚弓之地,宫中的楼柱成了系马桩。殿前空悬仁寿之镜,宫中空聚茂陵之书。以上叙述陈霸先灭侯景,而故都终不可恢复了。

　　若夫立德立言①,谟明寅亮②。声超于系表③,道高于河上④。更不遇于浮丘⑤,遂无言于师旷⑥。以爱子而托人⑦,知西陵而谁望⑧?非无北阙之兵⑨,犹有云台之仗。以上吊简文帝。

【注释】

①立德立言:古人以立德、立言、立功为三不朽。

②谟明寅亮:谋略聪明,恭谨坚贞。

③系表:世俗之外。

④河上:即河上公,曾注《老子》。

⑤浮丘:古仙人名。传说周灵王的太子晋登仙,浮丘子去接他。

⑥师旷:春秋时晋国乐师。

⑦爱子:指简文帝之子。

⑧西陵:指简文帝之陵。

⑨北阙:与下文的"云台"均为汉时官中屯兵储械的地方。

【译文】

如果谈到简文帝的品德和言论,足以称不朽。他谋略聪明,恭谨坚贞。声望超出世俗之外,思想境界比河上公还要高深。只是没有周灵王的太子晋那样的福分,没有浮丘子一样的仙人去接他。于是也没能像太子晋有机会与师旷谈话那样多活几年。简文帝把爱子托付于湘东王,哪知道有谁来眺望自己的陵墓呢?当简文帝被困之时,其实并不是没有军队和兵器可用。以上怀念梁简文帝。

司徒之表里经纶①,狐偃之惟王实勤②。横雕戈而对霸主③,执金鼓而问贼臣④。平吴之功,壮于杜元凯⑤。王室是赖,深于温太真⑥。始则地名全节⑦,终则山称枉人⑧。南阳校书⑨,去之已远。上蔡逐猎⑩,知之何晚! 以上吊王僧辩。

【注释】

①司徒:指王僧辩。

②狐偃:春秋时晋文公的谋臣。惟王实勤:出兵勤王。此喻王僧辩。

③雕戈:刻有花纹的兵器。霸主:指梁元帝。

④问:问罪。贼臣:指侯景。

⑤杜元凯:即杜预,平吴主将,晋镇南大将军。此喻王僧辩平侯景之乱。

⑥温太真:即温峤。东晋时,晋室内乱,温峤效忠晋室,平定内乱。此喻王僧辩之功大于温峤。

⑦全节：地名。在今河南灵宝境内，汉武帝之子戾太子被江充所
　诬，举兵诛江充，兵败自杀于此。

⑧枉人：山名。在今河南浚县西北。传说商纣王杀比干于此山。
　此二句喻王僧辩本是守节尽忠的，结果为陈霸先所害。

⑨南阳校书：春秋时越王勾践的大夫文种助越灭吴后被谗杀。文
　种死前感叹："南阳之宰，而为越王之禽。"

⑩上蔡逐猎：秦李斯乃上蔡人，为赵高忌杀。临刑前，李斯谓其子：
　"吾欲与若复牵黄犬出上蔡东门逐狡兔，岂可得乎！"此喻王僧辩
　父子俱被陈霸先所杀。

【译文】

　　司徒王僧辩在讨伐侯景的战斗中立了大功。他足智多谋，就像春
秋时晋文公的谋臣狐偃一样勤于王事。他全身披挂，求见元帝，请缨出
战。他亲自击鼓进军，向侯景问罪。王僧辩匡救梁朝的功劳之大，甚至
超过了西晋时的平吴主将杜预、东晋的平叛主将温峤。王僧辩本是守
节尽忠的，结果却受了枉屈，被陈霸先杀害。就像春秋时助越王勾践灭
吴而功高被杀的文种，又像秦相李斯父子被赵高所杀，王僧辩也是父子
同时遇害。以上怀念王僧辩。

　　镇北之负誉矜前①，风飚凛然②。水神遭箭，山灵见
鞭③。是以蛰熊伤马④，浮蛟没鸢。才子并命⑤，俱非百年⑥。
以上吊邵陵王纶。

【注释】

①镇北：指邵陵王萧纶。负誉：有名望。矜前：有勇气。

②风飚凛然：有威仪。

③水神遭箭，山灵见鞭：形容邵陵王急躁易怒，意气太盛。

④蛰：藏伏。相传邵陵王萧纶到钟山，有熊咬他的马；与侯景战，船又触物而翻。

⑤才子：传说高阳氏有才子八人。梁武帝也有八个儿子，故借才子喻梁武帝诸子。并命：相互猜忌。

⑥俱非百年：都不长寿。

【译文】

镇守江北的邵陵王萧纶在讨伐侯景的战斗中也以勇气博得声望，威仪不凡。但他性情急躁易怒，意气太盛，触怒山川神灵，不为神佑。山行遇熊，水战翻船。梁武帝诸子之间互相猜忌，寿命都不长。以上怀念邵陵王萧纶。

中宗之夷凶靖乱①，大雪冤耻。去代邸而承基②，迁唐郊而纂祀③。反旧章于司隶④，归余风于正始⑤。沉猜则方逞其欲⑥，藏疾则自矜于己⑦。天下之事没焉⑧，诸侯之心摇矣。既而齐交北绝⑨，秦患西起⑩。况背关而怀楚⑪，异端委而开吴⑫。驱绿林之散卒⑬，拒骊山之叛徒⑭。营军梁溠⑮，蒐乘巴、渝⑯。问诸淫昏之鬼⑰，求诸厌劾之巫⑱。荆门遭廪延之戮⑲，夏口滥逵泉之诛⑳。蔑因亲以教爱㉑，忍和乐于弯弧㉒。既无谋于肉食㉓，非所望于《论都》㉔。未深思于五难㉕，先自擅于三端㉖。登阳城而避险㉗，卧砥柱而求安㉘。既言多于忌刻，实志勇而形残。但坐观于时变，本无情于急难。地惟黑子㉙，城犹弹丸。其怨则黩㉚，其盟则寒㉛。岂冤禽之能塞海㉜？非愚叟之可移山㉝。以上叙元帝中兴之业不终。

【注释】

①中宗：晋元帝的庙号。此指梁元帝萧绎。夷凶靖乱：平定叛乱。

②代邸：汉文帝原封代王，吕后死后，入继皇位。此喻梁元帝从湘东王即帝位。

③唐郊：传说挚为帝，封其弟放勋为唐侯，后禅位于放勋，即唐尧。纂：通"缵"。继承。此喻梁元帝继简文帝即位，亦以弟继兄。

④反旧章：恢复以前的规章制度。司隶：司隶校尉。汉光武帝刘秀推翻王莽之初，曾被堂兄刘玄任命为司隶校尉，设官立制，恢复旧章。

⑤归余风：恢复旧风俗。正始：魏齐王曹芳的年号，当时士大夫尚清谈，谓之正始之风。

⑥沉猜：深沉猜忌。

⑦藏疾：隐藏缺点。自矜：自负。

⑧没：没有希望了。

⑨齐：北齐。

⑩秦：指西魏。西魏都长安，为秦故地。此二句借战国时楚、齐绝交引起秦国入侵的史实，说明梁朝当时的形势。

⑪况背关而怀楚：项羽入关后怀恋楚地，离开关中，导致失败。

⑫异端委而开吴：端、委，古代礼服，表示礼让。吴国祖先太伯礼让兄弟继位，入吴开创基业。此二句喻梁元帝不肯去建康，且兄弟争位。

⑬绿林之散卒：指侯景部将任约、谢答仁。武陵王萧纪反，元帝释二将以攻纪。

⑭骊山之叛徒：指西蜀起兵反对元帝的武陵王萧纪。

⑮营军：用兵。梁溠：在溠水上建桥。溠，河名。在湖北。

⑯蒐：检阅。乘：兵车。巴、渝：四川东部。

⑰问：问罪。淫昏之鬼：指萧纪的魂魄。

⑱厌（yā）劾之符：符咒。

⑲荆门：地名。今属湖北。廪延：地名。春秋时郑国邑名，今河南

延津。郑庄公之弟共叔段扩张至此，后为庄公所败。此喻萧纪
在荆门被杀。

⑳夏口：地名。今湖北武昌。逵泉：春秋时鲁国地名。季友毒死其
兄之地。此喻元帝逼害其兄萧纶。

㉑蔑：不能。因亲以教爱：语出《孝经》，指亲情友爱。

㉒弯弧：弯弓，喻残杀。

㉓肉食：在位者。

㉔《论都》：东汉杜笃所作《论都赋》，议迁都之事。

㉕五难：《左传》有"取国有五难"，指执政之难。

㉖三端：文士笔端、勇士锋端、辩士舌端。古人以贤者应避三端。
元帝诗、书、画俱长，以此称能，不去考虑国家大事。

㉗阳城：山名。在今河南登封境内。

㉘砥柱：黄河三门峡中一石岛。与上"阳城"皆古代著名险地。

㉙黑子：与下文的"弹丸"皆形容地方很小。

㉚夥：多。

㉛寒：寒心。

㉜冤禽：即精卫鸟，传为炎帝女所化。

㉝愚叟：即愚公。

【译文】

梁元帝萧绎平定侯景之乱，报仇雪耻，其中兴之势，似可与晋元帝
相比。他就像汉文帝以代王入继大统一样，以湘东王继承皇位。又像
唐尧以弟继兄一样，梁元帝也是以弟弟的身份继简文帝即位的。他像
汉光武帝一样，以藩王的身份，恢复了王朝。即位之初也曾想恢复旧
制，无改先帝之遗风。然而他性情猜忌，自高自大，隐藏缺点，自以为
是。从此国家运势走向没落，各地方长官对国家命运开始怀疑，对元帝
的忠心开始动摇。不久，梁元帝在既没有与东魏修好的情况下，又得罪
了西魏，终于招致西魏的入侵。何况梁元帝在灭了侯景之后，也像当年

项羽留恋楚地，离开关中一样，舍不得楚地江陵，不肯还都建康；又不像周太伯一样为了礼让，赴吴开创基业，而是兄弟争位，自相残杀。武陵王萧纪在蜀称帝，进攻元帝，元帝放侯景部将任约、谢答仁出狱，率军抵抗武陵王萧纪的进攻，阻止武陵王东下。为此，元帝在滢水上建造桥梁，在巴渝一带检阅兵车，求神问卜，迷信符咒，兄弟相争。梁元帝就像春秋时郑庄公对待自己的弟弟共叔段一样，.阴险狡诈，使武陵王萧纪在荆门被杀。又像鲁国的季友用毒酒害死自己的哥哥一样，在夏口逼害其兄邵陵王萧纶。他对兄弟不能本着亲爱的精神和睦相处，却不顾手足之情，忍心弯弓相向，相互残杀。梁元帝及其周围的权贵都没有深谋远虑，梁元帝舍不得离开江陵，群臣也无人进献迁都建康的远谋。元帝本人不但没有深思为君之难，不去考虑国家大事，却以诗、书、画来夸耀于人，自己的处境已很危险，却自以为很安全。他所常说的多是些猜忌刻薄的话，表面上好像胸怀大志，内心却很残忍。征讨侯景的过程中就是坐观成败，本来就无心解救兄弟的急难。梁元帝所能控制的地盘就像黑痣一样大，城池只有弹丸那么小。原来与他有仇怨的，积怨更深了，原来与他是同盟的，也都寒了心。梁朝的局面到了这种地步，岂是精卫衔石就可填平大海？更不是愚公移山所能挽救的了的。以上叙述梁元帝的中兴事业未能成功。

况以沴气朝浮[1]，妖精夜殒[2]。赤乌则三朝夹日[3]，苍云则七重围轸[4]。亡吴之岁既穷[5]，入郢之年斯尽[6]。周含郑怒[7]，楚结秦冤[8]。有南风之不竞[9]，值西邻之责言[10]。俄而梯冲乱舞[11]，冀马云屯[12]。俴秦车于畅毂[13]，沓汉鼓于雷门[14]。下陈仓而连弩[15]，渡临晋而横船[16]。虽复楚有七泽[17]，人称三户[18]，箭不丽于六麋[19]，雷无惊于九虎[20]。辞洞庭兮落木，去涔阳兮极浦[21]。炽火兮焚旗，贞风兮害蛊[22]。乃使玉轴扬灰㉓，龙文折柱㉔！　以上叙江陵之亡。

【注释】

①沴(lì)气：灾异之气。

②妖精：流星。

③赤乌：红云。

④轸(zhěn)：星名。二十八宿之一。

⑤亡吴：春秋时越灭吴。

⑥入郢：吴侵楚。喻梁亡无可避免。

⑦周含郑怒：春秋时周、郑交战。此喻元帝与岳阳王詧的矛盾。

⑧楚结秦冤：指梁与西魏关系破裂。

⑨南风之不竞：春秋时郑、楚交战，晋乐师师旷预言："南风不竞，多死声，楚必无功。"此喻梁势已衰，不堪一击。

⑩西邻之责言：指西魏兴师问罪。

⑪梯冲：攻城用的云梯、冲车。

⑫冀马：冀州所产良马。云屯：集结。

⑬俴(jiàn)：浅。畅：长。毂：车轴。

⑭眢：鼓声。雷门：会稽城门，悬有大鼓。

⑮陈仓：地名。今陕西宝鸡。连弩：诸葛亮伐魏，兵围陈仓，作一弩十矢俱发之"连弩"。

⑯临晋：即大庆关，今陕西朝邑。韩信攻魏，佯装渡临晋，以奇兵袭安邑，俘魏王。此喻西魏攻梁之势。

⑰七泽：古时楚地湖泊的总称。

⑱三户：几户人家。战国时楚人言："楚虽三户，亡秦必楚。"

⑲丽：附着，引申为射中。麋(mí)：鹿。

⑳九虎：王莽时九位将军的称号，喻军威。

㉑辞洞庭兮落木，去涔阳兮极浦：化用《楚辞》"洞庭波兮木叶下"和

"望涔阳兮极浦"两句,形容梁朝的惨状。

㉒炽火兮焚旗,贞风兮害蛊:指出军不利和君主被擒之兆。

㉓玉轴:书籍。

㉔龙文:宝剑名。折柱:砍柱子。

【译文】

何况各种不祥之兆频频出现,梁朝的倾覆之期已到,就像春秋时越亡吴,吴入楚一样无可挽回了。梁元帝攻灭河东王萧誉,其弟岳阳王萧詧对元帝心怀怨怒,就像周含郑怒,以狄攻郑那样,勾结西魏进攻元帝,致使西魏与梁关系破裂,西魏进攻江陵。此时的梁朝局势已大大衰落,却赶上了与强大的西魏交战。不久,江陵城下到处是攻城用的云梯、冲车,集结了如云般的冀州良马。西魏军队阵容强盛,战鼓雷鸣,兵车纵横。其战术之巧,就如当年诸葛亮兵围陈仓,一弩十发,又如韩信伐魏,声东击西。虽然梁朝仍是过去楚国的故地,仍然流传着"楚虽三户,亡秦必楚"的预言,然而目前的现实却是:梁朝士兵虽然顽强,但终归还是箭不利,军不威,败得一塌糊涂,梁元帝终于惨败而出降了。梁元帝在被围困时,将所藏珍贵的图书都放火烧了,把所配的宝剑也在柱子上砍断了。以上叙述江陵的灭亡。

下江余城①,长林故营②。徒思钳马之秣③,未见烧牛之兵④。章曼枝以毂走⑤,宫之奇以族行⑥。河无冰而马渡⑦,关未晓而鸡鸣⑧。忠臣解骨⑨,君子吞声⑩。章华望祭之所⑪,云梦伪游之地⑫。荒谷缢于莫敖⑬,冶父囚于群帅。硎谷折拉⑭,鹰鹯批搦⑮。冤霜夏零⑯,愤泉秋沸⑰。城崩杞妇之哭⑱,竹染湘妃之泪⑲。以上总叙国亡之惨。

【注释】

①下江:地名。地接襄阳。余城:尚未被攻下的城池。

②长林：地名。属武陵郡。

③徒思：空想。钳马之秣：钳住马口以节约粮秣。

④烧牛之兵：战国时齐国田单用火牛阵破燕兵。

⑤章曼枝：战国时仇犹国人，他预见到国将不保，乘短毂之车疾驱
　至齐。

⑥宫之奇：春秋时虞国大夫，知晋将图虞，进谏不听，带全族人离开
　了虞国。此喻梁朝当时情形。

⑦河无冰而马渡：汉光武帝为敌兵所追，未等河中冰坚而强渡滹
　沱河。

⑧关未晓而鸡鸣：战国时孟尝君逃离秦国，夜至函谷关，未等鸡鸣
　开关而让人学鸡叫骗开关逃走。此喻梁元帝手下人仓皇逃离。

⑨解骨：悲痛入骨。

⑩吞声：悲痛失声。

⑪章华：楚国宫名。望祭：祭祀山川。

⑫云梦：楚泽名。伪游：汉高祖刘邦曾伪游云梦，诱执韩信。

⑬荒谷：与下文的"冶父"均为地名。莫敖：春秋时楚国战败，莫敖
　在荒谷自缢，群帅在冶父被囚。

⑭硎谷：在今陕西临潼南，秦始皇坑儒的地方。折拉：拉脱，打折。

⑮鹰鹯(zhān)：凶鸟。批攒(fèi)：扑击。此喻西魏对待梁朝大小
　官吏。

⑯冤霜夏零：邹衍忠心而被燕惠王拘捕，仰天而哭，夏日降霜。此
　喻人民无辜遭难。

⑰愤泉秋沸：东汉耿恭守边，屯于疏勒，水为匈奴所断，挖井而拜，
　水泉奔涌。

⑱城崩杞妇之哭：春秋时齐国的杞梁殖在袭莒时战死，其妻抚尸痛
　哭，城为之崩塌。

⑲竹染湘妃之泪：相传舜帝南巡死于湘地苍梧，其妃娥皇、女英痛

哭,泪落竹上成斑。此喻梁朝死者家人的悲痛。

【译文】

那些尚未被西魏攻下的城垒,也大都防备薄弱,虽然过去所建的营垒依旧,而面目却已全非。只想钳住马口以节约粮草,没有破敌的好办法,也没有见到像过去齐国田单那样的火牛阵克敌之援兵。梁元帝拒谏饰非,文武大臣纷纷离去,各奔前程。有的像春秋时的章曼枝一样,预料国将不保,急忙逃离,连车毂坏了也不顾;有的像过去虞国的宫之奇一样,劝谏不成,带领全族人离开了故国。梁朝的大臣们去之唯恐不及,仓皇逃离,就像刘秀过滹沱河一样,河无冰而强渡;又像孟尝君逃离秦国一样,夜至函谷关,不等鸡鸣开关而学鸡叫。忠贞之臣骨懒体疲,无法报国,爱国之士饮恨吞声,无由效命。西魏之兵入梁后大肆杀戮,江陵已陷,只能把章华台作为祭祀山川的场所。就像春秋时楚国战败,莫敖在荒谷自缢,群帅在冶父被囚,梁朝文武官员多被西魏所杀。又像秦始皇在硐谷坑儒一样,梁朝的大小官吏备受摧残。梁朝百姓无辜受难。死难者家属有的像春秋时的杞梁殖之妻,悲恸之声足以将城墙哭倒;有的像舜帝二妃一样,泪流竹上,斑痕累累。以上概述亡国的惨状。

水毒秦泾①,山高赵陉②。十里五里,长亭短亭③。饥随蛰燕④,暗逐流萤。秦中水黑⑤,关上泥青。于时瓦解冰泮⑥,风飞电散。浑然千里⑦,淄、渑一乱⑧。雪暗如沙,冰横似岸⑨。逢赴洛之陆机⑩,见离家之王粲⑪。莫不闻陇水而掩泣⑫,向关山而长叹。况复君在交河⑬,妾在青波⑭。石望夫而逾远⑮,山望子而逾多⑯。才人之忆代郡⑰,公主之去清河⑱。栩杨亭有离别之赋⑲,临江王有愁思之歌。以上梁人被掠入关之苦。

【注释】

①水毒秦泾：春秋时秦人在泾水放毒以阻止晋、郑等伐秦之军。

②赵陉（xíng）：赵国井陉，是著名的险要之地。

③长亭短亭：古时沿途设亭，供人食宿休息，十里设一长亭，五里设一短亭。

④随：搜捕。

⑤秦中：今陕西一带。水黑：与下文的"泥青"均为关中地名。即黑水关、青泥关。

⑥冰泮（pàn）：冰融化。

⑦浑然：混淆，错杂。

⑧淄（zī）、渑（shéng）：齐国两条水名，水味不同，此喻被俘者"贵""贱"难分。

⑨雪暗如沙，冰横似岸：形容西北天气寒冷。

⑩陆机：三国吴人，吴亡入晋都洛阳。

⑪王粲：汉末文学家。董卓之乱时离家至荆州避难。此喻长安所见同朝文士。

⑫陇水：与下文的"关山"泛指秦中山川，今陕西一带。

⑬交河：在今新疆吐鲁番西北。

⑭青波：楚地，今河南新蔡。

⑮石望夫：望夫石传为妇女望夫而化。

⑯山望子：古有思子台、望儿台。

⑰才人：宫女。代郡：赵国地名。

⑱公主：晋惠帝之女。

⑲栩杨：与下文的"临江"分指《栩阳赋》《临江歌》。

【译文】

　　梁朝人士被西魏俘入关中，沿途历尽了艰苦，饥寒交迫，苦不堪言。真是国破家亡，流离失所。就像瓦一样裂开，冰一样融化。无论贵、贱、

贤、愚,一同遭难。北方天气异常寒冷,雪暗如沙,冰横似岸。我在长安
见到了不少旧时同朝的文士,如赴洛之陆机,离家之王粲,见到异国的
山木,莫不触景生情,痛哭长叹。何况被俘者多家室远别,夫妻离散,父
子长别。妻望夫,母望子,流民在兵乱之中随便婚配,即使是公主、小姐
也只好随遇而嫁了。悲欢离合之中,有多少可歌可泣之事。以上记叙梁
朝人被掠入关的苦况。

别有飘飖武威①,羁旅金微②。班超生而望返③,温序死
而思归④。李陵之双凫永去⑤,苏武之一雁空飞! 以上信自叙
羁旅无家可归。

【注释】

①武威:古地名。在今甘肃境内。

②金微:即今阿尔泰山。

③班超:东汉名将,在西域镇守三十一年,有"但愿生入玉门关"
　之句。

④温序:东汉将领,战败自杀,托梦其子,希望归葬故乡。

⑤李陵:与下文"苏武"二人都被羁匈奴,后苏武归汉,有《别李陵》
　诗:"双凫(fú)俱北飞,一凫独南翔。"

【译文】

有的人甚至流离到极偏远的地方去了。他们有的像汉时的班超,
"但愿生入玉门关";有的像温序一样,死后托梦,思归故里。可惜自己
奉命出使西魏被扣留,就像汉时的李陵、苏武一样,无家可归。以上是庾
信自叙被扣留,无家可归。

若江陵之中否①,乃金陵之祸始②。虽借人之外力,实萧

墙之内起③。拨乱之主忽焉④,中兴之宗不祀⑤。伯兮叔兮⑥,同见戮于犹子⑦。荆山鹊飞而玉碎⑧,隋岸蛇生而珠死⑨。鬼火乱于平林⑩,殇魂游于新市⑪。梁故丰徙⑫,楚实秦亡⑬。不有所废,其何以昌⑭？有妫之后⑮,将育于姜⑯。输我神器⑰,居为让王⑱。以上叙江陵之灭,禅陈之势成矣。

【注释】

①江陵:指元帝。中否(pǐ):中途夭折。

②金陵之祸:指陈霸先代梁自立。

③萧墙:屏门,喻家庭内争。

④拨乱:削平祸乱。忽焉:很快灭亡。

⑤不祀:香火断绝。此二句指元帝死,诸子灭,宗嗣绝。

⑥伯兮叔兮:兄兄弟弟。

⑦犹子:侄子,指梁元帝侄子萧詧。

⑧荆山鹊飞而玉碎:以玉击鹊,鹊没打着,玉却碎了。

⑨隋岸蛇生而珠死:古有巨蛇衔珠报隋侯之说。

⑩鬼火:磷火。平林:与下文的"新市"皆荆州地名。

⑪殇魂:未成年而死者的灵魂。

⑫梁故丰徙:战国时魏迁都于大梁,称梁,后又迁于丰。此喻梁元帝自建康迁都于江陵。

⑬楚实秦亡:战国时秦灭楚。此喻西魏灭梁朝。

⑭昌:兴旺。

⑮有妫(guī):陈姓祖先。

⑯姜:齐国。春秋时陈公子完避难于齐,其后代田和夺取齐国政权。此喻陈霸先篡梁。

⑰输:交出。

⑱居为让王：让位不居的帝王。

【译文】

　　梁元帝本有中兴的希望，却不料中途出了事，最终导致了陈霸先在金陵篡梁。虽然是由于外部的原因，但实际上是由于内部争权夺利。结果梁元帝很快被灭亡了，且后嗣不继，香火断绝。梁元帝诸子，兄兄弟弟，都被梁元帝的侄子萧詧所杀害。梁朝宗室互相残杀，就像以玉击鹊，鹊飞玉碎；又像隋蛇报恩，蛇活珠死。死者的灵魂无所归依，到处流浪。梁元帝政权本是梁朝政权的继续，梁元帝的灭亡其实就是亡于西魏。历史上曾有过的事，今天又重演了。旧的不废，新的如何兴旺？就像春秋时陈公子完避难于齐，其后代最终夺取齐国，陈霸先也最终篡梁自立，夺取了梁朝政权。梁元帝的儿子本为陈氏所立，不久却交出了政权，让位给了陈霸先。以上叙述江陵城破后，只能将政权禅让给陈霸先。

　　天地之大德曰生，圣人之大宝曰位①。用无赖之子弟，举江东而全弃②。惜天下之一家，遭东南之反气③。以鹑首而赐秦④，天何为而此醉！以上追咎武帝不能豫教子弟而乱生。

【注释】

①天地之大德曰生，圣人之大宝曰位：出自《周易》，意为皇位不应随便转让。

②江东：长江下游江南一带，指梁朝江山。

③反气：反乱之气。

④鹑首：星名。为秦的分野。传说天帝因喝醉了酒，把鹑首之地赐给了秦穆公。此喻西魏灭梁。

【译文】

　　《周易》上说："天地之大德曰生，圣人之大宝曰位。"也就是说，有生杀大权的皇位是不应随便出让的。可梁元帝及其子弟却重用陈霸先这样的无赖子弟，结果把大好江山全部丢失了。可惜天下本是统一的，却遭到了东南内部的反乱之气，被破坏了，结果使西魏得利。天意为什么如此昏蒙！以上追究梁武帝不能教育子弟而导致祸乱的责任。

　　且夫天道回旋①，生民预焉②。余烈祖于西晋③，始流播于东川④。洎余身而七叶⑤，又遭时而北迁。提挈老幼⑥，关、河累年⑦。死生契阔⑧，不可问天。况复零落将尽，灵光岿然⑨！日穷于纪⑩，岁将复始。逼迫危虑，端忧暮齿⑪。践长乐之神皋⑫，望宣平之贵里⑬。渭水贯于天门⑭，骊山回于地市⑮。幕府大将军之爱客⑯，丞相平津侯之待士⑰。见钟鼎于金、张⑱，闻弦歌于许、史。岂知灞陵夜猎⑲，犹是故时将军⑳？咸阳布衣㉑，非独思归王子！以上自伤家世。

【注释】

①回旋：轮回。

②预：随之而变迁。

③烈祖：有功烈之祖，指八世祖庾滔。

④流播：迁徙。

⑤洎（jì）：到，至。

⑥提挈（qiè）：携带。

⑦关、河：函谷关、黄河。

⑧契阔：久别。

⑨灵光：汉时仍在的鲁国灵光殿。作者自喻。

⑩纪：年。

⑪逼迫危虑，端忧暮齿：指处境困难，尤多暮年之忧。

⑫长乐：汉长乐宫。神皋：宫门。

⑬宣平：汉长安城门。

⑭天门：天官之门。

⑮地市：秦始皇陵中设有店市。

⑯幕府：汉武帝曾于营幕中拜卫青为大将军，后称大将军为幕府。
　　爱客：爱重之客。

⑰平津侯：汉武帝时丞相。此喻北周丞相宇文护。

⑱金、张：与下文的"许""史"皆西汉时长安著名贵族。

⑲灞陵：即灞陵亭，在今陕西西安北。

⑳故时将军：指西汉著名将军李广降为庶人后，自称故李将军。此
　　喻庾信曾任梁右卫将军。

㉑咸阳布衣：战国时楚太子在秦为人质，有"去千乘之家国，做咸阳
　　之布衣"之句。布衣，百姓。此喻庾信身在长安，思归江南。

【译文】

　　天道变迁，人也随之轮回变迁。我的有功烈的八世祖庾滔本来在西晋，开始从北方迁移到南方。到我这儿经过了七世，又遭时变，迁回北方。我携带全家被羁北方，一去多年，生死离别，无法预知，何况知交零落将尽，只有自己独存。旧的一年快完了，新的一年又将开始，处境困难，多有迟暮之忧。虽然我也常出入于宫廷权贵之家，与当权者多有交游，也能跻身于繁华的长安城中，当权者也都很器重、很尊重我，请我出席各种盛会，宠遇有加。但是，有谁知道，我曾经也是梁朝的右卫将军，又有谁知道，身在异乡，思归故国的，岂只是那些故国的宗室王子？也包括我自己在内！*以上感伤自己的家世。*

韩愈

韩愈简介参见卷二。

送穷文

【题解】

　　"送穷"是古代的一种风俗。传说"五帝"之一的高辛氏时代,官里生了一个男孩,长大后专门穿破衣,喝粥,一副穷相,号为穷子。他死于正月最末一天,后来民间于这一天都做粥、拿破衣扔到街上,祈祷穷鬼快走,叫"送穷"。这篇文章即袭用此意,不过本文说的"穷",是倒霉、无出路的意思。作者把自己的品德情操归为五类,分别冠以智穷、学穷、文穷、命穷、交穷等"五鬼"之名。由于这"五鬼"附身作祟,所以时时处处碰钉子。要送走事实上代表着自己品德的"五鬼",又办不到,于是只好恭恭敬敬地再请"五鬼"留下,即继续保持自己的高尚情操,硬着头皮等待再触霉头。全文模拟扬雄的《逐贫赋》"君子固穷"之意作讽刺文字,嘲骂当时社会,借此来发泄一腔不平之气。主人骂得有情,穷鬼辩得有趣,牢骚发得高明,读来令人拍案叫绝。

　　元和六年正月乙丑晦①,主人使奴星结柳作车②,缚草为船,载糗舆粻③,牛系轭下④,引帆上樯⑤,三揖穷鬼而告之曰:"闻子行有日矣,鄙人不敢问所涂⑥,窃具船与车⑦,备载糗粻。日吉时良,利行四方。子饭一盂⑧,子啜一觞⑨。携朋挈俦⑩,去故就新。驾尘彍风⑪,与电争先⑫。子无底滞之尤⑬,我有资送之恩⑭。子等有意于行乎?"

【注释】

①元和六年:811年。元和,唐宪宗年号(806—820)。晦:阴历每月的最后一天。

②星:一个奴仆的名字。

③糗(qiǔ):炒熟的米麦。粻(zhāng):食粮。

④轭:车前面套牲口的用具,一般套在牲口的颈上。

⑤樯:桅杆,用于悬挂风帆。

⑥所涂:到哪里去。

⑦窃:私下。

⑧子饭一盂(yú):请你吃一盘食物。饭,吃。

⑨子啜一觞(shāng):请你喝一杯。啜,喝,饮。觞,酒杯。

⑩俦(chóu):伴侣。

⑪驾尘:车在路上飞驰,扬起灰尘。彍(guō)风:船帆兜满风疾行。

⑫与电争光:形容其速。

⑬底:停止。滞:留滞。尤:怨恨。

⑭资送:资助,供给。

【译文】

　　元和六年正月三十,主人让一个叫星的奴仆,用柳枝做车,用草做船,载着熟米麦和食粮,把牛车套上,把帆张挂在桅杆上,给穷鬼作了几下揖并告知说:"听说你要离开有几天了,我不敢问你去哪里,只是在私下里备好船和车,并备载了粮食。现在是吉日良辰,有利于远行。请你吃一盘饭,喝一杯酒,然后呼朋携伴,离开我这故地另就新地。请你乘船坐车,快点离开,越快越好。虽然你没有因停留在我这穷家而怨恨,但我有资送你的恩德。你等是否愿意离开?"

屏息潜听,如闻音声。若啸若啼,砉欻嘤嘤①。毛发尽竖,竦肩缩颈。疑有而无,久乃可明②。若有言者曰:"吾与子居,四十年余。子在孩提,吾不子愚③。子学子耕④,求官与名。惟子之从,不变于初。门神户灵,我叱我呵⑤。包羞诡随⑥,志不在他。子迁南荒⑦,热烁湿蒸。我非其乡,百鬼欺陵。太学四年⑧,朝饔暮盐⑨。惟我保汝,人皆汝嫌。自初及终,未始背汝。心无异谋,口绝行语⑩。于何听闻⑪,云我当去?是必夫子信谗,有间于予也⑫!我鬼非人,安用车船?鼻齆臭香⑬,糗粢可捐⑭。单独一身,谁为朋俦?子苟备知,可数已不⑮?子能尽言⑯,可谓圣智。情状既露,敢不回避。"

【注释】

①砉欻(huā chuā):象声词,形容声音突来突逝。嘤(yōu)嘤:声音细微听不清。

②久乃可明:听了很久才听明白。

③吾不子愚:我不嫌你愚笨。

④耕:耕地。

⑤门神户灵,我叱我呵:意为我经常呵斥门神和户神不尽职保护你。

⑥包羞诡随:意思是忍辱纳垢。

⑦子迁南荒:指韩愈在贞元十九年(803)被贬阳山令一事。

⑧太学四年:指韩愈任国子博士的四年。

⑨朝齑暮盐:早吃咸菜晚吃盐,形容生活清苦。

⑩口绝行语:从未说过要走的话。

⑪于何听闻:从哪里听说。

⑫有间于予:和我疏远。间,隔膜。

⑬齅:嗅。说鬼用鼻子闻食物的味就可以饱腹。

⑭可捐:可以免了。

⑮可数已不:可不可以数落一下。已,同"以"。不,同"否"。

⑯尽言:说得全面、准确。

【译文】

主人屏住呼吸静心以听,好像听到了声音。如虎啸,如猿啼,骤起骤歇,声音细微听不清楚,令人毛发倒竖,竦肩缩颈。好像有却又没了,听了很久才听明白。好像有人说:"我和你居住一起,四十多年了。你在孩提时代我就不嫌你愚笨。你学习,你耕地,追求做官与名声,我唯你是从,不变如初。我常常呵斥门神和户神不尽职保护你。忍辱纳垢,没有改变过志向。你被贬南面荒凉的阳山,处在热烫湿蒸之中。由于我不属于这块地盘,所以遭受百鬼欺凌。你任国子博士四年间,生活极其艰苦。其他人都嫌弃你,唯我保护你。从刚开始到最终,始终未背叛过你。心里无别的想法,口里绝对不说要离开的话。你从哪里听说我将要离去?这必定是你相信谗言,对我有了隔膜。我是鬼非人,怎么会用车与船?用鼻闻闻香味即可,粮食可免。单独一身,谁跟我是朋友?你如果都知道,可不可以数落一下?你如果能说得全面,就可算得上圣明。情况既已摆出来,别怪我胆大不回避。"

主人应之曰:"子以吾为真不知也耶?子之朋俦,非六非四,在十去五,满七除二①。各有主张,私立名字。掩手覆羹②,转喉触讳③。凡所以使吾面目可憎、语言无味者,皆子之志也④。其名曰'智穷'，矫矫亢亢⑤，恶圆喜方⑥，羞为奸欺⑦，不忍害伤。其次名曰'学穷'，傲数与名⑧，摘抉杳微⑨，高挹群言⑩，执神之机⑪。又其次曰'文穷'，不专一能，怪怪奇奇，不可时施⑫，只以自嬉⑬。又其次曰'命穷'，影与形殊⑭，面丑心妍，利居众后⑮，责在人先。又其次曰'交穷'，磨肌戛骨⑯，吐出心肝，企足以待⑰，实我仇冤。凡此五鬼，为吾五患。饥我寒我，兴讹造讪⑱。能使我迷⑲，人莫能间⑳。朝悔其行，暮已复然㉑。蝇营狗苟，驱去复还㉒。"

【注释】

①"非六非四"几句：都是说一个"五"字，因是游戏文字，故意作累句，增强诙谐的效果。

②捩(liè)手覆羹：说笨手笨脚，一动就惹祸。捩，扭转。

③转喉触讳：一说话就触犯别人忌讳，得罪人。

④皆子之志：都是你的鬼主意。

⑤矫矫亢亢：坚强而正直。

⑥恶圆喜方：反对圆滑而喜欢正直。

⑦羞为奸欺：以阴谋欺诈为耻辱而不去干。

⑧傲数与名：看不起术数、名物一类知识。

⑨摘抉杳微：寻求那些幽深的道理。

⑩高挹(yì)群言：居高临下选取各种学说的精华。

⑪执神之机：掌握其精神之奥秘。

⑫不可时施：不为当时社会所用。

⑬只以自嬉：只可供自己欣赏。

⑭影与形殊：表现出来的同本来样子不一样。

⑮利居众后：有好处时自己排在别人之后。

⑯磨肌戛骨：抚摩着肌肉，敲打着骨头，比喻待人以诚。下文"吐出
　心肝"同此。

⑰企足：举起足跟，表示盼望。

⑱兴讹造讪：惹起谣言，造成诽谤。

⑲能使我迷：是说五鬼迷惑住我。

⑳人莫能间：不是谁能离间得了的。

㉑朝悔其行，暮已复然：是从反面说自己的好品质非常坚定。

㉒蝇营狗苟，驱去复还：是说五鬼附在自己身上，赶也赶不走，也是
　说自己品质坚定。

【译文】

　　主人应答说："你以为我真的不知道吗？你的朋友伴侣，不是六个
也不是四个，十个中去掉五个，七个中除去两个。各有主张，各立名号。
笨手笨脚，一动就惹祸，张口就触及人的忌讳。凡是使我面目可憎、语
言无味的根源，都是你们的鬼主意。其中一个名叫'智穷'，坚强直硬，
厌恶圆滑，喜欢正直，以阴谋欺诈为耻辱，不忍心去伤害别人。另一个
名叫'学穷'，傲视术数、名物知识，寻求幽深的道理，居高临下选取各种
学说的精华，掌握其精神之奥秘。再另一个名叫'文穷'，不能专于一种
特长，奇奇怪怪，不可以为社会所用，只能自娱。再另一个名字是'命
穷'，表现出来的与本质不一样，面目丑陋心灵美好，有好处时排在众人
之后，承担责任却在人的前边。再另一个名字叫'交穷'，抚摩肌肉，敲
打骨头，倾吐肺腑，盼望着与他交好，他却把我当作仇人。总之这五个
鬼，是我的五大祸患。让我受饥，使我受冻，惹起谣言，造成诽谤。使我
执迷其间，没有谁能分离改变得了。早晨尚后悔自己的行为，但晚上又
是原样。这五鬼附在我身上，是赶也赶不走。"

　　言未毕，五鬼相与张眼吐舌，跳踉偃仆①，抵掌顿脚②，失
笑相顾。徐谓主人曰："子知我名，凡我所为③，驱我令去，小

黠大痴④。人生一世，其久几何？吾立子名，百世不磨⑤。小人君子，其心不同。惟乖于时，乃与天通⑥。携持琬琰，易一羊皮⑦。饫于肥甘，慕彼糠糜⑧。天下知子，谁过于予？虽遭斥逐，不忍子疏⑨。谓予不信，请质诗书⑩。"

【注释】

①跳踉（liáng）：蹦跳。

②抵（zhǐ）掌：拍掌。

③所为：一切行为。

④小黠大痴：有一些小聪明，其实是大大的痴傻。

⑤不磨：不泯灭。

⑥惟乖于时，乃与天通：只有不同流俗，才能得天地之正道。

⑦携持琬琰（wǎn yǎn），易一羊皮：拿着美玉去换一张破羊皮。指赶走五鬼去随同流俗。

⑧饫（yù）于肥甘，慕彼糠糜：吃饱了美食，去羡慕糠粥。是比喻抛弃好品质去追求庸俗的东西。

⑨疏：疏远。

⑩请质诗书：请你去同圣贤的经典对照一下，就知道我说的不错了。

【译文】

话还没说完，五鬼相互间瞠目吐舌，蹦跳倒卧，拍掌顿脚，相顾失笑。并慢吞吞地告诉我这主人说："你知道我们的名和我们所做的一切，驱赶我们让我们离去，虽是小聪明实是大傻。人的一生，能有多久？我们立下你的名声，百世不磨灭。小人与君子内心是不同的。只有不同流俗，才能得天地之正道。你手持美玉，却要交换一张羊皮。吃饱了美好的食物，却羡慕糠粥。天下了解你的，有谁超过我们？虽然我们遭到贬斥驱赶，但不忍心与你疏远。你若不信，请查看圣贤们的诗书。"

主人于是垂头丧气，上手称谢①，烧车与船，延之上座②。

【注释】

①上手称谢：拱手道歉。

②延：请。

【译文】

主人我于是垂头丧气，拱手道歉，烧掉车与船，请他们坐上正座。

进学解

【题解】

韩愈自贞元十八年（802）至元和七年（812），屡遭贬谪，前后做了几任国子监博士，因满怀救济天下之志却不被重用，所以写《进学解》来抒发自己的心情。

这篇文章显著特色有三：其一，骈散兼行，句式整齐而富于变化。其二，善于熔古铸今，议论精辟简约，使文章富有气势，并以幽默的反语，形象的比喻，造成文章强烈的艺术感染力。其三，造语精粹，不仅创造性地使用古人语言，并且善于吸收富于表现力的口语创造更新的文学语言。如"业精于勤，荒于嬉；行成于思，毁于随"等。

国子先生晨入太学①，招诸生立馆下②，诲之曰："业精于勤，荒于嬉；行成于思，毁于随。方今圣贤相逢③，治具毕张④，拔去凶邪，登崇畯良⑤。占小善者率以录⑥，名一艺者无不庸⑦。爬罗剔抉⑧，刮垢磨光。盖有幸而获选，孰云多而不扬⑨？诸生业患不能精，无患有司之不明⑩；行患不能成⑪，无患有司之不公。"

【注释】

①国子先生：国子监博士，韩愈自称。国子监古称太学，唐代下设子学、太学、广文学、四门学、律学、书学、算学七学。七学各置博士。

②馆：学舍。

③相逢：执政。

④治具：制度和法令。毕：全，都。张：设立。

⑤登崇畯良：提拔有才能的人。畯，通"俊"。才能出众的人。

⑥善者：此处指有特长的人。录：录用。

⑦名：占有。庸：任用。

⑧爬罗：搜罗。剔抉：挑选抉择。

⑨多：指学识渊博。扬：选用，举拔。

⑩有司：指官吏。古时设官分职，各有专司，所以称有司。

⑪行：德行。

【译文】

国子先生韩愈早晨来到国子学馆，召集学生们站立在学舍下，教诲他们说："学业的精进在于勤勉，而它的荒废在于嬉戏；德行的成就在于思考，而它的毁坏在于盲从。当今圣君贤臣同在，法令也都设立起来，除掉了凶险邪恶之辈，提拔了俊良之材。凡有点特长的人，都加以录用，有一技之长的人没有不予以起用的。搜罗选择人才，加以教育培养。只有无真才实学的人侥幸被选用的，谁说有才学的人被埋没而不被选用呢？大家要担心的是学业不能精进，没有必要担心官吏察看不明；需担心的是德行不能达成，没有必要担心官吏不公。"

言未既①，有笑于列者曰②："先生欺予哉！弟子事先生③，于兹有年矣。先生口不绝吟于六艺之文④，手不停披于百家之编⑤。记事者必提其要，纂言者必钩其玄⑥。贪多务得⑦，细大不捐⑧。焚膏油以继晷⑨，恒兀兀以穷年⑩。先生之业，可谓勤矣！觝排异端⑪，攘斥佛老⑫；补苴罅漏⑬，张皇幽眇。寻坠绪之茫茫⑭，独旁搜而远绍⑮。障百川而东之⑯，回狂澜于既倒⑰。先生之于儒，可谓有劳矣⑱！沉浸酴、郁⑲，含英咀华⑳；作为文章㉑，其书满家㉒。上规姚、姒㉓，浑浑无涯㉔；周《诰》、殷《盘》㉕，佶屈聱牙㉖；《春秋》谨严㉗，《左氏》浮夸㉘；《易》奇而法㉙，《诗》正而葩㉚。下逮《庄》《骚》㉛，太史所录㉜；子云、相如㉝，同工异曲㉞。先生之于文，可谓闳其中而肆其外矣㉟。少始知学，勇于敢为㊱；长通于方㊲，左右具宜㊳。先生之于为人，可谓成矣㊴。然而公不见信于人㊵，私不见助于友㊶；跋前踬后㊷，动辄得咎㊸；暂为御史㊹，遂窜南夷㊺。三年博士㊻，冗不见治㊼。命与仇谋㊽，取败几时㊾。冬暖而儿号寒，年丰而妻啼饥。头童齿豁㊿，竟死何裨(51)？不知虑此(52)，而反教人为(53)？"

【注释】

①既：完，尽。

②列：行列。

③事：学生跟先生学习，含有"侍奉"的意思。

④六艺：六经，即《诗》《书》《礼》《乐》《易》《春秋》。

⑤百家：一般泛指学术上的各种流派，此处指先秦的孟子、荀子等各派学者。

⑥玄：幽远，深奥。

⑦务：必须。

⑧捐：弃。

⑨暑（guǐ）：日光，即白天。

⑩兀兀：勤劳辛苦的样子。

⑪觝（dǐ）排：抵制排挤。异端：指非儒家学说、学派，即下文提到的佛老思想。

⑫攘斥：排除、斥责。佛老：佛教和道教。

⑬补苴（jū）：补充。罅（xià）：瓦器的裂缝，引申为漏洞。

⑭绪：功业，指儒家之道。

⑮远绍：继承。

⑯障：阻拦，防堵。

⑰回：挽回。

⑱劳：功劳。

⑲酎、郁：都指美酒。此处指好文章。

⑳英、华：都指花朵。此处也指好文章。

㉑作为：作。

㉒满家：指所写文章之多。

㉓规：取范，模仿。姚：虞舜的姓，指《虞书》。姒：夏禹的姓，指《夏书》。

㉔浑浑无涯：深远无边，指《虞书》《夏书》的内容。

㉕周《诰》：《尚书·周书》中的《大诰》《康诰》《召诰》《洛诰》等篇。这里指《周书》。殷《盘》：《尚书·商书》中有《盘庚》上、中、下三篇。这里指《商书》。

㉖佶屈聱牙：指殷周文章艰涩难读。

㉗《春秋》：相传为孔子编写的史书，记载鲁隐公元年（前722）到鲁哀公十四年（前481）期间的鲁国史事，是我国最早的一部编年

史。谨严：精细严密，无懈可击。

㉘《左氏》：指《左传》，相传是左丘明所作，记事起于鲁隐公元年，止于鲁哀公二十七年(前468)。浮夸：文辞华美夸张。

㉙《易》：《周易》，儒家五经之一。奇：奇妙，指卦的变化奇妙。法：规则。

㉚《诗》：《诗经》。正：纯正，指思想内容纯正无邪。葩：花，华丽，指文辞华美。

㉛《庄》：《庄子》。《骚》：屈原作的《离骚》。

㉜太史所录：指司马迁所作的《史记》。太史，司马迁的官称。

㉝子云：即扬雄，字子云，西汉辞赋家。相如：即司马相如，西汉辞赋家。此处指代他们的著作。

㉞同工异曲：本指乐工技巧相同，而奏出的曲调不一样。这里借音乐作比喻，是说以上几种著作的成就有相同之处，但表现风格各有其特点。

㉟闳(hóng)：深广，博大。肆：奔放。

㊱勇于敢为：敢作敢为。

㊲方：道理。

㊳左右：各个方面。

㊴成：完备。

㊵公：此处指官场。

㊶私：私人朋友。见：被。

㊷跋(bá)：践踏。踬(zhì)：困阻。

㊸辄：就。咎：罪过。

㊹御史：监察御史，韩愈曾任此职。

㊺窜：放逐，指贬谪。南夷：南方少数民族地区。此处指阳山。这句是说韩愈因谏止朝廷对百姓过分盘剥而被贬为阳山令一事。

㊻三年博士：做了三年国子博士。

㊼冗：闲散。见：表现。治：功绩。

㊽谋：相伴。

㊾取败：招致挫折。几时：不时。

㊿头童：头发脱落。齿豁：牙齿脱缺。

(51)裨(bì)：补益。

(52)虑：想到。

(53)而：却。为：表示疑问的助词。

【译文】

话未说完，在学生行列中有人发笑并且说："先生您欺骗我们吧！弟子我跟从先生到如今已有几年了。先生经常吟诵六艺的文章，对于孟子、荀子等人的文章手不释卷。读记述史事的书必定会提出其中的要点，读立论的书必须探索其中的深奥含义。辛勤耕耘以求必有收获，大大小小都不放弃。夜以继日，长年累月地辛勤学习。先生的学业，吸取借鉴它们的精华，可以说是勤勉啊！抵制排挤异端，排除斥责佛教和道家；补充缺漏，阐明幽深微妙之处。寻求茫茫失传了的儒家理论，独立广泛搜寻并把它继承下来。防堵百川泛滥使之东流入海，把已经倾泻出去的狂涛挽转过来。先生对于儒家之道，可以说是功不可没。您沉浸于浓郁的儒学典籍书香之中，咀嚼其精华；并写作文章，所写之作品，多得可以堆满屋子。上溯到如《尚书》中的《虞书》《夏书》，其内容深广无边；《周书》《商书》，艰涩难读；《春秋》精细严密，《左传》文辞华美夸张；《周易》变化奇妙却有规律可循，《诗经》思想内容纯正而文辞华美。下及《庄子》《离骚》，司马迁所著的《史记》，扬雄及司马相如的著作，它们的成就有相同之处，但风格各有特色。先生的作文，吸取借鉴它们的精华，可以说是内容深广、文辞奔放。少年时就开始懂得好学，并敢于实践；长大后通情达理，各方面都不错。先生的为人，可以说是完备了。但是官场上不被人所信任，私下里不得朋友帮助；遇事进退两难，一动就会招致罪过；刚任监察御史，接着就被流放边远地区。做了三年国子博士,身居闲散职位,不能表现出自己治国安邦之才能。命运注定与敌人相伴,时不时就会招致挫折。即使冬天天气暖和,儿子却因寒冷而号哭;即使是丰年,妻子却因饥饿而啼泣。而你自己头发脱落,牙齿掉了,到死又会有什么好处呢? 不会考虑这些,却反过来教诲别人?"

　　先生曰:"吁! 子来前①。夫大木为杗②,细木为桷③,欂栌侏儒④,椳闑扂楔⑤,各得其宜⑥,施以成室者⑦,匠氏之工也;玉札丹砂⑧,赤箭青芝⑨,牛溲马勃⑩,败鼓之皮⑪,俱收并蓄⑫,待用无遗者,医师之良也;登明选公⑬,杂进巧拙⑭,纡余为妍⑮,卓荦为杰⑯,较短量长⑰,惟器是适者⑱,宰相之方也⑲。昔者孟轲好辨,孔道以明⑳,辙环天下㉑,卒老于行㉒;荀卿守正㉓,大论是弘㉔,逃谗于楚,废死兰陵㉕。是二儒者㉖,吐辞为经㉗,举足为法㉘,绝类离伦㉙,优入圣域㉚,其遇于世何如也㉛? 今先生学虽勤,而不由其统㉜;言虽多,而不要其中㉝;文虽奇,而不济于用;行虽修㉞,而不显于众㉟。犹且月费俸钱,岁靡廪粟㊱;子不知耕,妇不知织,乘马从徒㊲,安坐而食;踵常途之促促㊳,窥陈编以盗窃㊴。然而圣主不加诛㊵,宰臣不见斥㊶,兹非其幸与㊷? 动而得谤㊸,名亦随之㊹,投闲置散㊺,乃分之宜。若夫商财贿之有无㊻,计班资之崇庳㊼,忘己量之所称㊽,指前人之瑕疵㊾,是所谓诘匠氏之不以杙为楹㊿,而訾医师以昌阳引年㉛,欲进其豨苓也㉜。"

【注释】
　　①子:你,即上文"笑于列者"的学生。
　　②杗(máng):大梁。

③桷（jué）：椽。

④欂（bó）：壁柱。栌（lú）：柱顶上方的方木，即斗拱。侏儒：侏儒柱，梁上短小的支柱。

⑤椳（wēi）：门臼。闑（niè）：古时门中央所竖短木，用以阻止门扇。扂（diàn）：门闩。楔：竖在门两旁，保护门扇的短木。

⑥各得其宜：都安置在适宜的地方。上文几句说是量材选用，此句意为各尽所能。

⑦施以成室者：用这些材料做成房屋的。施，用。

⑧玉札：草药名。也有说是地榆。丹砂：朱砂。

⑨赤箭：天麻，草药名。青芝：灵芝的一种，也名"龙芝"，草药名。

⑩牛溲（sōu）：牛尿，也有说车前草。马勃：马屁勃，属菌类。

⑪败鼓之皮：破鼓之皮。

⑫俱收并蓄：即兼收并蓄。这里是说把各种药材不分贵贱，都收藏起来，用以治各种疾病。

⑬登：提升。

⑭杂进巧拙：意思是聪明的和拙笨的人都得到合理录用。

⑮纡（yū）：屈曲。这里指为人和缓与周备。妍：美好。

⑯卓荦（luò）：指才干超然突出。

⑰校、量：比较，对比。

⑱惟器是适：录用人才要按其能力安排合适的事情干。器，材器，能力。

⑲方：道，术。

⑳孔道：孔子的学说，即儒道。

㉑辙环天下：指孟轲周游列国。

㉒老于行：老在奔走、周游之中。

㉓荀卿：即荀子，名况，时人尊之为"卿"，汉人避宣帝刘询名讳，称为孙卿。守正：遵循信守孔子学说。

㉔大论：指荀子的学术论著。《荀子》三十二篇，称"论"者有四：《天论》《正论》《礼论》《乐论》。

㉕逃谗于楚，废死兰陵：荀子曾游学于齐，齐国有人谗毁他，他便逃到楚国，楚国春申君任他为兰陵（今属山东）令。春申君死后，他被罢官，住在兰陵讲学，最后死在兰陵。

㉖二儒：指孟子和荀子。

㉗吐辞：发表言论。为：成为。经：经典。

㉘举足：举动，行为。法：规范，楷模。

㉙绝、离：都是与众不同，即超越的意思。类、伦：同类。这里指所有儒者。

㉚优：足够，有余。圣域：圣人的境地。

㉛其遇于世何如也：他们（指孟子和荀子）在世上的遭遇如何呢？

㉜其统：指儒家的道统。

㉝中（zhòng）：合乎事理。

㉞修：美好。

㉟显于众：显示于众人之中。

㊱靡：耗费。廪：米仓。

㊲从徒：随行奴仆。

㊳踵：跟着走。促促：拘谨小心。

㊴窥：偷看。陈编：古籍。

㊵诛：责备，惩罚。

㊶斥：斥逐。

㊷兹：此，这。

㊸动而得谤：一举一动都受到诽谤。

㊹名亦随之：名声也随着受到损害。

㊺闲、散：闲散的职位。

㊻若夫：发语词，至于。财贿：指俸禄。

㊼班资：官位资格。崇庳：高低。

㊽己量：自己的能力。称：相称，相符。

㊾瑕疵：缺点，毛病。

㊿诘（jié）：责问。匠氏：木工。杙（yì）：短木，小木桩。为：代。楹（yíng）：厅堂前部的柱子。

○51訾（zǐ）：毁谤，非议。昌阳：即昌蒲，草药名。有健身延年的效用。引年：延年，延长寿命。

○52狶（xī）苓：又名"猪苓"，草药名。与昌阳作用相异。

【译文】

国子先生说："你过来！大木做大梁，细木为椽子，壁柱、斗拱、侏儒柱，门臼、阃木、门闩、楔木，可以说是量材取用，材尽其能，用这些材料做成房屋，那是木匠的工夫了；地榆、朱砂、天麻、龙芝、牛尿、马屁勃、破鼓皮，兼收并蓄，待到用时就不会缺而不全，这是医生的良策；提升人才察看明白，录用人才公正合理，聪明的和笨拙的都得到合理录用，为人和缓、周全者为好人，才干超然突出的为人杰，比较长、短、优、劣，录用人才按其能力安排合适的差使，这是宰相的用才方法。古代的孟轲喜欢与人争辩，孔子的儒道学说得以阐明，孟轲可以说是周游了各国，老在奔走之中；荀子遵循信守孔子学说，并在他的著作中加以发扬光大，为躲避谗言躲到楚国，最后被罢官并死在兰陵。这两位发表言论可以成为经典，行为可谓人的楷模，超越同类，他俩足以进入圣人之境地，可是他们在世上的遭遇又怎么样呢？如今的我学习勤奋而不得儒家的道统，话虽然说过很多却没有击中要害，文章虽然有奇妙之处却没有多大作用，行为虽然美好却不能显示于众人之中。况且每月花费俸钱，每年耗费仓中之粟；家中男人们不知耕作，女人们不知纺织，随从仆人们安然地无所事事；作文小心拘谨地循规蹈矩，窥看前人之作并加以抄袭。然而圣君不加以责备，宰相臣子们也不加以斥责，这难道不很侥幸吗？稍有举动就受到毁谤，名声也跟着受到损害，自己被安置在闲散的职位上,是分所应当的。如果计较俸禄有没有,计较地位高低,而忘记自己才能是否相称,指责古人的瑕疵,就如质问木匠为什么不用小木作大柱,指责医师以昌阳作延年益寿的药,而希望推荐豨苓来代替昌阳。"

欧阳修

欧阳修简介参见卷二。

秋声赋

【题解】

本文写于嘉祐四年(1059),作者时年五十三岁,因病辞去开封府尹职,居家专修《新唐书》。在此之前,作者在险恶的政治斗争中多次受到折磨,几度被贬。特别是"庆历新政"的失败,对他打击很大,时有归隐山林的想法。本文所表现的悲秋之感正是这种思想的反映。本文是赋体转向散文化的代表作品,它语句圆润轻快,没有生僻字句;声情并茂,情景交融;状物写景,妙语连珠;委婉含蓄,言尽意无穷。

欧阳子方夜读书①,闻有声自西南来者,悚然而听之②,曰:"异哉!初淅沥以萧飒③,忽奔腾而砰湃④,如波涛夜惊,风雨骤至。其触于物也,铮铮铮铮⑤,金铁皆鸣;又如赴敌之兵,衔枚疾走⑥,不闻号令,但闻人马之行声。"余谓童子:"此何声也?汝出视之。"童子曰:"星月皎洁,明河在天⑦。四无人声，声在树间。"

【注释】

①欧阳子：作者欧阳修自称。

②悚（sǒng）然：惧怕、吃惊态。

③淅沥：细雨声。这里形容风声。萧飒：风声。

④砰湃：同"澎湃"。波浪冲击声。这里形容风声。

⑤鏦鏦（cōng）铮铮（zhēng）：金属器物相互撞击发出的声音。

⑥衔：用嘴含着。枚：一种筷形小棒，两端有带，可系在脖子上，古时士兵行军时含于口中，以防喧哗，泄露行军秘密。

⑦明河：指银河。

【译文】

欧阳先生夜间正在读书，听见有一种声音由西南方向一阵阵传来，于是十分吃惊地起来听这响声，并说道："好奇怪啊！刚刚是淅淅沥沥的凄凉的样子，突然之间就疯狂地跑跳似地汹涌澎湃起来，如同波涛在黑夜里忽然惊骇，巨浪狂奔，又好像狂风暴雨突然而至一样。它碰撞到东西上，就铮铮作响，声音如同金盔铁甲的磕碰声；又像是那偷袭敌人营寨的军士，口含禁枚悄悄地奔跑，听不到发号施令的声音，只听到千军万马行军走路的响声。"我问书童道："外面什么声响啊？你出去看一看。"书童回答道："月光皎洁，星光闪烁，银河高悬。四处没有一点人迹响声，声音是从那树的枝叶间发出来的。"

余曰："噫嘻悲哉！此秋声也，胡为乎来哉？盖夫秋之为状也，其色惨澹，烟霏云敛①；其容清明，天高日晶②；其气慄冽③，砭人肌骨④；其意萧条，山川寂寥。故其为声也，凄凄切切，呼号奋发。丰草绿缛而争茂，佳木葱茏而可悦。草拂

之而色变,木遭之而叶脱。其所以摧败零落者,乃一气之
余烈。

【注释】

①烟霏:云飞,烟气飘散。

②日晶:阳光灿烂。

③慄冽:寒冷。

④砭(biān):针刺。

【译文】

我说道:"哎呀! 实在令人感伤啊! 这就是秋声啊! 它为什么要来
呢? 要说这秋的形状啊,它的颜色是惨淡的,烟雾飘散,云气消失;它的
相貌是清朗的,天也升高,阳光也晶莹明亮;它的空气清冷带寒,使得人
的皮肤筋骨形同针扎剑刺一样难受;它的情调是萧条的,使得山川大地
一片寂静。所以它发出的响声啊,悲悲惨惨,呼喊号叫着急吹猛刮。那
繁茂的花草青绿争艳,美丽的树木郁郁葱葱十分可爱,可那些花草遇着
它就改变颜色,树木碰到它就叶落枝枯。它之所以能叫花草树木枝凋
叶落,是因具有猛烈的肃杀之气。

"夫秋,刑官也①,于时为阴②;又兵象也③,于行为金④。
是谓天地之义气⑤,常以肃杀而为心。天之于物,春生秋实。
故其在乐也,商声主西方之音⑥,夷则为七月之律⑦。商,伤
也,物既老而悲伤;夷,戮也,物过盛而当杀。

【注释】

①刑官:掌刑法、狱讼的官,即司寇。古称刑官为秋官,取其肃杀
之意。

②于时为阴：用阴阳二气来配合四季，春夏属阳，秋冬属阴。《汉书·律历志》："春为阳中，万物以生。秋为阴中，万物以成。"

③兵象：用兵（作战）的象征，古代练兵征战多于秋季。

④于行为金：古代将金、木、水、火、土五行和四季相配，秋属金。《礼记·月令》："某日立秋，盛德在金。"

⑤义气：刚正之气。

⑥商声主西方之音：商声属于西方之音律。古代用宫、商、角、徵、羽五声来配合四时，商声西方属秋。

⑦夷则为七月之律：夷则是七月的音律。古代音乐分为十二种音律，夷属于阳律第五律。

【译文】

"这秋，它有法官一样的职能，在季节当中是归属于阴的；又如同军事现象，在运行中相当于五行中的金。它正是人们所说的天地之间的义气，常常将严酷和肃杀作为自己的职能。大自然孕生万物，它叫春天繁生，秋天收获。因此秋在音乐中是商音，用以象征西方的音调，夷却是同七月相对应的韵律。商就是伤啊，万物衰败就会哀伤；夷则是割杀啊，事体万物如果过盛了，就应当割杀啊！

"嗟乎！草木无情，有时飘零。人为动物，惟物之灵。百忧感其心，万事劳其形。有动乎中，必摇其精。而况思其力之所不及，忧其智之所不能？宜其渥然丹者为槁木①，黟然黑者为星星。奈何非金石之质，欲与草木而争荣！念谁为之戕贼②，亦何恨乎秋声？"

【注释】

①渥然：润泽的样子。《诗经·秦风·终南》："颜如渥丹。"

②戕（qiāng）贼：伤害。

【译文】

"唉！草木是没有情感的，有时飘散零落。人作为动物，是万物之灵。许许多多的侵扰撼动他的心，无数件事情劳动着他的身体。如果有什么事物触动心胸，那么一定会撼动人的精神。更何况想担当力所不及的重任，担心那些智力所不能虑及的事情呢？将会使那少年红颜变为枯木一般，黑黑的头发变成星星白发。为什么原本不是金石的质地，却非要同花草树木争丰茂？应该想一想是谁伤害着我们，又何必去对秋声报以怨恨呢？"

童子莫对，垂头而睡。但闻四壁虫声唧唧，如助予之叹息。

【译文】

书童不能对答，低着头酣然而睡。但听四面墙下虫鸣四起，那声音像是在伴我一起喟叹一样。

苏轼

苏轼简介参见卷二。

前赤壁赋

【题解】

这篇赋写于元丰五年（1082）七月，此时苏轼已谪居黄州（今湖北黄冈）近四年。长期被贬，生活贫困，但他却能坦然处之，以达观的胸怀寻求精神的解脱。文章以月夜泛舟赤壁起笔，表现出作者超脱而又自由的审美心态，而后陡借客之洞箫呜咽发起议论，主客对答间写出人类千古不绝的怅惘迷茫与思考：人生短暂无常，究竟如何对待这一问题呢？作者阐述出自己在不断体验、感悟、探究当中获得的答案：即把视点从小我挪开到生生不息的宇宙，物我同一。这实际是拓展了庄周齐物论，同时也是佛家物不迁论的运用，由此遗忘纷扰世事及得失忧虑，确是中国文士哲人精神超越的一种办法。

壬戌之秋^①，七月既望^②，苏子与客泛舟^③，游于赤壁之下^④。清风徐来，水波不兴。举酒属客^⑤，诵明月之诗^⑥，歌窈窕之章^⑦。少焉，月出于东山之上，徘徊于斗、牛之间^⑧。

白露横江,水光接天。纵一苇之所如⑨,凌万顷之茫然⑩。浩浩乎如冯虚御风⑪,而不知其所止。飘飘乎如遗世独立⑫,羽化而登仙⑬。

【注释】

①壬戌:宋神宗元丰五年(1082)。

②既望:农历每月十五日为望,"既望"指十六日。既,尽,已过。

③苏子:苏轼自称。

④赤壁:周瑜大破曹操的赤壁在湖北嘉鱼东北的长江南岸,苏轼所游的赤壁是湖北黄冈城外的赤鼻矶(又名"赤壁")。

⑤属客:劝请客人。

⑥明月之诗:指曹操《短歌行》。

⑦窈窕之章:指《诗经·关雎》。

⑧斗、牛:指斗宿、牛宿。此指北斗星和牵牛星,位于吴越的分野。

⑨一苇:形容船小如一苇叶。一说指一束芦苇。《诗经·卫风·河广》:"谁谓河广?一苇杭之。"《三国志·吴书·王楼贺韦华传》:"长江之限,不可久恃,苟我不守,一苇可航也。"如:往。

⑩凌:越过。茫然:旷远迷茫的样子,形容长江。

⑪冯(píng)虚:凌空,腾空。冯,"凭"的古字。虚,太虚,太空。御:驾驭。

⑫遗世:离开人世。

⑬羽化:指成仙。

【译文】

　　壬戌年秋天的七月十六日,我和客人乘着小船,摇摇荡荡来到赤壁下面游玩观赏。清风轻轻地吹来,江面上水纹不起,波平浪静。我举起酒杯向客人劝酒,一边朗诵《短歌行》,又吟唱着《关雎》之章。一会儿,月亮从东边的山上升起来,在斗宿和牛宿之间徘徊着。白茫茫的水雾笼罩横铺在江面上,波光与天光相接。我们任凭这一叶扁舟随波漂流,漂过茫茫无边的江面。浩浩荡荡如同驾着长风而凌空飞行,不管飞向何方,也不知在何处停止。飘飘扬扬,好像要离开人世,毫无依托;又好像身生两翼,化仙而升天。

　　于是饮酒乐甚,扣舷而歌之。歌曰:"桂棹兮兰桨①,击空明兮溯流光②。渺渺兮予怀③,望美人兮天一方④!"客有吹洞箫者⑤,倚歌而和之。其声呜呜然,如怨如慕,如泣如诉。余音袅袅⑥,不绝如缕⑦。舞幽壑之潜蛟⑧,泣孤舟之嫠妇⑨。

【注释】

①桂棹:桂树做的棹,摇船的工具。兰桨:兰木做的桨,也是摇船的工具。前推的叫"桨",后推的叫"棹"。

②击空明:指船桨划开明净若空的水面。溯:逆流而上。流光:指月光。此处也可指月光映照的江面。

③渺渺:指微茫幽远的样子。

④美人:古代屈原以香草、美人比作贤人和君王,后代文人多继承这种手法。这里的美人可能指皇帝宋神宗。

⑤吹洞箫者:指道士杨世昌,苏轼的朋友,善吹箫。

⑥袅袅:形容声音宛转悠扬。

⑦缕:细丝。

⑧幽壑:深谷。

⑨嫠(lí)妇:寡妇。此处极力渲染音乐凄怆,感人至深。

【译文】

于是我们继续喝酒,至酒酣耳热之际,我敲击着船帮作拍子高歌起来。歌是这样的："桂木棹啊兰木桨，划开水月交辉的江面啊，船儿在流动着月光的水面逆流而上。我的心飞向遥远的地方，眺望美人啊，天各一方！"客人中有一位善吹洞箫的，便和着我吟唱的节拍而吹奏起来。那箫声呜呜咽咽，像有所幽怨又像有所思念，像在低低哭泣又像在细细倾诉。吹过之后，仍然余音婉转，不绝如缕。那箫声，使深渊里的潜龙为之起舞，令那孤舟中的寡妇闻之哭泣。

　　苏子愀然^①，正襟危坐，而问客曰："何为其然也？"客曰："'月明星稀，乌鹊南飞。'此非曹孟德之诗乎^②？西望夏口^③，东望武昌^④，山川相缪^⑤，郁乎苍苍，此非孟德之困于周郎者乎^⑥？方其破荆州，下江陵^⑦，顺流而东也，舳舻千里^⑧，旌旗蔽空，酾酒临江^⑨，横槊赋诗^⑩，固一世之雄也，而今安在哉？况吾与子渔樵于江渚之上，侣鱼虾而友麋鹿，驾一叶之扁舟，举匏樽以相属^⑪，寄蜉蝣于天地^⑫，渺沧海之一粟。哀吾生之须臾，羡长江之无穷。挟飞仙以遨游^⑬，抱明月而长终^⑭。知不可乎骤得，托遗响于悲风^⑮。"

【注释】

① 愀（qiǎo）然：忧愁的样子。

② 曹孟德：即曹操，字孟德。

③ 夏口：古城名。在今湖北武汉。

④ 武昌：三国吴时武昌县，即今湖北鄂城。

⑤ 缪（liáo）：盘绕。

⑥ 周郎：即周瑜。

⑦ 方其破荆州，下江陵：汉建安十三年（208）七月，曹操南下，八月，荆州刺史刘表死，九月，其子刘琮以荆州降曹操。曹操得荆州

后,又于今湖北当阳长阪一带败刘备,取江陵。荆州,今湖南、湖北一带,州治在今湖北襄阳。

⑧舳(zhú)舻:指大船。

⑨酾(shī)酒:滤酒,文中指酌酒。

⑩槊:长矛。

⑪匏(páo)樽:用匏瓜果实外壳制作的酒器。此处指酒杯。

⑫蜉蝣(fú yóu):一种小虫,朝生夕死。

⑬挟:携同。

⑭长终:谓与明月相始终。

⑮遗响:遗音,余音。这里指箫声。

【译文】

我心情怅惘,整理好衣服,端正坐着,问客人道:"您为什么吹得这样凄凉呢?"客人说:"'月明星稀,乌鹊南飞。'这不是曹孟德的诗句吗?向西可以看到夏口,向东可以望见武昌,这里山环水绕郁郁苍苍,不正是当年周瑜大败曹孟德的地方吗?当曹孟德破荆州、下江陵,顺水而东,进军赤壁的时候,船舰首尾相接,千里不绝,战旗遮蔽了天空,他面对着长江而开怀痛饮,横握长矛而舞动吟诗,真是一代英雄,不可一世,可现在到哪里去了呢?更何况你我在江湖山林间隐居,和鱼鰕作伴,与麋鹿为友,驾着一叶小船,端起匏瓜瓢里的酒相互劝饮,就像蜉蝣一样在天地间寄托着短暂的生命,渺小如大海中的一粒细沙。慨叹我们生命的短促,而倾羡长江的无穷无尽。希望与仙人一道遨游,和明月一起万古长存。可我知道这不是轻而易举做得到的,因而在悲凉的秋风中以箫声寄托我的情思。"

苏子曰:"客亦知夫水与月乎?逝者如斯①,而未尝往也;盈虚者如彼②,而卒莫消长也③。盖将自其变者而观之,则天地曾不能以一瞬;自其不变者而观之,则物与我皆无尽也,而又何羡乎? 且夫天地之间,物各有主。苟非吾之所有,虽一毫而莫取。惟江上之清风,与山间之明月,耳得之而为声,目遇之而成色,取之无禁,用之不竭。是造物者之无尽藏也④,而吾与子之所共适。"

【注释】

①逝者如斯:语出《论语·子罕》:"子在川上曰:'逝者如斯夫,不舍昼夜!'"

②盈虚:指满与缺。

③消长:减少与增多。

④造物者:古人以为天地万物都是天生、天造的,故称天为造物者。一指大自然。无尽藏(zàng):无穷无尽的宝藏。

【译文】

　　我对客人说:"您也了解那江水和月亮吗? 逝去的就像这江水,可是它又确实没有流去;月圆月又缺,可是它最终并没有任何消长增减。如果从变化的角度来看,那么,天地间的万事万物简直连眨眼的工夫都不能保持原状;而从那不变的观点来看,那么万事万物和我们本身又都是永恒无尽的,又有什么好美慕天地神仙的呢? 况且在天地之间,万物各有自己的所归。若不属于我们,那么即使一丝一毫也不能强取。只有这江面的清风和山间的明月,耳朵能听到它的声音,眼睛能看到它的颜色,取得和享受它们,无穷无尽,无人禁止。这是大自然无穷无尽的宝藏,也正是您和我所能共同享受的。"

　　客喜而笑,洗盏更酌。肴核既尽,杯盘狼藉①。相与枕藉乎舟中②,不知东方之既白③。

【注释】

①狼藉:纵横散乱的样子。

②枕藉:纵横相枕而卧。

③既白:已经天亮。

【译文】

客人听了,高兴得笑起来,洗了一下杯子,重新斟上酒对饮。菜肴和果品吃完后,剩下的杯盘碗碟四散凌乱。我们相互倚靠着睡在船里,不知道东方天已经发亮。

后赤壁赋

【题解】

《后赤壁赋》是《前赤壁赋》的续篇,虽然一样的风月,却描述出两种境界:前赋字字秋色,以泛舟江上,月白风清,流波万顷,见景生议论,表述了作者的旷达情怀。后赋则句句冬景,以冬夜登山、江上泛舟的见闻与感受,渲染出一种可惊可怖的气氛,尤其篇末把道士化鹤的幻觉写得恍惚迷离,虚无缥缈,表达了作者孤寂悲凉、意欲超升绝俗的情思。此赋写景入微,状物入神,造语入化,圆熟灵脱,自然天成,与前赋各具神妙,可对而品读。

是岁十月之望①,步自雪堂②,将归于临皋。二客从予,过黄泥之坂③。霜露既降,木叶尽脱。人影在地,仰见明月。顾而乐之,行歌相答。已而叹曰:"有客无酒,有酒无肴;月白风清,如此良夜何?"客曰:"今者薄暮,举网得鱼,巨口细鳞,状如松江之鲈④。顾安所得酒乎⑤?"归而谋诸妇⑥,妇曰:"我有斗酒,藏之久矣,以待子不时之需。"

【注释】

①是岁：指元丰五年（1082）。苏轼的《前赤壁赋》亦作于此年。望：每月十五。

②雪堂：与下文的"临皋"均是苏轼居住过的场所。元丰三年（1080）二月，他初至黄州，居定惠院，五月，迁临皋，四年，经营东坡，五年春在东坡筑雪堂。

③黄泥之坂：即黄泥坂，山坡名字，位于临皋、雪堂之间。

④松江：今吴淞江，盛产四鳃鲈鱼。

⑤顾：但，表示轻微转折。安所：哪里。

⑥谋：商量。

【译文】

这一年的十月十五，我步行从雪堂出发，打算回到临皋。有两位客人与我同路，过黄泥坂。天气已经降了霜露，树叶全都落了。斜看地上人的影子，抬头只见明月当空。欣赏此景自有一番乐趣，于是三人边走边唱互相应答着。过了一会儿，我叹气说道："有客人而没有酒喝，有了酒又没有下酒菜；月色明亮，清风习习，这么美好的夜景，我们该如何度过呢？"客人回答说："今天傍晚时，撒网打了条鱼，鱼嘴大而鳞细，形状好像淞江中盛产的四鳃之鲈。但是从哪里才能搞到酒呢？"于是回家与妻子商量，妻对我讲："我这儿有一壶酒，已经保存很长时间了，以备你临时需要。"

　　于是携酒与鱼，复游于赤壁之下。江流有声，断岸千尺①。山高月小，水落石出。曾日月之几何，而江山不可复识矣。予乃摄衣而上②，履巉岩③，披蒙茸④，踞虎豹⑤，登虬龙⑥，攀栖鹘之危巢⑦，俯冯夷之幽宫⑧。盖二客不能从焉。划然长啸，草木震动，山鸣谷应，风起水涌。予亦悄然而悲⑨,肃然而恐,凛乎其不可留也⑩。反而登舟,放乎中流,听其所止而休焉。时夜将半,四顾寂寥。适有孤鹤,横江东来,翅如车轮,玄裳缟衣⑪,戛然长鸣⑫,掠余舟而西也。

【注释】

①断岸:江岸很陡峭。

②摄:提。

③履:登上。

④蒙茸:杂草丛生。

⑤踞虎豹:蹲坐在形似虎豹的石头上。

⑥虬(qiú)龙:弯曲的古木。

⑦鹘(hú):一种猛禽。危:高。

⑧冯(píng)夷:水神名。

⑨悄然:忧愁的样子。

⑩凛乎:恐惧的样子。

⑪玄裳缟(gǎo)衣:本意为黑裙白衣。这里形容鹤毛洁白,翅羽漆黑。

⑫戛然:鹤发出尖利的叫声。

【译文】

这时我们拿着酒和鱼,重新回到赤壁下面游览。江水流动发出声音,陡峭的江岸高有千尺。山高而月小,江水落潮,石出江面。时间才推移了几月,江山就不好再认识清楚了。于是我提着衣襟走上山,登上陡峻的山岩,拨开密草,蹲坐在形如虎豹的石头上,攀上那弯曲如虬龙的古木,触摸栖息着鹘鸟的很高的巢穴,在那里向下可以看到水神冯夷居住的幽深宫殿。两位客人不能再跟随我走了。我高声呼哨,草木震动,山谷回应,风起水涌。我于是也感到悲伤而恐惧,以致不能继续在那里停留。又返回来登上小船,划船到江心,任船漂流到哪里就在哪里休息吧。当时将到半夜了,四周看看寂寞空虚。恰好飞来一只鹤,横飞过江面从东而来。这只鹤翅膀大如车轮,黑羽白毛,如黑裙白衣,它尖声长号,轻擦过我的船飞向了西边。

　　须臾客去,予亦就睡。梦一道士,羽衣翩跹^①,过临皋之下,揖余而言曰^②:"赤壁之游乐乎?"问其姓名,俯而不答。"呜呼噫嘻! 吾知之矣! 畴昔之夜^③,飞鸣而过我者,非子也耶?"道士顾笑^④,余亦惊悟。开户视之,不见其处。

【注释】

①翩跹(piān xiān):轻扬飘逸,轻快敏捷。

②揖:行拱手之礼。

③畴昔:昨日夜晚。

④顾:回头看。

【译文】

　　没多久,客人都走了,我也睡着了。梦中见到来了一个道士,穿着羽毛制的衣服轻快敏捷,经过临皋,向我拱手行礼说:"赤壁一游高兴吗?"我问他的姓名,他低头无语。我说:"哎呀! 我明白了。昨天夜晚,鸣叫着由我们身边飞过,难道不是你吗?"道士回头一看,对我笑笑,我也惊醒了。打开门再看,已经不见他的踪迹了。

诗

《诗经》简介参见卷三。

闷宫

【题解】

选自《鲁颂》。此诗是鲁僖公保卫疆土,赢得胜利,建造新庙,依礼以其战绩告祭祖先时,鲁大夫公子奚斯所作的一首乐歌。全篇极尽铺叙夸张之能事,淋漓尽致地赞颂了僖公的祖德、事功。结构宏阔,辞采瑰丽,是《诗经》中的鸿篇巨制。

闷宫有侐①,实实枚枚②。赫赫姜嫄,其德不回③。上帝是依④,无灾无害。弥月不迟⑤,是生后稷。降之百福:黍稷重穆⑥,稙稺菽麦⑦。奄有下国⑧,俾民稼穑。有稷有黍,有稻有秬⑨。奄有下土,缵禹之绪⑩。首章十七句。

【注释】

①闷(bì):关闭。侐(xù):清静。

②实实:广大。一说坚实。枚枚:细密。

③回:邪,邪僻。

④依:凭依。

⑤弥月:满月。

⑥黍稷重穋(lù):四种粮食名。

⑦稙(zhī):先种的庄稼。穉(zhì):后种的庄稼。

⑧奄:包括。

⑨秬(jù):黑黍。

⑩缵(zuǎn):继承。绪:事业。

【译文】

紧闭的宫室如此清静,房屋广大房间紧密。伟大光明的姜嫄,她的品德正直无邪。依凭上帝给她的福佑,没有灾难和伤病。怀孕期满不延迟,于是生下了后稷。上天赐予他多种福运:黍稷先后成熟,豆麦相继播种。拥有这天下家国,教会人民知稼穑。有稷有黍子,有稻有黑米。拥有天下这方土地,继续着大禹创下的业绩。首章十七句。

后稷之孙,实维大王。居岐之阳,实始翦商①。至于文、武,缵大王之绪。致天之届②,于牧之野。无贰无虞③,上帝临女。敦商之旅④,克咸厥功⑤。王曰叔父,建尔元子,俾侯于鲁。大启尔宇,为周室辅。二章十七句。

【注释】

①翦商:灭商。

②届:罚。

③虞:欺骗。

④敦:治服。

⑤克：能。

【译文】

后稷的子孙，到了太王古公亶父，迁居到岐山的南面，开始了灭商的进程。到了文王和武王，继承了太王的业绩。对商纣进行天讨，在牧野开战。不要动摇不要欺诈，上帝在注视着你们。治服商王的部伍，像祖先一样建功立业。成王对叔父周公说，立您的长子，使他在鲁为侯。广阔地开辟您的国土，做周室的辅国。二章十七句。

乃命鲁公，俾侯于东。锡之山川，土田附庸①。周公之孙，庄公之子。龙旂承祀，六辔耳耳②。春秋匪解，享祀不忒③。皇皇后帝！皇祖后稷！享以骍牺④，是飨是宜，降福既多。周公皇祖，亦其福女。三章十七句。

【注释】

①附庸：附属小国。

②耳耳：柔和下垂的样子。

③忒：变。

④骍：赤。牺：古代用以献祭的纯色牲畜。

【译文】

于是封了鲁公，让他在东方为诸侯。赐给他山川，土地和属国附庸。周公的孙子，庄公的儿子。打着龙旗来祭祀，六根辔头柔软下垂。春秋祭祀不懈怠，祭祀之礼从未变过。伟大的上帝！伟大的祖先后稷！我用最好的纯赤色牛献祭，您怎样享受都没问题，神灵降下了许多福。周公，伟大的先祖，也将幸福赐予你！三章十七句。

秋而载尝，夏而楅衡①。白牡骍刚②，牺尊将将③。毛炰骍羹④，笾豆大房⑤。《万舞》洋洋⑥，孝孙有庆。俾尔炽而昌，俾尔寿而臧。保彼东方，鲁邦是常⑦。四章十二句。

【注释】

①楅（bì）衡：木栏之类。

②骍刚：赤脊的公牛。

③牺尊：牛形酒樽。

④毛炰（páo）：连毛烧的熟肉。

⑤笾（biān）豆：祭祀的两种礼器。常用以代指祭祀。大房：玉饰的俎案。

⑥《万舞》：一种舞蹈名称。

⑦常：永守的意思。

【译文】

秋天开始尝祭，夏天就设栏养牛。白色的雄牛赤脊的公牛，牛形的酒樽碰得很响。有带毛烧熟的熟肉和肉汤，用笾豆和大玉肉俎盛装。舞起《万舞》喜气洋洋，子孙们都有福享。使你们强盛昌隆，使你们长寿健康。保有那东方，鲁国基业常兴旺。四章十二句。

不亏不崩，不震不腾。三寿作朋①，如冈如陵。公车千乘，朱英绿縢②，二矛重弓。公徒三万，贝胄朱綅③，烝徒增增④。戎狄是膺⑤，荆、舒是惩，则莫我敢承⑥！五章十三句。

【注释】

①三寿：指上寿、中寿、下寿。

②朱英：弓饰。绿縢：绿绳。

③贝胄：贝饰的甲。綅：线。

④增增：众多。

⑤膺：伐击。

⑥承：制止，抵御。一说欺凌。

【译文】

　　像高山一样不崩亏，像流水一样不震荡。与三个寿人做朋友，像山陵一样永恒。鲁公的兵车有千乘，武器上饰有红缨绿绳，战士手执二矛身配双弓。鲁公的步兵有三万多人，军装上饰着贝壳和红缨，如此众多的战士列队层层。戎狄可打，荆、舒可惩，于是谁也不敢将我们欺凌。五章十三句。

　　俾尔昌而炽，俾尔寿而富。黄发台背，寿胥与试①。俾尔昌而大，俾尔耆而艾②。万有千岁，眉寿无有害。六章八句。

【注释】

①胥：相。试：式。

②艾：长寿。

【译文】

　　使你昌隆旺盛，使你长寿富有。黄发驼背的老人，老了还能为国献策。使你昌盛强大，使你长寿。活到千岁万岁，长眉高寿无灾无病。六章八句。

　　泰山岩岩，鲁邦所詹①。奄有龟、蒙，遂荒大东②。至于海邦，淮夷来同③。莫不率从，鲁侯之功。七章八句。

【注释】

①詹：通"瞻"。仰望。

②荒：统辖。大东：极东。

③来同：来朝。

【译文】

泰山气势雄伟壮观，那是鲁国万民所瞻。统辖有龟、蒙二山，国土一直包括辽远的东边。直到那临海之国，淮夷也来朝拜。没有不来相率服从，这是鲁侯的大功。七章八句。

保有凫、绎①，遂荒徐宅②。至于海邦，淮夷蛮貊。及彼南夷，莫不率从。莫敢不诺，鲁侯是若。八章八句。

【注释】

①保：安定。凫、绎：凫山、绎山。

②宅：土地。

【译文】

安定了凫山、绎山一带，就统领了徐戎旧宅。直到近海一带的淮夷蛮貊，还有南夷荆楚，无不相约来归顺。没有谁敢不听话，鲁侯命令全顺从。八章八句。

天锡公纯嘏①，眉寿保鲁。居常与许，复周公之宇。鲁侯燕喜，令妻寿母②。宜大夫庶士，邦国是有。既多受祉，黄发兒齿③。九章十句。

【注释】

①纯嘏（gǔ）：大福。纯，大。嘏，福。

②令妻寿母:妻贤母寿。令,善,美好。

③兒(ní)齿:老人新生的细齿。

【译文】

上天赐给鲁侯大福,长寿而保护鲁国。居住地有南常西许,恢复了周公时的疆土。鲁侯设宴很欢喜,妻子贤美母长寿。大夫庶士都相宜,国家于是长富有。已经得到了许多福祉,黄发的老年人再生牙齿。九章十句。

徂来之松①,新甫之柏。是断是度②,是寻是尺③。松桷有舄④,路寝孔硕⑤,新庙奕奕。奚斯所作,孔曼且硕⑥,万民是若。十章十句。

【注释】

①徂来:山名。

②度:剖分。

③寻:八尺为寻。

④桷(jué):方的房椽子。舄(xì):大的样子。

⑤路寝:正寝。王公居处。

⑥曼:长。

【译文】

徂来山上的松树,新甫山上的翠柏。于是被斩断劈开,于是被认真度量。松木椽子如此粗大,正寝宫室很是高敞,新庙建得好巍峨。此诗是公子奚斯所作,诗很长而且很优美,万民都认为很正确。十章十句。

长发

【题解】

选自《商颂》。是殷商的后人祭祀先祖时的祝颂之诗。诗中歌颂了商的先祖契、相土、成汤及大臣伊尹,以颂成汤为主。全诗主次分明,详略得当,无宗庙乐章常有的板滞之弊。

濬哲维商①,长发其祥。洪水芒芒,禹敷下土方。外大国是疆②,幅陨既长③。有娀方将④,帝立子生商⑤。

【注释】

①濬(jùn)哲:明哲。

②外大国是疆:向外扩展国土,划定国界。

③幅陨:幅员。

④有娀(sōng):契的母亲。方将:刚长大。

⑤商:契。受封于商,故曰生契为生商。

【译文】

最聪明有谋略的是商族,很久前就表现出好征兆。当洪水茫茫的时候,大禹就开始治水正四方。向外扩展国土划定疆界,使国境幅员广又长。当时有娀氏女正当少壮,上帝让她生下了商玄王契。

玄王桓拨①,受小国是达,受大国是达。率履不越②,遂视既发③。相土烈烈④,海外有截⑤。

【注释】

①玄王:契。桓:大。拨:治理。

②履:礼。

③遂:遍。视:巡视。发:行。

④相土:契孙。烈烈:威武的样子。

⑤截:整齐。

【译文】

玄王契英明奋发,治理小国时能使政令畅通,治理大国时也能政令畅通。遵守礼法,从不逾越,到处巡视,政令通行。契孙相土有威名,四海内外都来归顺。

帝命不违,至于汤齐^①。汤降不迟,圣敬日跻^②。昭假迟迟,上帝是祗^③,帝命式于九围^④。

【注释】

①齐:一致。

②跻(jī):升。

③祗(zhī):敬神。

④九围:九州。

【译文】

商之先君不违天命,至汤皆齐一。汤的降生正当其时,圣德谨慎与日俱增。向神灵祷告久久不息,他总是敬奉上帝,上帝便命他统领九州之地。

受小球大球^①,为下国缀旒^②,何天之休^③。不竞不絿^④,不刚不柔。敷政优优^⑤,百禄是遒^⑥。

【注释】

①球:圆玉。言汤授予诸侯瑞玉以作信物。

②缀旒(liú):表章。

③休:美誉。

④絿(qiú):急。

⑤优优：平和的样子。

⑥遒：聚。

【译文】

接受大法、小法，作为天下诸侯的表章，承受上天赐予的美誉。不争不急，不刚不柔。施政和美，百福在此相凑。

　　受小共大共①，为下国骏厖②。何天之龙③，敷奏其勇。不震不动，不戁不竦④，百禄是总。

【注释】

①共：《毛传》："共，法。"指图法。

②骏厖（máng）：庇护。

③龙：当作"宠"。

④戁（nǎn）：恐惧。竦（sǒng）：恐惧。

【译文】

接受大法、小法，庇护天下诸侯。承受上天的恩宠，表现出大智大勇。不震骇不动摇，不畏缩不惊恐，百禄在此相聚。

　　武王载斾①，有虔秉钺②。如火烈烈，则莫我敢曷③。苞有三蘖④，莫遂莫达。九有有截，韦、顾既伐，昆吾、夏桀。

【注释】

①武王：商汤。斾（pèi）：泛指旌旗。

②虔：牢固。

③曷：通"遏"。

④苞：指夏桀。三蘖：指韦、顾、昆吾，皆夏商之间的部落。

【译文】

商汤号为武王,建旗伐桀,牢牢执着斧钺,要把敌灭。猛如烈火,火势威猛,没有谁敢来阻截。夏桀与韦、顾及昆吾,就像一个老树根又生出三枝小蘖,既不成长,又不畅达。九州诸侯齐归顺,韦、顾小国既已讨伐,昆吾和夏桀又怎能剩下!

　昔在中叶,有震且业①。允也天子②,降于卿士。实维阿衡③,实左右商王④。

【注释】

①震:威力。业:大。

②天子:指商汤。

③阿衡:指伊尹。

④左右:辅助。

【译文】

从前在商朝中叶,既有威力又有功业。确是真正的天子,上天赐予卿士。那卿士就是贤明伊尹,实在能辅助我们商王。

抑

【题解】

选自《大雅》。又名《懿戒》,系卫武公箴诫周王并以自儆之作。从诗的内容和口吻看,明显的意在箴诫周王,其自儆,仅是一种谲谏的方式。全篇共十二章。前两章先概陈哲人必须修养德行的一般道理,以后各章从正反两方面反复申说,层层递进,语甚激切,处处流露出饱经世变的老臣对年少君王的规诫,及对国变时运的忧惧之心。后人视此诗为"千古箴铭之祖"。

　　抑抑威仪^①，维德之隅^②。人亦有言：靡哲不愚。庶人之愚，亦职维疾。哲人之愚，亦维斯戾^③。

【注释】

①抑抑：密。

②隅：屋的四角。喻方正。

③戾：罪。

【译文】

　　严肃审密的仪表，表明品德的方正。常言说得好：没有哪个聪明人不大智若愚。一般人的愚，也正是他们的病症所在。聪明人的愚，却是因畏惧灾祸而故作姿态。

　　无竞维人^①，四方其训之。有觉德行^②，四国顺之。讦谟定命^③，远犹辰告^④。敬慎威仪，维民之则。

【注释】

①竞：强。

②觉：大，正直。

③讦(xū)谟：大谋。

④辰：时，按时。

【译文】

　　没有什么比得到贤人更重要，四方诸侯对此早有过教训。有了正直的品德，各诸侯国都会来归顺。有了重大的战略就定为了方针，有了重大的政策随时布告国人。一举一动都端庄谨慎有威仪，人民就会把你当做榜样去效仿。

其在于今，兴迷乱于政①。颠覆厥德，荒湛于酒。女虽湛乐从②，弗念厥绍③。罔敷求先王④，克共明刑。

【注释】

①兴：语助词。

②虽：惟，只。

③绍：继承者。

④敷求：广求。

【译文】

可是时至今日，昏惑搅乱了国政。德行被你们倾败，你们只是沉湎在酒中。只知道追逐欢乐，不想想怎样延续朝廷的福命。没有广求先王的治国之策，怎能把明定的法度执行。

肆皇天弗尚①，如彼泉流，无沦胥以亡。夙兴夜寐，洒扫廷内②，维民之章。修尔车马，弓矢戎兵，用戒戎作③，用逷蛮方④。

【注释】

①肆：于是，所以。尚：保佑。

②廷内：室内。

③戒：戒备。戎作：战事。

④逷（tì）：当读作"剔"。治服。

【译文】

所以皇天不肯保佑，就像那泉水往下淌，都会流失无迹没了方向。

清早起床深夜才睡,洒扫庭堂清洁室内,这才是人们的表率。修好你的
车备好你的马,准备好弓箭和刀枪,随时准备去参战,征服那荒远的蛮
方保边疆。

　　质尔人民^①,谨尔侯度,用戒不虞。慎尔出话,敬尔威
仪,无不柔嘉^②。白圭之玷,尚可磨也;斯言之玷,不可为也!

【注释】

　　①质:告诫。

　　②柔嘉:和善。

【译文】

　　告诫你的人民,按照君侯法度行,以备不测之变。你们说话要谨
慎,你们的仪表要整肃,不要有不妥善之处。白圭上的污点,还可以磨
去;说出的话要是有问题,可就无可奈何了。

　　无易由言,无曰苟矣^①。莫扪朕舌^②,言不可逝矣^③。无
言不雠^④,无德不报。惠于朋友,庶民小子。子孙绳绳^⑤,万
民靡不承。

【注释】

　　①苟:苟且。

　　②扪(mén):执持。

　　③逝:收。

　　④雠(qiú):应验。

　　⑤绳绳:戒慎的样子。

【译文】

不要随便开口,不要说太随便的话。没人按住自己的舌头,话说出去就收不回来。说出的话没有无反应的,施德没有无回报的。请热爱你的那些朋友,以及人民和他们的子孙后代。如此则子孙都知自慎,天下人民便无不归顺。

视尔友君子,辑柔尔颜^①,不遐有愆。相在尔室,尚不愧于屋漏^②。无曰不显,莫予云觏。神之格思^③,不可度思,矧可射思^④!

【注释】

①辑:和。

②屋漏:西北隅,指神的所在。

③格:至。

④射(yì):厌。

【译文】

对待你的朋友君子,要和颜悦色,没有一点小过错。当你在暗室内独处,面对神灵尚不惭愧。不要以为暗室无人知,没有人能把我看透。神灵随时都会来临,凡人无法测度,何况对神有不敬。

辟尔为德^①,俾臧俾嘉。淑慎尔止,不愆于仪。不僭不贼,鲜不为则。投我以桃,报之以李。彼童而角^②,实虹小子^③。

【注释】

①辟:法,以身作则。

②童：未长出角的小羊。

③虹：通"讧"。惑乱。

【译文】

以身作则修明德，使自己的德行尽善尽美。要好自慎重你的行为举止，不要举止失态丧威仪。没有过失不害人，没有什么人不把这当做行为准则。别人送给我桃子，我就用李子报答。羊羔子没角装有角，实际要败坏你的事。

荏染柔木①，言缗之丝②。温温恭人，维德之基。其维哲人，告之话言，顺德之行。其维愚人，覆谓我僭③，民各有心。

【注释】

①荏染：柔韧。

②缗（mín）：安弦线。

③僭（jiàn）：伪，不信。

【译文】

质地坚硬而又有韧性的木料，可以配丝弦做弓。性情温和恭敬的人，只是以德为立身之本。如果他是个聪明人，告诉他好话和道理，他就会按照好的德行去做。如果他是个愚蠢的人，他反倒认为我不可信，可见人心各异不相同。

於乎小子，未知臧否。匪手携之，言示之事。匪面命之，言提其耳。借曰未知①，亦既抱子。民之靡盈，谁夙知而莫成②？

【注释】

①借：假如。

②莫（mù）："暮"的古字。

【译文】

啊，年轻人，不知道好歹。不仅要手把手教你，还要把道理告诉你。不仅要当面教训你，还要揪着你的耳朵说。如果说他还不懂事，他也是已抱儿子为人父了。人们如果不是骄傲自满，谁会早慧却晚成？

昊天孔昭，我生靡乐。视尔梦梦①，我心惨惨②。诲尔谆谆③，听我藐藐④。匪用为教，覆用为虐⑤。借曰未知，亦聿既耄⑥。

【注释】

①梦梦：昏暗不明。

②惨惨：悲伤的样子。

③谆谆：教诲不倦的样子。

④藐藐：疏远的样子。

⑤覆：反而。虐：通"谑"。戏谑。

⑥耄（mào）：老。

【译文】

上天很是明察，我的生活没有欢乐。看到你昏昏不明，我的心情真是难过。我认认真真反复教导你，你却当做耳旁风。不但不把我的话当成教诲，反而把它当作戏谑。如果说你还不懂事，可你却也已经有年纪了。

於乎小子，告尔旧止。听用我谋，庶无大悔。天方艰难,曰丧厥国。取譬不远,昊天不忒。回遹其德①,俾民大棘②。

【注释】

①遹(yù):邪僻。
②棘(jí):通"急"。危急。

【译文】

啊,年轻人! 告诉你过去的规章。你若听从我的劝告和主张,或许还不至于将来有大的悔恨。天下正值艰难困苦时期,你的国家快要沦亡。这个比方并不过分,上天从来不会有差。你的品德仍旧邪恶的话,就会使人民大遭其殃。

宾之初筵

【题解】

选自《小雅》。卫武公入周为卿士,见君臣上下饮酒无度,乃作此诗讽谏,并以自儆。这首诗实际上描写的是一场酒宴的全过程,夹叙夹议,娓娓道来,于平易中见高妙,表明了作者对纵酒无礼的批判态度。

宾之初筵①,左右秩秩②。笾豆有楚③,殽核维旅④。酒既和旨⑤,饮酒孔偕⑥。钟鼓既设,举酬逸逸⑦。大侯既抗⑧,弓矢斯张⑨。射夫既同⑩,献尔发功⑪。发彼有的,以祈尔爵⑫。

【注释】

①初筵:初就座。筵,竹制的席子。

②秩秩:恭敬有礼节的样子。

③有楚:整齐排列。

④殽(yáo):肴,豆中鱼肉。核:笾中水果。旅:陈列。

⑤和旨:醇和甜美。

⑥孔:甚,很。偕:和谐。

⑦逸逸:有序往来。

⑧侯:箭靶。抗:竖起,举起。

⑨斯:乃。

⑩射夫:射手。同:准备齐备。

⑪献:表现。发功:射箭的本领。

⑫祈:求。尔爵:即爵尔,为你干杯。

【译文】

当宾客们初到入席就座,左右排开礼节周到。各种食器有规律地摆开,鱼肉瓜果陈列成排。酒味醇美甘甜,大家喝着美酒礼不乱。钟鼓已经设好,大家有序举杯。箭靶已经举起,弓箭已经备齐。射手已经准备好,各展射箭本领的高超。发箭射中目标,向你举杯祝贺。

籥舞笙鼓①,乐既和奏。烝衎烈祖②,以洽百礼③。百礼既至④,有壬有林⑤。锡尔纯嘏,子孙其湛⑥。其湛曰乐⑦,各奏尔能⑧。宾载手仇⑨,室人入又⑩。酌彼康爵⑪,以奏尔时⑫。

【注释】

①籥(yuè):古乐器。

②烝:进。衎(kàn):享,娱乐。烈:功烈。

③洽:合,齐。

④至：周到，完备。

⑤壬：大。林：盛。

⑥湛（dān）：喜乐。

⑦其湛曰乐：尽兴欢乐。

⑧奏：进献。能：技能。

⑨手仇：选择对手。

⑩室人：主人。入又：又入以陪客。

⑪康爵：大杯。

⑫时：射中者。

【译文】

持籥起舞笙鼓奏，所有的乐器都来和。进献给有功的先人，用来配合各种礼节。各种礼仪都已完备，礼仪盛大又隆重。神会赐给你大福，后世子孙都高兴。全都欢喜又高兴，各自展示好技能。宾客比箭寻对手，主人也参加来助兴。把那大杯斟上酒，献给那位射中者。

　　宾之初筵，温温其恭①。其未醉止②，威仪反反③。曰既醉止，威仪幡幡④。舍其坐迁⑤，屡舞仙仙⑥。其未醉止，威仪抑抑⑦。曰既醉止，威仪怭怭⑧。是曰既醉，不知其秩⑨。

【注释】

①温温：斯文有礼的样子。

②止：语末助词。

③反反（bǎn）：慎重的样子。

④幡幡（fān）：失态，失仪。

⑤舍：离开。迁：移动。

⑥仙仙：轻舞、轻举动的样子。

⑦抑抑：庄重小心的样子。

⑧怭怭(bì)：轻薄貌。

⑨秩：常规。

【译文】

宾客初到酒席就座，个个温文尔雅。当他们还没喝醉时，保持仪态很慎重。当他们一旦喝醉时，威仪立刻就丧失。离席乱走不顾礼节，手舞足蹈没了顾忌。当他们没喝醉时，仪表庄重讲威仪。当他们一旦喝醉时，轻薄放肆无所不至。这是他们真醉了，早已忘了饮酒的常规。

宾既醉止，载号载呶①。乱我笾豆，屡舞僛僛②。是曰既醉，不知其邮③。侧弁之俄④，屡舞傞傞⑤。既醉而出，并受其福。醉而不出，是谓伐德⑥。饮酒孔嘉⑦，维其令仪⑧。

【注释】

①呶(náo)：叫喊，喧哗。

②僛僛(qī)：身体东倒西歪。

③邮：通"尤"。过失。

④侧弁：歪戴帽子。弁，古代皮帽。俄：倾斜的样子。

⑤傞傞(suō)：醉舞不止的样子。

⑥伐德：败德。

⑦孔嘉：很好。

⑧令仪：好礼节。

【译文】

宾客都已醉了，一个个大呼小叫。桌上器皿乱糟糟，他们东倒西歪站不牢。还说当人喝醉时，犯了过错自己不知道。头上歪戴着皮帽，手脚舞动得无法再停。酒醉之后出了屋，大家都认为是福。酒醉之后不出屋,那才叫做缺乏德行。饮酒本来是很好的事,只是需用礼仪来维持。

凡此饮酒,或醉或否。既立之监①,或佐之史②。彼醉不臧,不醉反耻。式勿从谓③,无俾大怠④。匪言勿言⑤,匪由勿语⑥。由醉之言⑦,俾出童羖⑧。三爵不识⑨,矧敢多又⑩。

【注释】

①监:酒监。

②史:酒史,掌记录。

③式:语首助词。从:跟从。谓:劝。

④怠:失礼。

⑤匪言:不当言者。

⑥匪由:不合理的事。

⑦由:听从。

⑧羖(gǔ):黑色公羊。

⑨三爵:古礼以三杯酒为度。

⑩多又:又多喝。

【译文】

凡是这些饮酒的人,有的醉了有的没醉。既要设立掌令的酒监,有时还设立记事的酒史。那些喝醉酒的不好,反以没醉的为耻。不要跟别人一起劝酒,不要让他更失礼。不该说的话别说,不该做的事别告诉他。若依醉汉的话讲,他会要求你拿出无角的公羊。三杯酒就神志不清的人,怎敢再劝他多喝酒。

敬之

选自《周颂》。为周成王诫勉自己之作。全诗十二句,前六句写成王敬天,后六句写成王自箴。诗中所反映的"敬天"观念在中国思想史上具有重要地位。

敬之敬之①,天维显思②,命不易哉③。无曰高高在上,陟降厥士④,日监在兹。维予小子,不聪敬止⑤。日就月将⑥,学有缉熙于光明⑦。佛时仔肩⑧,示我显德行。

【注释】

①敬:戒备,谨慎。

②显:明显。

③不易:艰难。

④陟:升。士:事。

⑤聪:听从。

⑥就:久。将:长。

⑦缉熙:渐积广大以至于光明。

⑧佛(bì):辅。时:是,这。仔肩:重任。

【译文】

一定要提高警惕谨慎而又谨慎,天道从来善恶分明无偏无爱,天命从来吉凶难辨难掌握。不要以为天道高远不可闻,它只是升降往来行它的事,其实上天时刻监视着人们。只是我们这些人年幼无知,应当听从而警戒。日月叠加天长地久应积累,积累学习渐渐广大又开明。大力辅弼我担当如此大任,向我指示方向使我德行显明。

小毖

【题解】

选自《周颂》。是周成王亲政之后,惩戒管蔡之祸而作的一首自儆诗。诗篇开头两句"予其惩而毖后患",后人概括为成语"惩前毖后",被广泛运用。

予其惩而毖后患①。莫予荓蜂②,自求辛螫③。肇允彼桃虫④,拼飞维鸟⑤。未堪家多难,予又集于蓼⑥。

【注释】

①惩:警惕。毖:谨慎。

②莫予荓(píng)蜂:没有人使蜂螫我。

③辛螫:蜂刺人的辛辣痛。

④肇:开始。允:语助词。桃虫:一种小鸟。

⑤拼(fān):通"翻"。

⑥蓼(liǎo):比喻辛苦。

【译文】

我一定要自己警惕啊,谨防今后再将祸患招。没有人引诱我入蜂群,是我自讨没趣寻烦恼。开始桃虫很小,翻飞时就是大鸟。无法忍受家道多难,我又陷入辛苦如蓼草。

左传

《左传》为《春秋左氏传》的简称。过去认为它是对儒家经典《春秋》所作的解释,所以称之为"传"。有人认为它实际上是一本独立的史书,与《春秋》并列记载历史。传说作者是春秋末期鲁国史官左丘明,但经唐以后学者及今人所考,一般认为此书非成于一时,而且很可能并非出自一人之手。《左传》宣扬的观念以儒家思想为主,有少量早期法家思想,内容丰富、规模宏大,一定程度上真实反映了春秋时代的重大社会变化,并启发形成了我国成熟进步的史学传统。

《左传》同时也是一部优秀的历史散文杰作。它文字简练、生动,记事详尽,富于戏剧性,注意文章的结构和布局,有着很高的艺术成就。

虞箴

【题解】

《虞箴》即《虞人之箴》,出自鲁襄公四年魏绛谏晋侯处。箴,即有规劝、劝诫意义的文章或言语。周武王的太史辛甲,命令百官各为箴辞,来劝谏君王的过失。此篇便是虞人(掌管田猎的官)所上之箴。

箴辞叙述了有穷国国君羿沉迷于打猎,不理国事,以至于不能扩大疆土、恢宏国家的经验教训,规劝君王应专心治理国家、关心百姓疾苦,而不能把主要精力放在游玩嬉戏上。

芒芒禹迹①，画为九州②，经启九道③。民有寝庙④，兽有茂草，各有攸处⑤，德用不扰⑥。在帝夷羿⑦，冒于原兽⑧，忘其国恤⑨，而思其麀牡⑩。武不可重⑪，用不恢于夏家⑫。兽臣司原⑬，敢告仆夫⑭。

【注释】

①芒芒：广远的样子。禹迹：夏禹的遗迹，即全中国。

②画：划分。九州：各代分法不同。《禹贡》九州为冀、兖、青、徐、扬、荆、豫、梁、雍，是夏制；《尔雅》九州为冀、幽、兖、营、徐、扬、荆、豫、雍，是商制；《周礼》九州为冀、幽、并、兖、青、扬、荆、豫、雍，是周制。此处应为夏制。

③经启：启开，开通。

④寝：住处。庙：祭神之所。

⑤攸处：所居。

⑥不扰：不乱。

⑦在帝夷羿：身居帝位的后羿。

⑧冒：贪恋。

⑨恤：忧患。

⑩麀（yōu）：母鹿。牡：此指雄鹿。

⑪武：武事，田猎。重：频繁。

⑫恢：扩大，恢宏。

⑬兽臣：虞人，主管田猎的官。司：管理。原：原野。

⑭仆夫：君主的左右侍从。意不敢直言君王。

【译文】

辽阔广大的夏禹遗迹，划分成了九州，开通了九州的道路。人民有了寝室和祭祀的庙宇,野兽有茂盛的青草,各有所居,所以互不相扰。后羿居于帝位,迷恋狩猎,忘记了国家忧患,只想着飞禽走兽。狩猎实在过于频繁,因此羿不能扩大恢宏夏朝的疆土。虞人主管田猎,谨以此报告君主的左右。

李斯

李斯(? —前208)，楚上蔡(今河南上蔡西南)人。秦代著名政治家。曾从荀子求学。战国末入秦，由吕不韦舍人而为秦王嬴政客卿。因韩国郑国事件上秦王《谏逐客书》，被采纳，不久官升廷尉。建议对六国实行各个击破的政策，对秦统一六国起了重大作用。秦统一后任丞相，协助秦始皇制定了许多加强专制的政策。秦始皇去世后追随秦二世与赵高，逼秦始皇长子扶苏自杀。后为奸佞赵高忌杀。李斯工于篆书，他曾以"小篆"为标准，整理文字，对我国文字的统一作出了一定贡献。泰山、琅邪等刻石，传说均为李斯所手书。

峄山刻石

【题解】

本文是一则刻石铭文。文章称颂了秦始皇平定六国的功勋，是歌功颂德的标准文章。峄(yì)山又名邹峄山、邹山，在今山东邹城东南。

皇帝立国，维初在昔①，嗣世称王。讨伐乱逆，威动四极，武义直方。戎臣奉诏，经时不久，灭六暴强②。廿有六年，上荐高号③，孝道显明。既献泰成④，乃降专惠，亲巡远方。登于峄山,群臣从者,咸思攸长。追念乱世,分土建邦,以开争理。攻战日作,流血于野,自泰古始。世无万数,陁及五帝⑤,莫能禁止。乃今皇帝,壹家天下,兵不复起。灾害灭除,黔首康定⑥,利泽长久。群臣诵略,刻此乐石⑦,以著经纪。

【注释】

①维:助词,无实意。

②六暴强:指战国时东方六国。

③高号:即"皇帝"之号。

④泰成:稳固广大的和平。

⑤陁:降。

⑥黔首:指平民百姓。

⑦乐石:石之可以制乐器者。峄山刻石用浮磬石制成,故名乐石。

【译文】

是秦始皇建立了帝国,在最初的时候,他本是继承王位的秦国国君。他讨伐强暴和昏乱,威烈震动四方边极,有勇武忠义与方正的人格。外族屈服称臣接受命令,过了不久即灭掉了强暴不义的六国。在登上王位后的第二十六年,被上尊号称"皇帝",彰显了他的仁孝之道。已经实现了广大的和平,就施恩惠到各地,亲自巡视远方。他登上峄山,跟从他的群臣,无不思绪万端。回顾动乱的时代,各地分裂土地建国,从此打开了争战的道路。进攻战乱一天天兴起,血流遍了原野,这情景从远古就有了。世代相传千万年,才到了五帝时代,但没有一个人能制止这动乱与灾难。只有当代的始皇帝,才统一了天下,战乱再不兴起。灾害苦难消除了,平民百姓获得安乐和平,这利益会长久地流传下去。群臣把大致的情形歌颂出来,刻在这可做乐器的石上,以便能载之于史册。

泰山刻石

【题解】

泰山在山东,号称东岳,为五岳之首。秦始皇于二十八年(前219)东行巡视郡县,与鲁地诸儒生讨论。作者为文歌颂秦德,并刻于泰山之石。其文四言有韵,但不出歌功颂德的老路。

皇帝临位,作制明法,臣下修饬①。二十有六年,初并天下,罔不宾服②。亲巡远方黎民③,登兹泰山,周览东极。从臣思迹,本原事业,祗诵功德④。治道运行,诸产得宜⑤,皆有法式。大义休明⑥,垂于后世,顺承勿革⑦。皇帝躬圣⑧,既平天下,不懈于治。夙兴夜寐,建设长利,专隆教诲。训经宣达,远近毕理,咸承圣志。贵贱分明,男女礼顺,慎遵职事。昭隔内外⑨,靡不清净,施于后嗣⑩。化及无穷,遵奉遗诏,永承重戒。

【注释】

①修:整治。饬(chì):谨慎。

②罔(wǎng):无。宾服:诸侯或边远部落按期朝贡,表示臣服。

③黎民:众民。

④祗(zhī):恭敬。

⑤诸产:各项产业。

⑥休明:美好清明。

⑦革:改变,改革。

⑧躬圣:亲听。指亲听政事。

⑨昭隔:明白分隔。

⑩施(yǐ)：蔓延，延续。

【译文】

皇帝登位，创制明法，臣民恭谨。二十六年，初并天下，无不臣服。亲访边民，登临泰山，遍览东方。随臣思念，伟大业绩，推原事业，敬颂功德。治国之道，付诸实行，诸事得宜，皆有法式。伟大道义，光明美好，垂于后世，顺从勿弃。皇帝亲听政事，英明圣哲，已平天下，不懈于治。早起晚睡，辛勤建设，长远利益，专兴教诲。古训经典，宣教周到，远近皆治，俱顺圣意。贵贱分明，男女顺礼，慎守职事。明别内外，无不清净，传于后世，遗德无量。教化所及，无穷无尽，遵奉遗命，永守深诚。

琅邪台刻石

【题解】

琅邪山，在今山东诸城东南。秦始皇于二十八年（前219），登琅邪山，留三月。徙民三万户于山下做琅邪台，作者为立石刻文歌颂秦德。

维二十六年①，皇帝作始。端平法度，万国之纪②。以明人事，合同父子。圣智仁义，显白道理。东抚东土，以省卒士③。事已大毕，乃临于海。皇帝之功，勤劳本事④。上农除末⑤，黔首是富。普天之下，抟心揖志⑥。器械一量，同书文字。日月所照，舟舆所载，皆终其命，莫不得意。应时动事，是维皇帝。匡饬异俗⑦，陵水经地⑧。忧恤黔首，朝夕不懈。除疑定法，咸知所辟⑨。方伯分职⑩，诸治经易。举错必当⑪，莫不如画⑫。皇帝之明，临察四方。尊卑贵贱，不逾次行⑬。奸邪不容，皆务贞良⑭。细大尽力，莫敢怠荒。远迩辟隐⑮,专务肃庄。端直敦忠,事业有常。皇帝之德,存定四极⑯。诛乱除害,兴利致福。节事以时,诸产繁殖。黔首安宁,不用兵革。六亲相保,终无寇贼。欢欣奉教,尽知法式。六合之内⑰,皇帝之土。西涉流沙⑱,南尽北户⑲,东有东海⑳,北过大夏㉑。人迹所至,无不臣者。功盖五帝,泽及牛马。莫不受德,各安其宇㉒。

【注释】

①维:助词,用于句首以加强语气。

②纪:纲纪,准则。

③省(xǐng):察看,检查。

④本事:根本的大事,指天子之职守。

⑤上:通"尚"。崇尚。末:古代称工商业。

⑥抟(zhuān):通"专"。专一。揖(jí):会集。

⑦匡饬:纠正和整顿。

⑧陵:经过,超越。

⑨辟:通"避"。

⑩伯:一方诸侯之长。此处指地方长官。

⑪举错:即举措,措施。错,通"措"。

⑫画:整齐,明白。

⑬次行(háng):等级。

⑭贞:贞固,坚定不渝,始终如一。

⑮辟:通"僻"。即偏僻之处。

⑯四极:四方极远之地。

⑰六合:东、南、西、北、上、下。

⑱流沙:指西方的大沙漠。

⑲北户:窗户向北开。当指今广东、广西南部、海南一带北回归线以南的地区。

⑳东海:相当于今天的黄海。此泛指东方的大海。

㉑大夏:即晋阳,在今山西太原西南。杜预注:"大夏,太原晋阳县。"或指今太原以南的山西地区,《括地志》:"大夏,今并州晋阳及汾、绛等州是。"秦北部边境已达内蒙古河套以北。远在汾、绛州以北。

㉒宇:房屋。这里指居住之地。

【译文】

二十六年,皇帝创始。端正法度,万国准则。人事修明,父子和睦。圣智仁义,宣扬天理。安抚东方,巡视官兵。大事已了,乃临海滨。皇帝之功,勤劳大业。重农抑商,百姓富足。普天之下,专心一志。统一度量,统一文字。日月所照,舟车所载,享尽天年,莫不得意。按时行事,正是皇帝。整顿异俗,跋山涉水。怜惜百姓,昼夜不懈。除去疑惑,明定法律,都知自守。地方长官,职责分明;各项政务,方便施行。措施得当,无不明确。皇帝圣明,巡察四方。尊卑贵贱,不越等级。不容奸邪,务求贞固,力求善良。事无巨细,无不尽力,不敢怠慢。远方近处,偏僻隐蔽,都要做到,严肃庄重。正直忠厚,事业有恒。皇帝恩德,安绥四方。除乱去害,兴利致福。依照时令,节制劳役;各业繁荣,不断增殖。百姓安宁,不用刀兵。六亲相护,终无盗贼。欢欣受教,都明法制。天地四方,皇帝疆土。西过流沙,南至北户,东包大海,北过大夏。人迹所到,无不臣服。功盖五帝,恩及牛马。人人受德,个个安居。

之罘刻石

【题解】

之罘(fú),山名,在今山东烟台。秦始皇于二十九年(前218)春登之罘山,李斯为文刻石以志功德。

　　维二十九年,时在中春①,阳和方起②。皇帝东游,巡登之罘,临照于海。从臣嘉观,原念休烈,追诵本始。大圣作治,建定法度,显著纲纪。外教诸侯,光施文惠③,明以义理④。六国回辟⑤,贪戾无厌,虐杀不已。皇帝哀众,遂发讨师,奋扬武德。义诛信行,威燀旁达⑥,莫不宾服。烹灭强暴,振救黔首,周定四极。普施明法,经纬天下⑦,永为仪则⑧。大矣哉! 宇县之中⑨,承顺圣意。群臣诵功,请刻于石,表垂于常式⑩。

【注释】

①中(zhòng)春:即仲春,夏历二月。

②阳和:春气。

③文:指礼乐制度,与“武”相对。惠:恩赐,恩德。

④义理:道理。

⑤回辟:邪辟。回,不直。辟,曲邪不正。

⑥燀(chǎn):光烈。

⑦经纬:治理。

⑧仪则:标准,法则。

⑨宇县:天下。宇,天空。县,赤县神州,指中国。

⑩常式:永久的典范。

【译文】

　　二十九年,时在仲春,阳和之气,方始生起。皇帝东游,巡登之罘,观照大海。随从诸臣,赞美此行,推原宏业,追颂创始。伟大圣主,创设治道,制定法度,显扬纲纪。外教诸侯,施以光明,赐以文德,阐明义理。

六国之君,奸邪乖僻,贪暴无厌,虐杀不已。皇帝之心,哀矜民众,发师讨伐,奋扬武德。仗义诛暴,守信而行,威风光烈,遍达四方,无不臣服。消灭强暴,拯救百姓,遥定四极。普施明法,治理天下,永为法则。伟大啊!环宇之内,赤县之中,顺遂圣意。群臣颂德,请刻于石,表率流传,永为典范。

碣石刻石

【题解】

碣石,山名,在今河北昌黎西北。秦始皇于三十二年(前215)前往碣石,李斯为文并在碣石山门刻下。文章之意,仍不外对秦始皇进行歌功颂德。

遂兴师旅,诛戮无道,为逆灭息①。武殄暴逆②,文复无罪③,庶心咸服④。惠论功劳⑤,赏及牛马,恩肥土域。皇帝奋威,德并诸侯,初一泰平⑥。堕坏城郭⑦,决通川防,夷去险阻⑧。地势既定,黎庶无繇⑨,天下咸抚。男乐其畴⑩,女修其业,事各有序。惠被诸产⑪,久并来田⑫,莫不安所。群臣诵烈,请刻此石,垂著仪矩⑬。

【注释】

①逆:违背,背叛。息:息灭。
②殄(tiǎn):消灭殆尽。
③文:法令条文。复:通"覆"。庇护。一作"伏"。
④庶:百姓。
⑤惠:赐。

⑥泰平：太平。

⑦堕（huī）：毁坏。郭：外城。

⑧夷：削平，诛锄。

⑨繇：通"徭"。指徭役。

⑩畴（chóu）：田亩，已耕作的田地。

⑪被：及，到。

⑫久：一作"分"，单人耕作。并：双人耕作。来田：麦田。来，小麦。

⑬仪：法度，准则。

【译文】

　　动员军队，诛杀无道，消灭叛乱。武除暴逆，文护无罪，民心都服。评奖功劳，赏及牛马，恩施全国。皇帝扬威，凭依至德，合并诸侯，初成一统，天下太平。拆除城郭，决通河防，铲除险阻。地势已平，民无徭役，天下安抚。男乐田亩，女乐纺绩，事各有序。恩惠所及，遍于各业，或单或双，耕作麦田，无不安居。群臣敬颂，伟大功业，请刻此石，垂留典范。

会稽刻石

【题解】

　　会稽山，在今浙江绍兴东南。秦始皇于三十七年（前210）出游，上会稽，祭大禹王，望于南海，李斯为文并立刻石颂秦德。

　　皇帝休烈，平一宇内，德惠修长。三十有七年，亲巡天下，周览远方。遂登会稽，宣省习俗①，黔首齐庄②。群臣诵功，本原事迹，追道高明。秦圣临国，始定刑名，显陈旧章。初平法式，审别职任，以立恒常。六王专倍③，贪戾傲猛④，率众自强。暴虐恣行,负力而骄,数动甲兵。阴通间使⑤,以事合从,行为辟方⑥。内饰诈谋,外来侵边,遂起祸殃。义威诛之,殄熄暴悖,乱贼灭亡。圣德广密,六合之中,被泽无疆。皇帝并宇,兼听万事,远近毕清。运理群物,考验事实,各载其名。贵贱并通,善否陈前,靡有隐情。饰省宣义⑦,有子而嫁,倍死不贞。防隔内外,禁止淫泆⑧,男女絜诚。夫为寄豭⑨,杀之无罪,男秉义程⑩。妻为逃嫁,子不得母⑪,咸化廉清。大治濯俗⑫,天下承风⑬,蒙被休经。皆遵度轨,和安敦勉⑭,莫不顺令。黔首修絜,人乐同则⑮,嘉保太平。后敬奉法,常治无极,舆舟不倾。从臣诵烈,请刻此石,光垂休铭⑯。

【注释】

①省:察看。

②齐庄:一本作"斋庄",恭敬。

③专倍:专横背理。倍,通"悖"。

④憿:同"傲"。

⑤间使:从事离间活动的使者。

⑥辟方:邪辟违拗。

⑦饰省宣义:文过饰非、混淆黑白。省,通"眚"。过失。宣,头发黑白混杂,引申为混淆之意。

⑧泆(yì):放荡,荒淫。

⑨寄豭(jiā):喻指有妻子但乱搞男女关系的男人。豭,公猪。

⑩义:公正合理而当为的。程:规程。

⑪子不得母:儿子不可认她为母亲。

⑫濯:清洗,洗净。

⑬承:领受。风:风尚,风教。

⑭敦：勉励。

⑮则：规则，法令。

⑯铭：牢记，永远不忘。

【译文】

　　皇帝伟业，统一天下，恩德久长。三十七年，亲巡天下，遍览远方。登上会稽，考察习俗，百姓崇敬。群臣颂功，推原事迹，追溯高明。秦圣登位，制定刑名，明布旧章。初整法制，慎别职责，以树久长。六王专横，违天背理，贪暴凶傲，挟众逞强。凶残暴虐，任意横行，凭恃强力，自逞骄狂，屡动甲兵。暗通间谍，图谋合纵，行为邪妄。内藏奸谋，外来侵边，遂起祸殃。义军扬威，诛灭暴逆，乱贼灭亡。圣德深广，普天之下，受福无疆。秦始皇帝，一统天下，兼听万事，无论遐迩，皆已清靖。驾驭万物，考事核实，各有名分。无论贵贱，都通实情，善恶公开，莫有隐情。掩饰罪过，污染道义，有子而嫁，背弃亡夫，是为不贞。分别内外，禁止淫荡，男女洁诚。丈夫偷情，杀之无罪，男当守义。妻如逃嫁，子不认母，风化清正。大治大理，洗荡旧俗，沐浴新风，蒙受教化，美善常经。都循正道，和好安定，互相勉励，无不从命。百姓纯洁，乐共守法，善保太平。后人敬法，长治无穷，国家不倾。随臣颂功，请刻此石，光照千古，永记在心。

汉书

　　《汉书》是我国第一部纪传体断代史书,记载自汉高祖元年至王莽地皇四年二百三十年间主要史事。作者为东汉著名史学家班固,由其妹班昭及其弟子马续整理续写完成。全书分十二纪、八表、十志、七十列传,共百篇,后人分为一百二十卷。书中多用古字,比较难读,汉以后注者数十家,通行本为唐代颜师古的注本。

安世房中歌 依《汉书》刘敞注分十七章。

【题解】

　　本文选自《汉书·礼乐志》。"房"是古代宗庙陈列神主的地方。《安世房中歌》系汉代乐歌名,为祀神的乐章。初由汉高祖妃唐山夫人所制,名《房中乐》,惠帝时更名《安世乐》。曲调源自楚地民间音乐,制为祠乐后,歌词遂宫廷化,为歌功颂德、娱乐升平之用。

　　大孝备矣,休德昭清。高张四县①,乐充宫廷。芬树羽林②,云景杳冥。金支秀华③,庶旄翠旌。

【注释】

①四县：四面悬挂乐器。这是古时只有天子才能使用的乐器悬挂
　形式。

②羽：羽葆。一种以鸟羽为饰的仪仗。

③金支秀华：乐器以黄金为支，上有流苏敷散，若草木之秀华。

【译文】

孝道完备，美德清明。乐器四面高悬，乐声充满宫中。羽葆仪仗竖
起，其盛如林，有如云日杳冥。以黄金为支的乐器，流苏敷散，美若草木
秀华，把五采羽毛装饰在翡翠鸟羽毛制成的旗帜顶端。

《七始》《华始》①，肃倡和声。神来宴娭②，庶几是听。以
上四句汲古阁入上章。粥粥音送③，细丝人情④。忽乘青玄，熙
事备成。清思眇眇⑤，经纬冥冥。

【注释】

①《七始》《华始》：皆为乐曲名。七始，天地、四时、人七者之始。华
　始，万物英华之始。

②娭（xī）：嬉戏。

③粥粥（yù）：敬畏貌。

④细丝（zhāi）：晋灼注："细，微也。以乐送神，微感人情，使之斋肃
　也。"丝，亦作"齐"，同"斋"。

⑤眇眇（yǎo）：幽静貌。

【译文】

《七始》《华始》之乐，令听者肃然应和。神灵也来饮宴嬉戏，大概也
是要来倾听这美妙的乐声吧。以上四句汲古阁本入上章。敬惧之音传来，
细微入人心脾。忽然飞身青天，福禧诸事具备。清思幽幽，直达冥漠。

我定历数,人告其心。敕身齐戒,施教申申。乃立祖庙,敬明尊亲。大矣孝熙,四极爰臻①。

【注释】

①臻:同"臻"。

【译文】

我制定了历法,人人各尽其心。反复谆谆施教,使人齐身守正。建立祖庙,敬奉神明先祖。孝德的辉光广大无边,四面八方都能达到。

王侯秉德,其邻翼翼①,显明昭式。清明鬯矣②,皇帝孝德。竟全大功,以上六句汲古阁入上章。抚安四极。

【注释】

①翼翼:恭敬貌。

②鬯:古"畅"字。通达。

【译文】

王侯禀承孝德,近臣必然谦恭,明定宗庙次序。必定清明畅达,皇帝具备孝德。定能建立大功,以上六句汲古阁本入上章。安抚四方。

海内有奸,纷乱东北。诏抚成师,武臣承德。行乐交逆①,《箫》《勺》群慝②。肃为济哉,盖定燕国。

【注释】

①逆:迎接。

②《箫》《勺》:传说中上古舜和周时代的乐曲名。慝(tè):邪恶。

【译文】

海内出现奸恶，纷乱来自北方的匈奴。皇帝诏令抚慰军士，武将承应了皇帝的德音。奏起《箫》《勺》之乐，去迎接剿灭奸恶后凯旋的军队。肃清邪恶，国家安定。

　　大海荡荡水所归，高贤愉愉民所怀。大山崔^①，百卉殖。民何贵？贵有德。

【注释】

①崔：高大的样子。

【译文】

大海浩渺广阔，是众水的归依；高义贤德之人仁爱和乐，是万民的依靠。山岳高峻，百草繁茂。百姓以什么为贵呢？以德政为贵。

　　安其所，乐终产。乐终产，世继绪。飞龙秋^①，游上天。高贤愉，乐民人。以上三章汲古阁并为一章。

【注释】

①秋：飞翔的样子。

【译文】

物安其所，乐终其生。乐终其生，世代相传。飞龙高翔，遨游青天。高贤之人愉悦，百姓欢乐。以上三章汲古阁本并为一章。

　　丰草葽^①，女罗施^②。善何如，谁能回^③！大莫大，成教德；长莫长，被无极。雷震震，电耀耀。明德乡^④，治本约。

治本约,泽弘大。加被宠,咸相保。德施大,世曼寿。

【注释】

①葽(yāo):草盛貌。

②女萝:一名松萝,地衣类植物,依附于松柏枝干上生长。

③回:乱。

④乡(xiàng):通"向"。面向。

【译文】

草木繁盛,松萝攀升。施行善政,谁能扰乱!大莫大于施行德教,长莫长于使德政遍及四方。雷声震响,电光闪耀。彰明仁德所向,治政本之简要。治政本之简要,恩泽广大。人民被宠,互相保护。德政普施,世系绵长。

都、荔遂芳①,窅窊桂华②。孝奏天仪,若日月光。乘玄四龙,回驰北行。羽旄殷盛,芬哉芒芒。孝道随世,我署文章。

【注释】

①都、荔:即都良和薜荔,皆为香草名。

②窅窊(yǎo wā):凹凸起伏貌。窅,凸起,高出。窊,低下。

【译文】

神宫里都良、薜荔散发芳香,桂华之形起伏不平。将孝道进呈上天,天神如日月辉光。乘坐四条青龙,盘旋向北驰行。那以羽毛装饰旗帜的仪仗,是何等的殷盛浩大。孝道通行于世,德治的文采光芒一定能显扬。

《桂华》。冯冯翼翼^①，承天之则。吾易久远，烛明四极。慈惠所爱，美若休德。杳杳冥冥，克绰永福^②。

【注释】

①冯冯（píng）：茂盛貌。翼翼：众多貌。

②绰：缓，延长。

【译文】

《桂华》。广施恩德，是上天的法则。我们的疆域广大，各地民情尽知。皇帝有慈爱惠德，百姓就会赞美顺从于他。冥冥中有神灵护佑，幸福永远绵长。

《美芳》。硙硙即即^①，师象山则^②。呜呼孝哉，案抚戎国。蛮夷竭欢，象来致福。兼临是爱，终无兵革。

【注释】

①硙硙（ái）：高峻貌。即即：充实貌。

②师：众多。

【译文】

《美芳》。高峻硕大，有如高山。伟大的孝道啊，可以安抚戎国。蛮夷尽情欢乐，都来进贡致福。仁爱之心兼施于蛮夷，永远没有战争。

嘉荐芳矣，告灵飨矣。告灵既飨，德音孔臧。惟德之臧，建侯之常。承保天休，令问不忘^①。

【注释】

①令问：令名，美名。

【译文】

进奉美好的祭品，让神灵来享用。神灵享用了，仁德之音就会极其美善。仁德美善，诸侯久长。保全自然美德，美名永世流芳。

皇皇鸿明，荡侯休德。嘉承天和，伊乐厥福。在乐不荒，惟民之则。

【译文】

英明伟大，浩浩美德。顺承天命，乐享其福。礼乐不荒废，百姓有准则。

浚则师德，下民咸殖。令问在旧^①，孔容翼翼^②。

【注释】

①旧：久远。

②翼翼：庄敬貌。

【译文】

法纪完备，仁德浩大，才能养育百姓。美名永远流传，仪容庄严恭敬。

孔容之常，承帝之明。下民之乐，子孙保光。承顺温良，受帝之光。嘉荐令芳，寿考不忘。以上三章汲古阁并为一章。

【译文】

仪容庄敬的准则，就是要顺承上天的英明。百姓遵从礼乐，子孙永保幸福。顺承温良的人，才能享受上天的眷宠。奉上美好芬芳的祭品，年寿久长。以上三章汲古阁本并为一章。

　　承帝明德，师象山则。云施称民①，永受厥福。承容之常，承帝之明。下民安乐，受福无疆。

【注释】

①云施称民：意谓施恩于民，如云之遍覆。

【译文】

　　顺承上天的英明仁德，有如高山一样坚固。恩泽如云，遍施于百姓，百姓方能永受福祥。顺承庄敬仪容，遵从上天的英明。百姓安定和乐，幸福永无止境。

郊祀歌

【题解】

　　本篇选自《汉书·礼乐志》，是汉代祭祀天地音乐的歌词。汉武帝时制定郊祀礼，在甘泉祭祀天神，在汾阴祭祀地神，又设立专门机构乐府，广泛采集赵、代、秦、楚地区的民谣，命李延年、司马相如等根据音律及乐器的声调，创作了《郊祀歌》十九章。在祭祀时，让七十名童男女组成合唱团来一起演唱。歌词或简洁明快，或委婉悠长，充满了对神灵的敬畏和对羽化升仙的向往。

　　练时日①，侯有望，爇膋萧②，延四方。九重开，灵之游③，垂惠恩，鸿祐休④。灵之车，结玄云，驾飞龙，羽旄纷。灵之下，若风马，左仓龙⑤，右白虎。灵之来，神哉沛，先以雨,般裔裔⑥。灵之至,庆阴阴⑦,相放怫⑧,震澹心⑨。灵已坐,五音饬⑩,虞至旦⑪,承灵亿⑫。牲茧栗,粢盛香,尊桂酒,宾八乡⑬。灵安留,吟青黄⑭,遍观此,眺瑶堂。众嫭并⑮,绰奇丽,颜如荼⑯,兆逐靡⑰。被华文,厕雾縠,曳阿锡⑱,佩珠玉。侠嘉夜⑲,芭兰芳⑳,澹容与,献嘉觞。

《练时日》一

【注释】

①练:选。

②爇(ruò):烧,点燃。膋(liáo):肠间之脂。萧:香蒿。

③游:遨游。

④祐:福。

⑤仓:通“苍”。

⑥般(bān):散布。裔裔:阴雨飞扬之貌。

⑦阴阴:阴云覆盖的样子。

⑧放怫:犹“仿佛”。

⑨澹(dàn):动。

⑩饬:齐备。

⑪虞:乐。

⑫亿:安。

⑬八乡:八方之神。

⑭青黄:四时之乐。

⑮嫭(hù):美女。

⑯颜如荼:美女颜貌如茅荼之柔。荼,茅、苇之类的植物,开白花。

⑰兆逐靡:意谓兆民逐欢而披靡。兆,古时以“百万”或“万亿”为兆,常用来表示极多。这里指兆民,即百姓。

⑱阿：细缯。锡：细布。

⑲侠：颜师古注："侠与挟同。"嘉夜：香草名。

⑳茝（chǎi）：香草名。即白芷。

【译文】

　　选择时日，等到十五的晚上，点燃香蒿燃烧香脂，迎接四方神灵。九重天门大开，神灵纷纷下来，垂施恩惠，降下鸿福。神灵乘坐的车子，系着青色的云彩，驾着飞翔的神龙，旌旗上的羽毛纷纷飘扬。神灵降下，有如骏马奔驰，左有苍龙相伴，右有白虎随驾。神灵到来，神气沛然，大雨先行，漫天飞扬。神灵将至，阴云密布，震颤人心。神灵坐定，音乐齐备，欢乐至旦，神灵安心。祭祀的牺牲是角才长到茧栗大小的小牛，祭器内的谷物散发着清香，杯中斟满桂花酒，款待八方神灵。神灵安然留下，吟诵四时之乐，环顾四方，眺望瑶玉装饰的殿堂。众多神女并列，美丽出众，颜如白茶，百姓争相观睹。她们身着华丽的衣裳，薄雾般的轻纱交错掩映，拖着细布制作的衣裙，佩饰珍珠宝玉。美丽的神女携着香草，怀中的白芷发出芳香，举止娴雅，献上美酒。

　　《练时日》一

　　帝临中坛，四方承宇，绳绳意变①，备得其所。清和六合，制数以五②。海内安宁，兴文匽武③。后土富媪④，昭明三光⑤。穆穆优游，嘉服上黄。

　　《帝临》二

【注释】

①绳绳：谨敬的意思。

②制数以五：指后土之歌。古代土数为五。

③匽：古"偃"字。

④媪：指地。颜师古注引张晏曰："媪，老母称也。坤为母，故称媪。"

⑤三光：日、月、星。

【译文】

天神降临中坛，四方神灵各承四宇，谨敬而行，尽得其所。清音配合天地四方，礼数以合地数之五。天下安宁，兴文偃武。土地富庶繁盛，日月星三光昭明。人们祥和悠闲，身着黄色的衣裳。

《帝临》二

青阳开动①，根荄以遂②，膏润并爱，跂行毕遬③。霆声发荣，垠处倾听④，枯槁复产，乃成厥命。众庶熙熙，施及夭胎，群生啿啿⑤，惟春之祺⑥。

《青阳》三 邹子乐。

【注释】

①青阳：春季。

②荄（gāi）：草根。遂：萌生。

③跂行：用足行走。

④垠处倾听：意指春雷震动，草木萌生，处岩土之虫皆倾听而起。垠，穴。

⑤啿啿（dàn）：丰厚之貌。

⑥祺：福。

【译文】

春天来了，草木萌生，土地受到滋润，一切动物皆蒙受春的恩赐。雷霆震动，草木生长，蛰伏在岩土之中的虫也倾听而起，凋零的枯木恢复了生机，春天就完成了它的使命。百姓和和乐乐，老少无不欢欣，生活富足丰厚,都是春天赐予的福祥。

《青阳》三 邹子乐。

朱明盛长①,旉与万物,桐生茂豫②,靡有所诎③。敷华就实,既阜既昌,登成甫田④,百鬼迪尝⑤。广大建祀,肃雍不忘,神若宥之,传世无疆。

《朱明》四 邹子乐。

【注释】

①朱明:夏季。

②桐:通"通"。茂豫:美盛欣悦之意。

③诎(qū):枉屈。

④甫田:大田。

⑤百鬼:百神。迪:进。

【译文】

夏天阳气旺盛,普施万物,草木生长,美盛欣悦,无有所屈。开花结果,高大又茂盛,大田中稼禾丰收,百神都能得到祭享。扩建祀庙,不忘庄敬,神灵保佑,万世无疆。

《朱明》四 邹子乐。

西颢沆砀①,秋气肃杀,含秀垂颖,续旧不废。奸伪不萌,祅孽伏息,隔辟越远,四貉咸服。既畏兹威,惟慕纯德,附而不骄,正心翊翊②。

《西颢》五 邹子乐。

【注释】

①西颢：西方少昊之神。沆砀（dàng）：白气之貌。

②翊翊：谨敬貌。

【译文】

秋季霜露降临，秋气肃杀萧索，百谷含秀结实，皆因旧苗不废。奸伪不会产生，妖孽隐蔽不出，边隅少数民族，无不归服汉朝。既畏朝廷威势，又慕朝廷德义，不敢骄傲怠慢，态度十分谦恭。

《西颢》五　邹子乐。

玄冥陵阴①，蛰虫盖藏，草木零落，抵冬降霜。易乱除邪，革正异俗，兆民反本，抱素怀朴。条理信义，望礼五岳。籍敛之时，掩收嘉谷。

《玄冥》六　邹子乐。

【注释】

①玄冥：北方之神。

【译文】

冬季阴气凌盛，百虫蛰伏隐藏，草木零落凋谢，到冬降下雪霜。改变乱邪习气，革除奇异风俗，百姓恢复本性，怀抱朴素品德。条理信用仁义，遥望五岳行礼。正当收籍田之时，收藏丰收谷物。

《玄冥》六　邹子乐。

惟泰元尊①，媪神蕃釐②，经纬天地，作成四时。精建日月，星辰度理，阴阳五行，周而复始。云风雷电，降甘露雨，百姓蕃滋，咸循厥绪。继统共勤③，顺皇之德④，鸾路龙鳞，罔不肸饰[5]。嘉笾列陈，庶几宴享，灭除凶灾，烈腾八荒。钟鼓竽笙，云舞翔翔，招摇灵旗，九夷宾将。

《惟泰元》七　建始元年，丞相匡衡奏罢“鸾路龙鳞”[6]，更定诗曰“涓选休成”。

【注释】

①泰元：指天。

②媪神：指地。蕃：多。釐(xī)：福。

③共：通“恭”。

④皇：皇天。

⑤肸(xī)饰：涂饰，装饰。肸，声响振起。

⑥鸾路：即鸾辂。天子所乘，饰有金鸾的车子。

【译文】

唯有天神至尊，地神繁盛多福，包罗天地万物，作成一年四季。精心建置日月，条理满天星辰，阴阳五行有致，运行周而复始。行云复有雷电，降下甘露雨水，百姓繁衍生长，皆遵其中规律。天子恭勤继统，顺从皇天之德，鸾路车饰有龙鳞纹，无不整备装饰。陈列精制祭器，神灵或许来享，除灭凶顽灾异，威烈远逾八方。奏响钟鼓竽笙，歌舞翩翩翔翔，招摇灵旗飘动，九夷无不跟从。

《惟泰元》七　建始元年，丞相匡衡上奏，提请去掉“鸾路龙鳞”一句，改为“涓选休成”。

天地并况[1]，惟予有慕，爰熙紫坛，思求厥路。恭承禋祀，缊豫为纷[2]，黼绣周张[3]，承神至尊。千童罗舞成八溢[4]，合好效欢虞泰一[5]。九歌毕奏斐然殊，鸣琴竽瑟会轩朱[6]。璆磬金鼓[7]，灵其有喜，百官济济，各敬厥事。盛牲实俎进闻膏，神奄留，临须摇⑧。长丽前掞光耀明⑨，寒暑不忒况皇章⑩。展诗应律铉玉鸣⑪，函宫吐角激徵清。发梁扬羽申以商⑫，造兹新音永久长。声气远条凤鸟翔，神夕奄虞盖孔享。

《天地》八　丞相匡衡奏罢"黼绣周张"，更定诗曰"肃若旧典"。

【注释】

①况（kuàng）：通"贶（kuàng）"。赏赐。

②缊豫：积聚修饰之意。

③黼（fǔ）：古代礼服上绣的黑白相间的如斧形的花纹。

④八溢：即"八佾"。佾，列。

⑤虞：通"娱"。

⑥轩朱：即"朱轩"。

⑦璆：美玉。用为磬。

⑧须摇：须臾。

⑨长丽：灵鸟。掞（yàn）：通"炎"。光焰。

⑩忒（tè）：差错。皇：君。章：明。

⑪铉（xuān）：鸣玉之声。

⑫发梁：歌声清越如绕梁。

【译文】

天地降赐福祥，唯我所思所想，于是兴建紫坛，思求降神之路。恭敬进呈祀礼，积聚修饰缤纷，斧黼张满紫坛，承接至尊天神。千名儿童排列八行，跳起八佾之舞，共同欢乐，娱乐至尊天神。九歌奏响，文采斐然，琴瑟鸣奏，会于朱轩。玉磬金鼓敲响，神灵听了欣喜，朝中百官济济，各自敬守职事。把俎填满牲品，点燃脂香，芬芳的香味传到神灵所在，神灵为此停留片刻。长丽灵鸟，放射耀眼光芒，不论寒暑，赐予无限光明。展诗诵读,对应声律,发出玉鸣之声,宫角微羽商。五音绕梁不绝,这新谱的乐曲长久不衰。乐声飘向远处,凤凰听了展翅飞翔,神灵听了也来受飨。

《天地》八　丞相匡衡奏请去掉"黼绣周张"一句,改为"肃若旧典"。

日出入安穷?时世不与人同。故春非我春,夏非我夏,秋非我秋,冬非我冬。泊如四海之池,遍观是邪谓何?吾知所乐,独乐六龙,六龙之调,使我心若。訾黄其何不徕下①?

《日出入》九

【注释】

①訾:嗟叹词。黄:乘黄,龙翼而马身,黄帝乘之而仙。

【译文】

太阳的出入有穷尽吗?天地永恒而人终有一死,二者是不同的啊。所以春天不是我的春天,夏天不是我的夏天,秋天不是我的秋天,冬天不是我的冬天。人生不能如四海一样久长,遍观此,才知生命短促,无可奈何。我知道我的喜好,所喜好的就是乘六龙飞升,六龙之调,使我心旷神怡。哎,那可载人升仙的乘黄啊,你为何还不下来呢?

《日出入》九

太一况①,天马下,沾赤汗,沫流赭②。志俶傥③,精权奇④,𥿈浮云⑤,晻上驰⑥。体容与,迣万里⑦,今安匹,龙为友。元狩三年马生渥洼水中作⑧。

【注释】

①太一:天神名。亦作"泰一"。

②赭(zhě):红褐色。

③俶傥:同"倜傥"。卓异。

④权奇:高超,非常。

⑤籴(niè):通"蹑"。踏。

⑥晻(yǎn):日无光。

⑦迣(chì):飞越。

⑧渥洼水:水名。在今甘肃敦煌西南。

【译文】

　　天神恩赐,天马下来,流汗如血,流沫如赭。志向卓异,奇谲非常,上蹑浮云,晻然飞驰。神情娴雅,飞越万里,无以相匹,唯龙为友。因元狩三年神马生于渥洼水中而作。

　　天马徕,从西极,涉流沙,九夷服。天马徕,出泉水,虎脊两,化若鬼。天马徕,历无草,径千里,循东道。天马徕,执徐时①,将摇举②,谁与期?天马徕,开远门,竦予身,逝昆仑。天马徕,龙之媒,游阊阖③,观玉台④。

　　《天马》十　太初四年诛宛王获宛马作。

【注释】

①执徐:应劭曰:"太岁在辰曰执徐,言得天马时岁在辰也。"

②摇举:摇身高举。

③阊阖(chāng hé):神话传说中的天门。

④玉台:上帝所居之台。

【译文】

　　天马奔来,来从西方,远涉沙漠,九夷皆服。天马奔来,出自泉水,毛色如虎,变化如神。天马奔来,经过荒漠,千里迢迢,来到东方。天马奔来,岁在辰时,奋摇高举,谁与同期?天马奔来,开门远迎,我将骑乘,前往昆仑。天马奔来,龙亦将至,遂游天门,观览玉台。

《天马》十　太初四年诛杀宛王获得宛马而作。

天门开,诛荡荡①,穆并骋,以临飨。光夜烛,德信著,灵浸平而鸿,长生豫。大朱涂广②,夷石为堂③,饰玉梢以舞歌④,体招摇若永望。星留俞⑤,塞陨光,照紫幄,珠烦黄⑥。幡比翅回集,贰双飞常羊⑦。月穆穆以金波,日华耀以宣明⑧。假清风轧忽⑨,激长至重觞⑩。神裴回若留放⑪,殣冀亲以肆章⑫。函蒙祉福常若期,寂漻上天知厥时⑬。泛泛滇滇从高游⑭,殷勤此路胪所求⑮。佻正嘉吉弘以昌⑯,休嘉砰隐溢四方⑰。专精厉意逝九阂⑱,纷云六幕浮大海⑲。

《天门》十一

【注释】

①诛(dié):遗忘。引申为旷荡之意。

②涂:道路。

②夷:铲平。

④梢:竿,舞者所持。

⑤俞:对答。意指众星留神,降其光耀,如同答谢飨荐。

⑥烦(yún):黄而有光。

⑦常羊:逍遥自得的样子。

⑧宣:遍。

⑨轧忽:长远。

⑩重觞:意指多次进献。

⑪裴回:徘徊不进貌。留放:流连。

⑫殣：通"觐"。

⑬寂寥（liáo）：高远之貌。

⑭滇：盛大貌。

⑮胪：陈述。

⑯佻：通"肇"。肇始。

⑰砰隐：盛大之意。

⑱九阂：九天之上。

⑲六幕：犹言六合。即指上下和四方。

【译文】

　　天门打开，广阔空寂，众神穆然，骋临祭飨。神光夜照，德信著明，神德所浸，安逸长生。神路饰以朱丹，铲石垒为厅堂，舞蹈之竿，饰以玉石，身肢摇摆，仿佛永望。众神答谢，光芒四射，光照紫幄，珠色艳黄。舞蹈者如飞鸟展翅，双双来回飞旋。月光穆穆，金波流动，阳光灿灿，光芒遍照。神灵借着清风飘飘远来，且待我献上重餱。神灵徘徊，流连不去，我得觐见，以表诚意。常蒙神赐福祉，寥廓上天能知我飨荐之时。满怀盛情从神遨游，在通往神灵的路上意态殷勤，以向神灵陈述我的请求。起始嘉吉，弘扬光大，美德盛多，洪声远扬，传遍四方。一心一意要飞升到九天之上，游遍天地四方，遨游大海之上。

　　《天门》十一

　　景星显见①，信星彪列②，象载昭庭，日亲以察③。参侔开阖④，爰推本纪，汾脽出鼎⑤，皇祜元始⑥。五音六律，依韦飨昭⑦，杂变并会，雅声远姚⑧。空桑琴瑟结信成⑨，四兴递代八风生。殷殷钟石羽籥鸣⑩，河龙供鲤醇牺牲。百末旨酒布兰生⑪，泰尊柘浆析朝酲⑫。微感心攸通修名，周流常羊思所并。穰穰复正直往宁⑬，冯蠵切和疏写平⑭。上天布施后土成,穰穰丰年四时荣。

《景星》十二　元鼎五年得鼎汾阴作。

【注释】

①景星:杂星名。也称"瑞星""德星"。

②信星:土星。

③象载昭庭,日亲以察:颜师古注:"象谓县象也。载,事也。县象秘事,昭显于庭,日来亲近,甚明察也。"

④参:三。侔:等于。

⑤汾脽出鼎:指汉武帝得宝鼎于汾阴脽上一事。汾,汾水。脽,脽丘,在今山西万荣境内。

⑥皇:大。祜:福。

⑦依韦:声音和谐。

⑧姚:飞扬。

⑨空桑:古地名。其地产嘉木,可制为琴。

⑩羽籥(yuè):雉羽与籥。古代文舞用的舞具和乐器。

⑪百末:香草末。旨酒:美酒。

⑫柘浆:指甘柘之汁,可饮。酲(chéng):病酒。

⑬宁:心愿。

⑭冯:即冯夷,水神名。蠵(xī):蠵蠵,一种大龟。写:倾泻。

【译文】

　　景星显现出来,信星排列分明,悬象昭显于庭,日日得以亲察。日月星相开合,于是推考本纪,汾脽发现宝鼎,鸿福自此开端。五音六律,谐和明亮,杂合变奏,雅声远扬。空桑嘉木制成琴瑟,弹奏真诚之音,舞者四悬轮流奏响,生出八面之风。钟石之声宏大,羽籥之声悠长,河伯献出鲤鱼,祭品纯而不杂。百末美酒,香气四溢,大杯柘浆,可解病酒。精诚所感,以成长久之名,流连徜徉,思与神道相合。归于正道,获福最多,河伯冯夷命令灵蠵谐和水神,疏导川潦。上天布施,后土培养,丰收之年,四季开花结果。

《景星》十二　元鼎五年因在汾阴得鼎而作。

　　齐房产草①,九茎连叶,宫童效异②,披图案谍③。玄气之精,回复此都,蔓蔓日茂,芝成灵华。

　　《齐房》十三　元封二年芝生甘泉齐房作。

【注释】

①齐房:斋房。

②宫童:宫中侍童。

③谍:通"牒"。谱录。

【译文】

斋房长出灵芝,九茎连着枝叶,宫中童子验证,披考图籍谱牒。天神的精气,回复到这里,天长日久,长成灵芝。

《齐房》十三　元封二年因甘泉宫斋房生灵芝而作。

　　后皇嘉坛,立玄黄服,物发冀州,兆蒙祉福。沇沇四塞①,假狄合处②,经营万亿,咸遂厥宇。

　　《后皇》十四

【注释】

①沇沇(yǎn):水流盛多貌。

②假(xiá):远。合处:内附。

【译文】

后土皇天祭坛,穿着玄黄祭服,宝物得于冀州,万民承蒙福祥。四面八方之内,远狄均来归附,领导亿万百姓,遂得建成此居。

《后皇》十四

华烨烨,固灵根。神之游,过天门,车千乘,敦昆仑[①]。神之出,排玉房,周流杂,拔兰堂。神之行,旌容容[②],骑沓沓[③],般似似[④]。神之徕,泛翊翊,甘露降,庆云集。神之揄[⑤],临坛宇,九疑宾[⑥],夔、龙舞[⑦]。神安坐,翔吉时,共翊翊,合所思。神喜虞,申贰觞,福滂洋[⑧],迈延长。沛施祐,汾之阿[⑨],扬金光,横泰河[⑩],莽若云,增阳波。遍胪欢,腾天歌。

《华烨烨》十五

【注释】

①敦:通"屯"。聚集。

②容容:飞扬貌。

③沓沓:速行貌。

④似似:众多貌。

⑤揄:引。

⑥九疑宾:言以舜为宾客。九疑,即九嶷山,舜葬于此。

⑦夔、龙:舜的两个臣子。夔典乐,龙管纳言。

⑧滂洋:广博。

⑨阿:河流之弯曲处。

⑩泰河:大河。

【译文】

金枝烨烨,灵气根固。神灵来游,经过天门,千乘车驾,聚集昆仑。神灵将出,推开玉房,周流混杂,止于兰堂。神灵出行,旌旗飞扬,骏马飞驰,前后相连。神灵将来,白云纷飞,甘露降下,庆云郁集。神灵降临，来到祭坛，虞舜为宾，夔、龙起舞。神已安坐，降下吉时，恭恭敬敬，想神所想。神灵欢悦，再献美酒，福祥广大，万世延长。广施福祥，汾水之隅，扬起金光，充满大河，光明之盛，莽然如云，泛起金波。遍地欢乐，歌声升腾，上达于天。

《华烨烨》十五

　　五神相，包四邻，土地广，扬浮云。扢嘉坛^①，椒兰芳，璧玉精，垂华光。益亿年，美始兴，交于神，若有承。广宣延，咸毕觞，灵舆位，偃蹇骧。卉汩腓^②，析奚遗？淫渌泽^③，汪然归。

《五神》十六

【注释】

①扢(gǔ)：摩拭。

②卉汩：疾速。

③淫：久。渌泽：泽名。

【译文】

　　五帝是天神的相，天神包罗四方，土地广阔，白云飘荡。摩拭祭坛，椒兰芳香，礼神玉璧，放射光芒。历经亿年，美德始兴，神来降临，毕恭毕敬。遍祀诸神，皆尽觞爵，神灵享毕，高驾神车，分散而去。无所留遗，久在渌泽，汪然而归。

《五神》十六

　　朝陇首^①，览西垠^②，雷电寮^③，获白麟。爰五止^④，显黄德，图匈虐，熏鬻殛^⑤。辟流离，抑不详^⑥，宾百僚^⑦，山河飨。掩回辕，鬗长驰^⑧，腾雨师，洒路陂^⑨。流星陨，感惟风，籴归

云,抚怀心。

《朝陇首》十七 元狩元年行幸雍获白麟作。

【注释】

①陇首:陇山的别称。

②西垠:犹言西方边境。

③尞:古"燎"字。

④五止:汉武帝元狩元年(前122)获白麟,足有五趾。止,通"趾"。

⑤熏鬻:即匈奴。殛:诛杀。

⑥详:通"祥"。

⑦百僚:百神之官。

⑧鬵(mán):长貌。

⑨路陂:路旁。

【译文】

面朝陇首,观望西北,雷电大作,获得白麟。麟足五趾,显现土德,图显凶虐,匈奴被诛。开辟道路,安集流民,申明法纪,严惩不善,宾礼百神,山河为飨。神灵回车,逶迤而来,雨师降雨,洒洗路旁。流星陨落,好风吹拂,追蹑归云,抚怀柔心。

《朝陇首》十七 元狩元年皇帝行幸雍获白麟作。

象载瑜①,白集西,食甘露,饮荣泉②。赤雁集,六纷员③,殊翁杂④,五采文。神所见,施祉福,登蓬莱,结无极。

《象载瑜》十八 太始三年行幸东海获赤雁作。

【注释】

①象载:象舆,象车。瑜:美貌。

②荣泉：有光华的泉水。

③六：所获赤雁之数。纷员：多貌。

④翁：雁的颈项。

【译文】

象舆神车，瑜然色白，出自西方。驾车之人，吸食甘露，饮用荣泉。捕获赤雁，六只之多，雁颈毛色，五颜六色。神灵看见，施予福祥，登上蓬莱，无穷之福。

《象载瑜》十八　太始三年皇帝行幸东海获赤雁作。

赤蛟绥①，黄华盖，露夜零，昼晻瀣②。百君礼③，六龙位，勺椒浆④，灵已醉。灵既享，锡吉祥，芒芒极⑤，降嘉觞。灵殷殷⑥，烂扬光⑦，延寿命，永未央。杳冥冥，塞六合，泽汪涉⑧，辑万国⑨。灵禔禔⑩，象舆轶⑪，票然逝⑫，旗逶蛇⑬。礼乐成，灵将归，托玄德，长无衰。

《赤蛟》十九

【注释】

①绥：安泰。

②晻瀣(ǎi)：云气之貌。

③百君：百神。

④勺：通"酌"。取。

⑤芒芒：广大貌。

⑥殷殷：盛貌。

⑦烂：光貌。

⑧汪涉(huì)：水深广貌。

⑨辑：和。

⑩褷褷（sī）：不安，欲去貌。

⑪衼（yí）：等待。如淳注："衼，仆人严驾待发之意也。"

⑫票然：轻举意。

⑬逶蛇：同"逶迤"。

【译文】

　　赤蛟安然，黄气如盖，露夜以后，云气缭绕。百神之礼，六龙之位，酌取椒浆，神灵已醉。神既享祀，赐予吉祥，广大无边，降下嘉肴。神灵伟大，光芒灿烂，延年益寿，永无止境。神灵杳冥，充塞天地四方，恩泽深厚，万国和顺。神灵欲去，车驾待发，飘然而逝，旌旗逶迤。礼乐已成，神灵将归，托恃天德，长生不老。

　　《赤蛟》十九

叙传 前叙及《王命论》《幽通赋》《答宾戏》
均另录，此专录述赞。

【题解】

　　该文为《汉书》的最后一篇。《叙传》实际上又分前、后两部分，这里所选的为《叙传》后部。它类似于《史记》中的《太史公自序》，是整部《汉书》内容的总概述，实际上也就成了全书的目录简介。作者班固以极其准确而凝练的语言，概述了《汉书》中十二帝纪、八表、十志、七十列传的内容。该文除最后几句为三言骈体外，几乎全用四言骈体。通篇结构严密，炼词简净，文字整饰，开了六朝骈体文的先声，是一篇文史结合得相当完美的作品。由于文中喜用古字、注重排偶，再加上一些讳饰语，增加了读者的阅读难度。

　　皇矣汉祖①，纂尧之绪②，实天生德，聪明神武③。秦人不纲④，罔漏于楚⑤，爰兹发迹⑥，断蛇奋旅⑦。神母告符⑧，朱旗乃举,粤蹈秦郊⑨,婴来稽首⑩。革命创制⑪,三章是纪⑫,应天顺民,五星同晷⑬。项氏畔换⑭,黜我巴、汉⑮,西土宅心⑯,战士愤怨。乘衅而运,席卷三秦⑰,割据河山,保此怀民。股肱萧、曹⑱,社稷是经⑲,爪牙信、布⑳,腹心良、平㉑,龚行天罚㉒,赫赫明明㉓。述《高纪》第一。

【注释】

①汉祖:即汉高祖刘邦(前202—前195年在位)。

②纂:继承。绪:指前人留下的事业。

③神武:英明威武。

④秦人不纲:指秦朝政权失去纲维。纲,原指渔网上的总绳。

⑤罔漏于楚:一说指项羽对刘邦虽有虐害之心,但刘邦最终免于祸患。一说指陈胜起义。罔(wǎng),网。

⑥爰:于,自。

⑦断蛇:见《高祖本纪》。高祖夜经泽中,有大蛇当道,于是拔剑斩蛇。

⑧符:祥瑞的征兆。

⑨粤:语助词,无义。蹈:踩,踏。

⑩婴:指子婴,秦始皇孙。稽首:古时的一种礼节。这里指投降。

⑪革命:帝王易姓称革命。

⑫三章:指刘邦入关时所订的约法三章,即杀人者死,伤人及盗抵罪。

⑬晷(guǐ):日影。

⑭畔换:横暴,跋扈。畔,通"叛"。

⑮黜:贬斥。巴、汉:指巴蜀、汉中之地。

⑯西土:指关西地区。宅心:即安心。

⑰三秦：即关中地区，今陕西境内。

⑱股肱(gōng)：比喻辅佐或辅佐的大臣。萧、曹：指萧何、曹参。

⑲社稷：土地神和谷神。古代立国者必立土地神和谷神，以便国人求福报功。后乃为国家的代称。

⑳信、布：指韩信、英布。

㉑良、平：指张良、陈平。

㉒龚：通"恭"。

㉓赫赫明明：显著盛大而明亮。

【译文】

汉皇高祖，继承尧留下的事业，聪慧明达，英明威武。秦朝政权失去纲维，楚人奋臂起义，高祖因时而兴起，斩断大蛇，组织起军队。神母告诉了符验，红旗举起，践踏秦都之郊，子婴前来投降。革除暴秦创立规章，约法三章为纲纪，应乎天道，顺应民心，出现五星联珠的吉祥征兆。项羽背盟，斥逐我们去汉中之地。关西地区的百姓安居，战士怨愤项氏。乘项羽疏于防犯的时机，汉军席卷关中，割据河山，保此土地安抚百姓。以萧何、曹参为辅佐，作为帝业的支柱，以韩信、英布做爪牙，以张良、陈平做心腹。恭敬虔诚地遵照天意而动，显著盛大而明亮。述作《高纪》第一。

孝惠短世①，高后称制②，罔顾天显，吕宗以败③。述《惠纪》第二，《高后纪》第三。

【注释】

①孝惠：即汉惠帝刘盈(前194—前188年在位)。

②高后：即高祖皇后吕雉。

③吕宗以败：指惠帝死后，吕后临朝称制，并分封诸吕为王侯。吕

后死后,诸吕拟发动叛乱,为太尉周勃等所平定。

【译文】

惠帝执政时间短,吕后掌权。诸吕不顾念天意,终被平定。述作《惠纪》第二,《高后纪》第三。

太宗穆穆①,允恭玄默②,化民以躬,帅下以德③。农不供贡④,罪不收孥⑤,宫不新馆,陵不崇墓。我德如风,民应如草⑥,国富刑清⑦,登我汉道。述《文纪》第四。

【注释】

①太宗:指汉文帝刘恒(前179—前157年在位)。穆穆:这里形容待人和睦。

②玄默:沉默。

③帅:统率。

④不供贡:指免除农民的田租。

⑤孥(nú):妻子、儿女的统称。

⑥我德如风,民应如草:语出《论语》:"君子之德风,小人之德草也。"

⑦清:明晰。

【译文】

文帝待人和睦,礼恭沉默,以自身教化臣民,以仁德恩待臣属。农民不需交纳贡赋,治罪不牵连于妻子儿女,宫中不建新的馆舍,皇陵不修造高大的封土。我帝王的仁德如风,人民响应如风吹草伏,国家富强,刑罚清明,重新回到汉室之道。述作《文纪》第四。

孝景莅政①,诸侯方命②,克伐七国③,王室以定。匪怠匪荒,务在农桑,著于甲令^④,民用宁康。述《景纪》第五。

【注释】

①孝景:指汉景帝刘启(前156—前141年在位)。莅(lì):临。

②方命:逆命。

③克伐七国:指景帝时平定七国之乱。

④甲令:指国家颁布的法令。

【译文】

景帝当政,诸侯逆命,于是景帝平定七国之乱,汉朝统治得以稳定。不懈怠不荒废,致力于农耕蚕桑,颁布法律条文,百姓安康。述作《景纪》第五。

世宗晔晔^①,思弘祖业,畴咨熙载^②,髦俊并作^③。厥作伊何^④?百蛮是攘^⑤,恢我疆宇,外博四荒。武功既抗^⑤,亦迪斯文^⑦,宪章六学^⑧,统壹圣真。封禅郊祀^⑨,登秩百神^⑩;协律改正^⑪,飨兹永年。述《武纪》第六。

【注释】

①世宗:指汉武帝刘彻(前140—前87年在位)。晔(yè):光亮、光彩的样子。

②畴咨熙载:意指思量众多的贤才,谁可以任用,并使事业兴盛。

③髦(máo)俊:才智杰出之士。

④厥作伊何:作什么使用。厥,乃。伊,句中语气词。

⑤百蛮:指周边各族。攘:排斥,排除。

⑥抗:亢,高亢。

⑦迪:推进,引导。

⑧六学：即六艺，礼、乐、射、御、书、数。

⑨封禅：古代帝王祭天礼称封，祭地礼称禅。

⑩秩：祭。

⑪协律：和洽音律。律，指用律管定出的音，有十二律。

【译文】

武帝昌明，一心要弘扬祖辈的事业，思量得到众多的贤才并加以任用。作何使用？驱逐周边的外族，恢复我疆域领土，并不断向四周扩大。武功既高，同时亦要推进文治，彰扬六艺，统一神圣的规范。封禅天地，祭祀百神，更正和谐音律，世代享用而不间断。述作《武纪》第六。

孝昭幼冲①，冢宰惟忠。燕、盖诪张②，实睿实聪③，罪人斯得，邦家和同④。述《昭纪》第七。

【注释】

①孝昭：指汉昭帝刘弗陵（前86—前74年在位）。幼冲：即年幼。

②诪（zhōu）张：欺骗。

③睿（ruì）：通达，看得深远。

④邦家：国家。

【译文】

昭帝即位时年幼，丞相霍光忠心耿耿。燕王旦、盖长公主等人欺骗张狂，被通达、聪慧的我皇所洞察，罪人罪有应得，国家祥和统一。述作《昭纪》第七。

中宗明明①，畯用刑名②，时举傅纳③，听断惟精。柔远能迩④，焯耀威灵⑤，龙荒幕朔⑥，莫不来庭⑦。丕显祖烈⑧，尚于有成。述《宣纪》第八。

【注释】

①中宗：即汉宣帝刘询（前73—前49年在位）。明明：明智聪察。

②夤（yín）：敬。

③傅纳：敷纳，指有陈述其言者就接纳而用之。

④柔远能迩：指安定远方善待近处。

⑤燀（chǎn）：炽焰。

⑥龙荒幕朔：这里指处于北方的匈奴。龙，指匈奴祭天的龙城。
　朔，北方。

⑦来庭：指匈奴来朝。

⑧丕：宏大。

【译文】

　宣帝明智聪察，敬用刑名，对陈述己见者随时接纳而用之，听取建议而决断十分精细。安定远方善待近处，帝王之威如炽焰闪耀，北方匈奴没有不前来朝觐的。宏大的帝王之业，几乎大功告成。述作《宣纪》第八。

　　孝元翼翼①，高明柔克，宾礼故老，优由亮直②。外割禁囿③，内损御服，离宫不卫，山陵不邑。阉尹之眥④，秽我明德。述《元纪》第九。

【注释】

①孝元：指汉元帝刘奭（前48—前33年在位）。翼翼：恭敬、严肃的
　样子。

②优由：宽容的意思。

③禁囿：指帝王的园囿。

④阉尹：宦官。眥（cī）：缺点，毛病。

【译文】

　　元帝恭敬、严肃，崇高睿智德性柔和，以待宾之礼对待故老臣属，对诚实正直的大臣宽宏包容。对外放弃皇家苑囿让百姓渔猎开垦，在宫内自己降低了吃饭穿衣的标准。离宫没有禁卫，也没有为自己的陵墓设置陵邑。宦官的污秽，玷污了帝王的圣明仁德。述作《元纪》第九。

　　孝成煌煌①，临朝有光，威仪之盛，如圭如璋②。壶闱恣赵③，朝政在王④，炎炎燎火，亦允不阳⑤。述《成纪》第十。

【注释】

　　①孝成：指汉成帝刘骜（前32—前7年在位）。煌煌：明亮。

　　②圭：一种玉器，上圆下方。璋：玉器，形状像半个圭。

　　③壶闱(kǔn wéi)：指朝政。壶，宫里面的路。闱，宫中小门。赵：指赵皇后及昭仪。

　　④王：这里指外戚王凤、王音等。

　　⑤允：信。

【译文】

　　成帝德性明亮，临朝柄政，帝王的威仪盛况，如圭玉一样。内宫有赵皇后、昭仪姐妹恣意胡为，朝政则被外戚王氏家族控制，大汉的盛威不再炎炽了。述作《成纪》第十。

　　孝哀彬彬①，克揽威神②，雕落洪支③，底剧鼎臣④。婉娈董公⑤，惟亮天功⑥，《大过》之困⑦，实梂实凶⑧。述《哀纪》第十一。

【注释】

①孝哀：指汉哀帝刘欣（前6—前1年在位）。彬彬：形容既有文采，
　又很朴实。

②克揽：能够自己揽持。

③雕落洪支：这里指废退王氏。

④剭（wū）：指厚刑，重诛。

⑤婉娈（luán）：美貌。董公：即董贤，为哀帝所宠幸，官至大司马，操
　纵朝政。

⑥亮：助。

⑦《大过》：《周易》中的卦名。

⑧实桡（náo）实凶：指用小木材作栋梁之用，不堪其重负而折断。

【译文】

　　哀帝有文采，能够自己揽持朝政，废退王氏，重诛大臣。美貌的董
贤获宠，是得天之助。《大过》卦中言及，小木材作栋梁之用，将不堪重
负而折断。述作《哀纪》第十一。

　　孝平不造①，新都作宰，不周不伊②，丧我四海。述《平
纪》第十二。

【注释】

①孝平：指汉平帝刘衎（1—5年在位）。造：成就。

②不周不伊：指平王自号宰衡，而无周公、伊尹之志。

【译文】

　　平帝没有成就，王莽做了宰相，而无周公、伊尹之志，丧失汉之天
下。述作《平纪》第十二。

汉初受命,诸侯并政,制自项氏①,十有八姓。述《异姓诸侯王表》第一。

【注释】

①制自项氏:指项羽入关后,大封诸侯王,多为异姓。

【译文】

汉初受天命,诸侯并立执政。分封出自于项羽,十王有八姓。述作《异姓诸侯王表》第一。

太祖元勋,启立辅臣,支庶藩屏①,侯王并尊。述《诸侯王表》第二。

【注释】

①支庶藩屏:指高祖将子侄封为诸侯王,以此作为保卫中央政权的屏障。

【译文】

高祖建立功勋,任用辅佐的大臣,将子侄分封为诸侯王,将藩国作为中央政权的屏障。分为侯、王二级,都很尊贵。述作《诸侯王表》第二。

侯王之祉①,祚及宗子,公族蕃滋②,支叶硕茂。述《王子侯表》第三。

【注释】

①祉(zhǐ):福。

②蕃（fán）滋：繁殖，滋生。

【译文】

诸侯王的福祉，流及子孙。公族的繁衍，如同茂盛的枝叶。述作《王子侯表》第三。

受命之初，赞功剖符①，奕世弘业②，爵土乃昭。述《高惠高后孝文功臣侯表》第四。

【注释】

①赞功：辅佐之功。

②奕世：累世。

【译文】

受命之初，剖符以明辅助之功。累世的大业，用封爵裂土昭示天下。述作《高惠高后孝文功臣侯表》第四。

景征吴、楚①，武兴师旅，后昆承平②，亦有绍土。述《景武昭宣元成哀功臣侯表》第五。

【注释】

①景征吴、楚：指景帝平定吴王刘濞等七国的叛乱。

②后昆：后代子孙。

【译文】

景帝平定吴、楚七国之乱，武帝动兵兴师。后世子孙承继升平之世，亦有继承的封疆。述作《景武昭宣元成哀功臣侯表》第五。

亡德不报，爱存二代①，宰相外戚，昭舋见戒②。述《外戚恩泽侯表》第六。

【注释】

①二代：指殷、周，言德泽深远。

②昭舋（wěi）见戒：指使人认识明白是非。舋，是，对。

【译文】

殷、周二代，德泽深远。宰相之位为外戚执掌，但要使人认识是非而效忠汉室。述作《外戚恩泽侯表》第六。

汉迪于秦①，有革有因，粗举僚职，并列其人。述《百官公卿表》第七。

【注释】

①迪：踵至，跟从。

【译文】

汉朝官制踵至于秦，有变化有沿袭。大略列举僚职，并列出其人。述作《百官公卿表》第七。

篇章博举，通于上下。略差名号①，九品之叙。述《古今人表》第八。

【注释】

①差（cī）：分等级。

【译文】

列举上下古今人物，大略举出名号，按等次加以介绍。述作《古今人表》第八。

元元本本①，数始于一，产气黄钟，造计秒忽②。八音七始③，五声六律④，度量权衡，历算攸出⑤，官失学微，六家分乖⑥，壹彼壹此，庶研其几。述《律历志》第一。

【注释】

①元元本本：指事物的开始、根本。

②秒忽：秒、忽都是古代极小的度量单位。

③八音：金（钟、铃等）、石（磬等）、丝（琴、瑟等）、竹（管、箫等）、匏（笙、竽等）、土（埙等）、革（鼓等）、木（柷、敔等）的总称。七始：指天、地、东、西、南、北、人之开始。

④五声：即宫、商、角、徵、羽。六律：指黄钟、大蔟、姑洗、蕤宾、夷则、无射。

⑤攸：所。

⑥六家：这里指黄帝、颛顼、夏、商、周、鲁六种历法。

【译文】

万事万物的开始起自于一。气产于黄钟，以此为起点，一秒一忽地累积计算。八音七始、五声六律、度量权衡、天文历算都由此产生。然而官学失去、衰微，六种历算乖谬相异。各说并存，怎样取舍需待研习。述作《律历志》第一。

上天下泽，春雷奋作，先王观象，爰制礼乐①。厥后崩坏，郑、卫荒淫②，风流民化，湎湎纷纷③。略存大纲，以统旧文。述《礼乐志》第二。

【注释】

①爰：乃，才。

②郑、卫：周初分封的诸侯国。

③湎湎纷纷：流移杂乱的样子。

【译文】

上为天，下为泽，春雷阵阵由地奋起。先王观察卦象，才制订礼乐。在其之后礼崩乐坏，郑、卫等国礼乐荒淫。世风民俗，流离杂乱。这里大略保存其主要纲目，以统一旧有的记载。述作《礼乐志》第二。

　　雷电皆至，天威震耀，五刑之作①，是则是效，威实辅德，刑亦助教。季世不详②，背本争末，吴、孙狙诈③，申、商酷烈④，汉章九法⑤，太宗改作⑥，轻重之差，世有定籍。述《刑法志》第三。

【注释】

①五刑：指墨、劓、剕、宫、大辟五种刑罚。

②不详：指没有穷尽法律的真实内容。

③吴、孙：这里指战国时的吴起和春秋时的孙武。狙（jū）诈：窥伺欺诈。

④申、商：指战国时的申不害、商鞅。

⑤汉章九法：指汉高祖以秦律为根据，制定的《汉律》九章。

⑥太宗改作：指汉文帝时废除肉刑。

【译文】

雷电皆作，天威显耀使人震惊，五种刑罚因此而产生，并以此为规则准绳。天威用以辅佐德治，刑罚用以助于教化。衰微之世没有认真研究法律的真实内容，以至于舍本而逐末。吴起、孙武窥伺欺诈，申不害、商鞅作法残忍酷烈。高祖制订《汉律》九章,文帝时废除肉刑。处罚的轻重等差,开始有了明确的规定。述作《刑法志》第三。

厥初生民,食货惟先①。割制庐井②,定尔土田,什一供贡③,下富上尊。商以足用,茂迁有无,货自龟贝,至此五铢。扬榷古今④,监世盈虚。述《食货志》第四。

【注释】

①食货:指吃的东西和财物钱币等。

②庐井:指住宅。

③什一:即十分之一。

④扬榷(què):提倡引导。

【译文】

人类出现以后,获取食物、进行交换是最为重要的。确定宅第的规模,规定土地的拥有数量。贡赋交纳收入的十分之一,民富国强。交换出现在足用之外,人们之间互通有无。货币本出自龟甲、贝壳,到这时出现五铢钱。自古至今,加强对人们的提倡引导,并注意世间的丰盈与虚耗。述作《食货志》第四。

昔在上圣,昭事百神。类帝禋宗①,望秩山川,明德惟馨②,永世丰年。季末淫祀,营信巫史③,大夫胪岱④,侯伯僭畤⑤,放诞之徒⑥,缘间而起。瞻前顾后,正其终始。述《郊祀志》第五。

【注释】

①类:类祭。古代祭天及五帝的祭祀。禋(yīn)宗:指祭祀六宗。

②馨：比喻流传久远的道德和名声。

③菅信：指迷惑地信从。

④旅(lú)岱：指春秋末年鲁国的季氏旅祭泰山。

⑤僭(jiàn)畤：指秦文公造西畤祭天。前述季氏及秦文公所作皆为
　僭越逾制之事。

⑥放诞：指行为放肆，言语荒唐。

【译文】

远溯上古的圣人君王，万事皆得百神昭示。类祭天帝禋祀祖先，望
祭山川，明德将永传美名，世获丰年。衰微之世，迷惑地信从巫史，亵渎
神灵。大夫竟敢旅祭泰山，侯伯竟至西畤祭天，放肆荒唐之人，一时乘
机而起。对前后情况进行分析比较，确定了祭祀的各种规则。述作《郊
祀志》第五。

　炫炫上天①，县象著明，日月周辉，星辰垂精。百官立
法，宫室混成②，降应王政，景以烛形③。三季之后④，厥事放
纷⑤，举其占应，览故考新。述《天文志》第六。

【注释】

①炫炫：光辉照耀的样子。

②百官立法，宫室混成：言星辰有宫室百官，与人间人事相对应，以
　各种征兆反应人事得失。

③景：后多作"影"。

④三季：指夏、商、周三代之末。

⑤放纷：指纷乱，没有拘束。

【译文】

光辉照耀的上天，各种天象清清楚楚。日月星辰悬挂于天，光辉灿

烂。星辰有宫室百官,与人事相对应,以各种征兆反应人事得失。对应帝王朝政的得失而显现征兆,就如同灯烛照影一样。三代季世之后,其事纷乱而无拘束。列举其占卜应验,观览故旧,推究当今。述作《天文志》第六。

《河图》命庖①,《洛书》赐禹②,八卦成列,九畴攸叙。世代寔宝③,光演文、武④,《春秋》之占,咎征是举⑤。告往知来,王事之表。述《五行志》第七。

【注释】

①《河图》:指八卦。庖:庖羲,亦叫伏羲,相传他造八卦。

②《洛书》:指《洪范》九畴。详见《尚书》。

③寔(shí):实,实在。

④光演:光大延续。

⑤咎征:灾祸的兆验。

【译文】

《河图》赐与庖羲,《洛书》赐与大禹。八卦成列,九畴所叙。实实在在的世代之宝,文王、武王将其光大延续。《春秋》所占的灾祸兆应被表现出来。告知以往,预知未来,是帝王执政的准则。述作《五行志》第七。

《坤》作地势,高下九则①,自昔黄、唐,经略万国,爕定东西②,疆理南北③。三代损益,降及秦、汉,革划五等④,制立郡县。略表山川,彰其剖判。述《地理志》第八。

【注释】

①九则：指土地的上、中、下组合成的九等。

②燮（xiè）：调和，谐和。

③疆理：指立封疆而统一管理。

④刬（chǎn）：铲除。

【译文】

《坤》卦代表着起伏的大地，天下之土又分九等。昔日黄帝、唐尧，控制管理万国，调和东西，疆理南北。夏、商、周三代有减少，有增加，以至到秦、汉，革除五等爵的封疆制度，制定确立郡县的区域划分。大略标明山川，注明相关的情况。述作《地理志》第八。

　　夏乘四载①，百川是导。唯河为艰，灾及后代。商竭周移，秦决南涯②，自兹距汉，北亡八支③。文陻枣野④，武作《瓠歌》⑤，成有平年⑥，后遂滂沱⑦。爰及沟渠，利我国家。述《沟洫志》第九。

【注释】

①四载：指古代的四种交通工具。《尚书·益稷》："予乘四载，随山刊木。"孔传："所载者四，水乘舟，陆乘车，泥乘橇，山乘檋。"

②秦决南涯：见《史记·秦始皇本纪》："决河灌大梁，遂灭之。通为沟，入淮、泗。"

③北亡八支：指八条河淤塞。

④文陻（yīn）枣野：指文帝塞河于酸枣。

⑤武作《瓠歌》：指汉武帝曾亲临黄河决口处，堵决未成而作歌。

⑥成有平年：指汉成帝治河获成功后，改元河平。

⑦滂沱：水流广远貌。

【译文】

　　夏禹乘用四种交通工具，疏导众多的河流。唯有黄河最难治理，灾难不断降及后代。商代黄河曾断流，周代曾经移徙改道，秦决开南涯。一直到汉代，八条支流淤塞。文帝堵塞大河在酸枣的决口，武帝亲临黄河堵瓠子口，未成而作歌。成帝治河成功，改元河平，其后水流广远充沛。于是谈及沟渠，利于国家。述作《沟洫志》第九。

　　虑羲画卦①，书契后作，虞、夏、商、周，孔纂其业②，纂《书》删《诗》，缀《礼》正《乐》，象系大《易》，因史立法③。六学既登，遭世罔弘④，群言纷乱，诸子相腾⑤。秦人是灭，汉修其缺，刘向司籍⑥，九流以别⑦。爰著目录，略序洪烈⑧。述《艺文志》第十。

【注释】

　　①虑（fú）羲：即伏羲。
　　②孔纂其业：指孔子继承前代的事业。
　　③因史立法：指孔子修《春秋》，定帝王之文。
　　④罔弘：指没有能够弘扬正道。
　　⑤腾：奔驰。
　　⑥刘向：西汉著名的经学家、文学家。
　　⑦九流：即儒、道、阴阳、法、名、墨、纵横、杂、农九家。
　　⑧洪烈：指大业。

【译文】

　　伏羲先画八卦，后契刻文字，经虞、夏、商、周，孔子继承前人的事业，撰编《尚书》，删订《诗经》，补缀《礼记》，校正《乐记》，编纂《易传》，修撰《春秋》。六门经学出现，逢乱世而没有能够弘扬。众言纷纭杂乱，诸子百家争鸣。秦人焚书，汉朝编修以补其缺，刘向管理图书典籍，以九家对其分门别类。于是编著目录，略序大业。述作《艺文志》第十。

　　上嫚下暴，惟盗是伐①，胜、广熛起，梁、籍扇烈②。赫赫炎炎，遂焚咸阳，宰割诸夏，命立侯王③，诛婴放怀④，诈虐以亡。述《陈胜项籍传》第一。

【注释】

　　①上嫚下暴，惟盗是伐：此言秦二世胡亥时的状况。嫚，轻慢，侮辱。

　　②胜、广熛（biāo）起，梁、籍扇烈：此言陈胜、吴广初起，至项梁、项羽更加烈盛。熛，迅疾。

　　③命立侯王：指秦亡后，项羽自立为西楚霸王，并大封诸侯王。

　　④诛婴放怀：指项羽诛杀秦始皇孙子婴、逐杀项梁曾拥立的楚怀王（战国时楚怀王之孙）。

【译文】

　　秦帝轻慢而残暴，百姓群起反抗却被当做盗贼讨伐。陈胜、吴广初起，项梁、项羽更加烈盛。战火连绵，秦都咸阳最终被焚。项羽大封诸侯王，分割天下。诛杀子婴，流放怀王，项羽正因为欺诈、暴虐而走向灭亡。述作《陈胜项籍传》第一。

　　张、陈之交①，游如父子②，携手遁秦③，拊翼俱起④。据国争权，还为豺虎，耳谏甘公，作汉藩辅。述《张耳陈馀传》第二。

【注释】

①张、陈：即张耳、陈馀。

②游：交际，交往。

③遁：逃跑。

④拊（fǔ）翼：这里以鸡作比喻，言鸡知天将亮，鼓击其翅膀而鸣叫。

【译文】

张耳、陈馀的交往，如父子一般。共同脱离秦政权，并乘势共同兴起。各诸侯王相互吞并，据国争权。张耳接受甘公之谏，做了汉的藩国辅臣。述作《张耳陈馀传》第二。

　　三枿之起①，本根既朽，枯杨生华，曷惟其旧！横虽雄材②，伏于海岛，沐浴尸乡③，北面奉首，旅人慕殉，义过《黄鸟》④。述《魏豹田儋韩信传》第三。

【注释】

①枿（niè）：被砍去或倒下的树木再生的枝芽。

②横：指田横，秦末从兄田儋起兵。汉建立，率徒党五百人逃亡海岛。

③尸乡：地名。在今河南偃师西。田横自刭于此。

④义过《黄鸟》：汉立，高祖命田横到洛阳，田横被迫前往，但不愿称臣，于途中自杀，留居海岛的部属闻讯全部自杀。《诗经》中有《黄鸟》篇讽刺秦穆公要人殉他而死，今田横不要而有从者，故称义过《黄鸟》。

【译文】

　　倒下的树木上再生枝芽，但其根已腐朽。枯杨上长出花叶，为何仍认为它是枯朽之木？田横虽是雄材，率党徒逃亡至海岛，但最终自刭于尸乡臣服大汉献上首级。部属闻讯全部自杀殉节，信义过于《黄鸟》篇中的秦穆公。述作《魏豹田儋韩信传》第三。

信惟饿隶，布实黥徒①，越亦狗盗，芮尹江、湖②。云起龙襄③，化为侯王，割有齐、楚，跨制淮、梁。绾自同闬④，镇我北疆，德薄位尊，非祚惟殃。吴克忠信，胤嗣乃长⑤。述《韩彭英卢吴传》第四。

【注释】

①黥（qíng）徒：指面部刺刻后涂上墨的犯人。

②江、湖：指吴芮曾为鄱阳令，在江、湖之间。

③襄：举。

④绾：指卢绾，汉初被封为燕王。闬（hàn）：里门。因卢绾与高祖同里，故言同闬。

⑤胤（yìn）嗣：后嗣，后代。

【译文】

韩信起初是一个饥饿的役夫，英布是面受墨刑的犯人，彭越也是鸡鸣狗盗之徒，吴芮是江、湖之间的尹令。如云起龙举一样，他们都成为诸侯王，韩信初为齐王后为楚王，英布为淮南王，彭越为梁王。卢绾与高祖同里，为燕王镇守北疆。德薄之人获得尊贵的权位，不是福分却只能是灾祸。吴芮克守忠信，后代享国长久。述作《韩彭英卢吴传》第四。

贾廑从旅①，为镇淮、楚。泽王琅邪②，权激诸吕。濞之受吴③，疆土逾矩④，虽戒东南，终用齐斧⑤。述《荆燕吴传》第五。

【注释】

①贾：指荆王刘贾，高祖从父兄。廑（qín）：这里指从军勤劳。

②泽王琅邪：指琅邪王刘泽，高祖的同宗兄弟。后因拥立文帝有
功，封燕王。

③濞（bì）：指吴王刘濞，高祖之侄。

④逾矩：指逾越法制。

⑤齐斧：指整齐天下之斧。言吴王叛乱被平定。

【译文】

荆王刘贾军旅勤劳，镇守淮、楚。刘泽能当上琅邪王，是靠着用诡
诈手段激发了先封诸吕氏为王，而后趁机为自己谋取王位。吴王刘濞，
不断使其封地逾越法制。吴王被告诫，不听，掀起的叛乱最终被平定。
述作《荆燕吴传》第五。

　　太上四子①：伯兮早夭，仲氏王代，游宅于楚。戊实淫
缺，平陆乃绍。其在于京，奕世宗正，劬劳王室②，用侯阳成。
子政博学，三世成名。述《楚元王传》第六。

【注释】

①太上：指高祖之父。

②劬（qú）劳：劳苦，劳累。

【译文】

高祖之父有四子：长子早年夭折，次子封为代王，四弟刘交封为楚
王。楚王刘戊在为薄太后服丧期间淫乱被削夺东海郡，因参与吴国叛
乱被诛，其后代被降为平陆侯。其在京的后代，累世为宗正，为王室而
操劳，又得封阳成侯。刘向非常博学，刘德、刘向、刘歆三代俱有名声。
述作《楚元王传》第六。

　　季氏之诎①，辱身毁节，信于上将②，议臣震栗。栾公哭梁③，田叔殉赵④，见危授命，谊动明主。布历燕、齐，叔亦相鲁，民思其政，或金或社⑤。述《季布栾布田叔传》第七。

【注释】

①季氏，即季布，汉初楚人。诎（qū）：屈服。

②信于上将：此指匈奴写信污辱吕后，樊哙大言可斩匈奴单于，季布上奏樊哙大言欺君当斩。

③栾公哭梁：谓高祖杀梁王彭越后，栾布哭祭彭越，为吏所捕。高祖释其罪，任为都尉。

④田叔：汉初赵国陉城（今河北定州）人，以廉正著称。

⑤或金或社：指鲁人爱田叔，其死后送之以金；齐人为栾布立生社。

【译文】

　　季布忍受辱身毁节之屈而终被特赦，在出兵匈奴的问题上，请求斩杀大言欺君的樊哙，议臣们感到震惊。栾布哭祭梁王彭越，田叔准备殉死于赵王，于危难时不惜牺牲性命，情谊感动明主高祖。栾布历任燕、齐之相，田叔亦任鲁相，人民思念他们的政绩，田叔死后鲁人以金为祠，齐人为栾布立生社。述作《季布栾布田叔传》第七。

　　高祖八子，二帝六王。三赵不辜①，淮厉自亡②，燕灵绝嗣③，齐悼特昌④。掩有东土⑤，自岱徂海⑥，支庶分王，前后九子。六国诛毙，適齐亡祀。城阳、济北⑦，后承我国。赳赳景王⑧，匡汉社稷。述《高五王传》第八。

【注释】

①三赵：指高祖之子赵隐王如意、赵幽王友、赵恭王恢。

②淮厉：指淮南厉王长。

③燕灵：指燕灵王建。

④齐悼：指齐悼惠王肥。

⑤掩：覆盖，包举。

⑥徂：往。

⑦城阳：地名。今山东莒县。此指城阳王刘章。

⑧赳赳：英武之貌。

【译文】

高祖有八子，两个为帝六个为王。赵隐王如意、赵幽王友，赵恭王恢无辜而死，淮南厉王长自取其亡。燕灵王建断绝后嗣，齐悼惠王肥尤其昌盛。包举东方土地，自泰岱直到大海，支庶之子分列为王，前后有九个。六国参与叛乱被诛，齐亦失其祭祀。城阳王、济北王继承齐国统绪。英武的景王，匡扶了汉室的社稷。述作《高五王传》第八。

　　猗与元勋①，包汉举信②，镇守关中，足食成军，营都立宫，定制修文。平阳玄默③，继而弗革④，民用作歌，化我淳德。汉之宗臣，是谓相国。述《萧何曹参传》第九。

【注释】

①猗（yī）与：叹词，表示赞美。

②包汉举信：指萧何劝高祖暂且王汉中，以及向高祖举荐韩信之事。

③平阳：即曹参，汉初被封为平阳侯。

④继而弗革：指曹参为相，一遵萧何之约束而不改变，即萧规曹随。

【译文】

萧何、曹参真是汉室的元勋！萧何劝高祖暂王汉中，并举荐韩信；

镇守关中,备足粮食,训练军队;营建都城宫室,定立制度研修文治。曹参为相沉默,遵从萧何之规而不改变,百姓因此作歌谣传诵,被我汉室的淳良美德所感化。他们是汉室的重臣,被称为相国。述作《萧何曹参传》第九。

留侯袭秦①,作汉腹心,图折武关,解厄鸿门②。推齐销印,驱致越、信③;招宾四老,惟宁嗣君。陈公扰攘④,归汉乃安,毙范亡项⑤,走狄擒韩⑥,六奇既设⑦,我罔艰难。安国廷争,致仕杜门。绛侯矫矫⑧,诛吕尊文。亚夫守节⑨,吴、楚有勋。述《张陈王周传》第十。

【注释】

①留侯:即张良。袭秦:指椎袭秦始皇于博浪沙中。

②厄(è):灾难。

③驱(qū)致越、信:言垓下围项羽时的情形。越,彭越。信,韩信。

④陈公:指陈平。

⑤范:指范增,项羽的谋士。

⑥走狄擒韩:走狄指解平城之围,擒韩指伪游云梦擒拿韩信。

⑦六奇:指陈平六出奇计。

⑧绛侯:指周勃。吕后死后,他与陈平定计,诛杀谋乱夺权的诸吕,迎立文帝。矫矫:勇武,翘然出众。

⑨亚夫:指周亚夫,周勃子,西汉名将,善治军。

【译文】

张良是汉室的心腹,曾椎袭秦始皇于博浪沙。献计谋使汉军攻入武关,救高祖于鸿门脱离灾难。劝高祖暂时封韩信为齐王以安其心,谏止高祖封六国之后,销毁已刻好的印信,调动彭越、韩信于垓下围歼项羽;将商山四皓以重宾招致,以安定后继之君。陈平在项羽处不得志,归汉之后才安定下来。用计使范增离开项羽,并使项羽最终失败,解高祖平城之围,伪游云梦擒拿韩信。陈平六出奇计,帮汉度过无数艰难险关。廷争安国之策后,闭门不出。周勃勇武,翘然出众,诛杀诸吕,迎立文帝。周亚夫恪守节操,平定吴、楚七国之乱有功勋。述作《张陈王周传》第十。

舞阳鼓刀①,滕公厩驺②,颍阴商贩③,曲周庸夫④,攀龙附凤,并乘天衢⑤。述《樊郦滕灌傅靳周传》第十一。

【注释】

①舞阳:指樊哙,汉初将领,少以屠狗为业。

②滕公:指夏侯婴,少与高祖善,因曾任滕令,被称滕公。厩驺:指养马赶车的人。

③颍阴:指灌婴,初以贩卖丝绸为业,后从高祖起兵,汉立,封颍阴侯。

④曲周:指郦商,在陈留投归高祖,屡立战功,后获官爵。

⑤乘:登。衢(qú):四通八达的道路。

【译文】

樊哙少以屠狗为业,夏侯婴曾是养马赶车之人,灌婴初以贩卖丝绸为业,郦商曾为佣工。从高祖起兵后,获官晋爵,都成为开国元勋。述作《樊郦滕灌傅靳周传》第十一。

北平志古①,司秦柱下,定汉章程,律度之绪。建平质直②,犯上于色;广阿之厘,食厥旧德。故安执节③,责通请错④。蹇蹇帝臣⑤,匪躬之故。述《张周赵任申屠传》第十二。

【注释】

①北平：汉历算家，名张苍，秦时为御史，汉初任代、赵相，封北平侯。

②建平：指周昌，汉初被封建成侯。"平"字疑为"成"字之误。

③故安：申屠嘉，初从高祖，文帝时任丞相，封故安侯。

④责通请错：指申屠嘉任相时，曾召责宠臣邓通，景帝时请诛晁错。

⑤蹇蹇(jiǎn)：忠诚，正直。

【译文】

张苍为历算家，秦时为御史。汉立，他定立汉的章程，始订律历、度量之制。周昌天性耿直，冒犯皇上形于其色；任敖勤谨不懈，因旧功被封侯。申屠嘉为相，斥责邓通，拟杀晁错。忠诚、正直的帝臣，尽忠于君而不顾自身。述作《张周赵任申屠传》第十二。

食其监门①，长揖汉王，画袭陈留，进收敖仓，塞隘杜津②，王基以张。贾作行人③，百越来宾，从容风议④，博我以文。敬蹶役夫⑤，迁京定都，内强关中，外和匈奴。叔孙奉常⑥，与时抑扬，税介免胄⑦，礼义是创。或恕或谋⑧，观国之光。述《郦陆朱娄叔孙传》第十三。

【注释】

①食其(yì jī)监门：指郦食其本为里监门吏。

②杜津：指郦食其说令堵塞白马津，烧楚军积聚。

③贾：指陆贾，从高祖定天下，有辩才。汉初多次奉命出使南越，劝南越王赵佗称臣汉朝。

④风：通"讽"。用含蓄的话暗示或劝告。

⑤敬：娄敬，以戍卒求见刘邦，建议入都关中。

⑥叔孙:叔孙通,曾为秦博士,汉立,与儒生共立朝仪,后任太子太傅。

⑦税:舍,放置。介:甲。胄:头盔。

⑧悊(zhé):同"哲"。

【译文】

郦食其本为里监门吏,傲慢地长揖拜见汉王。谋划偷袭陈留,进收敖仓。说令控制关隘,堵塞白马津,烧毁楚军积聚,使汉王的基业得以奠定。陆贾作为使者,百越都向汉朝觐见称臣。从容而含蓄地提出建议或劝告,以文章来丰富我们的见闻。娄敬本为役夫,建议定都关中。内使关中富强,外与匈奴讲和。叔孙通官拜奉常,能够依据时势随机应变。脱下头盔铠甲,创立礼义规章。有人用智,也有人用谋,建立了良好的礼仪制度。述作《郦陆朱娄叔孙传》第十三。

淮南僭狂①,二子受殃。安辩而邪,赐顽以荒,敢行称乱,窘世荐亡②。述《淮南衡山济北传》第十四。

【注释】

①僭狂:超越本分,纵情任性。

②窘世荐亡:意指极受困迫相继死亡。

【译文】

淮南厉王长超越本分,纵情任性,二子也受灾殃。衡山王安诡辩而奸邪,赐顽劣而荒嬉。胆敢妄行叛乱,在困迫之极时相继死亡。述作《淮南衡山济北传》第十四。

蒯通壹说①,三雄是败,覆郦骄韩,田横颠沛。被之拘系②,乃成患害。充、躬罔极③,交乱弘大。述《蒯伍江息夫传》第十五。

【注释】

①蒯（kuǎi）通：西汉初范阳人，惠帝时曾为曹参宾客，善游说。

②被：指伍被，汉初楚人。

③充、躬：指江充、息夫躬二人。

【译文】

蒯通游说，使三雄败亡。使郦生倾覆，韩信骄横，田横颠沛流离。伍被因父母被拘，而进邪谋，最终成为祸害。江充、息夫躬二人权欲无度，致使国家动乱严重。述作《蒯伍江息夫传》第十五。

　　万石温温①，幼寤圣君②，宜尔子孙，夭夭伸伸③。庆社于齐④，不言动民。卫、直、周、张⑤，淑慎其身。述《万石卫直周张传》第十六。

【注释】

①万石：指石奋，景帝时与四子皆秩二千石，赐称万石君。

②幼寤圣君：指石奋幼时恭谨，高祖因而提拔他。

③夭夭伸伸：指石奋的子孙既多又和睦。

④庆社于齐：指石庆为齐相，齐人为他立社。

⑤卫、直、周、张：指卫绾、直不疑、周仁、张欧（qū），皆为汉初大臣。

【译文】

万石君谦恭柔和，年纪幼小恭谨处事，高祖以此提拔他。他的子孙既众多又和睦。石庆为齐相，不侵扰百姓，齐人为他立生社。卫绾、直不疑、周仁、张欧，谨慎地善修自身。述作《万石卫直周张传》第十六。

　　孝文三王①，代孝二梁，怀折亡嗣，孝乃尊光。内为母弟，外扞吴、楚②，怙宠矜功③，僭欲失所，思心既霿④，牛祸告妖。帝庸亲亲⑤，厥国五分，德不堪宠，四支不传⑥。述《文三王传》第十七。

【注释】

①孝文三王：指代孝王参及梁孝王武、梁怀王揖。

②扞（hàn）：抵御。

③怙（hù）：依仗，凭借。

④霿（méng）：阴暗，指人心蒙昧。

⑤庸：用。

⑥四支不传：指孝王支子四人绝后。

【译文】

文帝有三王，代孝王参、梁孝王武、梁怀王揖。怀王夭折无嗣，梁孝王于是位尊荣耀。内有母弟之亲，外有抵御吴、楚的叛乱之功。依仗宠幸，自恃功劳，僭越之欲没有限度。心地蒙昧，牛心虽大却不能思虑，终致为怪。帝用亲亲之道，分梁为五国。德行被恃宠所压制，孝王支子四人绝后。述作《文三王传》第十七。

贾生矫矫①，弱冠登朝。遭文睿圣，屡抗其疏②，暴秦之戒，三代是据。建设藩屏，以强守圉③，吴、楚合从④，赖谊之虑。述《贾谊传》第十八。

【注释】

①矫矫：这里指高举的样子。

②疏：给皇帝的奏议。

③圉（yǔ）：边境，边疆。

④合从：合纵。

【译文】

贾谊少年得志入朝为官。遇到文帝睿智深远,屡次给皇帝上疏,指出暴秦失败的惩戒,三代治乱的依据。建立藩国屏障,加强国防力量。吴、楚等国之间的联合,贾谊本有虑及。述作《贾谊传》第十八。

子丝慷慨①,激辞纳说,揽辔正席②,显陈成败。错之琐材③,智小谋大,祸如发机,先寇受害。述《爰盎晁错传》第十九。

【注释】

①子丝:爰盎,字丝,加"子"字是嘉称。

②揽辔:揽握住牲口的嚼子和缰绳。

③错:指晁错,西汉政论家。

【译文】

爰盎慷慨陈词,直言进谏,拉住文帝的马缰,后撤宠姬座席,明白地陈述成败之道。晁错为琐碎之材,智小谋大。灾祸的出现如发机一样迅疾,晁错先于叛乱者被杀。述作《爰盎晁错传》第十九。

释之典刑①,国宪以平。冯公矫魏②,增主之明。长孺刚直③,义形于色,下折淮南,上正元服。庄之推贤④,于兹为德。述《张冯汲郑传》第二十。

【注释】

①释之:指张释之,文帝时任廷尉,主张法治。

②冯公:指冯唐,曾在文帝前为云中守魏尚辩解,指出"赏轻罚重"之失。

③长孺:指汲黯。

④庄:指郑当时。

【译文】

张释之执掌刑律,国家法治公平。冯唐为魏尚辩解,增加了君主的圣明。汲黯刚正直率,义形于色,淮南王欲谋反害怕他的正直,武帝没戴冠帽就不好出见他。郑当时推举贤人,以德行作为标准。述作《张冯汲郑传》第二十。

　　荣如辱如,有机有枢①,自下摩上,惟德之隅②。赖依忠正,君子采诸③。述《贾邹枚路传》第二十一。

【注释】

①荣如辱如,有机有枢:语见《周易》:"枢机之发,荣辱之主也。"

②隅:廉隅,方正。该句言贾山直词刺上之事。

③诸:之。

【译文】

荣辱如同枢机之发。贾山直词刺上,足见德行的廉隅。作为君子应以忠正为立身之本。述作《贾邹枚路传》第二十一。

　　魏其翩翩①,好节慕声,灌夫矜勇②,武安骄盈,凶德相挺③,祸败用成。安国壮趾④,王恢兵首,彼若天命⑤,此近人咎⑥。述《窦田灌韩传》第二十二。

【注释】

①魏其:指窦婴,平七国之乱有功,封魏其侯。翩翩:自喜的样子。

②灌夫:七国之乱时,与父俱从军平叛,以功任中郎将。

③挺：糅合。

④安国：指韩安国。七国之乱时，击退吴兵而著名。壮趾：这里指
　伤足。韩安国即将拜相，堕车伤足，失去了机会。

⑤彼：指韩安国。

⑥此：指王恢。

【译文】

　　窦婴翩翩自喜，重气节慕名声。灌夫矜持勇猛，武安骄傲自满。凶德相互糅合，祸败相互连接。平定七国之乱时，韩安国伤足，王恢首倡马邑之谋，失机无功。伤足是天命注定，谋兵必为人咎。述作《窦田灌韩传》第二十二。

　　景十三王，承文之庆。鲁恭馆室，江都诇轻①；赵敬险诐②，中山淫茝③；长沙寂寞④，广川亡声⑤；胶东不亮⑥，常山骄盈⑦。四国绝祀⑧，河间贤明⑨，礼乐是修，为汉宗英。述《景十三王传》第二十三。

【注释】

①诇（chāo）：轻狡。

②赵敬：指赵敬肃王彭祖。诐（bì）：不平正，邪僻。

③中山：指中山靖王胜。茝（yòng）：酗酒。

④长沙：指长沙定王发。

⑤广川：指广川惠王越。

⑥胶东：指胶东康王寄。

⑦常山：指常山宪王舜。骄盈：骄傲自满。

⑧四国绝祀：指临江哀王阏、临江闵王荣、胶西于王端、清河哀王乘
　皆无子国除。

⑨河间：指河间献王德。传中提及他"修学好古，实事求是"。

【译文】

景帝有十三子封王，承继文王之序。鲁恭王馀喜欢馆室，江都易王非轻薄狡诈；赵敬肃王彭祖险诈邪僻，中山靖王胜酗酒淫佚；长沙定王发寂寞独处，广川惠王越无声无息；胶东康王寄不为朝廷相信，常山宪王舜骄傲自满。临江哀王阏、临江闵王荣、胶西于王端、清河哀王乘皆无子国除，河间献王德贤明，修明礼乐，为汉室的精英。述作《景十三王传》第二十三。

　　李广恂恂①，实获士心，控弦贯石，威动北邻②，躬战七十，遂死于军。敢怨卫青③，见讨去病④。陵不引决⑤，忝世灭姓⑥。苏武信节⑦，不诎王命⑧。述《李广苏建传》第二十四。

【注释】

①李广：西汉名将，文帝时参加反击匈奴的战争，被称为"飞将军"。
　恂恂：这里指恭敬谨慎的样子。

②北邻：指匈奴。

③卫青：西汉北击匈奴的名将，官至大将军，封长平侯。

④去病：即霍去病，西汉名将，官至骠骑将军，封冠军侯。

⑤陵：指李陵，李广孙。引决：自杀。

⑥忝(tiǎn)：辱。

⑦苏武信节：言苏武出使匈奴保有忠贞的节操。

⑧诎：同"屈"。

【译文】

李广恭敬谨慎，在士兵中深得人心。射箭穿石，威震匈奴。亲自与匈奴作战七十余次，最后死于军中。李广的儿子李敢因怨恨打伤卫青，被霍去病射杀。李陵被俘不自杀，遭辱世灭姓之祸。苏武出使匈奴保有忠贞的节操，不辱帝命。述作《李广苏建传》第二十四。

　　长平桓桓①，上将之元，薄伐猃允②，恢我朔边，戎车七征，冲輣闲闲③，合围单于，北登阗颜④。票骑冠军，猋勇纷纭，长驱六举⑤，电击雷震，饮马翰海⑥，封狼居山⑦，西规大河，列郡祁连⑧。述《卫青霍去病传》第二十五。

【注释】

①桓桓(huán)：威武的样子。

②薄：动词词头。猃(xiǎn)允：即严犹，我国古代北方少数民族名。
　这里指匈奴。

③輣(péng)：兵车名。闲闲：从容自得。

④阗颜：山名。在今蒙古人民共和国境内。

⑤六举：指六次出击匈奴。

⑥瀚海：指北方的一个湖泊，其地众说不一，一说即今贝加尔湖。

⑦狼居山：山名。在今内蒙古鄂尔多斯黄河西北。

⑧列郡祁连：指置郡至祁连山。

【译文】

　　卫青威武，为上将之首。讨伐匈奴，扩大巩固北疆边防。七次征伐，兵车行进从容自得。合围单于的军队，一直打到阗颜山。骠骑将军霍去病如狂飙疾风，长驱直入，六次出击匈奴，如同电击雷震。驰骋漠北，饮马于瀚海，祭天于狼居山。经营大河以西，置郡至祁连山。述作《卫青霍去病传》第二十五。

抑抑仲舒①，再相诸侯，身修国治，致仕县车，下帷覃思②，论道属书③，谠言访对④，为世纯儒。述《董仲舒传》第二十六。

【注释】

①抑抑：密。

②覃（tán）思：深思。

③属（zhǔ）书：著书。属，连缀。

④谠（dǎng）言：正直的话。访对：回答皇帝的咨询。

【译文】

董仲舒缜密细致，历任诸侯国相。修身治国，致仕悬车。落帷深思，论道著书。对皇帝的咨询直言陈告，为世上真正的大儒。述作《董仲舒传》第二十六。

文艳用寡，子虚、乌有①，寓言淫丽②，托风终始③，多识博物，有可观采，蔚为辞宗④，赋颂之首。述《司马相如传》第二十七。

【注释】

①子虚、乌有：司马相如《子虚赋》中假托的两位先生。

②寓：寄托。

③风：通"讽"。

④蔚（wèi）：指文采华美。

【译文】

《子虚赋》文辞艳丽，曲高和寡。寄托之语淫丽，讽喻之意贯穿始终。博物多识，文采可观。赋颂居汉之首，为一代辞宗。述作《司马相如传》第二十七。

平津斤斤^①，晚跻金门^②，既登爵位，禄赐颐贤^③，布衾疏食，用俭饬身^④。卜式耕牧^⑤，以求其志，忠寤明君^⑥，乃爵乃试。兒生亹亹^⑦，束发修学，偕列名臣^⑧，从政辅治。述《公孙弘卜式兒宽传》第二十八。

【注释】

①平津：指公孙弘，武帝时任丞相，封平津侯。斤斤：明察。

②晚跻(jī)金门：言公孙弘年老升迁为相。跻，升，登。

③颐贤：招引贤人而养之。

④饬：谨慎。

⑤卜式：西汉人，牧羊致富，屡以家财捐助政府，武帝时任中郎。

⑥寤(wù)：通"悟"。醒悟。

⑦兒(ní)生：即兒宽。亹亹：勤勉。

⑧偕：共同，一块儿。

【译文】

公孙弘明察时宜，年老升迁为相。既获爵位，俸禄用来招养贤人。自己粗衣淡食，以俭朴约束自身。卜式亲自耕作放牧，以求实现其心志。他的忠心使明君感悟，赐爵并召见试用。兒宽勤勉，束发修学。这些人同列名臣，从政辅治。述作《公孙弘卜式兒宽传》第二十八。

张汤遂达，用事任职，媚兹一人^①，日旰忘食^②，既成宠禄，亦罹咎慝^③。安世温良，塞渊其德^④，子孙遵业，全祚保国。述《张汤传》第二十九。

【注释】

①媚兹一人：指张汤见爱于汉武帝。媚，爱。

②旰（gàn）：晚。

③慝（tè）：奸邪。

④塞渊其德：指其仁德既实又深。塞，实。渊，深。

【译文】

张汤顺达，用事任职。见爱于武帝，日夜废寝忘食。既得宠幸，享用厚俸，亦遭受奸邪者的责备。张安世温良，仁德既实且深。子孙循其事业，保全子孙的福运和国运发展。述作《张汤传》第二十九。

杜周治文，唯上浅深①，用取世资，幸而免身。延年宽和②，列于名臣。钦用材谋，有异厥伦③。述《杜周传》第三十。

【注释】

①唯上浅深：指观天子之意而决定用刑的深浅。

②延年：即杜延年，杜周之子。

③伦：类。

【译文】

杜周治狱，观天子之意而决定判刑严宽。取用资世，幸以身免。杜延年宽和，位列于名臣。广用人材取其智谋，也有卓异绝伦的。述作《杜周传》第三十。

博望杖节①，收功大夏②；贰师秉钺③，身衅胡社。致死为福，每生作祸④。述《张骞李广利传》第三十一。

【注释】

①博望：指张骞，他被封为博望侯。

②大夏：汉时西域小国。

③贰师：指李广利，武帝时被封任为贰师将军。

④每：贪。

【译文】

张骞执其旌节，建功于大夏；李广利手执斧钺，血祭胡社。张骞死前封侯，李广利求生于匈奴而被杀。述作《张骞李广利传》第三十一。

嗚呼史迁，薰胥以刑①！幽而发愤，乃思乃精，错综群言②，古今是经，勒成一家，大略孔明③。述《司马迁传》第三十二。

【注释】

①薰（xūn）胥：因牵连而受刑。

②错综：纵横交叉。

③孔：甚，很。

【译文】

司马迁因受牵连而遭受宫刑，闭门发愤，精深地思考，综合检索古今史书，写成《史记》，使历史大略明了。述作《司马迁传》第三十二。

孝武六子，昭、齐亡嗣①。燕刺谋逆②，广陵祝诅③。昌邑短命④，昏贺失据⑤。戾园不幸⑥，宣承天序⑦。述《武五子传》第三十三。

【注释】

①昭、齐亡嗣：指昭帝及齐王闳无嗣。

②燕剌：指燕剌王旦。

③广陵：指广陵厉王胥。祝诅(zǔ)：向鬼神祝祷的迷信活动。

④昌邑：指昌邑哀王髆(bó)。

⑤昏贺：指海昏侯刘贺。

⑥戾：指太子戾。

⑦宣：指宣帝。

【译文】

武帝六子,昭帝及齐王闳无嗣。燕剌王旦谋逆,广陵厉王胥祝诅武帝。昌邑哀王髆短命,海昏侯贺行为没有规矩。戾太子实为不幸,宣帝承天运而序为帝。述作《武五子传》第三十三。

　　六世耽耽①,其欲浟浟②,文武方作③,是庸四克④。助、偃、淮南⑤,数子之德,不忠其身,善谋于国。述《严朱吾丘主父徐严终王贾传》第三十四。

【注释】

①六世：指武帝,因自高祖起至武帝为第六个汉皇。耽耽：威视的样子。

②浟浟(dí)：贪利的样子。

③方：并。

④庸：用。

⑤助：指严助,武帝时为中大夫,后迁会稽太守。因与淮南王刘安谋反相牵连,被杀。偃：指主父偃,武帝时任中大夫,曾建议下"推恩令",以削弱割据势力。淮南：指淮南王安,曾建议武帝不

宜兴兵讨越。

【译文】

从高祖至武帝，六皇咸视天下，文武并作，克敌四方。严助、主父偃、淮南王安等数人的德行，对自身不利，善于为国谋划。述作《严朱吾丘主父徐严终王贾传》第三十四。

东方赡辞，诙谐倡优①，讥苑扞偃，正谏举邮②，怀肉污殿，弛张沉浮。述《东方朔传》第三十五。

【注释】

①倡优：表演歌舞戏剧的人。

②邮：通"尤"。过。

【译文】

东方朔擅长辞令，像倡优一样诙谐且善于表演。讥刺武帝修上林苑，抵制董偃，正面进谏举出武帝的过错。放诞于宫殿，弛张沉浮，无所顾忌。述作《东方朔传》第三十五。

葛绎内宠①，屈氂王子②。千秋时发③，宜春旧仕④。敞、义依霍⑤，庶几云已。弘惟政事，万年容己⑥。咸睡厥诲，孰为不子？述《公孙刘田杨王蔡陈郑传》第三十六。

【注释】

①葛绎：指公孙贺。封葛绎侯。内宠：意指公孙贺妻是卫皇后之姊。

②屈氂：指刘屈氂，中山靖王刘胜之子。

③千秋：指车千秋，又称田千秋。时发：言千秋讼卫太子冤，正值

时宜。

④宜春:指王䜣,武帝时被封为宜春侯。

⑤敞、义:指杨敞、蔡义。霍:指霍光,霍去病异母弟,昭帝时曾任大司马大将军。

⑥万年:指陈万年。

【译文】

公孙贺因妻为卫皇后之姊而得恩宠,刘屈氂因是中山靖王之子而得意。田千秋讼卫太子冤而正值时宜,王䜣属旧时为官。杨敞、蔡义依仗霍光,此等人无益于治国,不过是宰相备员而已。公孙弘专于政事,陈万年谄媚事人。他的儿子陈咸在领受他以谄媚为关键的教诲时睡着了,谁说不算好儿子呢? 述作《公孙刘田杨王蔡陈郑传》第三十六。

王孙裸葬①,建乃斩将②。云廷讦禹③,福逾刺凤④,是谓狂狷⑤,敞近其衷⑥。述《杨胡朱梅云传》第三十七。

【注释】

①王孙:指杨王孙,武帝时人,喜黄老之术。

②建:指胡建,字子孟,武帝时任天汉中守军正丞。

③云:指朱云,字游。讦(jié):攻击或揭发别人的短处。

④福:指梅福,字子真。逾:远。

⑤狂狷(juàn):指志向高远的人和拘谨自守的人。

⑥敞:指云敞,字幼孺。衷:颜师古注:"衷,中也。"

【译文】

杨王孙死后裸葬,胡建斩杀将领。朱云廷劾张禹,梅福直刺王凤,都是狂狷的人物,云敞之操行近于中行。述作《杨胡朱梅云传》第三十七。

博陆堂堂①,受遗武皇②,拥毓孝昭,末命导扬③。遭家不造,立帝废王,权定社稷,配忠阿衡④。怀禄耽宠,渐化不详⑤,阴妻之逆⑥,至子而亡。秺侯狄孥⑦,虔恭忠信,奕世载德,眙于子孙⑧。述《霍光金日磾传》第三十八。

【注释】

①博陆:指霍光,被封博陆侯。堂堂:形容仪表庄严大方。

②受遗武皇:言受武帝遗诏辅政于年幼的昭帝。

③导扬:导达显扬。

④阿衡:职官名。商汤时,由大臣伊尹掌权,商人遂以阿衡代指伊尹。

⑤详:通"祥"。

⑥阴:覆,蔽。

⑦秺(dù)侯:指金日(mì)磾(dī),本匈奴休屠王的太子,武帝时从昆邪王归汉,被封秺侯。

⑧眙(yì):延,延伸。

【译文】

霍光仪表庄严大方,受武帝遗诏辅政于年幼的昭帝。拥立昭帝,以余生给予导达显扬。国运不幸,昭帝死后,霍光迎立昌邑王为帝,旋废又迎立宣帝。安定社稷,如伊尹一样的忠良。获得很高的俸禄,并沉湎于宠幸,渐渐露出不祥之兆。先是蔽妻之逆行,到了儿子一代霍氏被族诛。金日磾本是匈奴屠休王之子,归汉后虔恭忠信。累世载德,延及子孙。述作《霍光金日磾传》第三十八。

兵家之策,惟在不战。营平皤皤①,立功立论,以不济可,上谕其信。武贤父子②,虎臣之俊。述《赵充国辛庆忌传》第三十九。

【注释】

①营平：指赵充国，西汉大将，宣帝时封为营平侯。皤皤：白发之貌。

②武贤父子：指辛武贤、辛庆忌父子二人，西汉戍边将领，西域、匈奴敬其威信。

【译文】

兵家对敌之策，在于不战而能克敌。赵充国须发皆白，为汉立战功上策论。宣帝令其击西羌，不从而上屯田之策。辛武贤、辛庆忌父子二人，皆为汉朝的忠臣虎将。述作《赵充国辛庆忌传》第三十九。

义阳楼兰①，长罗昆弥②，安远日逐③，义成郅支④。陈汤诞节⑤，救在三哲⑥；会宗勤事⑦，疆外之桀⑧。述《傅常郑甘陈段传》第四十。

【注释】

①义阳：指傅介子，昭帝时奉命赴西域的楼兰刺杀楼兰王，后封义阳侯。

②长罗：指常惠，宣帝时率乌孙兵击匈奴有功，封长罗侯。昆弥：古代乌孙王的称号。宣帝时立大、小两昆弥，皆赐印绶。

③安远：指郑吉，宣帝时率兵迎匈奴日逐王归汉，被任为西域都护。后封安远侯。

④义成：指甘延寿，元帝时为西域都护，击杀郅支单于，封义成侯。

⑤陈汤：元帝时为西域副校尉，曾与甘延寿攻杀匈奴郅支单于。封关内侯。诞节：放纵不拘。

⑥救在三哲：指刘向、谷永、耿育三人皆陈讼救陈汤之事。

⑦会宗：即段会宗，元帝时曾任西域都护等职，各族敬其威信。

⑧桀：指优秀，杰出。

【译文】

傅介子赴西域刺杀楼兰王，常惠率乌孙兵击败匈奴。郑吉率兵迎日逐王归汉，甘延寿为都护击杀郅支单于。陈汤主导矫诏攻杀郅支单于，为人放纵不拘，得刘向、谷永、耿育三人陈讼而获救；段会宗勤勉于职守，是边疆杰出的官员。述作《傅常郑甘陈段传》第四十。

不疑肤敏①，应变当理，辞霍不婚，逡遁致仕②。疏克有终③，散金娱老。定国之祚④，于其仁考。广德、当、宣⑤，近于知耻。述《隽疏于薛平彭传》第四十一。

【注释】

①不疑：指隽(juàn)不疑，常以儒家经术决事，曾治理伪戾太子狱。

　肤敏：善美而迅疾。

②逡(qūn)遁：退让回避。

③疏：指疏广，宣帝时任太子太傅，在任五年，称病还乡。后世被用来作为"功遂身退"的典故。

④定国：指于定国，宣帝时任廷尉，决狱审慎，时称宽平，后封为西平侯。

⑤广德、当、宣：分别指薛广德、平当、彭宣三人。三人不苟于禄位，为时人称道。

【译文】

隽不疑应变决事善美而迅速，坚辞霍光嫁女之请求，退让回避有据而致仕退隐。疏广功遂身退，散金于族里，享受天伦之乐。于定国决狱审慎,其后代仁德流传。薛广德、平当、彭宣三人,不苟于禄位,近于知耻。述作《隽疏于薛平彭传》第四十一。

四皓遁秦①,古之逸民②,不营不拔③,严平、郑真④。吉困于贺⑤,涅而不缁⑥;禹既黄发⑦,以德来仕。舍惟正身⑧,胜死善道⑨;郭钦、蒋诩⑩,近遁之好。述《王贡两龚鲍传》第四十二。

【注释】

① 四皓:指秦末东园公、甪里先生、绮里季、夏黄公隐于商山(今陕西商洛东南),年皆八十余,时称"商山四皓"。

② 逸民:遁隐之人。

③ 不营不拔:其意为爵禄不能营其志,威武不能屈其身。

④ 严平、郑真:指严君平、郑子真,二人为四皓之后修身自保的逸民。

⑤ 吉:指王吉,在昭、宣时为官,直言敢谏。

⑥ 涅(niè)而不缁:言处于污涅之中而不变其色。涅,古代用作黑色染料的一种矿物。缁,黑色。

⑦ 禹:指贡禹,元帝时任谏大夫等职,敢于直言陈谏。黄发:指年老。

⑧ 舍:指龚舍,字君倩。

⑨ 胜:龚胜,字君宾。

⑩ 郭钦、蒋诩:二人皆在哀、平帝时为官,以廉直著称。王莽摄政,告病辞官,隐居乡里。

【译文】

商山四皓在秦时就是遁隐之人。爵禄不改其志,威武不屈其身,严君平、郑子真为四皓之后修身自保的逸民。王吉直言敢谏，为恭贺所困，但能处污涅之中而不变其颜色；贡禹为黄发老人，以仁德而为官。龚舍惟求立身正派，龚胜虽死亦得其所；郭钦、蒋诩隐归乡里，亦为善举。述作《王贡两龚鲍传》第四十二。

　　扶阳济济①，闻《诗》闻《礼》。玄成退让②，仍世作相。汉之宗庙，叔孙是谟③，革自孝元，诸儒变度④。国之诞章⑤，博载其路。述《韦贤传》第四十三。

【注释】

①扶阳：指韦贤，宣帝时封扶阳侯。

②玄成：即韦玄成，韦贤之少子。

③谟（mó）：计谋，谋略。

④度：法度。

⑤诞：大。

【译文】

韦贤才华横溢，谙熟《诗》《礼》。韦玄成先作出退让，自己及后代频为丞相。汉朝宗庙制度，是叔孙通最早制定的，从元帝时开始，诸儒亦变其法度。国家的宪章制度广为转载。述作《韦贤传》第四十三。

　　高平师师①，惟辟作威②，图黜凶害，天子是毗。博阳不伐③，含弘光大，天诱其衷，庆流苗裔④。述《魏相丙吉传》第四十四。

【注释】

①高平：指魏相，宣帝时官至丞相，封高平侯。师师：相互师法。

②惟辟作威：只有天子才能拥有威权。

③博阳：指丙吉，宣帝时任丞相，封博阳侯。

④裔：后代。

【译文】

魏相擅长师法，以为只有天子才能拥有威权，谋划黜落跋扈专权的霍氏集团，天子赖以得到辅助。丙吉不自恃当初巫蛊之案中在狱中保护皇曾孙（即汉宣帝）的功劳，弘扬君主之德，上天诱导其衷心，并流传于后代。述作《魏相丙吉传》第四十四。

占往知来，幽赞神明①，苟非其人，道不虚行。学微术昧②，或见仿佛，疑殆匪阙，违众迕世，浅为尤悔，深作敦害。述《眭两夏侯京翼李传》第四十五。

【注释】

①占往知来，幽赞神明：语出《周易》："神以知来，知以藏往。"言著卦之德兼为神知。

②昧：暗。

【译文】

占卜过去知道将来，这为神明所深赞。假如不是这样的人，天道则不能相传。学术衰微蒙昧，有的只能看出大概状况。术士也不乏疑殆难决处，因此常遭祸难。浅薄者尤为后悔，渊博者也多受其害。述作《眭两夏侯京翼李传》第四十五。

广汉尹京①，克聪克明；延寿作翊②，既和且平。矜能讦上，俱陷极刑。翁归承风③，帝扬厥声。敞亦平平④，文雅自赞；尊实赳赳⑤，邦家之彦；章死非罪⑥，士民所叹。述《赵尹韩张两王传》第四十六。

【注释】

①广汉：指赵广汉，宣帝时曾任京兆尹，执法不避权贵。

②延寿：指韩延寿，曾任谏大夫、太守等职，后为左冯翊（yì）。

③翁归：指尹翁归。该句言其为右扶风死后，宣帝下诏褒扬，并赐
金百斤。

④敞：指张敞。平平（pián）：语言流畅明白。

⑤尊：指王尊，元、成帝时由县令官至京兆尹，廉洁奉公，时有名声。

⑥章：指王章，成帝时官至京兆尹，刚直敢言，被诬死于狱中。

【译文】

赵广汉任京兆尹，聪悟明达；韩延寿任左冯翊，祥和公平。依仗其
才能而犯上，皆受极刑。尹翁归为右扶风死后，宣帝下诏褒扬他的好名
声。张敞能言善辩，以其文雅自进；王尊气势夺人，是国家的俊杰；王章
无罪而死，士民皆叹而惋惜。述作《赵尹韩张两王传》第四十六。

　　宽饶正色①，国之司直。丰緊好刚②，辅亦慕直③。皆陷
狂狷，不典不式④。崇执言责⑤，隆持官守⑥。宝曲定陵⑦，并
有立志⑧。述《盖诸葛刘郑毌将孙何传》第四十七。

【注释】

①宽饶：指盖宽饶。为人公廉刚直，干犯宣帝，被迫自杀。

②丰：指诸葛丰。緊（yī）：句中语气词。

③辅：指刘辅。

④典：经。式：标准，模范。

⑤崇：指郑崇。

⑥隆：指毋将隆。

⑦宝：指孙宝。

⑧并：指何并。

【译文】

　　盖宽饶公廉刚正，能正人之过。诸葛丰崇尚刚直，刘辅也美慕正直。他们都行为偏激，不能作为行为的标准。郑崇执言谏责哀帝和傅太后，毋将隆直谏军队不宜为董贤把持，保持了为官的操守。孙宝为定陵侯淳于长而枉法，何并追杀侍中王林卿立有大志。述作《盖诸葛刘郑毋将孙何传》第四十七。

　　长倩翛翛①，觌霍不举②，遇宣乃拔，傅元作辅，不图不虑，见踬石、许③。述《萧望之传》第四十八。

【注释】

　　①长倩：指萧望之，字长倩。翛翛(yǔ)：行动安稳，步履安详。

　　②觌(dí)：见，相见。

　　③踬：跌倒，绊倒。石、许：指石显、许史。萧望之遭他们陷害，自杀。

【译文】

　　萧望之安舒自得，访谒霍光而不被举荐。遇宣帝才被提拔，并成元帝的太子太傅。没有图谋也没有顾忌，却被石显、许史等陷害致死。述作《萧望之传》第四十八。

　　子明光光①，发迹西疆，列于御侮，厥子亦良②。述《冯奉世传》第四十九。

【注释】

①子明:指冯奉世,字子明。宣帝时出使大宛,击破莎车。

②厥子:指其子冯谭、冯野王等。

【译文】

冯奉世荣耀,发迹于边疆。抗敌御侮于前线,他的儿子们也是汉朝的良臣。述作《冯奉世传》第四十九。

宣之四子,淮阳聪敏①,舅氏蘧蒢②,几陷大理③。楚孝恶疾④,东平失轨⑤,中山凶短⑥,母归戎里⑦。元之二王⑧,孙后大宗,昭而不穆⑨,大命更登⑩。述《宣元六王传》第五十。

【注释】

①淮阳:指淮阳宪王钦。

②蘧蒢(qú chú):指善于察言观色的奸佞。

③几陷大理:指淮阳宪王舅张博为诡辞,几陷王于大罪。

④楚孝:指楚孝王嚣(áo)。

⑤东平:指东平思王宇。轨:法则。

⑥中山:指中山哀王竟。

⑦母归戎里:中山哀王母为戎氏女,归戎氏里。

⑧元之二王:指哀帝、平帝。

⑨昭而不穆:指有父无子。

⑩大命:帝位。

【译文】

宣帝的四个儿子,淮阳宪王钦聪慧明敏,但其舅为察言观色的奸佞,几乎陷王于大罪。楚孝王嚣患有眼疾,东平思王宇逾失法则,中山哀王竟不幸短命,其母回归戎氏里门。哀帝、平帝是子孙辈中的大宗,有父而无子,帝王之位出现了变更。述作《宣元六王传》第五十。

乐安褎褎①,古之文学,民具尔瞻②,困于二司③。安昌货殖④,朱云作娸⑤。博山惇慎⑥,受莽之疚⑦。述《匡张孔马传》第五十一。

【注释】

①乐安:指匡衡,元帝时官至丞相,封乐安侯。褎褎(yòu):旺盛的样子。

②民具尔瞻:颜师古注:"《诗经·小雅·节南山》之篇曰:'赫赫师尹,民具尔瞻。'言师尹之任,位尊职重,下所瞻望,而乃为不善乎,深责之也。此叙言匡衡失德,不终相位,故引以为辞耳。"

③二司:指司隶校尉王尊和王骏。

④安昌:指张禹,成帝时任丞相,封安昌侯。货殖:经商。

⑤朱云:元帝时为博士,为人狂直。娸(qī):以丑恶诋毁。

⑥博山:指孔光,孔子十四世孙,哀帝时曾为丞相,封博山侯。

⑦疚:病。

【译文】

匡衡精通学问,才华横溢。百姓关注于他,但被司隶校尉王尊、王骏所劾而罢官。张禹提倡货殖,朱云诋毁并廷奏斩张禹。孔光敦厚谨慎,但曲意纵任王莽篡位,损害了自己的德行。述作《匡张孔马传》第五十一。

乐昌笃实①,不桡不诎②,遭闵既多③,是用废黜。武阳殷勤④,辅导副君⑤,既忠且谋,飨兹旧勋⑥。高武守正⑦,因用济身。述《王商史丹傅喜传》第五十二。

【注释】

①乐昌：指王商，宣帝舅王武之子，袭爵为乐昌侯。

②桡（náo）：屈服。

③逅（gòu）：遇，遭遇。闵：害病。

④武阳：指史丹，成帝时被封为武阳侯。

⑤副：帮助。

⑥飨：通"享"。

⑦高武：指傅喜，哀帝时被封高武侯。

【译文】

王商厚道诚实，不屈不挠。深遭排挤和陷害，最后被罢黜官职。史丹殷勤，辅佐君王。有忠有谋，享有旧有的功勋。傅喜恪守方正，不依附傅太后，故得免祸。述作《王商史丹傅喜传》第五十二。

　　高阳文法①，扬乡武略②，政事之材，道德惟薄，位过厥任，鲜终其禄。博之翰音③，鼓妖先作。述《薛宣朱博传》第五十三。

【注释】

①高阳：指薛宣，成帝时官至丞相，封高阳侯。精通法律而浅于经术。

②扬乡：当作"阳乡"，指朱博。朱博官至丞相，封阳乡侯。

③博：指朱博。翰音：语出《周易》："翰音登于天，贞凶。"喻居非其位，声过其实。

【译文】

薛宣精通法律，朱博擅长军事谋略，虽是处理政务的人材，但道德薄浅。权位超出所任之职，很少能终享其俸禄。朱博居非其位，声过其实,不祥之兆已预先发出。述作《薛宣朱博传》第五十三。

高陵修儒①,任刑养威,用合时宜,器周世资②。义得其勇,如虎如貔③,进不跬步④,宗为鲸鲵⑤。述《翟方进传》第五十四。

【注释】

①高陵:指翟方进,成帝时官至丞相,封高陵侯。

②器:才能。

③貔(pí):古代传说的一种野兽。一般喻勇猛的军队。

④跬:半步。

⑤鲸鲵(ní):一种猛恶能吞食小鱼的大鱼。指身被诛戮者。

【译文】

翟方进为有修养的大儒,用刑罚树立威名。他的才能合乎时宜,为世所用。他的儿子翟义继承了他的勇气,集合起讨伐王莽的勇猛军队。救世的措施未及起步,整个宗族即被诛戮。述作《翟方进传》第五十四。

统微政缺,灾眚屡发①。永陈厥咎②,戒在三七③。邺指丁、傅④,略窥占术。述《谷永杜邺传》第五十五。

【注释】

①眚(shěng):灾祸。

②永:指谷永,成帝时官累至光禄大夫等职,多次上疏,以灾异推论朝政得失。

③三七:指至平帝乃三七二百一十岁之厄,即已涉向三七之节纪。

④邺:指杜邺。丁、傅:指丁氏、傅氏两家外戚。

【译文】

统治衰微，政令残缺，灾祸不断发生。谷永上疏，以灾异推论朝政得失，告诫汉已处三七之节纪。杜邺通过窥测占术的应验，暗指丁、傅两家外戚专权乱政。述作《谷永杜邺传》第五十五。

哀、平之恤，丁、傅、莽、贤①。武、嘉戚之②，乃丧厥身。高乐废黜③，咸列贞臣。述《何武王嘉师丹传》第五十六。

【注释】

①丁、傅、莽、贤：指外戚丁氏、傅氏、王莽、董贤。
②武、嘉：指何武、王嘉。
③高乐：指师丹，哀帝时为大司马，封高乐侯。

【译文】

哀帝、平帝的忧患，在于丁氏、傅氏、王莽、董贤专权。何武、王嘉等予以反对，丧官身死。师丹因同样的原因被罢官，属于忠贞之臣。述作《何武王嘉师丹传》第五十六。

渊哉若人！实好斯文。初拟相如，献赋黄门①，辍而覃思，草《法》纂《玄》②，斟酌"六经"，放《易》象《论》③，潜于篇籍，以章厥身④。述《扬雄传》第五十七。

【注释】

①黄门：这里指帝王宫廷。
②草《法》纂《玄》：指扬雄仿《论语》作《法言》，仿《周易》作《太玄》。
③放：仿。
④章：表彰，显扬。

【译文】

真是学问高深的人啊！起初模仿司马相如,献赋于帝王的宫廷。其后废止并深思,于是仿《论语》作《法言》,仿《周易》纂《太玄》,并以"六经"作取舍的参考。潜心于典籍,使声誉得以彰扬。述作《扬雄传》第五十七。

犷犷亡秦①,灭我圣文,汉存其业,六学析分②。是综是理,是纲是纪,师徒弥散③,著其终始。述《儒林传》第五十八。

【注释】

①犷犷(guǎng):凶恶不可接近的样子。

②六学:即六艺。

③散:指分成流派。

【译文】

凶恶且已败亡的秦朝,毁灭我圣贤之文。汉使学业得以存续,对六艺分门别类地加以研究。对其综合整理,进而有纲有纪。师徒相承并不断传播扩散,流派纷呈,著述不断。述作《儒林传》第五十八。

谁毁谁誉,誉其有试①。泯泯群黎,化作良吏。淑人君子②,时同功异。没世遗爱③,民有余思。述《循吏传》第五十九。

【注释】

①谁毁谁誉,誉其有试:颜师古注:"《论语》称孔子'吾之于人,谁毁谁誉,如有所誉,其有所试。'此叙言人之从政,可试而知,故引以

为辞也。"

②淑人：善良之人。

③没世：终身，死去。

【译文】

对一个人的毁誉，可从其从政过程中考察而得出。民众无知，他们随从于良吏的教化而有约束。同是善人君子，遭遇时世不同而功用不同。死后遗爱于世间，人们将不时地思念。述作《循吏传》第五十九。

　　上替下陵①，奸轨不胜，猛政横作，刑罚用兴。曾是强圉②，掊克为雄③，报虐以威，殃亦凶终。述《酷吏传》第六十。

【注释】

①替：衰。陵：侵犯，欺凌。

②强圉：强梁，强横不讲理。

③掊克：指用苛捐重税剥削人民。

【译文】

上衰微下欺凌，作奸逾轨之事不断发生。暴政横作，刑罚大兴。这些强横不讲理的人，只知用苛捐重税压迫百姓而使自己成为英雄。因为哀闵不幸的人们惨遭杀戮，于是回报为虐者以威而诛灭他们。述作《酷吏传》第六十。

　　四民食力①，罔有兼业，大不淫侈，细不匮乏，盖均无贫②，遵王之法。靡法靡度，民肆其诈③，偪上并下④，荒殖其货⑤。侯服玉食⑥，败俗伤化。述《货殖传》第六十一。

【注释】

①四民:指士农工商。

②盖均无贫:言为政平均,不相陵夺,则无匮乏之人。

③肆:极。

④偪:强迫,威胁。

⑤荒:大。

⑥玉食:精美的食物。

【译文】

四民依靠劳动而得食,没有兼营之业。从大的方面看有节制而不奢侈,从小的方面看没有匮乏之人。遵守君王的法度,天下平均不相凌夺,则无贫乏之人。没有法律制度,商人肆意欺诈,威胁主上,兼并百姓的财物,过度地从事货殖,于国不利。商人穿侯王之服,食精美的食物,伤风化而败习俗。述作《货殖传》第六十一。

开国承家,有法有制,家不臧甲①,国不专杀。矧乃齐民②,作威作惠,如台不匡③,礼法是谓! 述《游侠传》第六十二。

【注释】

①臧:"藏"的古字。

②矧(shěn):况且。

③台(yí):我,指国家。匡:正。

【译文】

开国立朝,有法有制。家不藏兵甲,国不擅刑杀。况且平民百姓竟敢擅自杀人立威或给人恩惠。对这类人国家就要用礼法进行匡正。述作《游侠传》第六十二。

彼何人斯，窃此富贵！营损高明①，作戒后世。述《佞幸传》第六十三。

【注释】

①营：迷惑。

【译文】

那是些什么样的人，竟窃取如此的富贵！他们能迷惑并损害帝王，后人应引以为戒！述作《佞幸传》第六十三。

於惟帝典①，戎夷猾夏②。周宣攘之，亦列《风》《雅》。宗幽既昏③，淫于褒女④，戎败我骊，遂亡酆、镐⑤。大汉初定，匈奴强盛，围我平城，寇侵边境。至于孝武，爰赫斯怒，王师雷起，霆击朔野。宣承其末，乃施洪德，震我威灵，五世来服⑥。王莽窃命，是倾是覆，备其变理，为世典式。述《匈奴传》第六十四。

【注释】

①於：语气词。帝典：指《虞书》《舜典》。

②猾：扰乱。

③宗幽：指周幽王。

④褒女：指褒姒。

⑤酆（fēng）：古地名。在今陕西西安。镐（hào）：古地名。即西周都城，在今陕西西安西南。

⑥五世：指自宣帝至平帝，计五帝。

【译文】

《虞书》《舜典》中，述及戎夷扰乱华夏的事。周宣王驱逐夷狄，也载在《风》《雅》中。周幽王昏庸，纵欲于褒姒。犬戎败我于骊山之下，于是失去了酆、镐之地。西汉初定，匈奴强盛。围我高祖于平城白登山，不断地袭击侵扰我边境。到了武帝时，赫然盛怒，王师如雷霆万钧之势，击败北方的匈奴。宣帝承此余势，施洪德于匈奴，被我威灵所震撼，自宣帝至平帝共五世，匈奴不断前来臣服。王莽窃取汉位，汉室倾覆。考备这些变化的道理，作为世代的法式。述作《匈奴传》第六十四。

西南外夷，种别域殊。南越尉佗①，自王番禺②。攸攸外寓③，闽越、东瓯④。爰洎朝鲜⑤，燕之外区。汉兴柔远，与尔剖符。皆恃其岨⑥，乍臣乍骄，孝武行师，诛灭海隅。述《西南夷两越朝鲜传》第六十五。

【注释】

①佗：指南越王赵佗。

②番禺：古地名。今广东广州。

③攸攸：辽远的样子。

④闽越：古代越人的一支，秦汉时分布在福建北部、浙江南部的部分地区。东瓯(ōu)：越人一支，汉时分布于浙江东部一带。

⑤洎(jì)：到，至。

⑥岨(qū)：戴土的石山。

【译文】

西南的外夷，地域不同而人种相异。南越尉赵佗，在番禺自立为王。外居于辽远之处的还有闽越、东瓯。至于朝鲜是在燕国之外。汉朝兴立，怀柔远方，与他们剖符封疆。但都依仗山川之阻，一会儿臣服，一会儿骄纵。武帝动用军队，诛灭僻远的夷人小国。述作《西南夷两越朝鲜传》第六十五。

西戎即序，夏后是表①。周穆观兵②，荒服不旅③。汉武劳神，图远甚勤。王师骓骓④，致诛大宛。姝姝公主⑤，乃女乌孙，使命乃通，条支之濒⑥。昭、宣乘业，都护是立，总督城郭，三十有六，修奉朝贡⑦，各以其职。述《西域传》第六十六。

【注释】

①表：意指明以德化。

②观：展示。

③旅：陈列。

④骓骓（tān）：喘息的样子。指汉远征西域，人马疲惫。

⑤姝姝（shí）：美貌。

⑥条支：古西域国名。在安息西，临波斯湾，相当今伊拉克一带。

⑦修奉：尊奉。

【译文】

西戎在夏后氏时就已德化。周穆王征讨犬戎，于是荒服之国不再朝觐朝廷。汉武帝劳神，勤于远征。诛伐大宛，人马疲惫。美貌的公主，许配给乌孙王。双方通使，汉使到达条支的濒海之处。昭帝、宣帝继承先人的事业，设立西域都护。总计控制三十六个城郭。尊奉朝贡，各司其职守。述作《西域传》第六十六。

诡矣祸福①，刑于外戚，高后首命，吕宗颠覆。薄姬坠魏②，宗文产德。窦后违意，考盘于代。王氏仄微③，世武作嗣。子夫既兴，扇而不终④。钩弋忧伤，孝昭以登⑤。上官幼尊，类祸厥宗⑥。史娣、王悼，身遇不祥，及宣飨国，二族后光⑦。恭哀产元，夭而不遂。邛成乘序⑧，履尊三世。飞燕之妖⑨,祸成厥妹。丁、傅僭恣⑩,自求凶害。中山无辜,乃丧冯、卫⑪。惠张、景薄,武陈、宣霍,成许、哀傅,平王之作,事虽歆羡,非天所度。怨咎若兹,如何不恪⑫! 述《外戚传》第六十七。

【注释】

①诡:违背,违反。言祸福相违,终始不一。

②薄姬坠魏:薄姬曾是魏王豹的姬妾。许负相薄姬当生天子,魏豹以为自己当有天下,于是叛汉自立,终被韩信擒杀。薄姬输织室。

③王氏:指景帝王皇后的母家。仄微:卑微。

④扇:炽。

⑤登:指即帝王位。

⑥类祃(mà):类祭与祃祭。古代准备征伐,先举行类祭告天,至征伐之地,又举行祃祭祀求胜利。此指征讨诛灭。

⑦二族:指史、王二族。

⑧乘序:指登上至尊之处。

⑨飞燕:汉成帝皇后。

⑩丁、傅:指丁姬、傅太后及其母族。

⑪冯、卫:冯指冯昭仪,中山孝王之母,被傅氏所陷。卫指卫姬,中山孝王后,为王莽所杀。

⑫恪:恭敬。

【译文】

祸福相倚又相违,这种现象在外戚中最为明显。高后首次临朝称制,其后诸吕被诛。薄姬曾是魏王豹的姬妾,而生了仁德的文帝。窦姬被违其本意,然而在代国受到宠爱,最终成为皇后。王氏本来是卑微

的，但生了世宗武帝。卫子夫一时兴起，炽烈而不能保持始终。钩弋夫
人被杀，昭帝登位。上官皇后幼年贵为皇后，但家族最终以恶逆罪诛
灭。史娣、王悼，身遭不幸。至宣帝登位，史、王二族得以荣光。恭哀皇
后生元帝，年纪轻轻就已故去。邛成太后是宣帝的第三任皇后，三代位
处至尊。赵飞燕"燕啄皇孙"妖媚祸国最终自杀，祸患是从其妹赵合德
酿成的。丁姬、傅太后僭越恣睢，自得凶险灾祸。中山孝王无辜，其母
冯昭仪被傅氏所陷，其后卫姬为王莽所杀。惠帝张后、景帝薄姬、武帝
陈后、宣帝霍姬；成帝许后、哀帝傅后，平帝王皇后，她们虽处尊位，众人
羡慕，但因非天意所居，最终不昌。怨咎如此，怎能不恭敬呢！述作《外
戚传》第六十七。

　　元后娠母①，月精见表。遭成之逸，政自诸舅。阳平作
威，诛加卿宰。成都煌煌，假我明光。曲阳歊歊②，亦朱其
堂。新都亢极，作乱以亡。述《元后传》第六十八。

【注释】

①元后：即元帝后王政君，王莽之姑母。

②歊歊（xiāo）：气盛之状。

【译文】

　　当初元后母怀着她时，月亮上面有精光出现。成帝贪图自己的逸
乐，委政于舅家王氏。王章威风，诛杀卿宰。王商辉煌，凭借汉室的荣
光。曲阳侯气盛，也得以富贵至尊。王莽过度张狂，篡汉作乱而最终灭
亡。述作《元后传》第六十八。

　　咨尔贼臣，篡汉滔天，行骄夏癸①，虐烈商辛②。伪稽黄、
虞③，缪称典文④，众怨神怒，恶复诛臻⑤。百王之极，究其奸

昏。述《王莽传》第六十九。

【注释】

①夏癸：即夏桀。

②商辛：即商纣。

③稽：考。

④缪：通"谬"。荒谬。

⑤复：指周而复始。臻（zhēn）：到，到达。十二年岁星一复，王莽称帝十三年时被诛杀。

【译文】

贼臣王莽，篡汉夺位，罪恶滔天！行为放纵如夏桀，暴虐残忍似商纣。虚假地稽考于黄帝、虞舜，荒谬地声称典籍文物。万民怨愤而众神震怒，罪到尽头被诛杀。众多王姓中的最坏的一个，终究以奸诈智昏而灭亡。述作《王莽传》第六十九。

凡《汉书》，叙帝皇，列官司，建侯王。准天地①，统阴阳②，阐元极③，步三光④。分州域，物土疆⑤，穷人理⑥，该万方⑦。纬六经，缀道纲⑧，总百氏，赞篇章⑨。函雅故，通古今，正文字，惟学林。述《叙传》第七十。

【注释】

①准天地：指《天文志》。

②统：合。

③元：开始。极：终至。

④三光：日、月、星。即《律历志》。

⑤分州域，物土疆：指《地理志》和《沟洫志》。

⑥人理：指《古今人表》。

⑦万方：指《郊祀志》。

⑧纬六经，缀道纲：指《艺文志》。

⑨赞：明。

【译文】

这部《汉书》，依次记叙大汉历代先帝；列百官表及诸侯王表。核准天地，统合阴阳；阐述始终，观测日、月、星、辰等天文现象。划分州域，勘察沟洫；穷尽人理，郊祀众神。经纬六经，缀连天道纲常；总揽百家，明晰篇章。包含雅训之故及古今之语，修正文字，信守学林。述作《叙传》第七十。

扬雄

扬雄简介参见卷四。

十二州箴

【题解】

本文是扬雄以周代的《虞箴》为范本,参考古代著作特别是《尚书·禹贡》所作的箴文。冀、兖、青、徐、扬、荆、豫、益、雍、幽、并、交,每州一篇,共十二篇。每篇体例基本相同,先说辖域位置,次及物产,终以史事议论而归于箴刺。《十二州箴》在箴文中有很高的地位。刘勰在《文心雕龙·铭箴》中评介它和崔骃父子、胡广等人所作的箴是"指事配位,鬐鉴可征","追清风于前古,攀辛甲于后代"。

冀州牧箴

洋洋冀州①,鸿原大陆。岳阳是都②,岛夷皮服③。潺湲河流,夹以碣石④。三后攸降⑤,列为侯伯。降周之末,赵、魏是宅⑥。冀州靡沸⑦,炫沄如汤⑧。更盛更衰,载纵载横。陪臣擅命⑨,天王是替⑩。赵、魏相反,秦拾其敝。北筑长城,恢夏之场。汉兴定制，改列藩王。仰览前世，厥力孔多。初安如山，后崩如崖。故治不忘乱，安不忘危。周宗自怙^⑪，云焉有予隳^⑫。六国奋矫，渠绝其维^⑬。牧臣司冀^⑭，敢告在阶^⑮。

【注释】

①洋洋：平坦宽广貌。冀州：古九州之一，今河北、山西等省所在地。

②岳阳：指霍山，在今山西霍州东南。

③岛夷：古指我国东部近海一带的居民。皮服：以皮毛为衣。

④碣石：山名。在今河北昌黎西北。

⑤三后：指尧、舜、禹。

⑥赵、魏是宅：指赵国和魏国所定之都，皆在冀州地面。

⑦糜沸：糜烂。

⑧炫沄(yún)：即泫(xuàn)沄，翻腾的样子。

⑨陪臣：诸侯之臣。

⑩天王：指周王。春秋时因诸侯相继称王，所以称周天子为天王，以与诸侯王相区别。

⑪怙(hù)：依靠，凭仗。这里指依仗着自己的势力强大。

⑫隳(huī)：毁坏。

⑬渠：通"讵"。岂，哪里。维：击。

⑭牧臣：即牧，一州之长。

⑮在阶：指不敢直言，但告其身边仆御。以下"敢告执筹"等都是这种用法。

【译文】

宽广平坦的冀州，是一块辽阔大陆。在霍山脚下设府，近海的岛民们以皮毛做衣服。潺潺流淌的河流，在碣石山的南侧。三皇时代，这里是侯伯的所在地。到了周末，赵国、魏国都定都于此。从此冀州大地开始战乱频繁，就像烧开了的水在沸腾。各诸侯国时强时衰，忽而合纵忽而连横。诸侯之臣擅自做主，周天王势力衰微。赵、魏反目，秦国乘虚而入。北筑长城，恢复华夏的疆域。大汉兴起，制定新制，改为分封藩王。抬头回首历史，经历的事实在太多。当初安稳如山，后来却崩塌如崖。所以安定时不要忘记动荡，安全时不要忘记危险。周室因为自恃强盛，自称哪里有能毁败我的人？结果六国奋起叛乱，周室怎能阻截得了他们的攻击？治理冀州的州官大人，我冒昧地献上这一番话。

扬州牧箴

矫矫扬州①，江、汉之浒②。彭蠡既潴③，阳鸟攸处④。橘柚羽贝，瑶琨篠簜⑤。闽、越北垠，沅、湘攸往。犷矣淮夷⑥，蠢蠢荆蛮⑦。翩彼昭王⑧，南征不旋。人咸踬于垤⑨，莫踬于山。咸跌于污⑩，莫跌于川。明哲不云我昭，童蒙不云我昏。汤、武圣而师伊、吕⑪，桀、纣悖而诛逢、干⑫。盖迩不可不察，远不可不亲。靡有孝而逆父，罔有义而忘君。太伯逊位⑬，基吴绍类⑭。夫差一误⑮，太伯无祚。周室不匡，勾践入霸⑯。当周之隆，越裳重译⑰。春秋之末，侯甸畔逆⑱。元首不可不思，股肱不可不挚⑲。尧崇屡省，舜盛钦谋。牧臣司扬，敢告执筹。

【注释】

①扬州：古九州之一，范围相当于淮河以南、长江流域及岭南地区。

②浒：水之涯。

③彭蠡(lí)：即鄱阳湖。潴(zhū)：水积聚。

④阳鸟：候鸟。

⑤瑶琨：美玉。篠(xiǎo)：细竹。簜(dàng)：大竹。

⑥犷：野蛮。

⑦荆蛮：指古楚地。

⑧翩：轻疾貌。昭王：即周昭王，名瑕，相传他南征渡汉水时，楚人
　　进献给他胶船，到河中间，胶化，溺水而亡。

⑨踬：跌倒。垤(dié)：小土堆。

⑩洿：通"洿"。小水塘。

⑪伊、吕：指伊尹、吕尚。

⑫逢、干：指龙逢、比干。

⑬太伯：又作"泰伯"，周先祖太王的长子。相传太王想传王位给太
　　伯的弟弟季历(周文王的父亲)，太伯便和他的另一个弟弟仲雍
　　避居江南，成为古吴国的始祖。

⑭类：善。

⑮夫差：吴国之王。一误：指夫差不听伍子胥的劝告而致使吴国为
　　越所灭。

⑯勾践：越王。

⑰越裳：古南海国名。重译：指越裳国朝周成王，经过再三辗转翻
　　译敬献白雉一事。

⑱侯甸：侯服、甸服，皆指靠近京城之地。

⑲股肱：指大臣。孳：通"孜"。勤勉。

【译文】

　　雄壮的扬州，长江和汉水是它的边界。鄱阳湖在其中，候鸟们飞聚
于此。物产有甘橘柚子，鸟羽贝壳，还有美玉竹子。南面与闽、越的边
界相接，西部有湘江、沅水流来。历史上这里生活着野蛮的淮夷和蒙昧
的楚人。轻捷迅疾的昭王，南征不能再凯旋。人们都是被小土堆绊倒，
而不是被大山绊倒。都是跌入小小的水塘，而不是跌入大河之中。明

哲之人不说自己明白，幼稚愚昧者不说自己昏惑。商汤、周武王贤圣而分别以伊尹、吕尚为师，夏桀、商纣逆悖而分别杀了龙逢、比干。近在身边的人不可不细察，远在边地的人不可不亲近。没有具备孝行而忤逆父亲的，没有讲节义而忘了君王的。太伯让位，奠定吴国的基业，发扬善德的光芒。夫差不听伍子胥之言，致使太伯之宗祀断绝。周室不能匡正诸侯，勾践也进入中原成为一代霸主。当年周朝隆盛，越裳国是那样恭敬，不惜辗转翻译，也要来进贡。而到了春秋末年，京城附近的诸侯都叛逆周朝。君王不能不思谋，大臣不能不勤勉。尧帝是那样崇高，还不忘屡屡自省，舜帝是那样强盛，还时时与人相谋。掌管治理扬州的州官大人，我冒昧呈上这些话语。

荆州牧箴

幽幽巫山①，在荆之阳②。江、汉朝宗③，其流汤汤。夏君遭鸿④，荆、巫是调⑤。云梦涂泥⑥，包瓯菁茅⑦。金玉砥、砺⑧，象齿元龟⑨。贡篚百物⑩，世世以饶。战战栗栗，至桀荒溢。曰在帝位，若天有日。不顺庶国，孰敢予夺！亦有成汤，果秉其钺⑪。放之南巢⑫，号之以桀⑬。南巢茫茫，包楚与荆⑭。风飘以悍，气锐以刚。有道后服，无道先强。世虽安平，无敢逸豫⑮。牧臣司荆，敢告执御。

【注释】

①巫山：山名。此处指巫峡。

②荆：荆州，古九州之一，因辖域有荆山，故名。

③朝宗：百川归海。

④鸿：洪水，大水。

⑤巫：应为"衡"，即衡山，五岳中的南岳，在今湖南。

⑥云梦:即云梦泽,湖北江汉平原上古代湖泊群的总称。涂泥:湿润的泥土。

⑦匦(guǐ):匣子。

⑧砥、砺:皆磨石。

⑨元龟:大龟。

⑩贡篚(fěi):把物品装在竹器里进贡,后专指进贡。篚,竹器。

⑪钺(yuè):古代兵器,用于斫杀。

⑫南巢:地名。在今安徽巢湖。

⑬桀:暴虐贼人谓之"桀"。

⑭包:谓包有。一本作"多"。楚与荆:这里是灌木名称。荆指牡荆,牡荆之翘翘者,谓之楚。

⑮逸豫:安乐。

【译文】

幽幽渺远的巫峡,在荆州的南面。长江和汉水滚滚而来,经过荆州地面归入大海。夏君大禹遭到了洪水的袭击,利用荆山和衡山来调节、疏导洪水。云梦泽土地湿润,因此可以用匣子装了菁茅草进贡。荆州的物产还有金子玉石、粗细磨石、大象牙齿、大龟。用竹器装了各种物品进贡,世代丰饶。等到夏桀荒淫无度,人民便开始战战兢兢,不得安宁。夏桀说自己身处帝位,就如同太阳当天。虽然不和顺于各诸侯小国,谁又敢把我怎么样。但他不知道,除了他外,也还有一个成汤,已经果敢地拿起了武器。成汤将夏桀打败,并把他放逐到了南巢,称他为暴虐之君。南巢茫茫一片,到处布满牡荆。其风俗尚剽悍勇猛,锋芒毕露充满阳刚之气。遇有道之君然后服从,遇无道之君自己先强硬。世道虽然平安,但应时时警惕不要沉于安乐。掌管荆州的州官大人,我冒昧地把这些话呈上。

青州牧箴

　　茫茫青州^①，海、岱是极^②。盐、铁之地，铅、松、怪石。群水攸归，莱夷作牧^③。贡箧以时，莫怠莫违。昔在文、武，封吕于齐^④。厥土涂泥，在丘之营。五侯九伯^⑤，是讨是征。马殆其衔，御失其度。周室荒乱，小白以霸^⑥。诸侯佥服^⑦，复尊京师。小白既没，周卒陵迟^⑧。嗟兹天王，附命下土^⑨。失其法度，丧其文武。牧臣司青，敢告执矩。

【注释】

①青州：古九州之一，在今山东胶东、济南一带。

②海：指渤海。岱：指泰山。

③莱夷：古莱国。作牧：放牧。

④吕：吕尚。

⑤五侯：公、侯、伯、子、男五等诸侯。九伯：九州之长。

⑥小白：春秋齐桓公的名字。

⑦佥（qiān）：皆，都。

⑧陵迟：衰落。

⑨下土：指与天相对的地。这里把周王当天王，所以下土即指诸侯。

【译文】

　　茫茫宽阔的青州，渤海、泰山是它的边际。它是盐和铁的出产地，还有铅、松和怪石。渤海是众水所归的地方，古莱国是放牧之场。按时向朝廷进贡，始终不敢懈怠不敢违背。过去周代文王和武王时期，这里是吕尚被封的齐地。土地湿润，建都营丘。后来五等诸侯，九州之长，齐国都可以征讨。马儿抗拒马嚼子，驾车者也无力控制。周室荒败混乱，齐桓公于是称霸。诸侯们都服从他，重新尊重周朝的天子。齐桓公死后，周室终于衰落。感叹这周天子，把命运托付给了下属诸侯。失去了治国的法度,丧尽了文武之德。治理青州的州官大人,我冒昧地呈上上面这些话。

徐州牧箴

海、岱伊淮①,东海是渚②。徐州之土③,邑于海宇。大野既潴④,有羽有蒙⑤。孤桐、蠙珠⑥,泗、沂攸同⑦。实列蕃蔽⑧,侯卫东方⑨。民好农蚕,大野以康。帝癸及辛⑩,不祗不恪⑪。沉湎于酒,而忘其东作⑫。天命汤、武,剿绝其绪祚。降周任姜⑬,镇于琅邪⑭。姜姓绝苗⑮,田氏攸都⑯。事由细微,不虑不图。祸如丘山,本在萌芽。牧臣司徐,敢告仆夫!

【注释】

①海:指黄海。淮:指淮河。

②渚(zhǔ):水边。

③徐州:古九州之一,辖域包括今江苏、山东、安徽的部分地区。

④大野:古泽名。在今山东巨野北部,元末被河水冲决,便干涸。

⑤羽:山名。在今山东郯城东北。蒙:山名。在今山东蒙阴西南。

⑥孤桐:特生的梧桐。蠙(pín)珠:即蚌珠,蠙是蚌的别名。

⑦泗:山东水名。沂:山东水名。

⑧蕃蔽:屏障。

⑨侯:句首语助词。

⑩癸:夏桀的名字。辛:商纣的名字。

⑪祗(zhī):恭敬。恪(kè):恭敬。

⑫东作:指耕种之事。

⑬姜:指姜尚。

⑭琅邪:山名。在今山东胶南。因琅邪在齐国,此代称齐国。

⑮苗：子嗣。

⑯田氏：古代陈国公子陈完的后代。陈完在陈国发生变乱时投奔
　　齐国。古时"陈"与"田"同音，陈氏又称田氏。至田和，将齐国据
　　为己有。

【译文】

北至泰山、黄海，南及淮河，东海是它的水边。徐州的疆土，是近海之地。有大野之泽，有羽山和蒙山。产特生的梧桐和蚌珠，泗水和沂水都一样。它是一道屏障，护卫着华夏的东方。百姓勤于农桑，大野之地因此富康。夏桀和商纣，不恭敬天道。沉溺于酒色，而忘记了百姓的耕作。上天命令商汤和周武王，分别剿灭了他们的统绪和福祉。周朝兴起后，任用姜尚建立齐国，镇守在琅邪。姜姓齐国灭亡后，投奔而来的田氏把这里当做了都城。事情的缘由虽然细微，但总的说来是因为不考虑不图谋长治久安所致。灾祸就同如山丘，却起于小小的根苗。掌管治理徐州的州官大人，我冒昧地呈上这些话。

兖州牧箴

悠悠济、河①，兖州之宇②。九河既道③，雷夏攸处④。草繇木条⑤，漆丝绨纻⑥。济、漯既通⑦，降丘宅土。成汤五徙⑧，卒都于亳⑨。盘庚北渡⑩，牧野是宅⑪。丁感雊雉，祖己伊忠⑫。爰正厥事，遂绪高宗。厥后陵迟，颠覆厥绪。西伯戡黎⑬，祖伊奔走⑭。致天威命，不恐不震。妇言是用，牝鸡司晨。三仁既知⑮，武果戎殷。牧野之禽，岂复能耽？甲子之朝，岂复能笑？有国虽久，必畏天咎。有民虽长，必惧人殃。箕子欷歔，厥居为墟。牧臣司兖，敢告执书。

【注释】

①济：又称济水，发源于河南济源的王屋山，向东南流入黄河。

②兖州：古九州之一，辖域包括今山东、河北的一些地区。宇：界限，空间。

③九河：黄河别称，因黄河由孟津向北后分为九道，故有此称呼。

④雷夏：古泽名。

⑤繇（yáo）：草茂盛的样子。条：长。

⑥绤（chī）：细葛布。纻（zhù）：麻类植物，也指用纻为原料织成的粗布。

⑦漯（tà）：河名。源出今山东茌平。

⑧成汤：商代开国之君。

⑨亳（bó）：地名。在今河南商丘北。

⑩盘庚：商朝君主。他在位时，将都城由奄（今山东曲阜）迁到殷（今河南安阳），所以商朝又称殷商。

⑪牧野：今河南淇县南，商纣都于此。本文说盘庚"牧野是宅（定都在牧野）"属于史实之误。

⑫丁感雊（gòu）雉，祖己伊忠：本句是指殷商高宗武丁祭成汤时，有飞雉登上鼎耳而鸣，武丁认为不祥，贤臣祖己于是作《高宗肜日》，谏武丁修改行德。雊，雉鸣。

⑬西伯：指周文王，他在商朝时是西部诸侯之长。戡：胜。黎：黎侯国，在今山西长治一带。

⑭祖伊：商纣的大臣。据传，周文王举兵伐黎后，祖伊惧怕将殃及商朝，于是劝告商纣天命民情可畏，纣不听。

⑮三仁：指微子、箕子和比干，三人都是殷商的大臣。

【译文】

源远流长的济水、黄河，是兖州的边界。黄河下游的九道河已被疏通，雷夏泽安然在州中。丰草茂盛嘉木修长，漆木蚕丝，葛布绤麻，皆产其疆。济河、漯水既已通畅，人们便从高丘下到平地建设家宅。成汤五次迁都，最后定于亳地。盘庚渡江北上，在牧野把家安。武丁预感飞鸣之雉不祥，所幸有忠臣祖己相帮。及时为文劝谏，使高宗能够将统绪继续。后来殷商衰落，成汤的基业最终覆灭。西伯伐黎之时，祖伊急忙去告诫商纣王。而商纣，上天给他威严的命令，也还不知恐惧，不能使他震惊。听信妇人之言，母鸡成了报晨的角色。三仁已经知道商即将亡，周武王果然把殷商打败。牧野被擒之时，还能玩乐吗？甲子日早晨战败时，还能欢笑吗？国家虽长治久安，也肯定畏惧天罚。百姓虽然长寿，也肯定惧怕祸殃。箕子叹息，因为曾经居住的地方已成废墟。治理兖州的州官大人，我冒昧地呈上这些话。

豫州牧箴

郁郁荆、山①，伊、洛是经②。荥播梁漆③，惟用攸成。田田相挈④，庐庐相距⑤。夏、殷不都，成周攸处。豫野所居⑥，爰在郐墟⑦。四隩咸宅⑧，宇内莫如。陪臣执命，不虑不图。王室陵迟，丧其爪牙。靡哲靡圣，捐失其正。方伯不维⑨，韩卒擅命⑩。文、武孔纯，至厉作昏⑪。成、康孔宁⑫，至幽作倾⑬。故有天下者，毋曰我大，莫或余败。毋曰我强，靡克余亡。夏宅九州，至于季世⑭，放于南巢。成、康太平，降及周微，带敝屏营⑮。屏营不起，施于孙子。王赧为极⑯，实绝周祀。牧臣司豫，敢告柱史。

【注释】

①郁郁荆、山：《杨子云集》为"郁郁荆河"。译文从之。荆，指荆山。
②伊：水名。在河南，流入洛河。洛：水名。即洛河，源出陕西，在河南流入黄河。

③荣：古水名。在汉代已涸为平地。枲(xǐ)：大麻的雄株。只开雄
　花,不结子,纤维可织麻布。亦泛指麻。

④田田：叶浮水上相绵延貌。挐(ná)：牵引相连。

⑤庐庐相距：指大麻、漆树的干像矛戟的柄一样林立而相互又有一
　定的距离。庐,矛戟之柄。

⑥豫：豫州,古九州之一,辖域在今河南,西南至荆山,北到黄河。

⑦鹑(chún)墟：鹑星所跨之地。鹑是南方朱鸟七星的总称。

⑧隩(yù)：边,限。一说为可以定居的地方,读为 ào。

⑨方伯：一方诸侯之长。

⑩韩卒擅命：指晋大夫韩虔和魏斯、赵籍分晋一事。

⑪厉：指周厉王。

⑫成、康：指周成王和周康王。

⑬幽：指周幽王。

⑭季世：末世,衰世。

⑮屏营：恐慌貌。

⑯赧(nǎn)：周赧王。赧王五十九年(前256),周为秦所灭。

【译文】

郁郁葱葱的荆山在其西南,滔滔的黄河在其北方,伊水、洛河都流
经这里。古代荣水之地,现已播种着大麻和漆树,它们成长起来,就为
百姓所用。田田的叶子相连,它们的干如庐林立,有一定的间距。夏、
商都没有建都于此,周朝则把王城安置在了这里。豫州原野所处,正是
星宿鹑所跨之地。四围都可以安居,整个华宇没有一个地方能比。诸
侯之臣执政,不能全盘、长远地考虑。王室最终衰败,失去了自己的帮
衬和臣下。不贤哲不明圣,丢弃了端正之道。地方诸侯有的也不能继
续维系,韩虔就最终和别人一起把晋分掉。周代的文王和武王,很纯正
圣明,到了厉王却昏聩不堪。成王和康王时很安宁,到了幽王则大厦将
倾。因此,拥有天下的人,不要说自己伟大、强大,没有人能打败自己。

不要说自己强盛,没有人能战胜自己使自己灭亡。夏朝曾经占有九州,但到了末世,夏桀竟被流放于南巢。周朝的成、康时期是何等太平,但到了周朝开始衰微的时候,虽有屏障可依却仍然恐惧。恐惧后便不再复兴,就这样拖延了好几代。到了赧王,便成了周朝的终点,周朝的宗祀从此绝灭。掌管豫州的州官大人,我冒昧地将这些话呈献给您。

雍州牧箴

　　黑水、西河①,横截昆仑。邪指阊阖②,画为雍垠③。上侵积石④,下碍龙门⑤。自彼氐、羌⑥,莫敢不来庭,莫敢不来臣。每在季王⑦,常失厥绪。侯纪不贡⑧,荒侵其宇⑨。陵迟衰微,秦据以庋⑩。兴兵山东⑪,六国颠沛。上帝不宁,命汉作京。陇山以徂⑫,列为西荒。南排劲越,北启强胡。并连属国,一护攸都。盖安不忘危,盛不讳衰。牧臣司雍,敢告缀衣。

【注释】

①西河:古称黄河上游南北流向的一段。

②阊阖:传说中的天门。

③雍:雍州,古九州之一,西到黑水,东及黄河,辖域包括今陕西、甘肃、宁夏及青海的部分地区。

④积石:山名。有大积石山和小积石山,大积石山在青海南边,小积石山在甘肃导河西北,黄河经过小积石山。

⑤龙门:山名。据传说,大禹治水时凿此山通河。

⑥氐、羌:即西戎和羌族。

⑦季王:末世君主。

⑧侯:侯服,靠近京城的地域。

⑨荒:侯服以外的边远地域,叫荒服。

⑩戾(lì):暴行。

⑪山东:战国时把秦以外的六国叫山东。

⑫陇山:山名。在今陕西陇县至甘肃平凉一带。

【译文】

西到黑水,东及西河,将昆仑山拦腰而截。传说中的天门,是雍州的边际。北到积石山,南止于龙门。从那西戎、羌人开始,没有敢不来朝见的,没有敢不来臣服的。但每每到了末世之主,便把王室统绪丢掉。侯服不来朝贡,荒服侵犯内疆。周室衰落,秦靠着暴力兴起。对六国兵刃相加,最终使六国倾覆。上天心中不安,于是命我大汉建立。陇山以远,作为西边荒远之地。向南挤退强劲的百越,往北开拓强悍的胡人之地。连并各个藩国,一起护卫着京都。安全时不应忘记危险,强盛时不应忌讳衰弱。掌管雍州的州官大人,我冒昧地呈上这些话语。

益州牧箴

岩岩岷山①,古曰梁州②。华阳西极③,黑水南流④。茫茫洪波,鲧堙降陆⑤。于时八都⑥,厥民不隩。禹导江、沱⑦,岷、嶓启干⑧。远近底贡⑨,磬错砮丹⑩。丝麻条畅⑪,有粳有稻。自京徂畛⑫,民攸温饱。帝有桀、纣,湎沉颇僻⑬。遏绝苗民,灭夏、殷绩⑭。爰周受命,复古之常。幽、厉夷业,破绝为荒。秦作无道,三方溃叛⑮。义兵征暴,遂国于汉。拓开疆宇,恢梁之野。列为十二,光羡虞、夏。牧臣司梁,是职是图。经营盛衰,敢告士夫。

【注释】

①岩岩:高峻貌。岷山:山名。主峰在今四川松潘北。

②梁州:古九州之一,东到华山,南及长江,北为雍州,西界不可考。

③华阳:华山的南面。

④黑水:为古梁州和雍州之界,具体所指诸说不一。

⑤鲧(gǔn):夏禹的父亲。堙(yīn):堆土为山,堵塞。

⑥八都:即八州。

⑦江:指岷江。沱:岷江的支流,在今四川。

⑧嶓(bō):嶓冢山,在陕西宁强北。

⑨底:何,什么。一说通"砥",细磨石。

⑩磬(qìng):以玉、石等做成的乐器。错:用来治玉石的工具。砮(nǔ):可以做箭镞的石头。丹:硃砂。

⑪条畅:生长茂盛。

⑫畛(zhěn):田间道路。这里用以代指梁州。

⑬颇僻:不合情理。

⑭绩:继,续。

⑮三方:指陈胜、项羽和刘邦。

【译文】

高峻的岷山一带,是古梁州所在。华山南边向西到极远的地方,黑水在这里向南流去。茫茫洪水大波,鲧堆土为陆加以阻挡,只落得无功而返。当时八方的百姓,都没有居住的地方。禹接替其父的职位来疏导岷江和沱江,终于在岷山和嶓冢山把水道打通。梁州地面,远近有什么贡物?有石、玉做的乐器,有治玉的工具,还有可用来做箭镞的石头和硃砂。蚕丝、桑麻也生长茂盛,田里还种着粳米和水稻。从京城到梁州,百姓都身温肚饱。夏帝桀和商王纣,沉溺于不合情理的荒淫之中。塞绝了百姓的生路,灭绝了夏、殷的统绪。于是周王接受上天之命,恢复远古的常式。到了幽王、厉王,又把周业夷平,破灭荒芜。秦代君王,统治无道,陈胜、项羽和高祖都起来反叛。节义之兵征讨暴君,于是建立大汉。扩展华夏疆域,恢复梁州之野。把中国划分为十二州,发扬光大唐尧、虞舜和夏禹他们创造的基业。掌管梁州的州官大人，在其位谋其政。我冒昧将议论治理政事、盛衰变化的这些话献上。

幽州牧箴

　　荡荡平川，惟冀之别①。北阸幽州②，戎、夏交逼。伊昔唐、虞，实为平陆。周末荐臻③，迫于獯鬻④。晋失其陪⑤，周使不徂。六国擅权，燕、赵本都。东限秽貊⑥，羡及东胡⑦。强秦北排，蒙公城疆⑧。大汉初定，介狄之荒⑨。元戎屡征⑩，如风之腾。义兵涉漠，偃我边萌⑪。既定且康，复古虞、唐。盛不可不图，衰不可或忘。堤溃蚁穴，器漏箴芒⑫。牧臣司幽，敢告侍旁。

【注释】

①冀：指冀州。别：分。这里是指舜时分出冀州东北作为幽州，辖域包括今河北北部和辽宁一带。

②阸(è)：险要之地。幽州：《杨子云集》作"幽都"，北方极远的地方。

③荐臻：接连到来。

④獯鬻：即匈奴。

⑤晋失其陪：指晋为韩虔等三家所分。

⑥秽貊(mò)：古代对居住于我国东北地区的民族的称呼。

⑦东胡：指乌桓、鲜卑等古代民族，因居住于匈奴之东，故称东胡。

⑧蒙公：秦将蒙恬。

⑨介：边界，边际。

⑩元戎：战车。

⑪偃：安。萌：民众，百姓。

⑫箴：缝衣服的工具。后作"针"。

【译文】

　　宽阔浩大的平川,是从冀州分出来的幽州。北边险要的幽都,是华夏和戎人交接的界地。在过去的唐尧、虞舜时代,这里是一块平宁的陆地。但是周末以后,却祸患不断,经常被匈奴所侵逼。晋国被陪臣所分,周室的使者也不能前往。六国各自为政时,燕国和赵国都曾在幽州地界建都。最东边是秽貊人,西部延展开去便是东胡。强大的秦国北伐匈奴,蒙恬率军修筑长城巩固疆土。大汉刚建立,和狄人所居的边远荒地相接。大军屡次征讨,势如卷风。节义之兵再进入沙漠,以安定我边地的百姓。安定、康富之后,便和过去的唐尧、虞舜时代一样。兴盛时不能不图谋,前世朝代的衰亡不能一时一刻忘记。大堤因为一个蚁穴就崩溃,盛器因为一个针眼便漏水。掌管幽州的州官大人,我冒昧地呈上这些话语。

并州牧箴

　　雍别朔方①,河水悠悠。北辟獯鬻,南界泾流②。画兹朔土,正直幽方。自昔何为? 莫敢不来贡,莫敢不来王。周穆遐征,犬戎不享③。爰貊伊德④,侵玩上国⑤。宣王命将⑥,攘之泾北。宗周罔职⑦,日用爽蹉⑧。既不俎豆,又不干戈。犬戎作难⑨,毙于骊阿⑩。太上曜德,其次曜兵。德兵俱颠,靡不悴荒。牧臣司并,敢告执纲。

【注释】

　①雍别朔方:汉代的并州兼有古(虞舜时代)雍州北部的地区,所以说雍州分出北方。朔方即北方。并州为古十二州之一,舜时分冀州东部恒山一带地方为并州,辖域包括河北正定、保定,山西太原、大同等地。

②泾：水名。渭水支流，源出甘肃。

③不享：不来进贡祭物。

④貊：静。

⑤侵：欺凌。玩：轻慢。上国：中原之国。

⑥宣王：周宣王。

⑦宗周：周朝王室所在地。这里代指周室。罔职：失职。此指衰落失势。

⑧爽蹉：差误，毁败。

⑨犬戎：西戎种族的一支。多分布于今泾渭流域一带。

⑩骊阿：骊山之梁。骊山在今陕西临潼东南。相传周幽王十一年，申侯因不满幽王废太子宜臼，召来西戎一起攻打幽王，把幽王杀于此山。

【译文】

这里是雍州分出来的北方，黄河之水在悠悠流淌。北接匈奴之地，南以泾水为界。划出这块地方，作为华夏幽远的北疆。自古以来，这地方是怎样的情况？没有敢不来进贡的，没有敢不来朝见的。周穆王远征，因为犬戎不来朝贡。之后不动干戈只用德化，犬戎却又侵凌轻慢我中原大国。于是周宣王命令将领，率兵出击到泾水之北。再之后，周室衰落，日见败坏，既不兴文德，又不用武功。终于犬戎发难，周幽王被杀于骊山。最好是明德以化，不得已则必须动用兵戈。德化和兵戈都没有，就无不衰败。掌管并州的州官大人，我冒昧地呈上这些话语。

交州牧箴

交州荒裔①，水与天际。越裳是南，荒国之外。爰自开辟，不羁不绊。周公摄祚②，白雉是献。昭王陵迟，周室是乱。越裳绝贡，荆楚逆叛。四国内侵③，蚕食宗周。臻于季赧④,遂入灭亡。大汉受命,中国兼该⑤。南海之宇,圣武是恢⑥。稍稍受羁⑦,遂臻黄支⑧。杭海三万⑨,来牵其犀。盛不可不忧,隆不可不惧。顾瞻陵迟,而忘其规摹⑩。亡国多逸豫,而存国多难。泉竭中虚,池竭濑干。牧臣司交,敢告执宪。

【注释】

①交州:汉代所设置,辖域包括今广东、广西及南海一带,为汉十二州之一。

②周公摄祚:周武王死后,周成王继位,因年幼,周公姬旦摄政。

③四国:四方。一说周朝时的管、蔡、商、奄这四个诸侯国。

④季赧:周朝最末一个君王赧王。

⑤兼该:包容多方面。

⑥圣武:指汉武帝。

⑦稍稍:逐渐。

⑧黄支:在南海一带的古国。

⑨杭:渡。

⑩规摹:通作"规模"。制度程式。

【译文】

交州是南边极远的地区,水天相接,漫无涯际。越裳国还要往南,荒服之地还要向外。从天地开辟以来,从不受约束管辖。到了周公摄政时代,开始向周室进献白雉。周昭王时周室衰微,天下一片混乱。越裳不再进贡,荆楚忤逆叛乱。四方边国向中原进犯,像蚕吃桑叶一样侵蚀周朝基业。到了末代君王赧王,周朝终于彻底灭亡。大汉敬承天命,兼容并包天下。南海广大的地区,圣明的武帝重新加以统辖。逐渐被管理起来,包括其中的黄支国。他们航海几万里,牵着犀牛前来朝贡。

兴盛时不能不担忧,强大时不能不惧怕。回想那些衰微之事,都是因为忘记了规划筹谋。亡国多是在沉于安乐之时,而兴国则多是于艰难之处。泉水枯竭地中就会空虚,池塘水竭边围便会干裂。掌管交州的州官大人,我冒昧地把上面这些话呈上。

赵充国颂

【题解】

据《汉书·赵充国传》载,汉成帝时,西羌挑衅汉西部边境,成帝思将帅之臣,并追忆赵充国的功业美名,于是让扬雄就着未央宫赵充国的画像作颂赞美赵充国。该颂文字浅显,晓畅明白,言简意赅,朗朗上口。

赵充国,西汉著名将领。宣帝时,西羌的一个分支先零入侵边境,此时已七十多岁的赵充国,运用智谋阻止了先零的入侵。这篇颂所赞美的,就是这件事。

明灵惟宣①,戎有先零②。先零猖狂,侵汉西疆。汉命虎臣,惟后将军③。整我六师,是讨是震。既临其域,谕以威德。有守矜功④,谓之弗克⑤。请奋其旅,于罕之羌⑥。天子命我,从之鲜阳⑦。营平守节⑧,屡奏封章。料敌制胜,威谋靡亢⑨。遂克西戎,还师于京。鬼方宾服⑩,罔有不庭。昔周之宣⑪,有方有虎⑫。诗人歌功,乃列于《雅》⑬。在汉中兴,充国作武。赳赳桓桓⑭,亦绍厥后⑮。

【注释】

①宣:汉宣帝。
②先零:汉时羌族的一支。

③后将军：即赵充国。

④守：指当时的酒泉太守辛武贤。

⑤谓之弗克：说赵充国只是屯田，不去攻击先零。

⑥罕：羌的一部。

⑦鲜阳：鲜水之阳，鲜水的北面。鲜水即今青海。

⑧菅平：即赵充国，他被封为菅平侯。

⑨亢：抵挡。

⑩鬼方：泛指边远地区的少数民族。

⑪宣：指西周时期的周宣王。

⑫方：指方叔，周宣王时的武将。虎：指邵虎，亦周宣王时的将领。

⑬《雅》：《诗经》的组成部分，分《小雅》和《大雅》。《小雅》中有颂方
　叔篇，《大雅》中有颂邵虎篇。

⑭赳赳桓桓：皆武威貌。

⑮绍厥后：指继承发扬周之方叔、邵虎的遗风。

【译文】

　　圣明威灵的汉宣帝在位时，西戎的一支先零强盛起来。先零不知
天高地厚，竟然猖狂到侵犯我大汉的西部边疆。我汉于是召命如虎之
臣，即后将军赵充国。赵将军整治好我汉六军，讨伐先零使其震惊。率
军亲临西部边境，以武威恩德告谕他们。当时的酒泉太守辛武贤居功
自傲，竟说赵将军只是屯田而不去攻打先零，并请求派遣军队，进击羌
罕。宣帝于是命我汉大军，跟随武贤进军鲜水之阳。菅平侯赵将军遵
守法度，屡屡上书言明自己的主张。料敌如神，克敌制胜，武威谋略，无
人能比。于是战胜了西戎，率领军队回到了京城。远方边民纷纷归服，
没有不来朝见的。过去周宣王时代，有武功卓著的方叔和邵虎。当时
的诗人歌颂他们功业的诗篇，分别载于《诗经》中的《小雅》和《大雅》。
在大汉中兴时期，充国将军奋发武威。雄赳赳、气昂昂，确实是继承了
方叔、邵虎的遗风。

酒箴

【题解】

《酒箴》是一篇四言诗体赋,因是通过咏物对汉成帝讽谏、劝诫,故以"箴"名。

此赋体制虽小,文字也不深奥,可寓意颇深,且极尽委婉曲折之工,全篇意旨,实在言外。先说"瓶",以喻讽诵经书、苦身自约、直道而行之人;次转而说"鸱夷",以喻放意自恣、浮沉俗间、随波逐流之人;最后反问:"鸱夷"能够如此,"酒"有什么过错呢?似问实答:"瓶"和"鸱夷"对各自的际遇都不能负什么责任,责任在于使用它们的人,那么,使用臣民的人又是谁呢?至此,赋文的主旨便不言自明了。

子犹瓶矣,观瓶之居,居井之眉①。处高临深,动常近危。酒醪不入口②,藏水满怀。不得左右,牵于缰徽③。一旦𬯀碍④,为甓所𫐐⑤。身提黄泉⑥,骨肉为泥。自用如此,不如鸱夷⑦。鸱夷滑稽⑧,腹大如壶。昼日盛酒,人复借酤⑨。常为国器⑩,托于属车⑪。出入两宫⑫,经营公家⑬。繇是言之,酒何过乎?

【注释】

①眉:旁边,边侧。

②醪(láo):浊酒。

③缰(mò)徽:绳索。

④𬯀(zhuān)碍:阻碍,指绳索被挂住。𬯀,悬。

⑤甓(dàng):井壁上的砖。𫐐(léi):碰击,撞击。

⑥提:抛掷。黄泉:地下的泉水,指葬身之地。

⑦鸱（chī）夷：盛酒的皮囊。

⑧滑稽：指鸱夷的表面油滑。

⑨酤（gū）：买酒。

⑩国器：国中之器，喻鸱夷之贵重。

⑪属车：皇帝出行时的从车。

⑫两宫：指皇帝和皇太后居住、宴乐的宫室。

⑬经营：这里指奔走往来。公家：公卿之家。

【译文】

您似那水瓶在井旁，高临深渊，动辄近危。美酒到不了嘴边，经常是满肚子的清水。被一根绳索牵住了，没有自由。一旦绳子挂住了，碰在井壁上，命归黄泉，而骨肉化为泥土。尽管有用，但不如装酒的皮囊。大若壶腹的肚皮，油光滑亮。整天盛有美酒，有时买酒也要劳它走一趟。经常作为国器，出现在皇帝出行时的从车上。两宫之内，进进出出，公卿之家，常常奔忙。由此而观之，酒有何过错！

班固

班固简介参见卷四。

封燕然山铭

【题解】

此文是一篇称述功德的刻石铭文,为受命之作。铭是古代文体的一种。为文刻于碑版或器物上,或称述功德,使传扬于后世,或用以自警。

东汉和帝永元元年(89),窦宪率汉、羌胡联军四万余骑分三路北击北匈奴于稽落山(今蒙古西北部),北匈奴八十一部二十余万人投降,单于遁逃。汉兵还至燕然山(今蒙古杭爱山),窦宪令班固作铭,刻石纪功。班固此铭行文雍容闲雅,"博约温润",中规中矩,所谓汉儒气象,尽现于此,实为后世铭文的榜样。

惟永元元年秋七月①,有汉元舅②,曰车骑将军窦宪。寅亮圣皇,登翼王室,纳于大麓,惟清缉熙。乃与执金吾耿秉③,述职巡御,治兵于朔方④。鹰扬之校,螭虎之士⑤,爰该六师，暨南单于、东胡、乌桓、西戎、氐、羌侯王君长之群，骁骑十万。元戎、轻武⑥，长毂四分，雷辒蔽路，万有三千余乘。勒以八阵⑦，莅以威神⑧，玄甲耀日，朱旗绛天。遂凌高阙⑨，下鸡鹿⑩，经碛卤⑪，绝大漠，斩温禺以衅鼓⑫，血尸逐以染锷。然后四校横徂⑬，星流彗扫，萧条万里，野无遗寇。于是域灭区殚，反旆而旋⑭。考传验图，穷览其山川。遂逾涿邪⑮，跨安侯⑯，乘燕然，蹑冒顿之区落⑰，焚老上之龙庭⑱。将上以摅高、文之宿愤⑲，光祖宗之元灵；下以安固后嗣，恢拓境宇，振大汉之天声。兹可谓一劳而久逸，暂费而永宁也。乃遂封山刊石，昭铭盛德。其辞曰：

【注释】

① 永元：东汉和帝刘肇的年号（89—104）。

② 元舅：大国舅。窦宪是和帝母窦太后的兄长，在窦氏兄弟中排行老大，故称。

③ 执金吾：率禁兵保卫京城和宫城的官员。

④ 朔方：汉郡名。辖地当今天内蒙古乌梁素海以东磴口以北地区。

⑤ 螭（chī）：似龙而色黄，无角。

⑥ 元戎：与下文的"轻武""长毂""雷辒"皆古代战车名。

⑦ 八阵：指方阵、圆阵、牝阵、牡阵、冲阵、轮阵、浮沮阵、雁行阵。

⑧ 莅（lì）：临。

⑨ 高阙：山名。

⑩ 鸡鹿：塞名。皆属朔方郡。

⑪ 卤：不生长谷物的盐碱地。

⑫ 温禺：与下文的"尸逐"皆匈奴王号。

⑬ 横徂：横行。

⑭旆(pèi)：旌旗。

⑮涿邪：山名。在今蒙古西南部

⑯安侯：河名。在今蒙古西南部。

⑰冒顿：与下文的"老上"皆匈奴单于号。

⑱龙庭：指龙城与单于庭。前者在今蒙古车车尔格勒东部，后者在内蒙古大青山附近。匈奴正月诸酋长会单于于单于庭，五月大会龙城，举行祭天仪式。

⑲高、文之宿愤：指汉高祖被匈奴围困在平城七天七夜和汉文帝时匈奴屡侵烽火直达关中之事。高指汉高祖刘邦，文指汉文帝刘恒。

【译文】

永元元年秋季七月，汉皇大国舅、车骑将军窦宪，忠敬王室，极受信任，被重用为辅弼之臣，总理万机，为了四海清平，于是与执金吾耿秉按职责视察边境，在朔方屯集军队。将校迅猛如飞鹰，战士威武似蝻虎，包括了汉军和南单于、东胡、乌桓、西戎、氐、羌侯王君主大人所属军队，精骑足足超过十万。元戎、轻武、长毂等各种战车四面铺开，雷辒战车充斥道上，有战车一万三千多辆。布成八阵，命令威武庄严，黑色的战甲在阳光下闪闪放光，血色的旗帜染红了天空。于是翻过高阙山，跨越鸡鹿塞，行过不毛之地，横穿大漠。杀死温禺，用他的血来祭我们的战鼓；杀死尸逐，用他的血来擦洗我们的刀锋。接着四面将校往来横扫，迅疾如流星闪过，万里萧索破败，原野上再也看不到一个残存的敌人。这时敌人消灭已尽，反转旗帜凯旋。根据传闻，对照地图，饱览敌国山川。然后翻过涿邪山，跨过安侯河，登上燕然山，踩着这块曾属于冒顿单于的土地，焚烧掉老上单于的龙庭。以此上报高祖、文帝的旧仇，为祖宗的亡灵增光；下为后继的君主去忧，使江山牢固，开疆拓土，传播皇汉雷霆之威。可以说得上是辛苦一次换来长久安逸，暂时劳累却得来永远安宁。于是祭山刻石，使后世永远明白这件大事。铭文内容是这样的：

铄王师兮征荒裔①,剿凶虐兮截海外②,夐其邈兮亘地界,封神丘兮建隆竭,熙帝载兮振万世。

【注释】

①铄(shuò):美。

②截:齐。

【译文】

赞美王师讨伐这荒凉的边僻之地,消灭掉凶顽的敌人从此四海归一,大军长途跋涉直到前面无路可继,回来祭祀神山把高高的丰碑树立,光大皇帝的事业使子孙万世受激励。

高祖泗水亭碑铭

【题解】

此文是一篇称述汉高祖刘邦功德业绩的铭文。刘邦在秦时曾做过泗水(郡名)亭长(秦法,十里为一亭,并设亭长,主捕盗贼),汉朝建立后,这里自然被视为龙兴之地。班固此铭便是为在泗水亭树碑而作。文章叙事简洁,首尾呼应;寓劝于赞,委婉得体。

皇皇圣汉,兆自沛丰①。乾降著符,精感赤龙。承魌流裔②,袭唐末风。寸天尺土,无俟斯亭③。建号宣基,维以沛公。扬威斩蛇④,金精摧伤⑤。涉关陵郊,系获秦王。应门造势,斗璧纳忠。天期乘祚,受爵汉中⑥。勒陈东征,剋擒三秦⑦。灵威神佑,鸿沟是乘。汉军改歌,楚众易心。诛项讨羽,诸夏以康。陈、张画策⑧,萧、勃翼终⑨。出爵褒贤,裂土封功。炎火之德，弥光以明。源清流洁，本盛末荣。叙将十八，赞述股肱。休勋显祚，永永无疆。国宁家安，我君是升。根生叶茂，旧邑是仍。于皇旧亭，苗嗣是承。天之福佑，万年是兴。

【注释】

①沛：县名。今江苏沛县。丰：沛之属邑。刘邦是沛县丰邑中阳里人。

②魁（qí）：九魁，即北斗九星。

③俟：等待。

④斩蛇：据传，刘邦醉行大泽中，有大蛇挡路，拔剑斩之。一个老婆婆晚上在蛇死之处哭泣，说："我的儿子是白帝之子，变成蛇行于道，现在给赤帝的儿子杀死。"

⑤金精：西方之神称白帝，属金，故云金精。

⑥"涉关陵郊"几句：叙述刘邦入关、鸿门宴、受封为汉王等一系列事件。

⑦剟（duō）：砍，削。三秦：指关中。项羽大封诸侯，封秦降将章邯、司马欣、董翳分别为雍王、塞王、翟王，分据关中，是为三秦。

⑧陈、张：指陈平、张良。

⑨萧、勃：指萧何、周勃。

【译文】

皇皇大汉，始于沛县丰邑。上苍明示征兆，赤龙交感而生。上应北斗星象，身为唐尧后裔。享国原属天定，不必从此发迹。建号立国创业，从称沛公开始。挥剑奋斩巨蛇，白帝为之丧气。长驱直入关中，秦王竖起降旗。鸿门缓和形势，斗璧用表诚意。天愿我公登位，约先王汉中地。整顿大军东征，三秦首遭荡夷。汉家蒙天所宠，鸿沟岂能为力。

汉军变音歌唱,楚兵闻声相泣。终于讨平项羽,中国从此安逸。陈、张出谋划策,萧、勃始终辅弼。赐爵褒奖贤能,分封酬答功绩。大汉五行属火,此后光明无比。帝业源清流洁,初盛今兴相似。论功十八大将,赞美记载扶翼。祝愿丰功厚赐,子孙永传无已。国家安宁稳固,我皇垂拱而治。事业根深叶茂,宗庙祭礼不替。祖宗所创基业,后人万世相继。上天赐福保佑,万年昌盛如一。

十八侯铭

【题解】

此文是一篇分颂多人功德的组铭,共十八段,一段一侯。依次是萧何、樊哙、张良、周勃、曹参、陈平、张敖、郦商、灌婴、夏侯婴、傅宽、靳歙、王陵、韩(王)信、陈武、虫达、周昌、王吸。这十八人都是汉室的创业功臣,因此被汉高祖刘邦分封为侯。本文虽用笔简约,但气势恢弘,典雅肃穆,温润雍容,而叠词的大量运用,既起到了传神写照的妙用,也极大地增强了文章的特色。

耽耽相国[①],宏策不追。御国维纲,秉统枢机。文昌四友[②],汉有萧何。序功第一,受封于酇[③]。右,酇侯萧何。

【注释】

①耽耽:视近志远之貌。

②文昌:周文王姬昌。周文王有四友,即闳天、太颠、南宫适、散宜生。

③酇:地名。

【译文】

相国外似朴讷,深谋远虑难及。治国安邦有术,执掌朝廷枢机。文王昔有四友,大汉萧何可匹。论功序绩第一,受封于酇。以上是酇侯萧何。

　　戟戟将军①,威盖不当。操盾千钧,拔主项堂。兴汉破楚,矫矫忠良②。卒为丞相,帝室以康。右,将军舞阳侯樊哙。

【注释】

①戟戟(guāng):勇武貌。

②矫矫:勇貌。

【译文】

　　将军勇猛非常,威武不可抵挡。手挥千钧之盾,救主逃脱项王。兴我大汉灭楚,虎臣原是忠良。后来位至丞相,汉室赖以安康。以上是将军舞阳侯樊哙。

　　赫赫将军,受兵黄石①。规图胜负,不出帷幄②。命惠瞻仰,安全正朔③。国师是封,光荣旧宅。右,将军留侯张良。

【注释】

①受兵黄石:指张良在下邳从黄石公学兵书事。

②帷幄:军中帐幕。

③安全正朔:指张良请四皓劝刘邦定立太子事。

【译文】

　　将军名闻于世,初学兵法于黄石公。熟思料敌制胜,不劳走出营壁。授计太子敬老,保全继位不替。因功被封国师,显祖扬名故里。以上是将军留侯张良。

　　懿懿太尉,惇厚朴诚。辅翼受命,应节御营。历位卿相,土国兼并。见危致命,社稷以宁①。右,太尉绛侯周勃。

【注释】

①社稷以宁:诸吕欲危汉室江山,周勃以计诛之,重安刘氏。

【译文】

太尉品德优良,敦厚朴素真诚。接受安刘重任,矫节调动北军。以太尉为右丞相,食邑万户。临危不惜生命,社稷因此安宁。以上是太尉绛侯周勃。

蹇蹇相国①,允忠克诚。临危处险,安而匡倾。兴代之际,济主立名。身履国土,秉御乾桢。右,将军平阳侯曹参。

【注释】

①蹇蹇:不辞劳苦。

【译文】

相国不辞劳苦,忠诚岂容怀疑。每遇危险时刻,总能化险为夷。国家交替之际,助君美名建立。被封侯赐邑后为相国,是重臣羽翼。以上是将军平阳侯曹参。

洋洋丞相,势谲师旅。扰攘楚、魏,为汉谋主。六奇解厄,扬名于后。右,丞相户牖侯陈平。

【译文】

丞相风度美好,用兵机变百出。扰乱摧平楚、魏,创汉他为谋主。六条奇计解难,声名后世仰慕。以上是丞相户牖侯陈平。

堂堂张敖，耳之遗萌。以诚佐国，序迹建忠。功成德立，袭封南宫。垂号万春，永保无疆。右，南宫侯张敖。

【译文】

张敖仪表堂堂，赵王张耳之子。以诚辅佐国家，忠心建立功绩。立功复又树德，南宫侯爵子袭。子孙世享爵位，永保富贵无极。以上是南宫侯张敖。

衍衍卫尉，德行循规。遭兄食其，陨殁于齐。横耻愧景，刎颈自献。金紫褒表，万世不刊。右，卫尉曲阳侯郦商。

【译文】

卫尉容止舒缓，德行循规蹈矩。兄长食其遇难，因劝说齐王捐躯。田横愧对郦商，自杀化解冤屈。高官以褒功臣，子孙世守不渝。以上是卫尉曲阳侯郦商。

煌煌将军，辅汉久长。威震吕氏，奸恶不扬。寇攘殄尽，躬迎代王①。功显帝室，万世益章。右，将军颍阳侯灌婴②。

【注释】

①代王：汉文帝初封代王。
②颍阳侯灌婴：《史记》《汉书》灌婴本传，皆为颍阴侯。

【译文】

将军光彩夺目，佐汉历时绵长。大名威震吕氏，邪恶不得猖狂。诛灭凶恶殆尽，亲自迎接代王。功名显于帝室，万世更加辉煌。以上是将军颍阳侯灌婴。

斌斌将军，鹰武是扬。内康王室，外镇四方。诸夏乂安，流及要荒。声骋海内，苗嗣纪功。右，将军汝阴侯夏侯婴。

【译文】

将军品性中正，勇猛威武彰彰。在内安定王室，外出威震四方。华夏因此平安，恩泽远及边荒。声名传遍天下，子孙牢记不忘。以上是将军汝阴侯夏侯婴。

休休将军，如虎如罴。御师勒陈，破敌以威。灵金曜楚①，火流乌飞②。将命仗节，功绩永垂。右，将军阳陵侯傅宽。

【注释】

①灵金：高祖斩蛇剑。一说为藏高祖斩蛇剑的府库。

②火流乌飞：《尚书大传》卷二："武王伐纣，观兵于孟津，有火流于王屋，化为赤乌，三足。"刘勰《文心雕龙·正纬》："白鱼赤乌之符，黄金紫玉之瑞。"这里借用以彰大汉大兴。

【译文】

将军德行美善，勇猛如虎似罴。行军出师布阵，灭敌依靠声威。兴兵打败项羽平定天下，大汉始兴。听命率师征战，功绩永垂。以上是将军阳陵侯傅宽。

斤斤将军①，忠信孔雅。出身六师，十二四旅。折冲扞难，遂宁天下。金龟章德，建号传后。右，将军信武侯靳歙。

【注释】

①斤斤：明察。

【译文】

　　将军明察秋毫，忠信而且文雅。出生入死无数，始终从征未暇。摧敌陷阵御侮，终于平定天下。金龟表彰功德，建号遗后功大。以上是将军信武侯靳歙。

　　明明丞相，天赋挺直。刚德正行，不枉不曲。功业成著，荣显食邑。距吕奉主，昭然不惑。右，丞相安国侯王陵。

【译文】

　　丞相光明磊落，天生情性耿直。德行刚强端毅，处事不偏不倚。功名事业卓著，荣名显耀享受食邑。拒吕尊奉汉室，大义昭然不迷。以上是丞相安国侯王陵。

　　桓桓将军，辅主克征。奉使全璧，身泄项营。序功差德，履让以平。转北而游，云中以倾。右，将军襄平侯韩信。

【译文】

　　将军勇猛无比，辅佐君主征战。出行不辱使命，降楚暂为权宜。论功更显德行，谦让化解纷难。最后北降匈奴，命丧云中可叹。以上是将军襄平侯韩信。

　　岩岩将军，带武佩威。御雄乘险，难困不违。仇灭主定，四海是桢。功成食土，德被遐迩。右，将军棘津侯陈武。

【译文】

　　将军风格严整，勇武复又威严。负勇专趋危险，从来不辞艰难。仇灭汉主称帝，国家赖为骨干。立功享受食邑，美德远近称传。<small>以上是将军</small>
<small>棘津侯陈武。</small>

晏晏曲成，舆从龙腾。安危从主，赤曜以升。赫赫皇皇，道弥光明。惟德御国，流及后萌。<small>右，曲成侯虫达。</small>

【译文】

曲成性情安静，始终辅佐汉兴。与主共患难，汉家因此功成。盛大辉煌无比，品德更显光明。治国全凭美德，福及子孙不轻。<small>右，曲成侯虫达。</small>

肃肃御史，以武以文。相赵距吕，志安君身。征诣行所，如意不全①。天秩邑土，勋乃永存。<small>右，御史大夫汾阴侯周昌。</small>

【注释】

①如意：赵王之名。周昌曾任赵王相。

【译文】

御史严肃恭谨，威武温文两全。辅佐赵王拒吕，志在保护赵王。诏书调往行在，赵王因此命完。后来享禄封邑，功勋后世永传。<small>以上是御史大夫汾阴侯周昌。</small>

邑邑将军①，育养烝徒。建谋正直，行不匿邪。入军讨敌，项定天都。佩雀双印②，百里为家。<small>右，将军青阳侯王吸。</small>

【注释】

①邑邑：和顺。

②佩雀：列侯印饰。

【译文】

将军性情和顺，爱护士卒如子。出谋划策正直，行事光明无匿。临战深入敌阵，灭楚四海归一。论功封为列侯，食邑方圆百里。以上是将军青阳侯王吸。

张衡

张衡简介参见卷四。

绶笥铭

【题解】

绶，一种丝带，常用来拴玉和印；笥（sì），一种盛物用的方形竹器。此文系张衡代南阳太守鲍德而作，旨在赞颂皇帝所赐的绶与笥，并进而赞颂皇帝对鲍德的浩荡洪恩。晋人陆机赞其文笔"博约而温润"，诚不为虚。

南阳太守鲍德①，有诏所赐先公绶笥，传世用之。时德更理笥，衡时为德主簿②，作铭曰：

【注释】

①南阳：郡名。治所在今河南南阳。太守：官名。管理一郡政事，秩二千石。

②主簿：官名。负责文书簿籍，掌管印鉴，为掾史领袖，汉时中央各

机构及地方郡、县官府都设有主簿。

【译文】

南阳太守鲍德,收有皇帝下诏赏赐给他先辈的印绶和印盒,是他们家的传世之宝。现在,鲍德又有使用印盒的机会,张衡是鲍德的主簿,作铭如下:

懿矣兹笥,爰藏宝珍。冠缨组履①,文章日信②。皇用我赐,俾作帝臣。服其令服,鸾封艾缗③。天祚明德④,大赉福仁⑤。垂光厥世,子孙克神。厥器维旧,中实维新。周公惟事,七涓有邻⑥。

【注释】

①缨:丝、线等做成的穗状饰物。

②文章:错杂的色彩或花纹。

③艾:绿色。缗(mín):此指绶。《汉官仪》:"二千石以上,银印青绶。"

④天祚:天赐福佑。

⑤赉(lài):赐予。

⑥七涓:所指不详。

【译文】

多么美好啊,这个小印盒,用来收藏宝珍之物。缨穗覆盖在它的上面,交结纵横,色彩花纹越来越亮丽缤纷。先辈所用,赏赐于我,让我做皇帝的臣子。穿上命服,用鸾镜之匣封藏我的绿色官绶。德行光明,天赐福佑。荣耀于世,佑护子孙。印盒虽旧,所藏却新。但行周公之事,七涓有邻。

崔骃

崔骃(? —92),字亭伯,东汉涿郡安平(今河北深州)人。在太学念书时即与班固、傅毅齐名。和帝时入车骑将军窦宪府任职,出为长岑长,不赴任而归。崔骃学识渊博,思想锐利。史载他在太学读书时,曾因读史有感而与同学孔僖论及汉武帝功过,被另一同学梁郁告发,险些丧命。所著诗、赋、铭、颂等共二十一篇。《后汉书》有传。

官箴三首

【题解】

后汉三公(太尉、司徒、司空)为百官之长,协天子而治天下,责深任重。一旦天象稍不正常,三公轻则引咎辞职,重则自裁以谢天下。此文舍司空而以大理代之,实因大理负责刑狱事,在当时也是极受重视的事务。人命关天,不可不慎。两汉重视研讨官吏尤其是高层官吏的责任义务问题。不但在朝任职者本人思考这一问题,在野之儒生也毕生研究它。崔骃只不过偶为小官,却可写箴来劝诫太尉、司徒、大理,自然是风气感染,也反映了时代的特点。

太尉箴^①

天官冢宰^②，庶僚之率。师锡有帝^③，命虞作尉。爰叶台极^④，妥平国域^⑤。制军诘禁，王旅惟式。九州用绥，群公咸治。干戈载戢^⑥，宿缠其纪^⑦。上之云据，下之云戴。苟非其人，斁我帝载^⑧。昔周人思文公，而《召南》咏《甘棠》。昆吾隆夏^⑨，伊挚盛商^⑩。季世颇僻，礼用不匡。无曰我强，莫余敢丧。无曰我大，轻战好杀。纠师百万，卒以不艾。宰臣司马，敢告在际。

【注释】

①太尉：秦时即设此官，负责全国军事。汉朝沿袭而设，地位与丞相相当。汉武帝时改名为大司马。

②天官冢宰：《周礼》中设的官名，负责总领百官。此处即指太尉。

③师：众人。

④爰：发语词，无实在意义。

⑤妥：安定。

⑥戢（jí）：收藏兵器。

⑦宿缠其纪：指天上星宿运行不失次序。

⑧斁（dù）：败坏。载：事业。

⑨昆吾：古国名。是夏的诸侯国。

⑩伊挚：即伊尹。

【译文】

古设天官冢宰，位居百官之上。尧纳众人意见，命舜任此职掌。协赞皇家制度，安定国家四方。整治军队有法，王师有模有样。天下因此无事，百僚各守其岗。兵戎不再兴起，星运不失其常。帝称有所依赖，民喜用人适当。太尉若非此人，帝业必致败丧。周人曾思文公，《召南》

歌咏《甘棠》。昆吾辅夏兴隆,伊尹赞辅盛商。末世一蹶不振,礼废无人扶匡。莫说强盛无比,谁能覆我家邦。莫说国土无边,黩武杀虐何妨。殷纣雄师百万,到底无助灭亡。敬告任此职者,受命之际思量。

司徒箴①

天监在下,仁德是兴。乃立司徒,乱兹黎烝②。茫茫庶域,率土祁祁③。民具尔瞻,四方是维。乾乾夕惕④,靡怠靡违。恪恭尔职,以勤王机。敬敷五教⑤,九德咸事⑥。啬人用章⑦,黔氓是富⑧。无曰余恃,忘余尔辅。无曰余圣,以忽执政。匪用其良,乃荒厥命。庶绩不怡⑨,疚于尔禄。丰其折右⑩,而鼎《覆》其悚⑪。《书》歌股肱⑫,《诗》刺南山⑬。尹氏不堪,国度斯愆。徒臣司众,敢告执藩。

【注释】

①司徒:官名。汉改丞相为大司徒,与大司马、大司空并称三公。后去"大"字称司徒。

②乱:治理。

③祁祁:繁盛的样子。

④乾乾夕惕:《周易·乾卦》九三爻辞:"君子终日乾乾,夕惕若厉,无咎。"意指君子小心谨慎行事,坚持不懈,必无灾难。

⑤五教:指仁、义、礼、智、信。

⑥九德:指宽而栗,温而立,愿而恭,乱而敬,扰而毅,直而温,简而廉,刚而塞,强而义。

⑦啬人:农夫。

⑧黔氓:指老百姓。

⑨怡:满意。

⑩丰其折右：《周易·丰卦》九三爻辞："丰其沛，日中见沫，折其右肱，无咎。"《象》曰："丰其沛，不可大事也；折其右肱，终不可用也。"

⑪鼎覆其餗：《周易·鼎卦》九四爻辞："鼎折足，覆公餗。"喻不能胜其任，而致败事。餗，膳。

⑫《书》歌股肱：《尚书》："股肱惰哉，万事堕哉。"

⑬《诗》刺南山：《节南山》是《诗经》里的一篇，据说是讥刺幽王的。他任用尹氏为太师，尹氏却胡作非为，惹得天怒人怨，国家濒于危亡。

【译文】

上天监视下土，仁德因以产生。于是设立司徒，治理天下百姓。国家幅员辽阔，四海人口繁盛。全都仰望司徒，统治赖此安宁。终日勤勤恳恳，不敢稍违暂停。谨守你的职位，助王施发号令。恭敬弘扬五教，并将九德奉行。农人因以力田，百姓因此富庶。莫说我是靠山，忘你须助朕躬。莫说我很圣明，将你职事放松。此职用非贤人，那将荒废任命。政事处理不好，拿着俸禄脸红。《丰卦》告诫折臂，《鼎卦》喻以无功。《尚书》勉励辅臣，《诗经》讥讽公卿。官人不胜其任，国政因此失衡。司徒管理百僚，以此告诫望听。

大理箴①

邈矣皋陶②，翊唐作士。设为犴狴③，九刑允理④。如石之平，如渊之清。三槐九棘⑤，以质以听。罪人斯殛⑥，凶旅斯并。熙乂帝载⑦，旁施作明。昔在仲尼，哀矜圣人⑧。子罕礼刑，卫人释艰。释之其忠⑨，勋亮孝文。于公哀寡⑩，定国广门。复哉邈矣，旧训不遵。主慢臣骄，虐用其民。赏以崇欲，刑以肆忿。纣作炮烙，周人灭殷。夏用淫刑，汤誓其军。

卫鞅酷烈⑪，卒殒于秦。不疑加害⑫，祸不反身。嗟兹大理，慎于尔官。赏不可不思，断不可不虔。或有忠而被害，或有孝而见残。吴沉伍胥⑬，殷割比干⑭。莫遂尔情，是截是刑。无遂尔心，以速以殛。天鉴在颜，无细不录。福善灾恶，其效甚速。理臣思律，敢告执狱。

【注释】

①大理：古代掌刑狱之官。

②皋陶：舜时为大理。

③犴狴（àn bì）：监狱。

④九刑：指墨、劓、剕、宫、大辟、流、赎、鞭、扑。

⑤三槐九棘：《周礼》："三槐九棘，公卿于下听讼。"

⑥殛（jí）：诛杀。

⑦熙：光大。

⑧昔在仲尼，哀矜圣人：孔子很重视刑狱，他说："听讼，吾犹人也，必也使无讼乎？"（《论语·颜渊》）。又《论语·子张》有审案时"如得其情，则哀矜而勿喜"的话。

⑨释之：即张释之。汉文帝时为廷尉，断狱公允。

⑩于公：即于定国之父，西汉时人。据载他治狱公平，多有阴德。于公所住村庄间门坏，村人一起修治。于公告诉乡人说门修高大些，以便高车大马能进村。因他自信善有善报，儿子将来必能出人头地，果然于定国官至丞相。

⑪卫鞅：即商鞅。

⑫不疑：指隽不疑，字曼倩，西汉昭帝时人，治《春秋》。任京兆尹时，有一男子自称是汉武帝已故的太子，来到长安，居民官吏围观者数万人，丞相、御史也不知怎么处理才好，不疑喝令属下将

其人捆送入狱，引《春秋》之意解释。昭帝及大将军霍光深为赞
　　赏，叹道："公卿大臣还是得用懂经术、能辨大是大非的人。"
⑬伍胥：即伍子胥。他死后吴王夫差沉其尸于江。
⑭比干：殷纣王闻说比干心有七窍，杀死比干而剖取其心。

【译文】

　　远古时代的皋陶，为尧辅佐之臣。设立囹牢监狱，刑罚处置公允。
公平好似磨石，清澈如水无隐。三槐九棘之下，公卿共聚参问。犯人得
以正法，叛贼因此伏讯。帝业光大康宁，政事无不明审。当年圣人孔
丘，感叹刑罚酷深。子罕礼刑治国，卫人因此脱困。释之尽忠报国，美
名人传孝文。于公哀怜孤寡，定国驷马入门。古意荡然无影，先贤所训
不遵。君臣凌傲无道，残害天下子民。封赏奖励贪欲，滥刑以泄私愤。
纣王制作炮烙，周人因此灭殷。夏政刑罚无度，商汤因此挥军。商鞅用
法严酷，终于毙命在秦。不疑依法断案，灾难未见降临。担任大理之
人，千万保持谨慎。奖赏需要三思，断案不可不谨。否则忠臣被害，要
么孝子残损。伍子胥尸沉吴水，比干被殷纣剖心。不要徇私顺意，砍杀
定于一尊。不要为所欲为，加速自己亡身。须知苍天在上，小事无不录
存。奖善惩恶无爽，报应快似有神。法官要细思律令，以此告诫望听。

崔瑗

崔瑗(77—141),字子玉,东汉涿郡安平(今河北安平)人,崔骃(见前篇《官箴三首》作者小传)之子。少孤,及长即锐志于学,能尽传父业。曾任汲县令、济北相等官职。长于文辞,尤长于韵文,亦通晓天文历数。所著赋、碑、铭、箴等五十七篇,其中《南阳文学官志》称于后世。他文辞犀利而有光彩,为东汉一大韵文作家。

座右铭

【题解】

这是崔瑗为自己作的规诫文字,大体以清静淡泊、退让守拙为主旨。虽似老生常谈,但亦足以警醒世人。

无道人之短,无说己之长。施人慎勿念,受施慎忽忘。世誉不足慕,惟仁为纪纲。隐心而后动①,谤议容何伤。无使名过实,守愚圣所臧②。在涅贵不淄③,暧暧内含光④。柔弱生之徒,老氏诚刚强⑤。行行鄙夫志⑥,悠悠故难量。慎言节饮食,知足胜不祥。行之苟有恒,久久自芬芳。

【注释】

①隐心：恻隐之心。孟子说："恻隐之心，仁之端也。"

②臧：善，赞誉。

③涅：一种矿物，古代用作黑色染料。淄：黑色。

④暧暧（ài）：昏昧。

⑤柔弱生之徒，老氏诫刚强：老子《道德经》："人之生也柔弱，其死也坚强；万物草木之生也柔脆，其死也枯槁。故坚强者死之徒，柔弱者生之徒。"徒，同类。老氏，指老子。道家学说的创立者。

⑥行行：刚健的样子。

【译文】

不要评说别人的短处，不要夸耀自己的专长。施惠于人切勿念念不忘，受人恩惠不要过后就忘。世间的虚誉不足美慕，只有仁义才是做人的准则。怀抱恻隐之心再行动，诽谤非议于我有什么伤害呢？不要使自己的名声超过实际，守拙养晦为圣人所称扬。处污秽贵在不为所染，在黑暗也能内含芒光。柔弱是生命的象征啊，所以老子谆谆告诫不要刚强。且看那貌似刚健的鄙夫，他的祸殃可是难以估量。慎重言辞，节制饮食，懂得满足远远胜过遭受不祥。照此行动，持之以恒，天长日久，受益无穷。

巩玮

巩玮,东汉时人,生平事迹不详。

光武济阳宫碑

【题解】

文章大致陈述了光武帝刘秀从出生到起兵、称帝的过程。文中保留了一些神异传说,对光武帝开后汉基业的功绩,作了热情赞颂,也充分表现了作者的敬仰企慕之情。

惟汉再受命,曰世祖光武皇帝。考南顿君①,初为济阳令②。济阳有武帝行过宫,常封闭。帝将生,考以令舍下湿,开宫后殿居之。建平元年十二月甲子夜③,帝生。时有赤光,室中皆明。使卜者王长卜之,长曰:"此善事不可言。"岁有嘉禾,一茎生九穗,长于凡禾,因为尊讳④。

【注释】

①考:父亲。南顿:汉县名。故城在今河南项城西。刘秀父亲刘钦

曾任南顿县令。

②济阳:战国魏邑,汉置县,故城在今河南兰考。

③建平:汉哀帝年号(前6—前5)。

④"岁有嘉禾"几句:此叙刘秀名字的来历。因嘉禾独秀,故名
"秀"。

【译文】

汉代第二次接受天命,称世祖光武皇帝。皇帝的父亲南顿县令,起
先任济阳县令。济阳有武帝的行宫,平常总封闭着。光武帝出生前,他
父亲因为县府潮湿,打开行宫的后殿住在那里。汉哀帝建平元年十二
月甲子日的晚上,皇帝出生。当时出现红光,整个屋子都被照亮了。让
卜卦的人王长卜算这件事,王长说:"这是好事,不可言说。"这一年又出
现了特好的禾苗,一根茎杆上长出了九个穗头,优良于一般的禾苗,因
此以"秀"作为皇帝的尊讳。

王室中微,哀、平短祚①。奸臣王莽,偷有神器,十有八
年,罪盈恶熟,天人致诛。帝乃龙见白水②,渊跃昆潓③。破
前队之众,殄二公之师④。收兵略地,经营河朔,戮力戎功,
翼戴更始⑤。义不即命,帝位阙焉。于是群公诸将,据河、洛
之文,叶符瑞之珍⑥,金曰:"历数在帝,践阼允宜。"乃以建武
元年六月乙未⑦,即位鄗县之阳⑧,五成之陌,祀汉配天,不失
旧物。享国三十六年,方内乂安,蛮夷率服。巡狩泰山,禅
梁父,皇代之遐迹,帝者之上仪,罔不毕举。道德余庆,延于
无穷。先民有言:"乐,乐其所自生;而礼,不忘其本。"是以
虞称妫汭⑨,姬美周原⑩。皇天乃眷,神宫实始于此,厥迹邈
哉! 所谓神丽显融,越不可尚。小臣河南尹巩玮,先祖银艾
封侯⑪,历世卿尹,受汉厚恩。玮以商箕余烈⑫,郡举孝廉,为

大官丞⑬。来在济阳,顾见神宫。追维桑梓褒述之义,用敢作颂。颂曰:

【注释】

①哀、平短祚:哀、平二帝在位共十三年。祚,帝位。

②龙见:形容帝王兴起的用语。下文"渊跃"与此同。白水:刘秀起兵在舂陵白水乡,在今湖北枣阳东,当时属南阳郡。

③昆:即昆阳,汉县名。今河南叶县。滍(zhì):古水名。今河南叶县境内的沙河。刘秀在昆阳打败王寻,寻之士卒争赴溺死,滍水为之不流。

④二公:指王寻、王邑。寻是王莽朝的大司徒,邑是大司空。

⑤更始:王莽被杀后,刘玄被立为帝,号更始。

⑥符瑞之珍:事见《后汉书·光武帝纪》:建武元年夏,刘秀"行至鄗,光武先在长安时同舍生强华,自关中奉《赤伏符》曰:'刘秀发兵捕不道,四夷云集龙斗野,四七之际火为主。'"

⑦建武:光武帝年号(25—56)。

⑧鄗县:今河北高邑。《光武帝纪》:"于是命有司设坛场于鄗南千秋亭五成陌……即皇帝位。"

⑨妫(guī):水名。汭:水流之北。

⑩周原:周地的原野,在岐山南,今陕西凤翔境。《诗经·大雅·绵》:"周原膴膴。"意为周原肥沃宽广。

⑪银艾:银印绿绶。绶以艾草染绿,故称艾。

⑫商箕:即商代箕子,是商王宗室。

⑬大官丞:汉少府属官有大官令、大官丞,掌管饮食。

【译文】

汉朝中衰,哀、平二帝在位时短。奸臣王莽窃取国家大权,前后十八年之久,罪大恶极,招来天人的共同诛伐。皇帝于是起兵白水,在昆

阳和濚水初建功勋。击败王莽的前军,消灭了王寻、王邑的军队。聚集
兵卒攻占土地,治理黄河以北的广大地区,齐心合力于军功大业,谨慎
地拥戴更始帝刘玄。又因为道义而不即受天命,帝位暂时空缺在那里。
这时众谋士和将领根据《周易》之理,依照《赤伏符》的吉言,都说"天道
更替就在皇帝身上,应该登位称帝。"于是在建武元年六月乙未日,即位
于鄗县之南,在千秋亭五成陌设立坛场,以汉祖配祀天帝,不违旧的规
制。在位三十六年,国内太平无事,而蛮夷也宾服。皇帝巡狩到泰山,
封禅于梁父。先代的久远业迹,帝王的崇高仪规,无不一一实行。道德
规范和对后人的恩泽,延续到无穷无尽。过去的人说:"音乐是由于自
身的快乐,而礼规是为不忘根本。"因此虞舜称配于汭水之北,周朝称美
于周原。上天眷念,神宫就是此时兴建的,这个事迹真是卓著啊。所谓
神的美德明亮光辉,不可超越而企求。小臣河南尹巩玮,先祖银印绿
绶,赐封侯爵。几代人都任官职,蒙受汉朝厚恩。我以商代箕子那样的
刚直品性,被州郡举荐为孝廉,担任大官丞。来到济阳,拜见神宫。想
到褒扬颂美家乡的意义,因此恭敬地作此颂词。颂词是:

　　　　赫矣炎光,爰耀其辉。笃生圣皇,贰汉之微。稽度
虔则,诞育灵姿。黄孽作慝①,篡握天机。帝赫斯怒,爰
整其师。应期潜见,扶阳而飞。祸乱克定,群凶殄夷。
匡复帝载,万国以绥。巡于四岳②,展义省方③。登封降
禅④,升于中皇⑤。爰兹初基,天命孔彰。子子孙孙,保
之无疆。

【注释】

①黄孽:王莽自谓土德,尚黄。

②四岳:泰山、华山、恒山、衡山为四岳。

③展义:表现恩义。

④封:在泰山上筑土为坛祭天,报天之功,称封。禅:在梁父山上辟
　场祭地,报地之德,称禅。

⑤中皇:中岳嵩山。

【译文】

　　炎汉之光盛大显赫,闪耀它的光辉。在两汉交替的衰微时期,
生下一代圣明的君王。稽考虔敬的法则,诞育灵秀的英姿。王莽
作恶,篡夺汉朝国柄。皇帝神威震怒,整顿军队。应时出现,借阳
气而腾飞。祸乱最终平定,群凶也被消灭。匡复帝王的事业,安服
万国异邦。巡守于四岳,普施恩义于四方。登封降禅,登上中岳嵩
山。基业由此奠定,上天的成命充分显扬。子子孙孙,保佑他们万
寿无疆。

王升

王升，据《石门颂》一文当为东汉桓帝时人。但其人不见于《后汉书》，已不可考。

石门颂

【题解】

石门在今陕西勉县，穿山通道长六丈余，为汉杨厥所开。本颂历述石门开通的意义，赞颂了杨厥的功绩。其中描写子午谷险恶的部分使人有如临其境之感，十分成功。

惟川灵定位①，川泽股躬，泽有所注，川有所通。余谷之川②，其泽南隆③，八方所达，益域为充。高祖受命，兴于汉中，道由子午④，出散入秦⑤，建定帝位，以汉诋焉⑥。后以子午，涂路涩难⑦，更随围谷⑧，复通堂先。凡此四道，垓鬲尤艰⑨。至于永平⑩，其有四年，诏书开余，凿通石门。中遭元二⑪，西夷虐残，桥梁断绝，子午复循。上则县峻，屈曲流颠；下则入冥，顾泻输渊⑫。平阿泉泥，常荫鲜晏，木石相距，利磨确盘⑬。临危枪砀⑭，履尾心寒⑮，空舆轻骑，遴碍弗前⑯。恶虫蔽狩，蛇蛭毒蟓⑰。未秋截霜，稼苗夭残，终年不登，匮馁之患⑱。卑者楚恶⑲，尊者弗安，愁苦之难，焉可具言。于是明知故司隶校尉楗为武阳杨君厥⑳，字孟文，深执忠伉㉑，数上奏请。有司议驳，君遂执争。百辽咸从，帝用是听。废子由斯㉒，得其度经㉓。功饬尔要，敞而晏平，清凉调和，烝烝艾宁。至建和二年仲冬上旬㉔，汉中太守楗为武阳王升，字稚纪，涉历山道，推序本原，嘉君明知，美其仁贤，勒石颂德，以明厥勋。其辞曰：

【注释】

①川灵：水灵。

②余谷：即斜谷。余，通"斜"。在今陕西眉县南。

③南隆：南方的地势高起。

④子午：子午道。自今陕西西安南穿秦岭，通往今陕西安康。

⑤散：即大散关，在今陕西宝鸡西南，为陕西、四川往来的交通要道。

⑥诋：通"柢"。根基。

⑦涩：艰险的意思。

⑧围谷：与下文的"堂先"皆地名。

⑨垓（gāi）：界限。鬲：通"隔"。

⑩永平：东汉明帝年号（58—75）。

⑪元二：东汉安帝永初元年（107）、二年合称。其间先零、滇诸羌叛乱，故云。

⑫庼：通"倾"。

⑬确：石多土薄的样子。

⑭枪砀：险峻的样子。

⑮履尾心寒：比喻心中忧惧，如蹈虎尾。

⑯遮碍：为险阻所遮挡。

⑰蛭(zhì)：俗称蚂蟥，吸血的虫子。蝘：毒虫的名字。

⑱馁(něi)：饥饿。

⑲楚：痛楚。

⑳犍为：汉郡名。在今四川彭山东北。武阳：汉县名。故城在彭山东。

㉑伉：中正刚直。

㉒子：即子午道。斯：指石门。

㉓度：通“渡”。经：通“径”。

㉔建和：东汉桓帝年号(147—149)。

【译文】

　　川灵定位，大川大泽随之服从，大泽有注入之地，大河有流通之所。斜谷中的河流，因为南方地势高形成大泽，四面八方都能达到，地域宽广。汉高祖承受天命，兴起在汉中，经过子午道，出大散关而入三秦，终于建定帝位，使汉中成为汉朝的发祥地。后来因为子午道路途过于险恶，就先后开通围谷与堂光。总之这四条道，都十分险峻。到了汉孝明帝永平四年，下诏书开通斜谷，凿通石门。中间遭到汉孝安帝永初元年、二年先零、滇诸羌的叛乱，西部少数民族作乱破坏，桥梁都断绝了，人们便只好重新走子午道。往上往往悬崖陡峻，蜿蜒曲折；向下则为山谷深渊。平地则泥沼水泽，常年阴湿，很少坦途，树木野草与山石杂错，石多土少凹凸不平。而对危险的地势，人像踩虎豹之尾一样心惊胆寒，空车轻骑也受阻而无法向前。恶虫和隐蔽的野兽，毒蛇、蚂蟥到处都是。未到秋天即有严霜，庄稼不熟就凋零了，终年不见成熟，饥荒成为祸患。平民百姓深受其苦，官长为之寝食不安，其愁苦和艰难，简直无法详述。明哲的前司隶校尉犍为郡武阳人杨厥先生，字孟文，为人忠直,几次上奏请命。被主管者驳回,先生却执意不改,于是百官都赞同,皇帝便听从了。废弃子午道而启用石门,得到了过往的门径,这功劳是如此重大而显要,使得此道敞开而和平,清靖无害,老百姓得到了太平。汉孝桓帝建和二年夏历十一月,汉中太守犍为武阳人王升,字稚纪,跋山涉水,推本溯源,深深赞叹杨先生的明智,称美他的仁贤,刻石立碑,歌颂杨先生的功德,阐扬他的显耀功业。颂辞如下:

君德明明,爇焕弥光①。刺过拾遗,厉清八荒。奉魁承杓②,绥亿衙疆③。春宣圣恩,秋贬若霜。无偏荡荡④,真雅以方。宁静烝庶⑤,政与乾通。辅主匡君,循礼有常。咸晓地理,知世纪纲。言必忠义,匪石厥章⑥。恢宏大节,谠而益明。揆往卓今,谋合朝情。释艰即安,有勋有荣。禹凿龙门,君其继踪。上顺斗极⑦,下答川皇。自南自北,四海攸通。君子安乐,庶士悦雍。商人咸憘,农夫永同。《春秋》记异,今而纪功。垂流亿载,世世叹诵。

【注释】

①爇(ruò)焕:光明。

②杓:星名。北斗之第五、六、七颗星,亦称"斗柄"。

③绥亿:安定康乐。

④荡荡:广大的样子。

⑤烝庶:百姓。

⑥匪石:不是石头。比喻贞洁自守,心志坚定。《诗经》:"我心匪石,不可转也。"

⑦斗极:北斗星及其所指的北极星。

【译文】

先生大德,显明昭著,光辉彪炳,越发显扬。讽谏过失,拾补缺漏,清正刚直,四海闻名。辅弼天子,安抚百姓,平定边疆。春天和暖,宣扬圣化;秋天肃杀,贬谪不义。无私无畏,广大无边,真诚雅致,更有方正。抚恤百姓,政通人和,上达天意。辅佐君主,匡正天下,循礼奉义,有所定式。深通地理,知世纲纪。言必忠义,坚定不移,佳美显扬。恢宏大度,又讲礼仪,风范高雅,正直明智。追思往昔,洞鉴当代,深思熟虑,契合当朝。解决艰难,转危为安,有大功劳,又有英名。大禹当年,开凿龙门,先生慕义,追随先圣。仰视苍穹,顺从天意;俯视大地,报答地灵。从南到北,四海升平。君子安乐,士人欢欣。商人发达,农夫富足。《春秋》经典,记述异闻;如今仿古,铭刻大功。流芳亿年,世世歌颂。

蔡邕

蔡邕(132—192),字伯喈,陈留圉(今河南杞县)人。东汉文学家、书法家。少时博学,喜爱辞章、数术、天文,妙操音律。初为司徒桥玄属官,出补河平长,旋召任郎中,校书于东观,迁为议郎。熹平四年(175)正"六经"文字,镌刻于碑,立于京师太学门外,称"熹平石经"。后上书论朝政阙失,遭到诬陷,流放朔方。遇赦后又亡命十余年。董卓专权时任侍御史,拜左中郎将。从献帝迁都长安,封高阳乡侯。有《蔡中郎集》,已佚,后人有辑本。

祖德颂

【题解】

颂,原为《诗经》六义之一,即所谓"美盛德之形容,以其成功,告于神明者也(《毛诗·序》)"。如《商颂》《周颂》等。后成为一种文体,多用于歌功颂德。蔡邕祖上自六世祖蔡勋至祖父蔡携和父亲蔡棱,都明德知礼,孝悌亲仁,著有声望。蔡邕亦是笃孝,慎终追远,颂其祖德,因作是篇。

昔文王始受命,武王定祸乱,至于成王,太平乃治①,祥瑞毕降，夫岂后德熙隆渐浸之所通也。是以《易》嘉"积善有余庆"，《诗》称"子孙保之"，非特王道然也，贤人君子，修仁履德者，亦其有焉。昔我烈祖，暨于予考，世载孝友，重以明德，率礼莫违。是以灵祇降之休瑞，兔扰驯以昭其仁②，木连理以象其义③。斯乃祖祢之遗灵，盛德之所贶也④，岂我童蒙孤稚所克任哉？乃为颂曰：

【注释】

①洽：和睦，协调。

②扰驯：驯服。

③连理：异根草木枝干连生，旧时以为吉祥之兆。《汉书·蔡邕传》载，邕性笃孝，母亲常卧病在床，邕未尝解襟带周夜侍奉。母卒，在母墓前修庐，动静以礼。有兔驯扰其旁，又木生连理，远近奇之，多往观焉。

④贶（kuàng）：赐与，加惠。

【译文】

　　过去，从周文王开始承受天命，周武王平定战乱而建国分封，至周成王时天下归于安宁，吉祥福瑞降临人间，这难道不是先祖们德性光明隆盛，逐渐惠及后代的吗？所以《周易》赞扬积善有余庆，《诗经》称颂为后世子孙永保富贵，不仅仅实行王道的人是这样，后世修行仁义履行道德的贤达君子也是这样惠及后代的。往日我的列祖列宗，以及我的父亲，都代代相传友爱孝顺，最重视的是明德道义，率礼不违。因此神灵降以祥瑞，甚至连兔子也受到驯服来昭示祖宗仁义，异根草木枝干连生来显示祖宗的道德。这是祖上遗留的灵瑞之气，是赐给后代的明义大德，我孤弱幼稚之辈哪能比得上啊。于是作颂文：

穆穆我祖①,世笃其仁。其德克明,惟懿惟醇。宣慈惠和,无竞伊人。岩岩我考②,莅之以庄。增崇丕显,克构其堂。是用祚之,休征惟光。厥征伊何?于昭于今。园有甘棠,别干同心;坟有扰兔,宅我柏林。神不可诬,伪不可加。析薪之业③,畏不克荷。矧贪灵贶④,以为己华。惟予小子,岂不是欲。干有先功,匪荣伊辱。

【注释】

①穆穆:端庄恭敬。

②岩岩:崇高,庄重。

③析薪:《左传》昭公七年:"古人有言曰:其父析薪,其子弗克负荷。施将惧不能任其先人之禄。"后因以谓继承父业。

④矧(shěn):况,亦,又。

【译文】

　　我端庄恭敬的祖先啊,世代笃行仁义礼仪。有明朗昭人的德性,有善良醇厚的性情。慈爱柔和,非一般人可比。我威严庄重的父亲啊,庄严地践履其职。更显崇敬伟大,能够完成祖业。以此传之后代,吉祥之光传遍四方。祥瑞的征兆为什么出现?是为了昭显于今天。甘美的棠梨植于园中,干枝连理结为一心;驯服的兔子守候寝陵,四周种植长青松柏。神灵不能受玷污,容不得半点虚假之情。继承先祖大业,不能随意轻率,应知重任在肩。怎能贪图神灵的恩惠,作为自我炫耀的资本。像我辈年幼稚子,这样做岂不是自我放纵!只依仗祖先功德,实为晚辈之辱。

京兆樊惠渠颂

【题解】

　　此文专为歌颂京兆尹樊陵修水渠而作。樊陵,字德云,南阳鲁阳(今河南鲁山)人。东汉桓帝时任京兆尹,组织人力兴修沟渠水利,良田得到灌溉,稼禾丰收。当地百姓为感谢这位地方官的惠举,把水渠称为"樊惠渠",以示纪念。文中热情赞美这位京兆尹,感激、颂扬之情溢于言表。

　　《洪范》八政一曰食①,《周礼》九职一曰农②。有生之本,于是乎出;货殖财用③,于是乎在。九土上沃为大田④,多稑,然而地有塙堉⑤,川有垫下⑥,溉灌之便,行趋不至。明哲君子,创业农事,因高卑之宜,驱自行之势。以尽水利而富国饶人,自古有焉。若夫西门起邺⑦,郑国行秦⑧,李冰在蜀⑨,信臣治穰,皆此道也。

【注释】

①《洪范》:指《尚书·洪范》篇,载八种政德,第一为"食"。

②《周礼》:儒家经典之一,是一部记述周王室官制和战国时代各国制度的汇编。其中《太宰》篇有言:"以九职任万民,一曰三农,生九谷。"

③货殖:经商营利。

④九土:古称中国为九州,即九州土地。

⑤塙(què):土地不肥沃。堉:土地坚硬不肥沃。

⑥垫下:指地下陷。

⑦西门起邺:西门即西门豹,战国时期人。魏文侯时任邺(今河北

临漳西南)令。时漳水泛滥成灾，地方官吏勾结女巫，每年将贫苦少女投入水中，称为"河伯(神)娶妇"，借口平息水患，残害百姓。西门豹到邺，制止了这种残暴行为，组织当地人民开凿水渠十二条，引漳水灌溉农田。

⑧郑国：战国水利家。秦王政元年(前246)受韩王命赴秦，游说秦国兴修水利，企图消耗其国力，以延缓对韩等国的兼并战争。秦王政采纳这个建议，遂开凿西引泾水、东注洛河的水渠，长达三百余里。后秦王发现这个计谋，欲杀郑国，郑国说明开渠对秦是万世之利，得以继续施工。完工后，秦国连年受益，国力强盛。

⑨李冰：战国水利家，约在前256—前251年被秦昭王任为蜀郡守。任内于岷江流域兴修许多水利工程，其中最为著名的是都江堰水利工程。

【译文】

《尚书》之《洪范》篇记载八种德政，第一为"食"；《周礼》之《太宰》篇记载九种职官，其中一类为"农"。天下百姓生存的根本全部体现在里面；由于有了它，就有了工商业的兴旺。九州大地最上等的是大田沃土，能获得丰收高产，但也有贫瘠之地，坚硬之壤，川不平缓，泽不顺流，灌溉之利，在这种地上难以发挥。圣明贤君，开创农业生产，因势利导，驱使自行流淌的河水用来灌溉。开发利用水力资源使国家富庶，百姓安居乐业，是自古就有的事实。回想过去，西门豹在邺治理漳水，郑国在秦兴修郑国渠，李冰在蜀修建都江堰，召信臣治理穰地兴修水利，都是这个道理啊。

阳陵县东①，其地衍陕②，土气辛螫，嘉谷不植，草莱焦枯；而泾水长流③，溉灌维首。编户齐氓④，庸力不供。牧人之吏，谋不暇给。盖常兴役，犹不克成。光和五年⑤，京兆尹樊君讳陵⑥,字德云,勤恤人隐,悉心政事,苟有可以惠斯人者,无闻而不行焉。遂咨之郡吏,申于政府,佥以为因其所利之事者,不可已者也。乃命方略大吏曲遂令伍琼,揣度计虑,揆程经用,以事上闻,副在三府⑦。司农遂取财于豪富⑧,借力于黎元。树柱累石,委薪积土,基跂工坚,体势强壮。折湍流,款旷陂⑨,会之于新渠;疏水门,通窬渎⑩,洒之于畎亩⑪。清流浸润,泥潦浮游。昔日卤田,化为甘壤,粳黍稼穑之所入,不可胜算。农民熙怡悦豫,相与讴谈疆畔,斐然成章,谓之樊惠渠云。其歌曰:

【注释】

①阳陵县:东汉置,故址在今陕西咸阳东。

②衍:土地平坦开阔。隩(yù):河岸弯曲的地方。

③泾水:发源宁夏,流入陕西。

④编户齐氓:统治者把平民百姓编入户籍,利于征收赋税、遣发徭役等。氓,民。

⑤光和五年:182 年。

⑥京兆尹:官名。汉代辖治京兆地区的行政长官,职掌相当于郡太守。樊陵:汉灵帝时由永乐少府擢太尉,不久被罢。后任职司隶校尉时,被袁绍所杀。

⑦三府:汉代的太尉、司徒、司空设立的府署,合称三府。

⑧司农:汉代掌管全国财政之官。

⑨陂(bēi):山坡。

⑩窬渎(yú dú):这里指水利涵洞。

⑪畎(quǎn):田间,田地。

【译文】

　　从阳陵县东面起,土地平坦但河岸弯曲,地气如毒虫螫人一般,五谷难以生长,草木枯萎;而泾水长流,只靠近其上游之地能够灌溉。平民百姓,力量有限。地方官吏,出谋划策。经常使用徭役,也无办法解决难题。汉桓帝光和五年,京兆尹长官樊大人,名陵,字德云,勤于政事,为民着想,凡有利于百姓的事情,只要听闻无不实行。他询问郡内官吏,请教当地政府,都认为利用泾水之利为民造福,是不能不做的。于是命令方略大吏曲遂令伍琼进行实地勘察,预算费用,上报朝廷,副本留在三府。于是司农向豪族富室征取财物,动用百姓力量修筑水渠。立木桩,奠基石,委薪积土,基地坚实,渠体坚硬。使湍流的泾水得到控制,在广阔的山坡上缓缓而流,流入新修水渠;通水门,过涵洞,灌溉田地。清流浸润田野,积注之水随流游走。往日盐碱滩,变为肥沃田,五谷丰登,充入府库,数不胜数。农夫农妇,欢愉和悦,嬉戏安乐,争相在渠畔欢声歌唱,词语颇有文采,把水渠称为樊惠渠。歌词唱道:

　　　　我有长流,莫或遏之;我有沟浍^①,莫或达之。田畴斥卤,莫修莫厘;饥馑困悴,莫恤莫思。乃有樊君,作人父母,立我畎亩。黄潦膏凝,多稼茂止。惠乃无疆,如何弗喜。我壤既营,我疆斯成。泯泯我人^②,既富且盈。为酒为酿,蒸彼祖灵^③。贻福惠君,寿考且宁^④。

【注释】

①浍(kuài):田间水沟。
②泯泯:众多貌。
③蒸:古代冬天祭祀称为蒸。
④寿考:长寿。

【译文】

我们家乡泾水流，没有谁能治理它；我们地方有水沟，没有人来疏通它。田畴盐碱成片，没有人改造它；百姓饥馑受苦，没有人来抚恤和关怀。我们家乡出了个樊陵樊大人，当了京兆尹，成为父母官，帮助我们整治农田。盐碱水洼地变为膏腴田，五谷收成好。樊大人的恩情惠举如此之大，教我们如何不欢喜！我们的土地得到充分经营，我们的家乡得到守成。我们众多百姓，生活富足盈实。我们酿造美酒，我们制造供物，待到冬天祭祀祖先神灵。祷告上天降福樊大人，让樊大人安康又长寿。

史岑

史岑，生卒年不详。《文选·出师颂》作者署名史孝山。史载有两个史岑，一个字孝山，一个字子孝。范晔《后汉书》说："王莽末，沛国史岑子孝亦以文章显。"注曰："岑一字孝山，著《出师颂》。"而李善注《文选》，认为字孝山者是生活在和帝时期，生活在王莽末期的是字子孝者。

出师颂

【题解】

本文是一篇褒扬文章，赞叙的是汉将邓骘出征平西羌叛乱之事。东汉安帝永初元年（107）夏季，汉征发羌兵以远征西域。由于官吏横暴，羌人也担心被派到西域不能再回，多有叛逃，汉兵的搜捕，更激起了羌人的反抗，一时声势极大。这年冬天，朝廷派车骑将军邓骘为主将，征西校尉任尚为副将，发五营及诸郡兵五万余人扑讨。结果大败，死八千余人。朝廷无奈，加上发生财政困难，只好命令班师。邓骘因为是外戚（其妹即邓太后），不罪反拜为大将军。史岑文章即叙此事。班固的《封燕然山铭》，因为实有战功，故"野无遗寇"等语便有着落；史岑之文唯说及"穷城极边""鼓无停响"，言劳而无功，亦可谓善叙事。

茫茫上天，降祚有汉。兆基开业，人神攸赞。五曜霄映，素灵夜叹。皇运来授，万宝增焕①。历纪十二②，天命中易。西零不顺③，东夷构逆。乃命上将，授以雄戟。桓桓上将④，实天所启。允文允武⑤，明诗说礼。宪章百揆，为世作楷。昔在孟津⑥，惟师尚父⑦。素旌一麾，浑一区宇。苍生更始，朔风变楚⑧。薄伐猃狁，至于太原⑨。诗人歌之，犹叹其艰。况我将军，穷城极边。鼓无停响，旗不暂褰⑩。泽沾遐荒，功铭鼎铉⑪。我出我师，于彼西疆。天子饯我，路车乘黄。言念伯舅，恩深《渭阳》⑫。介珪既削，列壤酬勋。今我将军，启土上郡⑬。传子传孙，显显令问⑭。

【注释】

①"茫茫上天"几句：讲述汉高祖受命登基前诸般神异处。可参看《高祖泗水亭碑铭》注释。

②历纪十二：指汉自高祖至王莽篡位，共经历十二世。

③西零：即先零，或称西羌，古代西部少数民族的部族。

④桓桓：威武貌。

⑤允：确实。

⑥孟津：黄河上的渡口。在今河南孟州以西。周武王曾在孟津渡口伐纣。

⑦尚父：指姜尚。

⑧朔风变楚：《文选》李善注引："《史记》载，子贡问乐曰：舜弹五弦之琴，歌《南风》之诗，而天下治。纣为朝歌北鄙之音，身死国亡，何也？夫《南风》之诗者，生长之音，舜乐好之，故天下治也。夫北者，败也，鄙者，陋也，纣乐好之，故身死国亡。"朔，北方。楚，南方。

⑨薄伐猃狁,至于太原:语出《诗经·六月》。薄伐,言逐出之而已。

⑩褰(qiān):缩。

⑪铉:横贯鼎耳用来扛鼎的器具。

⑫《渭阳》:《诗经·秦风》篇名。诗曰:"我送舅氏,曰至渭阳。何以赠之,路车乘黄。"路车,为诸侯之车。黄,谓四马皆黄。

⑬上郡:郡名。今陕北东部及陕西、内蒙古相邻地区。

⑭问:通"闻"。名声。

【译文】

苍天渺渺茫茫,赐给大汉江山。开国创业之初,人事天意俱全。五星所在有灵,白帝为此夜叹。自从汉有天下,万类皆增光彩。传国十有二代,天教他人相篡。西零不再恭顺,东夷趁机作乱。于是任命上将,赐他利刃伐叛。将军威武雄壮,天生勇不可当。真是能文能武,诗礼精通不妄。凡事都为立法,举止即成榜样。周朝当年灭商,倚重尚父无双。举手轻挥白旄,功成统一万邦。百姓开始新生,风俗随之更张。追逐猃狁离境,赶至太原一方。诗人咏叹此事,犹感困难重重。况且将军今日,万里横渡边城。战鼓无时不响,战旗招展未停。恩惠施于远地,刻鼎牢记丰功。当时奉命出师,去那西部边疆。天子设宴壮行,赐予路车乘黄。言及甥舅之情,胜那《诗经》咏《渭阳》。介珪已然颁赐,裂土报答功勋。今天咱们将军,开疆拓土上郡。只愿功遗子孙,永保美名长存。

高彪

高彪,字义方,吴郡无锡(今属江苏)人。生年不详,卒于东汉灵帝中平元年(184)。家庭贫寒,有雅才而不善言辞,郡举孝廉,试经第一,除郎中,校书东观(聚藏图书之处)。他又数奏赋颂奇文,并因事讽谏。后迁内黄令,帝诏在东观画像,以劝勉学者。彪为官有德政,卒于官。有文集二卷传于世。

送第五永为督军御史箴

【题解】

史载,京兆尹第五永(人名)使督幽州,祖饯长乐观。蔡邕等人皆赋诗,彪独作箴以赠。箴作旨在告诫,文章从国家社稷大局着眼,以古代圣贤功臣为例,强调勇气、谋略、人才以及正身的重要性。论述事理精到深刻,态度直率诚恳,文辞简洁通畅,在短小的篇幅中包容丰富的内容。是古代箴作中的佳作之一。

文、武将坠,乃俾俊臣。整我皇纲,董此不虔①。古之君子,即戎忘身。明其果毅,尚其桓桓。吕尚七十,气冠三军,诗人作歌,如鹰如鹯②。天有太一,五将三门③;地有九变④,

丘陵山川；人有计策，六奇五间⑤。总兹三事⑥，谋则咨询。无曰己能，务在求贤，淮阴之勇，广野是尊⑦。周公大圣，石碏纯臣，以威克爱，以义灭亲⑧。勿谓时险，不正其身；勿谓无人，莫识己真。忘富遗贵，福禄乃存。枉道依合，复无所观。先公高节，越可永遵。佩藏斯戒，以厉终身。

【注释】

①董此不虔：对此不敬。

②如鹰如鹯：《诗经·大明》："维师尚父，时维鹰扬。"意即像雄鹰飞扬。

③五将三门：《后汉书·文苑传下·高彪》："天有太一，五将三门。"李贤注："《太一式》：'凡举事皆欲发三门，顺五将。'发三门者，开门、休门、生门。五将者，天目、文昌等。"古代称北极星周围五个星座为五将。

④九变：《孙子兵法》：用兵有散地、轻地、争地、交地、重地、围地等，称为九变。

⑤六奇五间：陈平六出奇计，孙子用间有五种方法。

⑥三事：天、地、人。

⑦广野：事见《汉书》："韩信破赵得广武君李左车，解其缚而师事之。"

⑧"周公大圣"几句：周公平其弟管、蔡之乱；春秋时卫大夫石碏之子石厚与公子州吁密谋杀桓公，而立州吁，碏诱州吁和其子到陈国而杀之，迎立公子晋为卫君。《左传》："石碏，纯臣也，大义灭亲，其是之谓乎。"

【译文】

文德武功将要坠毁的时候，就要靠才智卓越的大臣，整饬我皇朝的纲纪,督察对皇纲国纪的不敬重处。古代道德高尚的人,投身兵事便忘了自身的安危,表现果断刚毅,崇尚威武雄壮。吕尚年高七十,勇气依然冠盖三军,因此诗人这样歌颂道:好像雄鹰和猛鸷。天有太一,变化出五将三门之妙;地有九变,产生了丘陵山川之利;人有计谋策略,就有了陈平六出奇计和孙子用间五绝。总括天、地、人这三事,凡谋划就要广泛咨询。不要说自己独能,务必要求取贤才,像淮阴侯韩信那样有勇有谋,尚要师事广武君李左车。像周公那样才可称圣明,像石碏才是纯臣,以信威克除爱弟,因大义灭了亲子。不要说时机险恶,关键是不修正自身;不要说无人知道,而是自己不能正确认识自己的才能。忘却富贵和荣华,福禄仍然存在。不通过正道干求或投合,回头再看什么也没有得到。过去圣贤的高尚节操,可以永远遵循和效法。牢记这个告诫,可以终身作为勉励。

崔琦

崔琦，字子玮，东汉琢郡安平（今属河北）人，约活动于顺帝、桓帝时代。少以文章博通知名，举孝廉，为郎官。与外戚梁冀交往，多有规诫，但梁不听。后被梁冀捕杀。《后汉书》将崔琦列入《文苑传》。

外戚箴

【题解】

崔琦与梁冀交往，而梁冀凭恃两妹系顺帝、桓帝皇后，专断朝政，多行不轨。崔琦在多次劝谏不被接受的情况下，遂作此箴，希望能通过陈述古今正反两方面外戚干政的事例来告诫外戚及梁冀。文中多用警句，如"日不常中，月盈有亏。履道者固，仗势者危"，无不发人深省。

赫赫外戚①，华宠煌煌②。昔在帝舜③，德隆英、皇④。周兴三母⑤，有莘崇汤⑥。宣王晏起⑦，姜后脱簪⑧。齐王好乐⑨，卫姬不音⑩。皆辅主以礼，扶君以仁。达才进善⑪，以义济身⑫。

【注释】

①赫赫：显耀盛大。

②华宠：华贵，荣耀。煌煌：光彩鲜明。

③舜：父系氏族社会后期部落联盟领袖，姚姓，有虞氏，名重华，史
　称虞舜。

④英、皇：舜的两个妃子娥皇与女英。

⑤三母：指周代三位贤母太姜、太妊、太姒。

⑥有莘：古国名。也作"有辛""有侁""有娎"。商汤妃为有莘氏之
　女。崇：尊崇。

⑦晏起：起来很晚。

⑧姜后：周宣王王后。簪：古代男女用来绾住头发或把帽子别在头
　发上的一种首饰。

⑨齐王：齐桓公。

⑩卫姬：齐桓公后妃。音：音乐，指郑国、卫国音乐。

⑪达：通达。进：推荐。

⑫济：帮助，有益。

【译文】

　　显赫盛大的外戚，华贵光彩且鲜明。过去在虞舜时期，德崇娥皇与
女英。周初有三位贤母，太姜、太妊、太姒；商汤之妃有莘氏，自始至终
崇商汤。周宣王晚起，姜后摘簪待罪永巷以劝勉。桓公好乐忘政事，卫
姬不听郑、卫音。辅佐君主用礼，扶助君主用仁。通达才能荐善美，合
宜道德益自身。

　　　爰暨末叶①，渐已颓亏。贯鱼不叙②，九御差池③。晋国
之难，祸起于丽④。惟家之索⑤，牝鸡之晨⑥。专权擅爱⑦，显
己蔽人。陵长间旧⑧，圮剥至亲⑨。并后匹嫡，淫女毙陈⑩。

匪贤是上,番为司徒⑪。荷爵负乘⑫,采食名都⑬。诗人是刺⑭,德用不恔⑮。暴辛惑妇⑯,拒谏自孤。蝮蛇其心⑰,纵毒不辜。诸父是杀⑱,孕子是刳⑲。天怒地忿,人谋鬼图。甲子昧爽⑳,身首分离㉑。初为天子,后为人螭㉒。

【注释】

①爰:句首语气词。暨:到,至。叶:世,时期。

②贯鱼不叙:本句是说帝王宠爱官内女官人,不按等级规矩。贯鱼,《周易·剥卦》六五爻辞:"贯鱼以宫人宠,无不利。"意思是官人像穿成串的鱼一样按顺序接受君王宠幸。不叙,即不序,没有顺序。

③九御:即九嫔。《国语·周语》注:"内官不过九御。"一说指宫中女官,九人一御,九御八十一人,掌管织纴缝线之事。差池:参差不齐。

④晋国之难,祸起于丽:晋献公偏听骊妃谗言,杀死太子申生,赶走重耳、夷吾。丽,《左传》作"骊",指骊姬,晋献公宠妃。由于骊姬搬弄是非,使国家受难。

⑤索:尽。

⑥牝鸡之晨:母鸡早晨报晓。指女人越权。

⑦擅:独揽。

⑧陵:侵犯,欺侮。间(jiàn):合者使离,亲者使疏。旧:故交,老交情。

⑨圮:毁坏。剥(pū):击,打。

⑩淫女毙陈:本句源于陈灵公与孔宁、仪行父与夏姬群奸,夏徵舒弑杀陈灵公,最后陈国被楚国灭掉。淫女,指夏姬。陈,古国名。妫姓。

⑪匪贤是上,番为司徒:本句指周幽王宠爱后妃亲族,让没有道德才能的番任司徒这样重要的官职。番,周幽王皇后亲族。

⑫负乘:谓小人窃据君子的位置。《周易·解卦》六三爻辞:"负且乘,致寇至。"又《系辞上》:"负也者,小人之事也;乘也者,君子之器也。小人而乘君子之器。盗思夺之矣。"后以称德才不称其位。

⑬采食:依靠封地为生。采,古代卿大夫受封的土地。也称"采地""邑地""食地"。

⑭诗人:指《诗经》三百篇作者。是:正确,这样。刺:指责。

⑮忓:爱怜。

⑯辛:帝辛,即纣王。妇:妲己。

⑰蝠:蝙蝠。

⑱诸父:对同宗叔伯辈的通称。本句指比干。比干是纣王叔伯父,纣淫乱,比干犯颜强谏,纣怒剖其心而死。

⑲孕子是刳:传说纣王与妲己打赌孕妇腹内是男是女,剖腹验证,手段残忍。

⑳甲子:干支甲子日。昧爽:犹黎明。

㉑身首分离:武王攻克商的首都,纣王自焚。武王割下纣的头,悬挂在太白旗下。

㉒人蟖:即螭魅。传说中的山林精怪。

【译文】

时代发展到后来,风气逐渐趋衰微。宠妃变乱等级规矩,九御女官参差不齐。杀申生赶走重耳,晋国灾祸起丽姬。家庭如将破败,因女人权揽政事。专揽权独占爱宠,扬自己遮掩他人。欺长者间离故旧,而打击至亲至戚。并列皇后双嫡配,夏姬淫荡陈国亡。没有才能居上位,番无德任司徒职。任爵位不称其职,但封地大都通邑。诗三百指责讽刺,美与德随意抛弃。帝纣受妲己蒙惑,拒规劝甘心孤立。其心如蝙蝠毒蛇,任意放纵害无辜。滥杀同宗与长辈,剖腹取子太残酷。天地都激起愤怒,人鬼都将其驱逐。甲子日天刚放亮,殷纣王身首分离。开始为人君皇帝,后来为害人鬼魅。

　　非但耽色①,母后尤然。不相率以礼②,而竞奖以权③。先笑后号,卒以辱残。国家泯绝,宗庙烧燔④。末嬉丧夏⑤,褒姒毙周⑥,妲己亡殷⑦,赵灵沙丘⑧。戚姬人豕⑨,吕宗以败⑩。陈后作巫,卒死于外⑪。霍欲鸩子,身乃罹废⑫。

【注释】

①耽:沉溺,爱好而沉浸其中。

②率:遵循。

③奖:辅助。

④宗庙:古代帝王、诸侯或大夫、士祭祀祖宗的处所。燔:焚烧。

⑤末嬉:即妹嬉,一作"妹喜",有施氏之女。夏桀攻有施氏,有施氏以女嫁桀,为桀所宠。商汤灭夏,与桀同奔南方而死。

⑥褒姒:褒国女子,姓姒。周幽王三年(前779),褒国把她进献给周,为幽王所宠,继而被立为后。申侯联合曾、犬戎攻杀幽王,她也被俘。

⑦妲己:商王纣的宠妃,姓己,有苏氏之女。纣进攻有苏氏时,有苏氏把她献给纣,极受宠爱。武王灭商时被杀死,一说自缢。

⑧赵灵:即赵武灵王,战国时赵国君,名雍。进行军事改革,改穿胡服,学习骑射,攻灭中山国,攻破林胡、楼烦,国势大盛。壮年时即传位给宠妃吴娃子何(即赵惠文王),自称主父。沙丘:古地名。在今河北广宗西北大平台。

⑨戚姬:汉高祖宠姬戚夫人。人豕:亦称"人彘"。汉高祖后吕氏,

于高祖死后，将戚夫人断手足，去眼，熏耳，饮暗药，置厕中，称"人彘"。见《史记·吕后本纪》。

⑩吕宗以败：汉高祖皇后吕雉在其子惠帝死后，临朝称制，并分封诸吕为王侯，控制南北军，又以审食其为左丞相，掌握实权，公卿皆因而决事。吕后死后，诸吕拟发叛乱，为太尉周勃等所平定。

⑪陈后作巫，卒死于外：陈后无子，因汉武帝移爱卫皇后而失宠。元光五年（前130）楚服等人坐为陈后巫蛊，事发，株连被杀的有三百多人。陈后被罢退长门宫，后被废，死后葬于霸陵郎官亭东。陈后，即孝武陈皇后，长公主嫖的女儿，小名阿娇。作巫，指巫蛊。古代迷信，谓巫师使用邪术加祸于人为巫蛊。

⑫霍欲鸩子，身乃罹废：汉宣帝以霍皇后成君谋杀许皇后和太子为由，废掉霍成君，令迁居昭台宫，后来霍成君自杀而死。霍，即霍成君，汉宣帝皇后，大司马、大将军、博望侯霍光的女儿。鸩，一种有毒的鸟，喜欢吃蛇，羽毛为紫绿色，放在酒中能毒死人。

【译文】

君王沉溺女色是祸患，母后揽权更可怕。不遵循礼节仪式，而争逐辅助权势。先笑后来大声哭，最终是污损其身。家与国都已灭绝，祖宗灵庙被焚烧。妹嬉葬送夏天下，褒姒葬送周王朝，妲己女亡掉汤殷，吴娃沙丘死赵灵。残害戚姬为人彘，吕家以失败告终。陈后巫蛊诅卫后，事发被废葬霸陵。霍后欲毒太子奭，失败废居昭台宫。

故曰：无谓我贵，天将尔摧；无恃常好，色有歇微①；无怙常幸②，爱有陵迟③；无曰我能，天人尔违④。患生不德，福有慎机。日不常中，月盈有亏。履道者固，仗势者危。微臣司戚⑤，敢告在斯。

【注释】

①歇：完，尽。微：衰败。

②怙：依仗。

③陵迟：衰落。

④天人：天理、人欲。

⑤司：观察，掌管。

【译文】

所以说：不要说自己显贵，天将对你来摧毁；不要恃自己貌美，容颜总有衰老时；不要想常被宠幸，爱也有时落时衰；不要说我有才能，天理人欲你违背。祸患生于不德，幸福隐含危机。太阳不长在中天，月亮圆时即将亏。按着道行事稳固，仗权势潜在险危。小臣今主管外戚，冒昧地告此诚规。

士孙瑞

士孙瑞,字君策,扶风(今陕西凤翔)人。生年不详,卒于汉献帝兴平二年(195)。士孙瑞为人有才谋,献帝初为执金吾,王允引为仆射,谋诛董卓。后王允以讨董卓之功自专,瑞归功不侯,得免董卓部将李傕之难。再为国三老、光禄大夫,每三公缺,杨彪、皇甫嵩皆让位于瑞,可以看出其名节。献帝兴平中,从驾东归途中被乱兵所杀。有文集一卷,传于世。

剑铭

【题解】

这是赞美剑器的铭文,从铸剑巧匠,到名剑来历,再到剑器事业,文辞短小精炼,读来朗朗上口。

天生五材①,金德惟刚。从革作辛②,含景吐商③。辨物利用,勋伐弥章。暨彼良工,欧冶、干将④。爰造宝剑,巨阙、墨阳⑤。上通皓灵,获兹休祥。剖山竭川⑥,虹霓消亡⑦。昭威耀武,震动遐荒。楚以定霸⑧,越以取强。

【注释】

①五材：指金、木、水、火、土。

②从革作辛：《尚书·洪范》："水曰润下，火曰炎上，木曰曲直，金曰从革，土曰稼穑。润下作咸，炎上作苦，曲直作酸，从革作辛，稼穑作甘。"从革，意为能顺从人的意愿而改变，是就金的性质而言。作辛，指金的味道辛辣。

③商：五音之一，也是金音。

④欧冶、干将：春秋时两位铸剑人。

⑤巨阙、墨阳：两把名剑的名字。

⑥剖山竭川：《吴越春秋》："臣闻初造此剑，赤堇之山破而出锡，若耶之溪涸而出铜。"

⑦虹霓：相传虹有雄雌之别，雄虹雌霓。这里象征妖邪。

⑧楚以定霸：《越绝书》载："欧冶子为楚王铸剑三，曰龙渊，曰太阿，曰工布。晋、郑围楚，楚王登城，麾以太阿之剑，两军破败。"

【译文】

天生金木水火土，其中金性逞刚强。能顺从人的意愿而改变且味辛辣，含照身影发商音。辨别物性各利用，因此功用越显扬。继有能工与巧匠，欧冶、干将美名扬。于是制得宝剑传，取名巨阙和墨阳。在上感通神灵光，得此宝物最吉祥。山破川竭脱而出，虹霓妖物一消亡。威风显昭耀武功，震动边远与蛮荒。楚国以它定霸业，越国以它取盛强。

汉镜铭

【题解】

本篇选铭文两篇。第一篇写皇室御镜，因此多祥吉之辞，典正堂皇。后一篇则追慕圣贤功名，自是勉进之意。

尚方御镜大无伤①，巧工刻之成文章。左龙右虎辟不祥，朱雀玄武顺阴阳②。子孙备具居中央，炼治银锡清而明。长保二亲乐富昌，寿敝金石如侯王。

【注释】

①尚方：官署名。汉沿秦制，属少府，主造皇室所用刀剑等兵器及玩好器物。无伤：无缺伤。

②朱雀玄武：分别是南方和北方七星宿的总称，加上东方苍龙、西方白虎，古人称为天之四灵。

【译文】

尚方的御镜既大又无缺伤，能工巧匠刻上章纹和花样。有左龙右虎避邪求祥，还有朱雀和玄武顺应阴阳。子孙备有后置于中堂，以银锡炼冶清净又明亮。长久保全父母富乐寿昌，长寿超过金石富贵像侯王一样。

又

许氏作镜自有纪，青龙白虎居左右。圣人周公、鲁孔子，作吏高迁车生耳①。郡举孝廉州博士②，少不努力，老乃悔。吉！

【注释】

①车生耳：车前端横木上的曲钩形似人耳，故称车耳。《太玄经·积》："君子积善，至于车耳。"是处指车幡，言官高则车施幡。

②孝廉：汉选举官吏的科目，由郡举荐。博士：战国时就有，秦汉相承，诸子、诗赋、术数、方技，都立博士，汉武帝时置五经博士。后

世又有许多博士名目。

【译文】

许氏制作时代已久，青龙白虎居于左右。修德如圣人周公和孔子，做官则高升车增幡盖。郡国察举孝廉州有博士，少时不努力老来悔之莫及。吉祥如意！